Pauline Gedge

Die Herrin vom Nil

Roman
einer Pharaonin

Deutsch von
Ulla H. de Herrera

Rowohlt

Die Originalausgabe erschien 1977 bei The Macmillan Company
of Canada Limited unter dem Titel «Child of the Morning»
Umschlagentwurf Werner Rebhuhn
(Bildnisse der Königin Hatschepsut, 18. Dynastie,
um 1480 v. Chr., aus ihrem Totentempel in Deir el-Bahari/Theben.
Vorderseite: New York, The Metropolitan Museum of Art;
Rückseite: Grabsphinx. Berlin, Staatliche Museen/
Bildarchiv Foto Marburg)

1.–10. Tausend August 1981
11.–13. Tausend Dezember 1981

Gesamtherstellung Clausen & Bosse, Leck
Printed in Germany
ISBN 3 498 02430 2

Für meine Mutter Airini und meinen Vater Lloyd

Ich habe dies aus liebendem Herzen für meinen
Vater Amun getan;
Ich bin für dieses erste Jubiläum seinem Plan
gefolgt;
Ich war klug durch seinen hervorragenden Geist,
und ich habe nichts von dem vergessen, was er
gefordert hat.
Meine Majestät weiss, dass er göttlich ist.
Ich habe es unter seinem Befehl getan; er war es,
der mich führte.
Ich habe nichts ohne sein Zutun geplant; er war es,
der mir Anweisungen gab.
Ich lag schlaflos wegen seines Tempels; ich wich
nicht von dem ab, was er befahl.
Mein Herz war weise vor meinem Vater; ich machte
mir die Angelegenheiten seines Herzens zu eigen.
Ich kehrte der Stadt des Allesbewegers nicht den
Rücken, sondern wandte ihr das Gesicht zu.
Ich weiss, dass Karnak Gottes Wohnstätte auf
Erden ist;
Das Geheiligte Auge des Allesbewegers; der Ort
seines Herzens;
Der seine Schönheit widerspiegelt und diejenigen
umfasst, die ihm folgen.

Gebet, von Königin Hatschepsut
anläßlich Ihres Jubiläums

Prolog

Sie zog sich früh in ihre Gemächer zurück; sie gab ihrer Sklavin ein Zeichen und entfernte sich fast unbemerkt aus der Halle, während auf den kleinen vergoldeten Tischen noch die Speisen dampften und der Duft der Blumen, die überall verstreut waren, sie in einer unsichtbaren Wolke durch den Säulengang begleitete. Kurz brandete Beifall hinter ihr auf, als die Musiker ihre Plätze einnahmen und eine fröhliche Weise anstimmten, aber sie ging rasch weiter, so daß Merire fast rennen mußte, um mit ihr Schritt zu halten. Als sie ihre Zimmerflucht erreichte, begab sie sich, ohne auf das Salutieren ihrer Leibwache zu achten, in ihr Schlafgemach und schleuderte die Sandalen von sich.

«Schließ die Tür», sagte sie, und Merire gehorchte und machte mit Schwung beide Türflügel zu. Dann drehte sie sich mit aufmerksamem Blick um und versuchte, die Stimmung ihrer Herrin abzuschätzen. Hatschepsut ließ sich auf den Schemel vor ihrem Spiegel sinken und befahl mit einer Gebärde: «Nimm mir all das ab.»

«Ja, Majestät.»

Die geschickten Finger hoben die schwere, kunstvoll gearbeitete Perücke hoch, lösten sanft das prachtvolle Halsband aus Gold und Karneol und schoben die klirrenden Armreifen über die kraftlosen Hände. In den vier Ecken des Zimmers standen große, flache Kohlenbecken, die den Raum angenehm erwärmten, und die Lampen strahlten ein schwaches, flackerndes Licht aus, das die schattigen Tiefen kaum durchdrang, denn zu dieser Stunde waren die farbenfrohen Wände düster und fast nicht zu sehen; nur manchmal hob der Widerschein einer plötzlich aufschießenden Flamme das Bruchstück einer erstarrten Bewegung hervor oder ließ einen funkelnden Gegenstand

aus Edelmetall aufblitzen. Anders als seine angespannte, mißmutige Gefangene lag der Raum in friedlichem Schlummer da.

Hatschepsut erhob sich, als Merire die Träger des dünnen Leinengewands löste und ihr das Gewand abstreifte. Merire goß heißes, parfümiertes Wasser in eine Schale und begann die Schwärze von den dunklen Augen ihrer Herrin zu waschen und die rote Henna von den Fußsohlen und Handflächen. Die ältere Frau fuhr indessen fort, sich mit starrem Blick in dem blankpolierten, riesigen Kupferspiegel zu betrachten.

Als Merire fertig war, ging Hatschepsut zum Kopfende ihres Ruhebetts und lehnte sich mit verschränkten Armen dagegen.

Solange der Palast noch vom Kommen und Gehen meines Hofs widerhallte und der Weihrauch Tag und Nacht auf meinen Befehl im Tempel aufstieg, waren alle bereit, mir bis zum Tode zu dienen. Ja, ja, aber bis zu wessen Tod? Wessen? Wo sind sie jetzt, die mutigen Prahler? Und was habe ich getan, daß alles so enden muß? Für die Götter habe ich Gold und Sklaven geopfert. Ich habe gebaut und schwer gearbeitet. Für dieses Land, für mein ewiges, mein schönes Ägypten, habe ich mein göttliches Ich geopfert, habe mich abgemüht, habe nachts schlaflos und sorgenvoll dagelegen, damit das Volk in Ruhe und Sicherheit schlafen konnte. Jetzt sprechen selbst die Fellachen auf den Feldern von nichts anderem als von Krieg. Vom Krieg, nicht von räuberischen Streifzügen, nicht von Grenzscharmützeln, sondern von regelrechten Schlachten zur Eroberung eines Imperiums. Und ich kann nur ohnmächtig zusehen. Dieses Land ist nicht für den Krieg geschaffen. Wir lachen, wir singen, wir lieben, wir bauen, wir treiben Handel und arbeiten – der Krieg ist viel zu ernst für uns, er wird uns am Ende alle vernichten.

Merire brachte das Wasser fort und kehrte mit dem Nachtgewand zurück.

Aber Hatschepsut machte eine abwehrende Handbewegung. «Nicht heute nacht. Laß einfach alles, wie es ist. Du kannst es am Morgen aufräumen. Jetzt geh hinaus.»

Es war nicht der Tod, den sie fürchtete. Sie wußte, daß der Zeitpunkt nahe bevorstand, sehr nahe. Vielleicht käme er schon morgen, und nicht einen Augenblick zu früh, denn sie war des Lebens überdrüssig und sehnte sich nach Ruhe. Aber sie war einsam, und die Stille

eines leeren Zimmers beunruhigte sie. Sie setzte sich auf ihr Ruhebett und blieb still sitzen. «O mein Vater», betete sie. «Mächtiger Amun, König der Götter, nackt, wie ich bin, kam ich auf diese Welt; und nackt, wie ich bin, wird man mich zum Haus der Toten tragen.»

Sie erhob sich und begann langsam auf und ab zu gehen; ihre nackten Füße machten kein Geräusch auf den roten und blauen Fliesen des Bodens. Sie ging zur Wasseruhr und sah einen Augenblick zu, wie sie tropfte. Es fehlten noch vier Stunden bis Sonnenaufgang. Vier Stunden. Und dann ein weiterer Tag zermürbender Enttäuschungen und erzwungener Muße; sie würde im Garten sitzen, auf dem Fluß spazierenfahren und mit dem Streitwagen ihre Runde auf dem Truppenübungsplatz östlich der Stadt machen. Mit dem gleichen Streitwagen, den ihre eigenen Truppen ihr an jenem strahlenden, kühlen Morgen zum Geschenk gemacht hatten. Wie jung war sie damals gewesen. Wie hatte ihr Herz vor Angst und Erregung gepocht, und wie hatte sie die glänzenden Seiten des goldenen Streitwagens umklammert, während ihre Pferde donnernd über den festen, von der Sonne getrockneten Sand brausten und die glühende, stille Wüstenluft mit Feuer und Tod durchschnitten!

Jetzt war Winter, der Monat Hathors, ein Monat, der schon ewig zu dauern schien, obgleich er eben erst begonnen hatte. In den kühlen Nächten, an den Tagen, die kaum weniger drückend waren als die des Sommers, fühlte sie eine zunehmende Verzweiflung in sich aufsteigen, geboren aus der Untätigkeit. Und der alte Schmerz, der Schmerz, der immer wieder neu war, begann an ihr zu zerren, so daß sie die Augen öffnete. Ihr gegenüber, hinten im Halbdunkel, schwebte, in Silber gehämmert, ihr eigenes Bild, ein riesiges Relief, das über die Hälfte der Wand einnahm. Das stolze Kinn mit dem künstlichen Pharaonenbart war hoch erhoben, die Augen blickten ruhig und fest unter der hohen, majestätischen Doppelkrone Ägyptens hervor. Sie lächelte plötzlich.

So war es, und so wird es immer sein, ich, die Tochter Amuns, war Königin von Ägypten. Und in künftigen Zeiten werden die Menschen es wissen und staunen, wie ich es getan, als ich die Monumente und Werke des Wunders betrachtete, die meine Vorfahren errichtet haben. Ich bin nicht allein. Ich werde, trotz alldem, ewig leben.

I

I

Obwohl die nördliche Mauer des Schulzimmers auf den Garten hinausging, wehte kein Lüftchen zwischen den weißen, buntbemalten Säulen. Es war drückend heiß. Die Schüler saßen mit gekreuzten Beinen, Knie an Knie, auf ihren Papyrusmatten, den Kopf über die Tonscherben gebeugt und eifrig damit beschäftigt, die Lektion des Tages niederzuschreiben. Chaemwese, der mit verschränkten Armen am Ende des Zimmers saß, spürte, daß der Schlaf ihn zu übermannen drohte, und warf einen verstohlenen Blick auf die steinerne Wasseruhr. Beinahe Mittag. Er hüstelte, und ein Dutzend kleiner Gesichter wandten sich ihm erwartungsvoll zu.

«Seid ihr alle fertig? Wer liest mir die heutige Weisheit vor? Oder sollte ich lieber sagen, wer besitzt die Weisheit, mir die heutige Lektion vorzulesen?» Er strahlte über seinen Witz, und ein höfliches, leises Lachen lief durch den Raum. «Du, Menech? Useramun? Da ich weiß, daß Hapuseneb es kann, werde ich ihn nicht fragen. Wer meldet sich freiwillig? Thutmosis, du wirst es tun.»

Thutmosis stand mit unglücklicher Miene auf, während Hatschepsut, die neben ihm saß, ihn knuffte und eine Grimasse schnitt. Er beachtete sie nicht, sondern blickte voller Verzweiflung auf die Tonscherbe, die er zwischen den Händen hielt.

«Fang an. Hatschepsut, sitz still.»

«Ich habe gehört, du . . . du . . .»

«Folgst.»

«Ja, folgst. Ich habe gehört, du folgst den Vergnügungen. Kehre meinen Worten nicht den Rücken. Richtest du denn deinen Sinn auf . . . auf . . .»

«Allerlei taube Dinge.»

«Oh. Auf allerlei taube Dinge?»

Chaemwese seufzte, während der Junge mit leiernder Stimme weiterlas. Thutmosis würde bestimmt nie ein gut unterrichteter und aufgeklärter Mann werden. Er hatte überhaupt kein Verständnis für den Zauber der Worte und gab sich damit zufrieden, die Unterrichtsstunden gedankenlos zu verdösen. Vielleicht sollte der Eine erwägen, seinen Sohn frühzeitig ins Heer zu stecken. Aber Chaemwese schüttelte den Kopf bei der Vorstellung, daß Thutmosis, Bogen oder Speer in der Hand, an der Spitze einer Kompanie von zähen alten Kämpfern marschierte. Der Junge stockte abermals und blickte, den Finger unter der beschwerlichen Hieroglyphe, mit einem Ausdruck stummer Verwirrung seinen Lehrer an.

Der alte Mann wurde ärgerlich. «Dieser Abschnitt», sagte er gereizt und pochte mit Nachdruck auf seine eigene Schriftrolle, «bezieht sich auf den weisen und wohlverdienten Gebrauch der Flußpferdpeitsche auf dem Hinterteil eines faulen Jungen. Vielleicht hat der Schreiber dabei gerade an einen Jungen wie dich gedacht, Thutmosis? Brauchst du eine Kostprobe von meiner Flußpferdpeitsche? Bring sie mir!»

Einige der älteren Jungen begannen zu kichern, aber Neferu streckte flehend die Hand aus. «O bitte, Herr Lehrer, nicht schon wieder! Er ist erst gestern verprügelt worden, und Vater war sehr ärgerlich.»

Thutmosis errötete und sah sie mit funkelnden Augen an. Die Flußpferdpeitsche war ein alter, abgedroschener Witz, denn es war nur eine dünne, elastische Weidenrute, die Chaemwese tagaus, tagein wie einen Marschallstab unter dem Arm trug. Die wirkliche Peitsche war für Verbrecher und Rebellen bestimmt. Daß es ein Mädchen war, das sich für ihn einsetzte, war wie Salz auf einer ohnehin schon schmerzenden Wunde, und der Junge murrte leise, als der Lehrer ihm mit einem gebieterischen Wink befahl, sich zu setzen.

«Nun gut, Neferu, da du seine Strafe gemildert sehen willst, kannst du seine Aufgabe selbst übernehmen. Steh auf und fahre fort.»

Neferu war ein Jahr älter und bedeutend intelligenter als Thutmosis. Sie war gerade von den alten, zerbrochenen Tonscherben zu Papyrusrollen übergegangen und las mühelos den Rest der Lektion.

Der Unterricht endete wie üblich mit einem Gebet an Amun. Die

Schüler erhoben sich, als Chaemwese den Raum verließ, und dann erhob sich Stimmengewirr.

«Mach dir nichts draus, Thutmosis», sagte Hatschepsut munter, während sie ihre Matte aufrollte. «Komm nach dem Mittagsschlaf mit mir in den Zoo und sieh dir die neue Gazelle an. Vater hat ihre Mutter totgeschossen, und jetzt hat sie niemanden, der sie liebhat. Kommst du mit?»

«Nein», sagte er schroff. «Ich will nicht mehr ständig mit dir durch die Gegend ziehen. Außerdem muß ich jetzt jeden Nachmittag mit Ahmes pen Nechbet zur Kaserne gehen und mich im Bogenschießen und Speerwerfen üben.»

Sie gingen zur Ecke des Zimmers und legten ihre Matten zu den anderen auf einen Haufen, während Neferu chebit der nackten Sklavin, die geduldig neben der großen silbernen Wasserkanne stand, ein Zeichen gab. Die Frau schenkte Wasser ein und reichte es ihnen mit einer Verbeugung.

Hatschepsut trank gierig und schmatzte mit den Lippen. «Gutes, gutes Wasser! Wie steht's mit dir, Neferu? Hast du Lust mitzukommen?»

Neferu sah lächelnd zu ihrer jüngeren Schwester hinunter. Sie fuhr ihr mit der Hand über den kahlrasierten Kopf und glättete die zerzauste Jugendlocke, so daß sie wieder ordentlich über der linken Schulter hing. «Du hast schon wieder Tinte auf dem Kittel, Hatschepsut. Wirst du jemals erwachsen werden? Gut, ich komme mit, wenn Nedjmet es erlaubt. Nur für ein Weilchen. Genügt das?»

Das kleine Mädchen hüpfte vor Freude. «Ja! Hol mich, wenn du aufstehst!»

Nur die Sklavin und die drei Geschwister waren noch im Schulzimmer. Die anderen Kinder schlenderten in kleinen Gruppen mit ihren Sklaven nach Hause, während die Hitze sich zu einer kompakten Masse von drückender Luft verdichtete, die ihre Köpfe zu beugen schien und den Wunsch in ihnen weckte zu schlafen.

Thutmosis gähnte. «Ich werde jetzt zu meiner Mutter gehen. Eigentlich sollte ich dir danken, Neferu, daß du mich gerettet hast, aber ich wünschte, du würdest dich um deine eigenen Angelegenheiten kümmern. Die anderen Jungen lachen über das Schauspiel, und du demütigst mich.»

«Möchtest du lieber verprügelt als ausgelacht werden?» fragte Hatschepsut verächtlich. «Wirklich, Thutmosis, du hast zuviel Würde. Und es stimmt: Du bist faul.»

«Psst!» sagte Neferu. «Thutmosis, du weißt, daß ich es nur aus Sorge um dich getan habe. Da kommt Nedjmet. Seid artig. Bis nachher, kleine Hat.» Sie gab Hatschepsut einen Kuß auf den Kopf und ging in das grelle Licht des Gartens hinaus.

Nedjmet durfte sich ebensoviel Freiheiten gegenüber den Königskindern erlauben wie Chaemwese. Die königliche Kinderfrau schalt sie, lobte sie, gab ihnen hin und wieder einen Klaps – und liebte sie abgöttisch. Sie bürgte dem Pharao mit ihrem Leben für die Sicherheit der Kinder. Die zweite Frau, Mutnofret, hatte sie als Amme engagiert, als die Zwillinge Uatschmes und Amunmes geboren wurden, und die göttliche Gemahlin Ahmose hatte sie für Neferu und Hatschepsut behalten. Den kleinen Thutmosis hatte Mutnofret selbst genährt. Er war ihr dritter Sohn, und sie wachte über ihn wie ein Adler, denn ein Sohn war kostbar, vor allem ein königlicher Sohn, und ihre zwei anderen kleinen Jungen waren an der Pest gestorben. Jetzt war Nedjmet eine Frau mit bissiger Zunge und scharfgeschnittenem Gesicht und so abgemagert, daß ihr schmuckloses Leinengewand lose um ihre knochige Gestalt herumhing und um ihre nackten Knöchel flatterte, während sie hierhin und dorthin lief und die Sklavinnen anschrie und die Kinder ermahnte. Die Kinder fürchteten sie nicht mehr, und nur Hatschepsut liebte sie noch, vielleicht weil Hatschepsut in ihrer fröhlichen kindlichen Selbstsucht von allen geliebt wurde und daher nicht zu fürchten brauchte, daß irgend jemand sich ihren Wünschen widersetzte.

Als Nedjmet aus dem Halbdunkel der Halle hereinkam, lief Hatschepsut auf sie zu und umarmte sie.

Nedjmet erwiderte die Umarmung und befahl der Sklavin mit schriller Stimme: «Gieß jetzt das Wasser aus und wasch den Krug. Und feg den Boden für den morgigen Unterricht. Dann kannst du in dein Zimmer gehen und dich ausruhen. Beeil dich!» Sie warf einen strengen Blick hinter der sich entfernenden Neferu her, aber jetzt, da das junge Mädchen das enganliegende Gewand der Erwachsenen trug und ihr Kopf nicht mehr kahl rasiert war, sondern mit glänzenden schwarzen Flechten bedeckt, die ihr bis auf die Schultern fielen, hatte

Nedjmet kaum mehr Gewalt über sie. Sie murmelte verdrießlich: «Wohin geht sie zu dieser Tageszeit?» Dann nahm sie Hatschepsut bei der Hand und führte sie liebevoll durch das Labyrinth von Säulengängen und dunklen Hallen zur Tür des Hauses der Kinder, das neben den Frauengemächern lag.

Über dem Palast hing eine schläfrige, heiße Stille. Selbst die Vögel waren verstummt. Draußen, jenseits der Gärten, zog der große Fluß wie glühendes Silber langsam dahin. Kein Boot bewegte sich auf seiner Oberfläche, und unten, in der kühleren, schlammigen Tiefe, warteten die Fische auf den Abend. Die ganze Stadt schlief wie unter einem Zauberbann. Die Schänken und Märkte waren geschlossen, und die Pförtner nickten im Schatten ihrer kleinen Nischen unter den schützenden Mauern der großen Besitztümer des Adels, die Meile um Meile den Fluß säumten. Im Hafen regte sich nichts, nur ein paar Bettlerjungen machten Jagd auf die Überreste von verschütteten Frachtgütern. In der Nekropolis, der Stadt der Toten auf der anderen Seite des Flusses, schimmerten die Tempel und leeren Schreine im Dunst, und die Hitze ließ die braunen Klippen hinter ihnen zittern und tanzen. Hochsommer. Weizen, Gerste, Klee, Flachs und Baumwolle standen hoch für die Ernte. Trotz der verzweifelten Bemühungen der Fellachen, die Schadufs in Bewegung zu halten, trockneten die Bewässerungskanäle langsam aus. Die staubigen grünen Dattel- und Dumpalmen, die Bäume, die das Flußufer säumten, und das satte Grün des Schilfrohrs – alles wurde allmählich braun. Und über allem lag der ewige weißglühende, die Augen versengende Glanz von Re, der sich, mächtig und unbesiegbar, aus einem wolkenlosen und grenzenlos tiefen blauen Himmel über die Erde ergoß.

In den Gemächern Ihrer Königlichen Hoheit, der Prinzessin Hatschepsut Chenemet Amun, war ein leichter Luftzug zu spüren. Die Windfänger auf dem Dach leiteten jede kleinste Brise aus dem Norden nach unten, und es entstanden kleine Wirbel in der heißen, muffigen Luft. Als Nedjmet und ihr Schützling den Raum betraten, sprangen die zwei wartenden Sklavinnen ehrerbietig auf und nahmen ihre Fächer in die Hand. Nedjmet schenkte ihnen keine Beachtung. Während sie Hatschepsut den weißen Leinenkittel auszog, stieß sie barsch einen Befehl hervor, und eine weitere Sklavin erschien mit Wasser und Tüchern. Die Kinderfrau wusch rasch den drahtigen kleinen Körper.

«Dein Kittel ist wieder mit Tinte beschmiert», sagte sie vorwurfsvoll. «Mußt du so unordentlich sein?»

«Es tut mir ehrlich leid», erwiderte Hatschepsut, der es nicht im geringsten leid tat. Sie stand schläfrig da, während das wohltuend kühle Wasser ihr über den braunen Leib und die Arme lief. «Neferu war auch ärgerlich mit mir wegen meines schmutzigen Kittels. Wirklich, ich weiß nicht, wie es geschehen ist.»

«War es gut in der Schule heute?»

«Ich glaube ja. Aber ich mag die Schule nicht sehr. Man muß zu viel lernen, und ich warte immer darauf, daß Chaemwese mich anschnauzt. Und ich mag auch nicht, daß ich das einzige kleine Mädchen dort bin.»

«Ihre Hoheit Neferu ist doch auch da.»

«Das ist etwas ganz anderes. Neferu macht sich nichts aus dem Grinsen der Jungen.»

Nedjmet rümpfte die Nase. Sie hätte gern erwidert, daß Neferu sich aus nichts etwas zu machen schien, aber sie erinnerte sich noch rechtzeitig, daß dieses klaräugige, hübsche kleine Mädchen, das jetzt herzhaft gähnend zu seinem Ruhebett ging, der erklärte Liebling des großen Pharao war und zweifellos alles vor ihm ausplapperte, was in den Kinderzimmern gesprochen wurde. Nedjmet mißbilligte jeden Bruch mit der Tradition, und der Gedanke, daß Mädchen, und noch dazu Mädchen von königlichem Geblüt, zusammen mit Jungen unterrichtet wurden, war für sie eine Quelle ständigen Ärgers. Aber Pharao hatte gesprochen. Pharao wünschte, daß seine Töchter eine gute Bildung genossen, und sein Wunsch war Befehl. Nedjmet schluckte die Ketzereien, die ihr auf der Zunge lagen, hinunter und verbeugte sich, um die kleine Hand zu küssen. «Schlaf gut, Hoheit. Brauchst du noch etwas?»

«Nein. Nedjmet, Neferu hat versprochen, sich nachher mit mir die Tiere anzusehen. Darf ich mitgehen?»

Die Bitte war so üblich, so vorhersehbar wie der ständige Hunger des Kindes nach Süßigkeiten, und auf Nedjmets Gesicht erschien ein seltenes, sanftes Lächeln. «Natürlich, wenn du eine Sklavin und einen Wächter mitnimmst. Jetzt schlaf. Ich komme bald wieder.» Sie machte den schweigenden Gestalten, die regungslos im Halbdunkel standen, ein Zeichen und ging hinaus.

Die beiden Frauen traten näher, und Schweiß schimmerte auf ihrer

dunklen Haut, während sie langsam und lautlos ihre Fächer über Hatschepsuts Kopf zu schwingen begannen.

Kleine Luftwellen fuhren über ihren Körper, und einen Augenblick lang beobachtete sie, wie die Federn zitternd dahinglitten, während ein Gefühl der Sicherheit und des Friedens sie überkam. Ihre Augenlider schlossen sich, und sie drehte sich auf die Seite. Das Leben war schön, auch wenn Nedjmet sie anschnauzte und wenn Thutmosis in letzter Zeit oft brummig war.

Ich weiß nicht, weshalb er jetzt immer so mürrisch ist, dachte sie verschwommen. Mir würde es Spaß machen, Soldat zu sein und zu lernen, mit dem Bogen zu schießen und den Speer zu werfen. Ich würde gern mit den anderen Männern marschieren und kämpfen.

Eine der Nubierinnen über ihr räusperte sich, und jenseits der Tür hörte sie Nedjmet mit einem tiefen Seufzer schwerfällig auf ihr Ruhebett klettern. Hatschepsuts kleine Ebenholz-Kopfstütze unter dem Nacken fühlte sich glatt an, und ihre Gedanken lösten sich in Träume auf. Sie schlief.

Als sie aufwachte, stand die Sonne noch hoch am Himmel, hatte jedoch ihre brennende Kraft verloren. Überall um sie herum schüttelte der Palast seine Lethargie ab und schleppte sich träge – wie ein Nilpferd, das sich aus dem Schlamm erhebt – dem Ende des Tages entgegen. In den Küchenräumen schwatzten die Köche und klirrten mit den Töpfen; und in den Säulengängen hörte man Gelächter und das Getrippel zahlreicher Füße. Als Hatschepsut sauber, erfrischt und tatendurstig ins Freie trat, waren die Gärtner schon wieder an der Arbeit: sie jäteten mit nackten, gebeugten Rücken die exotischen Blumenbeete, beschnitten die Hecken und wässerten die Hunderte von Platanen und Weiden, die den unteren Teil der königlichen Gärten zu einem sonnendurchsprenkelten, süß duftenden Wald machten. Zwischen den Bäumen flatterten buntgefiederte Vögel umher, und der Himmel war so blau wie die Augenschminke von Hatschepsuts Mutter. Sie fing an zu rennen, und die Sklavin und der Wächter mußten sich beeilen, um mit ihr Schritt zu halten. Wo immer sie vorbeikam, erhoben sich die Arbeiter und verneigten sich ehrfurchtsvoll vor ihr, aber Hatschepsut sah sie kaum. Seit ihrer frühesten Kindheit hatte die Welt sie als die Tochter des Gottes verehrt, und jetzt, im Alter von zehn Jahren, war ihr das Bewußtsein ihrer Bestim-

mung in Fleisch und Blut übergegangen, und sie nahm ihre Welt und alles in ihr als richtig und selbstverständlich hin. Da war der König: der Gott, ihr Vater. Da war die göttliche Gemahlin, ihre Mutter. Da war Neferu, ihre Schwester, und Thutmosis, ihr Stiefbruder. Und dann war da das Volk, das einzig und allein dazu da war, sie zu verehren, und das schöne, schöne Ägypten irgendwo jenseits der hoch aufragenden Mauern, ein Land, das sie noch nie gesehen hatte, das sie jedoch umgab und mit Ehrfurcht erfüllte.

Einmal, vor etwa einem Jahr, hatten sie, Menech und Hapuseneb einen Plan ausgeheckt. Sie wollten sich statt zu schlafen, heimlich aus dem Palast schleichen und in die Stadt laufen. Sie wollten zu Menechs Haus gehen, eine Meile stromaufwärts, und auf dem Boot seines Vaters spielen. Aber der Pförtner, der in dem kleinen Raum neben dem großen Kupfertor Wache hielt, hatte sie erwischt. Menech war von seinem Vater verdroschen worden, Hapuseneb hatte ebenfalls Prügel bekommen, aber sie selbst hatte von ihrem Vater nur einen Verweis erhalten. Sie sei noch nicht alt genug, hatte er gesagt, um sich aus der Geborgenheit des Palastes zu entfernen. Ihr Leben sei kostbar. Es gehöre dem ganzen Land und müsse beschützt werden, hatte er ihr erklärt. Dann hatte er sie auf sein Knie gehoben und ihr Honigkuchen und süßen Wein gegeben.

Jetzt, ein Jahr später, war das Abenteuer fast vergessen. Fast. Eines war ihr damals klargeworden: Wenn man erwachsen ist, kann man alles tun. Aber man muß warten. Warten.

Neferu stand schon an der Umfriedung, allein. Sie wandte sich um und lächelte, als Hatschepsut atemlos auf sie zukam. Neferus Gesicht war blaß, ihre Augen müde. Sie hatte nicht geschlafen. Hatschepsut legte die Hand in die ihrer älteren Schwester, und sie machten sich auf den Weg.

«Wo ist deine Sklavin?» fragte Hatschepsut. «Ich mußte meine mitbringen.»

«Ich habe sie fortgeschickt. Manchmal bin ich lieber allein, und ich bin jetzt alt genug, um mehr oder weniger tun zu können, was ich will. Hast du gut geschlafen?»

«Ja. Nedjmet hört sich an wie ein Bulle, wenn sie schnarcht, aber es gelingt mir trotzdem einzuschlafen. Nur vermisse ich dich auf dem Nebenbett. Das Zimmer kommt mir ohne dich so groß und leer vor.»

Neferu lachte. «Dabei ist es in Wirklichkeit ein sehr kleines Zimmer, liebe Hatschepsut. Das wirst du sehen, wenn man dich in große, widerhallende Gemächer wie die meinigen steckt.» Ihre Stimme klang bitter, aber das Kind merkte es nicht.

Sie gingen durch das Tor und schlenderten einen breiten, von Bäumen gesäumten Pfad entlang, an dem zu beiden Seiten Käfige standen, in denen sich verschiedene Tiere befanden: viele inländische, wie Steinböcke, Löwen und Gazellen, aber auch einige exotische, die ihr Vater aus den fernen Ländern mitgebracht hatte, gegen die er in seiner Jugend zu Felde gezogen war. Die meisten der Tiere lagen friedlich schlafend im Schatten, und ihr Geruch schlug den Mädchen im Vorübergehen warm und anheimelnd entgegen. Der Pfad endete unmittelbar vor der hoch aufragenden Mauer, die den königlichen Besitz umgab. Am Fuß der Mauer lag ein bescheidenes Zwei-Zimmer-Haus aus Lehmziegeln, in dem der Aufseher des königlichen Zoos wohnte. Er stand auf der Veranda und hielt Ausschau nach ihnen. Als sie sich näherten, kam er heraus, ließ sich auf die Knie sinken und berührte mit der Stirn den Boden.

«Sei gegrüßt, Nebamun», sagte Neferu. «Du kannst aufstehen.»

«Sei gegrüßt, Hoheit.» Der Mann erhob sich mühsam und stand mit gesenktem Kopf da.

«Sei gegrüßt!» sagte Hatschepsut. «Sag mir, Nebamun, wo ist das Gazellenbaby? Geht es ihm gut?»

«Sehr gut, Hoheit», erwiderte Nebamun feierlich, mit einem Zwinkern in den Augen, «und es frißt für drei. Ich habe es in einem kleinen Pferch hinter meinem Haus, wenn ihr mir folgen wollt. Es ist ein sehr lärmendes Baby. Es hat die ganze Nacht geschrien.»

«Oh, das arme Kleine! Es vermißt seine Mutter. Glaubst du, ich könnte es füttern?»

«Ich habe Ziegenmilch vorbereitet, falls Hoheit es versuchen will. Aber ich muß dich warnen, Hoheit: Dieses Baby ist kräftig, es könnte dich umstoßen oder Milch auf dein Gewand schütten.»

«Oh, das macht nichts. Ihr zwei –» sie wandte sich um und sah ihre beiden geduldigen, schwitzenden Begleiter an – «bleibt hier. Setzt euch unter einen Baum oder sonstwas. Ich laufe nicht weg.» Sie trat auf Nebamun zu. «Geh du voran!»

Neferu nickte, und die kleine Gruppe ging um das Haus herum. Die

Mauer war nur zehn Schritt entfernt und warf einen kühlen Schatten auf den winzigen Hof hinter dem Haus; dort stand ein kleiner, provisorischer Pferch aus Pfosten und Weidenruten. Ein brauner Kopf, der nur aus großen, feuchten Augen mit langen Wimpern zu bestehen schien, lugt hinüber. Mit einem Schrei des Entzückens lief Hatschepsut auf das kleine Tier zu und schob ihre Hände zwischen den Pfosten hindurch, um es zu streicheln. Sofort öffnete sich der weiche Mund, und eine rosa Zunge rollte heraus.

Das kleine Mädchen quietschte vor Freude. «Sieh nur, Neferu! Sieh dir an, wie es an meinem Finger saugt! Oh, beeil dich, Nebamun; es ist so hungrig, daß ich dich auspeitschen lassen sollte! Hol die Milch!»

Nebamun konnte nur mühsam ein Lachen unterdrücken. Er verbeugte sich abermals und verschwand um die Ecke.

Neferu kam näher und blieb neben dem Pferch stehen. «Es ist süß», sagte sie, den seidigen Nacken streichelnd. «Armes Ding, daß es in Gefangenschaft leben muß.»

«Sei doch nicht albern!» entgegnete Hatschepsut. «Wenn Vater es nicht mitgebracht hätte, wäre es in der Wüste umgekommen, wäre von Löwen oder Hyänen oder sonstwas aufgefressen worden.»

«Ich weiß. Aber irgendwie kommt es mir bemitleidenswert vor, so hungrig nach Liebe – so allein –»

Hatschepsut wollte wieder eine ungeduldige Bemerkung machen, aber als sie sich ihrer Schwester zuwandte, erstarben ihr die Worte auf den Lippen. Neferu weinte, die Tränen liefen ungehindert über ihre Wangen. Hatschepsut war überrascht. Sie hatte Neferu bisher nie anders als beherrscht und würdevoll gesehen, und dieser plötzliche Ausbruch weckte ihr Interesse. Sie war nicht im geringsten verlegen, und eine Sekunde später zog sie ihre Hand aus dem Maul des Kitzes und trocknete sie an ihrem Gewand ab.

«Was hast du, Neferu? Bist du krank oder irgendwas?»

Neferu schüttelte heftig den Kopf und wandte sich schweigend ab, bemüht, ihre Beherrschung wiederzugewinnen. Dann hob sie den Saum ihres Gewandes hoch und fuhr sich damit übers Gesicht. «Es tut mir leid, Hatschepsut. Ich weiß nicht, was mit mir los ist. Ich habe heute überhaupt nicht geschlafen und bin wahrscheinlich ein bißchen müde.»

«Oh.» Hatschepsut wußte nichts anderes zu sagen, und als das

Schweigen sich in die Länge zog, überkam sie ein unbehagliches Gefühl. Als Nebamun schließlich mit einer großen, schmalen Kanne zwischen den Händen zurückkehrte, lief sie erleichtert auf ihn zu. «Gib mir die Kanne! Ist sie schwer? Du hältst ihm das Maul auf, und ich gieße die Milch hinein.»

Nebanum öffnete das Gatter, und sie gingen in den Pferch. Er nahm das kleine Tier behutsam zwischen seine Knie und zog ihm mit sanfter Gewalt den Ober- und Unterkiefer auseinander.

Hatschepsut, die Zungenspitze zwischen den Zähnen, hielt den Krug dicht vor das zappelnde Gesicht und begann zu gießen. Aus dem Winkel ihrer Augen sah sie, daß Neferu sich abwandte und fortging. Blöde Neferu! dachte sie zornig. Sie hat uns den ganzen schönen Tag verdorben! Ihre Hand zitterte, so daß die Milch wie ein Wasserfall an ihrem Kleid hinunterströmte und kleine Pfützen unter ihren nackten Zehen bildete.

Nebamun nahm ihr die Kanne ab, die sie ihm hinhielt, und das Kitz wankte davon, leckte sich die Lippen und sah sich mit großen Augen mißtrauisch nach ihnen um.

«Vielen Dank, Nebamun. Es ist schwerer, als es aussieht, nicht wahr? Ich komme morgen wieder und versuche es noch einmal. Auf Wiedersehen.»

Der Mund des Mannes zuckte, und er verbeugte sich sehr tief. «Auf Wiedersehen, Hoheit. Es ist immer ein Vergnügen, dich hier zu sehen.»

«Natürlich ist es das!» rief sie ihm über die Schulter zu und begann zu rennen. Sie holte Neferu ein, als diese gerade durch das Tor hinausgehen wollte. Hatschepsut packte sie impulsiv beim Arm. «Sei mir nicht böse, Neferu. Habe ich dich erzürnt?»

«Nein.» Der Arm des älteren Mädchens legte sich zärtlich um die mageren jungen Schultern. «Wer kann dir böse sein? Du bist hübsch anzusehen, du bist klug und freundlich. Es gibt niemand, der dich nicht leiden kann, Hatschepsut. Selbst ich nicht.»

«Was meinst du damit? Ich verstehe dich nicht, Neferu. Ich liebe dich. Liebst du mich nicht auch?»

Neferu zog sie unter die Bäume und ließ die Diener in der Mitte des Pfads warten. «Doch, ich liebe dich auch. Aber in letzter Zeit – oh, ich weiß nicht, warum ich dir das sage; du bist viel zu jung, um es zu verstehen. Aber ich muß mit jemandem sprechen.»

«Hast du ein Geheimnis, Neferu?» rief Hatschepsut. «Ja, du hast eins! Du hast eins! Bist du verliebt? Oh, bitte, sag es mir!» Sie zerrte an Neferus Arm, und sie sanken beide auf das kühle Gras nieder. «Hast du deshalb geweint? Deine Augen sind noch ganz geschwollen.»

«Woher solltest du wissen, wie es ist?» sagte Neferu langsam; sie zog einen Grashalm aus der Erde und fuhr sich damit über die Handfläche. «Für dich wird das Leben leicht sein, ein endloses Spiel, Tag für Tag. Wenn du alt genug bist, wirst du heiraten können, wen du willst, und wirst leben können, wo du willst – in den Provinzen, den Bergen, am Meer. Du wirst frei sein, wirst reisen können, wirst tun können, was dir und deinem Mann gefällt, und dich deiner Kinder freuen. Aber ich . . .» Sie ließ den Grashalm fallen, faltete die Hände und lehnte sich gegen den Baumstamm. Die Gemütsbewegung verlieh ihrer blassen Haut einen noch gelblicheren Ton, und die Muskeln an ihrem Hals standen hervor wie kleine verknotete Stränge. Sie war jetzt gar nicht königlich oder würdevoll. Die Schönheit, die sie besaß – ihre zarten Hände, ihre schmale Nase und das lange, seidige schwarze Haar –, wurde überschattet von der Trübsal, die sie wie ein schlaffes, schwach flatterndes weißes Segel erscheinen ließ. «Bei mir ist das alles anders», fuhr sie ausdruckslos fort. «Ich werde mit Leckerbissen gefüttert und in das feinste Leinen gekleidet. Meine Schatullen und Schubfächer sind mit Juwelen gefüllt, als ob es Kieselsteine wären, und den ganzen Tag lang werfen sich Sklaven und Edelleute vor mir zu Boden. Alles, was ich zu sehen bekomme, sind die Scheitel auf den Köpfen der Leute. Wenn ich aufstehe, zieht man mich an; wenn ich hungrig bin, gibt man mir zu essen; wenn ich müde bin, schlagen ein Dutzend Hände die Decken meines Ruhebetts zurück. Selbst im Tempel, wenn ich bete und singe und das Sistrum schwinge, sind sie zugegen.» Sie machte eine müde Handbewegung, und das Haar fiel ihr wirr um den Hals. «Ich will nicht die große Gattin des Königs sein. Ich will nicht die göttliche Gemahlin sein. Ich will nicht den dummen, wohlmeinenden Thutmosis heiraten. Ich will nur Frieden, Hatschepsut, und so leben, wie es mir gefällt.» Sie schloß die Augen und schwieg. Hatschepsut streckte schüchtern die Hand aus und streichelte den Arm ihrer Schwester. Sie saßen Hand in Hand da, während die Sonne langsam zu sinken begann und die Schatten sich unmerklich verlängerten.

Schließlich richtete sich Neferu auf. «Ich hatte einen Traum», flüsterte sie, «einen schrecklichen Traum. Und ich träume ihn fast jedesmal, wenn ich schlafe. Das ist auch der Grund, weshalb ich heute nicht im Palast geblieben bin, sondern hier in den Garten hinausging und unter einem Baum lag, bis meine Augen vor Müdigkeit brannten und die Welt mir so unwirklich erschien, als hätte ich doch geschlafen. Ich träume – ich träume, daß ich tot bin, und mein Ka steht in einer riesigen, dunklen Halle, in der es nach verwesendem Fleisch riecht. Es ist sehr kalt. Am Ende der Halle ist ein Türbogen, durch den Licht strömt – schönes, helles, warmes Sonnenlicht. Ich weiß, daß Osiris dort auf mich wartet. Aber dort, wo mein Ka ist, herrscht nur Dunkelheit, der Geruch und eine schreckliche Verzweiflung, denn zwischen mir und dieser Tür befindet sich die Waage, und hinter der Waage steht Anubis.»

«Aber warum hast du Angst vor Anubis, Neferu? Er wünscht nur, daß die Waagschalen im Gleichgewicht sind.»

«Ja, ich weiß. Mein ganzes Leben lang habe ich versucht, richtig zu handeln, damit ich nichts zu fürchten habe, wenn mein Herz gewogen wird. Aber irgend etwas ist anders in diesem Traum.» Sie kniete sich hin und ihre Hände zitterten, als sie sie auf Hatschepsuts Schultern legte. «Ich nähere mich dem Gott. Er hat etwas in der Hand, das zittert und pulsiert. Und ich weiß, daß es mein Herz ist. Die Feder der Maat, so wunderschön, liegt auf der Waage. Anubis hält den Kopf gesenkt. Er legt das Herz auf die andere Schale, und sie beginnt sich zu senken. Ich bin wie erstarrt. Sie sinkt tiefer und tiefer, und dann stößt sie mit einem leichten Aufprall auf den Tisch. Da wird mir klar, daß ich verloren bin und niemals über den kalten Boden zur Herrlichkeit des Osiris schreiten werde, aber ich schreie nicht – das heißt nicht eher, als bis der Gott den Kopf hebt und mich ansieht.»

Hatschepsut spürte plötzlich das Verlangen aufzustehen und wegzulaufen, weit weg, irgendwohin, um das Ende dieses schrecklichen Traums nicht anhören zu müssen. Sie versuchte, sich dem Griff ihrer Schwester zu entziehen, aber die Finger ließen sie nicht los, und Neferus Augen blitzten, brannten . . .

«Weißt du was, Hatschepsut? Er sieht mich an, und es sind nicht die glitzernden Augen des Schakals. Nein. Denn du bist es, die mich verurteilt, Hatschepsut. Du im Gewand des Gottes, aber mit dem

Gesicht eines Kindes. Das ist viel schrecklicher, als wenn Anubis mir sein Hundegesicht zuwenden, den Mund öffnen und knurren würde. Ich schreie, aber dein Gesicht verändert sich nicht. Deine Augen sind so kalt und tot wie der Wind, der durch jene abscheuliche, dunkle Halle weht. Ich schreie und schreie, und ich wache schreiend auf, mit schmerzendem Kopf.» Ihre Stimme war wieder zu einem Flüstern geworden, und sie nahm das verwirrte, verängstigte kleine Mädchen in die Arme und zog sie an ihre Brust.

Hatschepsut hörte das unregelmäßige Hämmern von Neferus Herz. Plötzlich schien ihr die Welt kein so sicherer und vergnüglicher Ort mehr zu sein. Zum erstenmal wurde sie sich der unbekannten Sphären bewußt, die sich hinter den lächelnden Augen von Freunden, von Menschen, denen man vertraute, verbargen. Ihr war, als sei sie selbst in Neferus Traum gegenwärtig; aber sie befand sich auf der anderen Seite des Torbogens, in der Gnade von Osiris, und blickte zurück in das schattige Dunkel der Halle des göttlichen Gerichts. Sie machte sich mit einem Ruck aus der Umklammerung ihrer Schwester frei, stand auf und streifte das Gras ab, das an den Milchflecken auf ihrem Kleid klebte. «Du hat recht, Neferu. Ich verstehe es nicht. Du hast mir angst gemacht, und das mag ich nicht. Warum gehst du nicht zu den Ärzten und fragst sie um Rat?»

«Ich war bei ihnen. Sie nicken und lächeln und sagen, ich müsse Geduld haben; junge Mädchen hätten oft seltsame Gedanken und Vorstellungen, wenn sie erwachsen würden. Und die Priester! Bringe mehr Opfer dar, haben sie mir geraten. Amun-Re hat die Macht, dich von deiner Angst zu befreien, sagen sie. So bringe ich Opfer dar und bete, aber ich träume immer noch.» Neferu stand nun ebenfalls auf, und Hatschepsut hängte sich bei ihr ein, als sie zum Pfad zurückkehrten.

«Hast du es Mutter oder Vater erzählt?»

«Mutter würde nur lächeln und mir einen neuen Halsschmuck anbieten. Und du weißt, daß Vater meist sehr gereizt wird, wenn ich zu lange bei ihm bleibe. Nein, ich glaube, ich muß einfach abwarten, ob dieser Traum im Laufe der Monate verschwindet. Es tut mir leid, wenn ich dich beunruhigt habe. Weißt du, ich habe jetzt viele Bekannte, aber keine Freunde. Ich habe oft das Gefühl, daß es niemanden interessiert, wer ich wirklich bin. Ich weiß, daß Vater es nicht

tut, und wenn nicht er, wer dann? Denn *er* ist doch die Welt, nicht wahr?»

Hatschepsut seufzte. Sie hatte bereits den Faden von Neferus Worten verloren. «Neferu, warum mußt du Thutmosis heiraten?»

Neferu zuckte seufzend die Schultern. «Ich glaube, du würdest auch das nicht verstehen, und ich bin zu müde, um es dir jetzt zu erklären. Frag Pharao, wenn du ihn siehst», fügte sie ein wenig grimmig hinzu. Sie legten den Rest des Weges schweigend zurück.

Als sie in die sonnendurchflutete Halle kamen, die zum Haus der Frauen führte, blieb Neferu stehen und zog sanft ihren Arm weg. «Geh jetzt zu Nedjmet und laß dich waschen. Wenn man dich ansieht, könnte man meinen, du seist ein schmutziger kleiner Gassenbalg, der sich irrtümlich hier eingeschlichen hat.» Sie lächelte schwach. «Ich muß mich in meine Gemächer begeben und mir überlegen, was ich heute abend anziehen soll. Ihr könnt auch gehen –» sie nickte den beiden erschöpften Dienerinnen zu, die hinter ihnen standen – «Meldet euch später bei der königlichen Kinderfrau.» Geistesabwesend strich sie Hatschepsut über den Kopf und ging davon.

Hatschepsut trottete niedergeschlagen zu ihren Räumen. Wieviel einfacher und fröhlicher war alles gewesen, als sie und Neferu noch jünger waren und von früh bis spät zusammen getobt und gelacht hatten. Jetzt mußte sie sich offenbar damit begnügen, mit den Söhnen der Edelleute zu spielen, die jeden Morgen zum Unterricht kamen, und mußte zulassen, daß Neferu erwachsen wurde und sich immer mehr von ihr entfernte. Die Kluft zwischen ihnen hatte sich schon erweitert. Nach dem einfachen alten Ritus, der Neferu in die geheimnisvolle und ehrfurchtgebietende Welt der erwachsenen Frauen eingereiht hatte, war Neferu in den nördlichen Flügel des Palastes gezogen und hatte jetzt ihren eigenen Garten und Teich, ihre eigenen Sklaven, Ratgeber und Sprecher und ihren eigenen, persönlichen Priester, der die Opfer für sie darbrachte. Hatschepsut hatte erlebt, wie sie sich von einem zutraulichen, sorglosen Mädchen in eine würdevolle, in sich gekehrte Frau verwandelte, die zurückhaltend und kühl mit ihrem sich ewig streitenden, unterwürfigen Gefolge weggezogen war.

Ich werde mich nicht so verändern, schwor Hatschepsut sich inbrünstig, während sie durch die Tür in ihr Schlafgemach trat und Nedjmet ihr aus ihrem Zimmer entgegenkam, um sie zu begrüßen. Ich

werde immer fröhlich sein, schöne Träume haben und Tiere lieben. Arme Neferu.

Sie fühlte sich unbehaglich und achtete nicht auf Nedjmets lautstarke Beschwerden über den Zustand nun auch des zweiten sauberen Gewandes, das sie heute getragen hatte. In einer Wolke von Schwermut, die nicht weichen wollte, dachte sie über Neferus Traum nach. Doch schließlich drang das Nörgeln der Kinderfrau in ihr Bewußtsein, und sie lehnte sich mit einer ihr selbst bisher unbekannten Entschlossenheit dagegen auf. «Halt den Mund, Nedjmet», sagte sie. «Zieh mir das Kleid aus, bürste meine Jugendlocke und rasiere mir den Kopf, aber halt den Mund.»

Der Erfolg war überraschend. Es gab keine Schreie, kein Gezänk. Einen Augenblick lang blieb Nedjmet mit zusammengepreßten Lippen vor Hatschepsut stehen, dann senkte sie den Kopf und wandte sich ab. «Ja, Hoheit», sagte sie leise. Sie wußte, daß das letzte der Küken, erstaunt über seinen eigenen Mut, flügge zu werden begann und daß ihre Tage als königliche Kinderfrau gezählt waren.

Endlich ging die Sonne unter. Re begab sich zur Ruhe, und der glühende Rand seiner heißen Barke tauchte die königlichen Gärten in ein rötliches Licht, als Hatschepsut auf dem Wege war, ihren Vater zu begrüßen. Der große Horus saß grübelnd auf seinem reichgeschmückten Stuhl. Sein Leib hing über den mit Juwelen besetzten Gürtel herab, seine breite Brust glitzerte von Gold und auf seinem massigen Kopf glänzten die stolzen Symbole der Königswürde in den schräg fallenden Strahlen seines himmlischen Vaters.

Thutmosis der Erste wurde alt. Er war Anfang der Sechzig, machte jedoch immer noch den Eindruck, jene ungeheuerliche Kraft und Zielstrebigkeit zu besitzen, die ihn einst veranlaßt hatten, den Krummstab und den Wedel zu ergreifen, die sein Vorgänger ihm bot, und die ihm damit verliehene Macht zur endgültigen Vernichtung der Herrschaft der Hyksos zu benutzen. Er war außerordentlich beliebt beim ägyptischen Volk – endlich ein Gott der Freiheit und Rache, der die Grenze zu mehr als nur einem Wort gemacht hatte. Seine Feldzüge waren taktisch hervorragend gewesen, hatten den Tempeln und dem Volk reiche Beute eingebracht und, wichtiger noch, sie hatten den Menschen die Sicherheit gegeben, die sie brauchten, um in Ruhe den

Boden zu bestellen und ihrem Handwerk nachzugehen. Er war Sohn einer Nebenfrau von Pharao Amunhotep und hatte nach dem Tod Amunhoteps dessen Tochter, Ahmose, geheiratet, um seine Thronbesteigung rechtskräftig zu machen. Seine zwei Söhne aus erster Ehe dienten jetzt in seinem Heer, ausgewachsene Männer und hervorragende Soldaten, die für ihren Vater die Grenzgarnisonen bewachten. Seine Macht und Popularität waren vielleicht größer als die irgendeines Pharaos vor ihm, aber diese Macht hatte ihn nicht geschwächt oder verweichlicht. Sein Wille war immer noch stark und unbeugsam wie eine Granitsäule, und unter diesem Willen hatte das Land seine Wunden geheilt, hatte in Frieden gelebt und einen noch nie dagewesenen Wohlstand erreicht.

Thutmosis saß am See, mit seiner Frau, seinen Schreibern und seinen Sklaven, und sah zu, wie das Wasser in der frühabendlichen Brise kleine rosa Wellen schlug. Als Hatschepsut mit nackten Füßen lautlos über das warme Gras auf ihn zukam, sprach er gerade mit seinem alten Freund Ahmes pen Nechbet, der sichtlich verlegen vor ihm stand. Thutmosis war offenbar verärgert. Er blickte immer noch über das Wasser, und seine Stimme drang in gereiztem Ton zu Hatschepsut herüber. «Hör zu, pen Nechbet, wir beide haben so viele Jahre miteinander verbracht, sowohl auf dem Schlachtfeld als auch zu Hause. Du brauchst keine Angst vor mir zu haben. Ich bitte dich nur, mir deine Meinung zu sagen, und hör auf, wie ein schuldbewußter Schuljunge mit den Füßen zu scharren. Habe ich dir nicht eine einfache Frage gestellt? Verdiene ich nicht eine einfache Antwort darauf? Ich wünsche einen Bericht über die Fortschritte meines Sohnes, und ich wünsche ihn jetzt!»

Pen Nechbet räusperte sich. «Majestät, du warst in der Tat stets gütig zu deinem ergebenen Diener, und falls dein ergebener Diener jetzt deinen Zorn erregen sollte, so bittet er schon im voraus um Verzeihung –»

Thutmosis ließ seine reichberingte Hand auf die Armlehne seines Stuhls fallen. «Hör auf, leere Phrasen zu dreschen, alter Freund. Ich kenne deinen Stolz, aber ich kenne auch deine Fähigkeiten. Wird er ein guter Soldat, ja oder nein?»

Pen Nechbet schwitzte unter seiner kurzhaarigen schwarzen Perücke. Er kratzte sich verstohlen den Kopf. «Majestät, dann laß mich

sagen, daß seine königliche Hoheit schon lange nicht mehr an den Übungen teilgenommen hat. Unter diesen Umständen *könnte* man seine Fortschritte als zufriedenstellend bezeichnen –» Seine Stimme erstarb, und endlich wandte Thutmosis ihm das Gesicht zu und forderte ihn mit einer Handbewegung auf, sich auf dem Boden niederzulassen.

«Setz dich. Setz dich! Was ist heute mit dir los? Glaubst du, ich habe dich beauftragt, meinen Sohn zu drillen, weil du ein guter Gärtner bist? Gib mir einen klaren, kurzen Bericht, sonst kannst du ohne dein Abendessen nach Hause gehen.»

Ahmose wandte sich ab, um ein Lächeln zu verbergen. Wenn ihr Mann irgend jemanden liebte und ihm vertraute, dann war es dieser große, häßliche Soldat, der jetzt in respektvoller Entfernung von ihnen unbequem auf dem Boden hockte. Sie hielt es zwar für unklug, daß Thutmosis beschlossen hatte, eine so heikle Frage mit leerem Magen zu erörtern, aber die Situation entbehrte nicht einer gewissen Komik. Und es hatte in letzter Zeit nicht viel Komisches in ihrem Leben gegeben.

Pen Nechbet schien einen Entschluß gefaßt zu haben. Seine Schultern strafften sich. «Majestät, ich bedaure aufrichtig, es dir sagen zu müssen, aber ich glaube nicht, daß der junge Thutmosis das Zeug zu einem Soldaten hat. Er ist unbeholfen und verweichlicht, wenn er auch erst im sechzehnten Lebensjahr steht. Er hat nichts für Disziplin übrig. Er ist . . .» Der Mann schluckte und fuhr verzweifelt fort: «Er ist faul und strengt sich nicht an. Vielleicht zeichnet er sich in seinen Studien mehr aus?» schloß er hoffnungsvoll.

In der bedrückenden Stille, die dieser Rede folgte, begann eine der Sklavinnen hysterisch zu kichern, wurde aber sofort zum Schweigen gebracht. Thutmosis erwiderte nichts. Während ihm langsam das Blut in die Wangen stieg, wanderte sein Blick über die Mauern des Palastes und über den See zum gesenkten Kopf seiner Frau. Die Menschen um ihn warteten mit Bangen; sie kannten die Anzeichen. Mit einem leisen Brummen bemerkte er seine Tochter, die wartend und lächelnd am Rand der Menge stand. Er winkte sie herbei, und alle Anwesenden atmeten erleichtert auf. Der Sturm hatte sich in einen kurzen Windstoß verwandelt.

«Ich werde morgen selbst zum Truppenübungsplatz kommen»,

sagte Thutmosis. «Und du wirst meinen Sohn auf Herz und Nieren prüfen. Wenn du dich irrst, pen Nechbet, verlierst du deinen Kommandostab. Hatschepsut, mein Liebling, komm her und gib mir einen Kuß. Und erzähl mir, was du heute getan hast.»

Hatschepsut lief auf ihn zu, kletterte auf sein Knie und rieb ihr Gesicht an seinem Hals. «Oh, Vater, du riechst so gut.» Sie beugte sich vor und küßte Ahmose. «Mutter, ich habe die kleine Gazelle gesehen. Nebamun hat mir erlaubt, sie zu füttern. Und Thutmosis hätte heute morgen beinahe wieder eine Tracht Prügel in der Schule bekommen –» Mit dem scharfen Erkenntnisvermögen eines Kindes merkte sie sofort, daß sie einen Fehler begangen hatte. Sie sah, wie sich das Gesicht ihres Vaters verfinsterte. «Aber nur beinahe», fuhr sie schnell fort. «Neferu hat ihn davor bewahrt –» Der Pharao begann schwer zu atmen, und Hatschepsut kletterte eilig vom Schoß ihres Vaters hinunter, um bei Ahmose Zuflucht zu suchen. Sie beschloß, noch einen weiteren Versuch zu machen. Dabei hat dieser Tag so schön begonnen, dachte sie, aber jetzt endet er wie eine von Nedjmets Schauergeschichten. «Vater», piepste sie, «es wäre lieb von dir, wenn du Thutmosis eine andere heiraten lassen würdest. Neferu will ihn nicht, sie ist ganz unglücklich –» Sie hielt jäh inne, als sie sah, daß der Ausdruck sprachlosen Staunens auf dem Gesicht ihres Vaters sich in Zorn verwandelte. Als sie sich der atemlosen Stille bewußt wurde, die sie umgab, fing sie an, nervös von einem Fuß auf den anderen zu hüpfen. «Ich weiß, ich weiß», sagte sie. «Ich kümmere mich zuviel um die Angelegenheiten anderer Leute –»

«Hatschepsut», sagte ihre Mutter erschrocken, «was ist heute nur in dich gefahren? Hast du wieder von dem Bier der Dienstboten getrunken?»

Ihr Vater erhob sich, und der gesamte Hofstaat erhob sich mit ihm. «Ich glaube, es ist an der Zeit», sagte er langsam, «daß wir beide einmal ernsthaft miteinander reden, Hatschepsut. Aber jetzt bin ich müde und hungrig. Ich habe für den Augenblick genug von den Problemen meiner schlecht erzogenen Kinder.» Er starrte pen Nechbet durchdringend an, dann warf er einen Blick auf seine unglückliche Frau. «Ahmose, erkundige dich bei Nedjmet, was da vorgefallen ist; ich will es noch heute abend wissen. Und du, Hatschepsut, komm zu mir, ehe du zu Bett gehst. Und bete zu den Göttern, daß du mich in besserer

Stimmung vorfindest.» Damit wandte er sich ab und ging, von seinen Begleitern gefolgt, auf den Palast zu.

Pen Nechbet kam mühsam auf die Beine und begann seinen abendlichen Spaziergang um den See. Die kurzen Zornesausbrüche des Königs beunruhigten ihn nicht allzusehr, aber es war ein drückend heißer Tag gewesen, und seine Knochen fühlten sich so brüchig an wie Schilfrohr.

Ahmose lächelte ihrer Tochter zu, als sie zusammen zu den königlichen Gemächern gingen. «Du warst heute sehr taktlos», sagte sie, «aber mach dir keine Sorgen. Er ist nicht böse auf dich, nur auf Thutmosis. Bis heute abend wird seine Stimmung sich gebessert haben. Er wäre verloren ohne dich, Hatschepsut», fuhr sie traurig fort. «Er wacht wie ein Falke über dein Wohlergehen. Arme Neferu.»

«Mama, ich bin auch müde und hungrig. Nedjmet besteht darauf, daß ich gestärktes Leinen trage, und das kratzt mich so. Können wir nicht über etwas anderes reden?» Hatschepsut sah Ahmose mit ihren feuchten, dunklen Augen an, und die Frau seufzte.

Amun, betete sie im stillen, als sie ihr großes, kühles Schlafgemach betraten, wo die Sklavinnen eilig umherhuschten, um die Lampen anzuzünden, sie ist deine Tochter. Sie ist deine absolute Inkarnation. Beschütze sie vor sich selbst.

Auf einen einsamen Fischer, der in seinem kleinen Boot aus Schilfrohr im nächtlichen Dunkel den Nil hinuntertrieb, muß der Palast von Theben wie ein Traumbild aus der verheißenen Herrlichkeit des Paradieses des Osiris gewirkt haben. Bei Einbruch der Dunkelheit flammten plötzlich wie durch Zauberhand Tausende von Lampen auf – als hätte ein Riese eine Handvoll heller, glitzernder Sterne auf die Erde geworfen, die sich einzeln und in Bündeln in den großen Wandelhallen und auf den zahlreichen, breiten, gepflasterten Pfaden dieses Königreichs innerhalb des Königreichs niederließen und sich bis tief in die Nacht auf dem schnell dahinfließenden Strom wiegend und tanzend spiegelten.

Der Besitz des Königs umfaßte viele Hektar: Gärten und Schreine, Sommerhäuser und Ställe, Kornspeicher und Dienerschaftsgebäude, und natürlich der Palast selbst mit seinen riesigen Sälen für Empfänge und Banketts, seinen Säulengängen und Wandelhallen, alle farben-

prächtig ausgeschmückt und mit Bildern von Fischen und Vögeln, Jägern und Wild und grünen Pflanzen gepflastert – kurzum, mit lauter Dingen, die das Leben zur Freude machten. Das Ganze erstreckte sich bis zum Rand des Tempels mit seinen düsteren Pylonen und den vielen überlebensgroßen Statuen von Thutmosis, dem Sohn des Gottes, die alle einander zum Verwechseln ähnlich waren: Der König saß da, die Hände auf die Knie gelegt, und blickte mit stolzer, ruhiger Miene über sein unbesiegbares Gebiet.

Auch die Gärten erstrahlten im Schein zahlloser Lampen, wenn die Frauen und Nebenfrauen, die Konkubinen und die Adeligen, die Beamten und die Schreiber in den süß duftenden Nächten dort auf und ab gingen und ihre nackten, parfümierten Sklavinnen ihnen den Weg leuchteten.

Auf dem Fluß schwamm das königliche Galaboot, ein Prunkstück aus Gold und Silber und edlen Hölzern, das am Fuß der breiten Stufen festgemacht war, die aus dem Wasser zu einem weitläufigen, von hohen Bäumen gesäumten Hof aufstiegen. Breite Promenaden führten zwischen diesen Bäumen hindurch zu den weißen und goldenen Hallen, die das Herz Ägyptens beherbergten.

Der Fischer würde nicht lange am Westufer des Flusses verweilen. Dort drüben erstreckte sich die Nekropole, ebenso wie der Palast über viele Hektar, zwischen dem Fluß und den weithin verstreuten graubraunen Felsen, die das Vordringen der Wüste hemmten. Die Lichter jenseits des Flusses, die Lichter in den Häusern der Priester und der Handwerker, die an den Gräbern und Tempeln der Götterkönige arbeiteten, waren gedämpfter und weniger zahlreich. Der Nachtwind stöhnte leise in den leeren Grabkammern, und die Lebenden verschlossen ihre Türen, bis Re sie aufrief, wieder einen Tag mühseliger Arbeit in der Stadt der Toten zu verbringen. Die hoch aufragenden Säulen und verlassenen Häuser, die angefüllt waren mit Speisen und welkenden Blumen für die, die ihre letzte Ruhestätte noch bewohnten, waren wie ein unvollkommenes, verzerrtes und trauriges Spiegelbild des bewegten, pulsierenden Lebens der königlichen Stadt Theben.

Der Abendwind hatte sich gelegt, und die Nacht war still und warm, als Hatschepsut, Nedjmet und die Dienerinnen des Kinderhauses

durch die von regungslosen Wächtern gesäumten Korridore zum Speisesaal gingen. An diesem Abend gab es keine ausländischen Delegationen, die festlich bewirtet werden mußten, aber der Saal war voll von Gästen und Adeligen, hohen Regierungsbeamten und Freunden der königlichen Familie. Hatschepsut hörte ihr Schwatzen und Lachen schon lange bevor sie durch die große Doppeltür trat und wartete, bis der oberste Herold feierlich ihre Ankunft verkündet hatte: «Prinzessin Hatschepsut Chenemet Amun.»

Die Gäste hörten einen Augenblick auf zu sprechen, verbeugten sich und setzten ihre Unterhaltung dann fort. Hatschepsut sah sich nach ihrem Vater um, aber er war noch nicht anwesend. Auch Neferu war nirgends zu sehen. Aber drüben in einer Ecke war Useramun, der mit Menech auf dem Boden saß. Vorsichtig den Sklaven ausweichend, die Wein einschenkten und die Speisenden mit Kissen oder kleinen Stühlen versorgten, ging sie zu ihnen hinüber. Unterwegs hob sie eine Lotosblume auf, die irgend jemand hatte fallen lassen, und flocht den Stengel in ihre Jugendlocke. Der starke, betäubende Duft stieg ihr sofort in die Nase, und sie atmete ihn genüßlich ein, während sie sich mit gekreuzten Beinen neben den Jungen auf dem Boden niederließ. «Seid gegrüßt. Was tut ihr zwei hier?»

Menech nickte lustlos und blinzelte Useramun zu. Sie hatten Hatschepsut gern, aber sie schien allgegenwärtig zu sein und über all ihre Pläne – ob sie es wollten oder nicht – Bescheid zu wissen. Seit dem mißlungenen Ausreißversuch hatten sie ihr möglichstes getan, sich von ihr fernzuhalten, aber sie tauchte an den unglaublichsten Stellen auf. Aber sie war nicht langweilig – was sonst sie auch sein mochte.

Als Sohn einer der ältesten und vornehmsten Familien des Landes behandelte Useramun sie wie seinesgleichen. Sein Vater, der Wesir des Südens und nach Pharao einer der zwei mächtigsten Männer Ägyptens, befand sich auf einer Inspektionsreise durch die Provinzen, die ihm unterstanden, und Useramun wohnte derzeit im Palast. Er verbeugte sich übertrieben höflich. «Heil, Majestät! Deine Schönheit ist verwirrender als der Glanz der Sterne. Oh! Meine Augen versagen, ich bin wie geblendet!»

Hatschepsut kicherte. «Eines Tages werde ich dich diese Worte mit dem Mund im Staub wiederholen lassen, Useramun. Worüber habt ihr gesprochen?»

«Über die Jagd», erwiderte Useramun sofort. «Menechs Vater nimmt uns morgen mit, schon ganz früh. Vielleicht erlegen wir ja einen Löwen!»

«Unsinn!» sagte Hatschepsut. «Selbst erwachsenen Männern fällt es schwer, einen Löwen zu töten. Zuerst müßt ihr mal einen finden.»

«Wir gehen ins Hügelland», warf Menech ein. «Vielleicht kampieren wir die ganze Nacht im Freien.»

«Kann ich mitkommen?» fragte Hatschepsut begierig.

«Nein!» erwiderten die Jungen wie aus einem Mund.

«Warum nicht?»

«Weil du ein Mädchen bist, und weil der Eine es dir nie im Leben erlauben würde», sagte Useramun gelassen. «Kleine Prinzessinnen gehen nicht auf die Jagd.»

«Aber große Prinzessinnen tun es. Wenn ich groß bin, werde ich jeden Tag auf die Jagd gehen. Ich werde die beste Jägerin des Königreichs sein.»

Menech lächelte. Hatschepsuts Liebe zu Tieren würde ihr nie gestatten, etwas anderes als Enten zu jagen, und das wußte sie. Aber selbst mit zehn Jahren schon bestand ihr Stolz darauf, alle anderen in allem zu übertreffen. «Was hast du den ganzen Tag gemacht?» fragte er. «Ich habe dich nirgends gesehen.»

«Ich hab mir Schwierigkeiten zugezogen», erwiderte sie seufzend. «Oh! Da kommen Vater und Mutter. Jetzt können wir essen.»

Alle Anwesenden berührten mit der Stirn den Boden. Die Stimme des obersten Herolds verkündete laut: «. . . Mächtiger Stier, geliebt von Maat, der erscheint als königliche Schlange, groß an Macht, schön an Jahren, der die Herzen belebt . . .»

Hatschepsut fragte Menech im Flüsterton: «Glaubst du, daß deine Mutter sich heute abend wieder betrinken wird?»

«Psst!» erwiderte er heftig. «Kannst du nicht einen Augenblick still sein?»

«Nein, das kann ich nicht! Ich bin hungrig! Ich bin schon seit Stunden hungrig!»

Thutmosis machte eine Handbewegung, und der Hofstaat erhob sich und begann wieder zu reden. Die Gäste suchten sich ihre Plätze, jeder an seinem eigenen kleinen Tisch, und die Sklaven fingen an, mit hoch aufgehäuften Platten zwischen ihnen umherzugehen. Hat-

schepsuts Sklavin kam herbei und verbeugte sich. «Gänsebraten, Hoheit? Rindfleisch? Gefüllte Gurken?»

«Von allem etwas!» Während sie aß, sah sie sich unruhig nach Neferu um, aber es war kein Lebenszeichen von ihr zu entdecken. Auf ein Kopfnicken ihres Vaters hin zogen die Musiker herein, ein Mann mit einer großen Harfe und Mädchen in langen, gefältelten Röcken, kegelförmige Gefäße mit duftenden Wässern auf dem Kopf und ihre Instrumente unter den Arm gepreßt. Hatschepsut bemerkte mit Interesse, daß die Mädchen die neumodischen Lauten spielen würden, die aus der Wildnis des Nordostens stammten. Sie nahm sich vor, eines der Mädchen zu bitten, später in ihr Zimmer zu kommen, um ihr etwas vorzuspielen, aber dann erinnerte sie sich mit verzagendem Herzen, daß sie eine Verabredung mit dem Pharao hatte. Als die Musik begann, schob sie ihren Teller beiseite, tauchte die Finger in die Wasserschale und wischte sie an ihrem Kleid ab. Dann kroch sie zwischen den Gästen hindurch zu ihren Eltern. Ihr Vater war in eine Unterhaltung mit Menechs Vater Ineni, seinem Architekten, vertieft, aber ihre Mutter lächelte ihr zu und forderte sie durch einen Wink auf, sich auf ein Kissen neben dem Tisch zu setzen.

«Du siehst heute abend besonders hübsch aus», sagte Ahmose. «Du solltest öfters Blumen im Haar tragen. Das steht dir gut.»

Hatschepsut kniete sich auf das Kissen. «Mutter, wo ist Neferu? Wenn Vater merkt, daß sie nicht hier ist, wird er zornig. Und ich bin diejenige, der er heute abend die Leviten lesen will.»

Ihre Mutter legte das Stück Granatapfel nieder, das sie gerade an die Lippen führen wollte, und seufzte. «Vielleicht sollte ich jemanden zu ihr schicken. War sie heute irgendwie erregt?»

«Ja, sehr sogar. Sie hat mir von einem schrecklichen Traum erzählt, der immer wiederkehrt. Glaubst du, sie wird krank?»

Ahmose nippte an ihrem Wein. Die Musik begleitete sanft plätschernd das Schwatzen der Gäste, als plötzlich das schallende Gelächter ihres Mannes ertönte, dem gleich darauf ein weiteres folgte. Wunderbar, was für einen Einfluß ein gutes Essen auf die Stimmung eines Mannes hat, auch auf die des Pharaos, dachte sie. Sie schluckte den Wein hinunter und wandte sich an ihre Tochter. «Ich weiß es nicht, Liebes. Ich glaube nicht. Aber gestern abend, als ich mit ihr zum Fluß hinunterging, rannten pen Nechbets Windhunde ins Wasser. Und

einer von ihnen kam die Stufen hinauf und sprang mit nassen Pfoten an ihr hoch. Da fing sie an zu schreien und schlug mit den Fäusten nach ihm. Du weißt, wie sehr dein Vater reizbare, mürrische Frauen haßt. Ich habe ihm nichts davon gesagt, aber es war ein häßlicher Zwischenfall.»

«Sie hat von Anubis geträumt.»

«Ach, wirklich? Das würde die Sache erklären. Aber sie hat neuerdings auch die Gewohnheit, das Amulett von Menat zu tragen. Warum ist sie so töricht? Was hat die große Tochter des mächtigen Thutmosis zu fürchten?»

Mich. Das Wort kam Hatschepsut unerwartet in den Sinn, und sie schwieg, während ihr Herz wild zu hämmern begann. Mich? Unsinn! Neferu hat ihre Angst auf mich übertragen.

Ahmose winkte Hetepheres, ihre persönliche Dienerin und Begleiterin, herbei. «Geh in die Gemächer der Prinzessin Neferu und erkundige dich, warum sie heute abend nicht zum Essen erschienen ist», befahl sie. «Aber geh leise und unauffällig. Ich will nicht, daß Pharao die Antwort vor mir erhält, verstehst du, Hetepheres?»

Die Frau lächelte. «Sehr wohl, Majestät», erwiderte sie mit einer Verbeugung und entfernte sich.

«Mama, warum muß Neferu Thutmosis heiraten?»

Ahmose hob die Hände. «Oh, Hatschepsut, mußt du denn alles wissen? Nun gut, ich werde es dir sagen. Aber du wirst es nicht verstehen.»

«Ist es ein Geheimnis?»

«In gewisser Weise. Dein unsterblicher Vater war nur Sohn einer Nebenfrau meines Vaters, aber um ein wirklicher Pharao zu werden, mußte er mich heiraten, denn nur in uns, den königlichen Frauen, fließt das Blut des Gottes. Wir sind die Trägerinnen des königlichen Geschlechts, und kein Mann kann Pharao sein, wenn er nicht eine königliche Erbin heiratet, eine Frau, deren Mutter von reinem königlichem Geblüt ist, und deren Vater seinerseits Pharao war. So wird es immer sein, denn so hat Maat es bestimmt. Neferu ist von reiner königlicher Abstammung, aber Thutmosis hat nur durch deinen Vater königliches Blut; die zweite Frau, Mutnofret, ist nur die Tochter eines Adeligen.» Sie sprach nicht geringschätzig, sondern völlig nüchtern, denn dies waren die unabänderlichen Tatsachen des Lebens. «Dein

Vater hat seinen Erben noch nicht bestimmt, aber wahrscheinlich wird es Thutmosis sein – er ist der einzige überlebende königliche Sohn. Und dann muß Neferu ihn heiraten, um ihn zum Pharao zu machen.»

«Aber Mama, wenn wir Frauen –» ihre Mutter lächelte – «wenn wir Frauen das Blut in uns tragen und die Männer uns heiraten müssen, um regieren zu können, warum kümmern wir uns dann überhaupt um die Männer? Warum können wir nicht selber Pharaonen sein?»

Ihre Mutter lachte über das ernste, eifrige kleine Gesicht. «Auch das ist der Wille Maats. Nur Männer dürfen regieren. Keine Frau kann jemals Pharao sein.»

«Ich werde es sein.»

Wieder kamen ihr die Worte, ohne daß sie es wollte, in den Sinn, und Hatschepsut fühlte abermals, wie ihr Herz zu pochen begann. Die Angst vor etwas, das wie eine Sturmwolke drohend über ihr hing, kehrte zurück, und sie fing an zu zittern.

Ahmose nahm ihre kalten kleinen Hände in die ihren. «Kleine Mädchen haben große Träume, meine Tochter, und du träumst nur. Du kannst niemals Pharao sein, und ich weiß genau, wenn du darüber nachdächtest, würdest du es auch gar nicht wollen. Aber angenommen, Frauen dürften tatsächlich regieren. Neferu ist älter als du. Sie würde ihrem Vater auf dem Thron folgen.»

«Sie würde es nicht wollen», erwiderte Hatschepsut langsam. «Keinesfalls. Niemals.»

«Geh jetzt wieder an deinen Tisch.» Ahmose war der vielen Fragen überdrüssig. «Dein Essen ist bestimmt schon kalt. Sobald Hetepheres zurückkommt, werde ich dich wissen lassen, wie es Neferu geht. Aber mach dir keine Sorgen um sie. Ich glaube, sie ist kräftiger, als sie aussieht.»

Das glaube ich nicht, dachte Hatschepsut bei sich, als sie aufstand. Ahmose wandte sich, immer noch lächelnd, wieder ihrer Mahlzeit zu, und Hatschepsut schlängelte sich zwischen den Speisenden hindurch zu ihrer eigenen Ecke. Unterwegs stieß sie auf Thutmosis und kauerte sich, einem plötzlichen Impuls folgend, neben ihn. «Bist du immer noch brummig, Thutmosis?»

«Laß mich in Ruhe, Hatschepsut. Du siehst doch, daß ich esse.»

«Ja, das sehe ich. Soll ich dir den Appetit verderben? Weißt du, daß Vater morgen höchstpersönlich auf dem Truppenübungsplatz

erscheinen wird, um zu beobachten, wie du über deine Füße stolperst?»

«Ja, ich weiß. Meine Mutter hat es mir gesagt.»

«Ist sie hier?»

Thutmosis deutete auf eine Gruppe am anderen Ende des Saals. «Dort drüben. Jetzt geh. Ich habe genügend Sorgen auch ohne deine Sticheleien.»

Die zweite Frau, Mutnofret, überhäuft mit Juwelen, die sie so liebte, stopfte mit zielstrebiger Entschlossenheit Nahrung in sich hinein. Essen war schon immer ihre Schwäche gewesen, und jetzt war es ihre Leidenschaft. Die reizvollen Rundungen, die den Pharao ursprünglich an sie gefesselt hatten, verwandelten sich allmählich in unansehnliche Fettpolster. Verglichen mit der zierlichen, sanften Ahmose war Mutnofret grob und ungeschlacht, aber sie lachte immer noch gern, und hatte ihre Fähigkeit, das Leben zu genießen, nicht verloren. Hatschepsut fand Mutnofret dumm, und sie zuckte mit den Schultern, als sie sich hinsetzte. Männer! Lohnte es sich, sie verstehen zu wollen? Ihr Essen war kalt, und sie schob es weg.

«Soll ich dir etwas Warmes bringen, Hoheit?» fragte ihre Sklavin.

Hatschepsut schüttelte den Kopf. «Bring mir Bier.»

«Aber es wird Hoheit nicht schmecken.»

«Es hat mir schon öfter geschmeckt. Sag mir also nicht, was mir schmecken wird und was nicht.» Über den Rand ihres Bechers sah sie Hetepheres in den Saal zurückkehren und sich zu Ahmose hinunterbeugen, um ihr etwas ins Ohr zu flüstern. Ahmose nickte und fuhr fort zu essen. Demnach kann es nichts Schlimmes sein, sagte sich Hatschepsut.

Menech und Useramun hatten ihre Mahlzeit beendet und fochten zwischen den Speisenden einen Ringkampf auf dem Boden aus, während Menechs Mutter – wie ein Soldat auf Urlaub – einen Becher Wein nach dem anderen hinuntergoß. Es wurde nicht gesungen. Pharao hatte Kopfschmerzen. Deshalb spielten die Musiker auch weiterhin nur sanfte Weisen; die Gäste aßen, tranken und schwatzten, und die Stunden schleppten sich dahin. Hatschepsut saß da, das Kinn in die Hände gestützt, ein wenig schwindlig vom starken Bier, und wartete, daß Nedjmet zu ihr herüberblickte und ihr zu verstehen gab, daß es Zeit zum Schlafengehen sei. Schließlich schob ihr Vater seinen Tisch

zurück und stand auf. Alle, die dazu imstande waren, standen ebenfalls auf und verbeugten sich.

Er kam steifbeinig zu ihr herüber und bot ihr seinen Arm. «Komm, Hatschepsut. Zeit für unsere Unterhaltung. Und dann mußt du schlafen gehen. Du hast Ringe unter den Augen. Nedjmet!» Die Frau kam herbeigeeilt. «Komm mit uns.» Er führte sie aus dem Saal und den Gang entlang, während hinter ihnen wieder die Musik begann.

Die privaten Empfangsräume und Schlafgemächer des Pharaos waren ebenso spärlich möbliert wie der übrige Palast, aber sie waren unmißverständlich der Sitz der Macht. Am Eingang standen zwei Statuen aus Sandstein, mit Gold überzogen, die jedem Ankömmling finster entgegenblickten. Innen, jenseits der großen Doppeltür aus gehämmertem Kupfer, die die Krönung des Thutmosis darstellte, befand sich ein großer Raum, dessen Wände mit Göttern aus Silber und Bäumen und Vögeln aus Gold geschmückt waren, und dessen kannelierte Pfeiler zu einer Decke mit Intarsien aus Lapislazuli hochragten. Es gab viel Gold. Gold war heilig, ein Geschenk des Gottes; auch das Ruhebett des Pharao war aus Gold, die Füße vier große Löwentatzen, das Kopfende ein Bild von Amun selbst, der mit einem beschützenden Lächeln über seinen Sohn wachte. In den Ecken des Zimmers standen vier Götter, die Köpfe mit goldenen Kronen geschmückt, deren Schatten sich über den Boden ergossen. Es war ein Zimmer, das einem kleinen Mädchen Furcht und Stolz einflößte.

Thutmosis ließ sich in den vergoldeten Stuhl neben seinem Ruhebett sinken und bedeutete seiner Tochter mit einem Wink, sich zu setzen. Er musterte sie einen Augenblick in dem gelben Licht der zahlreichen goldenen Lampen, und sie erwiderte seinen Blick ruhig, etwas benommen vom Bier, die Hände fest zwischen die braunen Knie gepreßt. Er war wirklich ein wenig furchterregend, ihr Vater, mit seinem kahlen Kopf, den mächtigen, breiten Schultern und dem aggressiven, vorstehenden Kinn.

«Hatschepsut», sagte er schließlich. Sie fuhr erschreckt zusammen. «Ich werde dir einen Rat erteilen, den du hoffentlich nie vergessen wirst, denn wenn du ihn vergißt, könntest du es in späteren Jahren schwer bereuen.» Er machte eine Pause, um ihr Zeit für eine passende Antwort zu lassen, aber obwohl sie den Mund öffnete, kam kein Ton

heraus, und so fuhr er fort: «Es gibt keinen Augenblick in meinem Leben, wo nicht tausend Menschen wissen, wo ich bin und was ich tue. Ich spreche, und sie gehorchen. Ich schweige, und sie zittern. Mein Name ist in aller Munde, vom kleinsten Altardiener im Tempel bis zu meinen höchsten Ratgebern, und im Palast wimmelt es von Gerüchten, Mutmaßungen und Spekulationen über das, was ich als nächstes tun oder beschließen könnte. Ich bin von Verschwörungen und Gegenverschwörungen, von Mißtrauen und kleinlichen Intrigen umgeben. Aber ich bin Pharao, und mein Wort bedeutet Tod – oder Leben. Doch eines kann keiner von ihnen erraten, nicht einer, und gerade das ist es, was letztlich Macht bedeutet.» Er pochte mit dem Zeigefinger an seinen Kopf. «Meine Gedanken! Meine Gedanken, Hatschepsut. Ich äußere nicht ein Wort von Bedeutung, ohne es mir genau überlegt zu haben, denn ich weiß, daß meine Worte, wenn sie einmal ausgesprochen sind, im ganzen Land wiederholt werden. Und das ist der Ratschlag, an den du dich erinnern sollst. Du darfst nie, nie wieder vor mir oder irgend jemandem sonst voreilig mit deinen eigenen Befürchtungen oder Schlußfolgerungen herausplatzen, vor allem nicht in Gegenwart von Menschen, die nicht deine vertrautesten Freunde sind. Und glaube mir, es gibt letztlich niemanden, an den ein Pharao sich wenden kann. Er, der Gipfel der Macht, kann nur mit sich selbst zu Rate gehen. Ist dir klar, daß die Worte, die du heute nachmittag zu mir gesprochen hast, jetzt überall, in den Küchen, in den Ställen, in den Zellen der Tempel weitergeflüstert werden? Neferu ist unglücklich. Die Prinzessin will nicht den jungen Thutmosis heiraten. Bedeutet das, daß der große Eine seinen Sohn zum Nachfolger gewählt hat? Und so weiter, und so weiter. Du hast heute Schaden angerichtet, meine Tochter. Ist dir das klar?» Er neigte sich zu ihr. «Die Zeit ist nicht mehr fern, wo eine derartige Unvorsichtigkeit dich teuer zu stehen kommen könnte. Denn ich habe Thutmosis noch nicht dazu auserwählt, mir auf dem Thron zu folgen. Nein, und der Entschluß fällt mir nicht leicht. Die Priester sind mächtig, und sie bedrängen mich mit Bitten um eine Antwort. Meine Ratgeber werden immer besorgter, je älter ich werde. Auch sie machen sich Gedanken. Aber ich kann ihnen noch keine Antwort geben. Weißt du warum, mein Kleines?»

Hatschepsut fand ihre Stimme wieder. «N-nein, Vater.»

Thutmosis lehnte sich zurück, atmete tief ein und schloß die Augen. Als er sie wieder öffnete, musterte er seine Tochter mit einem dunklen, ernsten Blick. «Du bist nicht wie deine Mutter, die lieblich lächelnde, unterwürfige Ahmose, die ich trotz allem sehr liebe», sagte er. «Und du bist auch nicht scheu und blaß wie deine Schwester Neferu oder faul und fahrlässig wie dein königlicher Stiefbruder. In dir finde ich die unverfälschte Kraft deines Großvaters Amunhotep und die Beharrlichkeit seiner Frau Ahhotep. Erinnerst du dich an deine Großmutter, Hatschepsut?»

«Nein, Vater, aber von Zeit zu Zeit sehe ich Juf, wenn er umherwandert und Selbstgespräche hält. Er ist wie eine ausgetrocknete alte Pflaume. Die Kinder lachen über ihn.»

«Der Priester deiner Großmutter war vor langer Zeit einmal ein sehr großer und mächtiger Mann. Ich möchte, daß du ihm mit Respekt begegnest.»

«Das tue ich. Ich mag ihn gern. Er gibt mir Süßigkeiten und spricht über die alten Zeiten.»

«Und hörst du ihm zu?»

«O ja! Ich liebe die Geschichten über meinen Vorfahren, den Gott Sekenenre, der an der Spitze unseres Heeres gegen die bösen Hyksos in den Kampf gezogen ist und auf dem Schlachtfeld sein Leben gelassen hat. Das ist alles sehr aufregend!» Die kindliche, piepsende Stimme stieg an: «Wie edel muß er gewesen sein!»

«Ja, er war edel – edel und tapfer. Ich glaube, du bist ihm sehr ähnlich, mein Liebling, und eines Tages wirst du so sein wie er: du wirst die Menschen dazu bringen, daß sie dir blindlings folgen. Aber du hast noch viel zu lernen.»

Die Anlagen dazu sind vorhanden, sagte er sich. Und hängt es von mir ab?

«Aber Vater», sagte Hatschepsut schüchtern. «Ich bin doch nur ein Mädchen.»

«Nur?» rief er laut. «Nur? Was ist das für ein Wort? Schon gut, Hatschepsut. Wachse und erblühe, aber erinnere dich an meinen Rat. Laß deiner Zunge nie wieder freien Lauf. Und glaube ja nicht», schloß er mit einem Lächeln, während er sich erhob, «daß Neferus Verhalten meiner Aufmerksamkeit entgeht, obwohl deine Mutter sich gern der Illusion hingibt, daß es manchmal so ist. Ich werde mit Neferu

sprechen, wenn die Zeit gekommen ist. Sie wird tun, was ich wünsche, genau wie alle anderen. Nedjmet!»

Die Kinderfrau kam herein und blieb mit gesenkten Augen an der Tür stehen.

«Bring sie zu Bett und bewache sie auch weiterhin gut. Und was dich betrifft, mein kleiner Leuchtkäfer, denk über die Worte des großen Gottes Imhotep nach: ‹Laß deine Zunge nicht wie eine Fahne sein, die im Wind eines jeden Gerüchts zu flattern beginnt.›»

«Ich werde daran denken, Vater.»

«Sieh zu, daß du es tust.» Er beugte sich hinunter und küßte sie auf die Wange. «Gute Nacht.»

«Gute Nacht.» Sie legte die Handflächen aneinander und verbeugte sich. «Und vielen Dank.»

«Wofür?»

«Daß du mich nicht angeschrien hast, selbst wenn ich euch manchmal auf die Nerven gehe.»

Der Pharao lachte. «Es freut mich, daß du so gut auf deinen Lehrer hörst», sagte er. Er strich ihr liebevoll über den Kopf, dann lief sie zu Nedjmet, und die Tür schloß sich leise hinter ihnen.

2

Vierzehn Nächte nachdem Hatschepsut, ermahnt von ihrem Vater und schwindlig vom Alkohol, zu Bett gegangen war, saß ein junger Mann auf dem Rand seines Strohlagers. Er konnte nicht schlafen. Es war der Monat Pachon, und die Luft war schwer und drückend vor Hitze. Der Fluß war gestiegen und floß jetzt schneller. Das sonst so ruhige silbrige Wasser wurde rot, und das Geräusch der Strömung war ein lautes Murmeln, das ihn wie ein Wiegenlied hätte einlullen sollen, ihn aber gereizt und nervös machte. Er ließ sich auf den Lehmboden rollen und saß schwitzend und hungrig am Fuß seines Betts. Der Rücken tat ihm weh; und ebenso die Knie. Eine Woche lang hatte er nichts anderes getan, als die Fußböden in den Räumen der Sem-Priester gescheuert – jener Männer, die für die Begräbniszeremonien verantwortlich waren –, und er war zornig. Dafür war er nicht vor drei Jahren, seine kostbaren Sandalen und seinen einzigen guten Kittel in ein Stück Sackleinwand gewickelt, nach Theben gekommen. Er war damals voller Erwartung gewesen, voller Freude, und hatte von einem raschen Aufstieg als Priester geträumt, bis vielleicht eines Tages Pharao selbst ihn bemerken und er praktisch über Nacht zu etwas werden würde. Aber zu was? Er fuhr sich mit der Hand über den kahlrasierten Kopf und seufzte. Zu einem großen Baumeister, einem Mann, der die Träume des Königs in Stein verwirklichen konnte. Aber es war anders gekommen: Er hatte die drei Jahre als We'eb-Priester zur Probe verbracht, der Niedrigste unter den Niedrigen, hatte Wäsche gewaschen, Böden geputzt und Botengänge gemacht, zwischen seinem Herrn hier und seinem Herrn im Tempel von Luxor, zwei Meilen nördlich von hier. Die Träume

von Ruhm und Reichtum waren langsam verblaßt, hatten Bitterkeit zurückgelassen und einen unbefriedigten Ehrgeiz, der ihm den Schlaf raubte und seine angeborene Fröhlichkeit verdrängte.

Ich werde nicht aufgeben, gelobte er ungestüm den kahlen, unsichtbaren Wänden. Es muß noch etwas anderes für mich geben.

Er dachte an seinen Lehrer in dem kleinen Dorf, wo sein Vater sich auf seinen paar Morgen Land kümmerlich durchs Leben schlug. «Du hast eine gute Auffassungsgabe», hatte er gesagt, «und Verständnis für die wesentlichen Punkte eines Problems. Kann dein Vater dich nicht in irgendeiner Tempelschule unterbringen? Du bist für eine große Laufbahn geschaffen, Senmut.» Und damals war er erst elf Jahre alt gewesen.

Sein Vater hatte sein Land verlassen und hatte ihn nach Theben gebracht, wo einer der Brüder seiner Mutter Sem-Priester war. Nachdem sie tagelang gewartet hatten, von einer Stelle zur anderen geschickt worden waren, und ein grinsender, schmutziger Gassenjunge ihm direkt unter der Nase weg seine kostbaren Sandalen gestohlen hatte, war ihnen schließlich eine Audienz beim Aufseher der We'eb-Priester gewährt worden. Senmut erinnerte sich kaum an die Unterredung. Er war müde und verängstigt gewesen, er wollte nur noch nach Hause und nichts mehr von der ganzen Sache hören. Aber sein Vater hatte ihn mit sanftem Nachdruck nach vorn geschoben und dem Aufseher die Schriftrolle gezeigt, in der seine Leistungen aufgezeichnet waren. Der Lehrer hatte sie ihnen mitgegeben. Der große Mann, der ganz in Weiß gekleidet war und wie die Göttin Hathor roch, hatte nur verächtlich und gelangweilt gebrummt, hatte Senmut aber schließlich doch eine Zelle und ein priesterliches Gewand gegeben. Senmut hatte sich schweren Herzens von seinem Vater verabschiedet, hatte ihn mit Tränen in den Augen umarmt und ihm für all seine Fürsorge gedankt.

Sein Vater hatte gelächelt. «Wenn du ein großer Mann bist, vielleicht ein Wesir, kannst du für deine Mutter und mich ein gutes Grab kaufen, damit die Götter sich unserer erinnern.» Er sprach halb im Scherz, halb traurig. Er glaubte nicht, daß sein Sohn etwas anderes als niedere Dienste im Tempel verrichten würde, vielleicht eines Tages als Mysterienmeister, aber niemals mehr als das. Er hatte keine Illusionen über die kalte, gefährliche Welt, in der Senmut leben würde. Er küßte

ihn auf beide Wangen, ermahnte ihn, allen Menschen Gutes zu tun, und machte sich auf den Heimweg, ohne zu wissen, den Schutz welchen Gottes er für seinen Sohn erbitten sollte. Er würde den Schutz aller brauchen.

Oh, Theben, seufzte der junge Mann, während er sich die wunden Knie rieb, wie begeistert war ich von dir, als ich zum erstenmal am Horizont jenseits des großen Flusses deine goldenen Türme aufleuchten sah! Ich erinnere mich, daß ich an jenem Morgen gerade in dem Augenblick erwachte, als Re sich in einer Flut von rosaroter Pracht von den Spitzen der Hügel bis zur Wüste ergoß. Als ich mich vom Boden erhob und das Aufblitzen des Lichts sah, bald hier, bald dort, zwischen den Palmen und den Granatapfelbäumen, sagte ich zu meinem Vater: «Was um alles in der Welt ist das?»

«Das ist Amun-Re, der die goldenen Spitzen der Türme seiner Stadt küßt», erwiderte mein Vater.

Ich war sprachlos vor Staunen und ehrfurchtsvoller Scheu. Ich liebe dich immer noch, aber ich bin deinen Geheimnissen nicht näher gekommen, als ich es an jenem fernen Morgen war; allerdings fürchte ich dich jetzt nicht mehr, sagte Senmut seufzend.

Er hatte die Tage seither, wie zu erwarten, mit harter Arbeit verbracht: morgens in der Tempelschule mit den Aufgaben, die er liebte, und nachmittags mit der niedrigen Arbeit, die er haßte, und die immer mühsamer und schwerer wurde.

Manchmal wünschte er, dazu geschaffen zu sein, sich zum Schreiber auszubilden, wie der Priester, der jetzt sein Lehrer war, es wünschte, denn ein Schreiber brauchte nie auf Händen und Knien auf dem Boden herumzukriechen, sondern er war von aller körperlichen Arbeit befreit, brauchte nur seinem Herrn zu folgen und Notizen zu machen, oder auf den Märkten von Theben zu sitzen und zu warten, daß man ihm den Auftrag gab, Briefe zu schreiben. Aber Senmut wußte in den verborgensten Tiefen seiner Seele, daß er als Schreiber verkümmern und sterben würde, weil er dann jene Kraft in sich verleugnen müßte, die nach etwas Besserem, etwas Würdigerem strebte. Aber wonach eigentlich? fragte er sich müde, als er sich von seinem Lager erhob und in der Dunkelheit nach seinem Umhang tastete. Bestimmt nicht nach dem Amt eines priesterlichen Aufsehers, eines Phylarchen, der seine Tage mit fieberhaftem Organisieren verbringt.

Als ich diese Stadt mit ihren prächtigen Türmen und Pylonen, ihren breiten, gepflasterten Alleen und den zahllosen Statuen zum erstenmal sah, da glaubte ich es zu wissen. Damals wanderte ich an den langen Abenden durch die Bierstuben und Tavernen, ging zum Hafen hinunter, beobachtete die Fischer, wie sie fluchten und die besten Liegeplätze für ihre schmalen Papyrusboote zu ergattern suchten, beobachtete die Handwerker, die vor ihren Schiffen saßen und ihrer Arbeit nachgingen, beobachtete die Sklaven, die den Stand für die Versteigerung bestiegen, und die Edelleute, die in ihren prunkvollen Sänften vorbeigetragen wurden; ich beobachtete und beobachtete, immer ein Außenstehender, ein Fremder. Jetzt beobachte ich nicht mehr. Jetzt habe ich vierzehn Jahre hinter mir und vielleicht noch fünfmal soviel vor mir. Ich bin bereits ein Gefangener.

Er legte sich den Umhang um die Schultern, trat barfuß aus seiner Zelle und ging leise an den Reihen ähnlicher Zellen vorbei durch den Wandelgang. Kaltes Mondlicht lag zwischen den Säulen, und er konnte sehen, wohin er ging. Vor der Tür des Aufsehers blieb er stehen und blickte auf die Wasseruhr. Noch fünf Stunden bis Sonnenaufgang. Er lächelte über das Schnarchen des jungen Mannes, verließ den Wandelgang und trat lautlos wie ein Gespenst auf den Hof hinaus. Durch eine weitere Reihe von Priesterzellen und einen kleinen Platanenhain von ihm getrennt, ragte zu seiner Linken der Tempel empor. Er wandte sich rasch von ihm ab, denn er wußte, daß er dort vermutlich andere Priester traf. Er wollte zu den Küchenräumen, um sich etwas zu essen zu holen, denn er hatte Hunger und sein Magen knurrte. Er kam zum Ende des Zellenblocks und bog um eine Ecke, fort vom Tempelbereich. Nach ein paar Minuten gelangte er zu einer Gruppe von Gebäuden. Leise schlüpfte er zwischen den Kornspeichern hindurch und trat durch einen Türbogen, hinter dem die Küchenräume lagen. Es war stockdunkel. Er tastete sich behutsam voran, überquerte einen schmalen Gang und befand sich plötzlich in einem großen, luftigen Raum mit zahlreichen hohen Fenstern, durch die das Mondlicht drang. Ihm gegenüber war ein schwarzes Loch in der Mauer, der Anfang des Wandelgangs, der die Köche, die dem Gott seine Mahlzeit brachten, direkt in den Tempel führte. Überall roch es nach Fett. Senmut bewegte sich behutsam, denn das Küchenpersonal schlief im selben Gebäude. Zu seiner Linken standen zwei Steinkrüge,

einer mit Wasser, der andere mit Bier. Er nahm den Humpen zur Hand, der zwischen ihnen stand, und zögerte einen Augenblick, obwohl seine Kehle wie ausgedörrt war. Schließlich entschied er sich für das Wasser. Vorsichtig nahm er den hölzernen Deckel von einem der Krüge, füllte den Humpen und leerte ihn auf einen Zug; dann stellte er ihn leise wieder auf seinen Platz. Er ging zwischen den Tischen hindurch, hob Deckel und Tücher hoch, und es dauerte nicht lange, bis er zwei kalte gebratene Entenschenkel und einen halben Laib Gerstenbrot entdeckte. Unter den riesigen Mengen von Nahrung, die am nächsten Morgen an den Sklaven des Gottes verteilt werden sollte, würde vermutlich niemand das Fehlen dieser winzigen Portion vermissen. Er warf noch einen letzten Blick auf die Tische, um sich zu vergewissern, daß alles in Ordnung war, dann stopfte er sein Mahl unter die Falten seines Umhangs und schlich durch den Gang zurück ins Freie.

Er blieb einen Augenblick stehen und überlegte, ob er die Speisen in seine Zelle mitnehmen und dort essen sollte; aber der winzige Raum war heiß wie ein Ofen und überdies dunkel, und so ging er auf die Tempelgärten zu, wo Bäume standen und wo er den Wachtposten, die auf den Pfaden zum heiligen See die Runde machten, sicher nicht begegnen würde. Er kannte ihren Zeitplan, den Wechsel der Wache, den Weg, den sie einschlugen, und er wartete im Schutz der ersten Pylone, während zwei von ihnen, in ein Gespräch vertieft, vorbeischlenderten. Sobald die Nacht ihre Gestalten verschluckt hatte, überquerte er lautlos die Allee und verschwand im Dunkel eines Palmenhains.

Während er von Baum zu Baum huschte, sog er gierig den Geruch der Luft ein. Als Junge vom Lande konnte er jede Veränderung des Wetters voraussagen, und die jetzt bevorstehende Änderung gefiel ihm nicht. Nahe am Boden war die Atmosphäre so schwül und drückend, daß es fast Mühe kostete, Atem zu holen; jede Bewegung war wie ein Waten gegen die Strömung eines Flusses. Aber über den dunklen, zitternden Palmwedeln war die Luft bewegt, und die Sterne waren zu einem Teil hinter einer leichten Wolkendecke verborgen. Er kannte die Anzeichen. Es kam nicht oft vor, daß so weit südlich der Chamsin wehte, aber Senmut war sicher, daß sein Instinkt ihn nicht täuschte. Innerhalb von Stunden würde der heiße, verheerende Wind

die Oberfläche der Wüste aufwühlen. Bis er vorüber war, blieb einem nichts anderes übrig, als die Türen zu schließen und die Fenster zu verhängen. Und dann? Er stöhnte laut. Noch mehr Arbeit für ihn, denn er mußte den Sand fortfegen, der in jeden Winkel eines jeden Gebäudes auf dem Gelände dringen würde.

Er wählte einen Baum mit einem dicken, bauchigen Stamm und lehnte sich mit dem Rücken an die vom Pfad abgewandte Seite. In der Ferne sah er eine schmale, sich bewegende silbrige Fläche, das Mondlicht auf dem Wasser von Amuns See, aber von dort, wo er saß, konnte er weder den Tempel selbst noch die Türme des Palastes hinter dem Tempel sehen. Eine Zeitlang war er in einer Welt des Friedens, eingehüllt in das freundliche Rascheln von Blättern, die einander in der Dunkelheit grüßten. Er holte seinen Entenschenkel hervor und biß glücklich hinein, jeden Bissen genießend, denn da man ihn wie einen Sklaven arbeiten ließ, hatte er ständig Hunger.

Nach ein paar Minuten warf er die abgenagten Knochen weg und machte sich über das Brot her, das zwar ein wenig altbacken war, aber trotzdem köstlich. Er hatte gerade die letzten Krumen gegessen und war im Begriff, sich mit seinem Umhang den Mund abzuwischen, da ließ ihn ein warnendes Gefühl, das er sich in den langen Nächten des Viehhütens in dem von Raubtieren bedrohten Hügelland unweit der Farm seines Vaters erworben hatte, mit klopfendem Herzen zusammenfahren. Eine Weile hörte er nichts. Aber als er sich gerade wieder entspannen wollte, vernahm er leise Schritte auf dem Gras und das gedämpfte Gemurmel von Stimmen. Er sprang auf die Füße, geräuschlos, und preßte sich an die rauhe Rinde des Baums, während er den Umhang fest um seinen Körper schlang. Die Stimmen kamen näher, waren jedoch kaum mehr als ein Flüstern. Er drückte sich noch weiter ins Dunkel, verschmolz mit dem Baum und der Nacht, bis selbst sein schnelles Atmen sich verlangsamt und der Stille der Stunde angepaßt hatte. So hatte er früher die großen Katzen gefangen, die kamen, um sich die jungen Ziegen zu holen. Und es war diese blitzschnelle Reaktion, die ihn jetzt rettete, denn wenige Sekunden später blieben zwei verhüllte Gestalten nur wenige Fuß von ihm entfernt unter seinem Baum stehen. Er wagte nicht, sich zu bewegen, um zu sehen, wer es war, wußte aber genau, daß es keine Wachtposten waren. Es war kein Klirren von Metall auf Metall zu hören, und

außerdem hätten die Wachtposten laut gesprochen und ihren Weg furchtlos zurückgelegt. Diese beiden hingegen schlichen so verstohlen umher, daß sie fast über ihn gestolpert wären. Er kniff die Augen zusammen und sandte ein Gebet an Chons. Vielleicht gingen sie in wenigen Sekunden weiter, ehe seine zitternden Muskeln ihn im Stich ließen und er unabsichtlich ein Geräusch verursachte. Er atmete leise und flach, zwang seine Lungen, langsam zu arbeiten. Die beiden Männer standen einander gegenüber, gestaltlos in der Dunkelheit, und ihr Geflüster drang undeutlich an sein Ohr.

«Es ist nur eine Frage der Zeit, bis der Eine seinen Entschluß bekanntgibt. Was hat er für eine Wahl? Er kann Wadjmose oder Amunmose nicht zurückrufen. Das kann er nicht. Sie sind Soldaten. Sie waren zu lange vom Sitz der Macht entfernt und verstehen nichts von den Problemen der Regierung. Und davon einmal abgesehen: was ist mit ihrer Abstammung? Der junge Thutmosis hat mehr Anspruch auf den Thron als sie.»

«Er ist ein träger, vergnügungssüchtiger, geistloser Bursche.»

«Aber ich sage dir noch einmal, die Wahl wird auf ihn fallen. Er ist der einzige, der übriggeblieben ist. Es ist mehr als bedauerlich, daß er seiner Mutter nachschlägt; eine Katastrophe. Pharao, möge er ewig leben, hat jahrelang mit strenger Hand regiert und sich alle untertan gemacht. Wir sind nicht die einzigen, die leiden werden, wenn dem jungen Thutmosis die Doppelkrone aufs Haupt gesetzt wird.»

«Du sagst gotteslästerliche Dinge!»

«Ich sage die Wahrheit. Mit einer würdigen Gemahlin könnte manches gerettet werden, aber welche Frau kann Thutmosis rechtmäßig zum Pharao machen? Ihre Hoheit Neferu will nichts von einer aktiven Ehegemeinschaft wissen. Sie will nur in Ruhe gelassen werden. Der Eine brütet und faucht wie eine in die Enge getriebene Katze, aber er kann nichts machen.»

«Wir können nicht einen Sohn des Königs vergiften! Und noch dazu den einzigen ihm verbliebenen Sohn! Der Eine würde nicht ruhen, bis er auf dem Boden des Amun-Tempels die Wahrheit aus uns herausgeprügelt hätte!»

«Beruhige dich! Habe ich etwas Derartiges gesagt? Wir sind doch vor allem Realisten. Aber es gibt da eine Möglichkeit, uns zu verschaffen, was wir brauchen – Zeit.»

«Ihre Hoheit, die Prinzessin Neferu?»

«Ja, Neferu. Es wird noch ein paar Jahre dauern, bis die jüngere Prinzessin zur Frau heranreift, aber schon jetzt verspricht sie, all das zu werden, was ein Pharao von seiner Gemahlin braucht. Während sie heranwächst, ist Pharao zufrieden.»

«Und wenn Pharao zum Gott geht?»

Es entstand eine Pause, während derer Senmut, fast gelähmt vor Angst, die Luft anhielt.

«Dann können wir dem jungen Einen und seiner neuen Gemahlin *behilflich* sein. Sie werden viel zu lernen haben.»

Senmut, der auf der anderen Seite des Baums stand, glaubte in Ohnmacht zu fallen. Das Essen, das er noch kurz zuvor mit soviel Genuß verzehrt hatte, lag ihm jetzt wie ein Stein im Magen. Ihm war schwindlig, er taumelte und preßte die Wange gegen die Rinde, biß aber die Zähne zusammen und gab keinen Schmerzenslaut von sich. Noch erfaßte er nicht die volle Tragweite dessen, was er gehört hatte, aber er begriff, daß es seinen sofortigen Tod bedeuten würde, wenn er in Panik geriet oder zusammenbrach. Er hüllte sich noch fester in seinen Umhang, während der Schweiß ihm den Rücken hinunterlief.

«Dann sind wir uns also einig?»

«Ja. Und ich brauche dich nicht daran zu erinnern, daß äußerste Diskretion erforderlich ist.»

«Selbstverständlich. Wann wird es geschehen?»

«Sehr bald. Ich habe das sichere Gefühl, daß Pharao drauf und dran ist, seinen Nachfolger zu ernennen. Du kannst die Einzelheiten mir überlassen. Ich erwarte, daß meine Befehle sofort ausgeführt werden, aber darüber hinaus verlange ich nichts von dir.»

«Und was ist, wenn man uns ertappt?»

Der andere Mann lachte leise, und Senmut spitzte die Ohren. Es kam ihm so vor, als kenne er den Ton. Und im nächsten Augenblick, als die Stimme ein wenig anstieg, war er sicher, aber er konnte sie nicht unterbringen. Körperlos in der Nachtluft schwebend, war sie unwirklich, die Stimme eines gesichtslosen Geistes. Der Junge suchte fieberhaft in seiner Erinnerung nach einer Gestalt, in die er sie kleiden konnte.

«Glaubst du, der Eine ist sich dieser Möglichkeit nicht bewußt?

Weißt du nicht, daß er insgeheim wünscht, es möge geschehen, aber nicht den Mut hat, es zu tun? Keine Angst. Es wird nicht fehlschlagen.»

Die nächsten Worte kamen aus etwas größerer Entfernung, und Senmut erkannte mit unbeschreiblicher Erleichterung, daß sie fortgingen.

Dann wurde es wieder still um ihn, und er ließ sich mit einem erleichterten Seufzer zu Boden sinken. Seine Augen waren geschlossen und während er in glückseliger Dankbarkeit auf der Erde lag, zitterten ihm die Glieder. «Ich danke dir, ich danke dir, mächtiger Chons», sagte er laut. Er stand auf und begann zu laufen, nicht in die Richtung, aus der er gekommen war, sondern in einem weiten Bogen, der ihn zum Ufer des heiligen Sees führte und in einiger Entfernung um den Tempel herum zu seiner Zelle. Er wollte niemandem begegnen. Während er lief, wiederholte er in Gedanken die Worte, die er gehört hatte, und wurde sich ihrer vollen Bedeutung mit Entsetzen bewußt. Als er den Gang erreichte, an dem die Zimmer der We'eb-Priester lagen, lief er, einer plötzlichen Eingebung folgend, an seiner eigenen Tür vorbei, blieb keuchend vor dem Zimmer des Phylarchen stehen und klopfte leise an. Er warf einen Blick auf die Wasseruhr und sah mit Staunen, daß drei Stunden vergangen waren. Der Mond war untergegangen, und auf dem schwarz-weißen Steinfußboden lag bereits der erste Schimmer der Morgendämmerung.

Aus der Zelle drang eine schläfrige Stimme. «Wer ist da?»

«Ich bin es, Herr, Senmut. Ich muß mit dir reden.»

«Dann komm herein.»

Senmut stieß die Tür auf und trat ein. Der Phylarch, ein junger Mann mit einer fliehenden Stirn und einem kleinen, schmalen Mund, saß aufrecht auf seinem Ruhebett, im Begriff, die Lampe anzuzünden. Die Flamme schoß in die Höhe und hüllte den Raum in ein gelbliches Licht. Senmut kam näher und verbeugte sich.

«Nun? Was gibt's?» Der Aufseher rieb sich die Augen und sah Senmut verschlafen an.

In der Sekunde, als er Luft holte, um ihm zu antworten, schoß ihm ein Gedanke durch den Kopf, und einen Augenblick lang schien der Boden unter ihm zu wanken. Er streckte die Hand aus und stützte sich gegen die Wand, bis das Schwindelgefühl nachließ.

Der Mann auf dem Ruhebett fuhr ihn ärgerlich an: «Sprich. Sprich! Bist du krank?»

Mit einer Gewißheit, die nicht seinem Verstand entsprang, sondern allein seinem Selbsterhaltungstrieb, wußte Senmut plötzlich, daß er sich diesem Mann, seinem Lehrmeister, nicht anvertrauen und auch mit keinem anderen Priester je über die Dinge sprechen durfte, die er gehört hatte. Und im selben Augenblick wurde ihm bewußt warum: Er konnte jetzt die leise, rauhe Stimme in einen Körper kleiden – einen dicken, runzligen Körper –, zu dem ein gefurchtes, verschlagenes Gesicht gehörte. Der Mann, der die verhängnisvollen Worte gesprochen hatte, war kein anderer als der große Hohepriester Amuns, der mächtige Menena selbst.

Plötzlich kehrte sein gesunder Menschenverstand zurück, und er konnte ruhig sprechen, ohne etwas von den sich überstürzenden, chaotischen Gedanken zu verraten, die ihm durch den Kopf schossen. «Herr, es tut mir leid, aber ich habe Fieber und starke Leibschmerzen – hier –» er rieb sich den Magen – «und ich kann nicht schlafen.»

«Das macht die Hitze», brummte der Phylarch. «Geh wieder in dein Zimmer. Es kann nicht mehr lange dauern, bis es Tag wird, und wenn du dich dann immer noch schlecht fühlst, schicke ich dir einen Arzt. Du bist für einen Tag vom Dienst befreit.»

Senmut verbeugte sich und murmelte einen Dank. Der Mann war nicht herzlos, aber er war ein Pendant, der sich ständig über Kleinigkeiten aufregte. Auch er litt oft an Magenbeschwerden, die ihn nicht zur Ruhe kommen ließen.

Einem Impuls folgend, wandte Senmut sich ihm wieder zu. «Herr, wie müßte man es anstellen, um vom Pharao empfangen zu werden?»

«Warum?» fragte der Phylarch mißtrauisch. «Was hättest du dem Einen zu sagen?»

Senmut blickte bestürzt und überrascht drein. «Ich? Ich habe nicht den Ehrgeiz, so etwas Außergewöhnliches zu wollen. Ich weiß, daß nur die Großen des Landes zu ihm sprechen dürfen. Aber ich habe ihn nur einmal gesehen, bei einer königlichen Rundreise, aus der Ferne, und ich wollte es gern wissen.»

«Dann hör auf, dich um solche Dinge zu kümmern. Kein Wunder, daß du Fieber hast, wenn du die Nächte mit solchen Gedanken verbringst. Keiner unseres Standes kann hoffen, jemals mit ihm zu

sprechen. Es wäre unmöglich. Jetzt geh, und wenn du dich am Morgen nicht besser fühlst, sag mir Bescheid.»

Senmut verneigte sich abermals und ging. Leise schloß er die Tür hinter sich. Auf dem Weg zu seiner Zelle spürte er eine unsagbare geistige und körperliche Erschöpfung, die ihn zu Boden zu werfen drohte, ehe er sein Lager erreichte. Er betrat seine kleine Zelle und ließ sich mit einem Seufzer der Erleichterung auf die Matratze sinken.

Selbst wenn ich es durch ein Wunder fertigbrächte, zu ihm zu gelangen, was sollte ich sagen? Würde er mich in Gnaden anhören, falls es mir überhaupt gelänge, ihn von dem Plan zu unterrichten, bevor man mich in Ketten abführte? Habe ich den Hohepriester nicht sagen hören, daß der Pharao dieses Verbrechen insgeheim begrüßen würde? Rechtfertigt das Wohl Ägyptens eine solche Tat?

Mit geschlossenen Augen und schon fast schlafend, dachte Senmut an die hochgewachsene, anmutige Prinzessin, die regelmäßig mit ihren Begleiterinnen in den Tempel kam. Er hatte sie, ebenso wie ihren Vater, nur aus der Ferne gesehen. Sie war nicht schön, aber in ihrem Gebaren lag so viel Freundlichkeit und Güte, daß sie dem Volk näher zu sein schien, als ihre hochmütigen Hofdamen es waren. Ein plötzliches Schuldgefühl verscheuchte den Schlaf und ließ ihn die Augen öffnen.

Soll ich alles opfern? Versuchen, in den Palast zu gelangen? Er drehte sich herum. Ich werde realistisch sein und meine Interessen wahren, genauso wie der Hohepriester die seinen wahrt, sagte er sich grimmig.

Wenn er sich doch nur jemandem anvertrauen könnte. Er dachte an seinen besten Freund Benja, der bei einem der Baumeister des Tempels in der Lehre war. Aber Benja mit seinem dunklen, lockigen Haar, seinem strahlenden Lächeln und seiner lebhaften, gewinnenden Art war mit seinem Meister weit im Süden, in Assuan, wo sie in der glühenden Hitze den Abbau von Sandstein überwachten. Und abgesehen davon nahm Benja nichts im Leben ernst, und man konnte sich nicht auf seine Verschwiegenheit verlassen.

Senmut zog seinen Umhang ein bißchen höher über die Schultern und schlief ein, aber seine Träume waren wirr und beängstigend. Er wachte in Schweiß gebadet auf und stellte fest, daß der Wind sich tatsächlich erhoben hatte. Durch das kleine Fenster hoch oben nahe an

der Decke wehte Sand herein, und grauer Staub hing in der übelriechenden Luft. Es war schwer zu sagen, wie lange er geschlafen hatte. Er stand auf und blickte auf den Gang hinaus; aber es war alles still, die Türen der übrigen Zellen standen offen, und er sah, daß seine Kameraden bereits bei der Arbeit waren. Sein Mund fühlte sich trocken und sandig an, und er hatte das Bedürfnis, sich zu waschen. Er ging zum Ende des Blocks und rief nach einem Sklaven. Dann kehrte er in sein Zimmer zurück und setzte sich auf seinen einzigen Stuhl, ein unbequemes Gebilde aus zusammengebundenen Papyrusstengeln. Sein Kopf schmerzte, und er fragte sich, ob er nicht vielleicht wirklich Fieber hatte und die ganze Episode im Garten nur eine Ausgeburt seiner Phantasie war. Denn er und alle, die sich in den Randzonen der Macht befanden, lebten ständig im Dickicht von Gerüchten, und es wurde von früh bis spät über Pharao geklatscht. Aber Senmut war mit einem praktischen, kühl überlegenden Verstand gesegnet, der sich keinen müßigen Vermutungen hingab, sondern die Dinge des Lebens so sah, wie sie waren. Außerdem besaß er eine objektive und erbarmungslose Beobachtungsgabe, eine Art Loslösung der Sinne, die es ihm gestattete, genau zu bemerken und festzuhalten, was in seiner Umgebung geschah. Er konnte nicht glauben, daß ein so klares, schmerzhaftes und frisches Geschehnis das Phantasiegebilde eines überhitzten Geistes gewesen sein könnte.

Sein Sklave kam herbeigeeilt, und er bat ihn, ihm eine Schüssel heißes Wasser und frisches Leinen zu bringen. Er fragte den Jungen, wie spät es sei.

«Drei Stunden nach Sonnenaufgang, Herr.»

«Das dachte ich mir. Haben die anderen Priester schon gefrühstückt?»

«Ja. Sie sind zur Arbeit gegangen. Der Phylarch hat mir befohlen, dir einen Arzt zu holen, falls du einen brauchst. Soll ich?»

«Nein. Nein, ich glaube, das wird nicht nötig sein. Sieh zu, ob du etwas Obst aus der Küche für mich bekommen kannst. Und dann mach hier für mich sauber. Ich bin für heute von der Arbeit befreit, und ich denke, ich werde ein Weilchen zum Fluß hinuntergehen.»

«Es wäre besser, drinnen zu bleiben, Herr. Ein Chamsin ist aufgekommen.»

«Ja, ich weiß.»

Der Junge ging hinaus und kehrte kurz darauf mit einem dampfenden Becken zurück. Er stellte es auf den Waschständer und ging wieder fort, um wenige Minuten später eine Schale mit Früchten und ein sauberes Leinentuch zu bringen. Senmut dankte ihm, der Sklave beugte den Kopf und verschwand.

Mit einem Seufzer der Erleichterung tauchte Senmut Kopf und Hände in das warme Wasser und wusch sich sorgfältig von oben bis unten; dabei lauschte er auf das Ächzen des Windes, der in unregelmäßigen Abständen kleine Wolken Sandes ins Zimmer blies, der sich an seinem nassen Körper festsetzte, noch ehe er sich abtrocknen konnte. Er wickelte sich das dicke Leinen um die Taille, raffte es vorn zusammen, so daß es in Falten bis auf den Boden fiel, und hielt es mit einer Bronzenadel zusammen. Um den Oberarm legte er die schlichte Bronzespange, in die die Worte seines Amts eingraviert waren.

Wie erhaben fühlte ich mich, dachte er grimmig, während er nach einer Frucht griff, als ich den Armreif zum erstenmal anlegte. Ich ahnte nicht, daß er das Symbol für meine Gefangenschaft sein würde.

Er verstand die anderen We'eb-Priester nicht, die vollkommen zufrieden schienen mit ihrer Arbeit und alles ganz weltabgewandt hinnahmen, selbst die älteren, die keine Beförderung mehr zu erwarten hatten. Warum, fragte er sich mürrisch, während er die Kerne auf den Boden spuckte, können wir nicht einfach mehr Sklaven für die Arbeit haben? Aber er wußte, daß es gewisse Orte gab, heilige Orte, die ein Sklave nicht betreten durfte, und so mußten Priester Arbeiten verrichten, zu denen sich kein Diener im Palast herablassen würde.

Senmut war nicht so gläubig wie seine Freunde. Sein Vater war ein frommer Mann, und seine Mutter betete jeden Tag zu den Göttern ihres Dorfes, aber ein Teil des Sohnes hatte immer abseits von alldem gestanden und über ihre Naivität gelächelt. Seine Anwesenheit im Tempel war ein Mittel zum Zweck, und dieser Zweck hieß: Bildung. Wenn er, um dieses heißersehnte Ziel zu erreichen, Gebete herunterleiern, sich viermal am Tag waschen und seinen Kopf kahl rasieren mußte, dann tat er es eben. Er wußte, daß sein Schicksal ganz allein in seinen Händen lag. Und das war es auch, was ihn so zur Verzweiflung brachte. Er glaubte an sich; aber eingemauert in einem düsteren, endlosen Korridor, der nur zu Botengängen und weiteren niedrigen Arbeiten führte, fühlte er sich außerstande, seine Fähigkeiten zu

entfalten. Nur im Schulzimmer war er glücklich, wenn er von den großen Erfolgen der vor ihm Lebenden hörte, die mehr gewesen waren als Menschen. Er sehnte sich danach, mit eigenen Augen die steinernen Schönheiten zu sehen, die nachts nach ihm zu rufen schienen und um etwas baten, das er, wie er wußte, geben konnte, das man ihm aber nie gestatten würde zu geben.

Er machte sich nicht über heilige Dinge lustig, wie Benja es tat. In Benjas Heimat, Hurria, weit im Nordosten, dienten die Götter den Menschen. Aber hier in Ägypten dienten die Menschen den Göttern, und Senmut wollte nur, durch die Götter hindurch, die Eingebungen und Bestrebungen der Menschen sehen. Für ihn war Pharao mehr ein Gott als der mächtige Amun. Pharao war ein sichtbarer Beweger, ein Wesen, das alles veranlaßte, was im Königreich geschah. Wenn Senmut sich jemandem zur Treue verpflichtet fühlte, so war es dieser untersetzte, bullige Mann, den er nur einmal gesehen hatte, als er unter seinem mit Edelsteinen besetzten Sonnendach nach Luxor aufbrach, um den Göttern Opfer darzubringen. Das war Gottheit. Das war Macht. Senmut wußte, wenn er je sein Schicksal erfüllen wollte, so mußte er irgendwie die Aufmerksamkeit Pharaos auf sich lenken.

Aber nicht auf diese Art, sagte er sich, als er sein Zimmer verließ. Nicht mit einer Geschichte von tödlicher Intrige und gemeinem Mord, bei der der Eine selbst die Hand im Spiel haben könnte. Es würde mich zweifellos den Kopf kosten.

3

Zwei Tage später blies der Wind immer noch. Er drang in Böen ins königliche Schulzimmer, blähte die mit Vögeln bemalten, schweren Wandbehänge und wirbelte den Sand über den Boden. Es war ein trüber grauer Morgen. Die Sonne stand hoch, war jedoch verborgen hinter Wolken von Sand, der aus der Wüste jenseits der thebanischen Hügel kam und sich, über die Hügelkämme hinweg, im Tal niederließ.

Chaemwese bemühte sich, den Unterricht in Gang zu halten, aber der Wind hatte seine jungen Schützlinge unruhig gemacht. Sie rutschten nervös hin und her und flüsterten miteinander, als die Lampen zu flackern begannen. Schließlich rollte er sein Papyrusblatt auf. «Ich sehe, daß wir heute nichts zuwege bringen werden. Wie der Schreiber so richtig sagt, sitzt das Ohr eines Jungen auf seinem Rücken, und er hört nur zu, wenn er verprügelt wird. Aber heute morgen ist es für uns alle schwer, einander über den Lärm des Windes hinweg zuzuhören.»

Hatschepsut hob die Hand. «Bitte, Herr Lehrer?»

«Ja?»

«Wenn, wie der Schreiber sagt, das Ohr eines Jungen auf seinem Rücken sitzt, wo sitzt das Ohr eines Mädchens?» Sie wandte sich ihm zu und sah ihn mit großen, unschuldigen Augen an.

Wäre er jünger gewesen und weniger erfahren, was die Spitzbübereien der Kinder betraf, hätte er geglaubt, daß sie es wirklich wissen wollte; aber so beugte er sich vor und gab ihr mit seiner Rolle einen Klaps auf die Schulter. «Wenn du es wirklich wissen willst, werde ich es dir zeigen. Steh auf. Menech, bring mir die Flußpferdpeitsche. Wir werden sehr schnell herausfinden, wo das Ohr eines Mädchens sitzt.»

«Jetzt hast du's», flüsterte Hapuseneb ihr zu, als Hatschepsut sich zögernd erhob. «Und Neferu ist nicht da, um dich zu beschützen.»

«Stell dich vor mich!» befahl Chaemwese, und Hatschepsut ging nach vorn. Menech reichte ihm grinsend die Weidenrute, und er ließ sie mit einem pfeifenden Geräusch durch die Luft flitzen. «Nun, wo sitzt das Ohr eines Mädchens? Was glaubst *du*?» Er verbarg ein Lächeln.

Hatschepsut schluckte. «Ich glaube, wenn du mich schlägst, wird mein königlicher Vater dich auspeitschen lassen.»

Chaemwese nickte. «Dein königlicher Vater hat mich angewiesen, dich zu unterrichten. Und sieh da, du stellst mir eine Frage. Wo, fragst du, sitzt das Ohr eines Mädchens? Ich bin im Begriff, es dir zu zeigen.» Seine Mundwinkel zuckten, und Hatschepsut trat einen Schritt zurück.

«Du wirst mich nicht schlagen! Ich weiß, daß du es nicht tun wirst! Ich habe dich nur gefragt, um dich zu ärgern.»

«Aber ich bin nicht ärgerlich, oh, nicht im geringsten. Und ich kann dir versichern, daß das Ohr eines Mädchens an derselben Stelle sitzt wie das eines Jungen.»

Hatschepsut hob das Kinn und ließ den Blick langsam über ihre Klassenkameraden schweifen. «Natürlich. Es gibt keinen Unterschied. Und außerdem kann ein Mädchen alles tun, was ein Junge tun kann», sagte sie, während sie sich wieder auf ihrer Matte niederließ.

Chaemwese hob die Hand. «Einen Augenblick. Wenn das wirklich so ist, kann es dir nichts ausmachen, verprügelt zu werden, denn ich habe jeden Jungen hier von Zeit zu Zeit verprügelt, weil er nicht gehört hat. Wenn, wie du sagst, zwischen den Ohren der Jungen und denen der Mädchen kein Unterschied besteht, hören auch Mädchen manchmal nicht. Warum habe ich dich dann nicht verprügelt? Komm wieder nach vorn!» Er lachte.

Sie lächelte ihn mit strahlenden Augen an. «Herr Lehrer, du hast mich nicht verprügelt, weil ich eine Prinzessin bin, und du kannst nicht Hand an eine Prinzessin legen. Das ist Maat.»

«Das ist *nicht* Maat», erwiderte Chaemwese streng. «Das ist Sitte und Vorschrift, aber nicht Maat. Ich habe Thutmosis verprügelt, und er ist ein Prinz.»

Hatschepsut wandte sich kühl um und blickte ihren Bruder an, aber

er saß da, stützte das Kinn in die Hand und zeichnete Kreise in den sich anhäufenden Sand. Sie sah wieder zu Chaemwese. «Thutmosis ist nur ein halber Prinz», sagte sie, «aber ich bin die Tochter des Gottes. Das ist Maat.»

Es wurde plötzlich still im Raum.

Chaemwese hörte auf zu lachen und senkte den Blick. «Ja», sagte er leise, «das ist Maat.»

Einen Augenblick war das Heulen des Windes das einzige Geräusch.

Hatschepsut hob wieder die Hand. «Bitte, Herr Lehrer, wenn wir wegen des Windes nicht arbeiten können, dürfen wir dann Ball spielen?»

Er sah sie, auf eine weitere mutwillige Bemerkung gefaßt, mißtrauisch an, aber sie wartete mit hochgezogenen Schultern begierig auf seine Antwort. Er stand stöhnend auf und reckte sich. «Gut. Hapuseneb, hol den Ball. Ihr anderen rollt eure Matten auf und legt sie weg. Aber ordentlich!» Es gab ein allgemeines Durcheinander und lautes Stimmengewirr, und seine letzten Worte gingen wie gewöhnlich im Lärm unter. Mit einem Seufzer der Erleichterung ließ er sich wieder auf seinen Stuhl sinken. «Nun gut. Fangt an. Thutmosis, spielst du mit?»

Das hübsche, glatte Gesicht hob sich ihm entgegen. Thutmosis schüttelte den Kopf. «Nein, ich möchte nicht. Der Sand macht den Boden zu rutschig.»

Schon hallten die Rufe und Schreie der umherspringenden Kinder zum Dach hoch. Hatschepsut hatte den Ball und war entschlossen, ihn zu behalten. Sie fiel kreischend zu Boden und stopfte ihn unter sich, als Menech auf sie niederschoß. Die anderen purzelten hinterher, und Chaemwese sah ihnen nachdenklich zu.

Die kleine Prinzessin, so liebenswert sie war, hatte etwas an sich, das ihm Furcht einflößte. Es lag ein wilder, unergründlicher Zug in ihrem Wesen. Und je älter sie wurde, um so mehr zeigte sich, daß sie ihrem Vater nachschlug. Aber welchem Vater? Vor zehn Jahren hatte man sich erzählt, Amun-Re sei eines Nachts zur großen Königsgemahlin Ahmose gekommen, um ihr seinen göttlichen Samen zu schenken, und Ahmose habe im Augenblick der Empfängnis den Namen des verheißenen Kindes – Hatschepsut – ausgerufen. Chaemwese wußte

nicht, ob er diese Geschichte glauben sollte oder nicht. Aber er erinnerte sich, daß der Name noch vor der Geburt des kleinen Mädchens gewählt worden war, und kurz danach hatte ihr Vater Thutmosis sie in den Tempel gebracht, und man hatte ihr den Titel Chenemet Amun verliehen. Es hatte früher schon Herrscher gegeben, die behaupteten, enger als üblich mit dem Gott verwandt zu sein, aber selten hatten sie genügend Selbstvertrauen besessen, sich diesen Namen, «Sie, die Amun umarmt», zuzulegen. Alle waren sich seiner Bedeutung bewußt. Gewiß, Hatschepsut versprach, eine Schönheit zu werden, und sie besaß Intelligenz, Beharrlichkeit und eine ungestüme Vitalität, die eine starke Anziehungskraft auf ihre Umgebung ausübte, obwohl sie noch nicht einmal elf Jahre alt war. Man fragte sich unwillkürlich, woher dies alles kam. Thutmosis mochte kraftvoll und energisch sein, aber man konnte ihn schwerlich als scharfsinnig bezeichnen; und Ahmose, von allen geliebt und verehrt, war nie mehr als eine pflichtgetreue Königsgemahlin gewesen. Man muß woanders nach der Quelle dieser grenzenlosen Energie und des unwiderstehlichen Zaubers suchen, sagte sich Chaemwese. Er lauschte auf das Pfeifen des Windes und dachte daran, wie vor einigen Jahren die beiden kleinen Söhne des Pharaos von seiner zweiten Frau Mutnofret rasch hintereinander gestorben waren. Sein Blick fiel auf Thutmosis, der verdrießlich auf dem Boden saß, und dann auf Hatschepsut, die kichernd auf einem Bein umhersprang. Er berührte beunruhigt sein Amulett. Ich danke den Göttern, dachte er bei sich, daß ich alt bin und nicht mehr lange zu leben habe.

Das Spiel ging des Wetters wegen früh zu Ende. Die jungen Adeligen eilten nach Hause, aber Nedjmet war noch nicht gekommen, ihren Schützling zu holen.

Schmutzig und atemlos setzte sich Hatschepsut neben Thutmosis auf den Boden. «Wie war es gestern bei den Pferden, Thutmosis? Glaubst du, daß es dir Spaß machen wird, mit ihnen umzugehen?» Sie wollte nett zu ihm sein. Thutmosis sah so unglücklich und ratlos aus, daß es ihr leid tat, ihn so viel geneckt zu haben.

Früher wären sie gute Freunde gewesen, aber es lagen fünf Jahre zwischen ihnen, und Thutmosis hielt es jetzt für unter seiner Würde, mit Hatschepsut und ihren übermütigen Spielgefährten in den Gärten des Palastes herumzutoben, auf Bäume zu klettern oder im See

zu baden. Und überdies war er, ohne es zu wissen, ein wenig eifersüchtig.

Er sah sie mürrisch an. «Nein. Ich weiß, daß Vater mich vom Truppenübungsplatz weggeholt und zu den Ställen geschickt hat, weil ich nie einen guten Soldaten abgeben werde. Aber ich werde auch nie ein guter Wagenlenker sein. Ich hasse Pferde. Abscheuliche kleine Biester. Ich wünschte, wir hätten sie zusammen mit den Hyksos, die sie nach Ägypten brachten, vertrieben.»

«Vater sagt, sie seien ein großer Fortschritt für die Kriegführung Ägyptens, weil unsere Soldaten jetzt schneller sind als unsere Feinde. Ich finde das sehr aufregend.»

«Findest du? Nun, du brauchst auch nicht tagaus, tagein schwankend in einem Kampfwagen umherzusausen und dir fast die Arme ausreißen zu lassen, während Ahmes pen Nechbet dich anschreit und Re zornig vom Himmel auf seinen unwürdigen Sohn herabbrennt. Ich bin verzweifelt, Hatschepsut. Ich möchte mich nur um meine Monumente kümmern und bei meiner Mutter sein. Vater sollte mich nicht so drängen!»

«Aber Thutmosis, du wirst eines Tages vielleicht Pharao sein. Ägypten will keinen Pharao, der nicht kämpfen kann!»

«Warum nicht? Es ist schon mehr als genug gekämpft worden. Dafür haben Vater und Großvater gesorgt. Warum kann ich nicht einfach lernen zu regieren?»

«Das wirst du sicher in ein paar Jahren lernen. Aber ich finde, du solltest versuchen, die Zeit in den Ställen zu nutzen. Das Volk liebt einen Pharao, der alle und alles beherrschen kann!»

«Du redest von Dingen, von denen du nichts verstehst. Du bist noch nie außerhalb des Palastes gewesen.» Er lachte freudlos. «Laß mich in Ruhe. Such dir jemand anderen, der dir sagt, wie wundervoll du bist. Ich tu es nicht.»

Hatschepsut rappelte sich auf die Beine. «Gut, ich gehe. Ich will sowieso nicht mehr mit dir reden. Nie wieder werde ich nett zu dir sein. Möge Sebek dich verschlingen. Geh nach Hause und häng dich an die Röcke deiner fetten alten Mutter!»

Noch ehe er wütend protestieren konnte, war sie fort, leichtfüßig wie eine junge Gazelle.

Thutmosis stand müde auf und ging zur Tür. Eines Tages würde sie

es ihm büßen, diese eingebildete kleine Katze. Was wußte sie von den Qualen der Unbeholfenheit, von dem verzweifelten Streben nach einem einzigen Wort der Anerkennung von seiten eines mächtigen Vaters? Wie oft hatte er, die Hände auf dem Rücken verschränkt und einen Fuß auf dem anderen, verzweifelt darauf gewartet, daß der Eine Notiz von ihm nahm, während Hatschepsut munter drauflosschwatzte und Pharao sich lachend auf die Schenkel schlug und nur Augen für sie zu haben schien. Wie oft hatte er seinem Vater zitternd gegenübergestanden, übervoll von einer Liebe, die allen Groll und alle Mißverständnisse zwischen ihnen hätte beseitigen können, wenn er sie nur hätte zum Ausdruck bringen können. Statt dessen hatte er stotternd und errötend und mit den Tränen kämpfend dagestanden, während der mächtige Horus ungeduldig mit den Fingern auf die Armlehnen seines Sessels klopfte und offensichtlich den Augenblick nicht erwarten konnte, sich anderen Dingen zuzuwenden. Thutmosis liebte seinen Vater – und auch Hatschepsut – mit einem seltsamen, hilflosen Neid und einem bohrenden Schuldgefühl, denn in seinen Wachträumen sah er, wie sein Vater starb und verzweifelt seine Hand umklammerte und ihn um Verzeihung bat, während Hatschepsut demütig darauf wartete, daß Thutmosis, nachdem er triumphierend den Thron des Horus bestiegen hatte, seinen Zorn an ihr ausließ. In den heißen Sommernächten seiner Kindheit lag er oft wach und bestrafte sie voller Schadenfreude, verzieh ihr aber dann; im grellen, erbarmungslosen Licht des Morgens überkam ihn jedoch wieder die alte Seelenqual. Es änderte sich nichts. Eines Tages, als er seinen Vater und seine Schwester von einem Bootsausflug zurückkommen sah, kam ihm ein neuer Gedanke. Sie hatten Seerosen gepflückt, und das Skiff war voll von weißen, wachsähnlichen Blüten. Hatschepsut löste die Blütenblätter von den Stengeln, ließ sie auf Pharaos nackte Brust fallen, und sie lachten wie Kinder. Wieviel freier wären die beiden ohne ihn! Was wäre, wenn er an Stelle seines Vaters sterben würde? Was wäre, wenn er krank würde? Und was wäre – der Gedanke schoß ihm plötzlich durch den Kopf – was wäre, wenn sie planten, ihn zu beseitigen? Seine Tagträume brachten ihm keinen Trost mehr, sie waren jetzt angefüllt mit Furcht und durchsetzt mit dem Gift des Mißtrauens. Er konnte seine wirren Gedanken niemandem mitteilen, nicht einmal seiner Mutter, und allmählich wandte sich die Liebe zu

seinem Vater, die Liebe, die er nicht auszudrücken vermochte, nach innen und staute sich und wurde sauer.

Der Leibwächter draußen nahm Haltung an, und Thutmosis machte sich auf den weiten Weg zu den Gemächern seiner Mutter. Die Wandelgänge waren menschenleer, und die Fackeln flackerten unruhig in dem heißen Wind, der bis in die entferntesten Winkel des Palastes zu dringen schien. Thutmosis' Schritte und die seines Leibwächters hallten hohl in der düsteren Empfangshalle wider; der Wald von Säulen war in dem schwachen Licht all seiner Farbenpracht beraubt. Thutmosis bog in den Gang zum Frauenflügel ein, an dessen Tür sein Leibwächter ihn verließ. Die Eunuchen verneigten sich. Er ging weiter bis zu der Stelle, wo der Weg sich teilte, warf einen Blick nach links, wo die Konkubinen zu dieser Stunde zweifellos alle noch in ihrem Marmorgefängnis schliefen, und wandte sich nach rechts, wo die Räumlichkeiten seiner Mutter lagen.

Als er ihren kleinen Empfangssaal betrat, hörte er Lachen und Plaudern aus dem dahinter liegenden Boudoir. Mutnofret kam mit wehenden Gewändern heraus, um ihn zu begrüßen. «Thutmosis, mein Liebling, wie war es in der Schule? Ist dieser Wind nicht fürchterlich? Nun, wenigstens brauchst du dich heute nachmittag nicht mit den Pferden zu plagen. Komm ins andere Zimmer.» Er küßte sie, und sie gingen Arm in Arm in Mutnofrets Schlafzimmer, wo zahlreiche Lampen brannten und ihre Hofdamen schwatzend oder Brettspiele spielend herumsaßen. Mutnofret ließ sich auf ihr Ruhebett sinken, bot ihrem Sohn kandierte Früchte aus der Schachtel neben ihrem Ellbogen an, nahm sich selbst eine und steckte sie genüßlich in den Mund. «Eine wahre Delikatesse! Sie sind ein Geschenk von Pharaos Sandalenträger. Er hat sie von Gouverneur Thure. Es scheint, daß Thure bessere Zuckerbäcker hat als der Eine selbst.» Sie klopfte einladend auf das Kissen neben sich, und Thutmosis ließ sich seufzend darauf nieder.

Der Wind war hier nur ein schwaches, fernes Murmeln, denn Mutnofrets Gemächer waren ringsum von anderen Räumen eingeschlossen. Aber sie hatte hinter dem Audienzsaal einen eigenen kleinen Korridor, der zu den Gärten führte. Sie durfte sich nicht uneingeladen zur königlichen Familie gesellen, aber da sie abends alle zusammen aßen, machte ihr das nichts aus. Sie hätte es ohnedies zu mühsam gefunden, den Einen ständig um sich zu haben. Sie war

zufrieden mit ihrer Stellung. Sie hatte viel mehr Freiheit als die fremdländischen Frauen Pharaos, die schönen Sklavinnen, die er von seinen diversen Feldzügen mitgebracht oder von ausländischen Delegationen geschenkt bekommen hatte. Sie verbrachten ihr Leben hinter verschlossenen Türen, ohne je einen Mann – außer ihrem Herrn – zu Gesicht zu bekommen. Zu ihr kam Pharao nur gelegentlich, mitten in der Nacht, ein wenig betrunken vom süßen Wein und ein wenig liebebedürftig. Er war immer gut zu ihr, denn schließlich war sie die Mutter des einzigen überlebenden Königssohns, aber seine Besuche wurden mit zunehmendem Alter seltener, und sie wußte, daß er die Gesellschaft der sanftmütigen Ahmose der ihrigen vorzog. Sie verübelte es ihm nicht. Sie hatte Thutmosis, ihren Liebling, und sie verwöhnte ihn, stolz auf eine Leistung, in der Ahmose es ihr nicht hatte gleichtun können. Sie war nicht dumm, und sie wußte, daß ihr Rang sich sofort erhöhen würde, wenn Thutmosis seinem Vater auf dem Thron des Horus folgte. Aber der Ehrgeiz, den sie in den ersten Jahren ihrer Beziehung zu Pharao gehabt haben mochte, war jetzt einer angenehmen Trägheit gewichen, und sie verbrachte ihre Zeit in Gesellschaft ihrer Hofdamen mit Klatsch und unbekümmertem Geschwätz. Durch das üppige Leben, das sie führte, war ihr Gesicht aufgedunsen, sie hatte jetzt ein Doppelkinn und Hängebacken, aber ihre grünen Augen funkelten immer noch vor Lebensfreude, die ihr Sohn bedauerlicherweise nicht von ihr geerbt hatte. Er hatte zwar ein Bedürfnis nach physischen Genüssen und den Drang, seine Leidenschaften zu befriedigen, aber er besaß nicht die unbezähmbare Fröhlichkeit, die seine Mutter in Pharaos Bett gebracht hatte. Sie war etwas bekümmert, als sie ihren Sohn ansah, der bereits Fett anzusetzen begann, und dessen gutes Aussehen durch seinen verdrießlichen Gesichtsausdruck getrübt wurde.

«Ich habe dich noch gar nicht gefragt, wie es dir auf dem Streitwagen gefällt.»

«Du bist die einzige, die sich noch nicht danach erkundigt hat. Mein königlicher Vater fragte mich gestern, Hatschepsut fragte mich heute morgen, und jetzt fragst du mich. Nun, ich finde es abscheulich. Solange ich mich in dem Ding aufrecht halten kann, genügt es doch – warum soll ich lernen, es zu lenken? Könige lenken ihre Wagen niemals selbst.»

«Könige müssen vieles können, und du, mein Liebling, wirst einmal König sein.» Sie stocherte mit einem langen Fingernagel in den Zähnen und griff nach einem neuen Bonbon. «Im Palast wimmelt es von Gerüchten. Ich habe gehört, daß der Eine im Begriff sei, eine wichtige Neuigkeit zu verkünden, und wir beide wissen, was das sein wird. Ihre Hoheit Neferu ist im heiratsfähigen Alter. Und du bist es ebenfalls.»

«Ich nehme es an. Neferu war heute nicht in der Schule. Sie fühlt sich nicht wohl. Jeden Abend läßt sie sich das Essen in ihren eigenen Gemächern servieren und weigert sich herauszukommen, obwohl Vater zu ihr gegangen ist und mit ihr gesprochen hat. Ich will sie nicht heiraten. Sie ist zu dürr und knochig.»

«Aber du wirst es doch tun, nicht wahr? Und du wirst dich nach besten Kräften bemühen, deinen königlichen Vater zufriedenzustellen?»

Thutmosis schob trotzig die Unterlippe vor. «Ich versuche, ihn zufriedenzustellen, aber es ist sehr schwer. Ich glaube, er ist enttäuscht von mir. Ich bin kein Krieger wie er es war. Ich bin nicht klug wie Hatschepsut. Wenn ich Pharao bin und eigene Söhne habe, werde ich sie tun lassen, was ihnen gefällt.»

«Sprich nicht solchen Unsinn! Du hast noch viel zu lernen, und du solltest dich damit beeilen. Denn sobald der Eine dich offiziell zu seinem Erben ernennt, wird deine Zeit streng begrenzt sein, und es ist aus mit deiner Freiheit. Du wirst es dir dann nicht mehr leisten können, allzu viele Fehler zu begehen, mein Sohn, also begeh sie lieber jetzt und lerne aus ihnen.»

«Ich möchte schlafen. Ich wünschte, dieser höllische Wind würde sich legen.» Er stand auf, und sie griff zärtlich nach seiner Hand.

«Dann geh. Wir sehen uns heute abend. Aber gib deiner Mutter zuerst noch einen Kuß.» Sie spitzte die roten Lippen, als er sich niederbeugte und sie leicht mit den seinen berührte.

Die Hofdamen erhoben sich ebenfalls und verneigten sich mit ausgestreckten Armen; und Thutmosis ging durch den dunklen Empfangssaal zurück in den Wandelgang. Manchmal wirkte der Palast beängstigend auf ihn mit seinen seltsamen Schatten und seinem körperlosen Geflüster, vor allem nachts oder wenn wie heute der Chamsin wehte. Er eilte mit gesenktem Kopf an den riesigen, regungslosen

Wachtposten vorbei durch den Gang. Als er seine eigenen Gemächer erreichte, war er außer Atem und in Schweiß gebadet, nicht von der Hitze, sondern vor Angst.

Der Tag näherte sich seinem Ende. Bis zum Abendessen hatte sich der Wind noch verstärkt. Die Mahlzeit wurde von seinem Heulen begleitet; die heiße Wüstenluft legte sich schwer auf Gebäude und Gärten und traf die Wachtposten auf der hohen Schutzmauer wie ein Schlag. Überall war Sand, in den Speisen, im Haar, zwischen Kleidung und Haut und auf dem Boden. Niemand hatte Appetit. Hatschepsut, die neben ihrer Mutter saß, war bald mit dem Essen fertig. Pharao aß überhaupt nichts, sondern saß schweigend da und trank; seine Augen waren gerötet, sein Blick war ausdruckslos und verriet nichts von seinen Gedanken. Ineni hatte sich für die Nacht auf seine Besitztümer zurückgezogen, und der Saal war halb leer. Der getreue Ahmes pen Nechbet saß neben Thutmosis, das schmerzende Bein auf ein Kissen gestützt, den Umhang fest um den Körper gewickelt, um den Sand abzuhalten. Pharao sprach nicht mit ihm. Auch Neferu war nicht erschienen; sie hatte sich, ebenso wie an diesem Morgen, wegen schlechten Befindens entschuldigen lassen, und Pharao goß den Wein in sich hinein und fragte sich bedrückt, was er mit ihr machen sollte. Es war immer leicht gewesen, sie zum Gehorsam zu bewegen, diesmal revoltierte etwas in ihr, und sie weigerte sich beharrlich, noch irgend etwas mit einem von ihnen zu tun zu haben. Sie würde mit der Zeit schon wieder Vernunft annehmen, sagte er sich, während er zusah, wie Hatschepsut ihre Murmeln über den gemusterten Boden rollen ließ. Entweder das, oder . . . Er rutschte nervös auf seinem Stuhl hin und her. «Geh nach Hause, pen Nechbet», sagte er schroff. «Dies ist keine Nacht, um dem eigenen Herd fern zu sein. Ich habe dir das Land nicht geschenkt, damit du hier herumhockst und auf meinem Land sitzt. Ich werde dafür sorgen, daß du eine Eskorte bekommst.»

«Majestät», erwiderte pen Nechbet, «ich bin zu alt, um mich von einem Wüstenwind in die Flucht schlagen zu lassen. Erinnerst du dich noch an die Nacht, als wir über die Retenus herfielen? Da war der Sandsturm so stark, daß wir Freund und Feind nicht unterscheiden konnten?»

Thutmosis nickte. «Ja, ich erinnere mich», sagte er. Er streckte die

Hand mit dem Becher aus, um ihn nachfüllen zu lassen und kehrte zu seinen Grübeleien zurück. Seine Ringe und seine schwarzen Augen funkelten. An diesem Abend war er ein gefährlicher Mann in den Klauen einer bedrohlichen Stimmung. Selbst Ahmose war ängstlich bemüht, seinem Blick auszuweichen.

Die Mahlzeit war beendet, und Pharao saß immer noch regungslos da. Ahmes pen Nechbet döste in seinem Sessel, und die Gäste fingen an, unruhig zu werden; man unterhielt sich nur noch im Flüsterton. Thutmosis rührte sich nicht.

Schließlich winkte Ahmose in ihrer Verzweiflung Hatschepsut zu sich. «Geh zu deinem Vater», sagte sie leise, «und frag ihn, ob du zu Bett gehen darfst. Vergiß nicht, heute abend vor ihm niederzufallen, und lächle ihn weder an, noch sieh ihm in die Augen. Hast du verstanden?»

Hatschepsut nickte. Sie sammelte ihre Murmeln auf und steckte sie in den Gürtel ihres Kittels, dann ging sie zu ihrem Vater, ließ sich auf die Knie sinken und legte die Stirn auf den Boden neben seinen Füßen. So blieb sie liegen, während der Sand sich in ihre Ellbogen und Knie grub und in ihren Mund drang. Alle Augen wandten sich ihr zu. Eine fast unerträgliche Spannung lag über dem Raum.

Thutmosis leerte seinen Becher und stellte ihn nieder, ehe er sie sah. «Steh auf!» sagte er. «Was gibt's?»

Sie stand auf und rieb sich mit gesenktem Blick die Knie. «Mächtiger Horus», sagte sie zu seinen mit Edelsteinen besetzten Sandalen, «gestattest du mir, zu Bett zu gehen?»

Er lehnte sich vor, die Lippen von den vorstehenden Zähnen zurückgezogen, und trotz der Warnung ihrer Mutter konnte sie nicht umhin, ihm ins Gesicht zu sehen. Seine Augen waren blutunterlaufen und ausdruckslos, und sie wurde von Angst gepackt. Dieser Mann war ein Fremder.

«Zu Bett? Natürlich kannst du zu Bett gehen. Was ist los mit dir?» Er lehnte sich zurück, ein Zeichen, daß sie entlassen war, aber er stand immer noch nicht auf.

Ein Seufzer wie das Flattern von Vogelflügeln lief durch den Saal, und Hatschepsut blieb, wo sie war, ohne recht zu wissen, was sie tun sollte. Der Sklave verneigte sich und füllte abermals den Becher seines Herrn, und wieder hob Pharao ihn an die Lippen und trank. Das kleine

Mädchen wandte den Kopf. Mit angespanntem Gesicht nickte ihre Mutter ihr zu, und Hatschepsut holte tief Luft. Dann trat sie nach vorn, zwängte das Knie zwischen Thutmosis' Oberschenkel und den Rand seines Sessels und zog sich hoch, so daß sie ihm leise etwas ins Ohr sagen konnte. «Vater, es ist eine schlimme Nacht», flüsterte sie, «und die Gäste sind müde. Willst du nicht aufstehen, damit sie nach Hause gehen können?»

Er sah sie an. «Müde, sagst du? Müde, ja, müde. Ich bin auch müde, aber ich finde keine Ruhe. Ich bin bedrückt. Dieser Wind heult wie die Kas der Verdammten.» Seine Zunge war schwer. Und als er schließlich aufstand, schwankte er. «Geht zu Bett, alle miteinander!» rief er. «Ich, mächtiger Stier, geliebt von Maat, befehle euch, zu Bett zu gehen! So!» sagte er zu Hatschepsut, während er sich wieder auf seinen Stuhl fallen ließ. «Bist du zufrieden, mein Kleines?»

Sie hob den Kopf und küßte ihn auf die Wange, die nach Parfum und Wein roch. «Vollkommen. Vielen Dank, Vater», sagte sie. Dann lief sie schnell zu Ahmose, ehe er etwas erwidern konnte. Ihre Knie zitterten.

Einer nach dem anderen schlichen sich die Gäste hinaus, und Ahmose gab Nedjmet ein Zeichen, Hatschepsut zu Bett zu bringen. «Vielen Dank, mein Kind», sagte sie, die warmen Lippen küssend. «Morgen früh wird er wieder besserer Laune sein.» Auch sie verließ den Saal. Pen Nechbet schlummerte friedlich weiter, und Pharao wandte sich wieder dem Wein zu.

Irgendwann spät in der Nacht erwachte Hatschepsut aus tiefem Schlaf. Sie hatte von Neferu geträumt – Neferu in der Gestalt des kleinen, mutterlosen Kitzes, in einem Käfig eingesperrt. Vor dem Käfig stand Nebamun, der einen Schlüssel an einer langen goldenen Kette in den Händen hielt. Aber während sie träumte, war es nicht Nebamun, sondern ihr Vater, der vor dem Käfig stand, und seine geröteten Augen blitzten unheilvoll, als sie näher an ihn herankroch. Die arme Neferu öffnete ihr kleines schwarzes Rehmaul und schrie verzweifelt: «Hatsche-e-epsut! Hatsche-e-epsut!»

Hatschepsut fuhr erschreckt im Bett hoch, und ihr Herz pochte schmerzhaft gegen die Rippen, als sie Neferu abermals «Hatschepsut!» rufen hörte. Ihr Nachtlicht glühte sanft auf dem Tisch neben ihr, und

hinter ihrem Kopf ächzte der Wind in den Windfängen, die jetzt zwar geschlossen waren, an denen der Wind aber trotzdem beharrlich rüttelte. Hatschepsuts Ruhebett war mit einer dünnen Staubschicht bedeckt. Sie saß einen Augenblick da und lauschte, noch halb in ihren Traum verstrickt, aber die hohe, schreckerfüllte Stimme rief nicht noch einmal. Seufzend legte sie sich wieder hin und schloß die Augen. Nedjmet schnarchte heute nicht, oder wenn sie es tat, so wurde das Geräusch vom Heulen des Windes übertönt; in einer Ecke lag die Sklavin in tiefem Schlaf zusammengerollt auf ihrer Matte. Hatschepsut beobachtete, wie die Flamme des Nachtlichts breiter und verschwommen wurde. Sie war schon fast wieder eingeschlafen, da hörte sie leise Stimmen vor ihrer Tür. Es waren wirkliche, menschliche Stimmen: die ihres Leibwächters und eine andere. Sie bemühte sich, sie zu verstehen, vernahm aber nur verstohlene Schritte, die sich in Richtung von Neferus Gemächern entfernten. Noch halb betäubt von Schlaf und Traum, stand Hatschepsut von ihrem Ruhebett auf und lief nackt zur Tür. Der Leibwächter salutierte überrascht. Leise die Tür hinter sich schließend, fragte sie ihn, was geschehen sei.

Er blickte verlegen drein, aber er mußte antworten. «Ich weiß nichts Genaues, Hoheit, aber irgend etwas ist in den Gemächern Ihrer Hoheit Neferu geschehen, und der königliche Oberhofmeister hat mich soeben gefragt, ob jemand heute nacht dein Zimmer betreten habe.»

Ihr stockte der Atem, und das Bild von Neferu, dem Kitz, stieg unwillkürlich vor ihr auf – ein von Furcht verzerrtes Gesicht, dessen kleines, weiches Maul verzweifelt nach ihr rief. Ohne ein weiteres Wort wandte sie sich um und begann den Wandelgang entlangzulaufen. Hinter ihr stammelte der Leibwächter: «Hoheit! Prinzessin!» Er stand unschlüssig da und wußte nicht, ob er ihr folgen oder die schlafende Dienerschaft wecken sollte. Schließlich beschloß er, ihr zu folgen, und lief hinter ihr her, aber sie war flinker als er. Er folgte nur ihrem Schatten, der sich an den Mauern entlangschlängelte und zwischen den Fackeln länger wurde, um gleich darauf zu ihr zurückzuschnellen, wenn sie um eine Ecke bog und unter den Flammen hindurchlief. Es war ein langer Weg, den sie zurückzulegen hatte. Der Wind pfiff durch die menschenleeren Hallen, und die Dunkelheit der abzweigenden Gänge schien nach ihr zu greifen, aber sie lief weiter

und rief immer wieder leise Neferus Namen, während ihre Füße sie vorwärts trugen.

Sie stürmte an der königlichen Garde vorbei, die sich um den Eingang zu Neferus Gemächern scharte, und erreichte atemlos den reichgeschmückten Empfangsraum ihrer älteren Schwester. Er war leer. Aber aus dem dahinter liegenden Schlafgemach hörte sie fromme Gesänge und sah Weihrauch, dicht und grau, durch die offene Tür dringen. Mit einem angstvollen Schluchzen zwang sich Hatschepsut weiterzugehen. Sie betrat das andere Zimmer und blieb mit wild pochendem Herzen stehen.

Der Raum war voll von Menschen. Priester drängten sich wie schattenhafte weiße Vögel um das Ruhebett; der Hohepriester sang, und seine Gehilfen hielten Räuchervasen, die golden in ihren Händen glühten. Der Rauch erfüllte die ohnedies schon heiße, dumpfe Luft mit erstickendem Dunst. Am Kopfende des Betts stand ihr Vater, nur mit seinem schlichten, kurzen Schlafkittel bekleidet. Als Hatschepsut, die Hände an die Kehle gepreßt, vor dem Ruhebett stehenblieb, blickte er auf, schien sie aber nicht zu erkennen. Er war plötzlich zu einem alten Mann geworden, das Gesicht zerfurcht, die Augen tief in ihre Höhlen gesunken. Auf einem kleinen Schemel in einer Ecke saß Ahmose, in einen durchsichtigen Überwurf gehüllt, der um sie herum den Boden bedeckte. Zwischen den Fingern hielt sie Neferus kleine, mit dem Bild der Mut geschmückte Silberkrone, die sie geistesabwesend in den Händen herumdrehte, während ihre Lippen sich im Gebet bewegten. Der Oberhofmeister und andere Angehörige des Hofstaates standen ängstlich flüsternd an der Tür.

Keiner von ihnen beachtete Hatschepsut, als sie sich verstohlen dem Ruhebett näherte. Sie bahnte sich ihren Weg an den Priestergehilfen und an Menena vorbei, bis sie die Hand ausstrecken und die kalten Finger berühren konnte, die über den Rand des Betts hingen. «Neferu», rief sie leise, und dann stand sie schweigend da, während sich eine Woge von Liebe und wachsende Angst in ihr ausbreiteten.

Der Leibarzt des Königs hatte ein Stück Leinen über die magere Brust des Mädchens gelegt und darauf eine Anzahl von Amuletten ausgebreitet. Seine Töpfe, Stößel und irdenen Schalen standen neben ihm auf dem Tisch, aber er wußte jetzt, daß nur noch die Götter heilen konnten. Er kniete neben Neferu nieder, band ihr behutsam die

magische Schnur um die feuchte Stirn und bereitete die Zaubersprüche vor, die den bösen Geist aus ihrem zarten Körper vertreiben sollten. Doch im Grunde seines Herzens wußte er, daß nichts mehr helfen konnte, daß Neferu vergiftet worden war, und er blickte zu seinem königlichen Herrn empor. Pharaos Augen waren starr auf das Gesicht seiner Tochter gerichtet, und nur die Heftigkeit, mit der er das vergoldete Kopfbrett umklammert hielt, verriet seine Gemütsbewegung. Der Arzt kehrte bekümmert zu seinen Zauberformeln zurück. Er hatte nicht erreichen können, daß Ihre Hoheit sich erbrach. Hätte sie das getan, so wäre es vielleicht möglich gewesen, sie am Leben zu erhalten. Aber derjenige, der diese Tat begangen hatte, verstand sich auf seine Arbeit. Trotz der stundenlangen, fieberhaften Bemühungen, sie zu retten, fraß der Schmerz mit grausamer Unvermeidlichkeit an Neferus Leben. Sie verfiel zusehends, und die Stimmung im Raum veränderte sich. Der Wind heulte . . .

Plötzlich öffnete Neferu die Augen, und der Arzt fuhr überrascht zurück. Hatschepsut sah in das schweißbedeckte Gesicht, grau im schwachen Licht der Lampe, und sie warf sich neben ihrer Schwester nieder und vergrub den Kopf im Kissen. Neferu stöhnte und bewegte schwach die Hand.

Thutmosis unterbrach die Stille. «Hebt sie hoch. Legt ihr ein Kissen unter den Kopf.»

Während der Arzt den kraftlos herabhängenden Kopf hob und ein weiteres Kissen auf das Ruhebett legte, blickte Hatschepsut zitternd hoch. «Ich habe gehört, wie du mich gerufen hast, Neferu, und ich bin gekommen. Oh, Neferu, wirst du sterben?» Von einem jähen, krampfhaften Schmerz gepackt, schloß Neferu die Augen, und Hatschepsut begann zu weinen. «Stirb nicht. Bitte, nicht. Was ist mit dem Kitz? Was ist mit mir?»

Neferu drehte den Kopf zu ihr und öffnete die Augen. Es bereitete ihr sichtlich Mühe zu sprechen, und als sie es tat, traten kleine Schaumbläschen auf ihre Lippen. Ihre Pupillen waren erweitert, und Hatschepsut las in ihren Augen panische Angst und eine große Traurigkeit. «Erinnerst du dich an Uatschmes und Amun mes, die gestorben sind, Hatschepsut?» Sie sprach im Flüsterton, und ihre Stimme war ein schwaches Flattern wie der Wind im winterlichen Schilfrohr längs der Sümpfe.

Hatschepsut schüttelte benommen den Kopf.

«Erinnerst du dich an Großmutter, die gestorben ist?»

Hatschepsut rührte sich nicht. Sie hielt nur schweigend Neferus Hand, denn sie fürchtete, daß das Schluchzen in ihrer Kehle hervorbrechen und den Raum erfüllen würde, wenn sie etwas erwiderte. Sie brauchte ihre ganze Willenskraft, um ihre Gefühle zu unterdrücken und sich zu beherrschen.

Neferu hielt einen Augenblick inne. Ihr Atem schlug schnell und heiß an Hatschepsuts Wange. Schließlich fuhr sie mühsam fort: «Du wirst dich an mich erinnern, Hatschepsut. Du wirst dich an diese Nacht erinnern, und du wirst daraus lernen. Mein Traum ist zur Wirklichkeit geworden. Anubis wartet neben den Waagschalen auf mich, und ich bin nicht bereit. Ich bin nicht bereit!» Ihre Augen bohrten sich mit fieberhafter Eindringlichkeit in die des kleinen Mädchens, und das Schluchzen erstarb in Hatschepsuts Brust, als sie ihre Botschaft zu deuten versuchte. «Nimm dies, was ich dir gebe, Hatschepsut, und mach etwas Wertvolles daraus.» Ihr Blick wandte sich von Hatschepsut ab und schweifte durch den Raum, bis er Menena fand. «Ich habe um keine Bestimmung gebeten. Ich wollte sie nicht. Nimm du sie, Hatschepsut, und mach etwas aus ihr. Ich will nur – Frieden –»

Die letzten Worte waren ein Seufzer, und Hatschepsut wurde sich bewußt, daß sie in Augen blickte, die sie nicht mehr sahen, sondern auf eine ferne Vision gerichtet waren. Sie griff nach dem kalten Arm, schüttelte ihn und rief: «Ich verstehe dich nicht, Neferu. Ich verstehe das alles nicht! Ich liebe dich!»

Neferu warf jetzt den Kopf mit der zerzausten schwarzen Mähne wild auf dem Kissen hin und her, und ihr wirres Gemurmel war unverständlich.

«Sie träumt», sagte Thutmosis mit leiser, aber ruhiger Stimme. «Sie nähert sich dem Ende.»

Hatschepsut sprang auf und stieß ihm mit tränenüberströmten Gesicht die Faust unter das Kinn. «Nein!» schrie sie ihn an. «Neferu wird niemals sterben!» Sie wandte sich um und floh in panischem Schrecken aus dem Raum. An der äußeren Tür wartete ihr Leibwächter, aber sie beachtete ihn nicht, sondern lief mit der Geschwindigkeit eines verfolgten Leoparden durch Neferus Gang in Richtung der

Gärten. Noch ehe ihr Leibwächter die Halle durchquert hatte, war sie aus dem Palast heraus und stürmte durch die von Platanen gesäumte dunkle Allee.

4

Der Wind traf sie mit voller Kraft, als sie den Schutz der Mauer verließ; sie taumelte, stieß mit dem Schienbein gegen die rauhen Reliefs und schürfte sich den Ellbogen ab, aber den Schmerz, der ihr das Bein hinaufschoß, spürte sie kaum. Die Wege, die rechts und links von der Allee abzweigten, waren bis zum Fluß hinunter gepflastert, und so wandte sie sich bald der tröstlichen Abgeschiedenheit der Bäume zu und folgte gewundenen Pfaden, die trotz Sturm und Dunkelheit wie helle Bänder schimmerten und sie von den sorgsam angelegten Blumenbeeten und Wasserfällen wegführten zu ländlicheren, einsameren Teil des königlichen Besitztums. Selbst unter den schützenden Zweigen der Platanen war der Wind so heftig, daß es ihr den Atem verschlug und sie einen Augenblick stehenbleiben mußte. Ihre Augen, ihre Nasenlöcher und ihr keuchender Mund waren voller Sand; aber sie kämpfte sich weiter voran, denn der Zorn in ihrem Inneren war eine physische Kraft, die sie antrieb, bis sie nicht mehr laufen konnte. Gerade in dem Augenblick, als der stechende Schmerz in ihrer Seite und das Pfeifen ihrer Lungen so stark wurden, daß sie glaubte, sich nicht mehr auf den Beinen halten zu können, brach sie aus den Bäumen hervor und sah sich am Fuß einer der finster dreinblickenden Statuen ihres göttlichen Vaters, die den Pylonen am Eingang zum Tempel gegenüberstanden. Sie wußte, daß hinter den großen Tempeltoren hinter den anderen Pylonen und einer Reihe von Bäumen der heilige See des Amun lag, der See, auf dem sein Boot vertäut lag. Nach einer Weile taumelte sie weiter; alle ihre Gedanken galten dem Wasser. Ob sie es trinken, sich läutern oder sich hineinstürzen wollte, wußte sie nicht. Sie lief weiter, und während sie lief,

schwand ihr Zorn und wich einer langsam aufsteigenden Welle von Schmerz. Neferu! Neferu! Neferu! In all den behüteten Jahren, den Jahren der Liebe und Verehrung, hatte sie nie eine Gemütsbewegung wie diese kennengelernt, die bis in ihr Innerstes drang und sie wehrlos dem Schmerz auslieferte.

Ehe sie es sich versah, war sie am See, und ihre Knie gaben nach, als sie mit ausgebreiteten Armen hineinfiel. Das Wasser schloß sich über ihrem Kopf, das Heulen des Windes hörte auf, und es herrschte plötzlich eine überwältigende Stille. Sie drehte sich auf den Rücken. Das Wasser hüllte sie in Kühle, und sie hielt die Augen geschlossen, während das Sausen in ihrem Kopf sich in ein leises Summen verwandelte. Oh, Amun, mein Vater, dachte sie glückselig. Sie hatte das Gefühl, daß er sich ihr näherte, als ihr Atem ruhiger wurde und sie zu treiben begann. Der See war mit Schaumkronen bedeckt, und ihr Körper bewegte sich in der Dünung leicht hin und her, als wäre sie selbst das heilige Boot, das darauf wartete, daß der Gott seine Reise antrat. Sie stieß die Luft aus, bis nur noch ihr Gesicht über dem Wasser war. Ach, wenn ich doch ewig hierbleiben könnte und nie in den Palast zurück müßte, sagte sie sich im stillen. Bei diesen Worten erinnerte sie sich wieder an ihren Traum, und sie begann leise zu weinen, nicht nur über ihre eigene künftige Einsamkeit, sondern auch aus Kummer um Neferu selbst, um die Jahre voller Sonnenschein und Glück, die ihr verlorengingen.

Im nächsten Augenblick fühlte sie, wie eine kräftige Hand sie an der Schulter packte. Sie ging unter, bekam keine Luft mehr und kam hustend wieder an die Oberfläche. Als sie sich zu wehren versuchte, packte die Hand noch fester zu, und sie wurde unerbittlich ans Ufer gezerrt. Dann legten sich zwei Hände um ihre Taille, hoben sie aus dem Wasser und ließen sie unsanft auf den Rasen fallen. Als sie endlich wieder Luft bekam, fing sie an zu zittern. In der Dunkelheit konnte sie den Mann nicht sehen, der sie herausgezogen hatte, und sie war gerade im Begriff aufzuspringen und zu fliehen, da packte er sie wieder beim Arm und begann zu sprechen.

«Weißt du, was mit dir geschehen würde, wenn die Priester dich im heiligen See ertappten? Was hast du dir dabei gedacht?» Er war nur ein undeutlicher Schatten, der sich dunkel gegen den bewölkten Himmel und die schwarze Masse des Tempels abhob. Seine Stimme war jung,

aber streng. Hatschepsut bekam es mit der Angst. Sie riß sich von ihm los und wollte fortlaufen, aber er packte sie abermals und schwang sie mit einer einzigen, raschen Bewegung über seine Schulter. «O nein, das wirst du nicht tun», sagte er. Dann ging er, das kleine Mädchen wie einen Sack Getreide mit einem Arm festhaltend, rasch auf die westliche Seite des Tempels zu.

Schon nach kurzer Zeit verlor Hatschepsut völlig die Orientierung. Sie war noch nie in dem Labyrinth von Dienerschaftsgebäuden, Kornspeichern, Küchen und Vorratsräumen hinter dem Tempel gewesen; und als sie jetzt durch enge Gassen und schmale Torwege getragen wurde, hatte sie keine Ahnung, wo sie sich befand. Sie erkannte nur an den Pflastersteinen, die hier statt des Grases den Boden bedeckten, daß sie zwischen Gebäuden hindurchgingen. Als er sie schließlich in einem schmalen, dunklen Gang mit vielen geschlossenen Türen absetzte, liefen ihr die Tränen über die Wangen, und sie zitterte vor Furcht und Kälte. Er nahm sie bei der Hand und führte sie mit sicheren Schritten durch die Dunkelheit den Korridor entlang. Bei einer der letzten Türen blieb er stehen, stieß sie auf und schob Hatschepsut hinein. Nachdem er die Tür wieder geschlossen und verriegelt hatte, ließ er ihre Hand los, und sie hörte ihn im Dunkeln herumhantieren. Plötzlich flammte ein Licht auf, und sie sah sich in einer kleinen, weißgetünchten Zelle mit einem Strohsack auf dem Boden, einem primitiven Stuhl und einer unvollendeten hölzernen Truhe, die offenbar als Tisch und Kleiderkiste zugleich diente, denn der Mann stellte die Lampe darauf.

Er wandte sich um und sah Hatschepsut an; sie erwiderte seinen Blick, und allmählich verschwand ihre Angst. Er war ja gar kein Mann, zumindest kein ausgewachsener Mann, sondern ein noch ziemlich junger, etwa in Neferus Alter, mit ausgeprägten, regelmäßigen Gesichtszügen und einem durchdringenden Blick. Sein kahlrasierter Kopf und das schlammverschmutzte weiße Leinen, das an seinen langen Beinen klebte, sagten ihr, daß er ein junger Priester war. Also mußte sie sich irgendwo im Bereich des Tempels befinden. Ein Gefühl der Erleichterung kam über sie. Es war nicht schön, aus der vertrauten Umgebung herausgerissen zu werden und sich in der fremden, drohenden Welt rauher Hände und respektloser Worte wiederzufinden, und das in einer Nacht, die ohnedies schon grauenvoll und unwirklich genug war.

«Du zitterst ja immer noch», sagte er mit der tiefen Stimme eines Jünglings, der an der Schwelle des Mannesalters steht. «Die Luft ist heiß, aber dieser Wind kann tödlich sein.» Er nahm eine zerfetzte Wolldecke von seinem Strohsack, und noch ehe sie Einspruch erheben konnte, ließ er sich auf die Knie nieder und rieb sie kräftig damit ab, genau wie Nedjmet es zu tun pflegte.

Der Schreck über diese energische und nüchterne Behandlung brachte sie endgültig in die Wirklichkeit zurück, und während ihre Haut zu glühen begann und ihre Zähne zu klappern aufhörten, sah sie die Ereignisse dieser Nacht klar und frei von dem barmherzigen, schlafähnlichen Zustand, der sie zu Neferu und dann hinaus in die Wildheit der Nacht getrieben hatte. Neferu lag im Sterben. Neferu war vermutlich tot, und Hatschepsut, die widerstandslos dastand, während dieser erstaunliche junge Mann ihren Gliedern neues Leben gab, blickte in das schwarze, gähnende Loch der Zukunft. Zusammen mit der Gewißheit von Neferus Tod kam ihr ein anderer schrecklicher Gedanke. Sie erschauerte unwillkürlich, so daß der Junge seine Arbeit unterbrach und sie erstaunt ansah. Jetzt war sie, Hatschepsut, das einzige Mädchen von königlichem Geblüt. Sie konnte die wirkliche Bedeutung dieser Tatsache noch nicht voll erfassen, aber sie erinnerte sich an die Worte ihrer Mutter: «. . . denn nur in uns, den königlichen Frauen, fließt das Blut des Gottes . . . kein Mann kann Pharao sein, wenn er nicht eine Frau von königlichem Geblüt heiratet.» Neferus Worte, die sie erst vor so kurzer Zeit gesprochen hatte, waren noch ein Wirrwarr in den Gedanken des kleinen Mädchens, aber es entsann sich des schmerzverzerrten Gesichts, der großen Augen. Wieder begannen ungewollt die Tränen zu fließen.

Senmut wickelte die Decke um ihre zuckenden Schultern und schob sie sanft auf den Strohsack hinunter. Dann zog er den Stuhl heran und setzte sich so, daß das Licht auf sein Gesicht fiel, während er sprach. «Komm», sagte er, «hab keine Angst. Sag mir, was du am See getan hast, oder was du überhaupt auf dem Tempelgelände zu suchen hattest. Bist du aus Versehen ins Wasser gefallen?» Sie antwortete nicht, sondern saß still da und blickte mit tränenüberströmtem Gesicht auf ihre nackten Füße, die unter der braunen Decke hervorsahen. Senmut betrachtete sie mit Ungeduld und Mitleid. «Komm, sag es mir doch. Wenn du mir nicht sagst, warum du mitten in der Nacht im See

des mächtigen Amun warst, wirst du es dem Mysterienmeister sagen müssen und damit Schande oder Schlimmeres über dich und deine Familie bringen. Wenn du dich aus Versehen dorthin verirrt hast und hineingefallen bist, dann werde ich dich nach Hause bringen und nicht darüber sprechen – obwohl es mir völlig unverständlich ist, wie du es fertiggebracht hast, an all den Wachtposten zwischen hier und der Stadt vorbeizukommen. Was ist, wirst du es mir jetzt sagen? Oder muß ich nach meinem Phylarchen schicken? War es ein Zufall?»

Hatschepsut bemühte sich vergeblich, ihre Tränen zu unterdrücken. Sie neigte den Kopf, wischte das Gesicht an der alten Decke ab und schneuzte sich. Dann begann sie von neuem zu weinen und brachte kein Wort hervor.

Der junge Mann wartete. «Du brauchst keine Angst zu haben», wiederholte er. «Ich tue dir nichts. Um Seths willen, hör auf zu weinen!» Er konnte es sich nicht erklären, aber irgend etwas an ihr verursachte ihm ein unbehagliches Gefühl. Das zartknochige kleine Gesicht mit seinem eckigen, eigensinnigen Kinn, der breiten Stirn und der feinen, aristokratischen Nase erinnerte ihn an irgend jemanden – nicht so sehr die Züge als vielmehr die Art, wie sie den Kopf auf dem langen, schmalen Hals trug, wie sie das Kinn hob und ihn ernst ansah. Ein seltsames Kind, dachte er bei sich. Vielleicht war sie gar nicht nahe daran gewesen zu ertrinken. Er hob das feuchte Gewand von seinen Beinen, und plötzlich erinnerte er sich an den Krug mit Wein, den er am Abend zuvor aus der Küche entwendet hatte. Ein Dankgebet murmelnd, entfernte er die Lampe, stöberte in der Truhe herum und holte einen grobbehauenen hölzernen Becher heraus. Dann stellte er die Lampe wieder auf ihren Platz, griff hinter seinen Stuhl und brachte den Krug zum Vorschein. Er füllte den Becher und hielt ihn dem Mädchen hin. «Hier, trink einen Schluck Wein. Er wird dir guttun.»

Sie hörte auf zu schluchzen, und ihre Hand schoß hervor. Ohne ein Wort des Dankes nahm sie den Becher, trank ein paar Schluck und gab ihn Senmut zurück. «Das ist billiger Wein», sagte sie, die Nase rümpfend. «Er schmeckt bitter.»

«Ach! Du hast also doch eine Stimme?»

Sie wischte sich wieder das Gesicht ab, setzte sich auf und zog mit einer Hand die Decke bis ans Kinn.

«Ich frage dich zum letztenmal: Bist du aus Versehen in den See gefallen?»

«Ja. Nein! Ich bin nicht sicher.»

«In wessen Haus dienst du? Sind deine Eltern Sklaven in der Stadt?»

«Natürlich nicht! Ich wohne im Palast.»

«Dann arbeitest du also in der Küche? Oder im Harem des guten Gottes?»

Die schwarzen Augen unter den geschwollenen Lidern blitzten ihn zornig an. «Wie kannst du es wagen, so mit mir zu sprechen? Wenn es mir beliebt, mitten in der Nacht in den Gewässern meines Vaters zu baden, so geht dich das nichts an, Priester! Und überhaupt, was hattest *du* dort zu suchen?»

Tatsächlich war Senmut nach einem seiner häufigen Raubzüge durch die Küchen auf dem Rückweg zu seiner Zelle gewesen, nachdem er im Schutz des äußeren Tempelhofs mit kaltem Ochsenfleisch und Honigkuchen seinen Hunger gestillt hatte. Um den Wachtposten auszuweichen, war er um den See herumgegangen. Nur durch reinen Zufall hatte er das Klatschen gehört, als sie ins Wasser fiel. Er sah sie aufmerksamer an, und ein schrecklicher Verdacht wurde in ihm wach. Jetzt erst bemerkte er die durchnäßte Jugendlocke, die von ihrem kahlrasierten Kopf herabhing und noch mit weißen und blauen Bändern – den Farben der kaiserlichen Familie – umwickelt war. Er schloß die Augen. «Oh, barmherzige Isis, nein», flüsterte er. «Bitte, nicht.»

Der kleine Mund war schmal, als er die Augen wieder öffnete. «Du weißt also nicht, wer ich bin?»

Er schüttelte langsam den Kopf. «Ich glaubte, du seist am Ertrinken. Ich glaubte, du seist eine Sklavin, die auf verbotenem Gelände herumspaziert. Ich wollte dich nur vor Schande bewahren.»

Sie lächelte plötzlich, und ihr Gesicht erhellte sich. Es war ein ansteckendes Lächeln voller Humor und Freundlichkeit, aber er war außerstande, es zu erwidern. Er wußte, daß dieses Kind seinen Tod bedeuten konnte. Er hatte einem Mitglied des Königshauses Zwang angetan und damit sein Leben verwirkt. «Das war sehr gütig», spottete sie. «Du, ein kleiner We'eb-Priester, wolltest mich, die Prinzessin Hatschepsut, vor Schande bewahren.» Sie ließ sich zurücksinken und lehnte mit leuchtenden Augen den Kopf an die Wand. «Wie aufregend! Hast du wirklich geglaubt, ich sei im Begriff zu ertrinken?»

Er schluckte. «Ja, Hoheit.»

«Dann verzeihe ich dir.» Sie machte eine gönnerhafte Handbewegung. «Du bist ein echter Sohn der Maat.» Ihre Augen wurden schmal, und sie lächelte mutwillig. «Aber was wirst du jetzt mit mir machen? Die Wachtposten suchen nach mir, denn sie wissen, daß ich fortgelaufen bin. Mein Vater wird toben, und Nedjmet wird weinen, denn sie weiß, daß man sie bestrafen wird, weil sie nicht bei mir geblieben ist. Aber es war nicht ihre Schuld. Ich bin aus dem Bett gekrochen, während sie schlief.»

Senmut wurde noch beklommener zumute. Dies ist es also, was du heraufbeschworen hast, o mein Vater, dachte er, als wir gemeinsam die lange Reise in die heilige Stadt antraten. Einen schmählichen Tod für mich und Schande für euch. Laut sagte er: «Hoheit, darf ich dir eine Frage stellen?»

«Nachdem du mich im See mit deinen zwei Händen gepackt und über deine Schulter geworfen hast», erwiderte sie gereizt, «nachdem du mich über das ganze Gelände geschleppt und mir die Haut mit deiner abscheulichen alten Decke wundgerieben hast, möchte ich annehmen, daß du nicht zögern wirst, mir eine weitere Frage zu stellen. Aber ich muß schon sagen», setzte sie bewundernd hinzu, «du hast wirklich kräftige Schultern.» Sie wurde ernst. «Ich bin weggelaufen, weil – weil meine liebe Neferu –» sie fing an, leise zu weinen, und Senmut beobachtete sie mit hilfloser Besorgnis. «Ein Gift – meine süße Neferu liegt im Sterben.»

Böse Vorahnungen und Entsetzen krochen über seinen Rücken, wie die weichen, behaarten Füße von todbringenden Spinnen. Seine Hände klammerten sich um die Armlehnen seines Stuhls. Es war also wirklich geschehen. Und so schnell. Und er hatte einfach den Kopf in den Sand gesteckt, wie ein Vogel Strauß, während drüben in der weißgoldenen Reinheit des Palastes ein Mädchen qualvoll an einem Gift zugrunde ging, das er, Senmut, ebensogut selbst hätte verabreicht haben können. Wie angemessen dein Urteil ist, mächtiger Amun, dachte er, ich muß sterben, und ich verdiene es zu sterben, aber nicht wegen des Verbrechens, dessen man mich beschuldigen wird. Er unterdrückte das ungestüme Verlangen, in ein hysterisches Gelächter auszubrechen.

Die kleine Prinzessin kauerte an der Wand; sie hatte den Kopf auf die

Arme gelegt und schluchzte jetzt laut, als ob die Niedertracht von ihren Tränen fortgewaschen werden könnte. «Sie rief mich – in meinen Träumen –, und ich ging zu ihr, und da lag sie, so krank – sie wird sterben – oh, Neferu, Neferu –» Schließlich richtete sie sich auf und hielt ihm ihre Hände hin. «Bitte, Priester, könntest du meine Hand halten? Ich habe solche Angst, und niemand versteht es, niemand.»

Das macht jetzt auch schon keinen Unterschied mehr, sagte er sich grimmig, als er von seinem Stuhl glitt und sich neben sie auf den Strohsack setzte. Ich habe sie bereits einmal berührt, und ich bin ein toter Mann. Er legte die Arme um sie und hielt sie dicht an sich gepreßt, während er beruhigend auf sie einsprach. Sie vergrub ihr nasses Gesicht an seinem Hals und klammerte sich an ihn, als ob sie wirklich am Ertrinken wäre, und als wäre er der einzige Fels, der sie retten konnte. «Still, still, kleine Prinzessin», murmelte er, ihr sanft über den Kopf streichend. «Das Leben geht weiter. Wir leben und wir sterben, und nur die Götter wissen wann. Weine ruhig, weine dich aus.» Plötzlich erkannte er den Widersinn seiner Worte und sagte nichts mehr.

Nach einer Weile schlief sie ein, den Kopf an seine Schulter gelehnt; er ließ sie in Frieden und beobachtete, ohne sich zu rühren, das leise Flattern ihrer langen Wimpern auf der braunen Wange. Nach einer Stunde schüttelte er sie sanft, und sie erwachte mit einem tiefen Seufzer.

«Komm, Hoheit, es ist Zeit zu gehen. Der Wind läßt nach, und es wird morgen sicher ein schöner, sonniger Tag.» Er stellte sie auf die Beine und gab ihr noch einen Schluck Wein, den sie, vor Müdigkeit schwankend, ohne Kommentar zu sich nahm. «Ich werde dich zu deinem Vater bringen. Vielleicht solltest du meine Decke umbehalten.» Er zog seinen Gürtel enger und fuhr sich mit der Hand über den kahlrasierten Schädel, aber als er sich zum Gehen wandte, bemerkte er, daß ihre Augen nachdenklich auf ihm ruhten. Es hatte schon zu dämmern begonnen, und in dem bleichen Tageslicht wirkte sie erschöpft, aber irgendwie älter, als ob die Kindheit mit ihren Tränen davongeflossen sei und niemals wiederkehren würde.

«Wie heißt du?» fragte sie ihn.

«Senmut, Hoheit.»

«Senmut. Senmut, ich werde allein zurückkehren, wie ich fortge-

gangen bin, und ich werde deine Decke nicht mitnehmen. Glaubst du, ich weiß nicht, was Vater mit dir machen wird, wenn er erfährt, was du heute nacht getan hast? Bring mich zurück zum See, von dort aus finde ich den Weg allein. Und hab keine Angst. Mein Vater hat mich gelehrt, die Dinge für mich zu behalten, und ich glaube, ich weiß jetzt, was er damit gemeint hat. Ich werde zu niemandem über dich sprechen.»

«Prinzessin, es ist besser, daß der Eine es jetzt von mir erfährt, ehe Klatsch und Gerüchte es ihm sagen.»

«Unsinn! Klatsch nährt sich von Tatsachen – wenigstens sagt meine Mutter das –, und die Tatsachen sind nur dir und mir bekannt. Ich werde nichts sagen, das verspreche ich dir. Zweifelst du an meinem Wort?»

Das tat er nicht. Sie strahlte die unbewußte Arroganz eines Menschen von fürstlicher Herkunft aus, als sie sich aus der Wolldecke wickelte und sie fallen ließ. Er verbeugte sich, und sie verließen ohne ein weiteres Wort das Zimmer.

Draußen war alles still. Die letzten Reste des Windes saugten an ihren Knien, während sie leise über den Hof gingen und im Dunkel der Kornspeicher verschwanden. Über ihnen war der Himmel milchig weiß in der Morgendämmerung und sehr klar. Auch nicht der leichteste Nebelschleier hing über den Obelisken und Türmen des Tempels. Der junge Mann und das Mädchen liefen eilig zwischen den Bäumen hindurch und kamen schließlich an das grasbedeckte Ufer des heiligen Sees, dessen Wasser sich in der morgendlichen Stille kaum bewegte.

Sie blieben stehen und sahen einander an. Hatschepsut holte tief Luft. «Der Chamsin ist vorüber. Er wehte für sie, für Neferu, und er hat sie fortgeholt. Das weiß ich. Vielen Dank, Senmut, daß du für mich dein Leben aufs Spiel gesetzt hast. Denn das ist es, was du getan hast, und als du entdecktest, wer ich bin, bist du nicht zurückgeschreckt, sondern hast mich wie ein Bruder getröstet. Das werde ich dir nie vergessen.»

Als er in das ernste kleine Gesicht blickte, war er nicht in Versuchung zu lachen. Statt dessen kniete er nieder und küßte das Gras zu ihren Füßen. «Hoheit», sagte er, «du bist die tapferste Dame, der ich je begegnet bin, und die klügste. Ein langes Leben!»

Sie lachte. «Steh auf, steh auf! Wahrhaftig, dein Fußfall ist viel edler als die Anmaßung des dummen Useramun. Aber jetzt sollte ich mich lieber beeilen, ehe Vater beschließt, die Wachtposten einen nach dem anderen hinrichten zu lassen!»

Sie winkte ihm zu und war fort. Ihr nackter Körper glänzte in den morgendlichen Sonnenstrahlen, als sie leichtfüßig wie ein Reh auf die Bäume jenseits der von Sphinxen gesäumten Allee zulief.

5

Man sah sie über den Rasen zum westlichen Portal des Palastes laufen, und als sie ihre Gemächer erreichte, wartete ihr Vater dort auf sie – allein. Trotz der frühen Stunde waren die Sklaven bereits dabei, die kleinen Haufen Sandes zu beseitigen, die sich überall angesammelt hatten. Keiner von ihnen sang bei der Arbeit, und auch die nicht schlafenden Bewohner des Palastes waren still. Ein Gefühl von Verhängnis lag in der Luft, obwohl Re über die mit Mosaik geschmückten Fußböden hüpfte und auf dem goldenen Staub tanzte, den die Sklaven aufgewirbelt hatten. Hatschepsut empfand den Druck, noch ehe sie, um Verzeihung bittend, vor Thutmosis niederkniete und seinen kalten Blick auf sich ruhen fühlte.

Er hatte ein Bad genommen und war jetzt in gelbes Leinen gekleidet. Nur ein schlichtes Pektoral aus blau-goldener Fayence – zwei Falken, die das Auge des Horus flankierten – hing auf seiner Brust, und sein Kopf war mit einem schwarz-gelb gestreiften Tuch bedeckt, dessen Seitenteile auf seine Schultern niederfielen und an dessen Stirnband die majestätisch aufgerichtete Uräusschlange befestigt war. Er hatte nicht geschlafen und auch nichts gegessen, und er sah alt aus. Seine Augen tränten und waren blutunterlaufen unter der frisch aufgelegten Schwärze. Er forderte Hatschepsut nicht auf, sich zu erheben, und sie blieb mit der Nase auf dem Boden liegen, bemüht, wieder zu Atem zu kommen. Er ging langsam vor ihr auf und ab.

«Wo bist du gewesen?»

«In den Gärten, Vater.»

«So? Während der letzten vier Stunden?»

«Ja, mächtiger Horus.»

«In der Dunkelheit? In Wind und Sandsturm?»

«Ja.»

«Du lügst», sagte er ruhig, als ob er seiner Frau beim morgendlichen Spaziergang eine Bemerkung zurief. «Die Gärten sind immer wieder durchsucht worden, seit du weggelaufen bist, und den Hauptmann der Leibgarde erwartet die Prügelstrafe, weil man dich dort nicht gefunden hat. Jetzt antworte mir!» Seine Stimme wurde streng. «Ich bin dein Vater, aber ich bin auch Pharao. Ich kann dich auspeitschen lassen, Hatschepsut. Wo warst du?»

Sie sah seine Füße näher kommen und rechts und links von ihrem Kopf stehenbleiben. Sie bekam einen steifen Hals von ihrer unbequemen Haltung, und der Geruch von frischgebackenem Brot, der von irgendwo im Raum zu ihr herüberdrang, erinnerte sie daren, wie hungrig sie war, aber sie blieb ganz still. «Ich bin wirklich in den Gärten gewesen, Vater, aber dann bin ich weitergelaufen in den Tempel.»

Der königliche Fuß an ihrem linken Ohr begann ungeduldig auf den Boden zu klopfen. «So? Findest du es nicht seltsam, daß die Tempelwächter, die bei Tag und Nacht wie geschäftige Ameisen das Tempelgelände durchstreifen, dich immer noch suchen?»

«Ich bin zum Tempel gegangen, Vater, aber nicht in den Tempel hinein. Ich ging – ich ging zur heiligen Barke, und ich stieg die Rampe hinauf und legte mich hinein, so daß ich vor dem Wind geschützt war.» Sie war jetzt sehr froh, daß er ihr Gesicht nicht sehen konnte. Sie hatte noch nicht gelernt zu lügen, ohne zu erröten.

«Tatsächlich? Und warum hast du das getan?»

«Ich wollte meinem Vater nahe sein. Ich wollte an – an die liebe Neferu denken.»

Thutmosis wurde plötzlich still. Er ging schnell von ihr fort und setzte sich auf ihren niedrigen Kinderstuhl. «Steh auf, Hatschepsut, und komm her», sagte er freundlich. «Du hast mir heute nacht sorgenvolle Stunden bereitet, und ich habe meinen Zorn gleichermaßen an meinen Soldaten und Dienstboten ausgelassen. Wann wirst du endlich vernünftig werden? Bist du hungrig?» Sie sprang auf und lief zum Tisch; ihr Vater hatte das Tuch beiseitegezogen, und sie sah dort warmes Brot, geräucherten Fisch und einen grünen Salat, der nach Zwiebeln und Papyrussprossen roch und ihr das Wasser im Munde

zusammenlaufen ließ. «Dann iß.» Er rief keine Sklaven herbei, um ihr die Hände waschen zu lassen, und ihr machte er nichts aus. Ich habe mein ganzes Ich in den Gewässern meines Vaters gewaschen, dachte sie bei sich und sah Thutmosis schuldbewußt an, als sie sich mit gekreuzten Beinen auf ihr Kissen sinken ließ und mit gierigen Händen das Brot brach. Er wartete geduldig, bis sie den letzten Happen Fisch gegessen und den letzten Tropfen Milch getrunken hatte. Als sie fertig war, sagte er leise: «Neferu ist tot, Hatschepsut.»

Sie senkte den Kopf und nickte schwach. «Ich weiß, mein Vater. Und sie hatte es schon seit langem gefürchtet. Sie träumte so schreckliche Dinge. Warum mußte es gerade sie treffen?» Sie blickte zu ihm hinauf. «Sie wollte doch nur glücklich sein.»

«Wir müssen alle sterben, Hatschepsut, manche früh, manche spät, aber letztlich enden wir alle zu Füßen von Osiris. Neferu war nicht zufrieden mit ihrem Leben.»

«Aber sie hätte es sein können. Wenn du nicht entschieden hättest, daß sie Thutmosis heiraten sollte. Wenn sie nicht die erste Tochter gewesen wäre –»

«Willst du das Unabänderliche ändern, meine Tochter?» schalt er sie sanft. «Sie *war* die erste Tochter. Es gibt keinen anderen Sohn, der nach mir Pharao werden könnte. Hättest du gewollt, daß ich Neferu von ihrer Bestimmung befreie und mich dann von Thutmosis lossage?»

«Du hast Neferu nicht von ihrer Bestimmung befreit», erwiderte Hatschepsut. «Ihre Bestimmung war der Tod.»

Thutmosis sah überrascht in die ruhigen, klaren Augen und bemerkte eine Veränderung in ihrem Blick. Er besaß ein scharfes Wahrnehmungsvermögen, das durch die Last der Herrschaft über die Jahre hin noch ausgeprägter geworden war. Die Umstände von Neferus Tod ließen seiner Meinung nach nur die eine Schlußfolgerung zu, die für ihn Erleichterung und Qual zugleich bedeutete. Er hatte während seiner Laufbahn zahlreiche Menschen eines gewaltsamen Todes sterben sehen, und er kannte die Wirkung von Gift, wenn er sie sah. Er wußte auch genau über das Leben und die Ziele seiner Minister Bescheid und hatte sich mehr als einmal dem Druck ihrer Machenschaften widersetzt. Er zweifelte nicht daran, daß auch dies ein Versuch gewesen war, den Kurs seiner Regierung zu ändern und den

Ehrgeiz von irgendwelchen Priestern oder hohen Beamten zu befriedigen. Und diese Erkenntnis hatte ein Feuer in ihm entfacht, das brennen würde, bis er alles wußte. Aber zugleich hatte er ein Gefühl der Erleichterung – Erleichterung, weil ihm eine schwierige Entscheidung für den Augenblick abgenommen worden war und er sich eine Zeitlang nicht mehr darum zu kümmern brauchte. Obleich Neferu die zweitwichtigste Frau Ägyptens und seine eigene Tochter gewesen war, hatte er sie nie verstanden, und er hatte Angst vor der Proklamation gehabt, mit der er sein geliebtes Land in die Hände eines weichlichen, unsensiblen Jungen und eines versponnenen, mutlosen Mädchens legen würde. Dafür hatte er nicht unzählige Male sein Leben riskiert, Ränke geschmiedet und seinen Beitrag zur Plünderung von Ka und Körper geleistet. Er wünschte fast, die Wahrheit über den Tod seiner Tochter nie zu erfahren, der ihm im Grunde sehr gelegen kam. Aber die Intrigen, die dahintersteckten, die Zukunftspläne irgendeiner Clique, die seiner Dynastie gefährlich werden könnten, die mußte er in aller Stille zu ergründen suchen, selbst wenn er vielleicht niemals jemanden anklagen oder dem Gericht übergeben würde. Im Geist sagte er zu der schattenhaften Gestalt, die den todbringenden Becher an Neferus Lippen gehalten hatte: Ich werde dich wieder lehren, wer in Ägypten die Macht besitzt. Ich bin Maat, und mein Wunsch ist der Wunsch des Gottes. Jetzt war Hatschepsut, sein Liebling, die erste Tochter, und jetzt konnte er frei atmen. In seinen verborgensten Gedanken reifte ein neuer Plan; er war noch nicht fest umrissen, nahm aber rasch Gestalt an.

«Nein», sagte er zu dem resignierten Gesicht vor sich. «Ihre Bestimmung war, göttliche Gemahlin zu werden, aber sie wollte es nicht. Sie selbst hat diese Bestimmung mit ihren eigenen Worten an dich weitergegeben, erinnerst du dich, Hatschepsut? ‹Ich habe um keine Bestimmung gebeten. Ich wollte sie nicht . . . Nimm –›»

Die Erinnerung an Neferus Worte ließ sie erschreckt zusammenzucken. «‹Nimm du sie . . . und mach etwas aus ihr›», beendete sie den Satz. «Ich verstehe es immer noch nicht. Neferu hat oft Dinge gesagt, die ich nicht begreifen konnte, sosehr ich mich auch bemühte.»

Thutmosis schob den Tisch fort und zog Hatschepsut auf seine Knie. «Neferu ist vor zwei Stunden ins Haus der Toten gebracht

worden», sagte er leise, «und das ist für dich sehr bedeutsam, mein Kleines. Du bist die letzte Königstochter.» Er fühlte, wie ihr Körper erstarrte.

Sie wandte den Kopf ab und sagte schließlich mit dumpfer Stimme: «Großer Vater, wirst du mich jetzt zwingen, Thutmosis zu heiraten?»

«Du bist noch zu jung, um von Heirat zu sprechen. Magst du Thutmosis nicht?»

«Nein. Er ist langweilig.»

«Hatschepsut, du hast noch viel Zeit, und in den kommenden Jahren wirst du dir über die Verpflichtungen klarwerden, die Neferu nicht auf sich nehmen wollte. Da sie sich geweigert hat, das zu tun, mußte sie sterben, verstehst du das?»

«Nein», erwiderte sie matt. «Natürlich nicht. Ich werde es nie verstehen.»

«Du bist aus anderem Holz geschnitzt», fuhr er fort. «Amun beschützt dich, Amun höchstpersönlich. Trotzdem mußt du von jetzt an genau auf alles achten, was du tust oder sagst. Und mach dir keine Gedanken um die Zukunft. Das ist meine Sache. Und wenn ich es für notwendig halte, daß du Thutmosis heiratest, wirst du gehorchen, nicht wahr?»

«Wenn du es mir befiehlst.»

Er schüttelte sie sanft. «Du hast schon manchen meiner Befehle mißachtet! Aber ich spreche von kommenden Dingen, dabei ist es die Gegenwart, mit der wir uns befassen müssen. Was hast du wirklich heute nacht getan – sag es mir.»

Sie entwand sich seinem Griff und blieb, die Hände brav auf dem Rücken verschränkt, vor ihm stehen. «Es tut mir leid, Vater, ich kann es dir nicht sagen. Aber ich habe nichts Unrechtes getan.»

«Gut.» Er ließ das Thema fallen, da er wußte, daß er nicht mehr aus ihr herausbekommen würde. «Jetzt beginnt die Zeit der Trauer um Neferu. Der Schulunterricht fällt aus, und du wirst keinen deiner Freunde sehen. Deine Mutter schläft, und ich schlage vor, daß du das gleiche tust. Du siehst sehr müde aus. Und wundere dich nicht, wenn du Nedjmet ein paar Tage lang nicht siehst. Sie wird die Arbeit einer Küchensklavin verrichten, um zu lernen, daß ich, Pharao, der sie zur königlichen Kinderfrau gemacht hat, sie auch zur königlichen Küchengehilfin machen kann.»

Hatschepsut lächelte. «Es war nicht ihre Schuld, daß ich fortgelaufen bin.»

«Sie war für dich verantwortlich.» Er klatschte in die Hände; die zweite königliche Kinderfrau Tiji erschien, verneigte sich und wartete. «Bring sie zu Bett und sorg dafür, daß sie den ganzen Vormittag liegen bleibt», befahlt Thutmosis. «Und laß sie nicht aus den Augen.» Er beugte sich zu Hatschepsut hinunter und küßte sie.

Sie schlug impulsiv die Arme um seinen Hals. «Ich liebe dich, mein Vater.»

«Ich liebe dich auch, kleine Hat. Ich bin froh, daß du gesund und unversehrt bist.»

«Mit zwei so mächtigen Vätern, die mich beschützen, kann es doch gar nicht anders sein», sagte sie feierlich. Das immer im Hintergrund lauernde Lächeln brach hervor, und sie wandte sich ab, legte ihre Hand in die von Tiji und ging mit gesetzten Schritten zur Tür.

Siebzig Tage lang, während die Überschwemmung ihren Höhepunkt erreichte und das ganze Ackerland zu einem riesigen rotbraunen See wurde, auf dem die Dörfer und Bäume in der leichten Strömung wie Inseln trieben, lag Neferus eingefallener Leichnam im Haus der Toten, wo er ehrfurchtsvoll auf seinen neuen Aufenthaltsort vorbereitet wurde. Der zarte, blasse Körper, der von der Sonne gewärmt worden war und die Berührung von Gold und Menschenhand gespürt hatte, lernte jetzt einen Frieden kennen, der anders war als der, den das Mädchen sich gewünscht hatte. Während die Sem-Priester die mageren Glieder mit feinen Leinenbinden umwickelten und die Höhlungen nicht mit Nahrung, Wein oder Liebe, sondern mit natrondurchtränkten Tüchern füllten, starrten die toten Augen sie mit blinder Entsagung an. In den Werkstätten des Tempels legten die Handwerker letzte Hand an die Särge, in denen sie ruhen würde. Jenseits des Flusses, behindert durch das Wasser, das plätschernd gegen die Tür schlug und zwischen den Pflastersteinen hindurchsickerte, arbeiteten die Maler, Bildhauer und Steinmetze Tag und Nacht, um den kleinen Totentempel fertigzustellen, mit dessen Bau Neferu selbst begonnen hatte, auf daß sie dort die Opfergaben der Menschen empfangen konnte, die mit ihren Kümmernissen und Wünschen zu ihr kommen würden – in späteren Jahren. Aber noch nicht so bald. Noch nicht

jetzt. Es lag etwas Mitleiderregendes in der halbvollendeten Lebensbeschreibung, die jetzt längs der äußeren Mauern schnell Gestalt anzunehmen begann; in dem eilig gelegten Boden des Heiligtums; den Statuen, die von Staub und Splittern umgeben waren, während die Männer sich abmühten, alles zu vollenden, bevor Neferu auf ihrem Weg zu dem Felsen dahinter, zu der dunklen Stille des Felsengrabs, dessen Eingang vor aller Augen außer ihren eigenen verborgen sein würde, dort vorbeikam.

Es war eine gute Überschwemmung gewesen. Sie würde höhere Steuern und eine reiche Ernte bringen. Die Fellachen, die während dieser Monate das Land nicht bestellen konnten, hatten statt dessen an den Bauten Pharaos gearbeitet. Sie erhielten nach wie vor ihr Brot und ihre Zwiebeln, und sie waren zufrieden. Im strahlenden Glanz der Sonne schien die Luft voller Vögel, und Tausende und aber Tausende von Libellen schossen mit ihren zarten, bläulichvioletten Flügeln über die Oberfläche der überschwemmten Felder dahin und lauerten auf die Moskitos, die sich in dem stehenden Wasser mit erschreckender Geschwindigkeit vermehrten und Menschen und Tieren Krankheiten brachten. In Ägypten ertönte zu jener Zeit eine kraftvolle Musik – die Musik von Fruchtbarkeit und mannigfaltigem Leben. Aber im Inneren des Hauses der Toten wurden Neferus Wangen ausgestopft, so daß sie nur zu schlafen schien, und schließlich legten sich die Leinenbinden über ihre Augen, für ewige Zeit.

Es gab keine Musik und kein Gelächter im Palast. In Neferus Gemächern sammelten die Dienstboten die Habseligkeiten der jungen Prinzessin ein – Kleider, Geschirr, Möbel und Salbenbehälter –, alles, was sie gebraucht hatte und in der Einsamkeit ihres Grabs auch weiterhin brauchen würde. Ihre farbenprächtigen Juwelen wurden eingewickelt und in goldene Kassetten gelegt, ihre Kronen lagen verlassen in ausgeschlagenen Kästen. Im Kinderhaus packten Nedjmet und Tiji ihr altes Spielzeug zusammen – die roten und gelben Lederbälle, die Kreisel, die hölzernen Puppen und die kleinen bemalten Gänse, die kleinen Löffel, mit denen sie als Baby gefüttert worden war, und die Bänder und gefalteten Röckchen, die sie als Kind getragen hatte. Ihre Perücken wurden in einer kurzen, schmerzlichen Zeremonie verbrannt, und dann waren die großen Räume vorübergehend leer und warteten auf eine andere Bewohnerin, eine andere

königliche Erbin. Die Türen wurden verschlossen und versiegelt, und drinnen schwamm das Sonnenlicht, flüssiges Gold, das in jede Ecke drang – Re, der seine verlorene Tochter suchte.

Für Hatschepsut war es eine Zeit der qualvollen Langeweile, durchsetzt mit Anfällen von qualvollem Schmerz. Sie verbrachte einen großen Teil ihrer Zeit im königlichen Zoo, beobachtete, wie das kleine Kitz heranwuchs, fütterte die Vögel und ging mit Nebamun von einem Käfig zum anderen, während er seine Schützlinge mit Nahrung und Wasser versorgte. Sie saß mit ihm auf seinem kleinen Stück Rasen im Schatten der Mauern und fragte ihn nach allem, was im Land wuchs, flog oder lauernd umherschlich. Er war ein einfacher Mann, einsam und glücklich, und er wußte über alles Bescheid, was in der Natur vorging. Sein Herz wandte sich dem kleinen Mädchen zu, das plötzlich so hilflos und voller Ungewißheit zu sein schien. Er sprach zu ihr über die Lebensgewohnheiten der Vögel und über die verschiedenen Arten von Blumen und ihre Pflege. Er erzählte ihr von den Verstecken der Wüstentiere, und sie hörte ihm begierig zu. Manchmal kam sie zu ihm und setzte sich nur schweigend neben ihn, und er beobachtete ihr verschlossenes Gesicht und die ruhelosen Finger, und er fühlte den Schmerz und den Zweifel in ihr, wie er die Bedürfnisse seiner Tiere fühlte, aber er konnte ihr nur seine Gesellschaft bieten und die frische, warme Milch von seinen Ziegen. Oft kam sie allein, ohne Wächter oder Sklavin. Bei solchen Gelegenheiten betete er darum, daß der Eine ihr die Erlaubnis gegeben hatte umherzustreifen, aber er bezweifelte es und schluckte seine Angst hinunter. Sie brauchte ihn auf eine seltsame Art. Er erinnerte sich an Neferu und schwieg ebenfalls.

Es fand kein Unterricht statt. Der königliche Erzieher Chaemwese saß schlafend in einer stillen Ecke des Parks. Der junge Thutmosis verbrachte seine Zeit mit seiner verwirrten und zornigen Mutter, und die Söhne der Edelleute, die das Schulzimmer mit Hatschepsut und Thutmosis teilten, blieben zu Hause und freuten sich über die unerwarteten Ferien.

Ahmose verließ ihre Gemächer kaum. Sie speiste allein und ließ sich nur von Hetepheres bedienen. Sie sprach mit niemandem über ihren persönlichen Kummer. Sie war im Palast geboren, ihr Vater war Pharao gewesen und sein Vater vor ihm, und sie wußte sehr wohl, was

von ihr erwartet wurde. Königlicher Tod war wie königliches Leben den Wechselfällen des Schicksals unterworfen. Sie kniete stundenlang vor dem Schrein, den sie vor vielen Jahren in ihrem Schlafgemach hatte errichten lassen, und betete zu ihrer geliebten Wohltäterin Isis. Oft war es Hatschepsut, für die sie betete, nicht Neferu, denn Neferu begleitete jetzt zweifellos Amun-Re in seiner himmlischen Barke und brauchte niemandes Fürsprache. Aber um ihre jüngere Tochter sorgte sie sich wie um ein neues Kind in ihrem Leib, ein Kind, dessen Bewegungen sie mit ungewohntem Schrecken erfüllten.

Was den mächtigen Stier des Maat betraf, so nahm er die Gewohnheit an, mitten in der Nacht durch die Säle und die Flure seines Palastes zu wandern, was die Dienerschaft verwirrte und die Soldaten, die während der stillen, nächtlichen Stunden dort Wache hielten, in Angst und Schrecken versetzte. Am Tage ging er selbst zum Tempel, um die Opfer darzubringen, die sonst meist ein Priester in seinem Namen darbrachte. Er wußte jetzt, was er wollte: er war entschlossen, den jungen Thutmosis nicht zu seinem Nachfolger zu ernennen. Während seiner nächtlichen Wanderungen hatte er darüber nachgedacht, ob er seine Söhne Wadjmose und Amenmose von der Grenze zurückrufen und einem von ihnen die Krone aufs Haupt setzen sollte, aber am Ende hatte er den Gedanken verworfen. Die beiden Männer waren bereits in den Vierzigern und dienten seit ihrer frühesten Jugend als Soldaten. Nicht daß diese Tatsache ein Hindernis gewesen wäre, ein soldatischer Pharao bedeutete eine starke, entschlossene Herrschaft. Aber Thutmosis schreckte vor der Notwendigkeit zurück, einen von ihnen mit Hatschepsut zu verheiraten, einem Mädchen von zehn Jahren, obleich diese Lösung besser war als der hirnverbrannte Plan, mit dem er spielte. Außerdem hatten beide Männer Frau und Kinder auf ihren Gütern außerhalb von Theben, und beide Männer hatten sich seit Jahren nicht mit Politik befaßt, und – und –

Und es ist nicht mein Wille, sagte er sich, als er im Dunkel des Allerheiligsten vor seinem Gott kniete. Mein Wille ist auch der Wille Amuns, aber vom Wollen ist es noch ein langer Weg bis zur Verwirklichung. Er fuhr fort, Opfer dazubringen und die hallenden Säle seines Palastes mit festen Schritten zu durchmessen.

Um die Mitte des Monats Mesore, als der Fluß begann zurückzuweichen und die fruchtbare schwarze Erde freigab, formierte sich am östlichen Ufer der Leichenzug, um Neferu heimzubringen. Es war eine stille Menge, die zusah, wie der Sarg, zusammen mit allem, was Neferu mit dem Leben verbunden hatte, auf die wartende Barke gebracht wurde. Der Morgen war kühl und sonnig, und die Luft roch nach feuchter Erde. Der Fluß lief schnell dahin, und im Park sprießte das erste Grün aus dem durchnäßten Boden. Der Priester, das Trauergefolge und die Familie gingen, jeder in seine eigenen Gedanken versunken, mit gesenkten Augen an Bord der Schiffe. Am anderen Ufer warteten die Schlitten und Ochsen, regungslos, und als die Schiffe sich ihren Liegeplätzen näherten, begann Hatschepsut zu zittern.

Die Tage der Trauer hatten ihr einen noch sehr labilen Frieden gebracht, und sie fing gerade an, sich wieder mit dem Leben auszusöhnen, aber der Anblick der riesigen rotbraunen Tiere, gehalten von Dienern der Nekropolis, die keine Bewegung machten und irgendwie unheimlich wirkten, erfüllte sie mit dem gleichen panischen Schrecken, der sie von Neferus Sterbebett weg zum heiligen See getrieben hatte. Ihre Finger suchten die tröstende Wärme der mütterlichen Hand.

Die Boote stießen leicht ans Ufer, die Rampen wurden hinausgeschoben, und Hatschepsut, Ahmose und Pharao standen wartend da, während der Sarg und die Truhen an Land gezogen wurden.

Mutnofret und ihr Sohn standen ein wenig abseits. Hatschepsut war sich der verstohlenen Blicke bewußt, die der junge Thutmosis ihr zuwarf, aber ihre Angst dämpfte den Zorn, den sie empfand. Sie drehte ihm betont den Rücken zu und drängte sich noch dichter an Ahmose.

Thutmosis beobachtete sie mürrisch. Seine Mutter hatte ihm gesagt, jetzt, da Neferu tot sei, werde er Hatschepsut heiraten müssen, wenn er König werden wolle. Er war entsetzt gewesen, aber seine rebellische Stimmung hatte nicht lange angehalten. Wie üblich hatte er sie unter dem weichen Kissen seiner trägen Gedanken verborgen, und nur seine Verdrießlichkeit blieb sichtbar.

Mutnofret war an diesem Tag kaum wiederzuerkennnen. Sie war in ein faltenreiches blaues Gewand gehüllt und trug keinerlei Juwelen. Mit funkelnden Augen beobachtete sie heimlich ihren königlichen

Gemahl. Sie war überzeugt, daß ihr Sohn jetzt umgehend zum Kronprinzen ernannt werden würde, und es würde ihm bestimmt nicht schwerfallen, das Ungestüm der jungen Hatschepsut zu dämpfen, wenn er erst einmal mit ihr verheiratet war. Der Tod der Prinzessin war natürlich sehr zu bedauern, aber kein großes Verhängnis. Neferu wäre eine pflichtgetreuere und fügsamere Frau gewesen, als Hatschepsut es je sein würde. Aber das war nicht zu ändern. Sie hatten nichts verloren außer Zeit.

Der Leichenzug formierte sich. An der Spitze ein Dutzend Sklaven, die rosa Alabasterkrüge mit Speisen und kostbaren Salben auf ihren Schultern trugen, dann Sklaven mit Neferus Kleidern und Juwelen, in langen Kisten aus Zedernholz. Als nächstes kam der Schlitten, auf dem die vier Kanopen standen, die Krüge, die die Eingeweide des toten Mädchens enthielten und von denen jeder mit einer Nachbildung des Kopfes eines der vier Horussöhne verschlossen war. Vor dem Schlitten ging ein Priester, der fromme Lieder sang. Dann folgte der von Priestern umringte Schlitten mit dem Sarg. Es gab ein Geflüster, als der Leichenzug sich formierte. Hatschepsut stellte sich mit Ahmose und Pharao hinter den Sarg. Sie hielt die tröstende Hand ihrer Mutter fest umklammert.

Das Begräbnis ihrer Großmutter war anders gewesen als dieses. Sie erinnerte sich schwach, daß damals trotz der Klageschreie, die der Brauch vorschrieb, eine fröhliche Stimmung herrschte – es war das letzte Geleit für eine edle alte Frau, die lange und voll gelebt hatte und nun zu ihrem Gott zu gehen wünschte. Aber hier herrschten Schmerz und Trauer um das Mädchen, das kaum mehr als ein Kind gewesen war und schon soviel Kummer kennengelernt hatte.

Menena kam und verbeugte sich vor Thutmosis, und Thutmosis gab mit harter Miene das Signal für den Beginn der Zeremonie. Die Ochsen begannen zu ziehen, und der Schlitten mit dem Sarg setzte sich ruckartig in Bewegung. Hatschepsut folgte ihm und hörte hinter sich die hohe, schmerzerfüllte Totenklage, während die Frauen Erde aufhoben, sie sich auf den Kopf streuten und weinten. Sie heftete den Blick auf die Fersen des Priesters vor sich, denn sie wollte nicht den schwankenden Sarg beobachten, wollte nicht daran denken, was er enthielt. Über ihnen, hoch oben in der blauen Luft, kreisten zwei Falken. Sie segelten mit ausgestreckten Flügeln vor dem Wind, und

ihre Schreie gellten über dem leisen Gemurmel der Priester. Längs des Weges standen dicht gedrängt und schweigend die Leute der Nekropolis; sie neigten sich wie Weizen im Wind, als Thutmosis an ihnen vorüberging, blieben aber sonst starr aufgerichtet stehen. Hatschepsut sah ihre weißen Gewänder, die im Wind flatterten, eine Schar von Ghulen. Plötzlich erklang die Stimme von Neferus eigenem Priester, dem jungen, kraftvollen Ani, klar wie die Töne einer Trompete in der kühlen Morgenluft. «Frohlocket für sie, denn sie hat den Horizont erobert!» Es lag Triumph in seinem Gesang und größere Trauer, als irgend jemand sonst empfinden konnte. Als die anderen erwiderten: «Sie lebet; sie lebet immerdar!» begann Hatschepsut zu weinen. Sie fühlte, wie die kräftigen Finger ihres Vaters plötzlich ihre andere Hand umfaßten, aber auch das konnte sie nicht trösten.

Am gähnenden Eingang zum Grab kam der Leichenzug zum Stillstand. Die Menschenmenge war zurückgeblieben. Die Frauen verfielen in Schweigen. Der Sarg wurde vom Schlitten gehoben und aufrecht auf die Erde gestellt. Mit stockendem Herzen stellte sich Hatschepsut einen Augenblick vor, daß der goldene Deckel sich öffnen und Neferu heraustreten würde, aber nichts geschah. Die Falken schrien noch einmal und flogen der Sonne entgegen. Die Sem-Priester sammelten sich in einer Gruppe, um die Trankopfer auszugießen. Menena trat vor, das heilige Messer in der Hand, und die Zeremonie der Mundöffnung begann.

Vier Tage und Nächte blieb das Trauergefolge vor dem kleinen Tempel und der neuen Höhle im Fels. Die blau-weißen Zelte flatterten und zerrten an ihren Pflöcken, sanft wie ungelenke, angebundene Vögel. Stunde um Stunde murmelten die Priester ihre Gebete, Weihrauchfässer zwischen den Händen, von denen der graue Rauch in nebeligen Säulen aufstieg, taumelte und schließlich in der klaren Wüstenluft verschwand.

Hatschepsut saß mit gekreuzten Beinen, das Kinn in die Hand gestützt, unter dem Baldachin ihrer Mutter und blickte schwermütig ins Leere oder suchte die roten Felwände nach Tieren ab. Um diese Jahreszeit hätte man eigentlich an den Hängen junge Hirsche oder Steinböcke, Kraniche oder Schwalben, vielleicht sogar den geschmeidigen, schleichenden Schatten eines Berglöwen sehen müssen, aber in

den düsteren Felsen blieb alles still. Hatschepsut kroch leise fort, um sich im Fluß zu erfrischen. Zweimal entdeckte sie einer der Falken und kreiste ruhig, wachsam über ihr, während sie niederkniete und ihm huldigte – Howatit dem Mächtigen, dem Herrn des Himmels.

Während er auf trägen Flügeln große Kreise in der Luft beschrieb, dachte sie an ihre Schwester. Auch Neferu hatte oft am Ufer des Sees gelegen und zugesehen, wie der Himmel sich am Abend rötete und die Vögel sich sammelten. War er auch zu ihr gekommen und hatte sie lauernd mit seinen starren schwarzen Augen beobachtet? Hatschepsut wußte, daß sie ihn hier, im blendenden Glanz des Frühlingstages, nicht zu fürchten brauchte. Als er einen heiseren Schrei ausstieß und wegflog, zum Palast, stand sie auf, schüttelte das Wasser von den Füßen und trottete nachdenklich über das sumpfige Gelände, zurück zu den Zelten und den schweigsamen Menschen.

Der Sarg stand immer noch an den Fels gelehnt, und die Priester sangen. Sie ging zu ihrem Zelt und legte sich nieder. Tränen liefen ihr über die heißen Wangen. Sie fühlte sich völlig verlassen.

Endlich, am vierten Tag, versammelte sich das Trauergefolge bei Sonnenuntergang vor dem Grab, und die Priester und Aufseher der Nekropolis brachten Neferu in den Berg. Thutmosis, Ahmose und Hatschepsut folgten ihnen. Sie hatten die Arme voller Blumen, ihre Füße waren nackt, und sie zitterten, als die kühle Dunkelheit sie willkommen hieß. Der schmale Gang lief eine Weile geradeaus, dann fiel er plötzlich steil ab und wurde gewunden. Das Stöhnen der schwitzenden Männer, das flackernde Licht der Fackeln und das langsame, zögernde Knirschen des Sargs auf dem sandigen Boden erfüllten Hatschepsut mit immer größerer Panik.

Sie ging als letzte, abgesehen von einer Dienerin, und ihr Schatten hüpfte und wand sich an den rauhen Wänden. Sie heftete den Blick auf die sich sanft wiegenden Hüften ihrer Mutter, und als sie schließlich die kalte Grabkammer erreichten, blieb sie überrascht stehen. Ahmose nahm ein Blütenblatt von ihrem Leinengewand und ließ es fallen. Dann wandte sie sich zu ihrer Tochter um und lächelte mitfühlend. Hatschepsut ließ die Augen bestürzt durch die Grabkammer schweifen. Neferu wurde auf ihr steinernes Bett gehoben, und die Männer standen bereit, es zuzumauern. Rings um sie herum lagen ihre Schätze, fremd bereits, schon grau wie der Tod, formell und unberührbar,

erfüllt von einem eigenen, feindlichen Leben. Die Anwesenden warteten, und Hatschepsut wagte nicht, sich zu bewegen, aus Angst, daß sie etwas berühren und damit irgend etwas auslösen könnte. Das Knarren des Sargdeckels vielleicht? Oder das Pochen der jetzt welkenden Hände gegen die dünne Wand der Bandagen?

Endlich traten die Männer zurück, und Menena stimmte den letzten Gesang an; seine Stimme hatte nicht mehr den klangvollen, gewichtigen Ton, sondern drang dumpf und schwach durch die feierliche, erwartungsvolle Stille. Ahmose spürte, daß ihre Augen zu brennen begannen, aber sie wagte nicht zu weinen. Thutmosis stand da, als hätte die Zauberkraft des Grabs ihn in Stein verwandelt, wie die großen bemalten Statuen der Wächter. Aber sein Geist arbeitete fieberhaft, und hinter seinen ausdruckslosen Augen schweiften seine Gedanken in die Ferne, gingen auf Jagd und witterten bereits Beute. Der Hohepriester schwieg, wandte sich um, verneigte sich und ging hinaus. Thutmosis trat vor und legte Blumen auf den Sarg seiner Tochter. Ahmose folgte seinem Beispiel, dann verließen beide die Grabkammer.

Hatschepsut war allein. Jetzt war die Reihe an ihr. Sie näherte sich Neferu, und plötzlich wurde ihr bewußt, daß die Stille sich irgendwie verändert hatte. Sie bekam Angst. «Du bist doch nicht wirklich tot, nicht wahr, Neferu?» flüsterte sie. Die Sklavin hinter ihr, die die letzte Fackel hielt, scharrte unruhig mit den Füßen. Hatschepsut warf die Blumen auf den Boden – ein Regen von Grün und Rosa – und lief, Pharaos Namen rufend, in der schrecklichen Dunkelheit hinter ihren Eltern her.

6

Mit grosser Erleichterung kehrten sie zum Palast zurück, überquerten sie eilig den Fluß und begaben sich, hungrig nach Wärme, Nahrung und Zerstreuung, in ihre Räume. Thutmosis, Ahmose und Hatschepsut speisten zusammen in Ahmoses Gemächern; sie saßen auf Kissen, die über den Boden verteilt waren, umgeben von vielen Lampen, und aßen herzhaft, während die Sklaven lautlos mit Wein, Gänsebraten und heißem Wasser über die kühlen Fliesen liefen. Selbst Thutmosis war jetzt, da die Trauer vorüber war, entspannt. Am nächsten Morgen würde er seine Spione zu sich kommen lassen und mit den Nachforschungen beginnen, aber jetzt lächelte er, neckte seine Frau und seine Tochter und sah sie mit den zärtlichen Blicken eines einfachen Familienvaters an.

Hatschepsut schob alle dunklen Geheimnisse von sich. Neferu war tot. Es war an der Zeit, wieder in die Zukunft zu blicken, sich auf die Schule, auf ihre Freunde, auf Nebamun und die Tiere zu freuen. Als die Mahlzeit vorüber war, ließ ihre Mutter die Musikerin kommen, die so schön auf der seltsamen neuen Laute gespielt hatte. Die Frau kam und zeigte dem kleinen Mädchen, wie man eine Melodie spielt. Hatschepsut war begeistert. «Ich muß auch eine Laute haben!» sagte sie. «Und du mußt jeden Abend zu mir kommen und mir neue Melodien beibringen! Ich möchte die wilden, schönen Lieder deiner Heimat lernen. Ist das erlaubt?» Sie wandte sich an Thutmosis, der nachsichtig nickte.

«Tu, was dir Freude macht», erwiderte er. «Solange du in der Schule fleißig bist und Nedjmet gehorchst, kannst du tausend Dinge tun. Geh jetzt», sagte er zu der Frau. Sie verbeugte sich errötend und ging mit

der Laute unter dem Arm zur Tür. «Tüchtige Leute», bemerkte Thutmosis, an Ahmose gewandt. «Trotz der Steuern, die meine Nomarchen erheben, finden sie immer noch Zeit, herrliche Musik zu machen. In jeder Schänke von Theben singen und spielen diese Menschen aus dem Norden jetzt, und sogar der blinde Ipuki nimmt Unterricht auf dieser Laute. Nun, Hatschepsut», er stand von seinem Tisch auf, und sie erhob sich ebenfalls, «morgen geht es wieder in die Schule. Schlaf gut.»

Sie verneigte sich und schnitt eine Grimasse. «Und wieder zu dem faulen Thutmosis!» stöhnte sie. «Ich würde in diesem Frühling viel lieber mit dir im Sumpfland jagen, mein Vater, als neben diesem mürrischen, langweiligen Jungen sitzen.»

Ein Ausdruck der Befriedigung zog über Thutmosis' Gesicht. «So? Wirklich? Und würdest du auch lieber die Zügel des Kampfwagens in den Händen halten statt der Rohrfeder?»

Ihre Augen blitzten vor Erregung. «Ja! O ja! Das wäre herrlich!»

«Und wie steht es mit den Zügeln der Regierung, meine kleine Blume?» fuhr er fort. Ahmose unterdrückte einen überraschten Ausruf und richtete sich auf. «Wie steht es mit einem Land, dem du deinen Stempel aufdrücken kannst, mein Horusküken?» Er lächelte mit halbgeschlossenen Augen, und sie sah ihn erstaunt an.

«Es gibt vieles, was ich nicht verstehe, Vater, aber etwas habe ich bereits gelernt. Eine Frau kann nicht herrschen. Eine Frau –» sie sah ihre Mutter an, die ihrem Blick auswich – «eine Frau ist niemals Pharao.»

«Warum nicht?»

«Ja, das kann ich auch nicht verstehen!» Sie lachte. Dann stahl sie sich an ihn heran und streichelte seinen Arm. «Darf ich lernen, mit den Pferden umzugehen? Und das Wurfholz zu werfen?»

«Es spricht nichts dagegen, daß wir es einmal mit ein paar Stunden versuchen. Aber zuerst mit dem Wurfholz, denn für die Pferde bedarf es einer kräftigen Hand.»

Sie tanzte zur Tür hinaus zu Nedjmet, die draußen wartete. «Da wird Thutmosis sich schön ärgern! Er bekommt einen Wutanfall! Danke, mächtiger Horus. Ich werde dich nicht enttäuschen.»

Sie lauschten ihrem aufgeregten Reden und den gelegentlichen Bemerkungen von Nedjmet, bis die Stimmen verklangen. Dann

wandte sich Ahmose an ihren königlichen Gemahl. «Großer Pharao, es war mir manchmal auf Grund meiner Stellung gestattet, dir meine Ansicht mitzuteilen. Darf ich das auch jetzt tun?»

Thutmosis sah sie mit weinseliger Zuneigung an. «Sprich. Du weißt, wie sehr ich deine Meinung schätze.» Er nahm mit plumpen Fingern eine Nuß aus der Schale und warf sie sich in den Mund.

Ahmose erhob sich vom Fußboden und ließ sich auf einem Sessel nieder. «Ich weiß nicht, wie du über die Frage der Thronbesteigung denkst. Gewiß, das habe ich auch vorher nicht gewußt, aber solange Neferu am Leben war, gab es kein Problem. Es stand fest, daß Thutmosis nach dem Brauch unserer Vorfahren und dem Gebot von Maat als ihr Gemahl regieren würde. Aber plötzlich ist alles schwierig geworden. Ägypten hat einen königlichen Prinzen, aber keine Prinzessin, die alt genug wäre, seine Ansprüche zu legitimieren, denn Hatschepsut ist doch zweifellos noch zu jung, um zu heiraten. Und während wir warten, wirst du, mein lieber Gemahl, immer älter.» Sie zögerte und verschränkte nervös die Hände, während er die Nuß hörbar mit den Zähnen zermalmte und ins Leere starrte. Als er nichts erwiderte, fuhr sie mit hoher, hastiger Stimme fort: «Sage mir, was du zu tun beabsichtigst, edler Gemahl! Ich leide! Ich weiß, was du von Thutmosis hältst. Ich weiß, was für eine Enttäuschung es für dich bedeutet, einen solchen Sohn zu haben, vor allem da Wadjmose und Amenmose bereits erwachsene Männer sind und mit ihren Familien fern von Theben leben. Wirst du einen von beiden zurückrufen? Du denkst doch gewiß nicht daran, Hatschepsut die Doppelkrone aufs Haupt zu setzen! Die Priester würden es nicht zulassen!» Sie breitete plötzlich bittend die Arme aus, und Thutmosis sah sie an. «Ändere nichts, goldener Horus! Misch dich nicht in Maats Angelegenheiten! Krieg und Mord werden der Preis dafür sein!» Ihre Stimme erstarb und es wurde still im Raum.

Thutmosis nahm einen Schluck Wein, ließ ihn über die Zunge rollen, um die Blume zu kosten, und tauchte die Hände in das Wasserbecken. Ein Lächeln zog über sein Gesicht. Er ging zu Ahmoses Ruhebett, ließ sich schwerfällig darauf nieder und befahl ihr mit einer gebieterischen Geste, sich neben ihn zu setzen. Sie ging zitternd zu ihm, und er zog ihren Kopf zu sich und küßte sie. «Sollen wir dann eine weitere königliche Tochter machen? Oder einen Sohn? Soll ich

meine Söhne aus der Wüste zurückrufen und sie sich gegenseitig zu Feinden machen, indem ich mit Krummstab und Wedel einen Keil zwischen sie treibe? Soll ich mich beeilen und Thutmosis und unsere kleine Hat in den Tempel führen, um sie zu verheiraten?» Er hielt immer noch ihre Schulter umklammert, aber es war keine Liebkosung mehr. Sein Zorn galt jedoch nicht ihr. Er blickte in die düsteren Ecken des Raums. «Sie haben geglaubt, einen altersschwachen Narren aus mir machen zu können, den man wie einen feigen nubischen Eunuchen beeinflussen kann. Nun –» seine Finger lockerten sich; er ließ sich zurücksinken und zog Ahmose mit sich, bis sie Seite an Seite auf dem goldenen Bett lagen – «ich bin Maat, sanfte Ahmose, nur ich und kein anderer. Und solange ich lebe, sind Ägypten und ich eins. Ich habe meinen Entschluß gefaßt. Ich habe ihn schon vor Wochen gefaßt, als Neferu noch im Hause der Toten lag. Ich werde nicht zulassen, daß Thutmosis, dieses geistlose, weichliche Muttersöhnchen, auf meinem Thron sitzt und mein Land ruiniert. Und ich werde meiner kleinen Hat keine so lästigen, schmerzhaften Fesseln anlegen. Die Ketten, die sie tragen soll, werden golden sein. Sie ist Maat. Sie ist, mehr als ich, mehr als der dumme Thutmosis, ein Kind Amuns. Ich werde sie zum Kronprinzen ernennen, und ich werde es morgen tun.» Er stützte sich hoch und wälzte sich herum. Ahmose zitterte, als sie sein Gewicht fühlte. «Die Priester wissen, was ich von ihren Einwänden halte. Das ägyptische Volk liebt und verehrt mich. Es wird tun, was ich wünsche», sagte er, sein Gesicht dicht neben das ihre legend.

Ja, dachte sie, als er wieder ihre Lippen suchte, ja, aber wenn du tot bist, mächtiger Horus, was dann?

Thutmosis' Ankündigung am nächsten Tag erschütterte das Land, wie nichts in zweihundert Jahren der Fremdherrschaft, des Krieges und der Not es hatte erschüttern können. Die königlichen Herolde eilten nach Norden und Süden, um ihre Nachricht in den Provinzstädten, in Memphis, Buto, Heliopolis zu verbreiten, und die Leute liefen auf die Straße hinaus, als ob es ein Tag der Götter wäre. Die Bauern auf den Farmen und Feldern hörten sich die Nachricht an, zuckten mit den Schultern und machten sich wieder an ihre Arbeit. Der gute Gott tat schon das Richtige, sagten sie sich, und damit war ihr Interesse erschöpft. Die Bewohner von Kusch und die Nomadenstämme im

Süden und Westen der Wüste hörten die Nachricht mit aufmerksamen Ohren an und fragten sich, ob diese Veränderung in Ägypten wohl den Beginn des Todeskampfes oder eine Festigung der Macht bedeutete. Im Palast selbst hörte der junge Thutmosis seinem Vater in eisigem Schweigen zu. Sein hübsches Gesicht verriet nichts von dem Aufruhr in ihm, der sich jetzt in Haß verwandelte. Mutnofret, seine fette Mutter, riß sich die Kleider vom Leib und wälzte sich im Staub der Palastgärten. Ihre Hoffnungen waren dahin, ihre Zukunft war ungewiß.

Nur Hatschepsut nahm die Nachricht ohne jede Gemütsbewegung entgegen. Sie hörte die Worte ihres Vaters mit ausdrucksloser Miene, die großen, dunklen Augen auf sein Gesicht geheftet. Dann nickte sie kühl. «Also bin ich jetzt Kronprinz Hatschepsut?»

«Ja.»

«Und ich werde Pharao sein?»

«Ja.»

«Du hast die Macht, das zu entscheiden?»

Er lächelte. «Abermals ja.»

«Und wie steht es mit den Priestern?»

Die Frage überraschte ihn. Er sah sie an, wie sie vor ihm stand, in ihrem schmutzigen Kittel, die Jugendlocke zerzaust, die Riemen einer ihrer winzigen Sandalen lose herabhängend, und er fühlte Zuneigung, gemischt mit Ehrfurcht, in sich aufsteigen. Manchmal erschien sie ihm unergründlich, nicht wie ein Kind, sondern wie ein Wesen, das sich direkt mit dem Gott unterhielt und ständig von seiner Aura umgeben war. Er fühlte ihren starken Willen, die suchende, noch ungeformte Kraft, die in ihr lag und auf Reife, auf Erfüllung wartete.

Er antwortete ihr, als wäre sie einer seiner Minister. «Ich habe letzte Nacht mit Menena gesprochen. Er ist nicht gerade beglückt. Tatsächlich ist er wütend, aber ich wies ihn darauf hin, daß es mein Vorrecht ist, einen anderen Hohepriester an seine Stelle zu setzen.»

Er hatte Menena gegenüber mehr als nur Drohungen geäußert, aber er wußte, daß er Hatschepsut nicht die Wahrheit über den Tod ihrer Schwester sagen durfte, denn damit würde er mehr Schmerz auf die zarten Schultern laden, als diese zu tragen vermochten. Außerdem widerstrebte es ihm, eine Angelegenheit zu enthüllen, die so abscheulich war, daß sie leicht zu einem Skandal führen konnte. Er hatte selbst

ein schlechtes Gewissen, weil er über Neferus Tod erleichtert gewesen war, und wollte alles vermeiden, was seiner kleinen Blume Leid verursachen könnte.

Ein Priester des Tempels war am späten Abend zu ihm gekommen und hatte ihm von geheimen nächtlichen Zusammenkünften Menenas und eines anderen unter den Bäumen des Parks und von der Bestechung von Zauberern berichtet. Thutmosis hatte befriedigt zugehört, dann hatte er Menena rufen lassen. Er hatte das Gesicht des einstigen Freundes mit Haß, aber auch mit Bewunderung betrachtet, denn Menena hatte kein Spur von Angst erkennen lassen.

Der Hohepriester hatte sich, wie die Sitte es verlangte, vor seinem Herrn zu Boden geworfen. Er befahl ihm, sich zu erheben. Die Augen auf die Wand hinter Thutmosis' Kopf geheftet, die Hände in den Falten seines Gewandes verborgen, hatte Menena, höflich wartend, dagestanden. Und Thutmosis hatte den Mann, der ihm einst Vater, Bruder und Vertrauter gewesen war, den Mann, dem er aus Dankbarkeit und Liebe große Macht verliehen und den diese Macht am Ende verdorben hatte, zum letztenmal angesehen. Bedauern war in Thutmosis aufgestiegen und dann erloschen.

«Ich weiß alles», hatte er ruhig, in trügerisch sanftem Ton gesagt. «Wie plump von dir, alter Freund! Du hast dir gesagt, wenn Neferu tot und mein Sohn mit der kleinen Hat verheiratet ist, würden die Priester des Tempels im Falle meines eigenen frühzeitigen Todes einflußreich und mächtig werden.» Er war mit großen Schritten auf Menena zugegangen und so dicht an ihn herangetreten, daß der Priester gezwungen war, ihm in die Augen zu sehen. «Und wie steht es mit meinem eigenen Tod, du alter Fuchs?» hatte Thutmosis ihn angezischt. «Warst du bereit, auch dafür zu sorgen? Sprich! Sprich, wenn dir dein Leben lieb ist!»

Menena war zurückgewichen und hatte den Blick gesenkt. Er lächelte. «Mächtiger Bulle, als höchster Gott siehst du alles, weißt du alles. Es bedarf keiner Worte. Und wenn ich spräche, beuge ich dann nicht den Kopf vor dem Henker?»

Thutmosis hatte ihn einen Augenblick angestarrt und dann angewidert ausgerufen: «Ihr Priester! Ihr ränkevollen, zungenfertigen Heuchler! Und zu denken, daß du – *du* von all meinen Dienern – dich dazu hast hinreißen lassen!» Seine Stimme stieg an, und die Venen an

seiner Stirn traten bedrohlich hervor. «Du warst mein Freund! Mein Verbündeter in der Not, als wir beide noch jung waren! Aber du hast dich in eine Schlange verwandelt, Menena, in ein übles, schleimiges, niederträchtiges Geschöpf! Du und ich, wir haben uns nichts mehr zu sagen. Angesichts unserer früheren Freundschaft werde ich dich nicht zum Tode verurteilen, denn ich will nicht für alle Zeiten Schande über deinen Namen bringen. Aber ich will dich nie mehr sehen. Du bist verbannt. Du hast zwei Monate Zeit, Theben zu verlassen. Ich, Thutmosis, der Liebling des Horus, befehle dir, daß es so sein soll, jetzt und in alle Ewigkeit.» Er schwieg, tat ein paar Schritte und starrte verdrießlich in die Dunkelheit hinaus. «Nimm deine niederträchtigen Freunde mit», murmelte er. Plötzlich lachte Menena leise. Thutmosis blickte sich überrascht um, daß Gesicht hochrot vor Zorn.

«Majestät, alles, was du sagst, ist wahr, jedes Wort. Aber schätze mich nicht geringer, als du dich selbst schätzt. Denn fürwahr! Habe ich dir nicht, ohne es zu wissen, einen großen Gefallen getan? Mein Herz mag böse sein und sich, wie du sagst, vor Ehrgeiz verzehren, aber wie steht es mit dem deinen? Und für wen zürnst und zitterst du? Für Thutmosis, deinen Sohn?» Er hatte abermals leise gelacht und sich mit stolzerhobenem Kopf entfernt.

Thutmosis hatte den Weinkrug gepackt und damit nach ihm geworfen, als er gerade die Tür hinter sich schloß. Das Zedernholz war zersplittert, und kleine Stücke des eingelegten Blattgoldes waren zu Boden gefallen. Er hatte sich keuchend und zitternd auf seinen Stuhl sinken lassen. Ich werde alt, hatte er sich gesagt.

Als er sich jetzt an diesen schmerzlichen Augenblick erinnerte, beschleunigte der Zorn den Schlag seines Herzens.

«Die Priester reden viel, aber es ist ihre Pflicht, dem Gott zu dienen, und du bist die Tochter des Gottes, nicht wahr?»

Sie lächelte, er lächelte, und sie gingen Hand in Hand im Garten spazieren und bewunderten die Blumen. Thutmosis fühlte sich wieder lächerlich jung: Sein Kopf war von seiner Last befreit, und an Thutmosis den Jüngeren verschwendete er keinen Gedanken. Ich gebe ihm eine Frau, oder auch zwei Frauen, wenn er will, und mache ihn irgendwo zum Vizekönig. Aber meine Hat soll er nicht bekommen, sagte er sich zufrieden. Er wußte, daß solche Gedanken nicht der eisernen Disziplin der Staatskunst entsprachen und nichts im Kopf

eines Pharaos zu suchen hatten, aber dieses eine Mal war er seinem Herzen statt seinem Verstand gefolgt, und er war froh darüber. Er würde Hatschepsut lehren zu herrschen, und sie würden gemeinsam das Land regieren.

Plötzlich sagte er: «Gibt es irgend etwas, Hatschepsut, was du dir wünschst? Irgend etwas, was ich tun kann? Ich habe dir eine nicht gerade beglückende, schwere Last aufgebürdet.»

Sie kaute eine Zeitlang nachdenklich an einem Grashalm. Dann erhellte sich ihr Gesicht. «Ja, Vater. Ich schulde jemandem einen großen Gefallen, und ich weiß nicht, wie ich mich ihm erkenntlich zeigen kann. Es wäre so viel einfacher, wenn du es tätest.»

«Wie kannst du jemandem etwas schuldig sein?»

«Es gibt einen jungen We'eb-Priester, der mir vor einiger Zeit eine Freundlichkeit erwiesen hat. Darf ich ihn fragen, ob er vielleicht irgend etwas braucht?»

«Auf keinen Fall! Was hast du mit einem Bauern zu schaffen?» Er runzelte die Stirn und klopfte gereizt mit dem Fuß auf die braune Erde. Die Diener scharten sich erschreckt zusammen.

Hatschepsut spuckte den zerkauten Grashalm aus und stellte sich, ebenfalls mit gerunzelter Stirn, die Hände in die Hüften gestemmt, vor ihrem Vater auf. Eine der Sklavinnen kicherte nervös.

«Du hast mir einen Gefallen versprochen, und du hast gehört, was ich mir wünsche. Pharao nimmt nicht sein Wort zurück. Sind nicht alle Priester deines Blickes würdig, mächtiger Horus? Und dieser kleine We'eb, dieser Bauer, hat mir einen Dienst erwiesen, einen so großen Dienst, daß du ihn, wäre er ein Adeliger in deinem Palast, sofort zu einem Iripat gemacht hättest!»

Thutmosis hörte auf, mit dem Fuß auf die Erde zu klopfen. Seine Augenbrauen schossen in die Höhe. «Zu einem Iripat? Um einer solchen Ehre teilhaftig zu werden, müßte er schon dem Kronprinzen das Leben gerettet haben.»

Sie stampfte mit dem Fuß auf, um ihren Schreck darüber zu verbergen, wie schlau er hinter ihr Geheimnis zu kommen versuchte. «Darf ich mit ihm sprechen? Ihm befehlen, in mein Zimmer zu kommen? Bitte?»

«Das ist höchst interessant, mein kleines Mädchen. Ich finde, du sollst ihn unter allen Umständen rufen lassen. Tu es morgen, dann

werde ich diesen . . . diesen Bauern mit meiner erhabenen Gegenwart beehren.»

«Nein!» Sie schluckte, wütend, daß sie sich jetzt, ebenso wie in jener dunklen Nacht, als der Chamsin wehte, in gefährlichen und unberechenbaren Gewässern befand. «Er hätte Angst, wenn du zugegen wärest, Vater. Er würde nicht sprechen, und dann würde ich nie erfahren, welcher Wunsch ihm am meisten am Herzen liegt.»

Thutmosis schüttelte den Kopf. «Tu, wa du willst!» erwiderte er schroff. «Aber du mußt hinterher zu mir kommen und mir alles genau erzählen. Seltsam, ein Prinz und ein We'eb -Priester.»

Er setzte seinen Weg fort, und sie trabte hinter ihm her. Sie hatte überhaupt nicht mehr an Senmut gedacht, bis ihr Vater anfing, von einem Gefallen zu sprechen. Aber jetzt war sie aufgeregt und freute sich auf die Audienz. Plötzlich blieb sie wie angewurzelt stehen. Sie konnte sich genau an seine Stimme erinnern – rauh, fast männlich, fragend, gütig –, sie fühlte sich warm und geborgen, wenn sie an diese Stimme dachte, aber sein Gesicht hatte sie vollkommen vergessen.

7

Senmut hingegen, der auf Händen und Knien den Fußboden des Tempels scheuerte, hatte qualvolle Tage und unruhige, von bösen Träumen heimgesuchte Nächte hinter sich. Immer wieder sah er die Prinzessin vor sich, wie sie mit anklagendem Finger auf ihn deutete, während die Gefolgsleute seiner Majestät auf ihn zustürzten, um ihn zu verhaften. Selbst als die Trauerzeit für die arme Neferu vorüberging, ohne daß etwas geschah, kam Senmut nicht zur Ruhe, denn seine Mitschuld an der Vergiftung war nicht zu leugnen, und dieser Gedanke versetzte ihn in tiefe Niedergeschlagenheit. Aber wenigstens konnte er jetzt seinen Pflichten nachgehen, ohne daß die Furcht vor der drohenden Verhaftung seine Glieder lähmte, und seine Tage gingen, einer dem anderen gleich, fast unmerklich ineinander über.

Es war töricht von mir, sagte er sich, mir einzubilden, daß ich je mehr als ein Diener im Tempel sein könnte. Es hat in diesem Land Zeiten gegeben, als selbst ein Bauer die Chance hatte, etwas Besseres zu werden, aber jetzt herrschen hier nur Priester, Prinzen und Edelleute. Ich muß aufhören zu träumen und mich mit meinen bescheidenen Aufgaben zufriedengeben.

Bei diesen vernünftigen Gedanken war der Ehrgeiz in ihm jedoch wieder aufgeflackert, und er hatte sich zurückgelehnt, sich die Stirn gewischt und laut gestöhnt. Es hatte keinen Sinn. Er würde nie ein musterhafter kleiner We'eb-Priester sein, wie sein Vater es gehofft hatte, und er konnte sich auch nicht entschließen, sich zum Schreiben ausbilden zu lassen. Der Zwischenfall mit Hatschepsut hatte ihn erschreckt, und zwei Tage danach wäre er beinahe zum Oberschreiber des Tempels gegangen und hätte um Zulassung ersucht, aber auf der

Schwelle der Tür zu den Gemächern des großen Mannes hatte er kehrtgemacht und war, von Grauen gepackt, in seine Zelle zurückgerannt.

Träume weiter, sagte ihm sein Herz. Hoffe weiterhin auf das Glück, das nur die Götter schenken können. Und hoffe auch weiterhin, daß die kleine Prinzessin leichten Sinnes ist und vergißt, was ein Bauer sich erdreistet hat zu tun.

Schließlich ging er mit den anderen Priestern zum Ufer des Flusses, um zu sehen, wie die königliche Familie von der Nekropole zurückkehrte. Benja, der ungestüme Junge, war bei ihm. Er war in der Woche zuvor aus Assuan zurückgekehrt, ohne etwas von dem Unglück zu ahnen, das den Palast heimgesucht hatte. Er sollte mit frisch abgebautem Gestein flußaufwärts fahren, nach Medinet Habu, wo Pharao baute, aber während der Trauermonate durfte nichts transportiert werden. So waren er und Senmut durch Theben gestreift, hatten mit den Händlern und Handwerkern auf den Märkten gesprochen und in den Werkstätten zugesehen, wie das weißglühende Elektrum gemischt und gegossen und das Gold und Silber für die Gefäße des Gottes gehämmert wurde. Sie verbrachten viele Stunden in der Werkstatt des Steinmetzes, denn sie waren beide begierig, soviel wie möglich zu lernen. Sie betasteten die Blöcke aus Granit und Kalkstein, die darauf warteten, behauen zu werden. Sie bedienten die großen Sägen und schwitzten glücklich über den Bohrern, die sich tief in das Gestein bissen, und rosa- und graumarmorierte Windungen enthüllten, Kristalle, die in der Sonne funkelten, zarten Alabaster, der wie flüssiger Honig leuchtete.

Die Handwerker kannten Benja, kannten seine Sehnsucht, ins Herz eines jeden Steinblocks einzudringen, seinen scharfen Verstand und seine unermüdliche Arbeitskraft. Senmut hingegen stellte Fragen, die sie nicht beantworten konnten. Sein Wissensdurst langweilte sie. Sie konnten ihm nur von den Adern in einer Steinfläche erzählen, konnten ihm sagen, wo man die feuchten Holzkeile einschlagen mußte, um den Stein genau an der gewünschten Stelle zu spalten, und auch, welches Gestein der Belastung einer bestimmten Konstruktion standhalten und welches zerspringen oder zerbröckeln würde; aber von Ideen, Entwürfen, Perspektiven, Neuerungen, Proportionen – von allem, was ihrer Arbeit folgte oder voranging, wußten sie nichts.

«Du mußt mit einem von denen reden», sagte ihm ein Arbeiter in

gereiztem Ton und deutete mit seinem fetten Ellbogen auf eine Gruppe hochgewachsener Männer in weißen Leinengewändern und kurzhaarigen Perücken, die in einer schattigen Ecke standen und aufmerksam einen Berg von Papyrusrollen studierten. «Die werden dir alles sagen, was du wissen willst.» Er lachte.

Senmut warf einen Blick auf die Gruppe und wandte sich ab. Architekten, die am höchsten geachteten, geehrten und gepriesenen Männer Ägyptens. Der große, legendäre Ineni sprach täglich mit dem Einen. Er hatte so viele Posten inne, daß sein Schreiber ihm sagen mußte, welche Posten es waren. Aber Senmut würde dort nicht willkommen sein, nicht teilnehmen dürfen ...

So lernten er und Benja Theben kennen. Manchmal ging Benja allein fort, denn er liebte das rauhe, pulsierende Nachtleben der Bordelle, aber für Senmut waren Frauen immer noch ausschließlich seine Mutter, seine Kusine Mutny und die kleinen Bettlermädchen, mager wie Papyrusstengel, die auf der Straße mit Schlamm nach ihm warfen. Er hatte weder Zeit noch Neigung, die Sexualität zu entdecken. Trotzdem war er ein sinnlicher Mensch, der Linien und Kurven, wehende Haare im Wind und Sonnenschein auf weißen Zähnen zu schätzen wußte. Sein Streben war noch nach innen gerichtet, geheim. Nachts saß er allein in seiner Zelle und dachte an die Bauten, die er errichten wollte, die unsterblichen, atemberaubenden Monumente, die bis zum Ende aller Zeiten sagen würden: «Ich, Senmut, habe dies geschaffen.»

Vergebliche Sehnsüchte, sagte er sich. Krankhafte, fiebrige Träume.

Zwei Tage nach Neferus Bestattung saßen er und Benja unter den Bäumen am Eingang zum Tempel. Der Morgen war kühl, und es roch nach feuchter Erde. Der Frühling wich dem Sommer, und in dem Gras um die beiden Jungen herum nickten Gänseblümchen und Kornblumen dicht nebeneinander. Am Nil stand das Schilfrohr grün in den Sümpfen, und die Bäume – Dattelpalmen, Granatapfelbäume, Tamarisken und die duftenden Aguacatenbäume – zeigten einem strahlend blauen Himmel ihre kühlen grünen Blätter. Bald würden sich die Kornspeicher wieder füllen, und die Frauen würden den Flachs und die Baumwolle pflücken und anfangen, Stoffe für Kleider zu weben.

Benja war gekommen, um sich zu verabschieden. Die Arbeit am Tempel in Medinet Habu ging wieder weiter, und er hatte, während die Boote mit Ausrüstungsgegenständen beladen und die Steinblöcke auf den Flößen festgebunden wurden, seine Tasche gepackt und Senmut aufgesucht.

«Wie lange wirst du diesmal fortbleiben?» fragte Senmut. Die Aussicht, wieder allein zu sein, machte ihn traurig.

Benja warf sich neben seinem Freund auf den Rasen. Der Wind spielte in seinem schimmernden schwarzen Haar, und er ließ sich mit einem Seufzer der Befriedigung zurücksinken. «Was für ein Morgen! Es wird herrlich sein auf dem Fluß – nichts zu tun, als dazusitzen, Stunden und Stunden, und übers Wasser zu blicken. Ich weiß nicht, wann wir uns wiedersehen. Vielleicht in ein paar Monaten, wenn die Bautrupps kommen. Es müssen noch viele Blöcke behauen werden, und mein Meister schätzt es nicht, bei der Arbeit gedrängt zu werden. Wenn die Hitze einsetzt und die Bauern mit der Ernte beginnen, komme ich wieder.»

Senmut blickte neiderfüllt auf den schlanken, gesunden Körper und das zufriedene, lächelnde Gesicht. «Und was soll ich bis dahin tun? Vielleicht sollte ich für ein paar Tage nach Hause gehen, um meine Familie zu besuchen», sagte er unschlüssig.

Benja hob entsetzt die Hände. «Was? Du willst Theben – das schöne bezaubernde Theben – verlassen, um aufs Land zu gehen? Senmut, du bist verrückt!»

«Theben hat mich noch nicht verzaubert», entgegnete Senmut säuerlich. «Ich frage mich oft, ob es nicht besser gewesen wäre, bei meinen Eltern und Senmen zu bleiben und mich auf den Feldern abzurackern statt auf dem Fußboden des mächtigen Amun.»

«Oh, mächtiger Amun», begann Benja lachend mit geschlossenen Augen, «ich flehe dich an, hebe Senmut, deinen treuen Diener, von deinem Fußboden auf und setze ihn auf deine Knie. Ooooh, König der Götter.»

Senmut mußte wider Willen lachen, und seine Stimmung hob sich. Niedergeschlagenheit entsprach im Grunde nicht seiner Natur.

«Was du brauchst, ist ein hübsches, singendes Mädchen», fuhr Benja fort. «Ein Mädchen, das dich unterhält und dir schmeichelt und deine Gedanken auf anderes als Seife und Wasser lenkt. Ich kenne

genau die Richtige. Ein niedliches kleines Ding. Sie gehört diesem fetten Libyer – wie heißt er doch gleich? Für eine kleine Summe könnte ich erreichen . . .» Er schwatzte weiter, ohne zu merken, daß sein Freund ihm entglitt.

Senmut sah plötzlich im Geist die Prinzessin Neferu vor sich und ihre Hofdamen, wie sie das Sistrum in der Hand, zum Tempel gingen, um dem Gott zu huldigen. Werde ich nie frei sein von ihr? fragte er sich. Während Benja aufhörte zu reden und sich geschmeidig erhob, lehnte Senmut gegen einen Baum und blickte über den Park hinweg auf den Pfad, der zum Palast führte.

«Ich gehe jetzt», sagte Benja. «Umarme mich.» Senmut stand auf und umarmte seinen Freund. «Möge Isis dich beschützen», sagte Benja leichthin und hob sein Bündel auf. Sie lächelten sich zu, und Benja schickte sich an zu gehen, aber gleich darauf wandte er sich wieder um und flüsterte Senmut ins Ohr: «Ein Gefolgsmann seiner Majestät und ein Herold! Sie kommen hierher!»

Senmut trat vor; sein Herz hämmerte wie wild, und seine Handflächen waren plötzlich feucht, als er dem hochgewachsenen, in weißes Leinen gekleideten Mann entgegenblickte. Den Herold beachtete er kaum. Sein Blick lag auf dem Speer in der mächtigen Hand, auf der breiten, kraftvollen Brust, dem blitzenden goldenen Auge des Horus auf dem Helm des Soldaten. Die beiden Männer kamen auf Senmut zu, und das Ende des Speers berührte mit einem leichten Aufschlag die Erde. Der Herold verneigte sich, und Senmut wandte sich ihm wie betäubt zu.

«Senmut, Priester für die Priester des mächtigen Amun?» fragte der Herold sanft, denn er sah, wie blaß der Junge war.

Senmut nickte unmerklich. Es ist geschehen, sagte er sich. Jetzt bin ich erledigt.

Der Herold salutierte nach Art des Kaiserhauses, indem er die rechte Faust an die linke Schulter legte. «Ich überbringe dir hiermit eine Nachricht von Kronprinz Hatschepsut Chenemet-Amun. Sie befiehlt dir, in einer Stunde am Rand des Sees des mächtigen Amun vor ihr zu erscheinen. Komm nicht zu spät. Richte nicht das Wort an sie, es sei denn, sie fordert dich dazu auf, und halte die Augen gesenkt. Das ist alles.» Er lächelte, verneigte sich abermals und ging, gefolgt von dem Soldaten, mit langen Schritten davon.

Benja stieß zitternd die Luft aus. «Bei Osiris, Senmut, was hat das zu bedeuten? Was hast du angestellt, daß die kleine Eine dich sprechen will? Hast du Schwierigkeiten?»

Senmut wandte sich um. Erregung durchzuckte seinen Leib, flammte auf, sprang in seine Augen, und er begann zu grinsen. Er packte Benja bei den Schultern und schüttelte ihn. «Nein, nein! Keine Schwierigkeiten, lieber Benja! Wenn ich verhaftet werden sollte, hätte sie keinen Herold geschickt. Ich soll eine Audienz haben!»

«Das ist mir klar.» Benja entzog sich gut gelaunt dem Griff seines Freundes. «Aber warum? Oder ist es ein Geheimnis?»

«In gewisser Weise ja. Ich habe der Prinzessin einen Dienst erwiesen. Oder nein, in Wirklichkeit habe ich eine große Dummheit begangen, und sie – es war ein Irrtum, Benja, und es hat mich seit Wochen verfolgt. Es hat mich völlig krank gemacht. Und jetzt . . .»

«Ich sehe, daß ich fortgehen muß, ohne dieses Geheimnis gelöst zu haben.» Benja schwang abermals sein Bündel über die Schulter. «Gib mir Nachricht, Senmut. Ich muß wissen, was hier geschieht. Ich bin sehr neugierig. Schick mir eine klar verständliche Rolle, von einem weisen, vernünftigen Schreiber geschrieben, sonst rede ich bei meiner Rückkehr kein Wort mehr mit dir.» Er ging ein paar Schritte, drehte sich aber noch einmal um. «Bist du sicher, daß du nicht in Schwierigkeiten bist?»

«Ganz sicher. Ich glaube –» Senmut breitete in einer ekstatischen Gebärde die Arme aus – «ich glaube, daß ich letztlich doch eine Bestimmung haben werde.»

«Ich hoffe, du hast recht. Auf Wiedersehen, Senmut.»

«Auf Wiedersehen, Benja.»

«Und gib mir Nachricht.»

«Ja, bestimmt!»

Senmut winkte ihm zu. Aber noch ehe sein Freund außer Sicht war, machte er sich auf den Weg zu seiner Zelle und rief nach einem Sklaven. Er brauchte Wasser und frische Kleidung, und sein Kopf mußte rasiert werden, und das alles in einer Stunde. Ich werde es erreichen, frohlockte er im stillen, während er zum Tempel lief, ich werde es erreichen. Aber was er damit sagen wollte, das wußte er nicht.

Genau eine Stunde später stand er gewaschen, rasiert und in raschelndes, gestärktes Leinen gekleidet, auf dem kleinen Grashügel und blickte hinunter auf den westlichen Rand des heiligen Sees. Zu seiner Linken schaukelte die goldene Barke des Gottes in der abendlichen Brise. Aber Senmuts Blick blieb nicht auf ihr ruhen, denn unter ihm, auf farbenfrohen Kissen, die über blaue Schilfmatten verstreut waren, wartete seine Bestimmung. Zwei Frauen und ein kleines Mädchen. Ja, sie ist es, sagte er sich mit einem ungewohnten Gefühl der Freude. Sie kniete vor einem Korb auf dem Boden und sprach mit Nedjmet und Tiji, die neben ihr saßen. In diesem Augenblick des Zögerns spürte sie seine Nähe und blickte auf. Als sie ihn sah, bedeutete sie den beiden Frauen mit einer Handbewegung, sich zurückzuziehen. Sie erhob sich und stand wartend da. Ihm schien, als brauche er eine Ewigkeit, um den Hügel hinunterzulaufen, aber plötzlich lag er mit ausgestreckten Armen, das Gesicht in das warme, süßduftende Gras gepreßt, vor ihr auf den Knien.

Sie berührte ihn sanft mit einem Fuß an der Schulter. «Es freut mich, dich zu sehen, Priester», sagte sie. «Du kannst aufstehen.»

Er erhob sich wie geheißen, hielt jedoch die Augen unverwandt auf seine Füße geheftet.

Nach einem Augenblick rief sie ärgerlich: «Sieh mich an! Solch alberne Manieren passen nicht zu dir! Du hast dir ja auch nichts dabei gedacht, mich mit Gewalt über mein eigenes Gebiet zu schleppen!»

Ihre Stimme hatte sich nicht verändert; sie war herrisch, herausfordern, die hohe, piepsende Stimme eines Kindes. Aber als sein Blick ihren weit auseinanderstehenden schwarzen Augen begegnete und er das energische Kinn unter dem großen, schön geformten Mund sah, war er überrascht. Sie war die gleiche und doch nicht die gleiche, immer noch hoch aufgeschossen und mager, aber sie hatte in den letzten drei Monaten etwas von ihrem kindlichen Wesen verloren, war selbstsicherer und bewußter geworden.

Sie sahen einander eine Weile schweigend an, dann nickte Hatschepsut befriedigt und deutete auf die Kissen.

«Setzt dich hier neben mich. Leider habe ich keine schmutzige alte Wolldecke, aber vielleicht erfüllt meine schmutzige alte Schilfmatte den gleichen Zweck? Weißt du, ich hatte ganz vergessen, wie du aussiehst, aber jetzt, wo ich dich wiedersehe, frage ich mich, wie ich es

vergessen konnte. Du hast dich nicht sehr verändert, nicht wahr?» Sie beugte sich näher zu ihm. «Gibt es noch andere Mädchen, die in letzter Zeit aus Amuns See gezogen worden sind?» Sie lachte, und er lächelte ihr zu. Sie steckte beide Hände in den Korb und holte zwei Kätzchen heraus, von denen sie ihm eines behutsam in den Schoß legte. «Nebamuns Katze hat diese Jungen zur Welt gebracht, und er hat sie mir geschenkt. Sie sind besonders heilig. Ihre Mutter stammt aus dem Tempel der Bastet und kann nachts Dämonen sehen. Möchtest du eines haben?»

Senmut streichelte den grauen Pelz, und das Kätzchen miaute und schlug hilflos mit der Pfote nach ihm. Es waren schöne Tiere, schlank und geschmeidig, mit spitzen Nasen und klugen, schrägstehenden Augen. Wie alle Ägypter liebte er Katzen, und er dankte ihr feierlich für ihre Großzügigkeit.

«Ich muß meinen Phylarchen um Erlaubnis fragen, ob ich eine behalten kann, aber ich glaube, er wird nichts dagegen haben, besonders weil die Mutter eine so edle Katze ist.»

Er hatte von seltsamen, orgiastischen Riten zu Ehren der Katzengöttin Bastet gehört, und warf Hatschepsut einen neugierigen Blick zu, aber sie erwiderte ihm nur mit einem unschuldigen Lächeln. Bastet gehörte zu den alten Göttern, die hier im kosmopolitischen Theben, wo Amun, Mut und Chons regierten, fast vergessen waren.

«Nun, Priester, was hast du seit unserer Begegnung gemacht?» fragte sie ihn.

Senmut setzte das Kätzchen ins Gras, schlang die Hände um seine Knie und blickte auf den stillen See hinaus, ehe er antwortete. Er wußte nicht, was diese Audienz, so formlos sie auch war, zu bedeuten hatte, aber er wußte, daß er seine Worte sorgfältig wählen mußte. Der Gedanke, Hatschepsut für seine Zwecke zu benutzen, kam ihm nicht in den Sinn. Er wünschte sich nur, sie besser kennenzulernen, denn ihm schien, daß die Vorsehung sie zusammengebracht und ihm irgendwie einen neuen Freund beschert hatte. Hinter der Mauer des strengen Kastengeistes, der ihn für immer von diesem goldenen Kind trennte, spürte er das tastende Suchen einer verwandten Seele, und als er sprach, war sein Ton ungezwungen.

«Ich bin meinen Pflichten im Tempel nachgekommen, wie es einem guten Priester ziemt, Prinzessin.»

«Das heißt, du hast Fußböden gescheuert und Botengänge gemacht?»

Er sah sie scharf an, aber es lag keinerlei Bosheit in ihrem Ausdruck. «Ja, so ist es.»

«Und hast du die Absicht, das dein ganzes Leben lang zu tun?»

Hatschepsut blickte auf die langen, spitz zulaufenden Finger, die seine Knie umschlungen hielten, und auf seine breiten, kräftigen Schultern. Seine Augen unter den geraden schwarzen Brauen waren ruhig. Sie fühlte sich wohl bei ihm und hatte nicht den Wunsch, ihn zu necken oder zu quälen, wie sie es mit Thutmosis tat. Wieviel besser als der dumme Thutmosis würde er mit dem Kampfwagen und dem Speer umzugehen wissen, sagte sie sich.

Er warf einen raschen Blick auf ihr Gesicht, aber diesmal lächelte sie nicht. «Ich habe Träume, Hoheit, aber das haben alle Menschen – geheime Träume, die wenig mit der Wirklichkeit zu tun haben.»

«Das stimmt. Aber ich habe sagen hören, daß ein energischer und willensstarker Mann seine Träume lebendig werden lassen kann, wenn ihm nur genügend daran liegt.»

«Ich bin noch kein Mann, Prinzessin.»

Die Worte sagten alles und nichts. Senmut hatte genügend gelernt, um sich auf Diplomatie zu verstehen.

Hatschepsut seufzte und legte ihr Kätzchen wieder in den Korb.

Er wollte aufstehen, denn er nahm an, daß die Audienz beendet sei, aber sie legte die Hand auf seinen nackten Arm, und er fuhr erschreckt zurück.

«Weißt du, daß ich jetzt Kronprinz bin?» fragte sie leise.

Er neigte den Kopf. «Ja, Hoheit, und es ist ein Glück für Ägypten.»

Benja hatte wie gewöhnlich gelacht, als er es erfuhr. «Warte ab, bis Pharao stirbt!» hatte er gejohlt. «Dann werden wir sehen, wer den Horus-Thron besteigt. Ich wette, es wird kein kleines Mädchen sein, so reizend sie auch aussehen mag.» Senmut hatte ihm zugestimmt, wenn auch mit mehr Schicklichkeit. Jetzt war er dessen nicht so sicher.

«Ich schulde dir einen Gefallen, Priester, und ich will mich jetzt dafür erkenntlich zeigen. Mein Vater sagt, ich kann haben, was ich will, und ich möchte dir etwas gewähren.» Sie sah ihn besorgt an. «Du wirst es mir doch nicht ausschlagen?»

«Hoheit, du schuldest mir nichts. Ich habe getan, was ich für meine

Pflicht hielt, weiter nichts. Aber wenn du der Meinung bist, daß meine Pflicht eine Belohnung verdient, so werde ich sie nicht abschlagen.»

«Schöne Worte!» spottete sie gutmütig. «Dann denk nach. Was möchtest du?»

Senmut sah die Schwäne vorübergleiten. Er sah Möwen kreisen und kleine Enten auf dem Wasser schaukeln, und er sah die beiden Kinderfrauen müßig miteinander schwatzen. Er hörte das leichte Atmen der Prinzessin und sah von der Seite her das Flattern ihres leichten Leinenkittels in der Brise. Aber all das verschwand, als sein lang gehegter Ehrgeiz in ihm aufstieg und alles andere versinken ließ. Ich weiß, was ich will, dachte er, und ich weiß jetzt, daß ich nicht vergebens gewartet und alles andere abgelehnt habe. Er kniete vor Hatschepsut nieder.

«Hoheit, mehr als alles andere auf der Welt möchte ich unter dem großen Ineni Architektur studieren. Das, und nur das allein ist mein Wunsch.»

Sie schmollte. «Möchtest du nicht ein schönes Haus?»

«Nein.»

«Oder ein Stück Land? Ein paar Frauen? Einen großen Besitz?»

Er lachte. Es war ein schallendes Gelächter der Erleichterung, das aus der Tiefe seiner Seele kam. «Nein, nein und nochmals nein! Ich möchte nur Architekt werden und wenn auch ein noch so unbedeutender. Ich weiß nicht, ob ich ein guter werde oder nicht, aber ich muß es herausfinden! Hoheit, verstehst du das?»

Hatschepsut richtete sich stolz empor. «Du klingst jetzt wie meine liebe Tote, Osiris-Neferu. Sie fragte mich auch fortwährend, ob ich sie verstünde, und ich muß gestehen, daß ich es manchmal recht langweilig fand, es versuchen zu müssen. Aber . . .» sie griff nach seiner Hand, die sich unwillkürlich um die ihre schloß, «ja, ich glaube, ich verstehe dich. Ich habe den Traum verkürzt, nicht wahr?»

Er beugte sich hinunter und küßte die kleine Handfläche. «In der Tat», sagte er inbrünstig, «du hast ihn um ein ganzes Leben verkürzt!»

Sie zog ihre Hand zurück, stand auf und klatschte in die Hände, um ihre Dienerinnen herbeizurufen. «Bist du sicher?» fragte sie noch einmal eindringlich.

«Ganz sicher.»

«Dann werde ich mit meinem Vater sprechen, und er wird mit Ineni

sprechen. Es ist ein brummiger, dickköpfiger alter Mann, dem es kein bißchen Spaß machen wird, einen neuen Schüler zu bekommen. Aber dann mußt du glücklich sein! Ich befehle es!»

Senmut bückte sich und hob das Kätzchen auf, das verschlafen gegen die Störung protestierte.

«Trag den Korb!» sagte Hatschepsut zu Nedjmet.

Dann war sie fort. Senmut, allein und wie betäubt vor Glück, wurde sich bewußt, daß sie nicht einmal seine Huldigung abgewartet hatte.

An diesem Abend befahl Thutmosis seiner Tochter, sich beim Essen neben ihn zu setzen und ihm von ihrer Begegnung zu erzählen. Ihr Bericht machte ihm großen Spaß, und er hörte aufmerksam zu. Als sie ihm sagte, was dieser freche kleine We'eb-Priester wollte, brüllte er auf, halb vor Lachen, halb vor Zorn. Die Anwesenden wandten sich erschrocken um, aber er rief den Musikern zu, sie sollten weiterspielen, und schickte einen Boten zu Ineni. Inzwischen ließ er Hatschepsut die Unterredung mit dem jungen Mann noch einmal wiederholen.

Hatschepsut war den Tränen nahe. Er ließ ihr überhaupt keine Zeit zum Essen, und ihre Speisen wurden kalt.

Schließlich erschien Ineni, makellos gepflegt und kühl wie immer, obwohl er fünf Gänge und seine neuen Tänzerinnen im Stich hatte lassen müssen, um dem gebieterischen Ruf seines Herrn zu folgen. Ineni war groß, größer als die meisten Männer, und immer noch schlank, obwohl er Ende der Sechzig war. Seine Nase war leicht gebogen, sein Mund schmal und zielbewußt, und sein Kopf war kahl rasiert. Er trug keine Perücke. Ohne das seltsame, wissende Zwinkern in seinen grauen Augen wäre sein Gesicht hart und unversöhnlich gewesen. Aber er wußte, wann und wie man lachen mußte, und seine Liebe zum Leben bewahrte ihn vor der schmerzhaften Ruhelosigkeit des Genies.

«Ineni», sagte Thutmosis dröhnend, «setz dich hier neben Hatschepsut. Ihre Hoheit hat dir etwas zu sagen.» Dann fing er wieder an zu lachen.

Der Architekt ließ sich keine Verwirrung anmerken, als er sich vorbeugte, um den Wein entgegenzunehmen, den Pharaos Sklave ihm anbot. Er trank ihn langsam, blickte auf die Ringe an seinen Fingern und wartete.

Hatschepsut war zornig. Sie erzählte ihre Geschichte in schnellen, knappen Sätzen zum drittenmal. Aber Ineni lachte nicht, wie ihr Vater es getan hatte; er hörte, die Augen auf ihr Gesicht geheftet, aufmerksam zu. Als sie geendet hatte und gerade den Mund öffnete, um das verlockende Gerstenbrot hineinzustopfen, fragte er: «Hoheit, du sagst, dieser Priester ist nichts weiter als ein We'eb? Ein Bauer vom Lande?»

Sie hatte genug. «Ich sage, daß ich dir befehle, still zu sein und mich meine Abendmahlzeit essen zu lassen. Und ich sage, daß ich hinterher alle deine Fragen beantworten werde. Ich bin nahe daran zu verhungern. Selbst die Diener haben sich schon sattgegessen.»

Er wartete, Thutmosis wartete, Ahmose wartete, die Sklaven warteten, und sie aß und trank, bis sie nichts mehr hinunterbekam. Dann befahl sie den Sklaven mit einem Wink, ihren Tisch fortzuräumen, und ließ sich mit einem Seufzer zurücksinken.

«Er ist ein kluger und wohlerzogener junger Mann. Ich mag ihn gern. Er ist gütig und respektvoll, und er beklagt sich nicht wie . . .» Sie hatte sagen wollen: «wie Thutmosis», entsann sich jedoch gerade noch rechtzeitig der Mahnung ihres Vaters, ihre Gedanken für sich zu behalten, und schloß: «. . . wie andere Leute. Außerdem schulde ich ihm diesen Gefallen und habe ihn ihm gewährt unter dem Vorbehalt, daß mein Vater es erlaubt. Oh, ich hoffe, verehrter Ineni, daß du ihm zumindest Gelegenheit geben wirst zu zeigen, ob er Talent hat oder nicht. Er ersehnt eine solche Gelegenheit.»

«Hm», brummte Thutmosis.

Ineni sagte nichts, aber in seine kalten grauen Augen trat ein langsames, schiefes Lächeln. Er mochte den neuen Kronprinzen und fand sie viel entschlossener und fähiger als den jungen Mann, der eigentlich diesen Titel hätte tragen sollen. Deshalb sagte er: «Es ist mir eine Freude, Hoheits Befehl zu gehorchen. Schick diesen jungen Burschen zu mir, und ich werde ihn unterrichten.»

Dabei wollte er gar keinen neuen Schüler mehr haben, nicht in seinem Alter. Er wollte sich bald zurückziehen und sich an den Früchten seiner langjährigen, treuen Dienste erfreuen: an seinen Frauen, seinem Sohn, seinen Gärten. Aber er konnte Hatschepsut diese Bitte nicht abschlagen.

Wir werden sehen, wie weit die kleine Prinzessin imstande ist, einen

Charakter zu beurteilen, dachte er, als er den Palast verließ und seine Fackelträger und Leibwächter herbeiwinkte. Aber ich bin schon zu lange im Dienste Pharaos, um mir vorstellen zu können, daß er mehr ist als ein armer, verängstigter kleiner Bursche, der mehr Ehrgeiz hat, als gut für ihn ist.

Schon sehr früh am nächsten Morgen wurde Senmut durch ein Klopfen an der Tür geweckt. Noch ehe er sich von seinem Strohlager erheben konnte, war das Zimmer voller Menschen. Sein Phylarch, triefäugig und verärgert, grüßte ihn barsch, und hinter ihm standen zwei Sklaven in der blau-weißen Tracht des Palastes.

«Man befiehlt dir, deine Zelle zu verlassen und dich sofort in die Gemächer des edlen Ineni zu begeben«, sagte der Phylarch gereizt. «Ich weiß nicht, was das zu bedeuten hat, und ich will es auch gar nicht wissen. Zieh dich schnell an. Die Männer werden deine Habseligkeiten einpacken.» Er wandte sich ab und ging ohne ein weiteres Wort hinaus.

Senmut stand verschlafen da, während die Sklaven seine Truhe öffneten und geringschätzig seine paar Habseligkeiten hineinlegten: seine Sandalen, seinen Trinkbecher, sein Leinengewand – viel mehr besaß er nicht. Die wenigen Schriftrollen, die er sich aus der Bibliothek des Tempels geliehen hatte, legten sie feierlich auf das Strohlager, von dem sein Umhang und die Wolldecke bereits entfernt worden waren. Die Männer verschwanden, noch ehe er ihnen zurufen konnte, daß sie warten und ihm den Weg zeigen sollten.

Er wusch sich schnell und zog den Leinenrock vom Vortag an. Fast wäre er mit dem Wachtposten zusammengestoßen, der an der Tür auf ihn wartete, um ihn in den Palast zu geleiten. Er entschuldigte sich, aber der Mann bedeutete ihm lediglich durch ein Zeichen, ihm zu folgen, und sie verließen zusammen den Tempel. Senmut blickte sich nicht mehr um. Er ließ nichts zurück, was er bedauerte. Er hob den Kopf und atmete tief die frische Luft ein, während er in der Morgendämmerung hinter dem schwerfälligen Soldaten ging.

Nach wenigen Minuten kamen sie an den ersten Pylonen vorbei und betraten einen gepflasterten Weg, der von vergoldeten Statuen des Gottes Thutmosis gesäumt war. Sie gingen durch einen kleinen Platenenhain und standen kurz darauf vor dem westlichen Portal des

Palastes. Senmuts Begleiter blieb stehen und sprach schnell mit dem Wachtposten, dann gingen sie weiter, und Senmut betrat zum erstenmal eines der königlichen Regierungsgebäude.

Jede Spur von Müdigkeit war von ihm gewichen, und er blickte sich mit Ehrfurcht, aber auch einer gewissen Enttäuschung um. Letztlich war dies alles gar nicht so viel anders als die Gänge mit den Priesterzellen.

Erst viel später wurde ihm klar, daß er sich nicht in der Nähe der königlichen Gemächer oder der großen Audienzsäle befand. Er war direkt zu dem Flügel gekommen, in dem die Büros und Ministerien lagen. Pharao kam zwar fast täglich hierher, aber er kam, um die Arbeit zu überwachen und nicht, um sich feiern zu lassen, deshalb gab es hier keinerlei Pomp. Die Gänge waren schmal, sauber und ruhig. Die Fliesen waren mit Szenen aus dem täglichen Leben der Beamten geschmückt – dem Wiegen von Getreide, einer Gerichtsverhandlung, einem Besuch in der Provinz, einer Hinrichtung –, und an den Türen, die in weitere Korridore und Büros führten, waren die Embleme der Vollmachten des jeweiligen Ministers angebracht.

Nie werde ich mich hier zurechtfinden, sagte sich Senmut erregt; ich werde Stunden brauchen, um hier wieder herauszukommen.

Vor einer Tür aus Zedernholz mit Intarsien aus Silber machte sein Begleiter plötzlich halt. Er klopfte, und ein junger Sklave öffnete mit einer tiefen Verbeugung die Tür.

«Du wirst erwartet», sagte er stockend.

Eine Neuerwerbung aus Syrien, vermutete Senmut angesichts seiner Ähnlichkeit mit Benja. Sein Begleiter verneigte sich ebenfalls. Senmut, erschreckt von der Aussicht auf eine unbekannte Zukunft, hatte das Gefühl, einen Freund zu verlieren. Noch ehe er etwas sagen konnte, war der eine fort, und der andere führte ihn mit einer weiteren Verbeugung in einen Raum, der so durchflutet war von morgendlichem Sonnenschein, daß er blinzelte und benommen dastand wie ein Tier, das aus seinem Erdloch auftaucht.

«Komm näher», sagte eine kühle, klare Stimme. «Ich möchte dich genau betrachten.»

Senmut trat ein paar Schritte in den Raum hinein. Vor ihm erstreckte sich der mit schwarzen und weißen Fliesen belegte Fußboden, wie ihm schien, eine Meile weit bis zu einem sehr großen, sehr

schweren Tisch, der mit Papyrusrollen jeder Art und Größe überhäuft war. Die Wand zu seiner Rechten war schmucklos, nur oben zur Decke hin lief ein Wandgemälde entlang, das den Gott Imhotep bei der Konstruktion der Großen Pyramide zeigte. Zu seiner Linken gab es keine Wand, sondern einen steinernen Gehweg, hinter dem der königliche See glitzerte. Zwischen dem Pfad und dem See wuchsen die Bäume und Sträucher fast bis in den Raum hinein, so daß Senmut das Gefühl hatte, sich am Rande eines Waldes zu befinden. Über den Sträuchern stand die Sonne und beschien die Arbeit des Meisters, bis Re am Horizont versank.

Neben dem Schreibtisch am Ende des Raums stand ein Mann. Senmut hatte Ineni noch nie gesehen, aber er wußte sofort, daß er vor dem größten Architekten stand, seit der zum Gott erhobene Mann die Königsgräber geplant hatte, die auf dem Wandgemälde dargestellt waren. Ein Mensch, den man achten, ja sogar fürchten mußte, sagte sich Senmut, aber auch ein Mensch, den man lieben konnte.

Ineni wartete, die Arme über der Brust gekreuzt, und Senmut straffte die Schultern und ging auf ihn zu. Er verbeugte sich, und Ineni lächelte.

«Ich bin Ineni», sagte er ruhig, «und du bist der Priester Senmut, mein neuer Schüler. Ist das richtig?»

«Das ist richtig.»

«Warum bist du hier?»

Senmut erwiderte das Lächeln, und Ineni dachte: Das ist kein kriecherischer kleiner Priester. Seine Blicke wanderten über die dichten Brauen, die dunklen, herausfordernden Augen, die hohen Backenknochen und den festen, sinnlichen Mund, und er wußte, daß dieser Junge das Zeug zu künftiger Größe hatte. Meine Prinzessin hat die Wahrheit gesagt, dachte er. Ein vielversprechender junger Mann.

«Ich bin hier, um zu lernen, wie man die Träume der Könige zur Wirklichkeit macht. Dafür bin ich geboren, edler Ineni.»

«So? Glaubst du, daß du die Zielstrebigkeit, die Gesundheit und die Stärke besitzt zu arbeiten, bis du Erfolg hast, versagst oder stirbst?»

«Ich bin unerprobt, Meister, aber ich glaube es.»

Ineni deutete auf den überquellenden Schreibtisch. «Dann können wir anfangen. Lies alle diese Schriftrollen, und höre, abgesehen vom Essen und Schlafen, nicht eher damit auf, als bis du alles weißt, was sie

enthalten. Dort», er wies auf eine kleinere Tür, «steht dein Bett. Dieser Bursche ist dein Sklave, er wird dir bringen, was du brauchst. In ein oder zwei Tagen sprechen wir uns wieder, und dann . . .» er ging auf die Tür zu, «dann werden wir sehen. Ich fange, wie du siehst, früh an und arbeite bis spät am Abend. Ich erwarte das gleiche von dir. Und mach dir keine Sorgen.» Seine Stimme hallte in dem großen Raum wider, während er die Hand auf den Türknauf legte. «Ich mag dich. Der Kronprinz mag dich. Was brauchst du mehr?»

Mit einem Kopfnicken verschwand er. Senmut stieß die Luft aus. Er zog die Augenbrauen hoch und ging zu den Schriftrollen. Er konnte nicht bis auf den Grund des Haufens sehen, aber er war sich der Bedeutung des Augenblicks bewußt, als er die Hand auf die obersten Rollen legte. Dies war der Schlüssel, hier unter seiner Hand, glatt und einladend. «Bring mir etwas zu essen und ein wenig Wein», sagte er geistesabwesend zu dem Jungen, der hinter ihm stand.

Er nahm die erste Schriftrolle zur Hand, setzte sich hinter den Schreibtisch und begann zu lesen.

Als Senmut ein Jahr lang tagaus, tagein Schriftrollen gelesen, alte Pläne und Diagramme studiert und sich die Sitten und Gewohnheiten seines Handwerks zu eigen gemacht hatte, wurde ihm endlich gestattet, einige der zahlreichen Baustellen zu besuchen, die Ineni überwachte. Er lernte, mit der Richtplatte, den Instrumenten des Feldmessers, der Zeichenfeder umzugehen. Sein scharfes Auge und sein angeborenes Talent ließen ihn jeden falschen Winkel entdecken und schwierige Konstruktionsprobleme lösen. Er trank das Wissen in großen, beglückten Zügen in sich hinein. Er war glücklich, zum erstenmal in seinem Leben wirklich glücklich. Für ihn zählte nichts außer der Zeit, die er mit Ineni verbrachte.

Ineni war erfreut und überrascht. Er gewöhnte sich an die Gesellschaft des Jungen, der schnell zu einem gutaussehenden Mann mit klarem, scharfem Verstand heranwuchs. Er erlaubte Senmut in zunehmendem Maße, seine Meinung zu äußern. Der Tempel in Medinet Habu war vollendet. Andere Tempel entstanden, in Ombos, Ibrim, Semna und Kumma. Nur Thutmosis' Lieblingswerk, der Tempel des Osiris in Abydos, blieb Senmut verschlossen. An diesem Projekt durfte nur Ineni arbeiten, und wenn der große Eine kam, um sich mit

seinem Architekten zu beraten, ging Senmut in den Park hinaus und wanderte zum See hinunter.

Manchmal wünschte er sich, daß er die kleine Prinzessin zu sehen bekäme, aber er sah sie nie. Es war, als wären sie sich nie begegnet. Er lernte Inenis Sohn, den jungen, ungebärdigen Menech kennen, und von ihm erfuhr er, daß Hatschepsut bei ihren ersten Entenjagd im Sumpf das Wurfholz so gerade und sicher geschleudert hatte, daß sie einen Vogel herunterholte und daß sie nach dem ersten Triumphgeschrei in Tränen ausgebrochen war und den blutigen kleinen Körper schluchzend an ihre Brust gepreßt hatte. Von Menech, der nach dem morgendlichen Unterricht oft in das Arbeitszimmer seines Vaters kam, hörte er auch, daß die Prinzessin sich auf dem Truppenübungsplatz sehr geschickt anstellte. Ahmes pen Nechbet schrie sie genauso an wie jeden anderen jungen Rekruten, aber sie ertrug es mit Haltung und ließ die Pferde um die Reitbahn traben, als ob sie als Mann geboren wäre. Senmut hatte Menech gern. Menech besaß die lässige, freundliche Sicherheit, die der gesellschaftliche Rang seines Vaters ihm erlaubte; er billigte Senmuts Wunsch, zu den Kreisen der Macht aufzusteigen, und behandelte ihn mit ungezwungener Zuneigung. Ungeachtet ihrer verschiedenartigen Stellung hatten die jungen Männer vieles gemein.

Bald nachdem sein Unterricht bei Ineni begonnen hatte, war Senmut zum Marktplatz von Theben gegangen und hatte einen Schreiber engagiert. Er diktierte ihm einen Brief an Benja und erzählte ihm alles, was er erzählen konnte, bis sein Geld zu Ende ging. Denn der Schreiber berechnete seinen Lohn nach der Anzahl der Worte, und die Worte strömten nur so aus ihm heraus. Einen Monat später erhielt er eine überschwengliche Antwort, aber Benja war erst im folgenden Frühling nach Hause zurückgekehrt, und Senmut war zu beschäftigt gewesen, um viel Zeit mit seinem Freund zu verbringen.

Er kaufte sich einen schönen Armreif aus Goldsilber, auf dem seine neu erworbene Stellung bildlich dargestellt war, so daß sie jeder sehen konnte. Auch war seine Kleidung jetzt mit Goldfäden gesäumt. Er war immer noch Priester und würde es auch bleiben, aber er ging selten in den Tempel. Die Riten der Gottesverehrung interessierten ihn nicht sehr. Er wanderte oft zwischen den Obelisken und Pylonen und Karnak umher und träumte davon, was er tun würde, wenn er den

zahlreichen, schon bestehenden Bauwerken noch neue hinzufügen dürfte. Thutmosis hatte zwischen dem dritten und dem vierten Pylon ein Dach aus Zedernholz anbringen lassen, und Senmut saß oft, den Rücken an eine Lotossäule gelehnt, in dem kühlen, hallenden Halbdunkel und horchte auf das tägliche Kommen und Gehen der Bettler, der Tänzer und der mit Geschenken beladenen Priester, während sein Geist voll war von den Zahlen und den Idealen des von ihm gewählten Berufs. Er freute sich über die Huldigungen derjenigen, die noch vor kurzer Zeit an ihm vorübergegangen waren, ohne ihn eines Blickes zu würdigen, und es gab ihm ein Gefühl der Sicherheit, mit den anderen Architekten in den Steinbrüchen zu stehen und im Schatten die Pläne zu studieren, während die Steinmetze in der brennenden Sonne arbeiteten. Aber er wurde nicht selbstgefällig. Dafür war er zu beschäftigt und zu realistisch. Er wußte, er war ein weiter Weg von der Lehre bis zum Vertrauen Pharaos, auch wenn seine Gewänder jetzt in der Sonne glitzerten und sein Wein aus Charu kam.

Aber er vergaß nicht das Mädchen, dem er die Wandlung seines Geschicks verdankte. Anscheinend hatte *sie* ihn schnell aus dem Gedächtnis verloren, nachdem ihre Schuld beglichen war . . .

8

Es stimmte nicht, daß sie ihn vergessen hatte. Manchmal erkundigte sie sich bei Ineni, was sein neuester Schüler mache; und solange alles gutging, sah sie keinen Grund, sich einzumischen. Er schien sein Schifflein sehr geschickt selbst zu steuern.

Zwei Jahre nach ihrer ersten Begegnung, zur Erntezeit im Monat des Payni, als das Land so braun und trocken war, daß es jeden Augenblick in Flammen aufzugehen schien, und das einzige Grün, auf dem das Auge ruhen konnte, sich innerhalb der Palastmauern befand, entdeckte Hatschepsut zu ihrer großen Überraschung, daß sie zur Frau geworden war. Der Übergangsritus wurde vollzogen. Ihr Priester Ani, der so tief um Neferu getrauert hatte, entfernte ihre Jugendlocke, und Nedjmet sammelte das Spielzeug und die kleinen Möbel ihres Kinderzimmers ein und verstaute sie, bis die Sem-Priester sie einst für Hatschepsuts Begräbnis wieder hervorholen würden. Ani verbrannte das Haar in einer Silberschale, während Hatschepsut ihm gelassen zusah und über das Ich nachdachte, das sie vor zwei Jahren, bei Neferus Tod, gewesen war. Es verwunderte sie, daß die Erinnerung in der kurzen Zeit so viel weniger schmerzlich geworden war. Neferu war für sie jetzt Teil einer Kindheit, die fast vorüber war.

Der beißende Rauch des brennenden Haars hing in ihrem Schlafgemach, und der Schweiß lief ihr den Rücken hinunter, als sie an die kühle Tiefe des Sees im Park dachte. Useramun wartete dort auf sie, und auch Hapuseneb, und sie konnte nur schwer ihre Ungeduld verbergen, während Ani mit seinem eintönigen Singsang fortfuhr. Als alles vorüber war, verabschiedete sie sich mit langatmiger Förmlichkeit von Nedjmet, die sich nun in das Haus zurückziehen würde, das

außerhalb der Palastmauern für sie errichtet worden war, und lief, sobald der Anstand es zuließ, zu der Baumgruppe am See, denn der Ruf des Wassers war stärker als der Ruf der Pflicht. Aber später bedauerte sie diese Unhöflichkeit und suchte die alte Frau auf.

Am frühen Abend wurde sie zu ihren neuen Gemächern geleitet. Sie waren nicht viel geräumiger als die Kinderzimmer und auch kaum weniger spartanisch, denn Hatschepsut war noch nicht zur Erbin oder großen königlichen Gemahlin ernannt worden. Der Schulunterricht ging weiter, aber nun nicht mehr unter der strengen Aufsicht von Nedjmet. Sie genoß jetzt, mit zwölf Jahren, verhältnismäßig viel Freiheit. Ihre neue Dienerschaft war respektvoller und leichter herumzukommandieren. Ihr Vater trat jetzt allerdings mehr in Erscheinung, er suchte sie auf, ließ sie zu sich rufen oder trat morgens unangemeldet bei ihr ein, ehe sie ins Schulzimmer ging. Er war ein weit ehrfurchtgebietenderer Hüter, als Nedjmet es gewesen war. Die Soldaten an ihrer Tür waren sorgsam ausgewählte Angehörige der Gefolgsleute Seiner Majestät, und es gelang Hatschepsut nur selten, ihnen zu entwischen, um Nebamun zu besuchen oder die Pferde zu füttern.

Eines Nachmittags, als die Luft in ihrem Schlafgemach dick und schwer war wie heißer Sirup und sie ihre Kissen in die Nähe des Windfängers gezogen hatte, um besser schlafen zu können, wurde ihr ihre Mutter gemeldet.

Hatschepsut hatte Ahmose seit der Zeremonie nur selten zu sehen bekommen. Wenn sie sich beim Abendessen trafen, sprachen sie über die Fortschritte, die Hatschepsut in ihren Studien machte, und ihre Geschicklichkeit mit dem Wurfholz, und sie hatten über eine mögliche Zukunft des Mädchens als Wagenlenker gescherzt, aber nie hatte Ahmose etwas über ihre neue Position als Kronprinz gesagt. Und das Bewußtsein, daß ihre Mutter nicht damit einverstanden war, hatte einen Keil zwischen sie getrieben. Hatschepsut war verwirrt und verletzt. Sie war noch so jung, daß sie Ermutigung, Verständnis und Mitgefühl von ihrer Mutter brauchte und daß Ahmoses scheinbare Kälte einer übermäßigen Sorge um die Zukunft der Blume Ägyptens entsprang, kam ihr gar nicht in den Sinn.

Der Besuch war eine Überraschung für sie. Hatschepsut sprang von ihrem Nest an der Wand auf und lief auf ihre Mutter zu, die in das Blau

gekleidet war, das sie so liebte. Ahmose umarmte sie und schickte die Dienstboten hinaus. Sie waren allein. Im Palast war alles still. Ahmose blieb unsicher lächelnd stehen, aber Hatschepsut warf sich in einen Sessel und kreuzte die Beine.

«Ich habe versucht, mich ein wenig abzukühlen», sagte sie. «Die Ventilatoren sind sehr lästig. Sie schwirren, und ich kann nicht schlafen. Ruhst du dich nicht aus, Mutter?»

«Ich konnte auch keinen Schlaf finden. Ich mache mir Sorgen um dich, Hatschepsut, und ich möchte mit dir über deine Kleidung reden.»

«Meine Kleidung?» Sie interessierte sich so wenig wie eh und je für das, was sie trug.

«Ja. Ich finde, jetzt, wo du fast eine Frau bist, solltest du ein langes Kleid tragen, statt wie ein kleines, wildes Tier in einem Jungenhemd umherzulaufen. Sobald ein Mädchen die Jugendlocke abgelegt hat, trägt es die Kleidung einer Frau. Und du, Hatschepsut, solltest besonders darauf achten, was du anziehst.»

«Warum? Ich bin doch erst *fast* eine Frau, noch nicht ganz. Und wenn ich ein langes Kleid trage, kann ich nicht mehr auf Bäume klettern und mit Menech um die Wette laufen. Ist das denn wirklich so wichtig, edle Mutter?»

«Ja, das ist es.» Ahmose sprach mit einer Festigkeit, die sie nicht empfand. Dieses Mädchen mit den langen braunen Beinen und der schlanken Taille, das lässig mit dem Fuß baumelte und sie mit liebevoller Herablassung ansah, war für sie fast eine Fremde. «Es schickt sich nicht für eine Prinzessin, in Männerkleidung gesehen zu werden.»

«Aber ich bin keine Prinzessin», erwiderte Hatschepsut ruhig. «Ich bin ein Prinz, und nicht irgendein Prinz, sondern Kronprinz. Vater hat es gesagt. Eines Tages werde ich Pharao sein, und keine Frau kann Pharao sein; deshalb bin ich ein Prinz.» Sie kicherte plötzlich, und Ahmose sah unter den Schichten des keimenden Frauentums wieder das kleine Mädchen. Hatschepsut stand auf. «Ich sehe nicht, was für ein Unterschied es ist, ob ich nun weiter kurze Röcke trage oder ein langes Kleid anziehe. Ich will noch keine erwachsene Frau sein. Oh, Mutter», sagte sie ernst, während sie schmeichelnd den Arm um Ahmoses umfangreiche Taille legte, «wie kann ich auf sicheren Füßen im holpernden Wagen stehen oder den Bogen spannen oder den Speer

werfen, wenn ich mich die ganze Zeit vorsehen muß, nicht über mein Kleid zu stolpern?»

«Also befaßt du dich jetzt auch mit Bogen und Speer?»

«Ja. Pen Nechbet ist sehr zufrieden mit mir, und Vater hat es erlaubt.»

«Und was ist mit Thutmosis? Unterrichtet pen Nechbet ihn auch noch?»

«Ich glaube ja.» Hatschepsut warf den Kopf zurück. «Er spricht nicht mehr mit mir.»

Erschrocken griff Ahmose nach dem Arm ihrer Tochter, drückte sie auf das Ruhebett hinunter und beugte sich über sie. «Hör zu, Hatschepsut. Ich lebe schon sehr viel länger auf dieser Erde als du, und ich weiß, daß zwischen dem Wunsch und seiner Erfüllung ein Abgrund liegt, und dieser Abgrund ist dunkel und voller Schlangen der Enttäuschung und Verzweiflung.»

Hatschepsut sah erstaunt zu ihr hoch. Ahmoses Ton war herrisch und gebieterisch und paßte überhaupt nicht zu der sanften Frau, die für ihre Freundlichkeit und Güte bekannt war. Sie richtete sich auf, als ihre Mutter fortfuhr.

«Dein Vater hat dich zum Kronprinzen ernannt, und nun bist du Kronprinz. Die Zukunft erscheint dir wie ein unendliches grünes Feld, beglückend und riesig wie das Paradies der Götter. Aber dein Vater wird zum Gott eingehen, noch ehe viele Jahre vergangen sind, und dann bist du auf Gnade und Ungnade den Priestern ausgeliefert – und Thutmosis.»

Hatschepsut rutschte unruhig auf ihrem Kissen hin und her. Alle Leichtfertigkeit war von ihr gewichen, und sie runzelte die Stirn. «Thutmosis? Aber er ist doch nur ein schwacher, dummer Junge.»

«Mag sein, aber er ist der königliche Sohn, der eines Tages die Doppelkrone tragen wird, was auch immer dein Vater zu seinen Lebzeiten tun mag, um es zu verhindern. Und du wirst ihn heiraten müssen, Hatschepsut. Daran besteht für mich kein Zweifel.»

«Aber die Priester dienen Amun, und ich bin die Inkarnation Amuns hier auf Erden. Was könnte Thutmosis dagegen tun?» Ihr Kinn schoß in die Höhe, und ihre Augen blitzten.

«Es gibt viele im Tempel, die sich einen schwachen und einfältigen Pharao wünschen, um ihre Reichtümer vermehren zu können. Und

überdies wird niemand glauben, daß ein junges, unerfahrenes Mädchen ein Land, nein, ein großes Reich wie dieses regieren kann, das auf Krieg gegründet ist und nur durch ständige Wachsamkeit erhalten werden kann.»

«Bis mein Vater die Barke des Re besteigt, bin ich kein unerfahrenes Mädchen mehr. Bis dahin bin ich eine Frau.»

«Ich dachte, du wolltest keine Frau sein», sagte Ahmose lächelnd.

Das Kinn des Mädchens sank herab. «Ich glaube, ich möchte sehr gern Pharao werden», sagte sie, und dann mit einem kläglichen Lächeln: «Aber ich möchte jetzt noch keine Frau sein.»

«Trotzdem», sagte Ahmose, nun wieder ernst, «wirst du die Jugendgewänder ablegen und dich kleiden, wie es deiner Stellung geziemt.»

«Nein, das werde ich nicht!» Hatschepsut sprang auf. «Ich werde tragen, was mir beliebt!»

Ahmose stand ebenfalls auf. Sie raffte mit königlicher Gebärde ihre Röcke zusammen und ging auf die Tür zu. «Ich sehe, daß Chaemwese zu alt ist, um Königskinder zu erziehen. Er hat dich nicht den Respekt gelehrt, der deiner Mutter gebührt. Ich werde daher deinen unsterblichen Vater zu Rate ziehen. Du bist ein verwöhntes, eigenwilliges Kind, Hatschepsut, und es ist Zeit, daß du dir über die Verpflichtungen klarwirst, die deine Stellung mit sich bringt.» Sie ging hinaus; mit erhobenem Kopf und kerzengeradem Rücken.

Hatschepsut schnitt ein Gesicht und ließ sich wieder auf die Kissen sinken. Nie! dachte sie. Der Nachmittag zog sich schleppend dahin, und sie war müde, aber sie konnte nicht schlafen.

Thutmosis zwang sie nicht, lange, enge Kleider zu tragen. Als Ahmose das Thema anschnitt, erwiderte er brüsk: «Laß das Kind tragen, was es will. Es ist noch nicht an der Zeit, sie in die Kleidung der Erwachsenen zu zwängen, und ich will nicht, daß das Lernen ihr beschwerlich gemacht wird. Ich habe gesprochen.» Nach dieser Abweisung hatte Ahmose sich mit Kopfschmerzen in ihre Gemächer zurückgezogen. Sie hatte Isis nicht um Beistand gebeten. Die Göttin mußte anderes zu tun haben, sagte sie sich, sonst hätte sie ihre Bitten schon vor langer Zeit erhört.

Hatschepsut lief weiterhin halbnackt und mit zerzaustem Haar, wild und exotisch wie die blauen Lotosblumen, die sie so liebte, durch den

Palast und die Gärten. Im Schulzimmer nahm sie, zusammen mit Menech, Useramun, Hapuseneb, Thutmosis und den anderen, die Weisheiten ihres alten Lehrers in sich auf. Auf dem Truppenübungsgelände lernte sie, wie man, schwankend im dahinsausenden Wagen stehend, ein Ziel traf, wie man auf das Herz des Feindes zielte, wie man ihn täuschte, wie man ihm zuvorkam. Sie liebte es, in der glühenden Hitze unter dem Schutzdach zu stehen und den exzerzierenden Soldaten zuzusehen. Und wie sie dort stand, aufrecht und eifrig, mit ihrem kurzen Rock und den nackten Füßen, sah sie tatsächlich aus wie ein kleiner Prinz, der die Truppen inspizierte und mit gewichtiger Miene den Gruß der erhobenen Speere entgegennahm.

Das Leben war schön für sie. Jeder Nerv ihres vollkommenen Körpers war auf die Aufgabe eingestellt, die sie zu bewältigen hatte, selbst wenn ihr diese Aufgabe noch nicht klar vor Augen stand. Und sie wußte, daß irgendwo ihr Vater stand, die Beine gespreizt, die Hände auf die mächtigen Hüften gestemmt, bereit, ihr Lob zu spenden . . .

Eines Nachts im Monat des Thoth, als sie in der kühlen Dunkelheit in tiefem Schlaf zusammengerollt unter ihren Decken lag, weckte sie ihr Vater. Sie fühlte, wie seine Hand sanft an ihrer Schulter schüttelte, und war sofort wach. Sie sah die große Gestalt, die sich verschwommen von dem rötlichen Schimmer ihres Nachtlichts abhob, und setzte sich, zitternd vor Kälte, auf. Er legte ihr den Finger auf die Lippen und bedeutete ihr aufzustehen. Noch halb in warme Träume gehüllt, gehorchte sie. Ihre Sklavin war unerklärlicherweise nicht da, und sie tastete im Halbdunkel nach ihrer Kleidung. Ihr Vater schob ihr einen dicken, wollenen Umhang und ein paar Sandalen hin. Sie schlüpfte in die Sandalen, band mit steifen Fingern die Lederriemen zu und wickelte sich fest in den Umhang. Thutmosis ging hinaus, sie folgte ihm, ein wenig beunruhigt jetzt, was dies wohl zu bedeuten habe. Nachdem sie auf Zehenspitzen durch den Korridor gegangen waren und durch eine versteckte Tür in Hatschepsuts kleinen Garten getreten waren, blieb ihr Vater stehen. Die Sterne funkelten noch am schwarzen Himmel, und die Palmen am Flußufer waren dunkle Silhouetten vor dem glitzernden Wasser. Der Wind strich Hatschepsut mit kalten Fingern über die Wangen, während sie geduldig auf die Erklärung wartete.

Pharao beugte sich zu ihr hinunter und flüsterte: «Wir machen einen kleinen Ausflug – du, ich, deine Mutter und Ineni –, und niemand darf wissen wohin. Wir überqueren den Fluß.»

«Zu den Toten?»

«Über die Stadt der Toten hinaus. Es ist nicht weit, aber wir müssen das Boot selbst staken und ohne unsere Baldachinträger gehen. Deshalb ist es das beste, uns in der morgendlichen Kühle dorthin zu begeben und am späten Vormittag zurückzukehren.» Er wandte sich schnell um, trat durch die Büsche auf den Pfad, und sie folgte ihm, lautlos und behende wie eine jagende Katze.

Einmal wurden sie angerufen; Thutmosis stieß ungeduldig den Speer beiseite, der ihnen den Weg versperrte, schob seine Kapuze zurück und zeigte sein Gesicht. Der Soldat verneigte sich verwirrt, und sie setzten ihren Weg fort. Der Pfad bog nach rechts, und sie kamen zu den Stufen des Anlegeplatzes, gegen die plätschernd das Wasser schlug. Zwei vermummte Gestalten warteten regungslos in dem kleinen Boot, das an der Brücke lag. Thutmosis hob Hatschepsut hoch und schwang sie zum Boot hinüber. Ahmose nahm sie entgegen und setzte sie auf eine hölzerne Planke, die quer über das Boot gelegt war.

Meine Abenteuer tragen sich immer auf dem Wasser zu! dachte Hatschepsut, als Thutmosis Ineni die Stange aus der Hand nahm und das Boot mit einer kräftigen Bewegung vom Land abstieß. Er nahm seinen Umhang ab, warf ihn auf den Boden des Boots und fing an zu staken. Hatschepsut beobachtete ihn mit ehrfürchtiger Scheu, denn sie hatte ihren Vater noch nie zuvor die Arbeit eines Sklaven verrichten sehen. Fast mit Schrecken hörte sie seine tiefen, regelmäßigen Atemzüge und beobachtete das rhythmische Spiel seiner Muskeln.

Was tun wir hier, inmitten des steigenden Flusses? Was ist geschehen? Fliehen wir? Ist Ägypten überfallen worden?

Aber wenn das der Fall wäre, würde Thutmosis niemals fliehen, daß wußte sie. Er würde ausziehen, um zu kämpfen. Als sie, von dem sanften Schaukeln des Boots eingelullt, gerade im Begriff war einzuschlafen, sprang ihr Vater an Land und zog das Boot zur Treppe der Toten heran. Hier waren Neferu, ihre Großmutter und die kleinen Prinzen. Hatschepsut zitterte vor abergläubischer Angst, als man sie aus dem Schiff hob und auf die kalten grauen Steinstufen stellte. Ihre

Mutter folgte ihr. Ineni reichte Thutmosis seinen Umhang, dann stieg er aus und band das nachschleppende Tau am Vertäuungspfosten fest. Wortlos übernahm er die Führung. Sie wandten sich nach Süden und folgten der weißen Schaumlinie zu ihren Füßen. Jenseits des Flusses sahen sie, warm und freundlich, die zahlreichen Lichter von Theben, die sie über den tiefen Nil hinweg zu grüßen schienen.

Sie blickten nicht nach rechts. Die Tempel und die menschenleeren weißen Bänder der Straßen strahlten eine solche Verlassenheit aus, eine Drohung, eine lauernde, brütende Feindseligkeit, daß sie mit abgewandtem Blick vorübereilten. Hin und wieder blieb Ineni stehen, blickte auf die Felsen hinter der Totenstadt und murmelte etwas vor sich hin. Dann schüttelte er den Kopf, und sie gingen weiter, jeder in seine Gedanken versunken. Hatschepsut begann gerade, sich zu fragen, ob der mächtige Bulle vielleicht den Verstand verloren hätte, als Ineni stehenblieb. Sie scharten sich um ihn. Der Himmel war jetzt ein wenig heller. Noch konnten sie ihre Gesichter nicht erkennen, aber man sah, daß die Tempelbauten im Westen zu Ende waren, und in der Ferne zeichnete sich undeutlich der Rand der abfallenden Felsen ab. Die Stadt jenseits des Flusses lag hinter ihnen, nur ein einzelnes, hohes Licht weiter im Sünden kündete von Luxor und von Amuns anderer Wohnstätte.

Ineni deutete auf die Erde und dann auf die Felsen im Westen. «Hier ist der Weg, Majestät», sagte er mit einer seltsam dünnen, verlorenen Stimme. «Wir müssen uns landeinwärts wenden. Es gibt Steine im Sand und unebene Stellen. Vielleicht sollte die Prinzessin hinter ihrer Mutter gehen, und du folgst mir.» Thutmosis nickte, und sie gingen weiter.

Der Weg war ein gewundener Ziegenpfad, der zwischen verkümmerten Akazien und verstreuten Feigenbäumen hindurchführte. Hatschepsut, die als letzte ging, achtete aufmerksam auf ihre Schritte. Der Boden war übersät mit spitzen Steinen, und der Pfad krümmte und bog sich, als folge er den taumelnden Schritten eines Betrunkenen. Während das Tageslicht langsam heraufdämmerte, summte sie leise vor sich hin und hüpfte munter hinter ihrer Mutter her. Als Thutmosis einen Augenblick Halt gebot, um sie zu fragen, ob sie auch nicht zu schnell gingen, sah sie ihn mit unternehmungslustig funkelnden Augen an und schüttelte energisch den Kopf. Als sie dann doch

langsamer gingen, war es um Ahmoses willen. Das farblose, fahle Licht-ohne-Re enthüllte ihnen mit jener seltsamen frühmorgendlichen Klarheit ihre Umgebung, und Hatschepsut war überrascht, wie weit sie schon gegangen waren. Hinter Inenis gemessen ausschreitender, magerer Gestalt sah sie den Pfad, der sich den flachen, langgestreckten Hügel hinaufwand, dann scharf nach links bog und sich zwischen den Felsen der Gebirgskette verlor, die Ägypten von der Wüste trennte. Als sie den Blick wieder auf ihre Füße senkte, hob Thutmosis die Hand, und Ineni blieb stehen, als hätte er die Gedanken seines Herrn erraten. Die beiden Frauen warteten.

«Re erscheint», sagte Thutmosis. «Wir müssen hier warten und ihm huldigen.»

In der Luft lag eine erwartungsvolle, ängstliche Stille. Die kleine Gesellschaft stand regungslos da, die Augen auf die Zacken der Felsen geheftet, die sich unmittelbar vor ihren Füßen aus der Erde zu erheben schienen. Plötzlich legte sich der Wind. Die Steine, der Sand, die Büsche und die vier Menschen warteten mit angehaltenem Atem auf den Hauch von Wärme und Leben. Hatschepsut stand wie erstarrt da, gebannt von der Herrlichkeit des Augenblicks.

Als die Stille, die Regunslosigkeit und das Warten nicht mehr zu ertragen waren, begannen die Spitzen der Felsen zu erglühen, und die kleine Gruppe sank in die Knie. Thutmosis stieß einen Schrei aus, und Re erhob sich, rot und gewaltig, über dem Horizont. Das Blut seiner Hand floß über die Felsen, tauchte sie in leuchtende Farbe, rot, rot, während die schattigen Flächen sich blauschwarz abhoben. Als das große Rund höher stieg, ergoß sich die Farbe auch über die Andächtigen und strömte, eine Flut von brennendem Gelb, Grün und Blau hinter sich zurücklassend, zum Fluß hinunter. Weit hinten, über Theben, hingen noch die Schleier der Nacht und warteten darauf, von der göttlichen Hand hinweggerafft zu werden.

In diesem Augenblick begriff Hatschepsut zum erstenmal, was es bedeutete, die Tochter des Gottes, seine vollkommene Inkarnation zu sein. Sie erhob sich und stand da, mit ausgebreiteten Armen, die Silhouette von Feuer umrissen, der Körper starr vor Begeisterung. Ihr göttlicher Vater stieg höher und höher, und sie lächelten einander verstehend, der große Sonnengott und seine kleine Tochter.

Thutmosis seufzte. «Genauso habe ich ihn gesehen, als ich am

Morgen meines Krönungstages auf den Türmen von Theben stand», sagte er. «Ich glaube, es wird nicht mehr lange dauern, dann werde ich bei ihm sein, wenn er über den Himmel zieht. Jetzt müssen wir weiter. Es gibt heute noch viel zu tun, und wir haben den Segen des Gottes empfangen.»

Sie wandten sich um und gingen langsam weiter, während der Morgen sich erwärmte und die Vögel, die im Schlamm längs des Nils nisteten, in Scharen hervorkamen und zwitschernd und pfeifend dem neuen Tag entgegenflogen.

Es dauerte nicht lange, bis sie den Teil des Pfads erreichten, der, aus der Ferne betrachtet, zwischen den Felsen zu verschwinden schien. Der Pfad machte hier eine scharfe Biegung nach links, und sie befanden sich sogleich im Schatten. Zu beiden Seiten ragten Felsen empor, und der Weg wurde steinig. Sie bogen nach rechts, und vor ihnen öffnete sich ein Tal, kaum eine halbe Meile von der anderen Seite der Felsen und der breiten Ebene entfernt, durch die sie gekommen waren.

Es war ein Ort völliger Stille, beschienen von der Sonne lief die Sohle des Tals auf eine hohe Felswand zu, die fast senkrecht in den Himmel ragte. Rechts und links neigte sich der Felsen den Wanderern zu, und der Pfad, dem sie folgten, schlängelte sich die nördliche Wand hinauf und schien wiederum oben an der Spitze zu verschwinden. Im Süden, auf dem Grund des Tals, im Schutz eines etwas ferneren Felsens, lag eine kleine Pyramide, die mit ihren scharfen Kanten und spitzen Winkeln nicht in diese Landschaft der weiten Bogen und hoch aufsteigenden Kurven zu passen schien. Ihre weißen Kalksteinwände schimmerten in der Sonne, und rings um sie herum lag Schutt – riesige Steinblöcke und zerbröckelnde Säulen, deren Stümpfe wie verfaulte Zähne aussahen.

«Der Totentempel von Osiris-Mentuhotep-hapet-Re», sagte Thutmosis traurig. «Vergessen und verfallen.» Die Atmosphäre schien ihn zu bedrücken; er hob die Schultern, schüttelte sich und ging weiter.

Ineni und Ahmose folgten ihm, nur Hatschepsut konnte sich noch nicht von der verträumten Stille trennen. Ein Gefühl schicksalhafter Bestimmung stieg in ihr hoch, und sie blickte lange auf die Felswände und die kleine weiße Pyramide.

Dieses Tal gehört dir, sagte sie sich. Du befindest dich an einem

heiligen Ort. Ihre Augen wanderten abermals über die Felswand, die sich majestätisch dem leuchtenden Blau des Himmels entgegenhob. Eines Tages werde ich hier bauen, dachte sie. Aber was wird es sein? Ich weiß es noch nicht. Ich weiß nur, daß hier Frieden ist. Ein passender Ort für die Tochter Amuns. Sie spürte die Weihe, als sei der Gott zu ihr gekommen, um ihr beizupflichten.

Als ihre Mutter besorgt nach ihr rief, war es, als wäre auch sie aus Stein. Hatschepsut konnte nur mit Mühe die Füße heben. Das Tal rief stumm nach ihr, und sie wäre gern den langen Weg zu dem Tempel ihres Vorfahrens dort unten gegangen, doch sie schüttelte verneinend den Kopf und eilte hinter den anderen her. Aber der Zauber des Orts hielt sie auch weiter gefangen ...

Sie erreichten bald den Gipfel der Anhöhe, und der Pfad folgte dem Hügelkamm, bis er plötzlich nach unten in eine lange, gewundene Talschlucht führte. Sie hatten Inenis Ziel erreicht.

«Dies ist der Ort, von dem ich gesprochen habe», sagte Ineni zu Thutmosis. «Hierher werden sich nur die neugierigsten Reisenden wagen. Und wie du siehst, könnte man längs der Talschlucht Hunderte von Gräbern anlegen, deren Eingänge man mit den Felsbrocken hier für alle Zeiten vor neugierigen Augen verborgen halten könnte. Und außerdem ...» er wischte sich die Stirn ab und deutete nach vorn, «ist *Sie* dort.»

Hatschepsut blickte in die angezeigte Richtung und sah am Ende des ansteigenden Tals ein riesenhaftes, natürliches Dreieck aus Stein, das in seiner schlichten Strenge die Unnahbarkeit des Orts zu besiegeln schien.

Ahmose griff nach ihrem Amulett. «Hütet euch vor der Göttin des westlichen Berges», murmelte sie, «denn sie schlägt plötzlich zu und ohne Vorwarnung.»

«Meretseger, Meretseger», sagte Thutmosis. «Sie, die das Schweigen liebt. Sie ist wahrhaftig eine großartige Beschützerin.»

Sie standen unbehaglich, schweigend da, bis eine Wüstenspringmaus aus dem Schatten eines Steins auf Hatschepsuts Füße zusprang. Hatschepsut fuhr erschreckt zurück, als das Tier in einem Wirbel von Sand davonschoß, und Thutmosis, Ahmose und Ineni lachten über ihr verdutztes Gesicht.

Thutmosis straffte die Schultern. «Komm, Ineni, zeig mir die Stelle

genau, die du gewählt hast. Ahmose und Hatschepsut, ihr bleibt hier. Sucht euch einen schattigen Platz unter einem Felsen.» Dann ging er mit Ineni in das Tal hinein, und nach wenigen Augenblicken waren sie außer Sicht.

Die Stille war bedrückend. Hatschepsut fühlte den fragenden, eifersüchtigen Blick der Göttin auf ihnen ruhen, und sie begann schützende Zaubersprüche zu murmeln. Ahmose hatte sich auf die Erde sinken lassen und die Augen geschlossen. Sie schien außer Atem und keuchte leise. Nach einer Weile sah Hatschepsut sich um, aber es gab nicht viel zu sehen, nur Steine und Felsen. Sie war froh, als ihr Vater und Ineni wieder erschienen, beide schweißbedeckt und sehr durstig.

«Ich billige den Ort», sagte Thutmosis, «und ich rate dir, Hatschepsut, das Grab, das Ineni hoch oben für dich gewählt, zu akzeptieren. Es ist eine geziemende Ruhestätte für eine Königin.»

«Oder einen Pharao?»

Thutmosis lächelte nicht. Er war müde, und jetzt, da die Angelegenheit zu seiner Zufriedenheit geregelt war, wollte er seinen Wein und sein Frühstück. «Es genügt für mich und ist damit gut genug für jeden», erwiderte er scharf. «Ineni, du wirst das Dorf für die Arbeiter in der Wüste errichten und diesen verfluchten Ziegenpfad nivellieren und verbreitern müssen, so gut du kannst. Wähle mit Umsicht die Techniker, die du brauchst, und engagiere nicht zu viele Männer. Diesmal müssen sie alle sterben, wenn die Arbeit beendet ist. Ich muß sicher vor Grabräubern ruhen, und das gleiche gilt für meine Familie. Der erste, der sterben muß, wird Amun als Dank von seinem respektvollen Sohn geopfert. Und der zweite Meretseger. Jetzt laßt uns gehen. Die Stille hat Ohren, und ich fühle mich unbehaglich.

Als hätten seine Worte die Schleusen der Angst geöffnet, verließen sie hastig das Tal. Hatschepsut, die wieder als letzte ging, bildete sich ein, den kalten, zischenden Atem der Schlangengötting auf ihrem Nacken zu fühlen. Meretseger liebte niemanden, und ganz gewiß hatte sie keine Angst vor Amun. Mit großer Erleichterung sahen sie sich schließlich auf dem Grund von Hatschepsuts sonnendurchflutetem Tal, und von dort waren es nur ein paar Minuten zum Fluß. Das Boot schaukelte einladend, das Wasser glitzerte, und auf

der anderen Seite flatterten die kleinen Flaggen der kaiserlichen Stadt fröhlich im Wind. Sie kletterten an Bord und stießen ab, während Hatschepsut an ihr Tal dachte und Blumenduft über den Fluß zu ihnen herüberwehte.

II

9

Senmut war achtzehn, und er langweilte sich. Er langweilte sich schon seit fast einem Jahr, seit dem Tag, da sein Herr alle Arbeit im Büro unterbrochen und mit einem großen, geheimen Projekt im thebanischen Hügelland begonnen hatte. Benja und einige andere junge Techniker waren mit ihm gegangen. Ein, zwei Wochen lang hatte sich Senmut die Zeit damit vertrieben, grandiose Pläne für sein künftiges Grab zu entwerfen, aber das Spiel verlor bald seinen Reiz. Diesmal war die Überschwemmung gering gewesen, und in Theben herrschte allgemeine Besorgnis.

Sein Vater hatte ihm mitgeteilt, daß die Saat zwar gut gewesen sei, daß jedoch ein großer Teil des Landes wegen des niedrigen Wasserspiegels von der Überschwemmung unberührt geblieben war und nicht bebaut werden konnte. Ob es Senmut wohl möglich sei, ihnen später Hilfe zukommen zu lassen? Es habe auch schon früher schlechte Jahre gegeben, aber jetzt kränkele seine Mutter, sein Bruder habe sich bei dem Versuch, störrische Ochsen ins Joch zu spannen, einen Arm gebrochen, und die Aussichten für die kommenden Monate seien düster. Senmut fragte sich grimmig, was sein Vater wohl von ihm erwartete. Er lebte gut, obwohl er wenig bezahlt bekam; aber vermutlich sah seine Familie ihn jetzt als großen Herrn, als einen berühmten, vielbegehrten Architekten. In Wirklichkeit war er kaum mehr als ein Lehrling. Er wußte, wenn Ineni zugegen wäre, würde er sich einverstanden erklären, etwas zu schicken, vielleicht sogar ein oder zwei Sklaven; aber so wie die Dinge lagen, konnte Senmut nichts anderes tun als Versprechungen machen und die Situation erklären. Er machte sich Sorgen, und Sorgen und Langeweile zusammen sind keine gute Gesellschaft.

An diesem Tag, dem dritten des Monats des Paopi, packte er seinen Räucherfisch, etwas Brot, Käse und eine Handvoll Feigen und eine Flasche Wein in einen Beutel und machte sich auf den Weg zum Fluß. Sein Körper verlangte nach Bewegung, und an diesem kühlen, sonnigen Morgen fand Senmut nichts Besseres zu tun, als einen Ausflug zu machen. Er wählte einen Pfad, der sich außerhalb der Stadt am Fluß entlangzog, um den Sumpf herumlief und sich zwischen dem mannshohen Schilf und den leuchtend grünen Wasserpflanzen hindurchschlängelte. Es war ein Pfad für kleine Jungen, die das Abenteuer suchten, aber Senmut wollte der Eintönigkeit entkommen, die ihn träge zu machen drohte. Er hatte seine goldgesäumte, bodenlange Leinenkleidung beiseite gelegt und trug den kurzen, schweren Rock eines Bauern, um sich freier bewegen zu können. Es war angenehm, die Luft an den nackten Beinen zu fühlen. Er ging barfuß, und seine Zehen sanken zufrieden in die feuchte Erde und trabten frei und ungebunden über das Gras. Sobald die Stadt hinter ihm lag, hob sich seine Stimmung. Zu dieser Jahreszeit hatte die Sonne ihre sommerliche Hitze noch nicht erreicht, und es war ein Genuß, durchs Land zu wandern und zuzusehen, wie die Fellachen ihre Ochsen über den nassen Boden trieben oder wie ihr Körper beim Säen rhythmisch hin und her schwang. Hind und wieder führte der Weg aus dem Schilfrohr heraus an den Rand von Feldern, hinter denen, scharf umrissen in der klaren Luft, die Hügel und Felsen lagen, die Schutzwehr für Ägyptens Sicherheit, die Wüste und Krieg draußen hielten und schützend die grüne Fruchtbarkeit umschlossen.

Zur Mittagszeit war er von raschelnden Papyrusstauden und Sümpfen umgeben, mit Blick auf den Nil und die Lehmhütten am anderen Ufer. Er setzte sich unter eine Dattelpalme und wickelte seine Mahlzeit aus. Der Spaziergang hatte ihn hungrig gemacht, und er aß mit herzhaftem Appetit. Er dachte daran, wie er sich noch vor kurzer Zeit – es schien eine Ewigkeit her zu sein – aus seiner Zelle gestohlen hatte, um die Vorratskammern des Gottes zu plündern. Sein Magen war ihm damals wie ein riesiges, gähnendes Loch erschienen. Das bequeme Leben hatte den Hunger gemildert. Senmut kaute zufrieden und warf den neugierigen Vögeln, die knapp außerhalb seiner Reichweite umherhüpften, Brotkrumen zu. Als er fertig gegessen hatte, legte er sich, die Hände über dem Bauch gefaltet, zurück und zählte schläfrig die

Palmenzweige über seinem Kopf. Bald schlossen sich seine Augen. Er schlief ein.

Plötzlich fiel ihm etwas mit solcher Gewalt auf die Brust, daß er auf die Füße sprang und sich, nach Atem ringend, krümmte. Er fiel auf die Knie, schüttelte sich, und leuchtende Farben tanzten vor seinen Augen. Ein paar Sekunden lang glaubte er in einem idiotischen Anfall von Angst, daß das Blut, das er sah, sein eigenes sei. Aber dann wurde sein Kopf wieder klar, der Schmerz in der Brust ließ nach, und er sah vor sich auf der Erde eine tote Ente; ihr Gefieder schimmerte blau und grün in der Sonne, ihr Kopf war eine blutige Masse. Neben ihr lag ein weißsilbernes Wurfholz mit braunen Flecken. Ohne zu überlegen und immer noch benommen vor Schreck hob Senmut es mit zitternden Fingern auf. Während er es neugierig musterte, hörte er ein Rascheln im Schilf. Er stand hastig auf und wandte sich um. Vor ihm stand ein Mädchen, eine Hand am Schaft eines geknickten Schilfrohrs, die andere auf der Hüfte.

Sie war schlank, so schlank wie der Stock, den er zwischen den Fingern hielt, und fast so groß wie er selbst. Ihre zierlichen Füße steckten in Sandalen, deren Riemen, so dünn wie Fäden, mit blauen Edelsteinen besetzt waren. Ihre Zehen- und Fingernägel waren rot bemalt, ebenso wie ihr breiter Mund, der sich jetzt vor Überraschung öffnete. Ihre Augen wirkten riesenhaft; sie waren von dicken schwarzen Kohlestrichen umrahmt, die sich bis zu den Schläfen zogen und im äußeren Augenwinkel ein Dreieck bildeten. Zwischen der Kohle und den geraden, hohen Augenbrauen lag eine blaue Puderschicht. Das streng geschnittene Haar hing ihr in einem blauschwarzen Pony über die Stirn und seitlich wie eine Kappe bis auf die Schultern. Ein breites Goldband umgab ihren Kopf, und goldene Reifen schmückten ihre Arme. Sie trug den kurzen Rock eines Jungen, aber er wurde von einem goldenen Gürtel gehalten, an dem ein Henkelkreuz hing. Der große Brustschmuck aus gewebten Elektrumfäden war mit ungeschliffenen Türkisen besetzt, die bei jedem Atemzug verführerisch glitzerten. Ihr Kinn war stolz erhoben; die großen schwarzen Augen funkelten ihn an; die aristokratischen Nasenflügel bebten, die Lippen waren fest geschlossen. Senmut war wie geblendet. Er hatte keine Augen für den Sklaven, der rasch an die Seite seiner Herrin glitt, und auch nicht für den jungen Edelmann, der ihr dicht auf den Fersen

gefolgt war, und dessen Flügelhelm ein sanftes, etwas spöttisches Gesicht umrahmte.

«Hinunter auf dein Gesicht!» fauchte das Traumbild in überraschtem Zorn, und Senmuts Knie gaben nach. Immer noch das Wurfholz in der Hand, sank er zu Boden, aber er lächelte. Die Stimme war unverkennbar, obwohl sie in den vier Jahren, die inzwischen vergangen waren, ein wenig tiefer und melodischer geworden war. Sie war es, seine kleine Wohltäterin! Aber wie hatte sie sich verändert! Ihre Macht ergoß sich über sein Haupt.

«Bauer, meine Ente liegt zu deinen Füßen, und du hältst mein Wurfholz in der Hand. Nur Edelleute dürfen das Wurfholz halten. Laß es los.»

Langsam öffneten sich seine verkrampften Finger, der Sklave bückte sich und nahm den Stock hastig weg.

«Und meine Ente», fuhr sie fort, «was wolltest du mit meiner Ente machen?» Ihr Ton war jetzt sanft, ein Schnurren. «Wie lange hast du dich hier im Schilf versteckt gehalten und auf eine Gelegenheit gewartet, dich mit meiner Ente aus dem Staub zu machen? Soll ich ihn sprechen lassen, Hapuseneb?»

«Das mußt du entscheiden, Prinz», erwiderte der junge Mann ernst. «Aber wenn du mich fragst, würde ich sagen, was ist das für ein Bauer mit dem Kennzeichen eines Architekten am Arm und dem kahlrasierten Kopf eines Priesters auf den Schultern?»

Stille trat ein. Ein Gelbrandkäfer, trunken von der Sonne, kroch an Senmuts Nase vorbei und fiel mit einem Plumps in dem Sumpf. Dann sagte Hatschepsut mit ruhiger Stimme: «Steh auf, Priester. Du bist es doch, nicht wahr? Ja, natürlich. Ich kenne keinen anderen Priester, der so verrückt ist, sich gleichzeitig als Architekt und als Bauer zu verkleiden.»

Er stand auf und rieb sich die Knie. Diesmal wandte er nicht die Augen ab, sondern blickte ihr voll ins Gesicht. Sie erwiderte sein Lächeln, ihre weißen Zähne blitzten, und sie trat mit einer impulsiven Geste der Zuneigung an seine Seite.

«Wir scheinen dazu bestimmt, uns unter seltsamen Umständen zu begegnen», sagte sie lachend. «Werde ich dich nie loswerden? Was tust du hier so weit entfernt von Theben? Es gibt hier für einen Bauern viele Aale zu fangen. Hast du Aale gefangen, Priester?»

Ihr Ton war scherzhaft, und während sie sprach, hob der Sklave die tote Ente auf und ging wieder auf seinen Platz.

Senmut sah Hatschepsuts Begleiter an, der schweigend dastand, die Arme über der breiten Brust gekreuzt, und immer noch lächelte, während seine ruhigen Augen aufmerksam den spärlich bekleideten, mit Schlamm beschmierten Jüngling musterten.

«Ich brauchte Bewegung», sagte Senmut schließlich, «und nachdem ich hier geruht und gegessen hatte, schlief ich ein. Deine Ente, Prinz, ist auf mich herabgeschossen wie ein Blitz vom Himmel.» Er befühlte vorsichtig seinen schmerzenden Magen.

«Wie steht's mit deiner Arbeit?» fragte sie ihn.

«Ich habe gegenwärtig keine Arbeit. Der edle Ineni ist fort, und ich weiß nicht, womit ich mich beschäftigen soll.»

Sie stieß einen Seufzer aus. «Ja, richtig. Ineni arbeitet an einem Projekt für meinen Vater. Nun, hast du Lust, uns bei der Jagd Gesellschaft zu leisten, Priester? Ich bin sicher, daß mir vieles einfallen wird, womit du dir die Zeit vertreiben kannst.» Sie wandte sich impulsiv an den geduldigen Hapuseneb. «Dies ist der Priester, der mir einen Dienst erwiesen hat», sagte sie, «und sieh da, er läuft mir nach wie ein junger Hund.» Das schelmische Funkeln ihrer Augen sprach von ihrem immer noch ungezähmten Willen und ihrer unverminderten Vorliebe für Scherze.

Überwältigt von der Gesellschaft, in der er sich befand, verbeugte sich Senmut feierlich vor dem Sohn des Wesirs von Unterägypten. Hapuseneb neigte den Kopf.

Nur ein Jahr älter als Senmut selbst, legte er, ebenso wie Menech, in Haltung und Gebaren die unbewußte Arroganz seiner Stellung an den Tag: aber im Gegensatz zu Menech war er umsichtig, ein zuverlässiger Organisator und bereits ein Mann, der imstande war, jederzeit das Amt seines Vaters zu übernehmen und sein Gebiet mit Autorität zu verwalten. Hatschepsut hatte ihm schon immer vertraut, denn er war ein Mensch, der stets sein Wort hielt. Sie hatten oft zusammen gespielt und gejagt, ebenso wie sie im Klassenzimmer zusammen gearbeitet und um die Anerkennung Chaemweses gewetteifert hatten.

«Sei gegrüßt, Priester», sagte er. «Du hast wahrhaftig Glück, daß du der Hoffnung Ägyptens einen Dienst erweisen konntest.»

Hatschepsut machte ein spöttisches Gesicht. «Der Hoffnung Ägyp-

tens!» wiederholte sie lachend. «Der Blume Ägyptens! Nun, kehren wir zum Boot zurück, denn der Tag geht zur Neige, und eine einzige Ente ist ein trauriges Resultat.»

Sie wandte sich rasch um und verschwand, von Hapuseneb gefolgt, im Schilf. Senmut griff nach dem Beutel, in dem er seine kleine Mahlzeit mitgebracht hatte, und eilte benommen hinter ihnen her. Kurz darauf lichtete sich das Schilf, und er sah auf dem offenen Wasser ein flaches Boot, dessen blaue und weiße Wimpel in der nachmittäglichen Brise flatterten. Es war rot und gelb gestrichen, und seine Kajüte war mit goldenen Damastvorhängen behängt, die sich bauschten, so daß Senmut Kissen und einen niedrigen Tisch mit einem kleinen Krug und einem Obstkorb sehen konnte. Vorn am Bug hockte ein Seemann, eine Stange in der Hand; vor ihm erhob sich ein kleiner goldener Mast, dessen Segel säuberlich zusammengefaltet und festgebunden war. Hinten hatte man ein Schutzdach aufgespannt, unter dem eine Gruppe von jungen Männern und Frauen lag, die Mädchen in schimmerndem Leinen, fein wie die Flügel einer Biene, das gleiche, das auch Hatschepsuts trug. Flaumig weiß und weich gegen das tiefe Blau des Himmels schwangen über ihnen Fächer aus Straußenfedern langsam hin und her. Vom Boot her lief eine schmale Rampe zum Ufer, an deren Fuß geduldig wartend ein Soldat stand.

Reden und Gelächter drang zu Senmut hinüber, noch ehe er aus dem Schilf trat. Er wünschte plötzlich, irgendwo anders zu sein, an einem sicheren Ort, in Inenis Arbeitszimmer vielleicht oder noch schlafend unter der Palme. Das hier war nicht seine Welt. Er legte keinen Wert darauf, sich von diesen vornehmen jungen Geschöpfen mit den kostbaren Juwelen und eleganten Kleidern anstarren und gönnerhaft behandeln zu lassen. Aber es war zu spät, sich aus dem Staub zu machen.

Der Wachtposten salutierte, die Unterhaltung wurde leise, und Hatschepsut lief die Rampe hinauf, auf die gesenkten Köpfe zu. Hapuseneb folgte ihr gelassen. Als letzter kam Senmut, der sich seines groben Bauernleinens, seiner fehlenden Perücke, seiner schmutzigen Knie und des ärmlichen braunen Beutels, den er unter den Arm geklemmt hielt, nur allzu deutlich bewußt war. Heiß fühlte er den starren Blick des Wachtpostens auf seinem Rücken. Oben ging er an der Tür der Kajüte vorbei, in deren dunklen, kühlen Tiefen er sich am

liebsten versteckt hätte. Er wappnete sich gegen die feindseligen Pfeile aus den kalten Augen, die sich ihm zuwandten. Hinter ihm zogen zwei Diener die Rampe ein, und Hatschepsut gab dem Mann mit der Stange einen Wink. Sie glitten in die Strömung, und zu seiner Überraschung fühlte Senmut, wie Hapuseneb ihn beim Arm nahm und in den Schatten des Schutzdachs zog. Hatschepsut, die sich auf die Kissen hatte sinken lassen, trank gierig und mit schmatzenden Lippen Wasser aus einem Krug. Es herrschte Schweigen. Aller Augen waren auf Senmut gerichtet, genau wie er gefürchtet hatte. Er schluckte und sah sich herausfordernd um. Hapuseneb legte eine Hand auf seinen Rücken.

«Dies ist der Priester – wie heißt du?» flüsterte er.

«Ich bin Senmut, Priester Amuns und Architekt unter dem großen Ineni», sagte Senmut so laut und klar, so daß die Worte von den schnell vorübergleitenden Bäumen am Ufer zurückgeworfen wurden.

Die Gesellschaft horchte auf. Hapuseneb nickte beifällig, und Hatschepsut klopfte auf die Kissen neben sich.

Ungläubig ging er zu ihr, ließ sich mit gekreuzten Beinen auf die Kissen sinken und nahm den Becher, den sie ihm bot. Während er trank, fühlte er den Windstoß eines großen Seufzers, als wären die Fäden, die die Anwesenden in ihrer Regungslosigkeit festhielten, plötzlich durchschnitten worden. Das Gespräch wurde wiederaufgenommen, und Senmut fühlte, wie der Schweiß seine Schläfen hinunterlief. Bei allen Göttern, fragte er sich zitternd, bin ich das, der hier, von feinstem Satin umhüllt, neben der meistbegünstigten und mächtigsten Frau des Landes sitzt?

«Das war gut», sagte Hapuseneb beifällig. «Jeder achtet einen Mann, der für sich selbst sprechen kann. Sag mir, Senmut, wie gefällt es dir, für Ineni zu arbeiten? Ich habe ihn als Junge immer gefürchtet. Er war so mächtig, und wenn er meinen Vater besuchte, pflegte er uns anzusehen, als ob wir Lumpengesindel wären. ‹Weg mit euch!› rief er jedesmal, und Vater lachte.»

Senmut wandte sich ihm dankbar zu; er wußte, daß Hapuseneb mit ihm sprach, um ihm die Befangenheit zu nehmen. Er antwortete ihm so überlegt, wie er konnte. Das Gesicht des anderen war offen, verständnisvoll, und plötzlich wußte Senmut, daß er einen Verbündeten hatte. Warum, konnte er nicht sagen. Der junge Edelmann sah gut

aus, er hatte ein energisches Kinn und tiefliegende Augen, die Vertrauen einflößten. Senmuts Rede floß munter dahin wie der Fluß, aber ein Teil von ihm beobachtete aufmerksam die Szene und riet ihm: Sage nichts von Bedeutung, denn du fährst mit unsterblichen Wesen auf einem Märchenschiff, du mußt von Dingen reden, die unwichtig sind. Plötzlich fühlte er, wie jemand seine Schulter berührte. Als er sich umwandte, blickte er in ein junges braunes Gesicht, das ihn schelmisch angrinste.

«Menech!» rief er erleichtert, und der junge Mann ließ sich mit gekreuzten Beinen neben ihm nieder.

«Dies ist ein seltsamer Ort für einen kleinen We'eb-Priester», sagte Menech, während sein Lächeln sich vertiefte. «Warte, bis mein gestrenger Vater das erfährt! Wird er etwa seinen bevorzugten Schüler verlieren?»

«Nein, keineswegs! Und wirklich, ich bin doppelt bevorzugt – für einen kleinen We'eb-Priester», erwiderte Senmut glücklich.

Das Boot durchschnitt das Wasser wie ein vergoldeter Schwan, und die Sonne glitzerte auf der sich verbreiternden Kielspur. Hatschepsut ging mit ihrem Wurfholz an die Seite des Boots, wo sie niederkniete, die mit Armbändern geschmückte Hand durch das klare Wasser gleiten ließ und zur Sonne hinaufblickte.

Senmut ertappte sich dabei, daß sein Blick, während er sprach, immer wieder zu ihrem vom Wind zerzausten Haar und dem reinen, edlen Profil schweifte. Er fühlte sich unwiderstehlich zu ihr hingezogen. Er spürte, wie die Leidenschaft sich in ihm zu regen begann, und er war beschämt und fasziniert zugleich. Sie schien so weit entfernt, eine Göttin. Es war unrecht, sagte er sich, für sie zu empfinden, was er für irgendeine beliebige Sklavin in den Bierkneipen empfand. Aber es war nicht nur das. Es gab zwischen ihnen eine unausgesprochene Zuneigung, ein Wissen um die Hand des Schicksals, dieselbe Hand, die die Saat des Ehrgeizes in sein Herz gelegt und sie dort während der Jahre der Schwerarbeit im Tempel hatte keimen lassen. Er wußte, daß er als Sohn eines Bauern kein Recht hatte, in solcher Gesellschaft zu sein. Aber er erkannte, daß die gleiche Hand des Schicksals ihn hierher auf die königliche Barke geführt hatte.

Er fühlte die Augen der Frauen abschätzend auf sich ruhen, aber er ahnte nichts von ihrer Bewunderung. Noch sah er nicht, was sie

sahen: einen hochgewachsenen jungen Mann mit der Anmut eines Panthers und einem gut geformten, anziehenden Gesicht. Einen Mann überdies, der den Stempel einer ihm eigenen Kraft in seiner breiten Stirn und den geschickten Händen trug. Sie flüsterten und kicherten, und Senmut, der nichts davon merkte, hörte zu, wie sich Hapuseneb und Menech über Dinge unterhielten, die er nur halb verstand. Er antwortete ihnen scheu, aber offenherzig, wenn sie zu ihm sprachen.

Plötzlich schrie Hatschepsut auf, und alle erhoben sich von ihren Kissen und drängten sich an den Rand des Boots. Einen köstlichen Augenblick lang war Senmut in eine Wolke von Parfum gehüllt und fühlte die Berührung von weichem, weiblichem Fleisch, als die Frauen sich hinter ihm zusammenscharten. Sie sahen zu, wie ein großes Krokodil aus dem Schutz des Schilfs watschelte, fast lautlos ins Wasser glitt und, sein schreckliches, grinsendes Maul nur wenige Zoll von ihren Händen entfernt, langsam an ihnen vorbeischwamm.

Als es sich entfernte, griff Menech nach seinem Bogen. «Soll ich es erlegen, Hoheit?» fragte er.

Hatschepsut schüttelte den Kopf. «Nein. Es ist heilig, ein Begleiter der Götter, und ich halte es für ein Omen. Laß es leben.»

Während sie sprach, warf sie Senmut einen schnellen, flüchtigen Blick zu. Er fing den verwirrten, fast ängstlichen Blick auf und stand regungslos, mit klopfendem Herzen neben den anderen, während das Krokodil aus ihrem Blickfeld verschwand. Wie hatte sie sich verändert! dachte er. Wo war das reizende, widerborstige Kind vom See geblieben?

Am späten Nachmittag überraschten sie eine Schar weißer Gänse, die kreischend vom Sumpfland aufstiegen, und Hatschepsut reichte ihm wortlos ihr Wurfholz. Es war eine Herausforderung.

Er fühlte sich zurückversetzt in die Zeit auf der Farm seines Vaters, als er mit Senmen Scheinkämpfe austrug und sie beide unter dem Gewicht der schweren hölzernen Stangen keuchten. Dies war das Spielzeug einer Prinzessin, es lag leicht und gut in seiner Hand. Senmut hob es in die Höhe, zielte und warf. Es flog geradewegs auf sein Ziel zu, und der Vogel fiel wie ein Stein herab. Senmut hörte das beifällige Gemurmel. Menech klopfte ihm auf den Rücken. Hapuseneb zog die Augenbrauen hoch.

«Du wirfst gut für einen Priester, Priester», sagte Hatschepsut mit zusammengekniffenen Augen.

In plötzlich aufwallendem Zorn wandte er sich ihr heftiger zu, als er es beabsichtigt hatte. «Mein Vater ist Bauer», sagte er. «Bauern lehren ihre Söhne nicht, mit Wurfhölzern zu jagen.»

«Ich weiß», erwiderte sie schlicht, und sein Zorn legte sich.

Das Boot wurde ans Ufer gestakt und die Rampe ausgefahren, aber keiner von ihnen rührte sich. Menech war es schließlich, der zu dem toten Vogel lief und ihn mit einer Verbeugung Hatschepsut überreichte.

Sie streichelte die weißen Federn. «Du kannst die Gans haben», sagte sie zu Senmut. «Laß sie von den Köchen zubereiten. Vielleicht essen wir sie zusammen.»

Er nahm sie behutsam, ohne ein Wort zu sagen, an sich, aber nun warf Hatschepsut lachend den Kopf zurück, und sie standen Seite an Seite in dem windigen goldenen Abend, während das Boot sie nach Theben zurücktrug.

Als sie an Land gingen, war ihm zumute, wie ihm als Kind zumute gewesen war. Damals pflegte er mit seinem Vater zum Marktplatz des Dorfes zu gehen, um den Mais und den Flachs, die Bohnen, die Melonen und das Gemüse einzutauschen. Er fühlte das gleiche Glück und die Erschöpfung, die das Unerwartete bringt, und eine leise Traurigkeit, das alles vorüber war.

Menech und Hapuseneb verabschiedeten sich freundlich von ihm und stiegen in ihre eigenen kleinen Skiffs, um sich von ihren Dienern nach Hause bringen zu lassen. Re stand bereits tief am Himmel, nicht mehr weißglühend, sondern in einem sanften Bronzeton, der alles mit einem goldenen Schimmer überzog. Senmut hob das Gesicht und schloß die Augen. Ganz gegen seine sonstige Art liebte er plötzlich den Gott, der ihm diesen Tag beschert hatte.

«Möchtest du meinen Vater kennenlernen?»

Ihre Stimme war nahe, und er wandte sich ihr verwirrt zu, denn im ersten Augenblick glaubte er, daß sie ihn einlud, mit ihr auf der himmlischen Barke zu fahren. Ihre Haut war kupferfarben von der Sonne, und ihr Haar glänzte. Sie war so nah bei ihm, daß er ihr Parfum riechen konnte, das heilige Parfum der Myrrhe.

«Du warst heute sehr schweigsam, Priester», fuhr sie fort. «War es ein glücklicher Tag für dich?»

«Ich weiß es nicht», sagte er ein wenig verlegen, «aber es war ein Tag, den ich nicht vergessen werde.» Er hielt immer noch die Gans umklammert. Seinen Essensbeutel hatte er irgendwo verloren.

«Gib mir den Vogel», sagte sie, «ich werde ihn für dich zubereiten lassen, und du, ich und mein Vater werden ihn zusammen essen. Geh und ruh dich aus; ich lasse dich rufen. Oder möchtest du vielleicht lieber alles so lassen, wie es ist, und dich wieder deiner Arbeit widmen?»

Er wußte, daß sie von etwas anderem sprach als von dem Abendessen mit Pharao, aber er schüttelte den Kopf. «Nein, Schönste der Schönen», sagte er sanft. «Und vielen Dank für diesen Tag.»

«Ein Tag des Anfangs? Es freut mich, daß er dir gefallen hat.»

Er verneigte sich, und sie ging, von ihren Frauen gefolgt, auf den Palast zu, während Senmut langsam zu Inenis Arbeitsgemach und seinem eigenen kleinen Zimmer zurückkehrte.

Er wurde pünktlich zur Stunde des Abendessens gerufen, und er folgte dem Sklaven durch die herabsinkende Dämmerung. Die Gärten lagen in warmem, verträumtem Dunkel, aber im Palast strahlten die Lampen, und die Säle waren angefüllt mit Essensdüften und dem Klappern von geschäftig hin und her eilenden, mit Sandalen bekleideten Füßen. Der Sklave verließ ihn an der Doppeltür zum Bankettsaal, wo er vom obersten Herold in Empfang genommen wurde. Senmut stotterte seinen Namen, aber der Mann hob die Hand, öffnete die Tür und rief: «Senmut, Priester des mächtigen Amun, Architekt», und ehe Senmut wußte, wie ihm geschah, befand er sich mitten unter der Menge. Der Saal erschien ihm riesenhaft, so groß wie der äußere Hof des Tempels selbst. Menschen wanderten zwischen den hohen, ausgekehlten Lotossäulen hin und her oder standen erwartungsvoll in Gruppen herum, tranken Wein und sprachen zwanglos über dieses und jenes. Am hinteren Ende des Saals gab es keine Mauer, sondern nur einen Wald von Säulen, die in den dunklen Garten hinausführten. Ein leichter Wind, in den sich der Duft von Parfum und aromatischem Öl vermischte, schlug Senmut entgegen. Da es noch Frühling war, waren die kleinen Tische, die überall herumstanden und auf die Gäste warteten, voller Blüten von weißen Platanen und Granatapfelbäumen, und ein Meer von blauen und rosa Lotosblumen lag zwischen den Kissen, die auf dem Boden verstreut waren.

Ein kleines Sklavenmädchen, nackt und schüchtern, kaum mehr als ein Kind, näherte sich ihm, verbeugte sich und befestigte auf seinem Kopf einen mit Parfum gefüllten Kegel aus Wachs. Gleich darauf erschien ein weiterer Sklave, der sich ebenfalls tief verneigte.

«Geruhe mir zu folgen, edler Senmut», sagte er respektvoll. Senmut, plötzlich in Versuchung, über sich selbst, den Diener und den unverdienten Titel zu lachen, trottete mit seinen allerbesten Ledersandalen hinter ihm her. Sie bahnten sich einen Weg durch die Menge, bis sie zu einem kleinen Podium unweit des offenen Säulengangs gelangten. Der Diener deutete auf eine Gruppe von vier goldenen Tischchen, die mit Blumen bedeckt und halb unter bunten Seidenkissen begraben waren. Dicht um das Podium herum standen noch weitere Tische dieser Art, und der Diener, der Senmuts Zögern bemerkte, bedeutete ihm mit einer Handbewegung hinaufzusteigen. «Du wirst heute abend mit Pharao speisen», sagte er, und als Senmut ein wenig unsicher die zwei Stufen emporstieg und unschlüssig stehenblieb, setzte der Mann hinzu: «Möchtest du Wein?»

Senmut nickte, und der Diener verschwand in der Menge. Die Hitze des Abends und die Wärme der Körper brachten die braunen Kegel auf den Köpfen der Gäste bereits zum Schmelzen, und das Parfum lief ihnen in kleinen Bächen den Nacken hinunter. Auch Senmut, der mit trockener Kehle und angespannten Nerven auf seinen Wein wartete, fühlte sich in das starke Miasma gehüllt, aber es war ihm nicht unangenehm. Er hob die Hand, benetzte seine Finger unter dem Ohr, rieb sich die Hände und hob sie an die Nase. Sein Wein wurde ihm in einem Krug aus Gold serviert, der so dünn gehämmert war, daß er meinte, die Umrisse seiner Hände durch ihn hindurchzusehen, als er ihn aufnahm, um zu trinken. Über die Köpfe der Menschen hinweg sah er, daß die Türen weit geöffnet wurden, bemerkte im Halbdunkel dahinter das Glitzern von kostbaren Juwelen. Die Unterhaltung hörte auf. Eine leichte Brise zog durch den Raum.

Der oberste Herold holte tief Luft und hob die Stimme. «Horus mächtiger Stier, geliebt von Maat, der erscheint als königliche Schlange, groß an Macht, schön an Jahren, der die Herren belebt, Thutmosis. Große Königsgemahlin Ahmose, Herrin beider Länder, große Herrin, Königsschwester, Geliebte des Pharao. Kronprinz Hatschepsut Chenemet-Amun, Geliebte des Amun, Tochter des Amun.»

Knie wurden gebeugt, Arme ausgestreckt, Stirnen geneigt – der Boden des Saals wurde beweglich, hob und senkte sich wie die Wellen eines Sees.

Senmut, auf dem Podium allen Blicken ausgesetzt, kniete ebenfalls nieder. Er fühlte sich elend. Was war, wenn Pharao ihn nicht mochte? Was war, wenn er etwas Falsches sagte und schmählich aus dem Saal verwiesen wurde? Schimpf und Schande zu erleiden war schlimmer als der Tod. All dies schoß ihm blitzartig durch den Kopf, während seine Stirn auf eine weiches Kissen stieß und sich wieder hob. Dann war er wieder auf den Beinen und sah zu, wie der königliche Zug sich zwischen den knienden Menschen hindurch seinen Weg bahnte.

Aus der Nähe betrachtet, strahlte Pharao weit mehr Autorität aus als es die kleine, vierschrötige Gestalt getan hatte, die Senmut einmal auf der Straße nach Luxor sah. Seine Schultern waren breiter, seine Beine muskulöser, sein Kopf bullenähnlicher und kriegerischer, seine Augen schärfter und ständig in Bewegung, damit ihnen nichts entging. An diesem Abend trug er Gelb, eine seiner Lieblingsfarben. Sein Rock war gelb, mit Blattgold bestäubt, und seine Sandalen hatten goldene Ketten. Sein Pektoral waren zwei kristallene Hände, die das blaue Türkisauge des Horus hielten. Auch seine Lederhaube, deren Flügel fast bis zu seiner Taille reichten, war gelb. Und über seiner schimmernden Stirn erhoben sich die Schlange und der Geier und starrten mit kalten Kristallaugen auf die Menge.

Senmut musterte Ahmose mit unverhohlenem Interesse. Er hatte Hatschepsuts Mutter noch nie gesehen und war jetzt ein wenig enttäuscht, denn es bestand kaum eine Ähnlichkeit zwischen ihnen. Ahmose war rundlich und lächelte, und er wußte, daß alle sie wegen ihrer Freundlichkeit liebten, aber von dem Feuer und dem Temperament ihrer Tochter war an ihr nichts zu entdecken.

Erst als der Fächerträger, der zur Rechten des Königs ging, und die Hofbeamten, die ihm den Weg frei machten, schon fast bei ihm waren, sah er Hatschepsut. Sie trug immer noch die Kleidung eines Jungen, aber an diesem Abend gab es keinen Zweifel über ihr Geschlecht. Ihre schwarzen Augen waren von Kohle umrahmt, die Lider grün bemalt. Der volle Mund war rot, und weiße Knospen waren in ihr schimmerndes Haar geflochten. Darauf trug sie eine zarte Filigrankrone, deren silberne Fäden um ihren Ohren spielten. Silber hing an ihrem Hals und

liebkoste ihre Schultern, und silberne Schlangen mit Köpfen und Schwänzen aus Sardonyx wanden sich um ihre Arme. Auch ihr Gürtel war aus Silber, ebenso wie ihre Sandalen, und während sie in der strahlenden Helle des Nachmittags geglänzt und geglitzert hatte wie die Sonne, leuchtete sie jetzt am Abend matt und kalt wie der Mond. Senmut, der sich völlig fehl am Platze fühlte, hatte Angst.

Pharaos Hoheitszeichen wurden an den Fuß des Podiums gelegt, und die Beamten verschwanden. Thutmosis stieg schwerfällig die Stufen hinauf und machte es sich auf den Kissen bequem. Ahmose setzte sich neben ihn, während Hatschepsut, ein frohes Lächeln im Gesicht, sich neben Senmut niederließ.

«Ich freue mich, daß du hier bist», sagte sie zu ihm. «Und ich habe schrecklichen Hunger. Deine Gans wird gleich aufgetragen werden, dann werden wir ja sehen, ob du ein Auge für zartes Fleisch hast oder nicht! Gefallen dir meine Armbänder?» Sie streckte beide Arme aus. «Der Wesir von Unterägypten hat sie mir mitgebracht. Nun», sie beugte sich über ihre Mutter hinweg und klopfte Thutmosis aufs Knie, «Vater, dies ist der Priester, von dem ich dir erzählt habe. Steh nicht wieder auf, Priester. Du hast genug Bewegung gehabt für heute.»

Senmut fühlte sich von einem Blick umschlossen, der so allumfassend, prüfend und durchdringend war, wie er es noch nie erlebt hatte. Verglichen damit war Inenis langsame Bewertung nichts gewesen. Thutmosis' Augen fingen ihn ein und nahmen ihn Stück um Stück auseinander, so daß Senmut seine ganze Willenskraft aufbringen mußte, um dem Blick des anderen standzuhalten.

Nach einem Augenblick, der ihm wie eine Ewigkeit erschien, sagte Pharao mit einer tiefen, rauhen, aber nicht unfreundlichen Stimme: «Du bist schwer zu fassen, junger Mann. Mein Bauleiter hat mir seit Wochen von dir erzählt, aber ich habe dich nie zu Gesicht bekommen. Ineni schätzt dich. Er sagt, du hast Talent und Phantasie. Meine Tochter hat dich gern. Du kannst dich glücklich schätzen.» Er fegte die Blüten vom Tisch, als sein Sklave sich mit dem ersten Gang vor ihm verneigte, und sie landeten in Ahmoses üppigem Schoß. «Ist dieser armselige Priesterrock alles, was du an Kleidung besitzt? Wo ist deine Perücke? Nun? Und wo ist deine Stimme?»

Hatschepsut hörte mit einem amüsierten kleinen Lächeln zu.

Senmut antwortete so behutsam, wie er es bei Hapuseneb getan hatte. «Ich bin nichts weiter als ein Lehrling, mächtiger Stier, und ein We'eb-Priester unter allen Priestern. Es geziemt sich nicht, daß einer wie ich ebenso gekleidet geht wie seine Vorgesetzten.»

Thutmosis warf ihm einen forschenden Blick zu. «Gut gesprochen. Aber Feingefühl allein ernährt einen nicht, wie der große Imhotep einmal sagte.»

«Ich bin gut genährt, mächtiger König. Mein Herr läßt mich viel arbeiten, aber er ist gerecht.»

«Das weiß ich besser als du. Wo wohnst du?»

«Ich habe ein Zimmer neben dem Arbeitsgemach meines Herrn.»

«Ich verstehe. Hatschepsut, mach mit ihm, was du willst. Er gefällt mir. Jetzt wollen wir essen. Wo ist die Musik?»

Er wandte sich ab, und Senmut stieß einen Seufzer der Erleichterung aus. Neben ihm wartete ein Sklave, ein beladenes Tablett in der Hand, und jetzt, da die Unterredung beendet war, merkte der junge Mann, daß er unbändigen Hunger hatte. Die würzigen Gerüche um ihn herum ließen ihm das Wasser im Mund zusammenlaufen. Er bedeutete dem Sklaven mit einem Kopfnicken, ihm das Essen zu servieren. Hatschepsut aß bereits herzhaft und ließ dabei ihre Augen über die Anwesenden schweifen. Senmut steckte eine Lotosblume in seinen Gürtel und begann ebenfalls zu essen. Sein Becher wurde schweigend nachgefüllt, und das parfümierte Wachs tropfte auf seine Brust. Er wollte den Abend genießen und sich betrinken, wie alle anderen es taten, wollte lachen und tanzen und beim Morgengrauen nach Hause torkeln. Aber wie immer stand sein anderes Ich neben ihm und beobachtete alles mit ruhigen, spöttischen Augen, kalt, nüchtern und berechnend. Senmut zuckte mit den Schultern. Er wußte, daß er sich nicht betrinken, nicht brüllend lachen oder den tanzenden Mädchen laut Beifall spenden würde. Es lag ihm nicht, sich so gehenzulassen. Er aß schweigend, und nachdem Hatschepsuts Hunger gestillt war, fing sie an, ihn auf einzelne Gäste aufmerksam zu machen und ihm mit leuchtenden Augen Skandalgeschichten ins Ohr zu flüstern.

«Siehst du dort drüben, rechts von der fünften Lotossäule, die dicke Frau, der das Gold bis zu den Knien hängt? Das ist zweite Frau, Mutnofret, die Mutter meines Bruders Thutmosis. Sie hat meinem Vater den Eintritt verwehrt und sich monatelang in ihre Gemächer

eingeschlossen, als ich Kronprinz wurde. Man erzählt sich, daß sie mit dem obersten Herold schläft, aber das glaube ich nicht. Wenn es wahr wäre, hätte mein Vater sie schon längst getötet.»

«Thutmosis ist nicht hier», erwiderte sie auf seine zögernde Frage. «Vater hat ihn mit pen Nechbet auf eine Rundreise durch die nördlichen Garnisonen geschickt. Er hofft, daß Thutmosis etwas lernt, aber er wird eine Enttäuschung erleben. Thutmosis wollte seine Konkubine mitnehmen, und Vater wäre fast explodiert ... Sieh mal, da winkt dir jemand zu. Es ist Menech!»

Er war es tatsächlich. Senmut winkte zurück. Menech hatte ein Mädchen auf dem Schoß, und Straußenfedern steckten herausfordernd in seiner Perücke. Hapuseneb saß unterhalb des Podiums, er war in eine Unterhaltung mit seinem Vater vertieft, und obleich Senmut sicher war, daß er ihn gesehen hatte, blickte Hapuseneb nicht in seine Richtung.

Sobald das Essen vorüber war und die Vorführungen beginnen sollten, standen der Wesir und sein Sohn auf und näherten sich dem Podium. Thutmosis winkte sie herauf.

«Was gibt's, mein Freund?»

«Ich bitte, mich zu entschuldigen, Pharao. Ich bin müde von der Reise und möchte nach Hause gehen.»

«Dann geh. Du auch, Hapuseneb. Sei morgen eine Stunde nach Tagesanbruch mit den Berichten in meinem Audienzsaal.» Er entließ sie, und als sie sich abwandten, sah Hapuseneb Senmut mit einem herzlichen Lächeln an. Sie gingen fort, und Pharao stand schwerfällig auf.

«Ruhe! Ist Ipuky da?»

Der blinde Musiker wurde von einem seiner Söhne durch den Saal geführt und stand, die neue Laute im knochigen Arm, vor dem Podium. «Ich bin hier, Majestät», sagte er. Senmut sah ihn überrascht an, denn seine Stimme klang kräftig und melodisch. Auf einen Wink Pharaos half ein Sklave dem alten Mann herauf.

«Gib mir deine Laute», befahl Thutmosis, und der alte Mann reichte sie ihm. «Kronprinz Hatschepsut hat dieses Instrument spielen gelernt. Sie möchte deine Meinung über ihre Fertigkeit hören. Und wir wollen auch unterhalten werden.»

Hatschepsut schnitt Senmut ein Gesicht und stand auf. Diese kleine

Geste versetzte ihn plötzlich wieder in das kühle Morgengrauen am Ufer von Amuns See, wo er das nackte, nasse, trauernde Kind gefunden hatte. Welch weiten Weg habe ich seither zurückgelegt, dachte er nicht ohne Traurigkeit.

Hatschepsut stellte den einen Fuß auf den Tisch und legte sich die Laute aufs Knie. Sie neigte den Kopf und biß sich vor Konzentration auf die Lippen, während ihre langen, schmalen Finger die ersten Akkorde des Lieds suchten. Senmut lehnte sich, den Becher mit Wein in der Hand, auf seinen Kissen zurück. Im Saal wurde es still. Ipuky saß, die Hände regungslos im Schoß, geduldig wartend da. Schließlich hob Hatschepsut den Kopf und blickte über die Menge hinweg. Zwei klagende, laufende Akkorde drangen aus der Laute, lieblich und melancholisch wie eine Winternacht. Sie begann zu singen.

> Sehnsüchtig nach Liebe ist die Tochter des Königs!
> Schwarz sind ihre Flechten wie die Schwärze der Nacht,
> Schwarz wie die Tauben sind die Locken ihres Haars.
> Freudig wenden sich die Herzen der Frauen ihr zu
> Und blicken auf ihre Schönheit, mit der keine sich messen kann.

Ihre Stimme war hoch, zart und rein, wie der Ruf des ersten Vogels in der schläfrigen Morgendämmerung, und das Lied, das sie gewählt hatte, paßte so gut zu ihr, daß Senmut glaubte, sie habe in seinen Gedanken gelesen. Eine abergläubische Furcht kam über ihn. Sie war tatsächlich die Tochter des Gottes!

> Sehnsüchtig nach Liebe ist die Tochter des Königs!
> Lieblich sind ihre Arme im sanft sich wiegenden Tanz.
> Lieblicher noch bei weitem ist ihres Busens zarte Rundung!
> Die Herzen der Männer sind wie Wasser unter ihrem Blick,
> Strahlender ist ihre Schönheit, als sterbliche Zungen es zu schildern vermögen.

Niemand rührte sich. Das Lied war bekannt; es war ein Liebeslied aus alten Zeiten, das für gewöhnlich anzüglich gesungen wurde, begleitet von entsprechenden Gesten, und erst wenn die Zuhörer schon leicht angetrunken waren. Hatschepsut jedoch sang es in völli-

ger Unschuld. Die Gäste, fasziniert von ihrer Vortragsweise, vergaßen ihre Intrigen und Tändeleien und sahen sich zurückversetzt in die Zeit der jungen Liebe.

Sehnsüchtig nach Liebe ist die Tochter des Königs!
Rosig sind ihre Wangen wie der rosige Ton des Jaspis.
Rosig wie das Henna auf ihren schlanken Händen!
Das Herz des Königs ist wieder voller Liebe,
Wenn sie in all ihrer Schönheit vor seinem Throne steht.

Einen Augenblick herrschte Stille. Dann waren alle plötzlich auf den Beinen und stampften und klatschten und bekundeten laut rufend ihren Beifall. Hatschepsut gab Ipuky gelassen die Laute zurück und setzte sich, ohne auf den Sturm zu achten.

«Narren!» sagte sie zornig zu Senmut. «Sie wissen nicht, weshalb sie applaudieren, sie schreien nur, weil ich schön bin und von der Schönheit singe. Die Melodie ist einfach, und ich habe keine große Stimme. Dem großen Ipuky hingegen, der den ganzen Tempel mit seiner Musik füllen kann, spenden sie nur spärlich Beifall und wenden sich gleich wieder Dingen zu, die sie für besser halten. Dummköpfe!»

Als sich der Tumult gelegt hatte, fragte Thutmosis den großen Musiker nach seiner Meinung.

Ipuky überlegte einen Augenblick, dann gab er sein Urteil ab: «Das Lied ist leicht zu singen, aber Ihre Hoheit hat es gut verstanden, die Tatsache zu verhüllen, daß ihre Stimme noch nicht ihre volle Reichweite und Tiefe hat. Ihre Geschicklichkeit mit der Laute ist allgemein bekannt.»

Hatschepsut applaudierte laut und flüsterte Senmut zu: «Da hast du's!»

Thutmosis dankte dem alten Mann. Man entfernte die Tische und machte einen Platz frei, und vom anderen Ende des Saals hörte man das Knacken von Kastagnetten und das Rasseln der Tamburine. Ahmose lag zwischen ihren Kissen und schnarchte leise. Thutmosis stieg vom Podium herunter und ging zu einem leeren Stuhl am Rand der Menge.

«Jetzt kommen die Tänzerinnen», sagte Hatschepsut. «Setzen wir uns dort drüben neben Menech auf den Boden, damit wir die Füße der

Mädchen sehen.» Sie sprang auf, und Senmut folgte ihr, den Becher mit Wein in der Hand.

Sieben Mädchen liefen herein – Syrierinnen, wie Senmut angesichts ihrer dunklen Haut und ihrer Hakennasen vermutete. Das schwarze Haar fiel ihnen lose bis zu den Knien. Jede trug ein Tamburin und eine Glocke. Sie waren nackt bis auf die klirrenden Armreifen aus Kupfer und eine Anzahl von Ringen an ihren Zehen, und ihre Körper glitzerten von dem Öl, das aus ihren Parfumkegeln floß. Ihre Augen verrieten ihr ungezähmtes Wesen. Senmut konnte sich später kaum noch an den Tanz erinnern – falls man es überhaupt einen Tanz nennen konnte. Er war berauscht vom Wein, von den starken Düften und von der Nähe des Kronprinzen. Die vollen Brüste und die rotbemalten Brustwarzen der Tänzerinnen erregten ihn derart, daß er an nichts anderes mehr denken konnte. Mit klirrendem Rasseln und klappernden Kastagnetten liefen sie aus dem Saal, und Jongleure mit Bällen, Reifen und Stöcken traten an ihre Stelle. Nach ihnen kam ein Zauberer, der sie mit Goldstaub besprengte und Blumen in Feuerbälle verwandelte.

Pharao war guter Laune. Er lachte und trank, schlug sich auf die Schenkel und klatschte laut Beifall, aber Ahmose schlief weiter. Erst als die Wasseruhr fast trocken war und der Himmel im Osten schon grau zu werden begann, stand er auf und rief: «Zu Bett! Ihr alle!» Dann ging er mit schweren Schritten in seine Gemächer.

Die Musik hörte auf zu spielen. Die Sklaven trugen die Gäste hinaus, die zu betrunken waren, um allein zu gehen. Der Rest verstreute sich im Garten und auf den Korridoren – müde, schweigsame Gespenster.

Hatschepsut, jetzt von einem Umhang mit Kapuze umhüllt, berührte Senmuts Arm. «Komm morgen vor dem Mittagessen zum Truppenübungsplatz. Du kannst dir dein eigenes Wurfholz verdienen, ehe wir wieder auf die Jagd gehen», sagte sie. Und während er sich noch verbeugte, ging sie quer durch den Saal zum Säulengang und in den dahinter gelegenen dunklen Garten.

Er stolperte hinter ihr her, denn er kannte den Weg zu seinem Zimmer besser von draußen, aber der Sklave, der ihn in den Bankettsaal geführt hatte, winkte ihm von der Tür her, und er folgte ihm dankbar, von Parfum und Schweiß durchtränkt, die Glieder schwer vor Erschöpfung.

Im Hochsommer desselben Jahres, zu einer Zeit, da Menschen, Tiere und Pflanzen vor dem brennenden Zorn des Re zu Boden sanken, starb Ahmose. Sie war mitten in einer heißen Nacht aufgewacht, hatte zu trinken verlangt, und Hetepheres hatte ihr Wasser aus dem Steinkrug gebracht, der zum Kühlen draußen in der Halle stand. Ahmose hatte den Becher geleert und um mehr gebeten. Sie klagte über die Hitze und über Schmerzen in den Armen und preßte ihre zitternde Hand aufs Herz. Dann hatte sie sich zusammengerollt und war wieder eingeschlafen. Wenig später war sie noch einmal aufgewacht und hatte in großer Angst nach Thutmosis gerufen. Ihre Unruhe war so groß gewesen, daß Hetepheres selbst gegangen war, um den Pharao zu wecken, aber als sie zurückkehrten – Thutmosis hatte den Befehl gegeben, den Arzt zu holen –, war Ahmose schon tot.

Hatschepsut hatte fest geschlafen; diesmal war sie von keiner bösen Vorahnung geweckt worden. Man holte sie, und sie ging durch die großen Säle und stand wie im Traum vor dem Bett ihrer Mutter. Ahmose sah aus, als gehöre sie zu diesem Traum: Ein leises Lächeln lag um ihre Lippen, sie war sanft im Tod – wie sie es im Leben gewesen war, und in ihren leblosen Augen lag ein Ausdruck des Friedens, der von einem günstigen Stand der Waage sprach. Sebek würde auch diesmal hungrig bleiben.

«Du bist wieder jung für alle Zeiten», zitierte Hatschepsut leise aus dem Begräbnisritus. «Wie schön muß sie gewesen sein, Vater! Ich trauere nicht um sie. Sie hat nur für uns gelebt, und jetzt wandert sie über die gesegneten Felder des Osiris.»

Thutmosis wußte, daß Ahmose mehr zur Gemahlin des Osiris als zum mächtigen Amin gebetet hatte. Sie würde für ihre Treue belohnt werden. Aber die Intuition seiner Tochter erstaunte ihn. «Das Grab im Tal ist fast fertig», sagte er. «Sie wird dort ungestört ruhen.» Seine Gedanken und Gefühle hielt er wie stets hinter der Maske seines Königtums verborgen; er setzte sich, den Blick auf die stille Gestalt geheftet, mit einem tiefen Seufzer auf Ahmoses kleinen Betschemel. Nach einer Weile ließ Hatschepsut ihn allein und kehrte zu ihrem Ruhebett zurück.

Während der siebzig Tage der Trauer lag tiefer Friede über Theben. Es war, als wollte Ahmose als letzte Gabe der Stadt, die sie liebte, ihr

Wesen schenken: aller Streit, alle Leidenschaft schwand, das Leben in Theben wurde ruhiger, sanfter. Thutmosis ging schweigend seinen Verrichtungen nach und Hatschepsut verbrachte, wie sie es früher getan hatte, einen großen Teil der Zeit mit Nebamun und den Tieren. Alles – die Stille des Parks, die vertrauensvollen, geduldigen Tiere, die Liebe Nebamuns – verschmolz zu einem anhaltenden, sich vertiefenden Gefühl der Zufriedenheit. Als sie an einem heißen violetten Abend oben auf dem Dach saß und sich an ihr Tal erinnerte, nahm zögernd ein Gedanke Gestalt an: Ein Tempel. Kein hochaufragendes Bauwerk, das töricht versuchte, mit den unbesiegbaren Felsen zu wetteifern, sondern eines, das diese Felsen irgendwie ergänzte, sie vollendete, das ihre, Hatschepsuts, königliche Unbesiegbarkeit und Schönheit zum Ausdruck brachte. Sie brauchte einen Architekten, einen, der ihren lebhaften Geist, ihre Träume verstand, und es war nicht Ineni, an den sie dachte. Sie stand auf, ging die Treppe hinunter und schickte einen vorbeigehenden Wachtposten zu Senmut.

Sie ging zurück aufs Dach und wartete ungeduldig auf ihn. Kurz darauf sah sie ihn mit langen Schritten zwischen den Bäumen hindurch auf den Palast zukommen. Offenbar hatte er gerade gebadet. Er trug nur einen kurzen Rock und hatte nicht einmal das Emblem des Architekten an seinem Arm. Sie sah, wie breit seine Schultern waren, wie lang und geschmeidig seine Beine, wie einladend seine Brust für eine bewundernde Hand. Der Soldat deutete nach oben, und als Senmut hinaufsah, lag ein Ausdruck freudiger Erregung auf seinen Zügen. Dann stand er vor ihr. Er verneigte sich, und das Gesicht, das so viel Freude gezeigt hatte, war jetzt eine Maske höflicher Erwartung – der Diener, der aus irgendeinem Grund von seinem Herrn gerufen worden ist. Sie bemerkte, wie braun er war, wie hoch die Backenknochen, wie sinnlich der Mund unter der unnachgiebigen Nase. Sie begegnete seinem Blick und wandte sich jäh ab. «Sei gegrüßt, Priester. Deine Schultern sind noch naß. Hast du gebadet? Komm, setz dich zu mir hier auf den Rand und sieh dir die untergehende Sonne an.»

Gehorsam hockte er sich neben sie und blickte in den sich verdunkelnden Himmel. Er hatte im Nil geschwommen, hin und her, hin und her, eine Übung, die ihm sein Schießlehrer empfohlen hatte, und seine Arme und Beine waren herrlich entspannt.

Seit dem Abend des Banketts war sein Körper muskulöser gewor-

den und seine Stimme tiefer. Aber er war auch schweigsam geworden, und die Sklaven, die Ineni dienten und die das Arbeitsgemach in Ordnung hielten, hatten begonnen, ihn zu fürchten, obwohl er noch ein Junge war.

Die Arme um die Knie gelegt, saß er neben ihr. Er blickte ruhig vor sich hin und wirkte so selbstgenügsam, so reserviert, daß Hatschepsut zum erstenmal in ihrem Leben das Schweigen nicht brechen wollte. Die Nacht kam schnell herbei.

«Ich bin heute in die Ställe gegangen und habe dem Schwarzen, den du so liebst, Hafer gegeben. Er leidet unter Mangel an Bewegung», sagte sie schließlich.

«Die Sklaven sollten ihn umherführen», erwiderte Senmut. «Bis man die große königliche Gemahlin zur Ruhe legt, wird er sonst ungebärdig und widerspenstig.»

«Bis jetzt vermisse ich meine Schießübungen noch nicht. Und du?»

«Ich auch nicht.»

«Bist du froh, daß ich es dir ermöglicht habe, schießen zu lernen und den Kampfwagen zu lenken? Ist dein Leben jetzt ausgefüllt?»

«Ja, ich bin froh, aber ich muß gestehen, Prinz, daß ich den Unterricht bei Ineni vermisse.» Er öffnete und schloß nervös die Hände. «Ich habe dir noch nicht für die neuen Gemächer gedankt und auch nicht für das Getreide und die Sklaven, die du meiner Familie hast schicken lassen.»

«Ich habe dir keine Gelegenheit dazu gegeben. Und dann starb meine Mutter, und ich bin in letzter Zeit viel draußen umhergewandert und war in meine eigenen Gedanken vertieft. Wie geht es deiner Familie?»

«Sehr gut, und sie versichern dich ihrer ewigen Dankbarkeit. Der Arm meines Bruders ist geheilt und meiner Mutter geht es besser, auch wenn sie noch ziemlich schwach ist. Hoheit», er wandte sich ihr besorgt zu, «du warst so gut zu mir, hast viel mehr für mich getan, als es die Bezahlung einer Schuld erfordern würde. Darf ich fragen warum?»

«Du darfst fragen», entgegnete sie, «aber vielleicht werde ich dir nicht antworten. Um die Wahrheit zu sagen, ich weiß es selbst nicht. Vermutlich, weil ich in dir sehe, was ich gern in meinem Bruder sehen würde. Und es erzürnt mich, daß dieser Dummkopf Nutzen aus der

besten Erziehung ziehen kann, während jemand wie du dazu verurteilt ist, sein Leben lang im Tempel zu dienen und seine Familie hungert?»

Sie sprach mit großer Lebhaftigkeit, und er wußte nicht, was er darauf erwidern sollte.

Im Grunde ihres Herzens fürchtete sie Thutmosis, und sie begann sich ebenso wie Ahmose zu fragen, ob sie beim Tode ihres Vaters nicht doch gezwungen sein würde, ihren Halbbruder zu heiraten. Sie erkannte jetzt, daß der Tod vieles verändern kann – daß er alles verändern kann. Und sie wurde mißtrauisch und vorsichtig wie eine Bergziege auf unbekanntem Gelände.

Senmut wußte nichts von alldem. Als er jetzt allein mit ihr in der hereinbrechenden Dunkelheit saß, die sie isolierte und das Dach in eine einsame Insel zu verwandeln schien, fühlte er sich völlig entspannt.

Sie zuckte die Schultern. «Ich weiß es nicht, und du hast kein Recht zu fragen, mein Freund. Kann ein Kronprinz nicht tun, was er will? Aber ich habe dich aus einem bestimmten Grund rufen lassen. Es gibt einen Ort, den du sehen sollst, einen Ort, der mir heilig ist. Ich hatte eine Vision von dem, was ich dort machen will, aber ich brauche deine Hilfe. Wirst du mit mir kommen und dir diesen Ort ansehen?»

«Natürlich, Hoheit! Wo ist dieser Ort?» Sie deutete nach Westen, zur anderen Seite des Flusses.

«Er liegt dort, versteckt in einem Tal, die Ruhestätte des Mentuhotephapet-Re. Mehr kann ich dir nicht sagen, bis du ihn gesehen hast. Wir gehen morgen dorthin. Sei eine Stunde nach Tagesanbruch an den Stufen zum Wasser und bring deine Sandalen mit, denn der Weg ist steinig.»

«Ich werde pünktlich dort sein. Aber warum ich, Hoheit? Wie kann ich dir helfen?»

«Du wirst meinen Traum hören, und dann wirst du es verstehen. Ineni würde ihn anhören, aber er würde ihn nicht verstehen, und wenn er sich noch so sehr bemühte. Du und ich, Priester, wir haben einander erprobt, obwohl wir uns noch nicht zehnmal begegnet sind. Du kennst mich. Stimmt's?»

«Ich verehre dich, Prinz, aber ich glaube, niemand wird dich jemals kennen. Ich nehme an, du vertraust mir, und das ist es, was du sagen willst. Du hast keine Angst vor mir, weil ich niemand bin, nichts weiter als ein kleiner We'eb-Priester.»

«Als du zum erstenmal vor Ineni getreten bist, hast du aufgehört, ein kleiner We'eb-Priester zu sein», erwiderte sie. «Aber was bist du jetzt?»

Unten sah man die Laternen der Wächter auf den Pfaden zwischen den Bäumen. Hatschepsuts Begleiter und Senmuts Sklave warteten am Fuß der Treppe. Die beiden oben auf dem Dach saßen reglos da, jeder in seine eigenen Gedanken versunken. Sie konnten einander kaum sehen, so dunkel war es.

Als die Hörner zum Essen geblasen wurden, sagte Hatschepsut: «Ich will heute abend nicht essen. Geh jetzt, Priester, wir sehen uns morgen.»

Es war ein Befehl. Er stand verlegen auf und verneigte sich, aber sie sah ihn nicht mehr an. Sie blickte über die Gärten, als ob sie mit ihrem bloßen Willen die Dunkelheit durchdringen und ihr Tal sichtbar werden lassen könnte. Senmut lief die Treppe hinunter. Er dachte nicht mehr über das Schicksal nach. Er war jetzt bereit, seine Bestimmung anzunehmen.

Am nächsten Morgen eilte er hinunter zum Fluß, wo Hatschepsut, ihren Fächerträger neben sich, schon an Deck des kleinen Jagdskiffs auf ihn wartete. Sie war gegen die Hitze in blendendes Weiß gehüllt, aber ihr Fächerträger, ein Nubier, war schwarz wie die Nacht. Senmut mußte an eine Illustration denken, die er einmal in einer von Inenis kostbaren Schriftrollen gesehen hatte: «Die Seele beginnt ihre Wanderung in die Unterwelt.» Er verneigte sich und kletterte an Bord, und die schwitzenden Matrosen stießen ab.

«Komm, setz dich zu mir unter das Schutzdach», sagte Hatschepsut. «Die Sonne ist schon zu heiß. Mein Vater hat mich ermahnt, nicht weiter als nötig zu Fuß zu gehen. Bei dieser Hitze werde ich vielleicht überhaupt nicht laufen.» Sie deutete auf die Sänfte, die zusammengelegt an der Seitenwand des Boots stand. Dann musterte sie Senmut kritisch. «Du solltest Kohle auflegen, um deine Augen vor dem grellen Sonnenschein zu schützen», sagte sie. «Tachat!»

Aus der Kajüte kam eine Sklavin, die wartend am Eingang stehenblieb. «Bring die Kosmetikschachtel und die Pinsel!» befahl Hatschepsut und das Mädchen ging mit einer seltsam schwingenden, gleitenden Bewegung das Deck entlang. «Das ist meine neue Sklavin»,

erklärte Hatschepsut, als sie Senmuts beifälligen Blick bemerkte. «Sie ist willig und sehr gehorsam, aber sie spricht nicht viel. Nun, Tachat», sagte sie, als das Mädchen zurückkehrte, «hol die Kohle heraus und trag sie auf die Augen des Priesters auf.» Sie wählte einen Pinsel und reichte ihn der Sklavin. «Nimm nicht zuviel und beeil dich. Wir sind schon fast bei der Nekropolis.»

Tachat kniete vor Senmut nieder, öffnete die Schachtel und stellte sie aufs Deck. Ihr Gesicht war ausdruckslos, aber als sie den Pinsel in die schwarze Flasche tauchte, lächelte sie. «Bitte, schließ die Augen, Herr», sagte sie. Senmut gehorchte und fühlte gleich darauf ihre warmen Hände auf seinen Wangen und den kühlen, feuchten Pinsel, der über seine Augenlider fuhr. «Jetzt öffne sie», sagte Tachat. Ihr kleines, ovales Gesicht mit den grünen Augen und den roten Ponies war so dicht vor dem seinen, daß, hätte er sich nur ein wenig vorgebeugt, seine Nase die ihre berührt hätte. Er beobachtete sie bei ihrer Arbeit; sie hielt die Zunge zwischen die Zähne gepreßt, und ihr Atem roch nach Zuckerwerk und Anis. Als sie fertig war, ließ sie sich auf die Fersen sinken und musterte kritisch ihr Werk, dann schloß sie auf ein Wort von Hatschepsut die Schachtel und verschwand. Das Boot stieß gegen die Stufen der Toten, und sie standen auf.

«Sie arbeitet gut», sagte Hatschepsut. «Die Kohle steht dir. Jetzt müssen wir uns beeilen, denn es ist ein ziemlich langer Weg. Ich glaube, ich werde mich tragen lassen. Bringt die Sänfte heraus!» rief sie den Matrosen zu.

Senmut folgte ihr ans Ufer, wo die Sänfte aufgeklappt wurde. Der Nubier öffnete einen Sonnenschirm, der einen kleinen, runden Schatten auf den Boden warf. Hatschepsut bestieg die Sänfte und stützte sich auf den Ellbogen, um sich unterwegs mit Senmut unterhalten zu können.

Sie brachen auf, und bald wurde sie schweigsam und blickte mit nachdenklichem Gesicht vor sich hin. Senmut, der Nubier und die zwei Träger schwitzten in der brütenden Hitze, der Pfad zitterte und tanzte vor ihnen. Nach kurzer Zeit bog der Weg scharf nach rechts, aber noch vor dieser Biegung bemerkte Senmut einen anderen Weg, einen neuen, breiten, der von ihrem kleinen Pfad abzweigte und nach unten führte, dorthin, wo Felsen und Wüste zusammentrafen. Senmut sah die Spuren von Ochsen und von zahlreichen Füßen. Er fragte sich

erstaunt, was das wohl zu bedeuten habe, aber noch ehe er eine Antwort finden konnte, bog er auf Hatschepsuts Befehl nach rechts, und sie stiegen langsam zum Hügelkamm hinauf.

Nach kurzer Zeit fingen seine Beine an zu schmerzen, aber sie stiegen immer noch weiter. Als er das Gefühl hatte, nicht einen einzigen Schritt mehr gehen zu können, wenn er nicht Wasser bekam, tauchten sie in den Schatten am Fuß der Felsen ein, und Hatschepsut gebot Halt. Von irgendwo an der Sänfte wurde ein Krug hervorgeholt, und jeder bekam etwas zu trinken. Hatschepsut befahl den Trägern zu warten und bedeutete dem Nubier durch ein Zeichen, daß er den Sonnenschirm bringen und mit ihnen kommen solle. «Er ist taub», erklärte sie. «Wir können also reden, was wir wollen.» Sie, Senmut und der hochgewachsene schwarze Mann machten sich auf den Weg. Sie waren noch nicht weit gegangen, als sich vor ihnen ein tiefes, breites Tal öffnete, das auf drei Seiten von Felsen umgeben war. Sie blieben stehen, und Hatschepsut stieß einen leisen Seufzer aus.

«Sieh dort, die heilige Ruhestätte von Osiris-Mentuhotep», sagte sie.

Sie schwiegen ehrfürchtig. Es war in der Tat eine geheiligte Stätte, ein geheimer, majestätischer Ort. Senmut kam sich vor wie ein Eindringling, klein und unbedeutend. Die Sonne goß aus einer ewig fließenden, brennenden Schale Licht in das Tal, und kein Laut störte seinen Schlaf.

«Ich möchte hier bauen», sagte Hatschepsut mit kaum hörbarer Stimme. «Das hier ist mein heiliges Tal, das geziemende Monument für mein geheiligtes Ich. Hierher können später die Menschen kommen und mir huldigen. Aber wie soll ich einen Tempel errichten, der meiner würdig ist? Eine Stätte, so schön, wie ich es bin? Eine Pyramide wie die des mächtigen Mentuhotep schwebt mir nicht vor, denn mir scheint, die Felsen blicken mißbilligend auf sie herab und lassen sie irgendwie kraftlos erscheinen. Aber was sonst? Könnten wir nicht zusammen etwas planen, das in der Krone dieser gewaltigen Felsen ein wirkliches Juwel wäre?»

Senmut erwiderte nichts. Sein Architektengehirn war bereits damit beschäftigt, Entfernungen zu schätzen, Proportionen zu erwägen, Höhen zu messen. Ohne es zu merken, begann er weiter zu gehen. Hatschepsut und der Nubier folgten ihm langsam über den sandigen

Grund. Die kleine Pyramide kam näher, aber selbst als sie bereits über die Hälfte des Weges zurückgelegt hatten, schien sie noch klein, irgendwie fehl am Platz. Senmut blieb mit gerunzelter Stirn stehen. Er wandte sich um, und Hatschepsut kam auf ihn zu, ganz in weißes Leinen gehüllt, die schwarzen Augen suchend auf sein Gesicht gerichtet. «Hier könnte man den größten Tempel der Welt bauen», sagte er langsam. «Du hast in der Tat weise gewählt, mächtiger Prinz. Ich sehe etwas Leichtes, Kühles, vielleicht einige Säulengänge, Winkel, aber keine aufragenden Spitzen – sie würden den Felsen dahinter herausfordern. Ich muß es mir noch überlegen. Habe ich deine Erlaubnis, Hoheit, manchmal hierherzukommen und nachzudenken?»

«Komm, wann immer du willst», erwiderte sie. «Und wenn du es dir überlegt hast, können wir anfangen. Was hältst du von einem Heiligtum, das aus dem dunklen Fuß des Felsens herausgehauen ist, mit einem Bildnis von mir, das sich die Gebete anhören kann?»

«Das wäre möglich, aber ich brauche die Hilfe eines guten Technikers, eines Mannes, der den Felsen liebt und ein Gefühl für seinen Kern hat.» Er dachte sofort an Benja. Benja würde genau wissen, wo man ansetzen mußte und wie tief man gehen konnte. Aber Benja war irgendwo mit dem edlen Ineni und arbeitete an einem geheimen Projekt für Pharao. Senmut erzählte Hatschepsut von ihm, und sie machte ein ernstes Gesicht.

«Ist er dein Freund?» Ihre Augen waren umschattet, ihre zarten Hände verkrampft. «Ist er ein guter Techniker? Aber das muß er wohl sein, sonst würde er nicht für Ineni arbeiten.» Ihr Blick wanderte hinauf zu dem Pfad, der sich zur Spitze des Felsens schlängelte.

Senmut spürte ihr Unbehagen.

«Mußt du diesen Mann haben?»

«Ich kenne ihn, Hoheit, und ich vertraue auf seine Urteilskraft. Wir können gut zusammen arbeiten.»

«Es könnte sein, daß das nicht möglich ist», sagte sie kurz. «Es könnte sein, daß er nicht zurückkehrt.» Ihr Blick wanderte wieder zur Spitze des Felsens.

Senmut wurde von Angst gepackt, einer Angst, die sich durch Hatschepsut auf ihn übertrug und die durch die Seltsamkeit des Orts noch verstärkt wurde. Aber er war zu klug, sie nach dem Grund zu fragen.

Sie zog den Umhang fester um sich und verschränkte die Arme über der Brust. Der Nubier stand da wie aus Stein gehauen. Sie hatten beide seine Gegenwart vergessen.

«Ich werde sehen, was ich tun kann», sagte sie schroff, «aber ich kann dir nichts versprechen. Es steht nur meinem Vater zu, diesen Benja zurückzurufen oder ihn dort zu lassen.»

«Er wäre es wert», sagte Senmut drängend.

Sie lächelte. «Genau wie du, Senmut», sagte sie sanft.

Der unerwartete Klang seines Namens von ihren Lippen ließ eine Welle der Freude in ihm aufsteigen. «Ich bete dich an, Hoheit», flüsterte er, und das war die Wahrheit. «Ich will dir dienen, solange ich lebe.»

Sie spürte, daß dies nicht die Worte eines schmeichlerischen Höflings waren, sondern daß sie ihm aus der Seele kamen. Sie nahm seine Hand, legte sie auf die ihre und hielt sie einen Augenblick fest, ehe sie sie sanft fallen ließ. «Ich weiß es, schon seit langem», erwiderte sie, «und ich weiß auch, daß du mir gehörst, ganz gleich, ob ich dich mit Gunstbeweisen überschütte oder dich ins Gefängnis stecke. Stimmt's?»

Ihre Lieblingsfrage entlockte ihm ein Lächeln. «Stimmt», erwiderte er, und sie gingen langsam zu der wartenden Sänfte zurück . . .

Früh am nächsten Morgen wurde er zu Pharao gerufen. Er traf Thutmosis im Arbeitsgemach des Wesirs des Südens an, wo er, ein Bündel Schriftrollen und Depeschen in den Händen, nervös auf und ab ging. Als Senmut gemeldet wurde, warf er die Rollen auf den Tisch, während der Vater von Useramun unter tiefen Verbeugungen das Zimmer verließ.

Pharao war erregt, und Senmut wartete zitternd und fragte sich, was er wohl falsch gemacht hatte. An diesem Morgen erinnerte ihn der mächtige Bulle an seinen alten Lehrer, und er sah schweigend zu, wie sich der breite, muskulöse Rücken von ihm entfernte, innehielt, wie Pharao sich umwandte und auf ihn zukam.

«Du willst Benja, den Hurrier», sagte er barsch.

«Ja, Majestät.»

«Wähle irgendeinen meiner Leute. Bei Set, ich habe genügend königliche Ingenieure, um während der nächsten tausend Jahre an

jedem Tag einen Tempel zu bauen! Wähle einen von ihnen. Wähle, wen du willst!»

«Majestät, ich kenne Benja seit langem. Er ist ein guter Ingenieur und ein guter Mensch. Ich will ihn und keinen anderen.»

«Was weißt du von guten Menschen?» rief Thutmosis. «Du, der du selbst kaum mehr als ein Junge bist!»

«Ich weiß in diesem Jahr mehr von Gut und Böse, als ich es letztes Jahr tat», erwiderte Senmut ruhig, obwohl seine Handflächen feucht wurden und seine Knie zitterten. «Und ich kenne einen guten Ingenieur, der, wie ich meine, gleichzeitig auch ein guter Mensch ist.»

Thutmosis lachte plötzlich laut auf und legte den schweren Arm um Senmuts Schulter. «Gesprochen wie der Mann, der du zu sein scheinst! Meine Tochter ist klug und zugleich verwöhnt und eigenwillig. ‹Senmut wird für mich bauen›, sagt sie, das kleine Kinn erhoben. ‹Er soll diesen Hurrier bekommen. Besorg ihn mir, Vater, ich bitte dich.› Aber sie bittet nicht, sie befiehlt, mein kleiner Prinz!» Dann wurde er ernst, wandte sich von Senmut ab und ließ sich in den Sessel neben dem Schreibtisch des Wesirs fallen. Seine kurzen, dicken Finger begannen auf der polierten Platte zu trommeln. «Jedoch . . .» murmelte er, «du mußt wissen, Senmut, daß dieser Benja in drei Tagen sterben muß.»

Senmut streckte unwillkürlich die Hand aus, die Wände kamen auf ihn zu. Sein Herz klopfte langsam und kräftig, er fühlte es bis in den Hals hinauf. Er wußte, daß sein Gesicht blaß geworden war, aber Thutmosis sah ihn nicht an.

«In drei Tagen geht meine liebe Ahmose zu ihrem Grab, dem Grab, dessen Lage ich sorgsam vor allen außer meiner Tochter und Ineni verheimlicht habe. An diesem Morgen werden die Männer getötet, die an den geheimen Plätzen gegraben haben. Der Hurrier weiß alles. Er arbeitet für Ineni tief in der Erde, und er wird nicht zurückkehren.»

Nun verstand Senmut Hatschepsuts plötzliche Besorgnis bei ihrem Gespräch im Tal, und er antwortete Pharao mit ruhiger Stimme: «Majestät, ich weiß, daß dieses Geheimnis für alle Zeiten gewahrt bleiben muß und daß daher die Sklaven geopfert werden müssen. Aber so wie du dem großen Ineni zu leben gestattest und ihm vertraust, vertraue ich meinem Freund. Wenn du erlaubst, werde ich mit meinem Leben für die Wahrung des Geheimnisses bürgen. Benja interessiert sich nicht für Reichtümer und Belohnungen. Er ist unbe-

stechlich. Er liebt nur das Gestein, und das ist der Grund, weshalb ich ihn brauche. Die Aufgabe, die der Kronprinz mir gestellt hat, ist schwer, und ohne Benja wird sie langsam vonstatten gehen. Gewiß, ich könnte einen anderen Ingenieur beschäftigen, aber es würde lange dauern, ihm begreiflich zu machen, was die Blume Ägyptens wünscht. Ein Mann, dem man das Leben geschenkt hat, arbeitet mit doppeltem Eifer.»

«Du redest Unsinn», erklärte Thutmosis schroff, aber seine Finger waren jetzt ruhig. «Das Alter macht sich bemerkbar», fuhr er fort. «Ich werde sanft. Vor zwanzig Jahren wäre dein Freund gestorben, und du wärst ausgepeitscht worden. Erlaube dir nicht noch einmal, so etwas zu tun!» rief er drohend, als er Senmuts freudiges Lächeln sah. «Bei dem kleinsten Hinweis des Gerichtshofs, daß meine geliebte Gemahlin gestört worden ist, wird man mit deinem Blut den Boden des Tempels waschen! Jetzt geh. Ich schicke den königlichen Boten ins Hügelland, und er wird diesen vom Glück begünstigten jungen Mann zurückbringen. Sieh zu, daß du meiner Hatschepsut mit der gleichen törichten Treue dienst.» Er machte eine ungeduldige Handbewegung und wandte sich wieder seinen Botschaften zu.

Senmut ging mit einer tiefen Verbeugung rückwärts hinaus. Erst als er sich in einiger Entfernung vom Palast befand, stieß er einen lauten Freudenschrei aus und rannte die Allee entlang zum Tempel. Zum erstenmal würde er formell dem Gott danken, dessen Tochter Wunder vollbringen konnte. Benja würde am Leben bleiben.

Drei Tage später beim Morgengrauen saßen Senmut und Benja schweigend in Senmuts kleiner Empfangshalle, während die Krieger des Königs, mit Messern bewaffnet, über die wehrlosen Arbeiter in dem kleinen Lager am Rand der Wüste herfielen und ihnen die Kehle durchschnitten, wobei der Schreiber des Hauptmanns gewissenhaft den Namen eines jeden Toten notierte, damit keiner entkam, um später zurückzukehren und die Gräber plündern zu können. Als alles vorüber war, wurden die Leichen in einem Massengrab im Sand verscharrt. Die Opferungen für Amun und Meretseger hatten am Morgen zuvor stattgefunden.

Die beiden jungen Männer hörten, wie sich der Leichenzug im Garten aufstellte, und Senmut befahl einem Sklaven, ihnen Wein zu

bringen. «Wir wollen auf deine Rettung trinken», sagte er zu Benja, «und auf die gesegnete große Königsgemahlin Ahmose.»

«Und auf dein erstaunliches Glück», setzte Benja inbrünstig hinzu. «Nur der Wohltätigkeit des kleinen Kronprinzen ist es zu verdanken, daß ich jetzt hier neben dir sitze und nicht, den Mund voller Sand, dort oben zwischen den Felsen liege.»

Senmut lachte. «Sie ist nicht mehr so klein», sagte er. «Es ist lange her, seit Theben dich willkommen geheißen hat, Benja. Kinder werden erwachsen.»

«Ja, das stimmt, und ich bin froh darüber. Sie ist sehr schön, wie du mir immer wieder versicherst.»

«Tue ich das? Sie ist meine Herrin. Und ich scheine mehr ihr als Pharaos Diener zu sein, obwohl ich immer noch nicht weiß, wie das geschehen konnte.»

Der Wein kam, und sie tranken.

Benja schmatzte anerkennend mit den Lippen. «Charu! Du hast es tatsächlich weit gebracht. Wenn ich daran denke, daß ich dort draußen geschwitzt habe, während du hier gesessen und den Wein der Aristokraten in dich hineingetrunken hast!»

Senmut sah ihn liebevoll an. Er hatte sich nicht verändert. Selbst der drohende Tod hatte ihn nur vorübergehend aus der Fassung gebracht. Jetzt war er wieder der alte, jungenhaft und frisch wie eh und je. «Der Prinz hat dich gerettet, damit du arbeiten sollst», mahnte er ihn.

«Ach ja. Diese Arbeit. Was genau habe ich zu tun? Bist du mein Herr in dieser Sache, Senmut?»

«Wir arbeiten zusammen. Zwischen uns kann doch keine Rede von Herr und Diener sein, du Esel!» Senmut erzählte ihm von dem Tal, von seiner Vision und von dem Traum des Prinzen, und Benja hörte aufmerksam zu.

«Es klingt wie das große Tal, das ich einmal von hoch oben in den Hügeln gesehen habe.» Er hielt plötzlich inne.

Senmut sagte erregt: «Nicht weiter, Benja! Sag mir nichts weiter! Und halte künftig deine Zunge im Zaum, sonst kostet es mich das Leben!»

Benja wurde blaß. «Verzeih mir, mein Freund», sagte er demütig. «Von jetzt an werde ich nie mehr über die Dinge sprechen, die ich gesehen habe.»

«Sieh zu, daß du es nicht tust.»

Sie tranken noch einen Becher Wein. Dann sagte Benja: «Der Tempel. Wenn du die Pläne fertig hast, sage ich dir, welches Gestein der Belastung standhält und welches nicht. Es scheint, als ob du am liebsten Sandstein haben möchtest, aber Granit ist widerstandsfähiger.»

«Man sollte nicht das Gefühl von Mauern haben, von massiven Mauern, sondern der Stein soll sich mit dem Felsen dahinter verbinden, so daß auf den ersten Blick alles eins zu sein scheint.»

«Aber sie wünscht ein Heiligtum aus Stein, weit in den Hügel hineingebaut. Wie willst du das Ganze harmonisch gestalten?»

«Das ist mein Problem. Ich schlage vor, wir gehen bald einmal dorthin und sehen uns den Ort genau an. Dann kann ich zusammen mit Ihrer Hoheit einen Plan ausarbeiten. Wo wohnst du?»

«In meiner alten Zelle neben dem Aufseher der Ingenieure.»

«Das ist zu weit von mir entfernt. Wir müssen eng zusammenarbeiten. Ich werde versuchen, dir hier ein Zimmer zu besorgen.»

Benja sah seinen Freund neugierig an, sagte jedoch nichts. Diese Selbstsicherheit war neu, ebenso wie die Wohnung, der Sklave, das gute Ruhebett in dem kleinen Schlafzimmer. Aber der ruhige, abwägende Blick, das seltsame, stille Lächeln waren noch wie früher. Benja fragte sich, ob sich sein Leben nun wohl in mehr als einer Hinsicht vollkommen ändern würde.

Sie besuchten den von Hatschepsut gewählten Platz, musterten aufmerksam die Oberfläche des Felsens, betrachteten das Tal von jedem Blickwinkel aus. Aber Senmut hatte noch keinen festen Plan. Er hatte Hatschepsut seit der Zeit vor dem Begräbnis ihrer Mutter nicht mehr gesprochen. Zweimal ging er allein ins Tal, wanderte dort umher und hoffte auf eine Inspiration. Bei einer dieser Gelegenheiten sah er Hatschepsut dort auf einem Felsen sitzen in der glühenden Sonne, von Kopf bis Fuß in weißes Leinen gehüllt, mit angezogenen Knien, die Arme um die Beine geschlungen, während der Nubier einen Sonnenschirm über sie hielt. Sie ließ sich nicht anmerken, ob sie ihn sah, sie schien in ferne Vision versunken. Er ging leise davon, denn er wollte sie nicht stören. Er fühlte die Sonne auf seinem kräftigen Rücken, fühlte das Blut durch seine Gliedmaßen strömen. Es blieb ihnen noch genügend Zeit für alles. Er ging oft mit Speer und

Bogen auf den Truppenübungsplatz in der Hoffnung, daß sie kommen würde, um ihre Kampfwagen zu lenken. Seine Zielsicherheit nahm zu, und seine Handgelenke wurden stark, aber sie erschien nicht ...

10

Am letzten Tag des Monats des Apap, als der Nil abermals zu einem riesigen See geworden war, in dem sich der winterliche Himmel widerspiegelte, ließ Thutmosis seine Tochter zu sich rufen. Ihre Geburtstagsfeierlichkeiten waren vorüber. Sie war jetzt fünfzehn, und was ihre frühen Jahre versprochen hatten, erfüllte sich jetzt. Sie trug immer noch die kurzen Röcke ihrer Kindheit, aber ihre Hüften wölbten sich sanft unter ihnen, und ihre Brüste unter den Juwelen, die sie so liebte, waren voll und gut geformt. Sie trug das Haar offen und wollte nichts von den vielen Perücken wissen, die auf Ständern in ihrem Schlafzimmer hingen, aber sie hatte zahlreiche Diademe aus Gold, Silber und Elektrum, um ihren Kopf zu schmücken. Sie war gerade bei Nedjmet, als der Befehl ihres Vaters sie erreichte. Sie hatte über ihre Kindheit und ihre Mutter gesprochen, hatte mit der alten Frau Erinnerungen ausgetauscht und mit ihren Katzen gespielt. Der Bote hatte eine feierliche Miene, und Hadschepsut ahnte, daß dies keine gewöhnliche Audienz bei Pharao sein würde.

Thutmosis begrüßte seine Tochter liebenswürdig, küßte sie und stellte warmen Wein und Kuchen vor sie hin. Sie setzte sich auf den Rand ihres Stuhls und sah zu ihm hoch, wie er da stand, die Hände auf die Hüften gestützt. «Das neue Jahr kommt näher», sagte er, «und es wird Veränderungen bringen. Du bist lange genug Kronprinz gewesen, Hatschepsut. Das ist ein Titel für ein Kind, und du bist kein Kind mehr. Ich bin müde, und ich brauche die Hilfe, die ein Regent mir geben kann. Wir machen eine Reise, du und ich, eine königliche Rundreise. Ich werde dir endlich dein Königreich zeigen, in seiner ganzen Pracht, damit du das Geschenk, das der Gott dir macht, besser

würdigen kannst. Und wenn wir zurückkehren, lasse ich dich zur Erbin krönen.»

«Wirst du mich heiraten, Vater? Gibt es Schwierigkeiten, weil meine Mutter tot ist und du eine Frau von königlichem Geblüt brauchst, um dich auf dem Thron zu halten?»

Er brach in schallendes Gelächter aus, und sie sah ihn zornig an.

«Die Frage ist ganz natürlich! Meine Lehrer haben mir oft genug gesagt, daß man, um Pharao zu sein, das richtige Blut heiraten muß, und da du, lieber Vater, wahrhaftig unsterblich zu sein scheinst, nahm ich an, daß du mich heiraten würdest.»

«Findest du, ich brauche noch eine Frau, die mich legitimiert? Ich, der ich Ägypten seit über einem Jahrzehnt fest im Griff habe? Nein, meine Hatschepsut, eine solche Heirat ist nicht erforderlich. Ich möchte nur einen Teil der Arbeit auf dich abladen. Ich habe dir die Doppelkrone versprochen, und du sollst sie haben, aber sie ist mit viel Arbeit verbunden. Bist du bereit?»

«Ich bin seit Monaten bereit», erklärte sie mit blitzenden Augen. «Für einen solchen Augenblick wie diesen hat Amun mich gezeugt. Du hast es mir gesagt, und ich weiß, daß es wahr ist. Und ich werde eine gute Herrscherin sein. Auch das weiß ich.»

Er ließ sich neben ihr nieder. «Du bist zum Herrschen geboren, Hatschepsut, so wie Ineni dazu geboren ist, Bauwerke zu schaffen, und pen Nechbet für den Kampf. Aber ich warne dich: Nicht jeder wird dich als Erbin willkommen heißen, und wenn ich zu früh sterbe, wirst du möglicherweise Schwierigkeiten mit allen denen bekommen, die sich streng an den Buchstaben des Gesetzes halten.»

«Pah! Alte Männer, die über Büchern hocken und deren Blut schon lange vertrocknet ist! Das Heer steht zu dir und damit zu mir – wen sonst sollte ich fürchten?»

«Du überraschst mich. Natürlich brauchst du das Heer nicht zu fürchten. Die Soldaten halten große Stücke von dir – von dem Prinzen, der von einem holpernden Kampfwagen aus einen Speer werfen und sein Ziel treffen kann. Aber wie steht's mit deinem Bruder Thutmosis und den Priestern des Amun?»

«Was soll mit ihnen sein? Thutmosis hat nicht mehr Ehrgeiz als eine Mücke. Gib ihm Frauen und gutes Essen, dann ist er ruhig. Und den hinterlistigen Menena hast du ja schon vor langer Zeit entlassen.»

«Ja, aber viele der Priester werden fürchten, daß das Land unter der Herrschaft einer Frau schwach wird, daß es wieder Scharmützel an den Grenzen gibt und daß die Keftius und die Kuschiten diesen gierigen Dienern des Gottes keinen Tribut mehr zahlen werden. Sie würden Thutmosis dienen, bis sie erkennen würden, daß er mehr als jede Frau den Tumult und das Blut des Schlachtfeldes fürchtet.»

«Was soll ich also tun?»

«Laß dich von mir krönen und arbeite an meiner Seite. Lerne so viel du kannst von der Kunst des Regierens! Vielleicht ist dann deine Stellung, bis ich sterbe, stark genug, daß du das unvermeidliche Aufflackern einer Revolte unterdrücken kannst.»

Sie erhob sich und ging um ihn herum. «Es wird also nicht leicht sein. Jetzt endlich verstehe ich Neferus Ängste, obwohl sie sich nie, nicht einmal in ihren düstersten Träumen, hätte vorstellen können, daß der Thron von Ägypten einmal mir zufallen würde.» Sie lachte und streckte die Arme aus. «Ich werde Königin sein. Nein, mehr als eine Königin. Ich werde Pharao sein!»

«Erst wenn ich zum Gott gehe», erinnerte Thutmosis sie lächelnd. «Und bis dahin bist du vielleicht schon des Jochs der Macht überdrüssig und wählst Thutmosis, weil du ein weiches Ehebett einem harten Königsthron vorziehst.» Er neckte sie, aber sie warf ihm einen so entsetzten Blick zu, daß sein Lächeln erstarb.

«Oh, mein Vater! Lieber als mit Thutmosis würde ich das Bett mit dem niedersten Soldaten teilen.» Sie schauderte. «Ich kann Dummköpfe nicht ertragen.»

«Vorsicht!» sagte er scharf. «Sprich nie mehr so von deinem Bruder! Deine Mutter war besorgt um dich wegen deiner leichtfertigen Zunge. Es könnte sein, daß mehr an ihm ist, als wir glauben – all meinen Verfügungen zum Trotz. Vielleicht wird er doch noch den Horusthron besteigen.»

Hatschepsuts Lippen strafften sich. «Nur bei meinem Tod», sagte sie. «Nur dann.»

«So sei es. Während des Monats des Mesore werden wir die alten Wunder dieses Landes besuchen, und es ist deine Pflicht, den Göttern zu huldigen, deren Heiligtümer dich erwarten. Dann kehren wir zurück, und du erhältst die Kröne. Ich habe nach vielen Beratungen mit den Astrologen den Neujahrstag gewählt. Du gehst in den Tempel

und erwartest dort die Botschaft Amuns. Den Rest des Monats verbringst du mit Vorbereitungen. Hatschepsut, sprich aber zu niemandem über diese Angelegenheit, denn ich habe nicht die Absicht, vor unserer Rückkehr eine öffentliche Erklärung abzugeben. Und überlege es dir gut. Du mußt sicher sein, daß du es wirklich willst. Bist du sicher?»

«Ich brauche es mir nicht zu überlegen», sagte sie energisch. «Ich habe keine Zweifel und werde auch nie welche haben. Dieses Geschenk kommt nicht nur von dir, Pharao, denn ich weiß, daß auch der Gott dies von Anfang an für mich vorgesehen hatte. Hab keine Angst. Ich werde eine gute Herrscherin sein.»

«Daran zweifle ich nicht!» sagte ihr Vater barsch. «Jetzt geh für ein paar Tage wieder zu deinen Katzen und deinen Blumen und genieße die letzte wirkliche Freiheit, die du jemals haben wirst.»

«Ach was!» Sie küßte ihn auf die Wange und lief leichtfüßig zur Tür. «Ich werde immer frei sein, mein Vater, denn alles in mir ist meinem Willen untergeordnet. So sollte es bei jedem Menschen sein. Da es aber nicht so ist, beherrschen die Starken Schwache wie Thutmosis.»

Sie tänzelte hinaus, und er ließ sich seine Landkarten bringen. Kein Gott durfte vergessen werden, und überall längs des Nils standen Heiligtümer.

Eine Woche später bekam Senmut von einem der königlichen Boten eine Schriftrolle überbracht. Er sah sofort, daß dies kein grobgezeichneter Brief aus dem Dorf seines Vaters war, und er brach das Siegel mit zitternden Fingern. Die schwarzen Hieroglyphen sprangen ihm in die Augen.

> Ich begebe mich bald mit meinem Vater auf Reisen und werde den ganzen Monat des Mesore unterwegs sein. Fahre Du mit der Arbeit fort, die ich Dir übertragen habe, und wenn ich wiederkomme, fange ich an zu bauen. Ich schenke Dir die Sklavin Tachat, damit sie Dir diene, wie Du es wünschst. Laß sie nicht müßig sein.

Der Brief war im Namen Hatschepsuts vom großen königlichen Schreiber Anen selbst unterschrieben. Senmut hatte ihn kaum zu Ende gelesen, da klopfte es an der Tür. Er rief «Herein!» Tachat glitt herein,

schloß die Tür hinter sich und warf sich vor ihm nieder. Er blickte erstaunt auf den schimmernden roten Kopf. «Steh auf!» Sie erhob sich und blieb mit gesenkten Augen vor ihm stehen. «Und was soll ich mit dir anfangen?» fragte er sie. «Sieh mich an!» Die grünen Augen hefteten sich auf sein Gesicht, und er entdeckte Heiterkeit in ihnen. Sie schien Freude an dem Scherz zu haben.

«Der Kronprinz hat mich dir geschenkt, damit du nicht ohne Kohle in die Sonne hinausgehst», sagte sie. Sie hatte eine helle, fröhliche Stimme mit einem starken Akzent. Und wenn sie sprach, waren ihre kleinen weißen Zähne zu sehen. Ihre Haut war blaß, beinahe weiß, und Senmut wußte, daß sie aus einem Land kam, das weit von Ägypten entfernt war. «Der Kronprinz hat ferner gesagt, ich soll dich unterhalten, während sie fort ist und dir in den langen Winternächten die Zeit vertreiben.»

Senmut grinste. «Woher kommst du?» Sie sah ihn verwirrt an. «Wo bist du geboren?»

Sie hob die Schultern in einer beredten Geste. «Ich weiß es nicht, Herr. Ich erinnre mich an große Kälte und an das Meer, an weiter nichts. Ich war lange als Leibdienerin im Haus des Sohnes des Wesirs des Nordens.»

«Wie bist du dann in den Palast gekommen?»

«Prinz Hapuseneb hat mich Ihrer Hoheit geschenkt, weil ich mich gut auf den Gebrauch von Kosmetika verstehe.»

Senmut brach in Gelächter aus, und sie erwiderte sein Lachen mit einem schüchternen Lächeln; langsam wuchs das Einvernehmen zwischen ihnen. «Du verstehst dich auch auf andere Dinge, vermute ich.»

Sie senkte die Augen und spielte mit sommersprossigen Fingern an ihrem Rock herum. «Es ist an dir, das festzustellen, Herr.»

«Wir werden sehen. Du bist in der Tat ein hochgeschätztes Geschenk.»

«Das hoffe ich. Der Kronprinz hat gesagt, ich soll meine Verdienste so bald wie möglich unter Beweis stellen.»

Er schickte sie fort und machte sich lächelnd wieder an seine Arbeit. Später aß er mit Benja im Speisesaal der Ingenieure zu Abend. Als er, gegen die winterliche Kälte in seinen Umhang gehüllt, von der Mahlzeit zurückkehrte, flackerte in der Ecke seines Schlafgemachs eine Kohlenpfanne, die Lampen waren angezündet, und Weihrauch brannte süß duftend vor seinem kleinen Schrein für Amun.

Tachat verneigte sich, als er eintrat. Sie trug nur ein dünnes Gewand, das ihre kleine Gestalt mit einem Lichtschein umgab wie der Rauch, der von der Feuerschale aufstieg. Sie hatte grüne und lila Winterblumen in ihr Haar geflochten. «Möchtest du heißen, gewürzten Wein, um dich zu wärmen?« fragte sie ihn, aber ihre Augen sprachen von einer Droge, die berauschender war als heißer Wein und würziger als der frischeste Honigkuchen.

Er ging langsam auf sie zu, und sie nahm ihm den Umhang von den Schultern und ließ ihn hinter sich auf einen Schemel fallen; dann wandte sie sich ihm zu, legte die Hände auf seine Schultern und ließ sie langsam über seinen angespannten Rücken gleiten. Er nahm sie in die Arme, zog sie dicht an sich und fühlte die zarte Wölbung ihrer Brüste, während er seinen Kopf an ihrem Hals vergrub. Leise lachend zog sie ihn zu seinem Ruhebett, und die Lampen waren niedergebrannt und begannen schon zu flackern, ehe er wieder sprach.

So verlor Senmut, der Bauer, Priester und Architekt, schließlich seine Unschuld. Er faßte Zuneigung zu Tachat, zu ihrem Humor, ihrem wohltuenden Schweigen, ihren plötzlichen, wortlosen Ausbrüchen von Leidenschaft. Er entdeckte, daß er mit klarerem Kopf arbeiten konnte, wenn er wußte, daß sie in der Stille seines kleinen Zimmers auf ihn wartete. Zweifellos hatte der Prinz das erkannt, sagte er sich, und er war sich bewußt, daß die Hingabe an seine Arbeit, die Hatschepsut von ihm als Architekt verlangte, nicht durch die inneren Spannungen und Sehnsüchte eines unbefriedigten Mannes geschmälert werden durfte. Wie klug sie war, wie scharfsinnig! Und wie erbarmungslos in ihrer Zielstrebigkeit, in ihrer Annahme, daß alles so sein würde, wie sie es wünschte, wenn sie sich einmal ein Ziel gesetzt hatte. Er kehrte mit neuer Energie zu seinen Plänen zurück und erwartete mit ständig wachsendem Verlangen die abendliche Ruhe.

Am letzten Abend des Monats Apap näherte sich Hatschepsut dem Tempel Amuns. Sie wurde nur von dem Gefolgsmann Seiner Majestät begleitet. Als sie den ersten Pylon erreichte, der den Beginn des heiligen Bezirks verkündigte, verneigte sich dieser und ging davon.

Sie trug nur ihren kurzen Rock; ihr Vater hatte sie von allen Kosmetika, Ölen und Parfums reingewaschen. Ihr Haar wurde oben

auf dem Kopf von einer schlichten Kupfernadel zusammengehalten. Sie trug keinen Schmuck.

Die Sonne war vor einer Stunde untergegangen, und es war kühl, denn Re hatte alles Licht, alle Wärme und alle Farbe mitgenommen. Hatschepsut zitterte in dem kalten Wind, der durch den Pylon in den menschenleeren äußeren Hof des Tempels zog. Sie kniete nieder, küßte die Erde und eilte weiter, um dem Wind so schnell wie möglich zu entkommen. Der Hof war so kalt und verlassen wie der Garten, und der nächste Pylon und der dritte und der vierte warfen tiefe Schatten auf den goldenen Boden. Kein Prister hielt sich hier auf, kein Andächtiger störte die tiefe Stille des Winterabends. Hatschepsut sah einen Augenblick um sich und wünschte, von dem düsteren Ort, von dem Seufzen des Windes davonzulaufen. Es war der Abend ihrer persönlichen Begegnung mit Amun, und man hatte keine Lampen angezündet. Sie ging zögernd weiter, vorbei an den dunklen Löchern der Verbindungsgänge, die sich gähnend vor ihr auftaten wie schwarze Münder, die sie verschlingen wollten. Sie überquerte, ein Gebet murmelnd, so schnell sie konnte den äußeren Hof. Zwischen dem dritten und dem vierten Pylon war die Dunkelheit noch dichter, denn hier schirmte das Zederndach ihres Vaters alles Licht ab, das noch am Himmel verblieben war. Sie lief von einer Säule zur anderen, durch goldene Türen, die zu weiteren Sälen und weiteren Gängen führten, bis sie schließlich vor der Tür zum Heiligtum, vor dem großen Gott selber stand.

Die Tür war zweimal so hoch wie sie und zehn Schritt breit. Sie fuhr erschreckt zusammen und stieß einen Schrei aus, als eine schweigende Gestalt, einen Schlüssel in der Hand, lautlos aus der Dunkelheit trat.

Es war der Oberpriester, der gekommen war, sie ins Heiligtum zu geleiten. Er trug einen schweren Mantel mit einer Kapuze, den Hatschepsut ihm am liebsten heruntergerissen und sich selbst um die nackten Schultern gelegt hätte. Er machte ihr ein Zeichen und schloß die Tür auf. Sie gingen schweigend nebeneinander durch einen schmalen Saal zu einer anderen Tür aus Elfenbein und Elektrum. Der Priester öffnete sie und trat dann zurück, um Hatschepsut allein hineingehen zu lassen.

Es war sehr kalt und völlig still im Raum. Als die Schritte des Oberpriesters verklangen, hatte Hatschepsut das Gefühl, als würde sie

langsam inmitten eines riesigen Labyrinths ersticken. Ich habe nichts zu fürchten, sagte sie sich, er ist mein Vater. Aber sie konnte sich lange nicht entschließen, sich umzuwenden und den Einen anzusehen, obwohl sie seine Gegenwart greifbar zu spüren meinte. Schließlich drehte sie sich um und sah ihn.

Er saß ruhig auf seinem goldenen Thron, die goldenen Hände auf den goldenen Knien, die Füße von silbernen und goldenen Schalen umgeben, den Körper in das beste Leinen gehüllt, das es im Land gab. Hatschepsut konnte jetzt besser sehen, denn rechts und links von der riesigen, aus einem einzigen Steinblock gehauenen Figur brannten Lampen, und vor dem Thron standen zwei kupferne Weihrauchfässer, die nie erloschen. Zu beiden Seiten des Gottes waren kleine Türen in die Mauer eingelassen; eine führte in die Gemächer des Oberpriesters, die andere in das Andachtszimmer von Thutmosis, aber sie waren fest geschlossen und schienen weder Klinken noch Schlösser zu haben. Es dauerte lange, ehe Hatschepsut dem Gott ins Gesicht zu sehen wagte. Sie ließ sich auf den goldenen Boden sinken, preßte das Gesicht auf die kalten Steine und schloß die Augen, aber sie konnte nicht beten, wie sie es sich vorgenommen hatte. Seine Erscheinung war zu nah, zu überwältigend. Sie fühlte sich von ihr umschlossen, erdrückt. Sie blieb auf dem Boden liegen, bis ihr vor Kälte zitternder Rücken und ihre schmerzenden Arme und Beine sie zu einer anderen Haltung zwangen. Da erst setzte sie sich mit gekreuzten Beinen vor den Gott und sah ihm ins Gesicht.

Es war ein ehrfurchtgebietendendes Gesicht, aber kein zu fürchtendes. Die goldenen Augen standen weit auseinander und blickten gedankenvoll in die Ferne, der goldene Mund lächelte, und über der ernsten Stirn erhoben sich die Federn seiner Göttlichkeit, die aussahen, als würde sie die kleinste Brise in Bewegung versetzen. So saß er da, der mächtige Amun von Theben und regierte die Welt von seinem kleinen, dunklen Heiligtum aus, täglich die Huldigungen eines Pharaos nach dem anderen empfangend. Manchmal wurde er in der Stadt umhergetragen, aber er zog es vor, seine Wunder hier im geheimnisvollen Dunkel, im ewigen Zwielicht seines Throns zu vollbringen.

Hatschepsut sah ihn an, bis ihr Blick verschwamm und er zu tanzen schien. Sie schloß wieder die Augen, sah ihn größer und größer werden und mächtig, unbesiegbar über allem thronen. Immer wieder

berührte sie mit dem Kopf den Boden, um dem Gott zu huldigen. Aber er sprach nicht. Er hieß sie weder willkommen, noch gab er ihr ein Zeichen, und während die Nacht voranschritt, wuchsen Verzweiflung und Trauer in ihr. Draußen in der Welt, wo Sterne schienen, Wolken zogen und Wind wehte, bliesen die Hörner Mitternacht, und immer noch richtete der Gott nicht das Wort an das verzweifelte Mädchen.

Schließlich legte sie den Kopf auf den Boden und blieb in dieser Haltung, ohne auf ihren schmerzenden Rücken zu achten. Amun, oh, mein Vater, dachte sie niedergeschlagen und müde, und die Worte hallten in ihrem leeren Innern wider, mit dem sie ihn vergeblich suchte. Ihre Glieder entspannten sich. Ihr Atem ging langsamer. Irgendwo mußte es doch eine Tür geben, irgendwo einen Spalt, durch den sie aus sich herausgelangen konnte, um ihn zu berühren.

Und aus der höhlenartigen Weite des Vergessens hörte sie einen Ruf, leise, hypnotisch: «Hatschepsut, Hatschepsut, Hatschepsut.» Vor ihr lag ein Lichtstrahl, den sie hinaufglitt. Er wurde heller und immer heller, und sie fand sich wieder im Heiligtum, vor ihr ein junger Mann, der lässig an die Knie des Gottes gelehnt stand. Er war groß und sehr schön. Sein Haar war kurz und golden, und sein Rock war aus goldenem Stoff. Sein Gesicht war mit Gold bemalt, ebenso seine Füße und die Nägel seiner Finger und Zehen glitzerten im Lampenlicht. Hatschepsut wußte später nicht, ob er die Helligkeit der Sonne in sich trug oder ob er so funkelte, weil das Licht der Lampen auf ihm lag. Aber der Raum schien erfüllt von Wärme und einem Hauch des kommenden Frühlings. Sie wußte, daß sie noch nie zuvor in ihrem Leben ein so schönes Gesicht gesehen hatte. Sein Mund war voll und arrogant, seine Augen waren groß, und der Kopf saß, stolz erhoben, auf einem langen, schmalen Hals.

Als sie anbetend die Hände ausstreckte, lachte er. «O ja, verneige dich vor mir», sagte er. Seine Stimme war kräftig und schien voll von Gold wie alles an ihm. «Denn ich bin tausendmal größer als du, Hatschepsut. Hier stehst du, eine Prinzessin von Ägypten, in einem groben Leinenrock, während ich in die Sonne selbst gekleidet bin.» Er hielt eine Hand in die Höhe und bewegte die Finger, um den Glanz seiner Nägel zu bewundern. «Ich bin schön, weit schöner als du, die man die Blume von Ägypten nennt.»

Plötzlich mochte Hatschepsut ihn nicht leiden. Ob er nun ein Gott war oder nicht, er war so eitel wie sie und sehr gefährlich. Sie wandte sich zur Tür.

«Oh, geh ruhig fort», sagte er. «Die Tür ist offen, und niemand wird dir einen Vorwurf machen, wenn du im Wahnsinn diesen Raum verläßt. Schließlich ist Amun ein mächtiger Gott, nicht wahr? Alle Menschen fürchten ihn und dienen ihm, nicht wahr? Und du, du hast mehr Grund als jeder andere, beides zu tun, denn er hat dich gezeugt, nicht wahr? Oder stimmt das nicht?» Die letzte Frage stellte er in geringschätzigem sarkastischem Ton und neigte den Kopf dabei zur Seite und lächelte wissend.

Sie wandte sich wieder von der Tür ab. «Kein Mensch hat je zuvor so zu mir gesprochen», sagte sie kühl.

Seine goldenen Augenbrauen hoben sich. «Natürlich nicht!» pflichtete er ihr bei. «Kein Mensch würde es wagen, die heilige Empfängnis der Blume Ägyptens in Frage zu stellen.» Er grinste jetzt hämisch, und der schöne Mund war verzerrt. «Aber ich bin kein Mensch und ich sage dir, was mir beliebt, kleines Mädchen, das vorgibt, eine Prinzessin zu sein.»

«Dann bist du also ein Gott?»

«Schäme dich, Hatschepsut! Weißt du nicht, wer ich bin?» Er streichelte mit einem glitzernden Finger Amuns Bein. «Ich fahre täglich auf der himmlischen Barke. Ich reise mit Re, dem König der Lebenden und der Toten, und ich bade in seinem Feuer, wann immer es mir beliebt. Kennst du mich immer noch nicht?»

«Nein!»

«Ich blicke dir über die Schulter, wenn du vor deinem Spiegel sitzt und dich putzt. Ich gehe neben dir im Garten und am Fluß. Ich habe dich in dem geheimen Tal gesehen – o ja, und auch Senmut. Ein gutaussehender Bursche, aber zu ehrgeizig. Hab acht auf ihn, Hatschepsut, obgleich du ihn lieben mußt. Er wird dir dienen, solange du lebst; das weiß ich. Du weißt es auch, nicht wahr? Aber gib ihm Raum, sonst richtet er sich zugrunde und bricht dir das Herz. Oh, Hatschepsut, schöne Hadschepsut, wie viele Kas hast du?»

«Der mächtige Amun hat vierzehn für mich geschaffen!» Sie beobachtete den unhöflichen, unberechenbaren jungen Mann aus mißtrauischen Augen, als erwarte sie, daß er jeden Augenblick über sie herfal-

len oder schreien oder weitere Götter herbeirufen würde. Und doch hatte er etwas an sich, das ihr bekannt vorkam.

Er tänzelte einen Augenblick vor dem Gott hin und her, ohne sich vor ihm zu verbeugen, dann machte er einen Sprung und ließ sich bequem in Amuns Schoß nieder. Hadschepsut zog erschreckt die Luft ein, aber der goldene Jüngling ließ nur wieder sein dümmliches, hohes, geistloses Lachen hören. «Vierzehn! Was für ein großzügiger Gott ist unser Amun! Und welchen Geschlechts sind sie?»

«Männlichen Geschlechts.»

«Ja!»

Sie lief plötzlich auf ihn zu. «Jetzt verstehe ich! Du bist einer von meinen Kas!»

Er hob einen Finger und sah wieder seinen goldenen Nagel an, als sei er begierig, sich selbst zu betrachten. «Ich bin eitel, egoistisch, habsüchtig, anmaßend, grausam, unberechenbar und völlig skrupellos. Wie kann ich du sein? Denn du, kleines Bauernmädchen, bist sicher bescheiden, selbstlos, freundlich, sanftmütig, liebevoll und gut. Nicht wahr?»

Sie stampfte mit dem Fuß auf. «Geh weg! Du spielst mit mir, und das lasse ich nicht zu!»

Er pfiff leise. «Du meine Güte, wie gut du es verstehst, Befehle zu erteilen. Wachst du nie in der Nacht verängstigt auf und fragst dich, was geschehen würde, wenn niemand dir gehorchte?»

«Mach daß du wegkommst! Du beleidigst den Gott mit deinem albernen Gerede und vergeudest meine heilige Nacht mit Lappalien!»

Er spitzte schmollend die glitzernden Lippen. «Aber dies ist auch meine heilige Nacht. Ich muß sagen, ich würde lieber in der Sonne spielen, statt hier in der kalten, dunklen, von Weihrauch durchtränkten Zelle zu sein.» Er sprang leichtfüßig von den Knien des Gottes herunter und landete vor Hatschepsut. «Du willst auf eine Reise gehen, stolze Hatschepsut. Sag mir, was du dir wünschst? Du mußt dich vor deiner Abreise entscheiden, mußt du wissen, sonst wird alles Bitten und aller Weihrauch der Welt die Götter des Flusses nicht dazu bringen können, dir auch nur einen Augenblick zuzuhören. Der alte Amun hat nur das Werkzeug geschaffen.»

«Wie kannst du es wagen!»

Er kam noch näher. «Nun, was willst du? Macht? Die Kraft, Krieg

zu führen? Gold, das wie Wasser durch deine hübschen Hände läuft? Die Verehrung aller Menschen, vor allem jenes nüchternen, gelassenen Priesters Senmut? Oder? Was?»

«Du weißt, was ich will!»

«Ich weiß, was du glaubst, daß du willst. Wie oberflächlich du bist, meine Liebe. Du glaubst, es wird dir Spaß machen, über Ägypten zu herrschen; du träumst davon, daß alle sich vor dir, der Tochter des Gottes, verneigen, du willst verehrt werden, du willst, daß das ganze Land sich deinem Willen beugt. Stimmt das?»

Sie legte die Hände über die Ohren. «Ja!» rief sie schluchzend. «Ja, das stimmt! Ich will Macht und alles übrige!»

«Nun, du gibst es zu. Aber es gibt noch mehr.»

«Ja, es gibt noch mehr. Ich glaube aufrichtig, daß es noch mehr gibt.» Sie hob den Kopf und sah ihn an. «Was ist wichtiger als das Wohl des Pharaos, oh, mein schändliches Ka?»

Er hüpfte wieder zu Amun. «Das Wohl Ägyptens natürlich.»

«Darin sind wir uns einig. Ich will das Wohl Ägyptens. Das ist es, was ich will, und das ist es, worum ich auf meiner Reise beten werde.»

«Aber natürlich bist *du* das Wohl Ägyptens.» Er lächelte. «Ich glaube, du hast recht. Du verdienst Ägypten nicht, aber du wirst ein guter Pharao sein. Jetzt will ich dir ein paar Ratschläge geben.» Er glättete seine Locken. «Hüte dich vor Thutmosis, deinem Bruder. Du weißt in der Tiefe deines Herzens, daß er die Schlange mit den trägen Augen ist, die schnell zuschlägt, aber du weißt nicht, daß er dich in seiner Eigenschaft als Vater vernichten wird. Hüte dich vor den Priestern Amuns, nicht vor dem Gott selbst, er wird dir nichts zuleide tun. Hüte dich vor dir selbst, vor deinem ungeheuren Ehrgeiz. So, jetzt bin ich deiner Gesellschaft überdrüssig, Bauernmädchen. Ich will zu Re zurückkehren.» Er gähnte. «Und, ach ja, der mächtige Amun ist zufrieden mit dir, er segnet dich, Hadschepsut. Geh jetzt zu Bett. Es dämmert bereits.» Er richtete sich auf. «Und noch etwas. Ehe du Theben verläßt, bring Montu ein Opfer dar. So wird deine Regierung frei von Kriegen sein. Nicht von Scharmützeln», schloß er, den Kopf schüttelnd, «nur von Kriegen.»

«Oh, mächtiger Amun», sagte sie beglückt. «Was für eine heilige Nacht ist es gewesen!»

Als der Oberpriester kam, um sie nach Hause zu begleiten, fand er sie schlafend vor. Sie lächelte im Schlaf und lag auf der Seite und hielt mit einem Arm den Fuß des Gottes umschlungen.

11

Am ersten Tag des Mesore brachen Hatschepsut und Thutmosis zu ihrer Reise auf. Während er auf der königlichen Barke wartete, ging sie in den Tempel und brachte Montu vor den Augen seiner schweigenden, grimmigen Priester einen Stier als Opfer dar. Als sie fertig war, überließ sie es den Priestern, den Kadaver zu verbrennen und ging zu ihrem Vater auf das Boot. Es war ein herrlicher Wintertag, warm, aber mit einer leichten Brise; der Himmel hatte die harte Bronzefärbung des Sommers verloren und neigte sich sanft und hell und blau zu ihnen herab. Die weißen und blauen Wimpel flatterten fröhlich an den zwei Masten, und der goldene Schiffsnabel glitt von den Stufen und tauchte ins Wasser. Als sie ablegten, verbrannten die Menschen am Ufer Weihrauch für Hapi, den Gott des Nils, und warfen Blumen für ihn aufs Wasser, wo sie wie ein bunter Teppich in der leichten Dünung hinter dem Kiel der Barke auf und nieder schaukelten. Die Skiffs mit den Vorräten folgten alle in einer Reihe, und die kleine Flotte segelte langsam davon, bis sie aus dem Blickfeld verschwand.

Hatschepsut und Thutmosis standen zusammen an Deck und sahen zu, wie die Stadt vorüberzog. Hinter ihnen, unter dem Dach der Kajüte, wartete ihr Frühstück. Die Seitenwände der Kajüte waren aufgerollt worden, damit Pharao und seine Tochter ihr Mahl zu sich nehmen und gleichzeitig den Ausblick genießen konnten, aber sie waren noch nicht hungrig genug, um den Bug zu verlassen. Der Geruch des Flusses und der Wasserpflanzen vermischte sich harmonisch mit dem Gesang der Vögel und dem blitzenden Flug der Libellen. Eine ließ sich einen Augenblick auf Hatschepsuts Arm nieder,

und sie hatte Zeit, die zarten blau-roten Flügel und den langen, schimmernden schwarzen Körper zu bewundern, ehe er sich wieder erhob und hinter einem Schwarm von Moskitos herschoß, der langsam vorüberschwebte. Hatschepsut seufzte vor Freude. Nie zuvor hatte sie die Stadt verlassen und alles, was sie sah, war neu für sie. Vor ihr lag eine Zeit der Festlichkeiten und der zwanglosen Vergnügungen, Tage mit ihrem Vater, an denen sie Ägypten vorübergleiten sah, in denen sie zu den Sternen emporblicken würde, während das Boot sie in den Schlaf wiegte. Sie war so erregt wie das Kind, das sie einmal gewesen war.

Thutmosis betrachtete zufrieden ihre halboffenen Lippen, ihre strahlenden Augen und die braunen Hände, die sich um die Reling legten. Endlich einmal war er für eine Weile befreit von Botschaften und Anwälten und kleinlichen Händeln in den Gerichtshöfen! Sollten Ineni und seine Wesire eine Zeitlang die Last der Regierung tragen! Er setzte beide Füße fest aufs Deck, warf den Kopf zurück und hielt das Gesicht dem Wind entgegen. Es war lange her, seit er Theben verlassen hatte – um Krieg zu führen oder die Stätten zu besuchen, wo seine Bauwerke errichtet wurden. Er war ebenso erregt wie Hatschepsut und begierig, ihr die unvergleichlichen Schönheiten dieses Landes zu zeigen, das ein wahrhaftes Geschenk der Götter war. Als sie in die Kajüte gingen, um zu essen, lag die Stadt hinter ihnen, und der Fluß schlängelte sich gemächlich durch überflutete Felder und durchnäßte Palmenhaine, deren sattes Grün sich dem Himmel entgegenreckte. Die Hügel rechts und links, fünf Meilen entfernt, waren dunstig in der feuchten Winterluft, und der Fluß dampfte, als die Sonne höher stieg. Sie aßen begierig, lachten über Nichtigkeiten und lehnten sich bequem auf ihren Kissen zurück, um an ihrem Wein zu nippen. Als sie wieder an Deck kamen, beschrieb der Fluß eine weite Kurve nach Osten, und die Felsen waren zurückgewichen, zurück in die Wüste.

«Morgen sind sie wieder da», erklärte Thutmosis seiner Tochter. «Sie sind nie sehr weit von uns entfernt, und das ist ein Glück, denn die Felsen ersetzen viele Divisionen von Soldaten und beschützen uns vor den umherstreifenden Wüstenstämmen. In drei oder vier Tagen kommen wir nach Abydos, der heiligsten aller Stätten, aber ich will dort nicht an Land gehen. Wir werden Anker werfen und vielleicht eine Nacht dort verbringen, aber dann fahren wir weiter.»

Sie antwortete nicht. Sie war ganz davon in Anspruch genommen, das Panorama ihres Königreichs zu betrachten, das sich wie eine riesige Schriftrolle vor ihr entfaltete. Die Sonne stand jetzt hoch und heiß am Himmel, und der Fluß lief schneller. Hatschepsut beobachtete, wie die Strömung das stillere Wasser der Überschwemmung verdrängte. Während sie langsam an Dörfern vorbeifuhren, deren Lehmhütten mit Papyrus gedeckt und von Bäumen beschattet waren, sah sie Tiere – Hühner, Ziegen, auch Rinder – unglücklich herumstehen und ihre überschwemmten Weideflächen anstarren. Aber das Wasser sank bereits, und an manchen Stellen waren die Fellachen schon wieder bei der Arbeit. Sie gingen mit gebeugtem Rücken hinter dem Pflug her oder bahnten sich einen Weg durch den knöcheltiefen Schlamm und warfen Samen auf den fruchtbaren Boden. Einmal kamen sie an einem Fischer vorbei, der mit ausgeworfener Leine, das Kinn auf die Brust gesenkt, in seinem kleinen Skiff saß. Er rührte sich nicht, als sie lautlos an ihm vorüberglitten.

Am Abend des vierten Tages kamen sie nach Abydos. Die Sonne versank gerade hinter der kleinen Stadt, und Hatschepsut konnte nichts mehr sehen. Aber als Re verschwunden war und der Himmel von einem hohen weißen Mond und ein paar frühen Sternen erhellt wurde, sah sie Dächer und Gebäude hinter Palmen liegen und weiter hinten die Pylonen und Säulen eines Tempels. Sie saß da, in ihren Umhang gehüllt, verwirrt von der Stille, einer Stille, die ihr ungewohnt war, da sie sonst ständig von den Geräuschen des Palastes umgeben war. Die bleichen, geisterhaften Gebäude und die schwarzen Arme der Bäume gaben ihr ein Gefühl der Einsamkeit. Die Barke zerrte leicht an ihrer Vertäuung im Schilf, und ein Nachtvogel gluckte und raschelte in seinem Nest.

«Dies ist das heilige Abydos, wo der Kopf des Osiris liegt», sagte Thutmosis leise. «So wie deine Mutter mich geliebt hat, liebte Isis den Gott, und sie holte die Teile seines armen, zerstückelten Leichnams aus allen Winkeln der Erde zusammen. Ich habe hier Bauten errichten lassen. Aber wir werden nicht hier verweilen. Abydos ist nicht weit von Theben entfernt, und du wirst Gelegenheit haben, es öfter zu sehen. Ich gehe zu Bett. Morgen früh vollziehen wir die Zeremonie für Osiris, dann fahren wir weiter.»

Er küßte ihre kühle Stirn und ging. Aber Hatschepsut hatte noch nicht genug von der Nacht. Sie blieb, wo sie war, lehnte sich über die Reling und beobachtete, wie die Lichter hoch über ihrem Kopf sich in der ruhigen, öligen Wasserfläche spiegelten. Sie dachte nach über die Ermordung des Sohnes des Sonnengottes und über die Liebe seiner treuen Isis, und sie wanderte auf dem Deck umher, lauschte auf das Schnarchen ihres Vaters und auf das Schwatzen und gedämpfte Lachen, das von den Skiffs der Diener herüberdrang. Sie war allein mit dem dunklen Himmel und dem kühlen Wind, aber das machte ihr nichts aus. Seit dem Tod Ahmoses war die Einsamkeit etwas, was ihr half, sich selbst zu entdecken. Sie ging jetzt auf und ab, wie ihr Vater es zu tun pflegte, die Stirn gerunzelt, den Blick vor sich auf den Boden gerichtet. Erst als von den anderen Booten kein Laut mehr zu hören war, ging auch sie zu ihrem Ruhebett.

Am nächsten Morgen versammelten sich alle am Ufer und brachten Osiris feierlich ihre Ofper dar. Aber die Stimmung war heiter, und als alles getan war, eilten sie zurück an Bord und stießen schnell ab, froh, wieder unterwegs zu sein. Hatschepsut hatte fest und traumlos geschlafen, bis Vogelgesang und die kühle Luft, die wie Wein durch ihre Kajüte floß, sie am frühen Morgen weckten. Sie und Thutmosis saßen am Frühstückstisch, während die Matrosen die Barke zur Mitte des Flusses stakten und die Segel hißten. Sie hatten kräftigen Rückenwind. Vom Heck her ertönte die Stimme des Kapitäns, er erteilte knappe Befehle, und man hörte das emsige Tappen von nackten Füßen auf dem Deck. Hatschepsut hatte etwa zwei Meilen nördlich der Stadt Ruinen bemerkt, und als sie Thutmosis danach fragte, legte er stirnrunzelnd sein Brot nieder.

«Das war früher einmal der Tempel von Chontamenti, dem schakalgestaltigen Gott von Abydos», brummte er. «Und jetzt ist er verwüstet, nicht ein Stein liegt auf dem anderen. Wilde Tiere haben ihn zu ihrer Behausung gemacht.» Er spuckte auf den Boden. «Die niederträchtigen, ungläubigen Hyksos! Es ist lange her, seit der Zorn deiner ruhmreichen Vorfahren sie aus Ägypten vertrieben hat. Aber der Schmerz und die Trümmer, die sie zurückgelassen haben, leben fort.» Er nahm sein Brot wieder auf und legte eine Scheibe Fleisch darauf.

«Chontamenti», sagte Hatschepsut, «ist sicher ein mächtiger Gott für die Leute von Abydos. Ich werde den Tempel für sie – und für ihn – wieder errichten.»

Thutmosis blickte überrascht auf. «Das willst du tun? Gut! Ich habe getan, was ich konnte. Aber die leeren Schreine bedecken das Land wie Samenhülsen von reifen Früchten, und die Menschen trauern immer noch. In fünf Tagen werde ich dir noch eine andere Ruine zeigen. Dort mußt du hineingehen, um zu sehen, was die Göttin zu sagen hat, denn es ist der Tempel Hathors. Auch ihr Tempel in Kusae ist ein Gewirr von Unkraut und dürrem Gestrüpp.»

Sie fuhren weiter, und die Landschaft veränderte sich nicht.

Nur war hier der Fluß um ein paar Zoll gefallen, und hin und wieder kam der Besitz eines Adeligen in Sicht, mit hohen Mauern und gepflasterten Stufen zum Wasser, in dem die festgemachten Skiffs lagen. Sie waren weit entfernt von jeder großen Stadt und sahen fast nur blendend gelben Sand zwischen Feldern und Felsen sowie gelegentlich eine einsame Straße, die über die Hügel hinweg in die brennende Wüste lief.

Nach fünf Tagen kamen sie zu einer Straße, die geradewegs in den Fluß zu führen schien. Pharao befahl, Anker zu werfen und die Sänften auszuladen. Während sie an Deck warteten, deutete er landeinwärts. «Kusae liegt direkt hinter den Felsen», sagte er. «Auf dieser Straße pflegten die Dorfbewohner zum Fluß zu kommen. Sie wird jetzt nicht mehr viel benutzt, und ich habe vor, dort in den Hügeln ein Kommando zu stationieren, denn es haben sich hier Straßenräuber eingenistet, und die noch verbleibenden Dorfbewohner sind ihres Lebens nicht mehr sicher.» Er und Hadschepsut stiegen in ihre Sänften und machten sich auf den vier Meilen langen Weg nach Kusae. Vor und hinter ihnen marschierten vier Gefolgsmänner und beobachteten wachsam die Felsspitzen. Aber es war kein Lebenszeichen zu entdecken, nur ein paar Vögel kreisten hoch über ihnen.

Im Sommer wäre der Weg eine Tortur gewesen, aber zu dieser Jahreszeit war es ein angenehmer Ausflug. Die Sänften schwankten leicht unter den mit Goldquasten geschmückten Baldachinen, und die Straße stieg sanft zu einer kleinen Senke zwischen den Felsen an, die langsam näher rückten. Plötzlich befanden sie sich in tiefem Schatten

auf steinigem Boden, und vor ihnen öffnete sich das Tal. Sie blickten über das Dorf Kusae. Es gab nicht viel zu sehen. Ein paar Lehmhütten, die bewohnt zu sein schienen, da in gemächlichen Spiralen Rauch von den Dächern aufstieg, kleine Felder, begrenzt von Dornbüschen, verkümmerten Akazien und Palmen, Ruinen von Steinhäusern, einst von Reichen bewohnt, die die Stadt während der Besetzung verlassen hatten. Am Rand der Siedlung stand ein kleiner Tempel, dessen sechs Säulen, leuchtend weiß im Morgenlicht, mit zarten Fingern den blauen Himmel berührten. Die Mauern seines Vorhofs lagen in Trümmern, und die Steine ragten aus dem windgepeitschten Gras wie zerbrochene Knochen aus der Erde. Innerhalb der Linie der Mauer sah Hatschepsut, was einst Garten gewesen und jetzt nur ein Wirrwarr von trockenen Zweigen, ein brauner Teppich von dürrem Gras war.

«Ich warte hier auf dich», sagte Thutmosis. Der Zug hielt an. «Geh hinein, denn das ist der Tempel der Hathor. Und es ist deine Pflicht, ihr zu huldigen.»

Gehorsam stieg Hatschepsut aus ihrer Sänfte und ging auf den Tempel zu. Der Sand brannte ihr unter den Füßen, und es kostete sie Mühe zu gehen. Nach kurzer Zeit wurde der Boden fest, und sie wußte, daß unter ihr ein seit langem verschütteter Weg lag. Sie ging durch die Tür des Vorhofs, die halb im Sand begraben war, und betrat die Halle. Die Pflastersteine waren geborsten, und aus den Rissen wuchs Dornengestrüpp. Ringsum lagen zerbrochene Säulen, die einst leuchtenden Farben nun zu schmutzigem Grau oder Gelb verblichen, die Ornamente abgebröckelt und angefressen vom Zahn der Zeit. Hatschepsut bahnte sich einen Weg zum Heiligtum, hin zu den weißen Säulen. Aber als sie näher kam, sah sie, daß die Säulen nur Blendwerk waren, ein trauriges Zerrbild dessen, was einmal gewesen war, denn hinter ihnen war nichts als die menschenleere Wüste, die in der Sonne flimmerte.

Erschüttert über die trostlose, unendliche Einsamkeit des Orts, wandte sie sich um. Da berührte plötzlich jemand schüchtern ihre Hand. Sie blickte hinunter. Vier Kinder waren ihr nachgeschlichen und sahen sie mit großen, starren Blicken an. Eines hatte einen Bogen aus Papyrus gefertigt, ein anderes hatte sich aus einem Dornenzweig einen Speer gemacht und ihn mit einer Holzspitze versehen. Alle waren sehr mager. Die Knochen standen aus ihrem Körper hervor wie

die zackigen Steine, die überall um sie herum lagen. Das kleine Mädchen, das Hatschepsut berührt hatte, zog sich, den Finger im Mund, ängstlich zurück. Hatschepsut mußte wider Willen lachen. «Was tut ihr Kinder hier?» fragte sie in strengem Ton. «Wißt ihr nicht, daß dies ein heiliger Ort ist?»

Sie sahen sie verständnislos an, bis einer der Jungen sprach. «Wir kommen hierher, um zu spielen», erklärte er trotzig. «Dies ist unsere Garnison, und wir verteidigen sie bis zum Tod – für Pharao. Hast du Pharao jemals gesehen?» fragte er mit einem Blick auf das feine Leinen und die mit Juwelen besetzten Sandalen.

Noch ehe Hatschepsut etwas erwidern konnte, zupfte das kleine Mädchen sie am Rock. «Ich weiß, warum du hier bist», flüsterte sie. «Bist du gekommen, um die hübsche Dame zu sehen?»

Hatschepsut blickte in die großen, unschuldigen Augen und unterdrückte den Impuls, nach ihrem Amulett zu greifen. Sie nickte. «Ja. Kannst du mich zu ihr führen?»

Das Kind streckte ihr seine schmutzige Hand hin, und Hatschepsut umfing sie mit der ihren. So gingen sie Hand in Hand in den Vorhof zurück. Das Mädchen bahnte sich mit sicheren Schritten einen Weg durch das Gewirr von Steinen und Gestrüpp und machte schließlich in einer Ecke halt, wo, von einem Stein gehalten, noch ein Teil der Mauer stand. «Dort ist sie», flüsterte das Kind und lief zu seinen Freunden zurück.

Hatschepsut beugte sich erstaunt hinunter. Zu ihren Füßen stand ein grobgeflochtener Korb mit den Resten eines Speiseopfers: trockenes Brot, runzlige Früchte, eine verwelkte Lotosblume. Und gegen die Wand gelehnt, halb von herabgefallenem Mauerwerk verdeckt, stand die Göttin in Blau, Rot und Gelb gekleidet, ein starres Lächeln auf ihrem Gesicht. Von ihren Kuhhörnern, die wie Zauberstäbe in die Höhe standen, war eines noch mit Gold belegt. Hatschepsut wandte sich um, aber die Kinder waren davongelaufen. Sie fiel zu Boden und küßte die Füße Hathors, mit Dankbarkeit im Herzen für die Frau, die immer noch hierherkam, um der sanften, lächelnden Göttin ihre ärmlichen Opfer darzubringen. Dann richtete sie sich auf und begann zu beten. Die Worte kamen ihr nur schwer von den Lippen, denn sie hatte seit ihrer Kindheit nicht mehr zu Hathor gebetet. Sie bat die Göttin um Geduld und um Segen für ihre Regierung. «Mach mich

schön, so schön, wie du selber bist, dann werde ich wiederaufbauen, was zusammengefallen ist, werde die Priester wieder einsetzen und Weihrauch bringen, um dich zu verherrlichen», versprach Hatschepsut. Sie küßte noch einmal die Füße der Göttin, dann stand sie auf und verließ mit raschen Schritten den Hof.

Hinter dem äußeren Tor warteten die Kinder, dicht zusammengedrängt, und einem plötzlichen Impuls folgend, blieb Hatschepsut stehen.

«Möchtet ihr Pharao kennenlernen?» fragte sie.

Die Kinder starrten sie stumm vor Staunen an. Schließlich fand der größere der Jungen die Sprache wieder. «Du machst dich über uns lustig!» sagte er. «Was sollte Pharao hier draußen tun, weit weg von seinem Thron und seiner Krone?»

«Trotzdem, er ist hier», entgegnete sie, nach seinem Arm greifend. «Kommt mit.»

Mit zweifelnden Blicken und aufgeregtem Flüstern folgten sie ihr. Kurz darauf sah Thutmosis sie und die Bauernkinder mit langen Schritten auf sich zukommen. Er stieg brummend aus seiner Sänfte.

«Vater», rief sie, «dies sind die Kinder von Kusae, die Pharao sehen wollen!» Lächelnd und atemlos, die Haare zerzaust und den Rock beschmutzt, kam sie näher. Die Kinder hinter ihr blickten unschlüssig zu dem untersetzten, breitschultrigen Mann mit den schwarzen, funkelnden Augen auf, bis sie entdeckten, daß er in der Tat an seinem Lederhelm die Uräusschlange, das Symbol der Königswürde, trug.

«Kniet nieder, kniet nieder!» flüsterte der ältere Junge da den anderen zu. «Er ist es wirklich!» Sie knieten zögernd nieder, wie sie es in ihren Spielen taten, ohne recht zu wissen, wie sie sich verhalten sollten.

Hatschepsut beugte sich zu ihnen hinunter und streichelte ihre Köpfe. «Steht auf. Dies ist Pharao. Ihr könnt euren Vätern und Müttern von diesem Tag berichten.» Sie war erregt, und ihre Wangen glühten.

Thutmosis mußte wider Willen lachen. «Ich schicke dich in den Tempel, um die Göttin zu suchen – und du findest eine Schar Nilgänse!» brummte er. «Nun, komm her, Junge, zeig mir deinen Bogen.» Mit einem Schritt war er bei dem ältesten der Jungen und nahm ihm den Bogen aus der Hand. «Hast du ihn selbst gemacht?»

Das Kind schluckte. «Ja, mächtiger Herr.»

«Hm. Kannst du damit schießen?»

«Irgend etwas ist falsch daran. Ich finde nicht das richtige Holz, der Pfeil fliegt nicht weit.»

Thutmosis schleuderte den Bogen auf den Boden. «Kenamun!» rief er barsch. Sein Hauptmann löste sich aus der Gruppe der lächelnden Soldaten, kam auf ihn zu und verneigte sich. «Gib dem Jungen deinen Bogen und deine Pfeile.»

Der Hauptmann tat, wie ihm geheißen, und die Augen des Jungen weiteten sich, als er sie mit zitternden Fingern in Empfang nahm. Der Bogen war so groß wie er, aber er zupfte an der Sehne, und sie summte. «Oh, vielen Dank, mächtiger Horus, Majestät!» stammelte er.

Thutmosis lächelte. «Denk an diesen Tag», sagte er, «und wenn du erwachsen bist, wirst du vielleicht diesen Bogen in meinen Diensten spannen. Jetzt will ich zu Mittag essen», fuhr er fort, und die Sänftenträger kamen eilig herbei. «Komm, Hatschepsut, ehe die gesamte Bevölkerung herbeigestürmt kommt und meine Leute von allem entblößt, was sie besitzen.»

Sie stiegen wieder in ihre Sänften und machten sich auf den Weg. Als Hatschepsut sich ein paar Minuten später umblickte, sah sie die Kinder immer noch dastehen – vier winzige Punkte vor dem weiten Horizont und hinter ihnen die Säulen des Tempels der Hathor, die sich leuchtend weiß vom tiefblauen Himmel abhoben.

«Heute kommen wir zur großen Ebene der Pyramiden», sagte Thutmosis, als sie zusammen am Bug standen.

Zwei Wochen Flußfahrt lagen hinter ihnen, eine Zeit, die für Hatschepsut wie ein schöner Traum gewesen war: Tage des Sonnenbadens, der gemächlichen Mahlzeiten und der unbeschwerten Gespräche. Nächte des tiefen Schlafs, von leichten Wellen in irgendeiner versteckten, stillen Bucht gewiegt. Es war in der Tat ein schönes Land, ihr Ägypten, eine grüne, süß duftende Blume, ein Juwel, schöner, als sie es sich je vorgestellt hatte. Wären sie jetzt umgekehrt, sie wäre zufrieden gewesen.

Thutmosis fuhr fort: «Mehr als jedes andere Wunder ist es diese Ebene, die du sehen sollst, denn erst dann wirst du deine Bestimmung erkennen, Hatschepsut. Du wirst überrascht sein. Deine Vorfahren

haben diese Ebene bebaut, aber mehr sage ich dir nicht. Beobachte das westliche Ufer; du wirst sehen, wie die Hügel sich entfernen und unsichtbar werden.»

Der Morgen verging, und Hatschepsut hätte sich gern in den Schatten gesetzt. Aber ihr Vater blieb unbeweglich am Bug stehen und blickte mit selstam stiller Miene suchend nach Westen.

Als sie ihn gerade bitten wollte, ihr einen Stuhl bringen zu lassen, ließ einer der Matrosen einen Ruf ertönen.

Thutmosis zog hörbar die Luft ein. «Sieh dort, weit hinten im Westen am Horizont. Es ist die erste!»

Sie blickte in die angegebene Richtung. Ein Gebilde tauchte auf, klein und weit entfernt, oben abgeflacht, aber steil aus der Ebene emporsteigend, die sich vor ihnen weitete. Es gab hier keine bebauten Felder, keine Häuser, nur einen Streifen grünes Schilfrohr zwischen Fluß und Sand. Die Pyramide wirkte wie ein Findling, der vom Himmel gefallen war. Stühle und Sonnenschirme wurden herbeigebracht, und sie setzten sich. Keiner sprach. Auch die Matrosen und Diener waren still. Das Gebilde kam näher, wurde deutlicher, und Hatschepsut sah, daß sich hinter und neben ihm andere erhoben, noch verschwommen und Meilen entfernt, und eine seltsame Erregung bemächtigte sich ihrer. Sie waren jetzt auf gleicher Höhe mit der ersten Pyramide, und sie bemerkte, daß sie von trockenen Wegen und zerbröckeltem Gestein umgeben war.

«Sie war nicht immer so», sagte Thutmosis, während sie langsam an ihr vorbeifuhren. «Ursprünglich war sie mit einer Schicht von blendend weißem Kalkstein überdeckt und glänzte wie die Sonne in all ihrer Pracht. Niemand weiß, welcher Gott hier begraben liegt, aber es heißt, daß Snofru unter den Steinen ruht.»

Eine weitere Pyramide, deren Spitze wie eine Lanze in den Himmel ragte, glitt ihnen entgegen. Hatschepsut hielt den Atem an. Es schien ihr unvorstellbar, daß ein menschliches Wesen so bauen konnte, und der Gedanke, daß diese Männer, die mehr als Menschen gewesen waren, ihre eigenen Vorfahren waren, erregte sie. Sie erinnerte sich an die kleine Pyramide von Mentuhotephapet-Re, aber im Vergleich zu ihr waren dies hier Giganten, massiv und unermeßlich stark.

Während das Boot an ihnen vorüberglitt, sagte Thutmosis: «Es sind noch mehr. Du hast erst den Anfang gesehen. Von hier bis Memphis

– eine gemächliche Tagesfahrt – ist die Wüste voll von ihnen, groß und klein. Ein eindrucksvoller Anblick, findest du nicht?»

Er wandte sich lächelnd seiner Tochter zu, aber sie hörte ihn nicht. Ihre Augen folgten den langsam und majestätisch vorüberziehenden Gräbern, und ihr Gesicht war unbeweglich.

Sie erreichten Memphis am selben Abend, machten jedoch für die Nacht ein Stückchen weiter flußaufwärts fest. Als die Anker ausgeworfen waren, war es stockdunkel, und es war nichts mehr von den Pyramiden zu sehen. Hatschepsut hörte die Geräusche der Stadt, als sie auf ihrem Ruhebett lag. Das Rasseln der Schiffe im Hafen, das menschliche Stimmengewirr, die Kakophonie von nächtlichen Lauten vermischten sich zu ungewohntem Lärm, und sie konnte nicht schlafen. Ihr Vater hatte ihr wenig von der Stadt erzählt, aber sie wußte, daß sie schön war und daß sie einst die Hauptstadt von Ägypten gewesen war, als Buto, die älteste und geheimnisvollste aller Städte in Ungnade fiel. Die Geräusche, die zu ihr drangen, weckten in ihr Heimweh nach Theben, nach ihren kühlen Gemächern, nach den vertrauten Gesichtern, und sie warf sich ruhelos unter ihrem warmen Überwurf hin und her. Plötzlich kam ihr in den Sinn, wie es wohl Senmut und Tachat, der Sklavin, ergehen mochte. Bei dem Gedanken hob sich ihre Stimmung, und sie lachte leise in die Dunkelheit.

Von Senmut wanderten ihre Gedanken zu ihrem Tal, das still im Mondschein lag. Sie wußte immer noch nicht, was für ein Bauwerk sie dort errichten wollte. Die Pyramiden, die sie gesehen hatte, hatten ihr ein neues Bewußtsein davon vermittelt, was alles vollbracht werden konnte, und sie gelobte, daß Senmut es für sie den Leistungen der Götter gleichtun müßte. Aber wie? Auf welche Art? Die Erlebnisse des Tages hatten sie erschöpft, und sie wollte schlafen, denn am nächsten Tag mußte sie wieder königliche Gewänder anlegen und die Huldigung des Vizekönigs entgegennehmen. Aber der Schlaf stellte sich nicht ein.

Als der Tag anbrach, hüllte sie sich in ihren Umhang und trat hinaus – in einen Wald von graugrünen Dattelpalmen. Sie sah verwirrt um sich und ging auf nackten Füßen zur Reling. Es war wirklich so: Baum um Baum um Baum, in frühmorgendlichen Nebel gehüllt. Während sie den guten Geruch der feuchten Pflanzen einatmete, schüttelte die Sonne ihre Nebelschleier ab, stieg strahlend empor und beschien etwas

Weißes, das Hatschepsut nur undeutlich durch die Bäume erblickte. Vor Kälte zitternd, kehrte sie in ihre Kajüte zurück, schloß den Vorhang hinter sich und stieg dankbar in das Becken mit heißem Wasser, das ihre Sklavin für sie vorbereitet hatte. Sie hatte sich bereit erklärt, an diesem Tag einen enganliegenden, langen Rock zu tragen, und nach dem Bad stand sie still da, während das Mädchen ihn ihr über den Kopf zog und über ihren Schenkeln glattstrich. Es war ein weißer Leinenrock, über und über mit goldenen Blättern bestickt, sein breiter Saum aus Blattgold umspielte ihre Fesseln. Sie hob die Arme, und die Sklavin zog den Gürtel fest, ein goldenes Seil, mit Lapislazuli besetzt und mit Quasten aus goldenen Fäden. Regungslos ließ sie sich ihr Make-up auftragen: Goldfarbe für die Lider, Kohle als Umrandung für die Augen, Henna für die Lippen und Handflächen. Ihr Haar wurde gebürstet, und die schwere, rituelle Perücke – einhundert lange schwarze Zöpfe, die steif bis zu ihren Schultern herabhingen – wurde ihr aufgesetzt. Schwerfällig drehte sie den Kopf, als die Sklavin ihr die Schmuckkassette brachte, hob den Deckel und überlegte. Am liebsten hätte sie etwas Leichtes, Hübsches getragen, die Silberketten vielleicht oder die Blumen aus blauer Fayence, aber sie wählte eine goldene Brustplatte mit einer Verzierung aus Feldspat und Karneol: zwei königliche Horusvögel mit der Doppelkrone auf dem Kopf, durch Schlangen verbunden, die sich um zwei Henkelkreuze wanden. Für die Arme wählte sie Armreifen aus Elektrum und als Kopfschmuck eine kleine Kappe aus goldenem Gewebe mit türkisfarbenen Federn bedeckt.

Bis Hatschepsut fertig angekleidet war, näherte sich das Boot bereits der Landungsbrücke. Sie ging an Deck, wo Thutmosis auf sie wartete. Auch er war festlich gekleidet, und sein Gesicht war sorgfältig geschminkt. Er begrüßte sie ein wenig geistesabwesend. Sein Blick war auf die feierliche Schar von Würdenträgern gerichtet, die auf den Wasserstufen standen. Hinter ihnen lief eine breite Allee zu der schimmernden weißen Mauer, die die Stadt umschloß, und zu dem bronzenen Tor, das jetzt weit offen stand. Jenseits der Mauer sah Hatschepsut Häuser, Obelisken und die Gärten eines Tempels.

«Du siehst die berühmte weiße Mauer des Menes», erklärte Thutmosis ihr, «und weit hinten die Pylonen des Tempels der Gemahlin des Gottes Ptah. Wir speisen heute morgen mit dem Hohepriester von

Memphis, aber vorher müssen wir in den Tempel gehen und der Göttin huldigen. Wie glücklich würde Thutmosis sein, wenn er dies sehen könnte!»

Glücklich in der Tat, so glücklich wie ich, dachte Hatschepsut. Denn trotz ihrer gegenseitigen Abneigung waren sie und Thutmosis sich einig in ihrer Verehrung für Sachmet, die Löwengöttin von Memphis.

Die Rampe wurde an Land geschoben, und von der Mauer erklangen die Hörner. Hatschepsut und Pharao gingen langsam zu den versammelten Priestern hinunter, die mit dem Gesicht auf der Erde lagen. Sie warteten, während der oberste Herold die Titel des Pharaos ausrief, dann kroch der Hohepriester auf sie zu und küßte ihnen die Füße.

«Erhebe dich, vom Glück Begünstigter», sagte Thutmosis. Der Hohepriester stand auf, verneigte sich abermals und hieß sie feierlich willkommen.

Hatschepsut sah, daß er ein junger Mann war, untersetzt, mit einer Hakennase und lebhaften Augen. Er war sehr nervös, und unter seiner Amtshaube standen Schweißperlen auf seiner Stirn.

Thutmosis antwortete ihm. «Glücklich ist dieser Tag! Ganz Ägypten freut sich über die Reise der Blume Ägyptens, die sich auf den Weg gemacht hat, die Schönheiten des Landes zu sehen. Glücklich ist Memphis, die geliebte Stadt des Ptah!» Als er geendet hatte, folgten sie dem Hohepriester durch das Tor, wo sie von einer riesigen Menschenmenge mit stürmischen Willkommensrufen empfangen wurden. Die ganze Stadt schien auf den Beinen zu sein, um ihre Ankunft zu feiern. Kinder liefen vor ihnen her und streuten Lotosblumen auf ihren Weg; und als Hatschepsut sich bückte, um eine aufzuheben und ihren Duft einzuatmen, schrien die Leute vor Begeisterung. Es war ein Tag wie kein anderer für die Bewohner der Stadt. Der Gott und seine Tochter würden zwei Tage unter ihnen weilen, und während dieser Zeit würden die Läden und die Schule geschlossen sein und alle würden auf den Straßen bleiben in der Hoffnung, den hochgewachsenen, geschmeidigen Prinzen zu sehen, über dessen Schönheit und Arroganz bereits in ganz Ägypten gesprochen wurde, oder einen Blick von dem Mann zu erhaschen, der für sein Volk schon zu einer geliebten Legende geworden war.

Die königlichen Gemächer auf dem Tempelgelände waren geöffnet und vorbereitet worden und im Bankettsaal schien die Sonne auf die Tische, Blumen, Teppiche, Kissen und Becher für den Wein. Die Sklaven standen wartend in Reih und Glied, bereit, das Essen zu servieren, und in den Waschschüsseln dampfte heißes Wasser. Eine flache Kohlenpfanne war angezündet worden, um die Kühle der Nacht zu vertreiben, und Hatschepsut ließ sich dankbar auf ein Kissen sinken und hielt die Hände über das Feuer. Sie hatte auf ihren Umhang verzichtet, damit die Leute sie besser sehen konnten, und jetzt fror sie. Nach weiteren Reden und Fußfällen ertönte eine Glocke, und das Frühstück begann. Hatschepsut war hocherfreut zu sehen, daß ihr all ihre Lieblingsspeisen serviert wurden: Gurken mit Fisch gefüllt, Gänsebraten und Salate aus jungen Trieben verschiedener Gemüse. Sie beglückwünschte den Hohepriester zu seiner Umsicht.

«Wie heißt du?» fragte sie ihn.

«Ptahmes, Hoheit. Mein Vater ist Pharaos Vizekönig und wurde nach ihm Thutmosis genannt.»

«Du mußt der Gemahlin des Ptah mit großem Eifer dienen, sonst wärest du nicht Hohepriester geworden.»

Das runde Gesicht errötete, und Ptahmes verneigte sich. «Ich habe getan, was in den Augen des Gottes gut ist, und er hat mich belohnt.» Er blickte mit unverhohlener Neugier in das Gesicht, das ihm von Freunden, die in Geschäften oft nach Theben fuhren, so ausführlich beschrieben worden war. Während der volle rote Mund ihn anlächelte und die Augen, schwärzer und exotischer als eine Sommernacht, in die seinen blickten, mußte er denken, daß keine der Beschreibungen ihr gerecht geworden war. Es gab so vieles an ihr, was man nur in der Bewegung würdigen konnte: das anmutige Heben einer Hand, das graziöse Neigen des langen, schmalen Halses. Und wenn sie sprach, war ihre Stimme warm und tief, so daß man mehr auf die Musik als auf die Worte lauschte.

«Ich liebe Sachmet schon seit langem», sagte sie, «und es war eine große Freude für mich, heute morgen zum erstenmal in meinem Leben vor ihr zu stehen. Amun ist wahrhaft mächtig, aber Sachmet versteht das Herz einer Frau, ebenso wie Hathor es tut.»

Sie neigte sich zu ihm, sprach in vertraulichem Ton, und Ptahmes geriet völlig in ihren Bann. Denn um die Wahrheit zu sagen, er hatte

auch von ihrem Eigenwillen, ihrer Eitelkeit und ihren plötzlichen Zornesausbrüchen gehört, und er hatte während der letzten Nacht Qualen gelitten aus Angst, daß er und sein Vater durch seine Schuld bei ihr und Pharao in Ungnade fallen könnten.

«Sachmet ist in der Tat eine mächtige Göttin!» pflichtete er ihr inbrünstig bei.

Sie lächelte und wandte sich ihren Speisen zu. Doch kurz darauf sprach sie wieder zu ihm. «Du und ich, wir müssen morgen zusammen ein Opfer darbringen, damit ich meinem Bruder Thutmosis davon erzählen kann», sagte sie. «Er würde es mir nie verzeihen, wenn ich nur ein einziges Mal neben dem Hohepriester im Heiligtum gestanden hätte. Ich glaube, mein Vater und ich werden beim Morgengrauen den heiligen Stier aufsuchen, aber nach dem Frühstück werde ich dich rufen lassen.»

«Es wird mir eine Ehre sein, edler Prinz», sagte er. «Pharao hat viele Dinge mit meinem Vater zu besprechen und wird daher beschäftigt sein. Wenn du willst, könnte ich dir das schöne Memphis zeigen.» Er fragte sich sofort, ob er zu kühn gewesen war, aber sie leerte ihren Becher, benetzte ihre Finger in der Wasserschale und nickte ernst.

«Das würde mich sehr freuen, Ptahmes. Und du und dein Vater, ihr müßt morgen abend mit uns auf der königlichen Barke speisen. Wir haben wenig Unterhaltung an Bord, aber ich habe meine Laute bei mir, und vielleicht kennst du hier einige Musiker, die für uns spielen könnten. Ich liebe Musik.»

«Das kann ich leicht tun, Hoheit. Wir haben lange darauf gewartet, dich zu sehen. Das letzte Mal, als ich deinen Vater sah, war ich noch ein Kind, und seitdem habe ich viel über die Blume Ägyptens gehört.»

Sie sah ihn mit zusammengekniffenen Augen forschend an. «Willst du mir schmeicheln, edler Ptahmes?» fragte sie streng.

Er errötete wieder. «Hoheit braucht keine schmeichlerischen Worte von jemandem wie mir», erwiderte er. Aber noch ehe er fortfahren konnte, stand Pharao auf, gab ihr ein Zeichen, und sie verließen den Saal.

Der Rest des Tages verging mit offiziellen Feierlichkeiten. Hatschepsut und Thutmosis besuchten Ptahmes' Vater im Palast des Vizekönigs und aßen mit ihm, seiner schüchternen Frau und seiner

Tochter im Garten zu Mittag. Nachmittags kehrten sie zur Barke zurück, um sich auszuruhen. Hatschepsut, erschöpft von den Reden und den vielen neuen Eindrücken und noch müde von der unruhigen Nacht, fiel sofort in einen tiefen, traumlosen Schlaf. Als die Sonne unterging und der Abend kühl wurde, ging Thutmosis, Krummstab und Wedel in der Hand, in den Gerichtssaal und verhandelte Fälle, die entschieden werden mußten. Hatschepsut saß auf einem Schemel zu seinen Füßen und hörte aufmerksam zu. Als sie herauskamen, war es dunkel, und sie gingen zum Abendessen auf die Barke, deren Lichter das Ufer erhellten und weit über das Wasser flimmerten. Ptahmes war schon da, jetzt entspannter als am Morgen, und auch sein Vater und die übrige Familie. Hatschepsut ergötzte sie mit Geschichten vom Leben am Hof, während Schüsseln und Weinkrüge herumgereicht wurden und die Musiker des Vizekönigs auf der Flöte spielten und sangen. Lange nachdem die Bewohner von Memphis, die vom Ufer aus den Gott und seine Tochter beobachtet und den Klängen der Musik gelauscht hatten, in ihre Häuser zurückgekehrt waren, saß die Gesellschaft noch lachend und scherzend an Deck. Schließlich befahl Thutmosis seinen Gästen, nach Hause zu gehen, und ihre Lampen wurden gebracht. Benommen vom guten Essen und vom Wein, verließen sie einer nach dem anderen langsam die Barke.

Als die letzte Lampe verschwunden war, gähnte Hatschepsut. «Thutmosis der Vizekönig ist ein netter Mann und ein guter Gesellschafter», sagte sie, «aber seine Familie gafft und glotzt uns an wie Kühe auf dem Feld.

«Thutmosis ist als Vizekönig an vornehmen Umgang gewöhnt und weit gereist», erwiderte ihr Vater, «aber seine Familie ist nie aus der Provinz herausgekommen. Sie sind nur eingeschüchtert. Ptahmes ist ebenfalls ein guter Mann, loyal und ehrlich. Du tust gut daran, dir seine Verehrung zu erhalten, Hatschepsut.»

«Vermutlich. Was für eine Nase er hat!»

«Trink noch einen Becher Wein mit mir, ehe du zu Bett gehst.» Thutmosis reichte ihr seinen Becher, und sie ließ sich neben ihm nieder, während die Sklaven sich leise daranmachten, die Überreste des Festmahls zu beseitigen.

«Wie still es ist!» sagte sie. «Ich begrüße die Ruhe.»

«Es wird bald dämmern, und dann müssen wir den heiligen Stier

aufsuchen», erwiderte er. «Also ruh dich aus, solange du kannst. Am Nachmittag setzen wir wieder Segel.»

Noch vor Sonnenaufgang gingen sie die Allee entlang zum Gehege des heiligen Stiers von Memphis. Apis wurde in ganz Ägypten verehrt als Symbol der Fruchtbarkeit des Menschen und der Erde, die so ungeheuer wichtig für das Leben des Landes war. Thutmosis besuchte sein Heiligtum regelmäßig. An diesem Morgen trugen sie, wie die Diener, schlichte, kurze, grobe Röcke, Sandalen und Helme und auch Umhänge, denn zu dieser Stunde schlief Memphis noch und niemand würde sie sehen.

Apis war in einem kleinen Tempel dicht an der weißen Mauer auf der anderen Seite der Stadt untergebracht. Als Hatschepsut und Thutmosis durch den kleinen Pylon in den Vorhof traten, nahmen sie den beißenden Viehgeruch wahr, der sich in die frische Morgenluft mischte. Der Priester des Apis wartete auf sie und überreichte ihnen Girlanden für den Gott, den sie im Heiligtum jenseits der Mauer scharren und schnauben hörten; aber als er ihre Schritte vernahm, blieb er stehen und stieß ein mächtiges Gebrüll aus. Der Priester öffnete die Tür zum Heiligtum, und sie gingen hinein. Als Hatschepsut sich ein wenig an das Halbdunkel und den starken Tiergeruch gewöhnt hatte, kniete sie auf dem mit Stroh bedeckten Boden nieder und kroch vorwärts. Thutmosis füllte das Weihrauchfaß, und sie stimmten den rituellen Singsang an, während das Tier ruhig dastand und der Speichel ihm von der grauen Schnauze auf die mit Gold beschlagenen Hufe tropfte. Als der Gesang beendet war, trat Hatschepsut vor und ließ die Blumen über seine Hörner fallen. Als sie sich über das goldene Geländer neigte, hob der Stier den Kopf und leckte ihr den Arm. Entzückt beugte sie sich vor, um ihn hinter den Ohren zu kraulen, und er scharrte und schloß zufrieden die Augen. Der Priester konnte sich nicht fassen vor Staunen, denn dieser Apis war bekannt für seine plötzlichen Ausfälle, und schon mancher junge Priester, den man hineingeschickt hatte, ihn zu waschen, war arg zugerichtet und verängstigt wieder herausgekommen. Schließlich gab Hatschepsut ihm einen Klaps auf seine mächtigen braunen Schultern und trat zur Seite, damit Thutmosis seine Blumen darbringen konnte.

Draußen im Vorhof verneigte sich der Priester. «Während deiner

Regierung wird sich das Land einer großen Blüte erfreuen», sagte er. «Der Gott selbst hat das Zeichen gegeben. Ein langes Leben und Gesundheit, Majestät!»

Es war das erste Mal, daß Hatschepsut mit Majestät angeredet worden war, und sie warf Thutmosis einen überraschten Blick zu. Auch er war beeindruckt gewesen von ihrer Macht über das Tier, und sein Gesicht war ernst, als er sich kurz vor ihr verneigte. Dann nahm er sie beim Arm und führte sie hinaus.

Die Sonne stieg gerade über den Horizont, und die ganze Stadt lag in einem rosigen Schimmer.

«Jetzt huldigen wir Ptah, dem Schöpfer der Welt», sagte er, «und dann unserem Magen. Ermüdet dich dies alles auch nicht zu sehr, Hatschepsut?»

«Nein. Ich bin so stark wie du, Vater, das weißt du. Nur die vielen schönen Reden habe ich allmählich satt.»

«Bis jetzt hast du noch keine einzige gehalten», neckte er sie, und sie begaben sich zum Tempel des Ptah.

Während Thutmosis sich mit dem Vizekönig beriet, führte dessen Sohn Hatschepsut in einer Sänfte in der Stadt umher. Er zeigte ihr den alten Königspalast, der jahrhundertelang der Sitz der Macht in Ägypten gewesen war, und ging mit ihr auf die weiße Mauer hinauf, von der aus man viele Meilen weit über ein Meer von Dattelpalmen bis zu den roten Felsen blicken konnte, die weit entfernt im Westen lagen. Sie besichtigten die Märkte, die Zollhäuser und die Schiffswerft. Hatschepsut interessierte sich für alles und stellte viele Fragen, so daß zur Erleichterung des Hohepriesters keine langen Pausen entstanden. Die Stadt gefiel ihr. Sie schien unter dem Zauberbann vergangenen Ruhms dahinzuträumen, nicht in Bitterkeit oder Resignation, sondern mit stolzer Befriedigung. Ihre Bewohner waren hoch gewachsen und bewegten sich anmutig. Zwar fiel es Hatschepsut nicht schwer, Memphis Lebewohl zu sagen, aber sie hätte um nichts in der Welt ihren Besuch dort missen mögen. Sie versprach Ptahmes, eines Tages zurückzukehren. «Wenn du nach Theben kommst, werde ich dir *meine* Stadt zeigen», sagte sie. Und sie verließ ihn, stolz auf den Erfolg, mit ihrem Charme einen neuen Anhänger gewonnen zu haben.

«Ehe wir weiterfahren, ziehen wir noch ein kleines Stück nach Westen», sagte Thutmosis. «Ich habe es den guten Leuten von Mem-

phis gegenüber nicht erwähnt, denn die Nekropole hier ist etwas, das du unbehindert von wohlmeinenden Dummköpfen besichtigen sollst.»

So legten sie ab und ließen die flach auf dem Boden liegenden, weißgekleideten Gestalten ihrer Gastgeber am Ufer zurück. Aber sobald sie die erste Biegung im Fluß hinter sich gelassen hatten und außer Sicht waren, machten sie am westlichen Ufer wieder fest. Thutmosis gab den Befehl, sofort die Sänften an Land zu bringen, und eine mißmutige Hatschepsut machte sich müde und mit schmerzendem Kopf abermals auf den Weg. Zu dieser Stunde des Tages halten alle vernünftigen Menschen ihren Mittagsschlaf, dachte sie ärgerlich. Vater müßte wissen, daß ich für heute genug getan habe. Sie warf einen zornigen Blick auf seinen ahnungslosen, mit einem Lederhelm bekleideten Kopf und fuhr die Sänftenträger gereizt an, als einer von ihnen über einen Stein stolperte und die Sänfte ins Wanken brachte.

Ihr Ärger nahm ständig zu, und sie saß wie eine beleidigte Katze kerzengerade in ihrer Sänfte. Nach einer Stunde machte Thutmosis endlich halt. Er glitt von seiner Sänfte und hielt ihr die Hand entgegen, aber sie griff nicht danach, sondern stand allein auf und glättete mit kurzen, abrupten Bewegungen ihren Rock.

Thutmosis bemerkte ihren schmollenden Mund und den mürrischen Ausdruck ihrer Augen, verlor jedoch kein Wort darüber. Schweigend nahm er sie beim Arm und führte sie ein Stück in die Ebene hinaus. «Sieh die verfallene Stadt der Toten, die Nekropole des alten Memphis», sagte er. «Sieh vor deinen Augen die Werke des großen Gottes Imhotep selbst.»

Hatschepsut legte eine Hand über die Augen, um sie vor der Sonne zu schützen, und blickte sich um. Ihr Zorn war vergessen. Vor ihnen, in einem Gewirr von Türmen und Wegen, von Pyramiden, Mauern und Gängen, die nirgendwohin führten, lag Sakkara, die Stadt aus Staub. Es war ein Ort des Unbehagens, und Hatschepsut meinte, selbst im strahlenden Licht des Tages das Weinen alter Knochen, die Klage der geschändeten Toten zu hören. Sakkara war großartig und eindrucksvoll in seinem chaotischen Verfall, und sie tastete nach Thutmosis' Hand, während sie den Blick umherschweifen ließ.

«All dies hat Imhotep, der geniale Baumeister und Gott, geschaffen», sagte er leise und hob den Arm, um Hatschepsut eine hohe,

düstere Mauer mit einem großen Tor zu zeigen. Hinter ihr stand eine Pyramide mit stufenförmigen Seiten, an der eine große Treppe zu einem Dach emporführte, das schon längst nicht mehr vorhanden war. «Das ist das Grab von Djoser, dem mächtigen König und Krieger, von der Hand Imhoteps selbst erbaut. Auf das Bildnis des Imhotep ließ der König schreiben: ‹Siegler des Königs, Iripat, oberster Vorlesepriester, Imhotep, der Baumeister, der Bildhauer.› Wo ist jetzt sein Palast, wo sind seine blühenden Gärten? Schau und lerne, Hatschepsut.»

Sie schauderte. «Es ist ein heiliger Ort, aber ruhelos», sagte sie. «Sieh dort die Schönheit der Lotossäulen! Wo sind die Augen, für die sie errichtet wurden?» Sie war erregt, und ihre Erregung ließ sie die Hand ihres Vaters noch fester umfassen.

Er wandte sich ab. «Auch dies ist dein Erbe», sagte er. «Ein König sollte stets daran denken, daß am Ende nichts übrigbleibt als Stein.»

Ehe sie zur Barke zurückkehrten, standen sie zusammen in Imhoteps Kapelle und blickten in das von starken Gefühlen bewegte, intelligente Gesicht des Mannes, den ganz Ägypten als einen Gott verehrte. Hatschepsut dachte an die Ruinen hinter sich und an den enormen Aufwand an Geist und Muskelkraft, dessen es für die Errichtung dieser Bauwerke bedurft hatte. Djoser war ein mächtiger König gewesen, aber ohne seinen Architekten hätte er nichts zuwege bringen können. Und wieder flogen ihre Gedanken zu Senmut, und sie fragte sich, was er wohl gerade tat. Vielleicht spielte er mit Tachat oder saß über seinen Plänen, die auf ihre Billigung warteten.

Schließlich verließen sie die Kapelle und kehrten in ihren Sänften zum Boot zurück. Während die Matrosen wieder auf das offene Wasser zusteuerten, schliefen sie erschöpft, und der Trümmerhaufen, der Sakkara war, verschwand langsam am Horizont.

In Giseh, nördlich von Memphis, bestiegen sie abermals ihre Sänfte und wurden unter den allgegenwärtigen Palmen fünf Meilen landeinwärts getragen, um zu sehen, was Thutmosis als den endgültigen Beweis für die Göttlichkeit von Hatschepsuts Vorfahren bezeichnete.

Sie war jetzt hellwach und an allem interessiert, denn sie wußte, daß die Dinge, die sie gesehen hatte, und die Dinge, die sie noch sehen würde, wichtiger für sie waren als irgend etwas, das sie je erlebt hatte.

Sie wollte für sich selbst das größte Monument aller Zeiten errichten, und die Pyramiden und Tempel, die sie besichtigt hatte, verstärkten den bereits in ihr brennenden Wunsch nach Ruhm nur noch mehr. Ihr Vater hatte gebaut und sein Vater ebenfalls, und selbst die Augen des trägen Thutmosis begannen zu leuchten, wenn er von seinem gegenwärtigen Projekt sprach. Sie selbst hingegen hatte bisher noch nichts getan, sie hatte nur ehrgeizige Wunschbilder und Träume gehegt. Während sie ihren Weg fortsetzten, dachte sie an ihr Tal, und sie erkannte abermals den Fingerzeig des Schicksals, fühlte den stummen Ruf der unvollendeten Felsen. Nicht umsonst bin ich vom Gott gezeugt worden, um über dieses Land zu herrschen, sagte sie sich ungestüm. Alles, was sie gesehen hatte, ließ die Liebe in ihr wachsen – die Liebe zum Boden und zu den Menschen, den lachenden, lebenslustigen Menschen.

«Setz dich auf und sieh dich um», rief Thutmosis ihr zu. «Hier sind die drei Kronen Ägyptens.»

Der Horizont war plötzlich erfüllt mit drei hoch aufragenden Gebilden, so weiß, daß Hatschepsut die Augen schmerzten, als sie sie ansah. Als ihre Sänfte niedergestellt wurde und sie mit klopfendem Herzen ausgestiegen war, hatte sie nur Augen für die Pyramiden, und als sie schließlich auf sie zuging, stolperte sie und wäre um ein Haar zu Boden gestürzt, so überwältigt war sie. Sie lehnte sich gegen den heißen Kalkstein und blickte nach oben, dann sah sie zu Thutmosis und schüttelte, unfähig zu sprechen, den Kopf. Als sie sich ein wenig gefaßt hatte, begann sie zu laufen, sie wollte, immer nach oben blickend, um jede Pyramide herumgehen und sie berühren. Aber nachdem sie die erste umkreist hatte, gab sie es auf und blieb, von Staunen erfüllt, vor Thutmosis stehen. «Es ist unmöglich, daß sie von Menschenhand geschaffen worden sind!» sagte sie. «Es sind sicher die Götter gewesen, die sie zu ihrem eigenen Ruhm hierhergestellt haben!»

«Sie sind wirklich das Werk von Menschen», erwiderte Thutmosis. «Viele Jahre lang haben Tausende von Sklaven hier gearbeitet, um Gräber für die Könige zu bauen. Cheops, Chephren und Mykerinos ruhen hier. Die Pyramiden sind ein angemessenes Obdach für ihre heiligen Körper. Komm und sieh dir ein weiteres Wunder an.»

Er führte sie nach Süden, und sie sah sich plötzlich zwischen zwei riesigen Löwentatzen stehen. «Das ist die Statue von König Chephren»,

sagte Thutmosis. «Er bewacht den Eingang zu seinem Grab. Magische Worte sind auf seiner Brust eingeritzt. Er ließ sein Standbild mit dem Körper eines Löwen aus dem Felsen hauen, der sich hier erhob, und jetzt kauert er da, wachsam und bereit, über jeden herzufallen, der seiner göttlichen Gegenwart unwürdig ist.»

Bin ich seiner Gegenwart würdig? fragte sich Hatschepsut atemlos, verzaubert und gedemütigt von der Riesenhaftigkeit des Körpers und der Strenge in dem steinernen Gesicht, dem größten, das sie je gesehen hatte. Sie verweilte lange dort. Der Schatten zwischen den glatten Füßen wuchs und dehnte sich auf die Wüste und die stillen Gräber aus.

Sie blieben den Rest des Tages und bis in den Abend hinein in Giseh. Hatschepsut kletterte über die Reste der Mastabas der toten Höflinge, ging die breiten Alleen entlang und hatte dabei fortwährend das Gefühl, als ob jeder Nerv ihres Körpers an der Oberfläche ihrer braunen Haut lag. Wo sie sich auch befand, ihre Augen kehrten ständig zurück zu den drei gigantischen Gräbern und ihrem kauernden Wächter.

Von seinem Sitz auf einem flachen Felsen aus beobachtete Thutmosis, wie ihre kleine, leichtfüßige Gestalt in dem kurzen weißen Rock, einem Nachtfalter gleich, in der Dämmerung hin und her flatterte. Er wußte, was sie dachte und fühlte, denn als er die Wunder seiner Vorfahren zum erstenmal sah, hatte auch er die Herausforderung erkannt und gezweifelt, ob er imstande sein würde, sich ihr zu stellen. Er hatte den Göttern mit dem Monument des Krieges Genüge getan, aber wie würde Hatschepsut ihrer Aufgabe gerecht werden? Zweifellos würde auch sie eine Lösung finden, aber welcher Art diese Lösung war, daß mußte er ihr überlassen. Als er sie schließlich in der Dunkelheit nicht mehr sehen konnte, sandte er Kenamun aus, um sie zurückzuholen. Und als der Soldat zu ihr trat, saß sie, das Kinn in die Hand gestützt, auf einer der Tatzen des Sonnengottes und starrte mit besorgtem Blick in die Nacht.

«Wie kann man es diesem hier gleichtun?» fragte sie mehr sich selbst als ihn. «Wie?» Ihre Frage blieb unbeantwortet. Der Soldat verneigte sich nur, und sie glitt mit einer müden Bewegung von ihrem Sitz herunter und folgte ihm. Noch nie zuvor war sie so stolz auf ihre Vorfahren, nie aber auch so tief erschöpft gewesen. Als sie später an diesem Abend mit einem Becher Wein in der Hand an Deck der Barke

saß und die Erlebnisse des Tages noch einmal an ihr vorüberzogen, hatte sie das Gefühl, sich abermals verwandelt zu haben, eine weitere Haut der Kindheit abgestreift und sie als Opfergabe und Verheißung zu Füßen Chephrens zurückgelassen zu haben.

Von Giseh nach Heliopolis, dem wahren Herzen Ägyptens, war es nur eine halbe Tagesreise. Sie trafen mittags dort ein. Die Würdenträger der Stadt kamen an Bord, um sie willkommen zu heißen, aber das königliche Paar ging nicht an Land, denn Hatschepsut sollte ihre Krone im Tempel der Sonne empfangen. Während die Männer ihr die Füße küßten, saß sie entrückt und in sich gekehrt auf ihrem kleinen Stuhl und blickte über ihre Köpfe hinweg auf die schimmernden Türme der Stadt. Hinter ihr, am westlichen Ufer, gab es noch weitere Pyramiden, von ihrem Platz aus gesehen, schienen sie rings um ihren Kopf zu stehen – eine Krone der Macht und Unbesiegbarkeit. Das offizielle Empfangskomitee zog sich zurück, und Thutmosis ging in seine Kajüte, um sich auszuruhen. Hatschepsut ließ sich ihren Stuhl so hinstellen, daß sie flußaufwärts nach Theben zurückblicken konnte, und sie grübelte über ihre Bestimmung nach.

Sie blieb dort bis zum späten Abend sitzen, ohne zu essen oder zu trinken, und Thutmosis ließ sie in Ruhe. Und als am nächsten Morgen die Sonne aufging, saß sie bereits wieder auf ihrem Stuhl an Deck. Als ihre Sklavin kam und sie ersuchte, in die Kajüte zurückzukehren, um sich für die Zeremonie vorbereiten zu lassen, folgte Hatschepsut ihr sanftmütig und schweigend. Eine Stunde später erschien sie, ganz in Weiß gehüllt und mit bloßem Kopf.

Thutmosis hob fragend die Augenbrauen, während die Priester feierlich und regungslos am Ufer warteten. Sie lächelte ihm kurz zu. «Ich bin bereit», sagte sie.

Die Straßen, durch die man sie zum Tempel führte, waren von schweigenden Menschen gesäumt, denn die ganze Stadt kannte die Bedeutung dieses Tages. Hatschepsut stieg langsam die Stufen zum Tempel empor und stand wartend da, während die Türen für sie geöffnet wurden. Innen hatten sich alle Priester von Heliopolis versammelt, um eine ehrfurchtgebietende Erscheinung zu sehen. Sie sahen jedoch nur ein bleiches, sichtlich nervöses junges Mädchen, das langsam zwischen den Reihen der Männer hindurchging, bis es vor dem heiligen

Stein stand. Ohne auf die Menge hinter sich zu achten, blickte Hatschepsut den Stein andächtig an, denn von ihm war die erste Sonne am ersten Tag der Schöpfung aufgestiegen, und sie wußte, daß sie sich auf heiligem Boden befand. Der Stein ruhte auf einer goldenen Säule. Schließlich wandte sie sich von ihm ab, hob das Kinn und musterte hochmütig die fremden, erwartungsvollen Gesichter. Mit einer schnellen Bewegung ließ sie ihre Leinenhüllen zu Boden fallen. Ein Seufzer wie der Wind, der durch die Palmen streicht, stieg aus den Reihen der Priester empor, denn unter dem Umhang war sie in massives Gold gekleidet und mit Juwelen geschmückt, nur ihr Kopf war bloß.

Sie ließ sich vor der Statue des Amun-Re, der neben dem heiligen Stein thronte, ausgestreckt auf den Boden sinken, und es erhob sich ein erregtes Murmeln, als die Götter, in Weihrauch gehüllt, näher traten. Als sie sich erhob, waren sie alle bei ihr: Thoth, mit seinem Ibiskopf, Horus mit den glitzernden Vogelaugen, ihre geliebte Sachmet und Seth der Kalte, Seth der Wilde, mit grauen Gliedern und einer wolfähnlichen Gestalt. Hatschepsut schien immer noch entrückt, kaum fähig zu atmen, aber als Thutmosis auf sie zutrat, hob sie die Arme, sank an seine Brust und vergrub den Kopf an seinem dicken Hals. Sie wußte, daß es hier war und nicht bei den feierlichen Zeremonien, die in Theben folgen würden, wo er ihr sein größtes Geschenk gab, das Geschenk seines Throns. Sie weinte hemmungslos, während die Menge in laute Rufe ausbrach, die vom Dach hoch über ihnen widerhallten. Thutmosis hielt Hatschepsut mit einem Arm an sich gepreßt und gebot mit dem anderen Ruhe.

«Gesegnete!» flüsterte er in ihr Haar. Dann rief er laut: «Gesegnete, die ich in meine Arme nehme, du bist meine Erbin und nur du allein!» Er schob sie nach vorn, und Tränen strömten ihr über die Wangen, aber sie versuchte nicht, sie zu verbergen oder fortzuwischen. Sie hörte kaum die Götter, die mit dem Ritus fortfuhren. Als sie geendet hatten, sprach Thoth, der Gott der Weisheit, im Namen aller:

Setzt ihr vor allen Göttern und Menschen die Krone aufs Haupt.

Hatschepsut fühlte, wie behutsame Hände ihr die hübsche, mit Juwelen geschmückte kleine Krone aufsetzten, die ihrer Mutter und allen Königinnen vor ihr gehört hatte: Die Kobra, Herrin des Lebens.

Der Hohepriester begann die Titel herunterzuleiern, die Ahmose getragen hatte, aber seine Stimme ging unter in dem Getöse von Beifallsrufen, als Hatschepsut triumphierend die Arme hob.

Thutmosis umarmte sie abermals und erhob dann seine mächtige Stimme, die wie Donner klang über dem Lärm. «Meine Tochter Hatschepsut, die Liebende – ich setze sie an meine Stelle. Laßt euch künftig von ihr leiten. Wer ihr gehorcht, wird leben, aber wer gegen sie spricht, wird sterben!»

Sie schickten sich an, den Tempel zu verlassen, aber sie konnten nur je einen Schritt machen, denn während Hatschepsut an den Männern vorbeiging, fielen diese zu Boden und griffen nach ihren Füßen. Als sie schließlich auf die Straße hinaustraten, stand die Sonne bereits hoch am Himmel, und trotz der Feierlichkeit des Ereignisses spürte Hatschepsut, daß sie hungrig war.

Man hatte große Zelte am Ufer des Flusses aufgeschlagen und ein Festessen vorbereitet. Hatschepsut und Thutmosis lächelten einander zu, während die Edelleute von Heliopolis aßen und auf das Wohl ihrer neuen Herrscherin tranken. Nicht alle von ihnen waren zufrieden. Manche zweifelten am Verstand Pharaos, der alt und vielleicht ein wenig zu gefühlsbetont wurde; und manche, die auf das kleine, lächelnde Gesicht und die zarten Hände der Regentin blickten, bangten um die Sicherheit des Landes und beteten, daß es Thutmosis vergönnt sein möge, noch einige Jahre zu regieren.

Thutmosis kannte ihre Zweifel. Er las sie in ihren Gesichtern, sagte jedoch nichts, sondern beobachtete sie nur alle aufmerksam mit seinen schwarzen, ausdruckslosen Augen. Plötzlich wurde er von einer wilden Angst um seine geliebte Hatschepsut erfaßt. Sie unterhielt sich mit Kenamun und nickte hin und wieder, während sie aß und er ihr mit lebhaften Gesten etwas zu erklären schien. Ein gespannter Ausdruck lag auf ihrem Gesicht. Aber als Thutmosis einige Brocken ihrer Unterhaltung hörte, wandte er sich lächelnd ab und brüllte nach Wein.

«Ich ziehe kurze Zügel und ein straffes Gebiß vor», sagte sie, «denn wie kann man ein Pferd im Getümmel der Schlacht im Zaume halten, wenn man es nicht von vornherein daran gewöhnt?»

Thutmosis leerte seinen Becher und leckte sich genüßlich die Lippen.

Drei Tage lang wurden sie von den Bewohnern von Heliopolis gefeiert, am vierten Tag lichteten sie den Anker, und die Ruder wurden ausgelegt.

«Theben, mein schönes Theben», seufzte Hatschepsut. «Vater, ich habe diese Reise sehr genossen, aber ich bin froh, daß wir nach Hause fahren.» Die Kobra glitzerte auf ihrer Stirn, als sie ihm das Gesicht zuwandte. «Ich brauche dringend etwas Übung auf dem Exerziergelände, und ich bin begierig, mit der Arbeit an meinem Tempel zu beginnen.»

«Dann weißt du also jetzt, was du bauen willst?»

«Ich glaube ja. Aber ich kann noch nichts darüber sagen, ehe ich nicht mit Senmut gesprochen habe.»

«Ach ja, der hübsche junge Architekt. Er wird wohl tüchtig zu arbeiten haben, denn Ineni ist zum Bürgermeister von Theben gewählt worden und hat sicher wenig Zeit für seine schönen Bauten.»

Sie war erstaunt. «Woher weißt du das?»

«Ich habe gestern abend die Nachricht erhalten. Die Herolde befahren den Fluß ebenso wie wir.»

«Wie schön war alles!» seufzte sie zufrieden. «Meine Mutter wäre glücklich gewesen, mich im Tempel gekrönt zu sehen!»

«Das glaube ich nicht», entgegnete Thutmosis sanft. «Sie hat sich immer Sorgen um deine Zukunft gemacht, und die Krone, die du jetzt trägst, ist nichts im Vergleich zu der Krone, die du am Neujahrstag tragen wirst.» Er lachte liebevoll. «Nein, sie wäre ganz und gar nicht einverstanden gewesen.»

«Vermutlich hast du recht. Und jetzt trage ich ihre Titel. Große Königsgemahlin. Wie seltsam. Diesen Titel habe ich von frühester Kindheit an von so vielen Lippen gehört! Wie hat das Volk von Ägypten sie geliebt.» Sie fragte sich, ob man sie auch lieben würde, und kam zu dem Schluß, daß das im Grunde nicht wichtig war. Wichtig war Macht – Macht, das Volk zu seinem eigenen Vorteil zum Gehorsam zu zwingen, und die Macht war nun fast in ihrer Reichweite.

12

Sie legten zwei Tage vor Neujahr an den vertrauten Wasserstufen an. Der Fluß hatte wieder seinen normalen Wasserstand, und das Land summte unter der Emsigkeit der Saat. Die Palastgärten waren voller Frühlingsblumen, und die Bäume und Sträucher hatten zu blühen begonnen. Hatschepsut sog entzückt den betörenden Blumenduft ihres heimatlichen Theben ein. Sie ließ die offiziellen Willkommensreden über sich ergehen, zufrieden, daß man sie mit ihren neuen Titeln ansprach. Sie beehrte Ineni mit einem offenen Lächeln, und als er mit ihrem Vater davonging, um ihn über die Neuigkeiten zu unterrichten, ließ sie ihren Leibwächter und ihre Begleiter zu sich rufen und machte sich auf die Suche nach Senmut.

Er lag im hohen Gras am Rand des kleinen Teiches neben den Platanen, die dicht bei der Mauer standen. Tachat kniete neben ihm und ließ Blumen auf seine Brust fallen. Hatschepsut hörte sie beide lachen und bemerkte zu ihrem Erstaunen, daß sie zornig war. Sie ging mit langen Schritten auf sie zu, und als Senmut sie kommen körte, sagte er etwas zu Tachat, worauf sie schnell davoneilte. Er lief Hatschepsut entgegen und ließ sich ihr zu Füßen ins Gras sinken.

Sie konnte nicht mehr zornig sein. «Steh auf, Priester», sagte sie. «Ich sehe, daß du deine Zeit während meiner Abwesenheit genutzt hast.»

Der Ton war scherzhaft, aber Senmut entdeckte Gereiztheit hinter dem königlichen Lächeln. Er verneigte sich abermals. «Ich habe meine Zeit nicht vergeudet, Göttliche, obgleich die Großzügigkeit deines Geschenks mich zum Müßiggang zu verlocken drohte.» Sein klarer Blick suchte beschwichtigend den ihren, und sie wandte die Augen ab;

ihr Ärger war verflogen. «Ich habe ein paar Zeichnungen, die ich dir zur Billigung vorlegen möchte.»

«Dann wollen wir sie uns sofort ansehen, denn ich bin begierig, mit der Arbeit zu beginnen, und ich weiß jetzt, was ich will», erwiderte sie entschlossen.

Einen Augenblick lächelten sie sich an, froh, wieder zusammen zu sein. Er wußte, daß sie bald Regentin sein würde, denn obwohl Pharao offiziell noch nichts bekannt gegeben hatte, gingen Gerüchte in Theben um, und jeder wußte von ihrer Krönung zur großen Königsgemahlin. Die Kobra auf der Stirn steht ihr gut, dachte er. Sie symbolisiert all ihre schlummernden Fähigkeiten und die ungeduldige Kraft, die darauf wartet, freigesetzt zu werden. Und die Doppelkrone des Königs wird ihr noch besser stehen, sagte er sich. Sie sah ihn glücklich lächelnd an, die Augen gegen die Sonne zusammengekniffen, das schwarze Haar vom Wind zerzaust. Durch Tachat geschult, sah er nicht nur ihre Schönheit als Königin und Göttin, sondern auch ihren großen Zauber und ihre Rätselhaftigkeit als Frau. Er wollte ihr das widerspenstige Haar aus der Stirn streichen und die Strähnen hinter das Ohr schieben, verschränkte aber statt dessen die Arme und wartete auf ihr Zeichen.

«Führe mich in deine Gemächer», sagte sie schließlich. «Wir wollen zusammen Wein trinken und Honigkuchen essen und uns dabei deine Pläne ansehen.»

Sie gingen in seinen Arbeitsraum, wo Tachat ihre Herrin willkommen hieß. Sie brachte roten Wein in einem Alabasterkrug, kleine goldene Trinkbecher und ein silbernes Tablett mit kandierten Datteln und Honigkuchen. Als Tachat fertig war, entließ Senmut, der bereits seine Papyrusrollen hervorgeholt hatte, sie geistesabwesend, und sie verschwand aus seinen Gedanken, noch ehe sich die Türen hinter ihr geschlossen hatten.

«So stelle ich es mir vor», begann er, seine Arbeit auf dem Pult ausbreitend.

Hatschepsut beugte sich eifrig darüber, und ihr Haar und ihre Halsketten fielen nach vorn. Obwohl sie dicht neben ihm stand, war Senmut völlig in seine Zeichnungen vertieft. Er hatte alles andere um sich herum vergessen. «Wie du siehst, Hoheit, habe ich keine Höhe angestrebt, denn wie du ganz richtig gesagt hast, kein Bauwerk

könnte mit dem Felsen wetteifern. So habe ich eine Reihe von Terrassen geplant, die vom Talboden zum Heiligtum aufsteigen sollen, das du tief in das Gestein gehauen haben willst.»

Sie griff nach einem Stück Honigkuchen, biß hinein und kaute nachdenklich, während sie seine Zeichnung betrachtete. «Ein guter Anfang», sagte sie. «Aber die Terrassen müssen breiter sein und länger, so daß sie sich nicht gegen den Felsen drängen. Zeichne es!» Gehorsam nahm er das Rohr zur Hand, und sie nickte zufrieden. «Ja! Das Ganze muß leicht und zart sein, genau wie ich es bin.»

«Es wird keine Treppen dort geben», sagte er. «Ich denke an eine lange Rampe, allmählich ansteigend. Und unter der ersten und der zweiten Terrasse sowie am Eingang zum Heiligtum müssen Säulen stehen, mit großen Zwischenräumen angeordnet, luftig.» Mit ein paar schnellen Strichen zeigte er ihr, was er meinte, und ihre Augen sprühten.

«Ich brauche noch andere Heiligtümer, außer dem, in dem man mich verehren wird», sagte sie. «Ich will eines für Hathor, eines für Anubis, und natürlich wird das Ganze meinem Vater Amun geweiht sein. Er muß ebenfalls ein Heiligtum haben.»

«Im Felsen? Alle?»

«Ich denke schon. Soll sich dein Techniker sein Brot verdienen. Jetzt schenk mir Wein ein.» Er füllte zwei Becher, und sie tranken und sprachen über den Tempel und vergaßen Zeit und Raum.

«Ich wünsche, daß die Arbeit sofort morgen beginnt», erklärte sie. «Besorg dir einen Räumtrupp und mach die Baustelle frei. Wenn du willst, kannst du die Reste des Tempels von Mentuhotep verwenden.»

«Die Freilegung wird lange dauern, Hoheit. Es gibt eine natürliche Schwelle in der Erde am Fuß des Hügels, die eingeebnet werden muß.»

«Das ist deine Angelegenheit. Fordere an, was du brauchst. Die Priester haben den Platz gutgeheißen – ich hatte dafür gesorgt, nachdem ich den heiligen Ort zum erstenmal gesehen hatte. Einem sofortigen Beginn steht also nichts im Wege. Ich werde meinem Bruder zeigen, was eine Königin kann!»

Plötzlich versank sie in düstere Gedanken, und während Senmut seinen Wein trank, beobachtete er, wie ihre Hand, die die Papyrusrollen hielt, in ihren Schoß fiel und ihre glatte Stirn unter der goldenen

Schlange sich runzelte. Sie schlug die Beine übereinander und begann den mit Juwelen geschmückten Fuß hin und her zu schwingen. Dann warf sie ihm einen forschenden, kalten Blick zu, der so sehr dem ihres Vaters glich, daß Senmut ein Zittern verbarg.

«In zwei Tagen werde ich im Tempel zum Regenten von Ägypten gekrönt», sagte sie, und er erwiderte nichts, um sie nicht in ihrem Gedankengang zu stören. «Dann wird sich mein Leben ändern, Priester. Viele, die sich gutmütig vor mir verneigt und mich Hoheit genannt haben, werden beginnen, ihre Augen vor mir zu verschleiern und ihre Gedanken vor mir zu verbergen. Ich muß anfangen, mich vorsichtig mit Leuten zu umgeben, denen ich vertrauen kann.» Ihr Fuß hörte auf zu wippen, und sie sah Senmut wieder mit einem durchdringenden Blick an. «Mit Leuten, denen ich vertrauen kann», wiederholte sie langsam, die Augen nachdenklich auf sein Gesicht geheftet. «Wie würde es dir gefallen, Priester, Verwalter des Amun zu werden?»

In der langen Sekunde der Erschütterung und Überraschung flogen Senmuts Gedanken zurück zu seinem ersten Tag in Theben, zu dem hochmütigen, parfümierten Diener des Gottes, in dem weißgoldenen Arbeitsraum, der mit so unverhohlener Langeweile den besorgten Empfehlungen von Senmuts Vater gelauscht hatte. Er fühlte wieder, wie verschüchtert und verlegen er gewesen war, und er roch den Schweiß seines vor Nervosität schwitzenden Vaters. «Hoheit, ich verstehe dich nicht», sagte er.

Sie lachte auf. «Oh, ich glaube, du verstehst mich sehr wohl. Du hast von Anfang an Besonnenheit gezeigt. Du hast vor dem Angesicht Pharaos deinen Stolz und deine Treue zu mir und deinem Freund gewahrt, und das war nicht leicht. Ich brauche dich im Tempel, Senmut, als meinen Wächter. Ich liebe den Gott, meinen Vater, und ich huldige seinen Dienern, aber ich bin nicht dumm. Ich bin jung für einen König, und ich bin unerfahren. Es gibt viele im Tempel, die mich scharf beobachten und um ihre Stellung bangen werden. Ich setze dich als Verwalter über sie, denn du wirst mir treu dienen, das weiß ich. Verstehst du mich jetzt?»

Er verstand sie, aber er sah immer noch den Rücken seines Vaters, der sich demütig vor dem Mann in Weiß verbeugte, und seine eigenen bittend ausgestreckten Hände . . .

«Ich habe dir schon gesagt, daß ich nur dafür lebe, dir zu dienen», erwiderte er, «und das werde ich tun. Nur du bist meiner Verehrung würdig.» Während er sprach, dachte er immer noch an jenen ersten Tag, und seine Worte hatten einen Beigeschmack von Bitterkeit und einer gewissen Arroganz.

Der Ton gefiel ihr. «Dann ist es abgemacht. Säubere den Tempel von allen Leuten, die dir unzuverlässig erscheinen, und fürchte niemanden außer mir. Erstatte mir täglich zur Stunde der Audienz Bericht. Du wirst einen Stabträger haben, der dich ankündigt, und Schreiber, die dir folgen. Du wirst Verwalter von Amuns Vieh und Amuns Gärten sein, denn ich weiß, daß du mit beidem Erfahrung hast, und wehe dem Mann, der nein zu dir sagt!»

Er saß regungslos da und sah sie an, aber sein Geist arbeitete fieberhaft. Die Verantwortung war furchteinflößend, doch hatte sie mit ihrem Scharfsinn Aufgaben gewählt, denen er infolge seines Lebens auf der Farm gewachsen sein würde. Er war sicher, daß er sie erfüllen konnte. Was die unausgesprochenen Aufgaben betraf, war er sich dessen nicht so sicher. Aber er wußte, daß niemand im Tempel Unzufriedenheit verbreiten würde, solange er die Verwaltung innehatte.

«Bleib in diesen Gemächern, bis du das Ausmaß deiner neuen Stellung kennst», sagte sie. «Dann baue ich dir einen Palast, und du sollst dein eigenes Boot, deinen eigenen Triumphwagen und was immer du sonst noch willst, bekommen.»

Er sah sie forschend an, aber sie scherzte nicht, und er fühlte in der dunklen Kühle des Zimmers, wie sie ihm, ohne es auszusprechen, die Hand reichte. Ein unergründlicher Ausdruck lag auf ihrem stillen Gesicht. Senmut wußte, daß sie instinktiv, fast blind den Jungen brauchte, der sie aus dem See gezogen, der ihr Träume offenbart hatte, die ihren eigenen nahe kamen, der als Mann noch von dem gleichen Ehrgeiz besessen war, der ihn dazu veranlaßt hatte, um einen Platz zu Inenis Füßen zu bitten. Er wollte ihr sagen, daß er sie liebte, daß dieser Tempel nicht nur ihr Geschenk an den Gott und an sich selbst sein würde, sondern auch sein Geschenk an sie, daß er all das war, was ein Mann von niedriger Geburt für die Frau tun konnte, die er in die Arme zu nehmen wünschte. Offenbar verrieten seine Augen etwas von dem, was er hätte sagen mögen, denn sie lächelte ein wenig wehmütig.

«Du bist ein Edelmann, Senmut, in deinem Innern. Ich habe dich

sehr gern. Erinnerst du dich noch, wie böse ich war, als du mich mit der zerlumpten alten Decke abgerieben hast? Und wie ich an deiner Schulter eingeschlafen bin?»

«Ich erinnere mich, Hoheit. Du warst ein schönes kleines Mädchen. Du bist eine schöne Frau.» Er sprach sachlich, aber die Worte verklangen, und er biß sich auf die Lippen und blickte zu Boden.

«Ich bin Gott», sagte sie entschlossen, und der Bann war gebrochen. Sie stand auf. «Es ist beinahe Zeit fürs Abendessen. Komm mit mir, wir essen zusammen und unterhalten uns mit Menech und Hapuseneb. Vielleicht ist auch Useramun zugegen. Ich möchte, daß du ihn kennenlernst. Ich will wissen, was du von meinen Freunden hältst, denn sie werden möglicherweise bald mehr als Freunde sein, und deine Meinung ist mir wichtig. Ich möchte auch, daß du Thutmosis, meinen Bruder, kennenlernst, der zu meiner Krönung aus dem Norden zurückgekehrt ist.»

Er stand ebenfalls auf und verneigte sich. «Hoheit, mir ist gerade eingefallen, daß mein Bruder Senmen mir eine große Hilfe bei meiner neuen Arbeit wäre. Darf ich ihn kommen lassen und vielleicht zu Hause durch einen Sklaven ersetzen? Mein Vater braucht ihn, aber ich glaube, ich brauche ihn noch dringender.»

«Du brauchst mich nicht darum zu bitten. Nimm dir die Leute, die du haben willst. Magst du deinen Bruder?»

«Ja. Wir haben oft zusammengearbeitet.»

«Auch ich habe oft mit meinem Bruder gearbeitet», erwiderte sie, als sie an ihm vorbeiging, «und ich muß gestehen, er ist äußerst langweilig. Aber vielleicht findest du etwas, was ihr miteinander gemein habt, denn er baut sehr gern und hat schon viel dazu beigetragen, Ägypten zu verschönern.»

Sie wartete an der Tür auf ihn, und sie gingen Seite an Seite durch die blaue Dämmerung, während die Diener ihnen den Weg leuchteten. Die Nacht brach über sie herein mit einer schmerzlichen Süße, die noch erhöht wurde durch die bleichen Sterne, die sich silbern im Wasser der Lilienteiche spiegelten, durch den lieblich duftenden Wind und durch ihre gegenseitige Nähe.

An ihrem Krönungstag erwachte Hatschepsut vom Klang der Hörner, und sie lag da und horchte auf die rauhen, metallenen Töne. Sie

hatte tief und traumlos geschlafen, und als die Hörner verstummten, stand sie auf. Das Zimmer war erfüllt von einem warmen rosigen Licht. Sie ging nackt in ihr Badezimmer, wo ihre Sklavin die steinerne Wanne bereits mit heißem, parfümiertem Wasser gefüllt hatte, und stieg hinein, bis sie ans Kinn untergetaucht war. «Wie ist der Tag?» fragte sie das Mädchen, das mit Seife und Tüchern zu ihr trat. Und während sie abgerieben und ihr Haar gewaschen wurde, lauschte sie auf das arglose Geschwätz.

Der Tag war sonnig und warm. Die Bewohner von Theben säumten schon seit dem frühen Morgen die Straße zum Tempel, und die Soldaten hatten bereits in voller Gala ihre Stellungen bezogen, um den königlichen Zug zu bewachen. Über der ganzen Stadt wehten die kaiserlichen Fahnen, und Boote mit Würdenträgern und Edelleuten aus Memphis und Hermonthis, Assuan und Nubien, Buto und Heliopolis drängten sich am Landeplatz. Alle Zimmerfluchten des Palastes waren voll von Besuchern. Die Vizekönige und Gouverneure der eroberten Nationen füllten die Säle mit ihren fremdländischen Sklaven und seltsamen Sprachen, und über allem hing wie ein Mantel eine gespannte Erwartung.

Hatschepsut nickte und stieg aus dem Wasser. Sie stand still da, während sie abgetrocknet wurde, und legte sich dann auf den Tisch, um sich einölen und massieren zu lassen. Ihr Hofmeister Amunhotpe kam mit ihrem Morgentrank und erstatte ihr Bericht. Alles ging planmäßig vor sich. Ihre Friseuse und ihre Kammerfrau warteten im Vorzimmer.

Ihr Vater wurde in seinen eigenen Gemächern angekleidet. In den Räumen der Frauen und Konkubinen eilte Mutnofret aufgeregt hin und her, aß nervös ihr Frühstück und verstreute ihre Juwelen über dem Ruhebett, ohne sich entschließen zu können, was sie tragen sollte. Sie hatte ihre Enttäuschung überwunden. Und selbst wenn es nicht so gewesen wäre, dies war ein Festtag, den man sich nicht entgehen lassen durfte. Sie war bereit, wieder Frieden zu schließen. Thutmosis, ihr Sohn, saß in seiner eigenen kleinen Zimmerflucht und sprach mit seinem Schreiber. Während der Monate seiner gezwungenen Rundreise durch den Norden hatte er Zeit zum Nachdenken gehabt, und er war zu dem Schluß gekommen, daß er mit Trotz und zornigem Schweigen nichts erreichen würde. Er hatte ebenso wie seine Mutter

die Bitterkeit unterdrückt; aber im Gegensatz zu ihr wartete er auf seine Stunde. Die Reise hatte ihn verändert. Sein fetter Körper war durch die Hitze und Anstrengung dünner geworden, und er hatte – von seiner Mutter, von seinen Frauen und reichlichen Speisen – eine gefährliche Geduld gelernt. Seine Pläne waren vereitelt worden, aber das würde nicht noch einmal geschehen. Er würde warten, wenn nötig Jahre, aber er würde Pharao werden. Seine Schwester würde es nicht verhindern können. Selbst an diesem ihrem Krönungstag grübelte er darüber nach, aber während man ihm früher jede Gemütsbewegung vom Gesicht ablesen konnte, plauderte er jetzt liebenswürdig mit seinem Schreiber, während seine Gedanken ihre eigenen Wege gingen.

Hatschepsut saß in einem losen Gewand da, während ihr Haar frisiert, aus dem Gesicht zurückgekämmt und hoch auf dem Kopf aufgetürmt wurde, damit man ihr die Krone leicht auf den Kopf setzen konnte. Sie sollte eigentlich wie jeder Pharao kahl geschoren werden, um die Krone zu empfangen, aber sie hatte sich dagegen aufgelehnt, und ihr Vater hatte eingewilligt, ihr die schweren blauschwarzen Flechten zu lassen. Sie betrachtete sich in dem blankpolierten Kupferspiegel, während die Schminke aufgetragen wurde, und was sie sah, gefiehl ihr: eine hohe, breite Stirn, gerade Augenbrauen, die mit Kohle bis zu den Schläfen verlängert wurden, große, mandelförmige Augen wurden, ruhig und klug, die ihren Blick kritisch erwiderten, eine schmale, gerade Nase und ein sinnlicher, beweglicher Mund, der ein wenig zu lächeln schien. Das Kinn war verräterisch. Es war ausgeprägt und eigensinnig, ein kräftiges, unnachgiebiges Kinn, das von einem unbezähmbaren Willen und einem rücksichtslosen Streben nach Macht sprach. Sie schloß die Augen, während sie mit Kohle umrandet wurden, und dachte an ihre Vorfahren und an die Götter, die sie mit dem schönsten Gesicht der Welt gesegnet hatten. Sie lächelte nicht, als sie die Augen wieder öffnete und ihr Spiegelbild sah, das ihr golden, dunkel und geheimnisvoll aus der blanken Kupferscheibe entgegenblickte – eine hochmütige Fremde, die ein wenig spöttisch ihren Blick erwiderte.

Auf einem Thron mit hoher Rückenlehne sitzend, wurde sie auf einer großen Sänfte zum Tempel getragen. Hinter ihr stand ihr Fächerträger. Über dem schönen Kopf wehten die roten Straußenfe-

dern. Die atemlosen Zuschauer bekamen flüchtig ihren von gegossenem Gold umschlossenen Körper zu sehen, ehe sie sich auf den staubigen Wegrand warfen. Wenn sie sich wieder aufrichteten, sahen sie nur noch die Sonne auf Hatschepsuts Haar und die Rückseite ihres Throns. Hinter ihr ging das blaueste Blut des Königreichs: Ineni und sein Sohn; der Wesir des Nordens und sein Sohn, der ernste, würdevolle Hapuseneb; Thutmosis; der stattliche Wesir des Südens, in ein Gespräch mit dem schelmischen Useramun vertieft. Der junge Djehuty von Hermopolis ging, ohne nach rechts oder links zu blicken, arrogant seines Wegs; ihm folgte Jamunefer von Nefrusi, ein gutaussehender und stolzer junger Mann. Die wohlhabenden Großgrundbesitzer, die alten und die neuen Reichen, schritten langsam mit ihren kostbaren Juwelen und eleganten Leinengewändern dahin. Hinter ihnen kam Senmut; sein Kopf war mit einer schweren Perücke bedeckt, und sein neuer Leinenrock fiel ihm bis auf die Knöchel. Tachat hatte sein Gesicht sorgfältig geschminkt und ihn mit parfümiertem Öl eingerieben, aber er hatte noch nicht die Abzeichen seines neuen Amts, und kein Stabträger ging ihm voran. Er trug den Kopf hoch, und sein Blick schweifte über die Menge, aber er lächelte nicht, denn seine Gedanken waren bei der glitzernden, bemalten Göttin, die auf ihrem Thron vor ihm dahinzog. Das Volk hielt ihn für einen jungen Adeligen, so in sich gekehrt und ernst war sein Gesicht.

Die riesigen Tempeltüren standen weit offen, und vor ihnen wartete, in ein Leopardenfell gehüllt und mit Federn geschmückt, der Hohepriester mit seinen Gehilfen. Die Sänfte hielt, Hatschepsut stieg aus. Unbeweglich wie aus Stein wartete sie auf das Herannahen ihres Vaters. Hoch ragte die große Statue des Gottes vor ihr auf, dahinter drängten sich die Priester im äußeren Hof, während aus Weihrauchfässern Rauch über das Dach des Tempels zum Himmel aufstieg. Thutmosis reichte ihr den Arm, sie nahm ihn, und sie gingen, vom Hohepriester geführt, zusammen hinein. Hinter ihnen strömten die Adeligen in den Innenhof.

Die Türen zum Heiligtum waren geöffnet, und alle reckten den Hals, um einen Blick auf Amun den Mächtigen zu erhaschen. Während Hatschepsut beobachtete, wie ihr Vater auf den Gott zuging, dachte sie an ihre eigene kalte Nachtwache hier vor noch gar nicht so

langer Zeit, als der Tempel für sie ein erschreckender, einsamer Ort, ein Ort düsterer Geheimnisse gewesen war. Damals hatte sie nur den Leinenrock eines Bauern getragen; jetzt war sie in schweres Gold gehüllt. Sie straffte die Schultern und hob das Kinn. Niemand sollte an diesem Tag weniger als einen König in ihr sehen.

Thutmosis stand jetzt auf dem goldenen Boden und legte dem Gott Krummstab und Wedel zu Füßen. Seine Worte drangen zu den Anwesenden hinaus:

> Ich stehe vor dir, König der Götter. Ich werfe mich in den Staub. Gib als Entgelt für das, was ich für dich getan habe, du meiner Tochter, dem Kind der Sonne, Maat-Ka-Re, ihr, die ewig lebt, Ägypten und das rote Land, wie du es für mich getan hast.

Er erhob sich, trat zur Seite und machte Hatschepsut ein Zeichen mit den Augen.

Sie ließ sich auf den Boden sinken und kroch auf den Gott zu. Die Fliesen aus gehämmertem Gold rochen nach Weihrauch, Blumen und Staub, und seltsamerweise dachte sie an ihre Mutter, während sie mühsam Zoll um Zoll des Wegs zurücklegte. Sie zwang sich, an den Gott zu denken, an seine Schönheit, seine Gnade, und sie begann leise zu beten, während sie sich seinen Füßen näherte. Schweiß sammelte sich zwischen ihren Schulterblättern, und sie kämpfte sich weiter voran. Unter den auf dem Boden liegenden, gespannt lauschenden Adeligen herrschte eine so tiefe Stille, daß man Hatschepsuts keuchenden Atem hören konnte. Endlich fanden ihre suchenden Finger den Gott, und sie lag, die Wange auf den Boden gepreßt und die Augen geschlossen, ausgestreckt vor ihm, bis sie ihre Kraft zurückkehren fühlte.

Flehend blickte sie zu dem leise lächelnden Gesicht empor. «Gewähre mir deine Gunst, Amun, König der Welt!» rief sie so laut, daß ihre Stimme von dem silbernen Dach widerhallte. Sie wartete. Aus dem Winkel ihrer Augen sah sie die Füße ihres Vaters und daneben die Beine des neuen Hohepriesters. Der Leopard, der seinen Körper umhüllte, hing mit dem Kopf nach unten, die leblosen Zähne in einem listigen Lächeln entblößt, und Hatschepsut mußte an Menena und die

anderen Verbannten im Norden denken und fragte sich, wie viele der Priester unter der feierlichen Maske des Rituals wohl ein ebensolches Gesicht verbargen. Ihr wurde bange zumute. Es herrschte absolute Stille im Raum, niemand rührte sich. Alle Blicke waren auf Amun gerichtet, während sich der Rauch aus den riesigen Tiegeln um sein Gesicht ringelte und seine Federn liebkoste.

Senmut wurde von der steigenden Erregung gepackt. Von seinem Platz weit hinten im Raum konnte er wenig mehr sehen als den Kopf des aufrecht stehenden Pharaos und des Hohepriesters. Von Hatschepsut sah er nichts, aber er sah den Gott, fern und kühl auf seinem Thron, und er konnte den Blick nicht von den goldenen Federn abwenden. Eine abergläubische Furcht kam über ihn, weniger von der Gegenwart des Gottes hervorgerufen, als von der regungslosen, erwartungsvollen Menge. Er wünschte sich weit weg vom Einfluß eines Gottes, der imstande war, die Menschen unbeweglich, gedankenlos, auf eine Laune wartend in seinem Bann zu halten.

Plötzlich fühlte Senmut, wie sich sein Kopf zu drehen begann. Ein immer stärker werdendes Gebrüll stieg aus der Menge auf, als Amun langsam, majestätisch und huldvoll den goldenen Kopf neigte. Senmuts Handflächen wurden feucht, und ein Schauer lief ihm den Rücken hinunter. Alle anderen waren jetzt auf den Beinen und begannen zu tanzen. Über den Tumult hinweg hörte er das Klappern von Kastagnetten und das Gerassel der Sistren. Als der Lärm sich legte und er wieder etwas sehen konnte, stieg er auf den Sockel einer Säule, so daß er über die Köpfe der Menge hinwegblicken konnte. Er sah Hatschepsut blaß und triumphierend zu Füßen des Gottes stehen. Thutmosis rief:

Meine Tochter, die dich liebt, die dir,
Geliebter, verbunden ist, du hast die Welt in ihre Hände gelegt.
Du hast sie zur Königin ausersehen!

Als Uto und Nechbet, die Göttinnen des Nordens und des Südens, auf lautlosen Füßen mit der Doppelkrone herbeikamen, ballte Hatschepsut die Fäuste; die Worte ihres Vaters klangen ihr in den Ohren. Die Welt! Die Welt! dachte sie frohlockend. Sie hörte den Göttinen kaum zu, als sie zu ihr von der roten Krone des Nordens und der

weißen Krone des Südens sprachen. Dir, mächtiger Amun, und dir, mächtiger Thutmosis, Liebling des Horus, sage ich meinen Dank! Sie fühlte das Gewicht der Doppelkrone auf ihrer Stirn, und als sie die Hand hob, um sie zurechtzurücken, erblickte sie Senmut, der höher stand als die übrigen und den Arm um eine Säule schlang, und ihre Blicke begegneten sich. Sein Anblick brachte sie zur Besinnung, und sie folgte dem Rest der Zeremonie mit geziemender Aufmerksamkeit, bemüht, den Sturm des Erfolgs, der in ihrem Innern tobte, zu dämpfen.

Aus den Tiefen des Heiligtums ertönte dröhnend die Stimme des Gottes, das zweite Wunder des Tages.

> Seht meine Tochter Hatschepsut, sie, die ewig lebt.
> Seid liebevoll zu ihr und seid zufrieden mit ihr.

Wieder fühlte Senmut, wie sein Herz kalt wurde. Er wollte nicht diesem Gott dienen, sondern nur der Tochter des Gottes, und er stieg von seiner Säule herunter, saß da und starrte auf den Boden, während sich der Ritus seinem Ende näherte.

Sie wurde mit Wasser besprengt, das ihren Nacken kühlte und glitzernd auf ihre Füße tropfte. Dann wurde ihr der schwere, mit Juwelen besetzte Umhang um die Schultern gelegt, und Thutmosis hob den Krummstab und den Wedel auf und reichte ihr beides. Sie griff ungestüm danach, und ihre Fingerknöchel waren weiß, als sie die Insignien der Macht fest an ihre Brust preßte. Thutmosis, der in ihre dunklen Augen blickte, verstand und überließ sie ihr leichten Herzens.

Er führte seine Tochter zum Thron, unter dem die blaue Lotosblume des Südens und der Papyrus des Nordens hervorguckten, und als sie sich behutsam setzte, stieg ihr der liebliche Duft des Lotos in die Nase.

Der oberste Herold begann ihre Titel zu verlesen: Göttliche der Kronen, Liebling der Göttinnen, jung an Jahren, Horus, Maat-Ka-Re, Sie, die ewig lebt. Und die Titel ihrer Mutter, die sie in Heliopolis empfangen hatte, wurden ebenfalls wiederholt. Als der Herold seinen Vortrag beendet hatte, verbeugte er sich und trat beiseite.

Senmut lächelte, als sie die vorgeschriebene Runde durch das Heiligtum antrat. Das Gewicht der Krone und des Umhangs zwang sie, sehr aufrecht und langsam zu gehen. Auch in diesem erhabenen

Augenblick führte seine herausfordernde kleine Prinzessin den Göttern und den Menschen ihre Überlegenheit vor Augen!

Er stahl sich aus dem Saal und machte sich auf die Suche nach Benja, der beschlossen hatte, angeln zu gehen, weil an diesem Tag außer ihm kaum jemand am Fluß sein würde. Senmut hatte das Gefühl, als ob dieser Tag der letzte Tag seiner Freiheit war. Und obwohl die Aussicht auf seine neue Arbeit ihn mit freudigem Stolz erfüllte, blickte er wehmütig zurück auf eine Jugend, die nun fast vorüber war, und auf all die vergangenen freien Minuten – Geschenke, die kostbarer waren als Gold.

Das Fest dauerte die ganze Nacht. Die Bewohner der Stadt tanzten und tranken auf den Straßen vor ihren Häusern und Geschäften, bis die Sonne aufging. Im Palast strömten die Gäste, die in den Sälen keinen Platz mehr fanden, in die Gärten hinaus. In den Bäumen hingen Lampen, und auf dem Gras waren Kissen verstreut, so daß alle die milde Frühlingsluft genießen konnten. Thutmosis und seine adeligen Gäste saßen, fast begraben unter den vielen Blumen, auf dem Podium. Senmut hatte man seinen Platz bei den jungen Männern zugewiesen, bei Menech, Hapuseneb, Useramun, Djehuty und anderen. Sie alle aßen und tranken, verlangten lärmend nach Musik, applaudierten und schrien, bis sie heiser waren. Senmut hatte seine Mahlzeit schnell beendet; er lehnte sich zurück und beobachtete mit stillem Lächeln, was um ihn herum geschah. Er war in seine Träume versunken, als Hapuseneb seinen Stuhl näher zu ihm heranzog.

Der junge Mann roch stark nach Parfum, und der Kegel auf seinem Kopf hatte seine breite Brust bereits mit einer öligen Schicht überzogen, aber er war nicht betrunken. Die ruhigen Augen sahen Senmut freundlich abschätzend an. «Ich höre, du hast eine neue Stellung, Senmut», fragte er.

Senmut nickte. Er fühlte sich immer noch nicht ganz wohl in der Gegenwart dieses ruhigen, zurückhaltenden jungen Mannes, und er wartete beunruhigt auf seine nächsten Worte.

«Du und ich, wir müssen lernen, zusammenzuarbeiten», fuhr Hapuseneb leise fort, «denn auch ich bin der Königin treu ergeben und habe gelobt, mit meinem Leben für sie einzutreten. Mein Vater ist dem Tode nah», sagte er. Senmut blickte rasch zu dem Tisch auf dem

Podium, wo der magere Edelmann gerade seinen Becher leerte. «Ich werde bald seinen Posten als Wesir des Nordens übernehmen, und das bedeutet, daß ich viel für Pharao reisen muß und nicht immer bei der Hand sein werde, wenn es nötig ist.»

Dieser Mann weiß etwas, das ich nicht weiß, sagte sich Senmut besorgt. Er stellte den Becher, den er gerade erhoben hatte, wieder nieder. Hapuseneb musterte ihn immer noch mit einem freundlichen Lächeln, aber Senmut wußte, daß er abgeschätzt wurde.

«Der junge Thutmosis hat Verbindung mit Menena aufgenommen, dem Mann, den Pharao aus seinem Amt entlassen hat. Ich bin nicht sicher, was das zu bedeuten hat. Die Zeit wird es lehren. Aber dir, Liebling der Königin, biete ich meinen Haushalt, meine Boten und meine Spione an, damit du, wenn ich fort bin, aber benötigt werde, so handeln kannst, wie ich selbst es tun würde.» Er sah zu Hatschepsut hinüber, die lachend, die Doppelkrone auf dem Haupt, neben ihrem Vater saß. Dann kehrte sein Blick zu Senmut zurück. «Solange Pharao lebt, ist sie in Sicherheit. Muß ich noch mehr sagen?»

Senmut schüttelte den Kopf. Er fragte sich, ob es dem jungen Aristokraten wohl schwergefallen sein mochte, sich zu diesem Angebot herabzulassen. Hapuseneb wartete seine Antwort nicht ab, sondern drehte ruhig seinen Stuhl wieder herum und sprach mit Useramun. Senmut wandte sich wieder seinem Wein zu. Er hatte das unbehagliche Gefühl, daß sein Leben bald sehr kompliziert werden würde und daß er mit größter Umsicht würde vorgehen müssen. Plötzlich war er müde; er sehnte sich nach seinem Bett und der Wärme von Tachats Körper, und er verließ den Saal, noch ehe die lärmende Festlichkeit vorüber war.

Hatschepsut sah ihn fortgehen, aber die keftischen Tänzer, die eigens geladen worden waren, hatten gerade mit ihren Liedern begonnen, und sie folgte ihm nicht.

So wurde Hatschepsut Königin. Thutmosis freute sich darauf, daß er jetzt seine letzten Lebensjahre damit verbringen konnte, mit dem alten Kriegshelden pen Nechbet unter den Bäumen des Gartens Dame zu spielen und über vergangene Zeiten zu sprechen. Außerdem wollte er auf den fertiggestellten Bauwerken die letzten Verfügungen seiner Regierung für die Nachwelt verzeichnen lassen. Er hatte nicht den

Wunsch, noch lange in Ägypten zu verweilen. Er war müde, mitgenommen von vielen Schlachten und erschöpft von den langen Jahren der Regierung. Er wünschte nur, in Frieden zum Gott zu gehen. Er hatte alles getan, was er konnte, um die Zukunft seines Landes durch seine begabte Tochter zu sichern. Thutmosis der Jüngere mochte sich damit zufriedengeben, seinen Vergnügungen nachzugehen.

In den folgenden Monaten begleitete Hatschepsut ihren Vater jeden Morgen zu seiner Andacht im Tempel Amuns und danach in den Audienzsaal, wo sie sich gemeinsam Berichte anhörten, Anweisungen an die Gouverneure diktierten und Händel schlichteten. Hatschepsuts Krönung schien einen Strom von Kraft in ihr entfesselt zu haben. Sie erledigte eine Aufgabe nach der anderen, als habe sie übernatürliche Kräfte, und trieb sich selbst und ihre Untergebenen mit ihrem Fanatismus an. Der Nimbus von Macht, der sie umgab, war so stark, daß er fast greifbar schien.

Hapuseneps Vater starb eines Nachmittags auf einem Jagdausflug. Hapuseneb wurde zum Wesir des Nordens ernannt und trat sofort eine Rundreise durch seine Provinzen an. Senmut hatte viel mit seinen neuen Aufgaben im Tempel zu tun. Von dort eilte er zu dem Baugelände im Tal, wo bereits Hunderte von Sklaven arbeiteten, und wo Benja unter der glühenden Sonne schwitzte und fluchte. Das Loch in der Bergwand – das erste Heiligtum – wurde größer und größer . . .

Hatschepsut wohnte dem Spannen des Seils bei. Sie hielt den weißgestrichenen Strick, während die Begrenzungen ihres Monuments abgeschritten wurden, und legte den ersten Stein. Trotz ihrer zahlreichen neuen Pflichten vergaß sie nicht, was sie Hathor und den anderen Göttern, deren zerfallene Heiligtümer sie auf ihrer Fahrt den Fluß hinunter hatte vorübergleiten sehen, versprochen hatte. Sie ersuchte Ineni, die Arbeit in die Hand zu nehmen. Als Hapuseneb, der auch einmal Architekt gewesen war, aus dem Norden zurückkehrte, bat sie ihn, ein anderes Grab für sie im Tal der Könige auszuschachten; das kleine Grab, das ihr Vater für sie ausersehen hatte, war jetzt, da sie Königin war, ihrer nicht mehr würdig.

Aber das Tal überließ sie Senmut. Sooft sie den Palast verlassen konnte, überquerte sie den Fluß, saß unter ihrem Baldachin hoch über dem Tal und beobachtete die Männer, die sich wie Riesenameisen abmühten, während die erste Mauer der Terrasse, die schwarze Mauer

der Hathor, errichtet wurde. Nachts sah sie im Traum das vollendete Bauwerk, in sein Mysterium gehüllt, schlummernd unter der weißen Sonne liegen.

Sie vernachlässigte auch nicht ihre neuen Pflichten im Tempel Amuns. Mit zunehmender Reife fühlte sie mehr denn je die Hand des Gottes, die ihr Schicksal leitete, und während der stillen Minuten eines jeden Tages, während der Zeiten, wo nichts von ihr gefordert wurde, saß sie, in das Licht von Re gebadet, betend auf dem Balkon ihres Schlafgemachs.

Sie wußte, es gab niemanden wie sie auf der ganzen Welt, und ihre erhabene geistige Isolierung erfüllte alle, die ihr dienten, mit tiefer Ehrfurcht. Thutmosis beobachtete ihre Entwicklung mit schläfriger Zufriedenheit und überließ ihr das Regieren bald allein. Aber sie suchte noch häufig seinen Rat und ging in der abendlichen Kühle zu ihm in den Garten, um zu seinen Füßen zu sitzen und gemächlich mit ihm zu plaudern. Oft forderte sie Senmut auf, sie zu begleiten, und Thutmosis, dem der stolze junge Mann gefiel, hieß ihn willkommen.

Sie hatte sich fast hysterisch geweigert, jetzt, da sie Königin war, in die ehemaligen Gemächer Neferus zu ziehen. Und sie wollte auch nicht die Zimmer ihrer Mutter bewohnen. Statt dessen baute sie sich einen neuen Palast, der durch viele breite Alleen und Säulengänge mit dem alten verbunden war. Gleichzeitig ließ sie Neferus Zimmerflucht neu dekorieren, um Senmut in ihrer Nähe zu haben.

Senmen traf in Theben ein, scheu und verwirrt, in Leinenkleidung, mit bäuerlichem Dialekt. Senmut brachte ihn in seinen alten Räumen unter, wo er sich, geblendet vom Glanz seines Bruders, wie ein Wüstenfuchs verkroch, bis er sich an den Palast gewöhnt hatte.

Hatschepsut machte es sich jetzt zur Gewohnheit, bei Tagesanbruch Neferus Totentempel aufzusuchen. Oft stand sie lange dort allein, mit Ofergaben in den Händen, und lauschte auf das Seufzen des Morgenwindes zwischen den kleinen Säulen. Jetzt verstand sie die schmerzlichen, mitleiderregenden Versuche ihrer Schwester, sich von einer beschwerlichen Existenz zu befreien, und sie trauerte um das Leben, das so früh geendet hatte. Neferus Bildnis sah mit sanfter, ständiger Vergebung auf Hatschepsut hinab, die keinen Frieden darin fand, ihre Gebete an die Tote ein ums andere Mal zu wiederholen. Manchmal lagen ihr beim Erwachen bereits die Worte auf den Lippen.

Trotz seiner gelegentlichen Temperamentsausbrüche, die seine Umgebung immer noch mit Angst und Schrecken erfüllten, sah Hatschepsut, wie ihr Vater ständig fetter und schläfriger wurde. Er döste oft stundenlang vor sich hin, raffte sich nur auf, um zu essen und zu trinken oder mit pen Nechbet eine Partie Dame zu spielen, und schlief dann weiter. Mit besonderer Aufmerksamkeit beobachtete sie den jüngeren Thutmosis, der angesichts der zunehmenden Schwäche seines Vaters von Tag zu Tag stärker zu werden schien. Nicht daß er wie eine Katze war, die sich plötzlich in einen Leoparden verwandelte, denn nach außen hin war er immer noch der träge, freundliche Junge, der gereizt auf die Sticheleien seiner Schwester reagierte, aber er war jetzt überall – im Tempel, bei allen Festlichkeiten –, und er fuhr täglich hinter seinem Wagenlenker in der Stadt umher. Hatschepsut konnte sich die Sorge, die diese Dinge in ihr weckten, nicht erklären. Manchmal ertappte sie ihn dabei, daß er sie, ein leises Lächeln um die Lippen, mit ausdruckslosen Augen anstarrte. So verdoppelte sie ihre Bemühungen zu lernen und zu verstehen und über alles unterrichtet zu sein, was in ihrem Königreich vor sich ging.

III

13

FÜNF JAHRE NACH HATSCHEPSUTS KRÖNUNG schlief Thutmosis an einem Frühlingstag ein und wachte nicht mehr auf. Es war gerade das Fest des Min, und Amun war aus seinem Tempel getragen worden, nach Luxor, als Lattich-Esser, als Gott aller Exzesse des Fleisches. Theben war Tag und Nacht in einem Rausch von Trunkenheit und Zügellosigkeit, und der Palast lag verlassen da, während die Bewohner sich im Süden ihren Ausschweifungen hingaben.

Ineni traf den alten König auf seinen Kissen liegend an, die Augen geschlossen, den Mund geöffnet, die vorstehenden Zähne im Grinsen des Todes entblößt. Einen Augenblick stand er regungslos da und blickte auf den Mann hinunter, der so lange sein Leben gewesen war. Dann wandte er sich um, schickte einen Diener nach dem königlichen Leibarzt und den Sem-Priestern und machte sich auf den Weg zu Hatschepsuts Gemächern. Als er dort eintraf, war sie gerade dabei, sich für die Riten des Abends zurechtzumachen. Draußen wartete bereits ihre Sänfte, um sie nach Luxor zu bringen. Er wurde erst hereingelassen, nachdem er die Beherrschung verloren und den Wächter an der Tür so heftig angeschrien hatte, daß der überraschte Mann ihn unangekündigt vorbeistürmen ließ.

Die Königin kam mit blitzenden Augen und klirrenden Armreifen auf ihn zu. «Ineni, hast du den Verstand verloren? Ich bin, wie du siehst, in größter Eile. Von Rechts wegen sollte ich dich verhaften lassen!» Zeichen der Anspannung lagen auf ihrem Gesicht, und die Muskeln ihres langen Halses waren gestrafft. Das Fest näherte sich seinem Ende, und sie war erschöpft von den langen Nächten des Tanzens. Sie griff nach der Kobrakrone und hielt sie nervös zwi-

schen den Fingern. Ihre Sklavin trat, den Kamm in der Hand, eilig hinter sie.

Ineni verneigte sich, fand jedoch keine Worte.

Der königliche Fuß begann ungeduldig zu klopfen. «Sprich, sprich! Was ist los? Fühlst du dich nicht wohl?»

Endlich öffnete er den Mund. Er hatte Angst vor den Worten, die von seinen Lippen kommen mußten.

Sie sah in sein Gesicht und ahnte etwas von der Nachricht, die er ihr brachte. «Mein Vater! Ist er krank?»

Ineni schüttelte den Kopf. «Der Gott ist tot, Majestät. Er ist im Schlaf in die Halle des göttlichen Gerichts gegangen. Ich habe die Priester und den Arzt rufen lassen. Vielleicht solltest du seinen Sohn benachrichtigen.»

Sie starrte ihn eine Zeitlang wortlos an, dann wandte sie sich jäh ab und legte die kleine Krone auf ihr Ruhebett.

Ineni füllte einen Becher mit Wein und ging auf sie zu, aber sie wies ihn zurück. Er stand hilflos da und wußte nicht, was er tun sollte.

Nach einer Weile strafften sich die nackten Schultern, und sie hob den Kopf. «Es war schwer für dich, edler Ineni, mir diese Nachricht zu bringen», sagte sie leise. «Laß jetzt meinen Herold rufen, und wenn er da ist, schick ihn nach Luxor. Der Gott muß zurückkehren, und das Fest muß abgebrochen werden. Oh, mein Vater!» rief sie plötzlich, die Arme in die Luft werfend. «Warum hast du mich so früh verlassen? Du und ich, wir hatten noch nicht genug zusammen getan!»

Ineni verließ sie, und auf dem Weg nach draußen befahl er ihrem Oberhofmeister, Senmut zu rufen. Er tat es ohne zu überlegen, denn er wußte instinktiv, daß Senmut ihr den Trost bringen würde, nach dem sie verlangte. Dann machte er sich auf die Suche nach dem Herold, sich der leeren, hallenden Gänge ohne Licht und Leben so bewußt wie nie zuvor. Von einem Tag zum anderen taumelte Ägypten in einen Sumpf der Ungewißheit. Inenis Gedanken wanderten zum jungen Thutmosis, der sicher gerade in den Armen einer Priesterin auf dem Boden des Tempels von Luxor lag. Er fühlte, wie sich ihm die Kehle zuschnürte.

Senmut rannte zu seiner Herrin. Die Nachricht hatte ihn erreicht, als er mit Benja und Menech angeheitert aus einer Bierschenke in der Nähe von Luxor trat. Er hatte vorgehabt, sich den Tanz im Tempel-

garten anzusehen und dann nach Hause zu Tachat zu gehen, aber bei dem Flüstern des atemlosen, verängstigten Herolds hatte er Benja den Bierkrug vor die Füße fallen lassen und war losgerannt. Während er keuchend die zwei Meilen zurücklegte, sah er durch den Nebel seiner Trunkenheit Pilger und Nachtschwärmer mit Fackeln und Gelächter auf der anderen Seite der Allee ihres Weges ziehen. Sie blieben stehen und musterten erstaunt den jungen Mann, der wie ein Rasender an ihnen vorüberschoß. Es war ein kühler Abend, ruhig und lieblich; und das Wasser des Nils, das still neben der Straße dahinfloß, war dunkel und einladend. Aber Senmut lief weiter, seinen Wagen verfluchend, der in einem Schuppen hinter dem Palast stand, sein Boot verfluchend, das sich vor Anker am Landeplatz wiegte, seine Sänftenträger verfluchend, die ihn verlassen hatten, um ihrem Vergnügen nachzugehen. Der schwere Gurt, an dem sein Siegel hing, schlug gegen seine Beine. Er riß ihn ab und wickelte ihn, ohne stehenzubleiben, um seinen Arm. Er lief durch den Eingang zum Privatgarten der Königin und verlangsamte sein Tempo zu einem stolpernden Trab, bis er endlich vor ihrer goldenen Tür war. Er blieb einen Augenblick stehen, um zu Atem zu kommen und seine zitternden Glieder zu beruhigen, ehe er dem Wächter zunickte und hineinging.

Hatschepsut stand, verzweifelt die Hände ringend, in der Mitte des Zimmers. Als sie Senmut erblickte, stieß sie einen Schrei aus, lief auf ihn zu und warf sich ihm an die Brust. Wie von selbst legten sich seine Arme um sie. Er wandte sich an die Sklavin und befahl ihr hinauszugehen. Als die Tür sich hinter ihr geschlossen hatte, führte er Hatschepsut zum Ruhebett, nötigte sie zum Sitzen und streichelte sanft das zerzauste schwarze Haar, während ihre Tränen seine Brust benetzten.

«Es tut mir leid, so leid, Majestät», sagte er leise, die Lippen an ihren Kopf gepreßt. Sie konnte sich nicht beruhigen, ihr Schluchzen schüttelte ihren ganzen Körper. Noch nie hatte sich Senmut so hilflos gefühlt. Er hielt sie fest in seinen Armen, während er draußen auf dem Gang Gemurmel und das plötzliche Getrappel von zahlreichen Füßen hörte. Schließlich schob er sie sanft von sich, ging zu ihrem Toilettentisch und holte ein Tuch. Er tauchte es in Wein und wusch ihr das Gesicht ab. Die Augen unter den geschwollenen Lidern waren schwarz umrandet, und die Kohle war ihr über die Wangen bis zum Hals hinuntergelaufen. Er wusch ihr das Gesicht, und sie wurde still

und sah ihn mit ausdrucksloser Miene an. Als er fertig war, nahm er sie noch einmal in die Arme und hielt ihr den Becher an die Lippen. Immer noch leise schluchzend, trank sie gehorsam den Wein. Dann schloß sie stöhnend die Augen und legte den Kopf an seine Schulter.

«Ich kann nicht hinausgehen», sagte sie.

«Du mußt», erwiderte er. «Es gibt viel zu tun, und eine Königin darf nur in der Abgeschiedenheit ihres Schlafzimmers weinen.»

«Nein!» sagte sie. «Er war mein Vater, mein Vater! Oh, mächtiger Horus, wo bist du jetzt?» Ihre Fingernägel gruben sich erregt in Senmuts Arm. «Das Licht Ägyptens ist erloschen!»

«Du bist das Licht Ägyptens», entgegnete er energisch, schroff. «Du bist die Königin. Sei groß in deinem Schmerz und zeige deinen Untertanen, aus welchem Holz du geschnitzt bist.»

Sie schüttelte den Kopf und begann wieder zu weinen. «Ich kann es nicht», wiederholte sie. Es war ein Schrei aus der Seele, der Schrei jeder verwaist zurückgebliebenen Frau. Sie suchte tastend auf ihrem Tisch herum. «Hier. Hier sind meine Siegel und meine Kartuschen. Nimm sie, Senmut. Ich werde diesen Raum nicht eher verlassen, bis ich mit meinem Vater ins Tal zu seinem Grab gehe. Regle du die Angelegenheiten des Audienzsaals.»

Senmut hörte ihr mit wachsender Bestürzung zu. Dieser Zusammenbruch paßte nicht zu ihr. Er dachte an den jungen Thutmosis, der jetzt vor ihrer Tür stand. Mit einer energischen Bewegung schob er sie von sich fort und stand auf, so daß sie gezwungen war, den Kopf zu heben, um ihn anzusehen. «Hör mir zu», sagte er fast drohend. «Hör mir gut zu. Du bist nicht irgendeine einfältige Bauersfrau, die in ihrer dunklen Hütte hockt. Hat dein Vater dich so sorgfältig aufgezogen, damit du in einem Augenblick der Schwäche alles zerstörst, was er geschaffen hat? Möchtest du, daß deine Feinde sagen: ‹Seht her! Die Königin von Ägypten ist zerbrochen wie das schwache Schilfrohr, für das wir sie immer gehalten haben!›» Er griff nach ihren Händen und schüttelte sie. «Zeige dich standhaft! Sei stark! Aus Dankbarkeit gegen deinen Vater, der dir die Welt geschenkt hat! Beuge dich nicht unter der Last. Draußen warten die Hohepriester und deine Gouverneure. Und Thutmosis, dein Bruder. Willst du, daß sie eine verzagte Frau sehen?»

Sie zog ihre Hand aus der seinen und sprang auf. «Wie kannst du es

wagen, so mit mir zu sprechen! Ich werde dich in Ketten ins Gefängnis werfen! Ich werde dich eigenhändig auspeitschen!»

Das alte, kalte Feuer aus ihren zornigen Augen verbrannte ihn fast, aber er hielt stand, ohne zurückzuweichen.

Sie senkte den Blick, durchquerte mit langen Schritten den Raum und setzte sich vor ihren Spiegel. «Du hast recht», sagte sie. «Ich verzeihe dir deine Worte. Wie oft muß ich mich an deine Brust lehnen, Senmut? Öffne die Tür und schick mir meine Sklavin. Wenn ich fertig bin, werde ich mit den anderen sprechen.»

«Er war ein großer Gott, ein großer Pharao», sagte Senmut leise. «Sein Andenken wird in Ägypten fortleben, so lange wie Re ihn oben in der heiligen Barke mit sich führt.»

«Ja», erwiderte sie mit mattem Lächeln. «Ich will mich der Liebe, die wir füreinander empfanden, würdig erweisen. Er war mein Vater, mein Beschützer, mein Freund, und ich werde handeln, wie er es gewünscht hätte. Ägypten gehört mir.»

Senmut ging zur Tür, um Nofret zu rufen. Er ließ das Mädchen herein. Die Hofbeamten drängten sich hinter ihr, aber er machte ihnen die Tür vor der Nase zu, durchquerte wieder den Raum und setzte sich auf Hatschepsuts Ruhebett, bis er sicher war, daß sie die Fassung wiedergewonnen hatte. Als er sah, daß sie sich mit der ihr eigenen, schwungvollen Geste die Krone auf den Kopf setzte, verließ er sie.

Er war es, nicht sie, der vor Müdigkeit wankte, als er durch die mit schweigenden, erschreckten Menschen angefüllten Gänge zum sicheren Hafen seines Betts ging. Tachat schlief, die Katze in den Armen, auf ihrer Matte neben der Tür, und er weckte sie nicht. Er zog sich schnell aus und wusch sich, aber ehe er der Müdigkeit nachgab, die ihn in einem immerwährenden Schlaf zu versenken drohte, sandte er eine versiegelte Botschaft an Hapuseneb, der zu einer Zeremonie nach Buto gereist war. «Komm zurück», lautete sie kurz und bündig. «Du wirst gebraucht.»

In den siebzig Tagen der Trauer verlor Hatschepsut nie wieder die Fassung. Kalt, ohne zu lächeln, widmete sie sich den Geschäften der Regierung und verbarg dabei einen Schmerz, der brennend an ihr fraß, bis sie schließlich ständig das Gefühl hatte, dem nächsten Tag nicht mehr entgegensehen zu können. Priester, die das Ansteigen des

Flusses maßen, berichteten ihr, daß die Überschwemmung ein noch nie dagewesenes Ausmaß erreicht habe. Sie sagten ihr, sie könne die Steuern erhöhen, aber sie hörte geistesabwesend zu und wies ihre Steuereinnehmer an, zum Andenken an Thutmosis für die Dauer eines Jahres alle Abgaben zu senken. Sie empfing den Vizekönig von Nubien und Äthiopien, Inebny den Gerechten, der ihr erklärte, daß die Minen voll ausgelastet seien und daß sie sich woanders nach Gold würde umsehen müssen, aber sie schickte ihn zu Senmut, den sie bat, sich mit dem Problem zu befassen. Sie glaubte, nie wieder Interesse dafür zu haben, das Gold für ihre Monumente auswiegen zu lassen, denn was bedeuteten ihr Bauwerke, wenn ihr Vater nicht mehr da war, um Beifall zu spenden? Eine Karawane brachte Türkis vom Sinai und Kristall und roten Chalzedon aus der östlichen Wüste. Während sie bisher auf dem Thron gesessen und dem Zählen der Schätze gierig zugesehen hatte, zeigte sie jetzt in ihrem Schmerz nicht das mindeste Interesse dafür. Es war Ineni in seiner Eigenschaft als Schatzmeister, der dem Schreiber Anen die Gewichte und Werte diktierte und dafür sorgte, daß Amun seinen Anteil bekam. Nur mit Senmut konnte sie über ihren Kummer sprechen, und in sein Ohr ergoß sich alles, aber sie ermutigte ihn nicht zu engerem Kontakt. Sie zog sich in ihrer Göttlichkeit zurück, und obwohl er sich danach sehnte, sie wieder in die Arme zu nehmen, glich sie mehr einem kalt schimmernden Stern, der die Nacht erhellt, als einer Frau aus Fleisch und Blut.

Am Tage des Begräbnisses gingen sie und Thutmosis zusammen durch die Nekropole und zu den Hügeln in der Wüste. Hatschepsut ließ sich in hemmungslosem Schmerz auf den Sarg fallen und verstreute dabei die Blumen, die sie bereits dorthin gelegt hatte. Das Begräbnis ihrer Mutter war friedlich, tröstend gewesen. Auf dem Rückweg zum Palast hatte sie die Hand ihres Vater gehabt, nach der sie greifen konnte. Aber hier, in der Düsterkeit des Grabs, von den Dingen umgeben, an denen sie gemeinsam teilgehabt hatten und die, jedes für sich, an glücklichere Zeiten erinnerten, konnte sie sich nicht mehr beherrschen. Thutmosis war wider Willen ergriffen. Er bückte sich ungeschickt, um ihr auf die Beine zu helfen, und sie wies ihn nicht zurück, sondern stützte sich auf seinen weichen Arm. Aber als sie wieder das Sonnenlicht erreichten, machte sie sich ohne ein Wort von ihm los, ging mit langen Schritten den gewundenen Pfad zu den

wartenden Trauergästen hinunter und überließ es ihm, ihr wie ein Schatten zu folgen.

Es gab keinen Trost für sie im Palast, kein ruhiges Mahl mit einem Vater, der Verständnis hatte für das Bedürfnis eines jungen Mädchens nach einem Wort, einem Spiel oder einem Scherz, mit dem man den Schmerz des Todes vertreiben konnte. Sie ging in ihr stilles Zimmer und schloß die Tür hinter sich.

Später werde ich zu dir beten, oh, mein Vater, dachte sie, während sie allein in einem Fleckchen Sonnenlicht stand und die Ruhe in sich eindringen ließ. Aber jetzt will ich nur alles so haben, wie es war.

Sie zog ihr blaues Trauergewand aus, nahm die kleine Krone vom Kopf und legte sich auf ihr Ruhebett. Und obgleich sie es nicht wollte, schlief sie ein.

Mitten in der Nacht wurde Senmut von einem Boten aus dem Norden geweckt. Der Mann war müde, seine Kleidung zerknittert und sein Gesicht angespannt. Als Senmut die Lampe hochdrehte, sah er, daß er keinen Brief und keine Schriftrolle bei sich hatte.

«Es steht Wein auf dem Tisch und Brot», sagte Senmut. «Setz dich und iß, bevor du mir deine Botschaft ausrichtest.»

Aber der Mann schüttelte den Kopf. «Ich bin der erste, der vom Delta kommt», sagte er, die Stimme rauh vor Müdigkeit. «Meine Botschaft ist kurz. Vor drei Wochen hat Menena seinen Besitz verlassen. Er befindet sich in diesem Augenblick in den Gemächern von Thutmosis dem Jüngeren. Das ist alles.»

Senmut stieß einen leisen Pfiff aus. «Das ist genug. Bist du sicher, daß Menena sich ausgeschifft hat und im Palast ist?»

Der Mann nickte nachdrücklich. «Ich habe ihn selbst gesehen.»

«Dann geh sofort zum Wesir Hapuseneb. Er ist in seinem Haus, eine Meile flußabwärts. Nimm meine Wächter mit und dies.»

Er kramte ärgerlich in seiner Elfenbeintruhe, bis er Hapusenebs Siegel fand. «Sag ihm, er soll sofort zur Königin kommen. Ich warte auf ihn im Garten vor der Tür.»

Tachat war inzwischen aufgewacht. Sie saß auf ihrer Schilfmatte und hörte aufmerksam zu. Senmut rief sie. «Bring mir meinen Umhang und meine Sandalen, Kleines.»

Sie stand auf. Die Katze streckte sich gähnend und schlich in eine

Ecke, von der aus sie die Szene mit starren gelben Augen verfolgte. Der Bote verbeugte sich und ging fort. Tachat legte schüchtern die Hand auf Senmuts Arm.

«Herr, was ist geschehen? Sind wir in Gefahr?»

Er küßte die schläfrigen Augen, während sein Geist fieberhaft arbeitete. Es war zu spät – und zu früh. Zu spät für seine Königin, etwas anderes zu tun, als sich dem Unvermeidlichen zu beugen, und viel, viel zu früh, um eine Regierung zu bilden und zu festigen, die sie zum Pharao ernennen würde. Es war ein bitterer Schlag.

«Geh wieder zu Bett.» Er schob Tachat zu seinem Lager. «Schlaf bequem, denn ich komme heute nacht nicht mehr zurück. Falls Senmen kommen sollte, gib ihm Wein und sag ihm, ich erwarte ihn am Morgen. Wir wollten uns um eine Sendung Kälber kümmern. Und hab keine Angst! Es besteht keine Gefahr für dich, mein Liebes!»

Sie kletterte bereits in sein Bett, und die Katze sprang zu ihr hinauf.

Er ging erregt im Schatten der Mauer auf und ab, während er auf Hapuseneb wartete. Es war eine milde, klare Nacht, der Mond stand hoch am Himmel und warf bleiche Schatten auf den Rasen zwischen den Bäumern. Aber diesmal hatte Senmut keine Augen für die Schönheit der Nacht. Er erwartete, jeden Moment die Schritte des alten Hohepriesters und seiner Helfershelfer zu hören, und sein Magen krampfte sich zusammen. Nachtvögel raschelten und krächzten in den Platanen, die Fische in dem kleinen Teich stiegen auf und verschwanden glucksend wieder in der Tiefe. Endlich bewegte sich ein dunkler Schatten zwischen den Bäumen. Hapuseneb kam leise im silbernen Licht des Mondes auf Senmut zu, und Senmut berichtete ihm eilig, was geschehen war.

Hapuseneb hörte ihm schweigend zu. Er schien nicht sonderlich überrascht. «Man kann nichts tun», sagte er. «Die Zeit ist noch nicht reif für sie. Ich glaube nicht, daß Thutmosis großen Ehrgeiz hat. Er will sich nur für die Jahre rächen, die er unter den kritischen Augen seines Vaters verbracht hat, ohne je ein Wort der Anerkennung zu hören. Ich nehme an, er wird sich mit dem Titel Pharao zufriedengeben, solange er nicht viel zu arbeiten braucht. Ägypten wird keinen Schaden erleiden. Eigentlich ist er ein recht liebenswerter junger Mann.»

«Die Königin ist anderer Meinung.»

Hapuseneb lachte leise. Er legte den Arm um Senmuts Schultern. «Die Königin beherbergt den Geist eines Mannes in ihrem schönen jungen Körper, und sie duldet keine Schwäche. Aber Thutmosis ist ihr Bruder, und ich glaube, sie hegt eine gewisse Zuneigung zu ihm. Nichtsdestoweniger wird es ihr schwerfallen, das Joch zu ertragen.»

Sie verließen den Garten und warteten an Hatschepsuts Tür, bis der Wächter die Erlaubnis der Königin eingeholt hatte, sie eintreten zu lassen. Sie gingen hinein und verneigten sich.

Hatschepsut saß auf ihrem niedrigen Stuhl neben dem Ruhebett. Sie war in einen Umhang aus zartem Leinen gehüllt. Ihre Füße waren nackt, und das unfrisierte Haar fiel ihr auf die Schultern. «Es muß etwas Ernstes sein», begrüßte sie die beiden jungen Männer, «denn noch nie haben meine beiden Freunde es für angemessen gehalten, den Schlaf ihrer Königin zu stören. Ich bin bereit.» Sie faltete die Hände.

«Thutmosis hat Menena zurückgerufen», sagte Senmut. «Er befindet sich in diesem Augenblick in den Gemächern des Prinzen.»

Sie nickte. «Na und?»

Er sah sie ungläubig an. «Du hast es gewußt, Majestät?»

«Ich hatte es erwartet. Meine Spitzel sind ebensogut wie die euren. Was haltet ihr davon?»

Senmut und Hapuseneb sahen sich an, dann sagte Senmut: «Ich nehme an, Thutmosis will Pharao werden und hat Menena die Rückkehr aus der Verbannung gestattet, damit er seinen Anspruch unterstützt. Vermutlich werden die Priester sich hinter ihn stellen. Du hast noch nicht lange genug regiert, Majestät, um dem Volk zu beweisen, daß du in jeder Hinsicht eine hervorragende Herrscherin bist.»

«Und du, Hapuseneb? Wie steht es mit dem Heer?»

«Majestät, wenn du es in dieser Frage auf einen Kampf ankommen läßt, wird es in Ägypten ein großes Blutvergießen geben. Die Generale ziehen Thutmosis vor, weil er ein Mann ist. Das Heer braucht einen Mann als Oberfehlshaber, aber die gemeinen Soldaten lieben dich wegen deiner Geschicklichkeit mit dem Bogen und dem Streitwagen. Die große Masse des Volkes wird ebenfalls Thutmosis vorziehen. Die Leute verehren dich als Tochter des Gottes und als mächtige Königin, aber sie wollen einen Mann auf dem Horus-Thron.»

«Gut gesagt. Du hast ehrlich gesprochen.»

Sie saß lange still da. Die beiden jungen Männer fragten sich schon, ob sie sie vergessen hatte. Aber da stand sie auf und klatschte in die Hände. «Nofret! Bring mir die königlichen Gewänder, dieselben, die ich bei meiner Krönung getragen habe. Und die Perücke mit den hundert goldenen Flechten. Hol meine Schmuckkassette heraus und brich das Siegel an dem Alabastertopf mit Kohle, den Ineni mir geschenkt hat.» Sie preßte die Lippen zusammen. «Verflucht sei Thutmosis und seine winselnde Frechheit! Ja, ich muß nachgeben, aber er wird niemals herrschen! Seine Titel werden die nichtigsten des ganzen Landes sein. Selbst der Verwalter Amuns und der Wesir des Nordens werden mehr Macht ausüben als er!» Sie glühte vor Zorn. «Mein Vater hat mich oft gewarnt. Und ich habe nicht auf ihn gehört. Meine Mutter hat für mich gebetet, hat Isis angefleht, mich zu beschützen. Aber ich brauche nichts! Ich bin Gott! Thutmosis soll erfahren, wer Ägypten ist. Ich werde ihm ein imaginäres Land geben, und damit wird er zufrieden sein.»

Senmut und Hapuseneb verneigten sich und wollten fortgehen, aber sie befahl ihnen zu bleiben.

«Warum solltet ihr gehen?» fragte sie. «Seid ihr nicht begünstigte Männer, Ratgeber der Königin? Bleibt und hört euch an, was der Verräter Menena zu sagen hat!» Sie warf den Umhang ab und ging in ihr Badezimmer.

Sie hörten, wie sie befahl, daß man sofort zwanzig Lampen, heiße Speisen, Blumen und den besten Wein bringen solle. Die Sklavinnen, die in dem kleinen Vorzimmer schliefen, eilten wie aufgeschreckte Kaninchen an Senmut und Hapuseneb vorbei, und noch ehe Hatschepsut aus dem Wasser gestiegen war, wurden die Lampen hereingebracht und angezündet. Wie durch Zauberhand war der Raum mit seinen silbrigen Wänden, dem goldenen Fußboden und den buntbemalten Wandschirmen plötzlich in warmes, weiches Licht getaucht.

Innerhalb einer halben Stunde war Hatschepsut fertig und saß auf ihrem kleinen vergoldeten Rohrstuhl vor einem Tisch, der mit Speisen und Blumen beladen war. Sie war selbst wie eine der Lampen, strahlend und golden, von der Kobrakrone bis zu den mit Juwelen besetzten Sandalen.

Sie setzte die beiden Männer neben sich, einen zu jeder Seite. «Sprecht nicht», befahl sie ihnen. «Und steht nicht auf und verbeugt

euch, wenn mein Bruder hereinkommt. Er ist vorläufig nichts weiter als ein Prinz und mir untertan. Schenk Wein ein, Hapuseneb, aber wir werden nicht trinken. Noch nicht. Wir werden still sein und warten. Nofret, ruf meinen obersten Herold und meine Haushofmeister herein. Ruf den königlichen Fächerträger und den Siegelträger und laß zwei der Gefolgsmänner seiner Majestät hier drinnen stehen, an jeder Seite der Tür einen. Thutmosis und Menena sollen in der Tat eine Königin antreffen!»

Sie brauchten nicht lange zu warten. Nach wenigen Minuten waren Schritte im Gang zu hören und dann überraschtes Murmeln, als die Ankömmlinge draußen eine unbewachte Tür vorfanden. Auf das Klopfen hin nickte Hatschepsut den Soldaten zu; die beiden Männer rissen die Tür auf, versperrten jedoch den Draußenstehenden mit ihren Speeren den Weg. Der Hohepriester und der Prinz sahen überrascht an ihnen vorbei in ein strahlend erhelltes Zimmer voll von schweigenden Menschen.

«Wer begehrt Audienz bei der Königin?» fragte einer der Soldaten laut.

Thutmosis mußte unter den Blicken aller Anwesenden seinen Namen und Rang angeben. Hatschepsut nickte, und die Soldaten zogen ihre Speere zurück und salutierten.

Menena, Thutmosis und drei Priester drängten sich durch die Menge am Eingang und sahen sich einer Herrscherin gegenüber, die von ihren Ratgebern umgeben war. Sie fühlten sich sofort im Nachteil. Das goldene Bild vor ihnen musterte sie kühl, und die ernsten Gesichter der Männer hinter und neben der Königin spiegelten leise Verachtung wider. Menena und die Priester sanken zu Boden, und Thutmosis verneigte sich zögernd, das pausbäckige Gesicht hochrot vor Verlegenheit.

Hatschepsut ließ Thutmosis' Begleiter unbequem auf dem Boden liegen und sprach nur zu ihrem Bruder. «Sei gegrüßt, Thutmosis. Dies ist eine seltsame Stunde, mir einen Besuch abzustatten, und eine seltsame Gesellschaft, in der du dich befindest. Seit wann verkehrt ein Prinz von Ägypten mit jemandem, der seines Amtes enthoben und verbannt worden ist?» Ihr Ton triefte von Sarkasmus, und die wohlbeleibte Gestalt auf dem Boden zuckte ein wenig zusammen.

Senmut blickte angewidert und ein wenig ängstlich auf Menena

hinunter. Er hatte sich nicht verändert. Sein Körper war vielleicht etwas zusammengeschrumpft, sein Gesicht ein wenig runzliger, aber seine Augen hatten nichts von ihrer Verschlagenheit verloren. Nie würde Senmut das Geflüster der geisterhaften Stimmen unter dem Baum vergessen, und als er sich jetzt daran erinnerte, überlief ihn ein kalter Schauer, und sein Gewissen regte sich. Er wandte den Blick von dem kahlen Kopf des Priesters ab und betrachtete das Gesicht des jungen Prinzen. Ein Ausdruck heftigen Unbehagens lag auf Thutmosis' Zügen, während er, die Hände wie ein widerspenstiger Schuljunge auf dem Rücken verschränkt, vor Hatschepsut stand. Wider Willen empfand Senmut Mitleid mit ihm.

«Ich bin nicht gekommen, um mich zum besten halten zu lassen, Hatschepsut», sagte der junge Mann verdrießlich. «Vater ist tot, und du weißt so gut wie ich, daß Menena nur einer Laune zufolge sein Amt verloren hat. Warum sollte er nicht nach Theben zurückkehren, wenn ich selbst ihn dazu aufgefordert habe?»

«Unser Vater hat sich nie im Leben von Launen leiten lassen», erwiderte Hatschepsut kühl, «und es steht dem Prinzen nicht zu, die Verbannten zurückzurufen. Das ist das Vorrecht der Königin.»

Thutmosis nickte und sah aus dem Augenwinkel zu Menena hinab. Er wünschte, daß Hatschepsut den Priestern befehlen würde, sich zu erheben, denn er fühlte sich viel sicherer, wenn Menena neben ihm stand und ihm schweigende Unterstützung bot. Aber Hatschepsut tat nichts dergleichen. Sie saß gelassen da, sah ihn forschend an und gab ihm das Gefühl, daß er eine wichtige Besprechung unterbrochen hatte, die fortgeführt werden würde, sobald er den Raum verließ. Die Männer um sie herum, Adelige, junge Leute, mit denen er zur Schule gegangen war, begegneten seinem schweifenden Blick, als ob sie durch ihn hindurchsähen. Er war zornig und verlegen, aber die Worte, die er hören wollte, kamen nicht, und er war gezwungen, sich allein zurechtzufinden.

«Eine Königin ohne einen König mag sich solche Vorrechte anmaßen», entgegnete er schließlich. «Aber ich habe beschlossen, liebe Schwester, dich von dieser schweren Last zu befreien. Ich bin bereit, sofort meinen rechtmäßigen Platz als Pharao von Ägypten einzunehmen.»

Obwohl sich niemand rührte, war es, als ob die ganze Gesellschaft

erleichtert aufatmete. Hatschepsut lächelte ihrem Bruder zu, und in ihre Augen kam wieder Leben.

Er verschränkte die Arme und pflanzte sich breitbeinig vor ihr auf. «Was sagst du dazu?»

«Ich weiß genau, weshalb du hier bist», erwiderte sie. «Ich habe auf dich gewartet. Ach, Thutmosis, mach Schluß mit diesem Theater! Menena, steh auf und deine Kumpane mit dir. Ich mag dich nicht. Ich habe dich nie gemocht, aber es scheint, daß ich mich letztlich doch mit dir abfinden muß.«

Der Hohepriester stand auf; sein Gesicht war gerötet, aber ruhig, und er verneigte sich schweigend.

Hatschepsut deutete auf den Tisch vor ihr. «Setzt euch, alle; wir werden essen und trinken und die Angelegenheit erörtern, wie es sich unserer hohen Stellung geziemt. Meine Ratgeber werden zuhören und ihre Ansicht äußern. Aber du, Menena», sie deutete mit dem Finger auf ihn, «deine Stimme wünsche ich nicht zu hören!»

Als sie sich auf den Kissen niedergelassen hatte und Nofret ihnen die Speisen servierte, hob Hatschepsut ihren Becher. «Trinkt jetzt, meine Freunde», sagte sie zu Hapuseneb und Senmut. Um ihre Lippen lag ein Lächeln, aber ihre Augen waren wachsam. Sie leerte den Becher und stellte ihn mit einem Knall wieder auf den Tisch. «Nun, Thutmosis, laß mich dich recht verstehen. Du willst Pharao werden. Stimmt's?»

«Es ist keine Frage des Wollens», erwiderte er verdrießlich. «Es ist das Gesetz. Ägypten kann keine Frau auf dem Thron haben.»

«Ach? Nach welchem Gesetz? Ist nicht der Herrscher das Gesetz, der Liebling der Maat, die Verkörperung der Maat in ihrer eigenen Person?»

«In seiner eigenen Person», berichtigte er sie rasch. «Unser Vater war Maat, und er herrschte als Pharao in Übereinstimmung mit dem Gesetz. Er hat dich zu einer mächtigen Königin gemacht, aber es lag nicht in seiner Macht, dich männlich zu machen.»

Sie neigte sich zu ihm hinüber. «Mein Vater ist Amun, König aller Götter. Er war es, der mir Leben gegeben und einen Thron für mich in Ägypten vorbereitet hat. Schon vor meiner Geburt hat er beschlossen, daß ich Pharao werden soll. Er hat mir am Tag meiner Krönung das Zeichen gegeben.»

«Warum hat er dich dann nicht männlich gemacht?»

«Meine Kas sind männlich, jeder einzelne von ihnen! Ich bin weiblich, weil der mächtige Amun einen Pharao haben wollte, der schöner ist als jedes andere Wesen auf der Welt!»

«Du kannst das Gesetz des Landes nicht ändern», wiederholte Thutmosis mürrisch. «Das Volk will keinen weiblichen Horus. Die Leute wollen, daß ein Mann über sie herrscht, Opfer für sie darbringt, das Heer in die Schlacht führt. Kannst du das alles tun?»

«Natürlich! Als Königin bin ich weiblich, aber als Pharao werde ich als Mann herrschen.»

«Du bringst mit deinen dummen Argumenten die Dinge völlig durcheinander. Es ist eine Tatsache, daß ich einen Anspruch auf den Horusthron habe, und ich werde nicht darauf verzichten. Es ist mein Geburtsrecht.» Ein listiger Ausdruck trat in seine Augen, während er geräuschvoll an seinem Honigkuchen kaute. «Außerdem, Hatschepsut, wenn du regierst, wer soll dein Nachfolger sein? Welchen Titel soll dein Ehemann tragen? Göttliche Gemahlin? Große Königsgemahlin des weiblichen Horus? Und wenn du keinen Ehemann nimmst, wird sich Ägypten außerhalb seiner Grenzen nach einem Königssohn umsehen müssen, den es auf den Thron setzen kann. Ist es das, was du willst?»

Der Stachel hatte seine Wirkung getan. Wie von einer schweren Faust getroffen lehnte sich Hatschepsut in ihrem Stuhl zurück.

Senmut und Hapuseneb wechselten einen Blick. An dieses Problem hatten sie nicht gedacht. Hapuseneb spitzte den Mund und schüttelte unmerklich den Kopf. Senmut wußte, daß die Königin besiegt war, noch ehe sie richtig begonnen hatte. Bei ihrer Liebe für das Land würde sie nie gestatten, daß eine fremde Macht den Horusthron bestieg, und er beobachtete mitleidig den inneren Kampf, der sich auf ihren bleichen Zügen widerspiegelte.

Schließlich sagte sie mit kalter, dumpfer Stimme: «Sorgst du dich um Ägypten, Thutmosis, oder denkst du nur an den Glanz der Doppelkrone auf deinem Kopf? Denn für mich ist Ägypten mein Leben, und ihm zu dienen, ist meine Berufung. Deine Worte sind wahr, aber sie kamen aus einem selbstlosen Herzen.»

«Du bist ungerecht!» protestierte er. «Natürlich liebe ich Ägypten, und gerade weil ich es liebe, bin ich bereit, dich zu heiraten und den heiligen Thron zu besteigen.»

«Ist das so?» flüsterte sie leise. Sie beugte sich noch weiter vor, um ihm in die Augen sehen zu können. «Ist das so? Wie edel von dir, lieber Bruder, wie gütig.»

«Wir haben uns nie vertragen», sagte er, den Blick senkend. «Aber vielleicht können wir zusammen für eine gemeinsame Sache arbeiten. Unser Vater wurde alt und träumte, aber es war der Traum eines alten Mannes, dessen Liebling du warst. Und jetzt ist er tot. Mach dir nichts vor, Hatschepsut. Ägypten braucht mich.»

Sie lehnte sich zurück. «Und braucht es mich etwa nicht?» fuhr sie ihn an. «Wo warst du, als ich tagaus, tagein beim Morgengrauen aufgestanden bin, um mich mit den Angelegenheiten des Königreichs zu befassen? Wo warst du in den Nächten, in denen ich schlaflos dagelegen habe, weil die Last des Regierens meine Decke ist und der harte Stein der Notwendigkeit mein Kissen?» Ihre Hände umklammerten die Armlehnen ihres Stuhls, und sie zitterten, als Hatschepsut sich mühte, ihre Gefühle zu beherrschen.

Jeder Muskel in Senmuts Körper war gespannt, denn er fühlte mit ihr die bittere Enttäuschung über das Dahinschwinden der Hoffnung, die sie mit ihrem Vater geteilt hatte.

Schließlich nahm sie eine nachdenkliche Haltung ein. «Es macht nichts aus», sagte sie dumpf. «Ich werde eine Abmachung mit dir treffen, Thutmosis. Wir müssen uns einigen, denn wir wissen, daß keiner von uns so stark ist, wie wir geglaubt hatten. Ich werde mit dir bauen und in der Öffentlichkeit hinter dir erscheinen. Ich werde mit dir im Tempel die Andacht verrichten und mein königliches Bett mit dir teilen, damit Ägypten einen Erben bekommt. So wird das Volk zufrieden sein, denn es hat einen Mann auf dem Thron. Aber das Regieren mußt du mir überlassen.»

Menena ließ einen halb erstickten Protest hören, und Hatschepsut wandte sich ihm heftig zu. «Kein Wort, du Verräter des Vertrauens, das der Gott in dich gesetzt hat! Sonst reiße ich dir mit meinen eigenen Händen dein Amtszeichen ab und zerstampfe es unter meinen Füßen!»

Ihr Ton wurde sanft, als sie sich wieder an Thutmosis wandte. «Nur so wird Ägypten erhalten bleiben. Du muß zugeben, daß du nichts von Gerichtsverfahren oder dem Diktieren von Botschaften verstehst, und ich bin von vielen treuen Männern umgeben, die mir mit ihrem Rat zur Seite stehen. Stimmt das nicht?»

Thutmosis blickte verwirrt in das freundliche, lächelnde Gesicht. Er hatte eine Kriegserklärung erwartet, einen Zornesausbruch, aber er kannte weder sie noch die Tiefe ihrer Liebe zu ihrem Land.

«Dann werde ich also Pharao?» fragte er.

«Natürlich. Wir haben beide keine andere Wahl in dieser Frage. Ich kann mir vorstellen, daß das Volk und die Generale es in Kürze von mir gefordert hätten, ob ich wollte oder nicht. Dann hätte ich weitergemacht, aber als göttliche Gemahlin. Lassen wir es also so. Wir gehen zusammen in den Tempel, und dich gebe dir mein Blut, damit du dir die Doppelkrone aufs Haupt setzen kannst. Aber vergiß nicht, Thutmosis, ich habe sie vor dir getragen!»

Diese unnötige grausame Demütigung schmerzte ihn. «Wie könnte ich das vergessen!» erwiderte er zornig. «Du glaubst, ich werde kein guter Pharao sein, aber *mein* Vater war auch der deinige, und unser Blut ist das Blut von Königen. Vergiß auch das nicht!»

«Du hast noch nie Humor besessen, Thutmosis», sagte sie. «Nun, iß und trink, und dann geh wieder in dein Bett. Morgen früh senden wir Herolde aus und heiraten. Aber du», sie sah Menena an, «diene ihm gut, sonst wirst du diesmal hingerichtet statt verbannt, und ich werde selbst dabeisein und applaudieren!»

Als Thutmosis und seine Begleiter fort waren, ließ Hatschepsut den Blick über die grimmige, schweigsame Gesellschaft schweifen. «Es war letzten Endes nur ein Traum», sagte sie betrübt. «Wie konnte es auch anders sein. Jetzt trinkt mit mir, ihr alle, und gelobt abermals, mit eurem Leben für mich einzutreten. Ich brauche euch, so wie ihr mich braucht. Duauineheh!»

Ihr oberster Herold verneigte sich.

«Sende so schnell du kannst die Nachricht aus. Sofort, ehe ich mich anders besinne. Hapuseneb, Senmut, glaubt ihr, daß er sich auch anders besinnt? Wird er sich in alles einmischen, was ich getan habe?»

Sie scharten sich um sie und tranken trüben Sinnes auf ihr Wohl. Jeder sagte seine Meinung, und als sich die Sonne über den Horizont erhob, gingen sie mit ihr zu den morgendlichen Riten in den Tempel und brachten dem Gott und ihr, der Königin von Ägypten, ihre Opfer dar.

14

Am Tag der Krönung blies ein Wind von der Wüste her. Es war kein Chamsin, denn der Himmel blieb hell und klar. Hatschepsut hatte sich diesmal bewußt einfach gekleidet. Sie trug nur einen weichen weißen Faltenrock und ein wenig Silberschmuck, wie es der Königin geziemte. Auf ihrem Kopf saß die kleine Kobrakrone, mit Bronzenadeln befestigt. Sie glitzerte in der Sonne, denn für Baldachine war der Wind zu stark, so saßen Hatschepsut und Thutmosis ungeschützt über den Köpfen der Menge. Es entstand eine Pause, während der Zug sich hinter dem königlichen Paar formierte, und Hatschepsut saß still da und lauschte auf die wilden Beifallsrufe.

Ich tue das Richtige, das Angemessene, sagte sie sich. Sie wollen ihn. Er gibt ihnen ein Gefühl der Sicherheit. Für sie bin ich mächtig und schön, aber nicht so mächtig wie ein König oder so schön wie ein Kopf, der die Doppelkrone trägt. Sicherheit. Das ist es, was sie so begeistert begrüßen. Nun, dann sollen sie ihn haben. Sollen das Volk und sein auserwählter König einander glücklich machen, während ich den Weg meines Vaters verfolge und das Land mit den Ketten der Macht an mich binde. Ich mache mir nichts aus der Krone, ein unbedeutendes Ding, von einem unbedeutenden Mann getragen! Ich habe mich mein Leben lang nur für zwei Dinge interessiert: für das Volk und für die Macht. Und obwohl ich im Augenblick anscheinend das Volk verloren habe, besitze ich immer noch die Macht. Nicht für alles Gold in den Minen meines Landes möchte ich Thutmosis sein. Denn was ist er, innerlich? Hat der Gott ihn gezeugt?

Thutmosis winkte, und der Zug setzte sich in Bewegung. Die Klänge der Trommeln und Pfeifen wurden vom Wind weit über das

Wasser getragen. Hatschepsut sah, wie der kahle Kopf ihres frischgebackenen Ehemannes sich sanft auf und ab bewegte, eine kleine weiße Kugel über der reichverzierten Rückenlehne des Throns, auf dem sie selbst auf dem Weg zu ihrer eigenen Krönung gesessen hatte.

Es scheint schon so lange her zu sein, dachte sie.

Aber es waren nur fünf Jahre. Fünf Jahre! Jetzt bin ich zwanzig, und schon wieder, nach so wenigen Jahren, tritt in meinem Leben eine Veränderung ein. Oh, Amun, mein Vater, soll dies die Summe meiner unsterblichen Existenz sein? Soll ich für dich, für Ägypten nichts anderes sein als die eigenwillige Frau eines kraftlosen, wankelmütigen Pharaos? Mit Stolz bin ich geboren worden, aus deinen ewigen Lenden gezeugt; und mit Stolz habe ich gelebt, habe alles getan, wie du es gewünscht hast. Tief in ihrem Innern sagte ihr etwas, daß dies nicht das Ende sei, daß sie nicht dazu geboren war, den Rest ihres Lebens an zweiter Stelle hinter ihrem Bruder zu stehen. Während die silbernen Blütenblätter, die in ihre Perücke geflochten waren, vom Wind zu scheinbarem Leben erweckt, gegen ihre Wangen schlugen, kämpfte sie gegen den Groll, der sie zu überwältigen drohte. Ich kann warten, sagte sie sich, als sie aus ihrer Sänfte stieg. Ich habe noch all die Jahre meiner Jugend vor mir.

Sie ging langsam auf Thutmosis zu, der gebeugt von der Last des Königsgewands, vor dem Eingang zum Tempel auf sie wartete. Sie nahm seinen Arm, wie ihr Vater den ihren genommen hatte, und wandte sich, einen vernichtenden Blick auf Menena in seinem Leopardenfell werfend, dem ersten Pylon zu.

Die Zeremonie endete ohne Zwischenfall, und Thutmosis der Zweite war jetzt auch der Horus aus Gold, Herr von Nechbet und per Uarchet, König mit göttlicher Gewalt, Sohn Amuns, Emanation Amuns, Auserwählter Amuns, Liebling Amuns, Rächer des Re, Prinz von Theben, die Macht, die den Dingen Leben verleiht. Inmitten einer Welle von Hysterie, die den königlichen Zug umgab, wurden er und seine göttliche Gemahlin zum Palast zurückgetragen.

Bei der großen Feier huldigten die Herren und Diener des Königreichs ihrem neuen Gebieter, wie es ihrem Rang entsprach. Und die jungen Männer, die damals unterhalb des Podiums gesessen und zu Thutmosis dem Ersten und seiner Tochter hinaufgeblickt hatten, drängten sich jetzt um das königliche Paar. Senmut sah sich zwischen

Senmen und dem neuen Pharao selbst. Thutmosis schien nicht sehr interessiert an einer Unterhaltung. Er aß und trank unmäßig und blickte nur auf, um ein erfahrenes Auge über die Kurven der jungen Tänzerinnen schweifen zu lassen. Senmut sah, wie seine kurzen, dicken Finger gierig den Becher umschlossen, wie seine umfangreiche Taille bauchig über dem mit Juwelen besetzten Gürtel hervortrat, und er wurde immer niedergeschlagener.

Hatschepsut schien fröhlich zu sein. Sie lachte und schwatzte mit jedem, der vorüberkam, aber Senmut meinte, einen Anflug von Verzweiflung in ihrem schrillen Lachen zu entdecken. Er ahnte, daß ihr zungenfertiges und unaufhörliches Gerede dem fieberhaften Wunsch entsprang, den Augenblick festzuhalten.

Der Nachmittag wurde zum Abend und der Abend zur Nacht. Schließlich leerte Thutmosis seinen letzten Becher und stand auf. Die Würdenträger, die das Paar zu Hatschepsuts neuem Palast begleiten sollten, folgten seinem Beispiel. Hatschepsut selbst hörte sofort auf zu reden und nahm bescheiden ihren Platz hinter Thutmosis ein. Nur Senmut bemerkte, wie ihre Finger krampfhaft zuckten und die von Öl glänzenden Schultern sich strafften. Er drehte sich um und sah sich Hapuseneb gegenüber.

«Sei ruhig, mein Freund», sagte die tiefe, ruhige Stimme. «Vergiß nicht, daß es Blasphemie ist, etwas anderes als ein göttliches Wesen, eine große und edle Königin in ihr zu sehen. Sie braucht dein besorgtes Stirnrunzeln nicht. Außerdem ist Thutmosis in den Künsten des Schlafgemachs sehr bewandert. Er hat den größten Teil seines Lebens damit verbracht, seine Männlichkeit unter Beweis zu stellen. Die kleinen Sklavinnen und all seine Konkubinen vergöttern ihn.»

Senmut konnte nicht lachen, wie er es gern getan hätte.

«Komm mit zu mir, du und dein Bruder», forderte Hapuseneb ihn auf. «Wir werden uns in den Garten setzen und zur Abwechslung einmal nur über das Jagen und Fischen reden. Es gibt morgen keine Audienzen, und ihr könnt in meinem Gästezimmer schlafen.»

Senmut nahm die Einladung dankbar an. Er rief Senmen, und sie verließen den Saal durch die Tür, die in den Garten führte. Das königliche Paar war verschwunden. Auf dem Weg zu den Wasserstufen stießen sie auf Menech mit seiner jungen Gefährtin und auf einen jungen Mann namens Pahu, einen Schützling des alten Ineni, der

Hapuseneb freundlich begrüßte. Djehuty, der hochmütige Aristokrat aus Hermopolis, wurde Senmut, während sie auf Hapusenebs Boot warteten, vorgestellt. Alles in allem waren es sieben oder acht, die mit ihren Begleiterinnen den Fluß zum Besitz des Wesirs des Nordens hinunterfuhren. Sie lagerten sich auf dem Rasen, wo bunte Lampen aufgehängt waren, die im abklingenden Wüstenwind hin und her schaukelten. Sie saßen oder lagen dort auf dem warmen Gras und schwatzten, lachten und tranken bis zum Morgengrauen.

Senmut unterhielt sich gut. Er befand sich unter Menschen, deren Geist ebenso scharf, so geschult und so lebendig war wie der seine. Ihre Gespräche drehten sich um das Fischen und Jagen, um Wettkämpfe bis hin zu den Klassikern, um Ausprüche des Gottes Imhotep bis zu Hatschepsuts schönem Tempel. Der neue König wurde mit keinem Wort erwähnt. Als die anderen fort waren, zogen sich Senmut und Senmen mit Hapuseneb in dessen privates Arbeitszimmer zurück, wo sie weiter tranken und über ihre Familien und ihre Jugend sprachen. Hapuseneb hörte sich mit Interesse die Berichte der beiden Brüder über das Leben der Bauern an und sprach seinerseits über die wilde Jugend seines Vaters und über seine eigene Erziehung hier im Schatten des größten Machtzentrums der Welt. Sie gingen in dieser Nacht nicht zu Bett.

Hatschepsut schickte die letzte ihrer Sklavinnen hinaus und schloß zögernd die Tür hiter ihr. Dann wandte sie sich im schwachen Schein des Nachtlichts, das neben dem mit Lotosblüten und Myrrhenblättern bestreuten Ruhebett brannte, ihrem neuen Ehemann zu. Er hatte die Doppelkrone abgenommen und sie behutsam auf einen Tisch gelegt. Hatschepsut sah das Flackern von Licht und Schatten auf ihrer glatten rot-weißen Oberfläche, dem Symbol all dessen, was sie erstrebt und verloren hatte. Thutmosis schenkte Wein ein, und sie ging langsam auf ihn zu. Er hielt ihr den Becher hin, aber sie wies ihn, erschöpft von den Anforderungen des Tages, gereizt zurück.

«Ich will nichts mehr trinken», sagte sie. «Und ich möchte annehmen, daß auch du genug getrunken hast.»

«Ich trinke gern einen Becher vor dem Schlafengehen», erwiderte er, warf den Kopf zurück und nahm einen großen Schluck. Er leckte sich die Lippen und stellte den Becher wieder auf den Tisch. Hat-

schepsut sah ihn an und wartete. Während er seine Sandalen auszog und seinen Gürtel lockerte, seufzte er zufrieden. «Ich werde mich nicht mehr oft selbst ausziehen.» Sie wandte ruckartig den Kopf ab, drehte sich auf dem Absatz um und ging zu ihrem Toilettentisch. Als sie ihre kleine Krone und die Perücke abnahm, fiel das schwarze Haar, von den Fesseln befreit, wie eine große Welle über ihre Schultern. Sie fuhr ungeduldig mit den Händen durch die schimmernde Mähne, und Thutmosis war plötzlich still und sah sie gebannt an.

«Wenn du zu mir kommst, wirst du dich immer selbst ausziehen müssen», erwiderte sie mürrisch. «Meine Sklavinnen sind es nicht gewöhnt, den Körper eines Mannes einzusalben.» Erstaunt über sein Schweigen, drehte sie sich um. Als sie seinen Gesichtsausdruck sah, wandte sie sich rasch wieder dem Spiegel zu. «Starr mich nicht an, als ob du noch nie eine Frau gesehen hättest!» fuhr sie ihn an. «Ich weiß von deinem Ruf in den Gemächern des Harems!»

«Du bist schön», sagte er langsam mit heiserer Stimme. «In der Kleidung einer Königin wirkst du irgendwie unantastbar, aber so, wie du da stehst, mit dem losen Haar und den nackten Armen, gibt es in ganz Ägypten keine Frau, die dir an Schönheit gleichkommt.» Mit drei Schritten war er neben ihr. Und noch ehe sie etwas sagen konnte, küßte er ihren Mund, vergrub seine Hände in ihrem Haar und preßte seinen Körper fest an den ihren. Sie fühlte, wie eine seltsame Erregung in ihr aufstieg. Sein Mund war fester, als sie erwartet hatte. Und unwillkürlich weckte sein entschlossenes Vorgehen in ihr etwas, was einen unbeugsamen, zielbewußten Willen stets respektierte. Er lachte in ihren Mund, als er fühlte, wie die starren Glieder ihm in plötzlicher Ergebung entgegenkamen. «Können wir nicht etwas Zuneigung zueinander haben?» fragte er leise. Seine Hand suchte nach ihrer Brust. «Wir sind Bruder und Schwester. Muß es so schwer sein, einen Erben zu zeugen?» Hatschepsut roch seinen von Wein durchtränkten Atem und den Geruch seines Schweißes, der sich mit dem Öl auf seiner Brust und seinen Armen vermischte. Sie schüttelte stumm den Kopf und trieb ihn mit kleinen Schreien an. Ehe sie zusammen auf das Ruhebett fielen, schossen ihr zwei Gedanken durch den Kopf. Der eine galt Senmut. In einem Anfall von Leidenschaft erinnerte sie sich an seine kräftigen Schultern, das feste junge Fleisch unter ihren Händen. Der andere Gedanke galt Thutmosis selbst, seiner Unschlüssigkeit, der

Leichtigkeit, mit der er das wenige vergeudete, was ihm an Fähigkeit mit auf den Weg gegeben worden war zu herrschen. Sie spürte die Tragödie des Mannes, der die Kraft und Geschicklichkeit, die er jetzt bewies, nutzlos verzettelte, statt sie in seiner Eigenschaft als König zu üben.

Als alles vorüber war, hätte sie gern mit ihm gesprochen, um ihn ein wenig besser kennenzulernen, aber er schlief sofort ein. Die weichen, schlaffen Glieder auf ihrer kunstvoll verzierten Decke ausgestreckt, lag er leise schnarchend da. Eine Welle des Abscheus durchflutete sie. Sie stand auf, zog ihren Schlafrock an und setzte sich auf ihren Stuhl. Bald darauf sah sie zu ihrer großen Erleichterung, daß die Dunkelheit der Morgendämmerung wich. Seelisch und körperlich zutiefst erschöpft saß sie da, bis sie die Malereien an ihren Wänden deutlich erkennen konnte. Dann ging sie zum Ruhebett, beugte sich über Thutmosis, rief ihn beim Namen und schüttelte ihn sanft. «Wach auf! Der Hohepriester wird jeden Augenblick kommen!» flüsterte sie.

Er ächzte nur, wälzte sich herum und bettete den Kopf auf die noch mit Henna gefärbte und mit Ringen geschmückte Hand. Als die Lobeshymne angestimmt wurde, öffnete er die Augen. Sie saßen zusammen auf dem Ruhebett und lauschten den Priestern, die das Lob des Königs sangen, während das sanfte Licht der ersten Grüße von Re über den Boden glitt.

Hatschepsut sah, wie Thutmosis' Augen bei den Worten zu leuchten begannen. Sie sind nicht für dich, dachte sie. Sie sind immer und ewig nur für mich.

Als die Hymne endete, küßte Thutmosis sie und stand auf. «Ich gehe heute auf die Jagd», sagte er. «Willst du mitkommen?»

Nein, heute nicht. Ich habe andere Pflichten.»

Er zuckte die Achseln. «Natürlich.» Dann lächelte er zögernd. «Wirst du mich heute abend willkommen heißen?»

Sie blickte auf die runden Wangen, die großen Augen, die braunen Haarsträhnen, und sie empfand Mitleid mit ihm. Er sah gut aus, auf eine schlaffe, ungeformte Art, rührend wie ein Kind.

Sie neigte den Kopf. «Komm heute abend, wenn du willst, aber nicht morgen abend. Morgen werde ich den ganzen Tag meinen Pflichten nachgehen und werde abends müde sein.»

«Gut.» Er gähnte mit weit offenem Mund und trottete zur Tür. «Ich

nehme an, die Adeligen haben sich bereits versammelt, um bei meinem Bad zugegen zu sein. Genieße dein Frühstück, Hatschepsut, wie ich die Nacht genossen habe.»

Sie stand auf und verbeugte sich vor ihm, dem Pharao von ganz Ägypten. Nachdem er fort war und sie nach ihren Sklavinnen geschickt hatte, um das Bett frisch beziehen zu lassen, stieg sie in ihr Bad und lag mit geschlossenen Augen in dem warmen Wasser. Sie schlief ein, während sie massiert wurde, und der kurze Schaf erfrischte sie.

Am Vormittag aß sie Obst und trank ein wenig Wasser, ohne auf die törichten, wissenden Blicke und das einfältige Lächeln ihrer Kammerfrau zu achten. Danach machte sie mit Nofret einen Spaziergang durch den Garten, froh über das reine, kühle Gras, das leise Wispern der Bäume, die friedliche, von Licht erfüllte Stille. Sie suchte nicht nach einer Erklärung für ihre Bereitwilligkeit, mit der sie sich Thutmosis hingegeben hatte. Obgleich sie eine erwachsene Frau war, hatte sie noch nie einen Liebhaber gehabt. In ihrem Herzen sehnte sie sich nach Senmut, nach der Zuneigung und Unterstützung, die sie stets in seinen dunklen Augen fand, nach dem kleinen, zynischen Lächeln, das ihr sein Verstehen verriet, aber sie schickte nicht nach ihm. Sie verbrachte den größten Teil des Tages ziellos umherwandernd in ihrem Garten, gefangen in den Stunden, die sich zu Tagen, Monaten und Jahren auszudehnen schienen – zu einer endlos langen, langsam dahinziehenden Zeit, die sie letztlich nirgendwohin führte.

Am Abend ging sie widerstrebend in ihre Gemächer zurück, um zu baden und sich anzuziehen, denn sie wußte, daß Thutmosis eilig zu Abend essen und bereits kurz nach Sonnenuntergang an ihrer Türschwelle sein würde. Nofret, die das Schweigen und die Seufzer ihrer Herrin für sehnsüchtige Erwartung hielt, holte ihr bestes Gewand heraus und füllte das Zimmer mit Weihrauch und Myrrhen.

In der Mitte des Monats Phamenoth, zwei Monate nach Thutmosis' Regierungsantritt, traf in Theben die Nachricht von Unruhen in Nubien ein. Hatschepsut empfing die Botschaft aus der Hand eines müden, hungrigen Soldaten, der in die Wüste geflüchtet und von einer Karawane von Nomaden mitgenommen worden war. Noch ehe sie zu Ende gelesen hatte, befahl sie ihrem Kabinett, im Audienzraum zu erscheinen. Sie sandte nach Ahmes pen Nechbet und Ineni und auch

nach Thutmosis, von dem sie hoffte, daß er noch nicht auf die Jagd gegangen war. Während sie wartete, daß die Männer sich versammelten, ging sie, die Schriftrolle fest in beiden Händen, erregt auf und ab. Sie schickte den Soldaten in die Kaserne, damit er essen und sich ausruhen konnte. Es war ein glühend heißer Sommertag, und obgleich die Matten an der Mauer zum Garten hochgezogen worden waren, drang kein Luftzug herein.

Während Hatschepsut im Zimmer auf und ab ging, erteilte sie ihrem Schreiber Befehle: «Such die Karten vom Süden, vom ersten Katarakt und der Lage der Garnisonen an der nubischen Grenze heraus. Versammle die Generale. Besorge dir die Einberufungslisten, ich will wissen, wo sich meine Truppen befinden. Bring mir einen Plan von der Garnison, die hier erwähnt ist –» sie klopfte auf die Schriftrolle – «und den Namen des dort stationierten Befehlshabers. Beeil dich!»

Einer nach dem anderen kamen die Männer herein, verneigten sich und setzten sich an den großen, kahlen Tisch, auf dem die Königin jeden Morgen ihre Korrespondenz ausbreitete. Pen Nechbet kam als letzter und humpelte langsam zu seinem Platz. Er war noch nie zuvor von Hatschepsut gerufen worden, und sein Mut sank, denn er witterte Krieg. Er war schon zuviel marschiert in seinem Leben, sagte er sich, während er den bauschigen Rock um seine Beine schlug. Er horchte auf die geflüsterten Vermutungen um ihn herum und fragte sich, wie lange es wohl dauern würde, bis er zu seinen Gurken und Melonen zurückkehren konnte.

Als Hatschepsut sich überzeugt hatte, daß alle zugegen waren, gab sie den Befehl, die Tür zu schließen, und setzte sich ans obere Ende des Tisches. Sie trug einen Faltenrock aus feinem Leinen, der sich um ihre Beine schmiegte und anmutig bis auf den Boden fiel, und in ihre Haare waren Blumen geflochten. Aber in ihrem Gesichtsausdruck war wenig Weibliches zu entdecken. Als Anen sich auf seinem Schemel zu ihren Füßen niederließ und seine Feder aus Schilfrohr zur Hand nahm, waren ihre Lippen gestrafft und ihre Stirn war gerunzelt. «Ich habe gerade einen Offizier der Madjai, unserer Wüstenpolizei, angehört», sagte sie. «Es scheint, daß eine unserer Garnisonen überfallen worden ist und eine Rotte von Nubiern innerhalb der Grenze mordet und plündert.»

Es herrschte Stille im Raum. Jamunefer spuckte lässig auf den Boden. «Das war zu erwarten, Majestät. Jedesmal wenn ein Pharao zum Gott geht und ein neuer triumphierend den Thron besteigt, zetteln die niederträchtigen Bewohner von Kusch einen Aufstand an. Das geschieht so sicher wie Re täglich am Himmel aufsteigt.»

«Was ist mit dem Kommandeur?» fragte Useramun Hatschepsut. Sein sonst so heiteres, schelmisches Gesicht war ernst.

Hatschepsut schüttelte den Kopf. «Niemand weiß, ob er tot ist oder noch lebt. Tatsächlich weiß ich nicht einmal, wer dort das Kommando geführt hat. Ich habe nach dem Schreiber für die Rekrutierung geschickt. Er wird es uns sagen. Anen, gib mir die Karten.»

Senmut nahm dem Schreiber die Schriftrollen ab und breitete sie auf dem Tisch aus. Alle scharten sich um Hatschepsut und beobachteten, wie ihr Finger die Linien verfolgten.

«Hier ist Assuan und hier der Katarakt. An diesem Punkt verläßt die Wüstenstraße den Fluß und wendet sich nach Westen. Es gibt dort zwei Garnisonen, eine innerhalb unserer Grenze und die andere hier, fünfzig Meilen weiter, in Kusch. Man hat mir berichtet, daß die inländische Garnison gefallen ist und die Männer niedergemetzelt worden sind. Jetzt marschieren die Kuschiten auf die andere zu.» Sie ließ die Karte los, so daß sie sich von selbst zusammenrollte, setzte sich wieder hin und sah die Männer erwartungsvoll an. «Hapuseneb», sagte sie schließlich, «als Wesir des Nordens bist du jetzt zum Kriegsminister ernannt. Laß mich deine Meinung hören.»

Er beugte sich vor und stützte die mit Goldreifen geschmückten Arme auf den Tisch. «Meine Meinung, Majestät, wird sicherlich von allen hier Anwesenden geteilt. Wir müssen sofort Truppen zusammenziehen und nach Süden marschieren. Es besteht kein Zweifel, daß wir diese undankbaren Hunde schnell in die Flucht schlagen können, aber es muß geschehen, ehe sie die zweite Garnison erreichen.»

Es erhob sich zustimmendes Gemurmel, und Ahmes pen Nechbet ergriff das Wort. Der alte Mann war sichtlich bedrückt. «Majestät, gestattest du mir zu sprechen?» fragte er schwer atmend.

Hatschepsut neigte den Kopf und lächelte ihm liebevoll zu. «Ich hatte gehofft, daß du es tun würdest, alter Freund. Mein Vater hat sich nie ohne deine vortreffliche Hilfe auf einen Kriegszug begeben. Sprich.»

«Nun, offengestanden, ich verstehe nicht, wie die Garnison fallen konnte. Diese Festungen sind das Rückgrat unserer Grenzen, von starken Mauern umgeben, uneinnehmbar und voll von erfahrenen Kämpfern. Der Feind ist oft in blinder Wut die Grenzen auf und ab gestürmt, hat geplündert, gemordet und gutes ägyptisches Vieh gestohlen; aber selten ist er in eine Garnison eingedrungen. Mir gefällt die Sache nicht.»

Sie sahen ihn alle beunruhigt an, und Hapuseneb war derjenige, der ihm die Frage stellte: «Was fürchtest du, Verehrter? Verrat?»

«Vielleicht. Es wäre nicht das erste Mal, daß Männer, vom langen Dienst in der Wüste, fern von Familie und Heim verbittert, sich mit Gold oder etwas anderem bestechen ließen.»

Hatschepsut unterbrach ihn. «Wir wissen es nicht. Wir kennen keine Einzelheiten. Der Offizier, der zu mir gekommen ist, hat nur im Wüstensand gegen die Kuschiten gekämpft, er war nicht zugegen, als die Garnison erobert wurde. Ah, der Schreiber für die Rekrutierung!»

Die Arme mit Schriftrollen beladen, kam der Mann auf Hatschepsut zu und verneigte sich.

«Setz dich hierher», befahl sie ihm. Er legte seine Last auf den Tisch und setzte sich auf einen Schemel neben Anen. Er war ein kleiner Mann, gebeugt von den Jahren des Schreibens, und hatte ein verkrüppeltes Bein. «Nun, Hapuseneb, stell deine Fragen.»

Hapuseneb fragte, wer die innere Garnison befehligte. Der Schreiber räusperte sich und hantierte mit seinen Papieren.

Menech neigte sich vor und flüsterte Senmut ins Ohr: «Der alte Dummkopf wird uns den ganzen Vormittag hier festhalten. Er kann kaum seine eigene Nase finden.»

Aber der Mann antwortete bereits. Er sprach stark durch die Nase, und der Blick, den er Menech zuwarf, war messerscharf. «Sie wird von dem edlen Wadjmose befehligt. Der Vater Ihrer Majestät hatte dort fünfzig Infanteriesoldaten stationiert, zusammen mit einem kleinen Kontingent an Stoßtruppen.»

Hatschepsut stieß einen Schrei aus und sprang auf.

Thutmosis, der dem Gespräch mit wachsendem Unbehagen zugehört hatte, rief: «Wadjmose! Mein Bruder! Was sagst du jetzt, pen Nechbet? Würde ein Edelmann aus königlichem Geblüt seine Landsleute verraten?»

Pen Nechbets Unterkiefer zitterte. «Es ist doch möglich, Majestät, daß es einen Verrat gegeben hat, ohne daß der Kommandeur etwas davon wußte. Ich möchte die Theorie nicht fallenlassen.»

«Ich auch nicht», erwiderte Hatschepsut. «Fahr fort.» Aber sie war sichtlich beunruhigt.

Thutmosis geriet plötzlich in Wut. «Bei Amun! Was wir hier planen ist kein gewöhnlicher Streifzug! Unser Bruder muß gerächt werden! Ich werde die Kuschiten mit der Macht all meiner Armeen strafen. Ich werde sie alle vernichten. Ich werde keinen Mann am Leben lassen!» Im Gegensatz zu seinem üblichen Phlegma zitterte er vor Zorn.

Als Hatschepsut ihn ansah, erwachte in ihr die Erinnerung an die Leidenschaft der vergangenen Nacht, an die heiße, stickige Dunkelheit, an seine Zähne auf ihrem Fleisch. Sie nickte zustimmend. «Ich bin ganz deiner Meinung, daß man diesen Leuten eine heilsame Lektion erteilen muß», sagte sie ruhig, und er zog sich, immer noch finster dreinblickend, zurück. «War es nicht für einen Augenblick wie diesen, Thutmosis, daß du deinen Anspruch auf den Thron geltend machtest? Ich bin froh, daß du vorhast zu handeln, wie unsere Vorfahren gehandelt haben, und deine Truppen selbst in den Kampf führen wirst.» Er erwiderte nichts darauf und blickte sie starr an, während sein Zorn ebenso plötzlich verschwand, wie er gekommen war. Hatschepsut lächelte betrübt. Sie wußte, daß er nie kämpfen würde, und sie nickte Hapuseneb zu.

«Wie viele Soldaten haben wir?» fragte er den Schreiber. «Ich spreche nur von denen, die binnen einer Woche marschbereit sein könnten.»

«Wir haben fünftausend in der Stadt», sagte der Mann sofort. «Alles in allem verfügen wir über fast hunderttausend Mann, und wir können viermal soviel durch Zwangsaushebungen aufstellen.»

«Eine Division.» Er dachte einen Augenblick nach. «Majestät, wie groß ist die Streitmacht des Feindes?»

«Die Zahlen sind ungenau, aber es können nicht mehr als dreitausend sein, darunter eine Anzahl Bogenschützen.»

«Streitwagen?»

Sie kräuselte verächtlich die Lippen. «Höchstens die, die sie in der Garnison gestohlen haben. Wie viele Streitwagen haben wir dort?» fragte sie den Schreiber.

Er antwortete ihr mit der gleichen unerschütterlichen Ruhe. «Eine Abteilung, Majestät.»

«Wenn Wadjmose der Soldat ist, für den mein Vater ihn hielt, hat er gleich zu Anfang der Schlacht alle Pferde getötet, um sicher zu sein, daß die Nubier die Streitwagen nicht verwenden können. Jetzt zähle alles zusammen, Hapuseneb.»

Der Wesir ließ sich in seinem Stuhl zurücksinken und rekapitulierte: «Also irgendwo in der Wüste, etwa siebzig Meilen vom Fluß, gibt es eine Horde von Kuschiten, wahrscheinlich untrainiert und schlecht geführt, die sich der zweiten Garnison nähern, etwa dreitausend Mann. Sie haben Bogenschützen und vielleicht Streitwagen. Ich glaube, es wird nicht schwer sein, sie zu besiegen. Eine halbe Division und ein Abteilung Wagenlenker müßte genügen.»

Hatschepsut pflichtete ihm bei. «Aber wir müssen schnell handeln», setzte sie hinzu. «Pen Nechbet, welche Division ist gegenwärtig in Theben stationiert?»

«Die Division des Horus, Majestät. Und auch einige Gefolgsleute von der Division des Seth, die zu Manövern hier sind.»

«Danke. Ich glaube, ich brauche dich jetzt nicht länger aufzuhalten. Hapuseneb, du wirst natürlich mit ins Feld ziehen, und auch du, Jamunefer. Djehuty, du marschierst ebenfalls, ich brauche die Truppen aus deiner Provinz. Sennefer, du kehrst in deine Provinz zurück und bringst mir Truppen. Aus Theben nehmen wir dann nur die halbe Division und lassen Soldaten in der Stadt zurück für den Fall, daß sie hier gebraucht werden. Außerdem nehmen wir je fünfhundert Mann aus euren Provinzen, Jamunefer, Djehuty und Sennefer. Seid ihr zufrieden?»

Sie murmelten und nickten, waren aber sofort still, als sich Hapusenebs helle Stimme erhob. «Majestät, wer wird den Befehl im Feld führen? Gewiß, dies ist kein Krieg, sondern eine Strafexpedition, aber wir brauchen trotzdem einen erfahrenen Mann, der das Land kennt und im Kampf erprobt ist.»

Alle Augen richteten sich auf Ahmes pen Nechbet, der abwehrend die Hände hoch warf und energisch den Kopf schüttelte. «Majestät, ich bin alt. Ich gehe mit und helfe in der Taktik, aber ich kann nicht kämpfen.»

«Das ist ein schwerer Schlag für mich.» Hatschepsut runzelte die

Stirn. «Ich hatte auf deine aktive Unterstützung gehofft, edler Ahmes, aber wenn du glaubst, nicht kämpfen zu können, so kannst du mir vielleicht einen Mann nennen, auf den ich mich verlassen kann.»

Er zögerte. «Es gibt einen solchen Mann, Göttliche, aber ich weiß nicht, ob er dir erwünscht wäre.»

«Du wirst es niemals wissen, wenn du mir nicht den Namen nennst.»

«Nun gut. Es ist ein gewisser Nehesi.»

Bei dem Namen erhob sich zorniges Gemurmel, und Djehuty rief: «Du kannst uns nicht in seine Hände geben, Majestät! Er ist selbst ein Nubier!»

Thutmosis hob beschwichtigend den Arm, und sie verfielen in überraschtes Schweigen. Sie hatten seine Gegenwart vergessen. «Seid still, alle miteinander! Setz dich, Djehuty! Haben wir kein Vertrauen zu Ahmes pen Nechbet, dem geliebten Freund unseres Vaters? Ist sein Urteil nicht verläßlich?»

Brummend und pen Nechbet immer noch finster anblickend, setzte sich Djehuty wieder.

Der alte Mann blieb gelassen. «Es stimmt, daß Nehesi ein Schwarzer ist», sagte er, «aber er ist kein Nubier. Er ist auf ägyptischem Boden geboren. Seine Mutter ist Dienerin von Pharaos Mutter, der schönen Mutnofret, und sein Vater war ein Sklave, den Ineni als Kriegsbeute mitgebracht hat. Nehesi ist seit frühester Jugend Soldat. Für mich ist er ein Genie. Er ist ein schweigsamer Mann, der weder zu heftigen Gemütsbewegungen noch zu Übertreibungen neigt, aber seine Geschicklichkeit mit Bogen, Axt und Speer ist unübertroffen, und er hat einen kühlen, scharfen Verstand.»

Hatschepsut rief nach Duauineheh. «Such diesen Mann und bring ihn so schnell wie möglich zu mir», befahl sie.

Als er fort war, wartete sie schweigend. Niemand wagte zu sprechen.

Endlich kam der oberste Herold zurück, und Nehesi stand vor ihnen. Sie sahen ihn mit unverhohlener Neugier an. Er war groß, größer als irgendeiner von ihnen, und schwärzer als die Nacht beim Chamsin. Sein kurzer Faltenrock wirkte wie eine alberne Nichtigkeit auf seinem riesenhaften Körper, dessen Muskeln sich scharf unter der dunklen Haut abzeichneten, als er sich verneigte. Sein Helm, ebenfalls

weiß, umrahmte ein prachtvolles Gesicht mit hohen Backenknochen und einem energischen Kinn. Seine schmale, gerade Nase verriet ägyptisches Blut irgendwo in der frühen Geschichte seiner Familie. Seine vollen Lippen waren hart und kalt. Er beachtete keinen der Anwesenden, sondern blickte starr auf die Wand über ihren Köpfen. Wenn er Djehutys spöttisches Lächeln sah, ließ er es sich nicht anmerken.

«Komm näher», sagte Thutmosis. Mit einer leichten, gleitenden Bewegung trat Nehesi zwei Schritte vor; seine Füße waren nackt und staubig vom Truppenübungsplatz. Er trug über der Schulter noch seinen ledernen Köcher mit drei Pfeilen. «Wie lange dienst du schon beim Heer?» fragte Thutmosis ihn freundlich.

Nehesi antwortete ohne zu zögern: «Fünfzehn Jahre, Majestät.»

«Welchen Posten bekleidest du?»

«Kommandeur der Stoßtruppen. Außerdem bilde ich Wagenlenker aus und exerziere mit den Kriegern des Königs.»

Der gleichgültige, kühle Ton machte einen tiefen Eindruck auf die Männer um den Tisch. Senmut sah den Neger respektvoll an. Die Krieger des Königs waren die Elite des Heers, sorgfältig ausgewählte Männer, die jeden Angriff ausführten und sich vor dem Pharao persönlich zu verantworten hatten. Selbst Djehutys Gesicht verlor seinen geringschätzigen Ausdruck.

«An wie vielen Kampfhandlungen hast du teilgenommen?» fragte Useramun.

Der Mann zuckte ungeduldig die Schultern. «Es hat keinen Krieg gegeben, seit ich Rekrut bei den Fußtruppen bin», sagte er. «Aber ich habe an zahllosen Streifzügen und Grenzscharmützeln teilgenommen. Meine Stoßtruppen sind nie in die Flucht geschlagen worden.» Er prahlte nicht; er stellte nur eine Tatsache fest.

«Und was verstehst du von Strategie?» fragte Hatschepsut ihn.

Nehesi schüttelte den Kopf. «Ich bin für den Krieg geboren», erwiderte er, «und ich fühle in meinen Knochen, ob eine Aufstellung richtig ist oder falsch – aber nur während der Schlacht. Ich kann meine Gedanken nicht auf einer Karte niederlegen.»

Ahmes pen Nechbet ergriff das Wort. Er hatte mit stillem Vergnügen die Reaktionen beobachtet, die sein Schützling hervorrief. Es würde den jungen Aristokraten guttun, sagte er sich, ihre erste Kost-

probe von Blut und Tod unter einem solchen Mann zu bekommen. «Majestät, ich habe gesagt, daß ich als Ratgeber mitgehen werde. Nehesi wird die Aufstellung der Truppen leiten. Ich kann zuversichtlich behaupten, daß die Schlacht gewonnen ist, wenn wir zwei sie gemeinsam planen.»

Alle lachten über seinen kleinen Scherz, und die Atmosphäre schien sich zu lockern.

Thutmosis gähnte. «Dann ist die Sache geregelt, nicht wahr?» Er sah ängstlich zu Hatschepsut.

Sie nickte. «Ich glaube ja. Hapuseneb, ich überlasse es dir, für den Proviant, die Ausrüstung und das Sammeln zu sorgen. Schlag südlich der Stadt Zelte auf und bereite dich darauf vor, von dort auszurücken. Unterweise deine Offiziere gut; Ahmes und Nehesi werden dir dabei helfen. Die Schreiber für die Rekrutierung, Infanterie und Gliederung erwarten dich. Nehesi, ich ernenne dich zum General. Du weißt, diese Ernennung erfolgt in dem Vertrauen, daß du bis zum Tode dienen und niemandem außer deinem König und mir Rede stehen wirst. Hast du irgendwelche Zweifel? Diese Expedition geht gegen deine Landsleute, die Bewohner von Kusch.»

«Ich habe schon des öfteren gegen sie gekämpft», sagte er gelassen. «Alle Feinde Ägyptens sind auch meine Feinde. Ich diene nur Ägypten, jeden Tag meines Lebens.»

Seine Ernennung zum General schien ihm nichts zu bedeuten, und Hatschepsut unterdrückte ein Schaudern. Noch nie war ihr ein kälterer Mann begegnet.

Sie entließ alle außer Senmut, Hapuseneb und Useramun. Niemand zweifelte daran, daß die Königin diejenige war, die den Befehl über die Expedition führte. Und sie wußten, daß nichts, was sie taten, übersehen werden würde.

Während die drei jungen Männer warteten, wandte sich Hatschepsut an Thutmosis, der auf dem Weg in den Garten war. Sie nahm ihn beiseite und fragte besorgt: «Thutmosis, wirst du selbst deine Truppen anführen?»

Er blickte unglücklich drein. «Warum sollte ich?» erwiderte er trotzig. «Es wimmelt in Ägypten von fähigen Generalen, ganz zu schweigen von den zahllosen Hauptleuten. Du weißt so gut wie ich, daß ich kein Krieger bin. Laß Hapuseneb meine Männer anführen.»

«Hapuseneb hat seine eigene Abteilung zu befehligen und außerdem den gesamten Feldzug zu planen. Willst du denn überhaupt nicht mitgehen?»

Er sah sie rebellisch an. «Nein, das werde ich nicht! Es ist absurd, den kostbaren Körper des Pharaos ohne Notwendigkeit einer Gefahr auszusetzen.»

«Aber es besteht eine Notwendigkeit!» sagte sie eindringlich. «Die Soldaten müssen dich sehen, müssen sehen, wie du, glanzvoll in deiner Kampfausrüstung, sie anführst und ihnen Mut einflößt!»

«Du sprichst wie meine Mutter», entgegnete er zornig. «Ich werde nicht mitgehen! Ich werde die Truppen auf meiner Sänfte bis Assuan begleiten. Dort werde ich auf ihre Rückkehr warten. Dort werde ich den Tribut empfangen und über das Schicksal der Gefangenen entscheiden. Aber ich werde nicht mitgehen!»

Sie wandte sich verächtlich von ihm ab. «Dann werde *ich* gehen! Das Volk von Ägypten soll sehen, daß seine Königin seiner würdig ist!»

Er war bestürzt. «Du bist verrückt! Du hast noch nie Menschenblut gesehen, und du warst noch nie in Gefahr. Kannst du marschieren, kannst du brennenden Durst ertragen und auf dem Erdboden schlafen?»

«Kannst du das?» zischte sie ihn an. «Im Namen des Gottes, Thutmosis, hast du denn überhaupt keinen Stolz? Ich kann einen Speer werfen und einen Pfeil abschießen. Ich kann jeden Wagenlenker im Heer überrunden! Ich vertraue meinen Leuten. Sie werden mich nicht im Stich lassen. Sie lieben mich.»

«Jeder liebt dich, obwohl du verrückt bist. Selbst ich», brummte er.

Sie legte reumütig die Hand auf seinen Arm. «Ich muß mitgehen, wenn du es nicht tust», sagte sie sanft. «Ich werde nicht in Gefahr sein. Ich werde von den stärksten Armen und den schärfsten Augen Ägyptens umgeben sein. Kommt mit mir, Thutmosis! Zeige Ägypten und den Leuten von Kusch, was ein wahrer Pharao ist!»

Er schüttelte ihren Arm ab und ging davon. «Du bist verrückt, wirklich verrückt», rief er ihr über die Schulter zu.

Sie drehte sich um und ging zu den wartenden Männern; ihre Wangen waren gerötet, und sie atmete erregt. «Ich gehe mit den Truppen nach Nubien», erklärte sie ihnen. Sie sahen sie ungläubig an.

«Majestät, das darfst du nicht!» rief Senmut erschreckt. «Ein Schlachtfeld ist kein Platz für eine Königin!»

Sie sah ihn mit einem seltsamen Lächeln an. «Ich bin keine Königin», sagte sie kühl. «Ich bin Gott, der Ursprung des Seins. Sag mir nie wieder ‹du darfst nicht›, Senmut. Ich will gehen. Ich werde die Truppen Pharaos anführen. Mein Standartenträger wird vor mir gehen; die Krieger des Königs und Nehesi werden hinter mir stehen.»

«Dann laß es mich anders ausdrücken.» Senmut war verzweifelt, er hatte Angst um sie. Er sah den Starrsinn in ihren Augen. «Wenn du umkommst, was soll dann aus Ägypten werden? Und wer soll regieren, während du kämpfst?»

«Ich werde nicht umkommen. Das weiß ich. Amun wird mich beschützen. Du, Senmut, wirst regieren, während ich fort bin. Useramun, du wirst ihm helfen. Ich weiß, daß du nicht für den Krieg geeignet bist.» Sie wandte sich rasch um. «Senmut, ich mache dich zum Iripat.» Die letzten Worte kamen überraschend, beinahe abrupt. Die jungen Männer starrten sie sprachlos an.

Senmut hörte die Worte wie aus weiter Ferne. Wieder fühlte er, daß die warmen Flügel des Schicksals ihn streiften. Er sah in ihre großen schwarzen Augen, als blickte er in einen gefährlichen, bodenlosen Abgrund.

Hatschepsut berührte seinen Kopf, seine Schultern, sein Herz und fühlte, wie es wild unter ihren Fingern pochte. Sie lachte, obgleich ihre Lippen bebten. «Das hätte ich ohnehin in Kürze getan», sagte sie, «denn du hast dich in meinem Dienst bewährt. Aber es muß jetzt sein, heute, denn ich kann keinen Nichtadeligen als Stellvertreter haben, während ich fort bin. Iripat, Erbprinz von Theben und ganz Ägypten, du und deine Söhne nach dir, für alle Zeiten. Ich, Hatschepsut, Liebling des Amun, Tochter des Amun, Königin von Ägypten, habe es so beschlossen.»

Er sank auf die Knie und küßte ihre mit Juwelen geschmückten Füße. Als er wieder aufstand, konnte er nicht sprechen, denn seine Kehle war wie zugeschnürt.

Plötzlich umarmte sie ihn, hielt ihn fest an sich gepreßt, hüllte ihn ein in eine Wolke von Haar und Parfum. «Noch nie war ein Titel so wohlverdient», murmelte sie. «Sei glücklich in der Liebe deines Herrn, Senmut!» Sie ließ ihn los und wandte sich an Hapuseneb. «Und du»,

sagte sie. «Was kann ich dir geben? Du hast alles, was das Herz eines Menschen sich wünschen kann, und schon deine Vorfahren haben Ägypten mit den meinen durchwandert.» Sie lächelte in die ruhigen grauen Augen, und Hapuseneb erwiderte ihr Lächeln. «Und doch weiß ich, Hapuseneb, daß das, was du begehrst, dir für immer versagt bleiben wird, obwohl ich wünschte, daß es nicht so wäre.»

Er verneigte sich würdevoll. «Ich weiß es auch, Majestät, aber ich bin nicht verbittert. Du bist meine Königin, meine Herrin. Ich diene dir, solange ich lebe.»

«Dann ernenne ich dich zum Oberhaupt der Propheten des Südens und Nordens. Als Wesir und Sohn eines Wesirs solltest du wissen, was das bedeutet.»

Sichtlich ergriffen verneigte er sich abermals. «Ich weiß es. Du legst eine große Macht in meine Hände, edle Königin. Ich werde sie nicht mißbrauchen.»

«Gut, machen wir uns an die Arbeit. Senmut, Useramun, wir werden den Rest des Tages damit verbringen, uns mit Ineni und den anderen zu beraten. Vertraut auf Ineni. Er versteht mehr vom Regieren als selbst ich. Und du, Hapuseneb, kümmere dich um die Vorbereitungen für das Unternehmen. Ich will in fünf Tagen von Theben nach Assuan aufbrechen.»

Am Abend, als die Sonne untergegangen war und der Widerschein ihres Feuers nur noch purpurn auf dem Rand der Hügelkette lag, gingen Hatschepsut und Senmut schweigend an Amuns See entlang. Als sie ihn fast umrundet hatten, blieb Hatschepsut stehen. Sie setzten sich auf das mit Gras bewachsene Ufer und beobachteten, wie die Gänse im warmen Zwielicht zu ihren Nestern flogen.

«Wirst du Zeit finden, weiter im Tal zu arbeiten?» fragte sie. «Ich würde gern bei meiner Rückkehr die erste Terrasse vollendet sehen. Schon jetzt ist er schön, mein Tempel.»

«Er ist ein Spiegelbild deiner eigenen Schönheit», erwiderte er. «Amun könnte sich kein besseres Monument von seiner Lieblingstochter wünschen.»

Sie senkte die Augen und begann, die trockenen braunen Blätter von den herabhängenden Zweigen der Weide zu pflücken. «Sag mir», murmelte sie mit abgewandtem Kopf, «jetzt, da du Iripat, ein hoher

Adeliger und Prinz des Landes bist, wirst du Söhne haben, die den Titel nach dir tragen sollen?»

Er blickte lächelnd auf den dunklen, gesenkten Kopf, aber er antwortete ihr ernst. «Ich weiß es nicht, Majestät, aber ich glaube nicht. Um Söhne zu haben, müßte ich mir zuerst eine Frau nehmen.»

«Du hast ja Tachat.»

«Gewiß. Aber ich glaube nicht, daß ich Tachat heiraten werde, obgleich ich sie sehr gern habe.»

«Vielleicht wirst du im Laufe der Jahre deine Ansicht ändern. Wie alt bist du, Senmut?»

«Ich bin seit sechsundzwanzig Jahren auf der Welt.»

Immer noch seinem Blick ausweichend, zerriß sie mit nervösen Fingern die gekräuselten Blätter. «Die meisten Männer haben eine Frau», sagte sie zögernd. «Möchtest du nicht ein Heim voller Kinder haben?»

«Majestät, du weißt, weshalb ich nicht heiraten kann.» Er schalt sie sanft, denn er wußte, daß ihr die Zukunft plötzlich ungewiß erschien und daß sie sich in Gedanken mit dem bevorstehenden Marsch nach Süden beschäftigte. «Sollten wir nicht lieber ein anderes Thema anschlagen?»

Sie wischte die Reste der braunen Blätter von ihren Knien und wandte sich ihm zu. «Ja, ich weiß weshalb», erwiderte sie, «aber willst du es mir nicht in Worten sagen? Ist es, weil ich dir zuviel Verantwortung aufgeladen habe?»

«Du weißt auch das.» Er wußte, was sie von ihm hören wollte, und er wünschte sich von ganzem Herzen, es ihr zu sagen, aber die Kobra schimmerte auf ihrem Kopf, und an ihrem Hals hing eine ihrer königlichen Kartuschen. Er konnte die Königin nicht von der Frau trennen.

Sie warf den Kopf zurück, hob die Hände in einer flehenden Geste und drängte ihn: «Sag es mir! Und glaube nicht, daß ich dich mit diesem Titel bestochen habe, um dir die Worte zu entlocken. Ich kenne dich gut genug. Du würdest nie dich selbst oder mich belügen. Sag es!»

«Nun gut.» Er umklammerte seine Knie, und seine Augen suchten die letzten Reste des Lichts, das die Türme des Tempels tiefrot erglühen ließ, so daß sie sich scharf wie eine Messerschneide vom

Himmel abhoben. «Ich liebe dich. Nicht nur als meine Königin, sondern auch als die Frau, nach der ich mich sehne, liebe ich dich. Du hast es gewußt, und doch hast du mich ohne Rücksicht auf meinen Stolz gezwungen, es dir zu sagen, weil du Königin bist und ich dir antworten muß. Das war grausam von dir.»

Während sie sein ruhiges Profil in sich aufnahm, bogen sich ihre Finger und preßten sich fest zusammen. «Es war keine Spielerei», erwiderte sie. «Ich werde fortgehen, und ich habe Angst. Ich brauche deine Worte, Senmut, um sie festzuhalten, sie mitzunehmen, mich an ihnen zu wärmen. Als Königin erwarte ich deine Huldigung, aber als Frau –» Sie legte die Hand auf seinen Arm, leicht wie die Berührung des Windes auf dem Gras. «Mach mir ein Geschenk, Senmut.»

Sein Blick löste sich nicht vom oberen Rand der Tempelmauer. «Was du willst», sagte er leise, aber sie fühlte, wie die Muskeln seines Arms sich strafften und entspannten.

«Wenn ich meine Krone und meine Kartusche, das Henkelkreuz von meinem Arm und das Siegel von meiner Taille abnehme und sie ins Gras lege, wirst du mich dann küssen?»

Ungläubig blickte er sie an. Als er sah, daß sie nicht mit ihm spielte, sondern ihn mit bebenden Lippen und tränenfeuchten Augen ansah, nahm er ihr Gesicht zwischen seine Hände. «Nein», flüsterte er, «nein, Majestät. Ich werde dich küssen, wie du bist, meine göttliche Königin, Geliebte meines Herzens, meine Schwester. Wir werden nichts Falsches vortäuschen.» Er legte sanft seine Lippen auf die ihren, schmeckte die Süße und das Salz ihrer Tränen und fühlte, wie sich ihre Arme um seinen Hals schlangen, während der Rest des Sonnenlichts von den Türmen auf die Erde fiel, durch die Bäume glitt und hinter dem Schleier der Nacht verschwand.

15

Sieben Tage später sammelte sich das Kriegsheer Ägyptens während der kostbaren kühlen Stunden des frühen Morgens in der Wüste, eine Meile südlich von Theben. Sie hatten zwei Tage warten müssen, denn Djehuty und seine Soldaten hatten sich auf einem Abkürzungsweg durch die Hügel verirrt. Die Verzögerung hatte Hatschepsut fast zur Verzweiflung gebracht. Ahmes pen Nechbet, stets ruhig und sachlich, erklärte ihr, daß es in jedem Fall zu spät wäre, dem Angriff der Nubier auf die zweite Garnison zuvorzukommen, daß also die zwei Tage kaum von Bedeutung wären. Aber Hatschepsuts Ungeduld war nicht zu bändigen.

Thutmosis war während dieser Zeit bei seiner Mutter gewesen, die ihn mit Ratschlägen überhäuft hatte. Schließlich war er zu Hatschepsut in ihren Palast gegangen, aber sie hatte ihn mit knappen Worten fortgeschickt. Düster in die Zukunft blickend, hatte er die letzte Nacht in Theben allein auf seinem königlichen Ruhebett verbracht.

Am Morgen stand er zusammen mit Hatschepsut, pen Nechbet, Hapuseneb und Nehesi auf der Tribüne am Sammelplatz. Es war ein schöner, klarer Morgen. Der leichte Wind hob die Standarten und ließ die Fahnen flattern, und die Sonne glitzerte auf den Speeren und geschulterten Äxten. Die Kolonnen der Fußtruppen warteten regungslos, die Augen nach vorn gerichtet. Weit hinten standen ihre Zelte, weiße Kegel, wie Spielzeugpyramiden zusammengedrängt. Auf beiden Seiten der viertausend Mann standen die Streitwagen, klein und leicht, mit Kupfer überzogen und mit großen Speichenrädern, die matt in der Sonne glänzten. Die Pferde warfen ihre braunen Köpfe hin und her, und ihre weißen, gelben und roten Federn wehten fröhlich im

Wind. Hatschepsut überblickte dies alles mit Stolz – es war die Stärke und der Brennpunkt, das Rückgrat Ägyptens.

Vor ihr stand die Division des Horus, deren Standartenträger den gebogenen Schnabel und die grausamen Augen des Gottes trug. Die Generale hatten sich in voller Kampfausrüstung am Fuß des Podiums aufgestellt. Unmittelbar hinter ihnen standen die Stoßtruppen, harte Männer mit harten Augen, Männer, die als erste starben und das Schlachtfeld als letzte verließen. Ihre Offiziere befanden sich mitten unter ihnen, die Bogen über die Schultern gehängt, die Speere mit dem Griff nach unten im Sand. Der Prinz der Division des Horus war Hapuseneb. Er zog es vor, mit seinen Truppen zu marschieren, statt sich Pharao an der Spitze des Zugs anzuschließen. Er wartete ebenfalls, und seine kalten Augen hingen wie gebannt an der Frau auf dem Podium. Thutmosis trug die Doppelkrone, aber Hatschepsut war diejenige, die alle Blicke auf sich zog. Sie trug die Kleidung eines Truppenführers, einen kurzen weißen Faltenrock, einen Lederhelm, der ihr Haar verbarg und ihre Schultern berührte, und weiße, lederne Stulpenhandschuhe. Ihre Füße steckten in weißen Lederstiefeln, und unter den Handschuhen lagen um ihre Handgelenke die dicken Silberstreifen eines Kommandeurs der Krieger des Königs. Nur an ihrem Helm zeigte sie ihren wahren Rang: Eine kleine silberne Kobra schmückte ihre Stirn, und selbst die Männer weit hinten konnten sie in der Sonne glitzern sehen. Hatschepsuts Blicke wanderten über die Reihen der Fußsoldaten und die blaubehelmten Wagenlenker und hoben sich schließlich über den Wald von Speerspitzen und Bogen hinweg zum Palast, der rot leuchtend in der Ferne stand. Sie dachte an Senmut, Useramun und Ineni, die sich auf dem Dach versammelt hatten, um den Abmarsch des Heeres zu beobachten. Abrupt wandte sie sich an Thutmosis.

«Wirst du zu ihnen sprechen, oder soll ich es tun?» fragte sie. «Pen Nechbet, sind wir bereit? Wo sind die Krieger des Königs?» Sie drehte sich besorgt zu Nehesi um, der sich verneigte und in die Richtung des Flusses deutete.

«Dort kommen sie», sagte er. «Sie sind spät dran, aber ich entschuldige mich nicht, Majestät. Du wirst gleich sehen warum.»

Die Schilde auf den Rücken geschnallt, mit den Füßen Staub aufwirbelnd, kamen ihre fünfzig Männer hinter einer Baumgruppe am

Fluß hervor. Vor ihnen fuhr ein Streitwagen, neu, mit Gold überzogen und reich verziert, vorn die Federn des Amuns und auf beiden Seiten das Auge des Horus eingraviert. Seine Zügel und Kandaren waren aus feinem, starkem Leder. Das Zaumzeug und Geschirr der Pferde war aus Gold. Auch die sich drehenden Speichen blitzten golden. Der Wagenlenker hob die Peitsche, und die robusten kleinen Pferde gingen in einen Galopp über. In einem Wirbel von Staub und tanzenden weißen Federn hielt der Wagen vor der Gruppe auf dem Podium an, und Menech schwang seine Peitsche und sprang lachend auf die Erde. Die Krieger des Königs hinter ihm blieben stehen und salutierten. Nehesi verließ die Tribüne und gesellte sich zu ihnen. Hatschepsut ging zum Rand des Podiums und blickte zu ihnen hinab.

Menech verneigte sich mit strahlendem Gesicht. «Ein Geschenk für Sie, Majestät, von ihren treuen und ergebenen Truppen!» rief er zu ihr hinauf und deutete auf den Streitwagen und die ruhelosen, tänzelnden Pferde. Hatschepsut verließ ebenfalls die Tribüne, ging auf den Wagen zu, betastete ihn und prüfte mechanisch die Radachse, das Zaumzeug und die Kandaren.

Nehesi trat vor. «Das ist kein feierlicher Triumphwagen für eine königliche Rundreise», sagte er. «Das ist ein Kriegsfahrzeug, schnell und leicht, ein Geschenk von Kriegern an ihren obersten Befehlshaber.»

Sie antwortete nicht, sondern sprang auf den Wagen, nahm die Zügel und wand sie um ihre Handgelenke. Den Blick nach vorn gerichtet, die Beine gespreizt, um das Gleichgewicht zu halten, schoß sie mit einem lauten Ruf davon. Die Soldaten traten einen Augenblick aus dem Glied und feuerten sie an, als wäre sie eine Favoritin bei ihren alljährlichen Wettrennen. Nachdem sie eine Runde vollendet hatte, stieg sie mit blitzenden Augen aus und warf Menech die Zügel zu.

«Bist du mein Wagenlenker, vermessener Freund?» fragte sie ihn im Vorbeigehen. Er verneigte sich grinsend. Hatschepsut stieg wieder aufs Podium und stellte sich neben Thutmosis, der jetzt unter der heißer werdenden Sonne zu schwitzen begann. Sie hob den Arm, und es wurde still. Sie wandte sich ihrer eigenen Truppe zu. «Ich danke euch für diesen Beweis eurer Liebe», sagte sie mit heller, klarer Stimme. «Zweifelt nicht daran, daß ich sie mir voll verdienen werde, so wie ich mir eure Ergebenheit verdient habe. Ihr seid wundervoll zu

mir, Krieger Ägyptens. Es erfüllt mich mit Stolz, heute mit euch ins Feld zu ziehen. Jetzt hört auf die Worte von Pharao!»

Thutmosis trat vor und bedeutete Menena, mit dem Weihrauch die Stufen hinaufzusteigen. Er wirkte eindrucksvoll mit seiner hohen Krone, ein gewaltiger Pharao, ein Symbol der Macht, als er seinen Krummstab und Wedel über die versammelten Truppen hielt. Die Soldaten meinten, ein schwaches, fernes Echo seines Vaters zu vernehmen, als er zu ihnen von Ruhm und Belohnung, von der Verteidigung des Vaterlandes und dem ehrenvollen Tod auf dem Schlachtfeld sprach. Und als er geendet hatte, jubelten sie ihm zu, und ihre Rufe drangen bis zu den Männern hinüber, die im heißen Sonnenschein schweigend auf dem Dach des Audienzsaals standen und auf den Abmarsch der Truppen warteten.

Menena stimmte die Gebete an, und nach ihm ergriff Hapuseneb das Wort. «Anführer der Fünfzig! Befehlshaber von Hundertschaften, Hauptleute, Truppenführer, Standartenträger! Fertig zum Abmarsch. In Marschordnung antreten!»

Hatschepsut und Thutmosis verließen die Tribüne. «Fahr mit mir in meinem Streitwagen», bot sie ihm an, als sie nach den Zügeln griff.

«Ich führe den Zug in meiner Sänfte an», sagte er. «Es ist zu heiß, um in diesem Ding zu stehen.» Er ging, gefolgt von pen Nechbet, davon.

Die Soldaten formierten sich neu. Sie schnallten ihre Tornister auf den Rücken und schulterten ihre Waffen.

Hatschepsut wies Menech aus dem Streitwagen. «Du kannst zu Fuß gehen», sagte sie. «Ich will den Wagen eine Weile selbst lenken, du kannst meinen Staub schlucken.» Sie nahm ihm die Peitsche aus der Hand und versetzte ihm liebevoll lächelnd einen leichten Schlag auf den Kopf. Dann spornte sie leise schnalzend ihre Pferde an und trabte hinter Thutmosis her. Nehesi und ihre Soldaten traten hinter ihr ins Glied, und der lange Zug begann sich wie eine riesenhafte, vielfarbige Schlange die Straße nach Süden entlangzuwinden. Dem Gros der Truppen folgte der Troß, denn obwohl das Heer keine schweren Lasten mitführte und jeder Mann seine eigenen Habseligkeiten trug, mußten Zelte, Nahrungsmittel und Wasser sowie die Teppiche, Stühle, Klappbetten und Schreine des Königspaars befördert werden. Die Männer stimmten ein Marschlied an, aber schon nach kurzer Zeit

verklang die Musik, und alle schritten schweigend mit grimmigen Gesichtern dahin, denn die Hitze war groß und Assuan noch weit entfernt.

Senmut beobachtete den Abmarsch der Truppen, bis der Wind die letzte Wolke des braunen Staubs verwehte. Er wandte sich an Ineni. «Mögen alle Götter mit ihnen sein», sagte er leise.

Der alte Mann lächelte über seinen besorgten Gesichtsausdruck. «Es ist nur ein kleiner Streifzug», sagte er. «Bezweifelst du, daß sie mit reicher Beute für den Tempel und mit Gold für die Schatzkammer beladen zurückkehren werden?»

Senmut zwang sich zu einem Lachen, während sie die Treppe hinunter in den Schatten der Arkaden gingen. «Ich bezweifle es nicht», erwiderte er. Aber seine Gedanken begleiteten den Zug, der sich nun Meile für Meile von ihm entfernte . . .

Ineni beschleunigte seine Schritte. «Dann denk nicht mehr an Krieg», sagte er über die Schulter, «denn die Abgesandten aus Rethennu erwarten uns im Audienzsaal, und es gibt viel zu tun, Prinz.» Er lachte leise und schüttelte den Kopf.

Am ersten Tag legte das Heer knapp fünfundzwanzig Meilen zurück. Bei Sonnenuntergang wurden die Zelte neben dem Nil aufgeschlagen. Hatschepsut badete mit Thutmosis im Fluß und lag selig im seichten Wasser, während Schweiß und Staub von ihr abgespült wurden. Sie hüllte sich in ein loses Gewand, setzte sich vor ihr Zelt und sah zu, wie der Rauch von Hunderten von Lagerfeuern spiralförmig in die Luft stieg. Neben ihr hing ihre Standarte, schlaff in der Windstille des Abends. Sie lauschte auf das Wiehern der Pferde und die gedämpfte Unterhaltung der Männer, während sie ihre Gedanken in der angenehmen Benommenheit körperlicher Erschöpfung ziellos umherwandern ließ. Auch die Soldaten waren müde. Kein noch so strenger Drill konnte einen Gewaltmarsch auf harten, gefurchten Pfaden und über steinigen Boden ersetzen. Ihre Füße schmerzten, und ihre Schultern waren wund gerieben. Thutmosis bereitete sich bereits in seinem blauweißen Zelt auf die Nacht vor, und Hatschepsut lächelte bei dem Gedanken, wie froh er sein würde, in Assuan wieder auf ein königliches Ruhebett sinken zu können.

Hapuseneb trat zu ihr und hockte sich ungezwungen auf die Erde zu ihren Füßen. Sie fragte ihn, wann sie in die Wüste einbiegen würden.

«Morgen werden wir vermutlich dreißig oder sogar vierzig Meilen zurücklegen», erwiderte er. «Wir werden in zwei Tagen in Assuan sein. Ein weiterer Tagesmarsch wird uns zur Abzweigung bringen, und dort werden wir alle Fässer mit Wasser füllen müssen. Bist du müde, Majestät?»

«Ein wenig. Ich glaube, ich werde mich morgen von Menech fahren lassen. Der Wagen läuft ausgezeichnet, und die Pferde sind gut aufeinander abgestimmt. Hör die Steinböcke und das Schnaufen der Nilpferde im Sumpf! Wenn wir hierbleiben könnten, hätten wir morgen früh vermutlich eine gute Jagd.»

«Vielleicht wird Pharao von Assuan aus jagen, während wir fort sind», sagte er.

Sie saßen schweigend da, bis Hatschepsut zu gähnen anfing. Es war jetzt so dunkel, daß die Lagerfeuer wie freundliche, leuchtende Augen hervorstachen, und die Rufe der Wachtposten am Flußufer drangen beruhigend zu ihnen herüber. Hapuseneb verabschiedete sich und verschwand in der Dunkelheit. Hatschepsut stand auf, ging zu ihrem Feldbett und zog die Decken bis zum Kinn hinauf. Sie hörte, wie ihr Wächter seinen Platz am Eingang zum Zelt einnahm, und noch ehe er seinen Speer neben sich auf den Boden gelegt hatte, war sie eingeschlafen.

Zwei Tage später trafen sie kurz vor Sonnenuntergang in Assuan ein und schlugen ihre Zelte außerhalb der Stadt auf. Die Soldaten hatten ihre anfängliche Erschöpfung überwunden, und um die Lagerfeuer war Gelächter und das Klappern von Würfeln zu hören. Hatschepsut setzte Perücke und Krone auf und ging mit Thutmosis in die königliche Residenz, wo er sich häuslich niederließ und sofort Wein und heiße Pasteten bestellte.

«Bleib heute nacht hier bei mir», bat er sie. «Wir werden uns einige Wochen lang nicht sehen, und sicher willst du doch ein wenig Bequemlichkeit genießen, ehe du dich wieder auf den Weg machst.»

Hatschepsut blickte in sein schlaffes, bittendes Gesicht und nickte zustimmend. «Wir werden früh aufstehen», versprach er, «denn in dieser Gegend kann man ausgezeichnet jagen.»

Sie lächelte und begab sich pflichtschuldig in seine Arme. Aber ihre Gedanken waren bei der zerstörten Garnison und bei den bedrängten, verzweifelten Soldaten, die die andere zu verteidigen suchten. Erschöpft von dem langen, heißen Tag und den Forderungen seines heißblütigen jungen Körpers schlief sie tief und fest an seiner Seite.

Am Morgen verabschiedete sie sich liebevoll und mit einem Gefühl der Erleichterung von ihm. Wie gut, wieder auf sich selbst gestellt, frei und allein zu sein, dachte sie, als die Hörner bliesen und sie sich neben Menech auf den Wagen schwang. Sie drehte sich um, winkte Thutmosis und seinen Höflingen und lächelte Nehesi in seinem Streitwagen zu. Als Hapuseneb das Zeichen zum Aufbruch gab, stützte sie sich mit den Händen auf den Rand des Wagens und summte leise ein Lied.

Assuan leerte sich, und der Sommertag füllte die Straßen mit Stille, und Thutmosis stieg ein wenig niedergeschlagen in sein Jagdskiff.

Rings um Hatschepsut ertönte das Klingeln von Pferdegeschirr, das Knirschen von Leder und das Klappern von Sandalen. Mit einem überwältigenden Glücksgefühl blickte sie nach vorn auf die zerklüfteten Felsen und das wild schäumende Wasser des ersten Katarakts. Ihre Haut nahm unter der brennenden Sonne bereits eine dunklere Farbe an, und ihre Muskeln strafften sich zu neuer Kraft.

Nach einer weiteren Nacht im Lager wurden am nächsten Morgen die Wasserfässer gefüllt, das Pferdegeschirr und die Ausrüstung geprüft und die Pferde getränkt. Ihr Weg würde sich rasch in Wüste verwandeln, und vor ihnen lag Feindseligkeit, Meilen von Sand und Felsen unter den brennenden Strahlen von Re. Die Berge, die sie an ihrer westlichen Flanke begleitet hatten, würden sie in Kürze verlassen. Ihr Weg führte nun über harte, ausgedörrte Erde und heißen Sand. Hatschepsut zog die Riemen ihres Helms fest, und Menech ging noch einmal um den Wagen herum und sah, daß die Räder bereits in die Erde sanken. Hapuseneb sandte Kundschafter aus, um das Gelände zu prüfen und die kürzeste Route ausfindig zu machen. Die Straße zu den Garnisonen, die auch von Karawanen benutzt wurde, die zu der Oase zweihundert Meilen weiter nördlich zogen, war nichts als ein Wüstenpfad. Die Männer wußten, was sie erwartete. Nachdem Hapuseneb und Nehesi sich überzeugt hatten, daß alle nötigen Vorbereitungen getroffen worden waren, brachen sie auf. Schon zu dieser frühen Stunde versengte der glühende Sand ihnen durch die Sandalen

hindurch die Füße, und ihr Körper brannte in der Hitze der kupfernen Streitwagen, deren Seiten bösartig glitzerten.

Alle waren an diesem Abend froh, als das Lager aufgeschlagen wurde. Es wurden keine Feuer angezündet, denn am Ende des nächsten Tagesmarsches lag die zweite Garnison, und sie wußten nicht, was sie dort vorfinden würden. Bei Sonnenuntergang zogen die Soldaten ihre wollenen Umhänge an, denn die Wüstennächte waren kalt. Hatschepsut saß in ihrem Zelt, an dessen Mittelpfosten eine Lampe hing. Sie bestellte Wein für sich, Hapuseneb, pen Nechbet und ihre Generale.

Auch Nehesi war zugegen. Er war immer noch halbnackt und lehnte es ab, einen Umhang zu tragen, denn er fühlte weder Hitze noch Kälte. Hatschepsut, die sogar unter ihrem weißen Wollgewand fröstelte, fragte sich wieder, was wohl in diesem Mann vorgehen mochte.

Als Menech kam und berichtete, daß die Pferde gefüttert und getränkt worden waren und daß die Soldaten schliefen, erkundigte sie sich, was am folgenden Tag geschehen sollte.

Nehesi antwortete: «Nach einem Tagesmarsch durch die Wüste können die Männer nicht mehr kämpfen», sagte er. «Ich glaube, es wäre das beste, noch eine Nacht zu kampieren und bei Tagesanbruch über den Feind herzufallen, falls er sich in der Nähe der Garnison befindet.»

«Ich kenne die Gegend», sagte pen Nechbet ruhig. Er sah müde aus und älter als seine Jahre, aber seine Augen waren klar, und er war insgeheim froh, wieder Krieg zu führen. «Nach etwa einem halben Tagesmarsch kommen wir zu hohen Felsen und Geröll, dahinter liegt die Garnison. Die Felskette wird uns vor den Blicken des Feindes schützen, dort können wir morgen abend kampieren. Wenn wir dann nachts die Stoßtruppen und die Krieger des Königs aussenden, über die Nordwand könnten wir die Nubier vielleicht auf die Felsen und das übrige Heer zutreiben lassen.»

«Das hängt davon ab, ob der Feind die Garnison noch belagert, ob er auf uns zu marschiert oder nach Kusch zurückgeflohen ist», sagte Hapuseneb. «Ich würde lieber bei Tagesanbruch losmarschieren. Wenn die Garnison gefallen ist, befindet sich der Feind innerhalb ihrer Mauern, oder er ist abgezogen. Wenn sie nicht gefallen ist, können wir die ganze Sache vielleicht schnell zu Ende führen.»

«Schickt noch mehr Späher aus», sagte Hatschepsut. «Laßt sie den ganzen Tag die Gegend auskundschaften, dann werden wir morgen abend vermutlich wissen, was sich zugetragen hat. Wissen wir es nicht, dann schlage ich vor, daß wir im Schutz dieser Felsen warten, bis wir es erfahren.»

«Du hast weise gesprochen, Majestät», sagte Nehesi, und zum erstenmal sah sie ein Lächeln um seine Lippen spielen. «Was nützt eine Entfaltung der Truppen angesichts der Unwissenheit?»

Hapuseneb nickte. «Gut. Als Kriegsminister schlage ich vor, daß wir morgen bei Tagesanbruch aufbrechen, unter den Felsen kampieren und auf Nachricht von den Kundschaftern warten. Bis zur ersten Garnison befinden wir uns auf ägyptischem Boden. Dann sehen wir weiter.»

Sie tranken ihren Wein, und Hatschepsut verabschiedete sie früh. Als sie fort waren, blieb sie, die Karten in den Händen, am Tisch sitzen und fragte sich, was sie wohl bei der Garnison erwarten mochte. Schließlich legte sie die Karten fort, ließ sich auf den Teppich vor ihrem Schrein sinken und bat Amun um einen raschen Sieg. Sie zweifelte nicht daran, daß sie siegen würden, aber der Gedanke an das unnötige Blutvergießen quälte sie, denn sie erkannte mit weiblicher Intuition, daß Krieg etwas Sinnloses ist. Sie wußte, daß die Bewohner von Kusch – töricht wie sie waren – stark und dreist werden würden, wenn man sie nicht in Schach hielt, und das durfte sie nicht zulassen. Sie saß lange auf dem Rand ihres Feldbetts und dachte über den Glanz und die Vergeudung von Rache und Eroberung nach. Als sie sich schließlich auszog und unter die Decke schlüpfte, träumte sie von Feuer und Blut und erwachte am nächsten Morgen bedrückt und voller böser Vorahnungen, die nicht weichen wollten.

Die Mannschaften formierten sich schweigend. Sie waren bereits vor Sonnenaufgang unterwegs. Hatschepsuts Niedergeschlagenheit wurde noch verstärkt durch die grimmige Entschlossenheit, die wie eine Wolke über den Reihen der marschierenden Truppen hing. Sie dachte mit Sorge an Wadjmose, den Befehlshaber der Garnison, den Bruder, den sie nie gesehen hatte.

Dreimal wurde Halt geboten, und die Männer aßen und tranken hastig, über ihren Tornistern kauernd. Selbst Menech war niedergedrückt und wurde im Laufe des Tages immer schweigsamer. Während

der Ruhepausen saßen er und Hatschepsut auf der Erde im Schatten des Wagens und nahmen wortlos ihre Mahlzeit zu sich. Hatschepsuts Hals war wie zugeschnürt vor Durst, und ihre Wasserration machte sie nur noch durstiger. Trotzdem machten sie sich in der größten Mittagshitze wieder auf den Weg. Sie stand schwankend im Wagen, während Menech die erschöpften Pferde mit Peitschenhieben antrieb.

Sie hatte das Gefühl, als führe sie schon ewig, als wäre sie bereits tot, dürfte aber nicht die Barke des Re bestellen, sondern sei dazu verurteilt, ihm, geblendet und ausgedörrt von seinem feurigen Atem, in alle Ewigkeit zu folgen.

Am frühen Nachmittag deutete ihr Standartenträger auf ein zerklüftetes graues Massiv am Horizont, das zitternd und flimmernd über der Wüste hing. Sie ließ kurz anhalten und sandte Menech zu Ahmes pen Nechbet. Der junge Mann kam atemlos mit der Nachricht zurück, daß es keine Fata Morgana sei, sondern tatsächlich die Felsgruppe, die sie suchten. Das Heer schien zu neuem Leben zu erwachen, und der Rest des Weges wurde rasch zurückgelegt. Kurz bevor sie zur ersten Felsspalte kamen, kehrten die Kundschafter zurück, und Hatschepsut und die Generale scharten sich um Nehesi.

«Die Garnison scheint verlassen zu sein», sagte einer der Kundschafter. «Rings um sie herum liegen Tote, abgeschossene Pfeile und andere Spuren eines Kampfes. Wir sind nicht näher herangeritten, aus Angst, gesehen zu werden.»

«Welcher Nationalität sind die Toten?» fragte Hatschepsut rasch.

Der Kundschafter sah sie mit müdem Lächeln an. «Sie sind schwarz, größtenteils schwarz – und rot, Majestät», sagte er. «Ich glaube, es hat eine Schlacht, aber keinen Sieg gegeben, denn es sind nur etwa hundert Tote, und eine Fährte von Beutestücken und ausrangierten Töpfen führt in die Wüste.»

Hatschepsut sah ihre Generale an, und pen Nechbet ergriff das Wort.

«Ich bin dafür weiterzuziehen», sagte er. «Mir scheint, daß die Garnison belagert, aber nicht zerstört worden ist. Obwohl ich kein Spieler bin, möchte ich meinen Bogen verwetten, daß unsere Leute sie gehalten haben.»

Die anderen nickten.

«Dann laßt uns keine Zeit verlieren», sagte Hapuseneb. «Sobald wir

die Felsen passiert haben, lassen wir die Division ausschwärmen und schicken die Stroßtruppen unter deinem Befehl, Nehesi, nach vorn. Es hat keinen Sinn, allzu vertrauensselig zu sein.»

«Und wir sollten uns beeilen», warf Hatschepsut ein. «Bevor wir durch die Felsen sind, wird die Sonne sinken, und ich halte es nicht für ratsam, daß wir uns der Garnison in der Dunkelheit nähern.»

Sie gingen zu ihren Streitwagen zurück, und das Horn gab das Signal zum Vormarsch. Der Pfad wurde jetzt uneben, und die Pferde suchten sich mit behutsamen Schritten ihren Weg zwischen den Felsen hindurch, die hoch aufragten und nur wenig Licht hereinließen. Bald verengten Geröll und herabgestürzte Steinblöcke den Pfad so sehr, daß die Soldaten im Gänsemarsch gehen mußten. Nach zwei Stunden erreichten sie das Flachland, und Hatschepsut blickte zum erstenmal auf ihre Garnison.

Es war wenig mehr als eine hohe Mauer, die einen großen Hof umgab, und zwischen den Schilderhäusern waren die Ecken eines Turms zu sehen. Das große, hölzerne Tor war fest verschlossen, und Menech murmelte leise: «Verlassen, das kann man wohl sagen. Bei Amun! Was für ein trostloser Ort!»

«Sieh da, Majestät!» rief Nehesi Hatschepsut zu. «Die weiß-blaue Fahne weht noch am Mast!»

Mit plötzlicher Erleichterung sah sie, daß die kaiserliche Flagge tatsächlich noch am Fahnenmast hing. Sie verließen den Schutz der Felsen, und als Hatschepsuts Wagen wieder auf Sand rollte, hörte sie hinter sich die Befehle, daß die Reihen ausschwärmen und die Streitwagen sich an die Spitze setzen sollten. Die Stoßtruppen fuhren donnernd an ihr vorbei und übernahmen mit fliegenden Standarten die Führung. Nehesi brachte seinen Streitwagen dicht an den ihren heran. Sie fuhren langsam weiter im blutroten Licht der untergehenden Sonne auf die Garnison zu.

Bald darauf kamen sie an dunkelen Erhebungen im Sand vorbei; Hatschepsut sah auf sie hinunter und bereitete sich auf den ersten Anblick des Todes vor, aber die dunklen, ausgestreckten Gestalten schienen so weit vom Leben entfernt, daß sie sie für Aas hielt, bis sie zu ihrer Linken zwei Hyänen fortschleichen sah, die einen menschlichen Arm hinter sich herzerrten. Sie fühlte, wie sich ihr der Magen umdrehte, und heftete ihre Augen wieder auf den gehärteten Lehm

der Garnisonsmauer, die jetzt so dicht vor ihr war, daß sie die Risse zwischen den großen Blöcken erkennen konnte.

In atemloser Spannung legten sie das letzte Stück des Weges zurück, jeder Mann kampfbereit, den Bogen oder Speer in der Hand. Auch Hatschepsut hielt die Luft an. Sie stand regungslos da und wartete darauf, daß das Tor sich jeden Augenblick öffnen und eine brüllende Horde auf die Ebene stürmen würde. Aber die Stille hielt an.

Plötzlich ertönte ein Ruf von der Mauer. «Ägypten! Es ist Ägypten!» Sie erblickte flüchtig den Schimmer von weißem Leder, ein verschwommenes Gesicht und einen nackten Arm, der ungestüm winkte und verschwand. Weitere Gesichter tauchten über der Mauer auf, und die Tore öffneten sich langsam.

Nehesi gebot Halt und sprang aus seinem Streitwagen. Sechs Soldaten kamen aus dem Hof; drei von ihnen trugen die langen, fließenden Gewänder und Kopfbinden der Madjai. Ihnen voran ging ein hochgewachsener Mann mit dem weißen Helm eines Kommandeurs. Hatschepsut stieg ebenfalls aus und bemerkte zu ihrer Überraschung, daß ihre Knie zitterten. Sie ging mit Nehesi auf die Männer zu.

Der Kommandeur umarmte Nehesi voller Freude, aber als er die zarte Frau neben ihm sah, deren Augen ihn anlächelten und an deren Stirn die Kobra im Licht der untergehenden Sonne glühte, fiel er zu Boden. «Majestät! Was für eine große Ehre! Wir hatten gehofft . . . wir wußten nicht . . . wir sahen deine Kundschafter gestern zwischen den Felsen umherstreifen, aber wir fürchteten, es sei der Feind.»

«Steh auf», sagte sie kurz, und er sprang auf die Beine.

«Wie haben uns beeilt, so sehr wir konnten. Wir fürchteten, wir kämen zu spät. Wie heißt du?»

«Djeserkarasoneb, Oberbefehlshaber, ehemals bei der Division des Ptah.»

«Führe uns hinein, Djeserkarasoneb, denn es wird Nacht. Nehesi, gib Befehl, daß man Nahrung verteilen und die Zelte aufschlagen soll; und sorge dafür, daß die Pferde gefüttert werden. Gibt es hier Wasser?»

«Ja, mächtige Königin. Die Felsen dort drüben sind voller Quellen, und wir haben auf unserem Gelände einen Brunnen gegraben.»

«Gut.»

Nehesi verneigte sich und tat, wie ihm geheißen. Dann wurden er,

pen Nechbet, Hapuseneb und Hatschepsut in die Räume des Kommandeurs geführt.

Die Garnison war kahl und nüchtern. Müde gingen sie in ein geräumiges Zimmer, das weder Kissen noch Wandbehänge hatte. Auch der Boden aus gestampftem Lehm war kahl, und das schmale Bett des Kommandeurs sowie seine Schüsseln und Gebrauchsgegenstände waren aus poliertem Holz. Durch das einzige Fenster blies der Abendwind und bewegte die Flammen der gerade angezündeten Fackeln.

Djeserkarasoneb schickte seinen Diener nach Fleisch und Bier und brachte einen Stuhl für Hatschepsut. Er und die anderen Männer scharten sich um sie.

Überall, selbst im Zimmer, waren Spuren eines kürzlichen Kampfes zu sehen. Schmutziges Leinen lag neben der Bettstelle, auf dem Schreibtisch lagen Karten, in einer Ecke standen Pfeile und zwei Bogen; der Weihrauch vor Amuns kleinem Schrein war ausgegangen und hatte im Raum einen muffigen Geruch hinterlassen, der sich mit einem anderen Geruch, beißend und unangenehm, vermischte. Hatschepsut rümpfte angewidert die Nase.

«Meine Männer verbrennen hinter der Mauer die Leichen der gefallenen Nubier», sagte Djeserkarasoneb entschuldigend. «Leider sind uns die meisten Feinde entkommen.»

Er sah gut aus, hochgewachsen und dunkelhäutig, ein mürrischer, wortkarger Mann, aber ein guter Soldat und ein strenger Befehlshaber, typisch für alle Offiziere von Pharaos Wüstenpolizei. Während er sprach, sah er seine Königin mit neugierigen Augen an und fragte sich, wo Pharao sein mochte, aber er war klug genug, ihr keine Fragen zu stellen. Sie war schön, weit schöner, als er sie von ihrer Krönung her in Erinnerung hatte. Er ließ seine Betrachtungen beiseite und ging schnell zur Kohlenpfanne, um neue Holzkohle aufzulegen. Es spielte keine Rolle, wo Pharao war. Sein Heer war eingetroffen, und das war das einzig Wichtige.

«Wo sind deine Soldaten?» fragte Hatschepsut ihn scharf.

Er wandte sich ihr zu und bemerkte das ausgeprägte, energische Kinn, die Schultern, die selbst jetzt gestrafft waren. Das war keine hübsche, verwöhnte Palastkönigin, sagte er sich, und er antwortete ihr mit neuem Respekt. «Sie verfolgen den Feind, aber ich fürchte, es ist

ein fruchtloses Unternehmen. Ich habe nur ein paar hundert Mann hier, um die Grenze zu bewachen, die endlosen Streitigkeiten zu schlichten und blutige kleine Aufstände zu unterdrücken, aber für große Kampfhandlungen sind wir nicht gerüstet. Ich habe den Soldaten befohlen, die Männer von Kusch nur von den Flanken her anzugreifen. Wir hatten von der Zerstörung der ersten Garnison gehört und waren auf den Feind vorbereitet. Wir wehrten ihn ab. Als sie erkannten, daß unsere Garnison nicht fallen würde, haben sie sich wieder landeinwärts gewandt – ob mit der Absicht, uns zu umgehen oder sich zurückzuziehen, das weiß ich nicht. Aber ich glaube nicht, daß sie vorhaben, sich zurückzuziehen. Es waren viele Anführer und Bogenschützen unter ihnen, und meiner Meinung nach wollen sie über ganz Ägypten herfallen.»

«Eine eitle und törichte Hoffnung!» sagte pen Nechbet zornig. «Ich verstehe nicht, warum sich die Nubier immer wieder erheben – wir schlagen sie ja doch!»

«Sie brauchen eine ständige Besetzung», bemerkte Hatschepsut. «Sie sind zu dumm, sich selbst zu regieren. Ein Glück für sie, daß Ägypten in ihrer Nähe ist! Wir sorgen für ihr Wohlergehen, wir empfangen sie in Theben, wir kümmern uns um ihre Gebiete. Aber wozu? Wenn sie unser Vieh stehlen, unsere wehrlosen Dorfbewohner ermorden und unsere Soldaten niedermetzeln, müssen wir uns das fragen!»

Der Diener brachte Schüsseln mit geräuchertem Fleisch und Krüge voll billigen, bitteren Biers, und sie aßen und tranken ohne Förmlichkeit, während draußen die Nacht herabsank. Nachdem Hatschepsut ihre Mahlzeit beendet hatte, schickte sie Nehesi hinaus, um die anderen Generale und Befehlshaber – Djehuty, Jamunefer, Sennefer und die übrigen – zu rufen; er kehrte nach wenigen Minuten zurück. Djeserkarasoneb fegte mit einer Armbewegung die Karten von seinem Schreibtisch, ließ weitere Stühle bringen, und alle setzten sich um ihn.

Die Szene wurde Hatschepsut allmählich vertraut. Die ernsten, müden Gesichter der Männer, das Flackern der Lampen, die Geräusche des Heeres draußen, das sich für die Nacht vorbereitete, der kahle, schlichte Raum, in dem sie saßen. Sie fühlte, wie eine bisher unbekannte Art von Frieden über sie kam. Sie versuchte an ihren

Palast zu denken – an die goldenen Fußböden, die ziselierten, mit Figuren geschmückten Silberwände, die buntbemalten Kacheln, die Berge von Blumen, die hohen Lotossäulen, die Teiche, das schöne Grün der Gärten und die Sterne über dem Fluß . . . all das erschien ihr wie ein seltsamer, geisterhafter Ort, ohne Wirklichkeit, ein Ort von Weichlichkeit und Luxus. Sie wandte ihre Gedanken den harten Gesichtern um sie herum zu und fühlte das harte Holz des unbequemen Stuhls, auf dem sie saß.

«Fang an», sagte sie zu Hapuseneb.

Die Männer verneigten sich vor ihr und begannen die Lage zu erörtern; doch sie waren sich ständig der Gegenwart Hatschepsuts bewußt, die schweigend, aber aufmerksam lauschend dasaß und ihre dunklen Augen von einem zum anderen schweifen ließ.

«Auf welche Stärke schätzt du die Kuschiten?» fragte Hapuseneb Djeserkarasoneb.

Der Mann lächelte leise. «Diese Frage ist natürlich von größter Wichtigkeit für euch», sagte er. «Wisse denn, daß ich den Feind auf etwa dreitausendfünfhundert Mann schätze, zum größten Teil eine Art Infanterie, mit Keulen und Äxten bewaffnet, aber von den dreitausendfünfhundert haben achthundert oder neunhundert auch Bogen.»

Augenbrauen schossen in die Höhe, die jüngeren Generale rutschten beunruhigt auf ihren Stühlen hin und her. Das Kriegsheer, das gegen sie angetreten war, war größer, als sie angenommen hatten.

«Schwadronen?» fragte pen Nechbet rasch.

Der Kommandeur schürzte verächtlich die Lippen. «Keine Streitwagen. Und keine Disziplin. Die Befehlshaber führen ihre Männer an und machen viel Getue, aber der Pöbel läuft hierhin und dorthin und tötet, wo es ihm beliebt. Es wird nicht schwer sein, sie einzukreisen.»

«Und zu vernichten», fiel Hatschepsut ihm eiskalt ins Wort, und die Männer sahen sie überrascht an. «Ich wünsche, daß ihr euch alle darüber klar seid», fuhr sie fort und ballte die Hände unter dem Umhang zu Fäusten, «der Befehl Pharaos ist zu befolgen! Kein Mann darf verschont bleiben. Sie werden alle unter das Beil kommen. Ich will meine Regierungszeit nicht damit verbringen, in einem Strom ägyptischen Blutes zu waten! Diese Leute werden ein warnendes Beispiel für alle sein, die dem Recht und der Macht Ägyptens Wider-

stand entgegensetzen. Es wird lange dauern, ehe die Bewohner dieses niederträchtigen Landes wieder die Hand gegen ihre Herren erheben, und ich kann mit meinem Gold und meinen Soldaten etwas Besseres anfangen, als ewig Krieg zu führen. Ich habe nicht die Absicht, die Disziplin im Heer zu lockern.» Sie lächelte Djeserkarasoneb kurz zu. «Die Zahl der stehenden Truppen wird beibehalten, aber Krieg wünsche ich nicht!» Sie schlug heftig mit der Hand auf den Tisch, um den letzten Worten Nachdruck zu verleihen. «Mein Großvater führte einen Krieg der Rückgewinnung und mein Vater einen Krieg des Fortbestehens, aber ich führe keinen Krieg mehr! Solange ich herrsche, soll Ägypten in Frieden leben. Nehmt das zur Kenntnis, alle. Ich habe gesprochen.»

Nehesi nickte. «Du sprichst weise, Majestät. Kein Mann soll am Leben bleiben.»

«Aber Frauen und hilflose Kinder sollen nicht sterben.» Sie hob warnend die Hand. «Ich wünsche nicht, daß meine Truppen plündern und rauben, wie es die Ungläubigen tun. Belohnung wird zu angemessener Zeit aus meinen Händen kommen.»

Sie nickten, und Hatschepsut fühlte die kühlen, forschenden Augen des Negers auf sich ruhen. Aber als sie ihn ansah, hatte er den Blick bereits auf Djeserkarasoneb gerichtet.

«Wie weit voraus ist der Feind?» fragte Djehuty.

«Nicht mehr als einen Tag», erwiderte der Kommandeur. «Und er kommt langsam voran. Er ist erschöpft vom Kampf und bedrängt von meinen Soldaten.»

«Dann machen wir uns in drei Stunden wieder auf den Marsch», sagte Hapuseneb. «Laßt die Soldaten ruhen, solange sie es können. Wenn Amun mit uns ist, werden wir vielleicht schon am Morgen eine Schacht schlagen.»

Hatschepsut sah ein langsames, verstohlenes Lächeln über Nehesis Gesicht ziehen.

Pen Nechbet brummte zufrieden. «So sei es», sagte er. «Wir brauchen keinen komplizierten Schlachtplan, wir werden von hinten über sie herfallen. Es wäre wohl das beste, die Stoßtruppen zusammen mit den Kriegern des Königs an die Spitze zu stellen, die Flanken mit je einer Abteilung Streitwagen zu verstärken und dahinter die Fußtruppen vorrücken zu lassen. Auf diese Art können wir den Feind schnell

umzingeln und vernichten. Majestät, würdest du wohl in den Reihen der Speerträger mitfahren?»

Es war eine Bitte, aber Hatschepsut schüttelte den Kopf. «Ich bin Kommandeur der Krieger des Königs, und wo sie sind, muß auch ich sein. Hab keine Angst, Nehesi, daß du für meine Sicherheit sorgen mußt, statt den Feind zu schlagen. Als Gott habe ich nichts zu fürchten. Ich befehle dir, dich nur um unsere Truppen zu kümmern.»

«Als Kommandeur der Krieger des Königs bist du mein Befehlshaber, ich gehorche dir», erwiderte er, und sie sah Anerkennung in seinen schwarzen Augen. «Aber als General weise ich den Kriegern des Königs den Platz zu, den ich für den richtigen halte. Sie werden hinter den Sturmtruppen marschieren, und es ist ihre Pflicht, dich in jedem Augenblick zu beschützen.»

Sie neigte den Kopf. «Dann laßt uns schlafen, falls wir können, denn wir sind alle erschöpft. Ich werde dir deine Männer zurückschicken, Djeserkarasoneb, sobald alles erledigt ist. Ihre Tapferkeit und die deine sollen nicht unbelohnt bleiben.»

Sie standen auf, verneigten sich vor ihr und gingen.

Hatschepsut verbrachte die nächsten drei Stunden in unruhigem Schlaf auf dem Feldbett des Kommandeurs. Sie träumte, daß die Hyänen mit dem Körper Senmuts durch die Wüste liefen und daß Blut aus tiefen Wunden an seinem Hals und seiner Brust in den Sand lief. Er lebte noch und rief verzweifelt nach ihr, aber sie konnte sich nicht vom Fleck rühren. Schließlich hörte er auf zu rufen, und die Hyänen zogen ihn wie eine schlaffe, formlose Puppe hinter sich her und verschwanden am Horizont.

Mitten in der kühlen Wüstennacht weckte Menech sie auf. Die Männer hatte sich in Schlachtordnung aufgestellt, und die Offiziere gingen mit Anweisungen und Worten der Ermutigung zwischen ihnen umher. Zu beiden Seiten der Fußtruppen standen die Streitwagen, deren Lenker immer wieder das Geschirr und die Achsen prüften. Die Zelte wurden abgebaut, die Lagerfeuer gelöscht. Hatschepsut verabschiedete sich außerhalb der Tore von Djeserkarasoneb.

«Mein Bruder Wadjmose», sagte sie. «Hast du ihn gekannt?»

Sie sprach unbewußt so, als ob er tot wäre, und der Mann neben ihr nickte grimmig.

«Ich bin ihm oft begegnet», erwiderte er. «Er war ein guter Mensch, ein angesehener und beliebter Offizier.»

«Bei deiner Liebe zu mir, sag die Wahrheit, Djeserkarasoneb: Glaubst du, daß er allein durch Gewalt überwältigt worden ist?»

Djeserkarasoneb schwieg eine Weile und sah an ihrem Streitwagen und den unruhig tänzelnden Pferden vorbei auf die versammelten Truppen. Schließlich schüttelte er zögernd den Kopf. «Nein», sagte er langsam, und Hatschepsut fühlte, wie sich ihr das Herz umdrehte. «Wadjmose hätte die Garnison mit Leichtigkeit wochenlang gehalten, bis er und seine Männer aus Mangel an Proviant zur Übergabe gezwungen worden wären. Aber ich habe nichts von einer Niederlage durch Aushungerung gehört. Meine Kundschafter berichten mir, daß die Garnison niedergebrannt und die Männer drinnen abgeschlachtet wurden, während sie noch nach ihren Waffen suchten.»

Hatschepsut sah im Geist ein grauenvolles Bild: dunkle, kriechende Gestalten, die lautlos durch ein offenes Tor strömten und sich von einem Zimmer ins andere schlichen; Wächter, die überwältigt und niedergemacht werden; zornige Flammen, die sich gierig ausbreiten, während die überraschten Soldaten nach ihren Speeren tasten und starben, noch ehe sie ihre Träume abschütteln konnten.

«Hat jemand die Tore geöffnet?»

«Ja, ich nehme es an.»

«Unglückselige Männer!» flüsterte sie leise. Die Pferde traten unruhig von einem Fuß auf den anderen. «Ich werde sie finden, und sie werden wünschen, daß sie nie geboren wären. Ich werde sie in Stücke reißen und den Schakalen vorwerfen. Nicht einmal ihre Namen sollen erhalten bleiben, so daß die Götter sie nie finden werden.»

Sie schwang sich hinter Menech auf den Wagen, und ihr Läufer reichte ihr ihren Speer und ihren Bogen.

«Lebwohl, Djeserkarasoneb! Fürchte nicht, daß die Götter sich deiner nicht erinnern werden, würdiger Diener Ägyptens!»

Menech schlug mit den Zügeln, und sie war fort, von der Dunkelheit verschluckt, während Djeserkarasoneb sich verneigte. Er wandte sich um, und die Türen schlossen sich mit dumpfem Schlag hinter ihm. Das Heer war bereits von der Wüste wie von einem riesenhaften Mund verschlungen.

Es war nicht schwer, der Spur des Feindes zu folgen, sie führte, wie

pen Nechbet vermutet hatte, in die Wüste zurück. Die Nubier versuchten offenbar, die Grenze weiter südlich zu überqueren, und die Kundschafter führten das Heer geschickt hinter ihnen her. Rings um sie herum war der Sand aufgewühlt, und sie kamen oft an dunklen Haufen vorbei, die sich als weggeworfene, zerbrochene Äxte, alte Töpfe, Pfeilspitzen und Speisereste entpuppten. Zweimal stießen sie auf große schwarze Kreise von Holzasche. Aber die Kundschafter erklärten, daß das Feuer schon lange erloschen und die Asche kalt sei, und die Soldaten zogen eilig weiter. Einmal bäumten sich Hatschepsuts Pferde plötzlich wiehernd auf, und Menech sprang vom Wagen und sah, wie eine Familie von Skorpionen mit erhobenem Stachel zum nächsten Felsen eilte. Aber abgesehen davon lag die Wüste ruhig und still da, ein unwirkliches Land von Dunkelheit ohne Schatten, der Himmel ein Meer von Sternen ohne Mond.

Es begann zu dämmern, und sie legten eine kurze Rast ein. Aber noch ehe das Licht sich von Grau in Rosa verwandelt hatte, waren sie wieder auf dem Marsch, angespornt von gespannter Erwartung, je mehr sie sich ihrer Beute näherten. Nach einer Weile erschien eine Wolke am Horizont, und Menech deutete mit der Peitsche in ihre Richtung.

«Da sind sie! Das ist zweifellos ihr Staub! Wir werden sie einholen, ehe der Morgen vorüber ist!»

Hatschepsut nickte mit zusammengepreßten Lippen, und die Truppen beschleunigten ihren Schritt. Die Sonne stand jetzt wie ein organgefarbener Ball zu ihrer Linken, und mit ihrem Aufsteigen erwärmte sich die Luft. Die Staubwolke wurde größer, kam näher, und die Offiziere fingen an, Befehle zu erteilen. Hatschepsut fühlte, wie ihr Puls zu rasen begann, als die Sturmtruppen sie überholten und ausschwärmten. Auch die Streitwagen fuhren salutierend an ihr vorbei und teilten sich dann, um die Flanken der Stoßtruppen zu decken. Um Hatschepsut herum versammelten sich die Krieger des Königs, und neben ihr beugte sich Nehesi vor und sagte etwas zu seinem Wagenlenker. Sie sah es nicht, aber sie wußte, daß hinter ihr die Infanterie ausschwärmte. Plötzlich, auf einen Ruf von Hapuseneb, beschleunigte sich die Marschgeschwindigkeit, und Hatschepsuts Pferde begannen zu traben.

«Zieh die Zügel an!» rief sie Menech zu. «Halt ihre Köpfe hoch!»

Sie beugte sich einen Augenblick über die Seite des Wagens, um zu sehen, wie die Räder sich golden in der Morgensonne drehten, und fühlte den Wind auf ihrem Gesicht. Dann nahm sie den Bogen aus der Schlinge, zählte ihre Pfeile und legte ihren Speer neben sich auf den Boden des Wagens. Sie wollte bereit sein zu schießen, hoffte aber im stillen, daß sie den Speer nicht würde gebrauchen müssen.

Plötzlich wurde sie von der Stimmung ihrer Soldaten angesteckt und fühlte, wie eine wilde Erregung sie überkam. Die Nachhut der Leute von Kusch war jetzt deutlich zu erkennen, ein dichter schwarzer Haufen stolpernder Männer.

Nehesi hob den Arm. «Blast die Hörner!» rief er, und gellendes Schmettern durchschnitt die heiße Luft.

Weit vor ihnen sah Hatschepsut die Sonne auf den Streitwagen glitzern. Die Sturmtruppen senkten ihre Speere nach vorn und fingen an zu rennen. Plötzlich erkannten die Nubier, daß sie verfolgt wurden, und liefen mit lauten Rufen ziellos durcheinander. Hatschepsut sah, wie sich Welle um Welle von Bogenschützen durch ihre Reihen drängten und sie umringten, und sie wählte mit zitternden Fingern einen Pfeil und legte ihn auf ihren Bogen.

Nehesi rief zum drittenmal. «Vorwärts! Greift an!» Hatschepsuts Pferde fielen in Galopp, und als Menechs Peitsche durch die Luft pfiff, schossen sie donnernd über die Ebene. Aus den Reihen der Nubier stieg ein Gebrüll auf wie das Brausen eines Wildbachs, der ein enges Tal hinunterstürzt.

Menech stand jetzt weit vornübergebeugt da, das Gesicht mit dem Sand besprüht, den die fliegenden Hufe der Pferde aufwirbelten, und Hatschepsut sah die Streitwagen mit rasender Geschwindigkeit auf den Feind zustürmen. Ihre Knöchel und Knie schmerzten, während sie versuchte, das Gleichgewicht zu halten. «Wähle deinen Mann», hörte sie die Stimme ihres Exerziermeisters wie weit aus der Ferne, aber klar und deutlich, und sie spannte den Bogen. Plötzlich lösten sich die wohlgeordneten, dahinstürmenden Reihen des ägyptischen Molochs auf, die Streitwagen wurden Inseln in einem Meer von schwarzen Leibern, die weißen, gelben und blauen Helme der Wagenlenker und Speerträger verschwanden im Gewühl, und der Tumult der Schlacht brandete ihr entgegen. Nehesi rief ihr etwas zu, eine Warnung, die ihm durch die Geschwindigkeit ihres Vorrückens von

den Lippen gerissen wurde, aber Hatschepsut hatte keine Zeit, auf ihn zu achten. Sie fand ihren Mann; er hielt eine Axt in der Hand, sein schwarzer Arm war erhoben, sein Kopf zurückgeworfen. Plötzlich war das Zittern in ihren Armen und Händen verschwunden, und sie schoß kühl und sicher. Noch ehe der Mann schreiend in den Sand fiel, legte sie einen neuen Pfeil auf.

Sie waren eingeschlossen, fast taub von dem wilden Gebrüll, und ihre Pferde durch die Masse der keuchenden, rufenden, fluchenden Leiber zum Stillstand gebracht. Menech versuchte verzweifelt auszubrechen, während Hatschepsut einen weiteren Pfeil abschoß. Aber sie waren gefangen, und er konnte kaum anderes tun, als die verängstigten Pferde festzuhalten. Zu ihrer Rechten bildete sich plötzlich im Hin und Her des Kampfes eine Lücke, und Hatschepsut sah Jamunefer, dessen Pferde gestürzt und von Pfeilen durchbohrt waren, in einem glitzernden Bogen seine Axt schwingen und sie tief in der Brust des Mannes unter ihm begraben. Dann beugte er sich hinten aus dem Streitwagen heraus und setzte den Fuß auf den Bauch des Mannes, um seine Axt zu befreien. Der Körper fiel unter die Räder. Er sang. Hatschepsut hörte seine Stimme, tief und voll über dem Lärm der Schlacht, aber sie hatte keine Zeit, sich über den hochmütigen, parfümierten jungen Mann zu wundern, der so elegant und vornehm durch den Palast gewandelt war. Ein Hagel von Pfeilen schlug gegen ihren Wagen, und sie bückte sich und nahm ihren Speer zur Hand. Plötzlich sah sie Nehesi aus seinem Streitwagen springen, ein anderer Offizier nahm seinen Platz ein. Dann war er neben ihr, ohne Pfeile, ohne seinen Speer, er schwang seine Axt, um ihr den Rücken zu decken, während sie dastand und sich ein Ziel für ihren Speer suchte.

Ich kann es nicht! dachte sie plötzlich entsetzt; der erste Sturm der Erregung war vorüber, sie blickte in panischem Schrecken um sich, und der Schweiß brach ihr aus allen Poren. Der Speer drohte ihr aus der Hand zu gleiten, sie umklammerte ihn verzweifelt und fühlte einen fast unwiderstehlichen Drang, zu schreien und fortzulaufen. Unter ihr erschien ein Gesicht mit keuchendem geiferndem Mund. Blutige Hände klammerten sich an die Seitenwand ihres Wagens. Ihr Kopf wurde wieder klar, sie hob den Speer und stieß ihn tief in den bloßen Hals. Sie griff nach der Axt, die an Menechs Gürtel hing, und zerrte ungestüm daran. Hinter sich hörte sie Nehesi lachen, aber der Wagen

begann zu rollen, und noch ehe die Axt sich gelöst hatte, war er heruntergesprungen und im Gewühl verschwunden.

Menech hieb fluchend auf die Pferde ein, und die Krieger des Königs, die sahen, daß der Wagen ihres Kommandeurs sich in Bewegung setzte, schlossen auf und schickten sich an, ihm zu folgen.

«Bleibt da! Bleibt da und kämpft!» rief Hatschepsut ihnen zu. «Ich befehle es!» Und sie machten wieder kehrt.

In dem Staub und Gestank, der aus dem Sand aufstieg, verlor Hatschepsut sie aus den Augen. Der Streitwagen wurde schneller, als die Reihen sich lichteten. Dann waren sie an der Peripherie, und Menech ließ die Pferde langsamer gehen.

«Was tust du?» schrie sie ihn wütend an.

Er schüttelte den Kopf und nahm kurz eine Hand von den Zügeln, um sich den Schweiß von der Stirn zu wischen. Er grinste über den Anblick, den seine Königin bot: Grauer Staub klebte an ihrem feuchten Rock, Schweiß rann zwischen ihren vollen Brüsten hinunter, über ihr Gesicht liefen Streifen von Kohle und Blut, und sie schwang drohend die weiße behandschuhte Faust. Hinter ihnen dauerte das Geschrei und Gerassel des Kampfes fort, aber er lockerte die Zügel, ehe er antwortete.

«Majestät, General Nehesi hat mir gesagt, wenn dein Speer weg ist und du deinen Bogen nicht mehr gebrauchen kannst, soll ich dich bei Todesstrafe sofort vom Feld bringen, und das habe ich getan.» Seine Stimme war heiser vom Schreien, und sie sah ihn einen Augenblick erstaunt und zornig an, ehe sie zu lächeln versuchte. Er erwiderte ihr Lächeln.

«Es ist klug von Nehesi, so über die Blume Ägyptens zu wachen!» erklärte sie, und als sie seinem Gesicht ansah, wie mühsam er sich zu beherrschen versuchte, brach sie in Gelächter aus. «Ich weiß!» sagte sie. «Nie habe ich weniger wie eine Blume ausgesehen.»

«Du siehst aus wie das, was du bist, Majestät», erwiderte er. «Kommandeur der Krieger des Königs.» Und er sah ihre Augen aufleuchten.

Nach einer Weile erst bemerkten sie, daß die Sonne schon viel höher stand und daß die Luft in ihren Lungen brennend heiß war.

«Wir dürfen hier nicht müßig herumsitzen, während unsere Soldaten sterben», sagte sie. «Fahr mich um das Schlachtfeld herum, Me-

nech. Ich habe noch viele Pfeile übrig, und ich beabsichtige, sie alle zu benutzen. Damit gehorchst du sowohl Nehesi als auch mir, denn wir werden uns vom Brennpunkt des Kampfes fernhalten.»

Er zog die Zügel wieder straff und schloß sich am Rand des Schlachtfelds den anderen Wagenlenkern an, die den Nubiern, die zu fliehen versuchten, den Weg versperrten.

Nehesi sah die kleine silberne Kobra über den Köpfen der kämpfenden Männer auf und nieder gehen. Manchmal wurde Hatschepsut mit Hochrufen begrüßt, wenn sie an den kleinen Gruppen vorüberkam, aber meistens wurde sie gar nicht beachtet. Denn die Nubier, die keine Gnade und kein Pardon in den Augen der Ägypter sahen, kämpften jetzt mit dem Mut der Verzweiflung und nahmen ihre Zähne und bloßen Hände zu Hilfe, wenn ihre Waffen zerbrochen im Staub lagen. Hatschepsut spannte ein ums andere Mal den Bogen und verfehlte nur selten ihr Ziel. Einmal, als ein Nubier sich davonmachte und wie ein Hase über den heißen Sand lief, galoppierte sie hinter ihm her, den Pfeil am Bogen und das Auge am Pfeil. Ihre Finger zitterten jetzt nicht mehr, als sie den Pfeil abschoß und der Mann mit einem gellenden Schrei zu Boden stürzte. Noch ehe Menech die Zügel anziehen und wenden konnte, waren sie mit holpernden Rädern über seinen Körper hinweggefahren.

Als die Sonne ihren Höhepunkt überschritten hatte und zu sinken begann, verebbte allmählich der Lärm der Schlacht. Hatschepsut schoß ihren letzten Pfeil ab, legte den Bogen auf den Boden des Wagens und befahl Menech, nach Nehesi zu suchen. Sie war erschöpft und todmüde. Jeder Muskel ihres Körpers tat ihr weh. Sie sehnte sich danach, sich auf den Boden sinken zu lassen und den Rücken an das warme Gold zu lehnen. Aber sie zwang sich, aufrecht zu stehen, und stützte sich mit den Händen auf die Seiten des Wagens. Überall sah sie Tod und Verderben. Der Sand war mit Leichen übersät. Hier und dort gab es noch kleine Scharmützel. An anderen Stellen scharten sich Gruppen von müden ägyptischen Soldaten, schmutzig und mit Blut beschmiert, um ihre Standarten und ihre Offiziere. Blut durchtränkte auch den Sand, bildete kleine Pfützen oder lief in langen Bächen über den Boden. Hatschepsut kam an einem Offizier und zwei seiner Soldaten vorbei, die zwischen nubischen Verwundeten umhergingen und ihnen mit raschen, gut gezielten Hieben die Kehle durchschnitten.

Sie wandte den Kopf ab und hörte im Geist ihre eigene Stimme, die den Befehl erteilt hatte, der jetzt ausgeführt wurde. Sie wünschte, Thutmosis wäre zugegen, um zu sehen, wie der Krieg in Wirklichkeit war. Und während sie mit blitzenden Augen und zusammengebissenen Zähnen durch die Stille fuhr, die dem Kampf folgte, wuchs in ihr der Abscheu vor seinem weichlichen Körper und seiner weibischen Art.

Schließlich fand sie Nehesi. Er stand zusammen mit pen Nechbet, Hapuseneb und einem Dutzend anderer Offiziere am Rand des Schlachtfelds. Zu ihren Füßen lagen zehn dunkelhäutige Männer, die sie zuerst für tot hielt. Sie stieg steifbeinig aus dem Wagen und ging auf sie zu; hinter ihr ließ sich Menech, die Zügel um den Arm geschlungen, erleichtert auf den Boden des Wagens sinken. Die Offiziere verneigten sich, aber es wagte nicht einer von ihnen, ihr in die Augen zu sehen, so überwältigt von Ehrfurcht waren sie, vor ihr, der rächenden Tochter Amuns.

Sie trat ihnen entgegen und lächelte, trotz ihrer Erschöpfung. «Der Sieg ist also unser», sagte sie. «Ihr habt gut gekämpft, und ich werde hier einen Stein aufstellen lassen, der von eurer Tapferkeit berichtet.»

Der Körper von einem der Männer im Sand zuckte plötzlich krampfartig, und sie trat zurück.

«Was sind das für Leute?» fragte sie.

Hapuseneb antwortete ihr. Auch er war müde. Er hatte mit seinen Männern im dichtesten Schlachtgetümmel gekämpft und war von einem Pfeil am Arm getroffen worden, aber die Augen, die jetzt die ihren suchten, waren so kühl und ruhig wie immer.

«Wenn sie nicht nackt wären, wüßtest du, Majestät, daß sie die Fürsten von Kusch sind, die Häuptlinge der zehn Stämme, die du vernichtet um dich herum siehst.»

Sie blickte mit neu erwachtem Interesse und zunehmendem Zorn auf die glänzenden nackten Körper und kahlgeschorenen Schädel. «Steht auf!» rief sie ihnen zu und trat mit dem Fuß nach dem am nächsten liegenden.

Sie standen wankend auf und blieben mit gesenkten Augen vor ihr stehen.

«Narren!» zischte sie, während sie mit langen Schritten um sie herumging. All die aufgestaute Wut und Raserei des Tages brach jetzt aus ihr hervor. «Narren und abermals Narren! Eure verdammungs-

würdigen Väter und auch deren Väter sind unter den Händen der Soldaten Ägyptens gestorben. Werdet ihr denn niemals klug? Was ist mit euren Kindern, euren Frauen? Werden sie neue Feinde meines Landes in die Welt setzen, damit wir sie wieder den Schakalen vorwerfen müssen? Ägypten gibt euch Sicherheit! Ägypten gibt euch Frieden und verteidigt euch! Und wozu?»

Sie drehte sich plötzlich um und spuckte einem der Häuptlinge ins Gesicht, aber er rührte sich nicht, und die Spucke tropfte von seiner Wange auf die Erde.

«Damit ihr morden und niederbrennen, plündern und vergewaltigen könnt!»

Sie wandte sich wieder ihren Generalen zu. «Sammelt das Heer», sagte sie kurz. «Und ehe wir aufbrechen, um uns einen Lagerplatz für die Nacht zu suchen, bringt diese Männer herbei und trennt ihnen die Köpfe von den Körpern. Spießt die Köpfe auf Pfähle und legt die Körper darunter, denn ich wünsche, daß ganz Kusch erfahren soll, was es bedeutet, sich der Macht Ägyptens zu widersetzen. Einen laßt am Leben. Wir bringen ihn nach Assuan und legen ihn Pharao zu Füßen. Dann wird er Amun geopfert – ein besserer Tod, als er verdient!» Ihre Stimme bebte vor Zorn, und sie zitterte am ganzen Körper.

Hapuseneb trat rasch auf sie zu. «Komm und ruh dich aus, Majestät», sagte er sanft. «Du hast heute wie deine Vorfahren gekämpft, und ihr Ruhm lebt unvermindert in dir fort. Laß Menech dich zu einem Ort bringen, wo du schlafen kannst.»

Während er sprach, fuhr sie sich mit der Hand über die Augen, und ihre Schultern sanken herab. «Ich bin müde», gab sie zu. «Aber ich kann mich noch nicht ausruhen. Sag mir, Hapuseneb, wie viele von unseren Männern sind gefallen?»

«Wir wissen es nicht, wir müssen sie noch zählen», erwiderte er. «Aber ich glaube, es sind nicht viele.»

«Wie steht es mit den Verrätern? Gab es irgendein Anzeichen von Ägyptern unter den Rebellen?»

«Auch das wissen wir nicht, aber wir werden es bald herausfinden.»

Er ging mit langen Schritten auf einen der Häuptlinge zu. «Sprich», sagte er mit leiser, drohender Stimme, die Hand auf den Nacken des Mannes gelegt. «Wenn du jetzt sprichst, kannst du dein Leben um ein

paar Tage verlängern und eines guten Todes vor dem Gott sterben. Wie ist die Garnison gefallen?»

Der Mann sah ihn verstockt an, und Hapuseneb warf ihn mit einem Faustschlag zu Boden. Blut floß ihm aus Mund und Nase.

«Hebt ihn auf», sagte Hapuseneb ruhig. Hände stellten den Gefangenen auf die Füße, und er stand schwankend da und wischte sich mit einem schwarzen, schmutzigen Finger die Nase ab. «Ich frage dich noch einmal, was war mit der Garnison?» Als Hapuseneb wieder auf ihn zutrat, wich der Mann ängstlich zurück.

«Ich werde es dir sagen», erwiderte er, «und da ich ohnedies sterben muß, sage ich dir auch, daß es mir großes Vergnügen bereitet hat, den Soldaten die Kehle durchzuschneiden. Meine Leute haben es satt, die Reichtümer ihres Landes jahraus, jahrein an Ägypten zu geben. Du hast uns heute besiegt und wirst uns morgen besiegen und nächstes Jahr und das Jahr darauf, aber wir werden nie aufhören zu kämpfen, dessen sei gewiß!»

Nehesi gab einen Ton von sich, der tief aus seiner Brust kam, und holte zum Schlag aus. Doch Hatschepsut legte ihm die Hand auf den Arm, und er beruhigte sich. Aber seine Augen bohrten sich in die des Nubiers, als ob er ihn mit seinem Blick in Flammen aufgehen lassen könnte.

«Die Garnison, du Narr!» fauchte Hapuseneb, und der Mann nickte.

Seine Gefährten rührten sich nicht. Sie waren apathisch, durch den bevorstehenden Tod, und standen mit schlaff herabhängenden Armen und gesenktem Kopf da.

«Die Tore wurden uns von einem Offizier geöffnet, von einem Mann, der seit Jahren unser Freund war und dessen Bruder vor langer Zeit von Pharao getötet worden war. Der Rest war leicht.»

«Seinen Namen!» schrie Hatschepsut außer sich vor Erregung. «Seinen Namen, seinen Namen, seinen Namen!»

Der Nubier sah sie mit stumpfen Augen an. «Seinen Namen weiß ich nicht. Keiner von uns hat ihn gewußt. Der Kommandeur hat ihn erschlagen, als er außerhalb des Tores stand.»

«Und der Kommandeur? Was ist mit Wadjmose?» fragte Hapuseneb, und Hatschepsut trat ängstlich näher an den Mann heran.

«Er ist auch gefallen. Er liegt irgendwo innerhalb des Forts.»

Sie standen schweigend da. Schließlich wandte Hatschepsut sich ab.

«Es ist gut, daß mein Vater diesen Tag nicht erlebt hat», sagte sie und stieg langsam in den Streitwagen und stellte sich neben Menech. «Nehesi, zieh mit deinen Männern zur Garnison und bring mir den Leichnam meines Bruders, wenn du ihn finden kannst. Er soll das größte Grab bekommen und das Begräbnis des Prinzen, der er war. Hapuseneb, bring mir die Listen der Verwundeten und Toten. Menech, schlag du ein Zelt auf, weit weg von diesem schrecklichen Ort.»

Sie setzte sich auf den Boden des Streitwagens und ließ müde den Kopf in den Nacken sinken, während Menech im Schritt davonfuhr. Als er neben dem Troß, weit draußen in der Wüste, ihr Zelt aufgeschlagen hatte, war die Sonne hinter dem Horizont verschwunden.

Nehesi und die Hälfte der Krieger des Königs machten sich am nächsten Morgen auf den Weg zur ersten Garnison. Während der Rest des Heeres auf ihre Rückkehr wartete, wurden die nubischen Toten gesammelt und verbrannt, die Toten der Ägypter eilig einbalsamiert und im Sand begraben. Hatschepsut ordnete an, daß so schnell wie möglich ein Stein aus dem Gebiet jenseits der Wüste herbeigebracht und über dem ägyptischen Grab aufgestellt werden sollte. Sie begab sich in das Zelt, in dem die Verwundeten lagen, ging von Mann zu Mann und versuchte mit tröstenden Worten ihre Leiden zu lindern. Sie fand auch Sennefer dort, der eine eiternde Wunde am Oberschenkel hatte und an Fieberphantasien litt. Sie ließ ihn in ihr Zelt bringen, legte ihn auf ihr Ruhebett und rief ihren Arzt. Der Mann sagte ihr, daß die Wunde nicht besorgniserregend sei und daß Sennefer zweifellos genesen werde. Aber Sennefers Stöhnen und seine irren Reden machten sie nervös. Sie zog in Nehesis Zelt, setzte sich davor und ruhte ihre schmerzenden Glieder aus, während sie zusah, wie allmählich wieder Ordnung ins Heer einzog. Ein Gefühl der Ernüchterung überkam sie, als sie müßig neben ihrer Standarte saß und zusah, wie die Waffen gereinigt und die Uniformen gewaschen wurden. Die Ereignisse des Kampfes verschwammen bereits in ihrer Erinnerung; es blieb das Gefühl, daß sie ihre Pflicht getan hatte und nie wieder mit dem Heer in den Krieg ziehen würde. Jetzt brauchte sie nicht mehr durch Taten und Worte zu beweisen, daß sie der Doppelkrone würdig war. In

einem Anflug von Fatalismus dachte sie bedrückt über ihre Zukunft nach und fragte sich, ob dies wohl das letzte Abenteuer ihres Lebens gewesen sein sollte. Niedergeschlagen beobachtete sie die Hinrichtung der nubischen Häuptlinge, die ebenso stumpf in den Tod gingen, wie sie am Tag zuvor gewesen war.

Nehesi kehrte am Abend des dritten Tages mit dem verkohlten und fast unkenntlichen Leichnam Wadjmoses zurück.

Hatschepsut warf einen entsetzten, ungläubigen Blick auf ihren toten Bruder und befahl, ihn ebenfalls im Sand zu begraben. Es war nicht viel von ihm übrig, was man hätte erhalten können, aber es fiel ihr schwer zu glauben, daß ein so tapferer Mann deswegen keinen Platz bei den Göttern haben sollte. Sie würde seinen Namen wieder in Steine und Felsen meißeln lassen, um ihm eine Chance zu geben, denn solange der Name eines Menschen erhalten blieb, konnten die Götter ihn finden.

Sie schickte Djeserkarasonebs Truppen in die Garnison zurück und versprach Geschenke für alle.

Am nächsten Morgen wollten sie sich auf den Heimweg machen, aber Hatschepsut war nicht begierig aufzubrechen. In vieler Hinsicht gefiel ihr das Leben eines Soldaten: die Ungebundenheit, das Umherziehen, die Zwanglosigkeit des Beisammenseins am Lagerfeuer und im Zelt. Doch sie war ehrlich genug, sich einzugestehen, daß es vor allem die Aussicht auf das Wiedersehen mit Thutmosis war, die sie entmutigte. Sennefer hatte das Bewußtsein wiedererlangt und schlief nun bei Menech im Zelt, und sie genoß die Einsamkeit ihres Zelts und der Wüstennacht. Aber ihre Gedanken wanderten ruhelos, und sie konnte nicht schlafen, bis sie die Hörner blasen hörte. Als das Lager erwachte und sich wie ein aufgescheuchter Hund zu schütteln begann, stand sie widerwillig auf. Die Kochgerüche und der Geschmack des Morgenweins verursachten ihr Übelkeit, und sie sehnte sich nach einem Bad im Fluß. Während ihr Zelt abgebrochen wurde, saß sie draußen auf ihrem Stuhl, sah, wie die goldenen Quasten ihrer Standarte in der Morgensonne blitzten, und wünschte, sich übergeben zu können.

Sie führten nicht viele Verwundete mit, aber es waren genug, um ihre Marschgeschwindigkeit zu hemmen, und sie zogen in gemächlichem Tempo dahin. Ihre Stimmung war heiter und entspannt. Es gab viel Gesang und Gelächter, und abends unterhielten Menech und

andere junge Adelige die Gesellschaft mit ihren Possen. Jamunefer beklagte sich, daß die Wüstensonne seine Haut völlig ausgetrocknet habe und jammerte nach seinen parfümierten Salben. Djehuty war wütend über einen Fleck auf seinem weißen Rock, der nicht herausging. Hatschepsut hörte ihnen zu, erfüllt von tiefer Dankbarkeit gegenüber all diesen Männern, die sie liebten. Hapuseneb und pen Nechbet führten allabendlich geheime Besprechungen und diktierten dem Schreiber Berichte über die Ereignisse des Feldzugs, Bitten um neue Waffen als Ersatz für diejenigen, die im Kampf zersplittert oder verlorengegangen waren, und Namenslisten von Soldaten, die sich eine Beförderung oder Auszeichnung verdient hatten.

Nehesi kam oft zu Hatschepsut und hockte sich neben sie. Sein edles schwarzes Gesicht war so sanft und gelassen wie immer, und sein Blick schweifte mit ruhiger Überlegenheit über das Lager. Er schien ihre Gesellschaft zu genießen, obgleich sie oft eine Stunde oder länger dasaßen, ohne etwas zu sagen. Einmal fragte sie ihn, ob er eine Frau in Theben habe.

Er lächelte überrascht. «Keine Frau, Majestät, und keine Konkubinen. Ich brauche keine Frauen, und ich brauche auch nicht die Zuneigung von Männern. Meine Liebe gehört Ägypten und dem Heer, und Kämpfen ist mein Zeitvertreib. Ich ziehe meine eigene Gesellschaft jeder anderen vor – außer der deinen. Ich denke und lese sehr viel.»

Jetzt war es an ihr, überrascht zu sein. «Es ist ungewöhnlich, daß ein Soldat lesen kann.»

«Ja. Meine Mutter hat es mich gelehrt, aber woher sie die Schriftzeichen kannte, werde ich nie erfahren. Ich lese über die Kriege deines Vaters und deiner Vorfahren und über ihre Kämpfe mit den Hyksos, aber ich fürchte, daß ich künftig nicht mehr viel Zeit zum Lesen haben werde.»

«Warum nicht? Glaubst du, daß ich jetzt Geschmack am Krieg gefunden habe und du ewig auf dem Marsch sein mußt?» Sie lachte, und er erwiderte ihr Lachen mit einem leisen Lächeln.

«Vielleicht. Du bist ein Soldat nach dem Herzen deiner edlen Ahne, der großen Königin Tetischeri, die den Untergang der Hyksos plante, und ich bin stolz, unter dir zu dienen.»

Sie schüttelte energisch den Kopf. «Krieg ist etwas Unnützes, es sei denn, es ist ein Verteidigungskrieg zur Sicherung der Grenzen, wie

dieser es war. Ich wünsche Frieden für mein Volk und Sicherheit und blühendes Wachstum. Aber du hast recht, wenn du sagst, daß du von jetzt an weniger Zeit für dich haben wirst. Ich habe nämlich im Sinn, dich zum Verwahrer des königlichen Siegels zu machen.»

Er verstummte. Nach einer Weile blickte er zu ihr hinauf. «Es genügt, daß du mich zum General gemacht hast, Majestät», begann er.

Sie unterbrach ihn. «Es genügt nicht! Ich will einen starken Mann an meiner Seite haben, einen Mann, dem das königliche Siegel nur mit Gewalt entrissen werden kann. Pharao braucht das Siegel nicht, aber ich. Wirst du es an deinem Gürtel tragen, Nehesi, und immer bei mir sein? Du wirst trotzdem deinen Pflichten als General nachkommen können, und ich glaube, ich werde dich auch zum Befehlshaber der Gefolgsleute seiner Majestät ernennen. Du bist ein idealer Leibwächter.»

«Ich bin ein ungeschliffener Mann, aus grobem Holz geschnitzt und nicht gewöhnt, in Hofkreisen zu verkehren», erwiderte er, und ein leises, bitteres Lächeln spielte um seine Lippen. «Doch ich kann mir nichts Besseres wünschen, als dir – und Pharao – zu dienen. Du bist wahrhaftig der Gott, denn nur der Gott kann den Körper einer Frau annehmen und kämpfen, wie du gekämpft hast. Das wissen auch alle meine Männer. Du hast mir eine große Ehre erwiesen.»

«Solche Worte sind schnell und leicht gesprochen», sagte sie, «aber erinnere dich in kommenden Zeiten an sie, Nehesi. Ich glaube nicht, daß ich dazu geboren bin, nur Königin zu sein, doch kenne ich die Zukunft nicht. Es könnte eine Zeit kommen, in der ich wieder deinen starken Arm zu meiner Verteidigung brauche.»

Er nickte kurz und nahm ihr Vertrauen in ihn ohne weitere Frage hin. Als er sie verließ, war sie zufrieden, überzeugt, eine kluge Entscheidung getroffen zu haben.

Als sie den Fluß erreichten, konnte sie endlich ihr Bad nehmen. Aber sie hielten sich nicht lange auf, denn Assuan war nur noch einen Tagesmarsch entfernt. Die Herolde waren mit der Nachricht von ihrem Sieg vorausgeeilt. Hatschepsut öffnete ihre elfenbeinerne Reisetruhe, holte ihre Perücke, ihre Krone und ihre goldenen Armreifen heraus, und als der Triumphzug sich aufstellte, nahm sie ihren Platz an der Spitze hinter den Standartenträgern ein.

Gemessenen Schritts zogen sie in Assuan ein und bahnten sich ihren Weg durch die lachende, jubelnde Menschenmenge, die sie mit Blu-

men bewarf und sich um sie drängte, um ihnen Wein und Zuckerwerk anzubieten. Thutmosis erwartete sie, angetan mit seinen königlichen Insignien und würdevoll auf seinem Thron sitzend, vor den Toren der Stadt. Hatschepsut begrüßte ihn und setzte sich neben ihn, während die Generale an ihnen vorüberzogen, ihre Amtsstäbe vor ihm niederlegten und seine bemalten Füße küßten, ehe sie ihre Belohnungen in Empfang nahmen.

Als letzter kam der nubische Häuptling. Er war mit den Zügeln eines toten Pferdes gefesselt und stolperte vor Erschöpfung, denn die Soldaten hinter ihm hatten ihn während des ganzen Marsches mit ihren Peitschen vorangetrieben, und sein Rücken war blutig und mit Fliegen bedeckt. Nehesi führte ihn vor Pharao und stieß ihn grob zu Boden. Thutmosis stellte den mit Juwelen geschmückten Fuß auf seinen Nacken, und der Pöbel, der Blut witterte, tobte vor Begeisterung.

Pen Nechbet berichtete über die Ereignisse der vergangenen Wochen, und alle hörten aufmerksam zu. Thutmosis lächelte und nickte zufrieden. Als der alte Krieger geendet hatte, stand er auf und hob in einer Siegesgeste den glitzernden goldenen Krummstab und Wedel.

«So mögen alle Feinde Ägyptens zugrunde gehen!» rief er, und das Heer salutierte vor ihm und stieß mit den Speerkolben auf das Steinpflaster des Hofs. «Ihr habt alle gehört, wie mein Bruder, der edle Wadjmose, ums Leben gekommen ist und wie er gerächt wurde. Laßt uns jetzt Amun danken und dieses Opfer zum Tempel von Theben bringen, damit der Gott weiß, daß sein Vertrauen gerechtfertigt war!»

Der Nubier wurde aufgehoben und fortgeführt, und Thutmosis ging mit Hatschepsut in den Bankettsaal, wo vor dem Rückmarsch nach Theben ein Festessen für sie und alle Offiziere stattfinden sollte.

«War es sehr schlimm?» fragte Thutmosis sie zögernd. Er bemerkte mit neiderfüllter Ehrfurcht, daß die Sonne ihre samtweiche Haut fast so schwarz wie die des Nubiers gefärbt hatte und daß ihre Arme und Beine straff von neuer Muskelkraft waren.

Hatschepsut lächelte ihm nachsichtig zu. «Es war sehr schlimm – und sehr gut», erwiderte sie, während sie unter den finster dreinblickenden Augen Thutmosis' des Ersten den Saal betrat. «Ich bin sehr bekümmert über Wadjmose, aber ich bin auch sehr froh, daß ich meine Offiziere jetzt viel besser kenne als vorher und daß auch sie mich besser kennengelernt haben.»

Das war es nicht, was er gemeint hatte, und sie wußte es. Trotzdem fuhr sie fort, ihn zu hänseln und auf rätselhafte, aufreizende Art anzulächeln. Er zuckte mit den Schultern, stieg aufs Podium und wartete ungeduldig, daß seine Generale hereinkamen, ehe er in die Hände klatschte, um den Beginn des Festessens anzukündigen.

Er war ärgerlich. Während ihrer Abwesenheit hatte er sich vorgestellt, daß sie erschüttert, mit Tränen in den Augen und seines Trostes bedürftig zu ihm zurückkehren würde. Aber sie war gesund und kläräugig wie eine junge Gazelle und ungefähr so abhängig von ihm wie die Steine des Tempels. Zwischen den Gängen rief sie Bemerkungen zu den Männern hinunter und lachte und scherzte mit ihnen, als ob sie zu ihrer Familie gehörten. Thutmosis hatte drei Gruppen von Musikern zu ihrer Unterhaltung bestellt und vier Wagenladungen Lotosblumen eigens zu ihrem Empfang aus Theben herbeibringen lassen. Einmal weinte sie, nicht über die Schönheit der Tänze, sondern über das neue Lied von Ipuky, das den Männern gewidmet war, die in der Wüste gefallen waren. Obwohl sie die Blüten mit den Armen umfaßte und das Gesicht tief in ihrem Duft vergrub, dankte sie Thutmosis nicht für seine Aufmerksamkeit. Daraufhin beschloß er, sich nicht mehr um sie zu kümmern, sie ihrem Palast und ihren Governeuren zu überlassen und nur bei feierlichen Gelegenheiten mit ihr zusammenzutreffen. Aber während er ihre lebhaft umblickenden Augen und ihre anmutigen, quecksilbrigen Hände beobachtete, wurde ihm klar, daß er sie trotz seines heimlichen Zorns mit der gleichen hilflosen Sehnsucht liebte, mit der ihre Männer, die Soldaten und die Edlen des Landes, sie liebten.

Sie wandte sich ihm zu, nahm seine Hand und sah ihm lächelnd in die Augen. «Es ist schön, wieder hier zu sein», sagte sie. «Jetzt weiß ich, wie den Soldaten zumute ist, wenn sie eine Schlacht hinter sich haben und ihr Zuhause wiedersehen.»

«Gut», murmelte er verlegen. «Ich habe dich sehr vermißt, Hatschepsut.» Er hatte es nicht sagen wollen, und er wandte sich von ihr ab und nahm, ärgerlich über sich selbst, seinen Weinbecher zur Hand.

«Ich habe dich auch vermißt», erwiderte sie leichthin. «Nanu, was ist das?»

Ein Mann mit einer Trommel in den Armen kam auf sie zu und

verneigte sich vor ihnen. Er war nackt bis auf einen Lendenschurz und trug um den Kopf ein blaues Band, das hinten verknotet war und dessen Enden ihm auf die Schultern fielen. Hinter ihm kam eine Frau, und bei ihrem Anblick sank Thutmosis mit einem Seufzer der Befriedigung in seine Kissen zurück.

Während sie sich niederwarf, sagte er zu Hatschepsut: «Das ist meine neue Tänzerin, Aset. Sie hat hier im Haus des Gouverneurs gearbeitet, aber ich habe vor, sie nach Theben mitzunehmen und im Harem unterzubringen. Sie gefällt mir sehr gut.»

«Immer ein Auge für einen hübschen Körper!» schalt Hatschepsut ihn lachend, aber ihr Blick glitt rasch über die andere Frau, die sich mit einer geschmeidigen Bewegung erhob und wartend dastand, während der Mann mit gekreuzten Beinen, die Trommel zwischen den Knien, zu Boden sank. Sie war hoch gewachsen und langbeinig, ganz anders als die üppigen, kichernden Dienerinnen, die Thutmosis sich so gern in sein Bett holte. Während Aset, ein Bein anmutig gebogen, vor ihnen stand, fühlte Hatschepsut, wie ihr ein unangenehmer Schauer über den Rücken lief, als ob sie ihre Decke hochgehoben und eine Schlange auf ihrem Ruhebett vorgefunden hätte.

Asets Hüften waren schmal, ihre Taille lang und schlank, ihre Brüste hoch angesetzt, klein und mit großen Brustwarzen. Auch ihr Kopf war klein unter den Wogen von schwarzem Haar, das bis auf ihr Gesäß herabhing, und alle, die sie betrachteten, hatten den Eindruck von einer geschmeidigen Katze, die im Begriff war, sich zu strecken oder zu springen.

Der Trommler schlug einen langsamen Rhythmus an, die Frau hob die Arme, stellte sich auf die Zehenspitzen und wandte ihnen das Gesicht zu. Hatschepsut war enttäuscht. Nicht daß das Gesicht häßlich war, es war ein gefälliges Oval mit geraden Augenbrauen und einer breiten, mit Gold geschmückten Stirn, aber die Lippen waren schmal und reizlos, selbst wenn sie in der Ekstase des Tanzes geöffnet waren. Die Augen über den hohen Backenknochen standen zu dicht zusammen, und Hatschepsut bemerkte, daß sie sich plötzlich verengten, als Aset ihr einen kalten, abschätzenden Blick zuwarf, dem sie mit einem Ausdruck hochmütiger Herausforderung begegnete.

Der Rhythmus wurde schneller, und die Männer saßen jetzt schweigend da, die Augen auf den sich biegenden, schlanken Leib und die

lockend bebenden Brüste geheftet. Aset sank plötzlich rückwärts nieder, richtete sich mit einer drehenden Bewegung wieder auf, und das Haar fiel ihr über die Knie, als sie sich vornüber beugte.

Hatschepsut sah ihr mit nüchternen Blicken zu. In dieser Frau schwelte ein unterdrücktes Feuer, eine verführerische, aufreizende Verheißung, und Thutmosis sah sie wie verzaubert mit verschleierten Augen an.

Warum beunruhigt sie mich? fragte sich Hatschepsut. Sie ist nicht die erste gute Tänzerin, der Thutmosis für eine Weile seine Gunst geschenkt hat. Aber sie sah dem Tanz bis zum Ende zu, und die Hand, die sie auf Thutmosis' Arm legte, als der donnernde Applaus losbrach, war kalt.

«Wie findest du sie?» fragte er begierig; seine vollen Wangen waren gerötet, seine Augen glänzten. «Ist sie nicht unglaublich? Sie braucht keine Musik, nur die Trommel. Ihr Körper macht alle Musik, die ein Mann sich wünschen kann.»

Hatschepsut sah ihn zärtlich an. «Sie ist nicht so schön wie ich», sagte sie gelassen, «aber für eine gewöhnliche Tänzerin hat sie einen gewissen Charme.»

«Mir gefällt sie.» Thutmosis war ärgerlich. «Und ich bin entschlossen, sie nach Theben mitzunehmen.»

«Ich habe nicht gesagt, daß sie mir nicht gefällt», erwiderte Hatschepsut ruhig, «obwohl ich sie, offengestanden, ein wenig . . . kalt unter all dem Feuer finde. Aber nimm sie dir auf alle Fälle, wenn sie dich glücklich macht.»

Ihre sofortige Einwilligung kränkte ihn. Er hatte irgendwie die verschwommene Vorstellung gehabt, daß seine Schwester etwas wie Eifersucht zeigen würde. Als sie es nicht tat, sondern mit aufreizendem Lächeln gelassen ihren Wein trank, stand er abrupt auf.

Aset wartete darauf, entlassen zu werden. Ein Lächeln spielte um ihre Lippen, und ihre Augen waren halb geschlossen, während sie, das Gesicht dem Königspaar zugewandt, unterhalb des Podiums stand. Hatschepsut steckte ein Stück Melone in den Mund. «Ziehst du dich schon zurück, Thutmosis? Wirst du heute abend nicht in meine Gemächer kommen?»

«Nein, das werde ich nicht! Ich . . . Oh, ich weiß nicht, Hatschepsut. Es könnte sein. Nun, ja, vielleicht werde ich es tun, wenn du mich

einlädst.» Er sank wieder neben ihr auf die Kissen, legte zögernd den Arm um sie, und das Lächeln verschwand von Asets Gesicht. Thutmosis warf ihr ein Schmuckstück zu, aber obwohl sie sich so respektvoll verneigte und fortging, wie Hatschepsut es sich nur wünschen konnte, sprach jeder Zoll ihres aufrechten, nackten Rückens von Beleidigung und Zorn.

Ich glaube, sie ist gefährlich, sagte sich Hatschepsut, als der Arm ihres Bruders sich um sie legte. Ich weiß nicht weshalb. Vielleicht habe ich zu lange am Rand der Gefahr gelebt und schrecke vor bloßen Schatten zurück. Soll ich Thutmosis die Schuld daran geben, daß ich ihn langweilig finde? Plötzlich wurde sie von einem unerklärlichen, stürmischen Verlangen nach seinem Körper gepackt, und sie lehnte sich ungestüm an ihn, so daß er seinen Wein verschüttete.

«Komm, laß uns gehen», flüsterte sie ihm ins Ohr. «Ich bin krank vor Sehnsucht nach dir.»

Überrascht stellte er seinen Becher nieder und stand auf. «Bleibt und trinkt und seid glücklich!» rief er seinen Gästen zu. Und während diese sich vor ihm niederwarfen, drängte Hatschepsut ihn eilig auf den Gang hinaus und flüsterte ihm Worte zu, die sein Blut in Wallung brachten. Sie wartete nicht darauf, ihre Gemächer zu erreichen, sondern führte ihn geradewegs in den Garten, zog ihn ins Gebüsch, und dort nahm er sie schnell und hitzig, wie ein Soldat eine gefangene Sklavin nimmt, und sie lagen keuchend zusammen im Gras, während die Musik aus dem Bankettsaal leise durch die Stille der Nacht zu ihnen herüberdrang.

In zwei Tagesmärschen kehrten sie nach Theben zurück, beide auf Sänften getragen, Hatschepsut voller Ekel und Abscheu gegen ihn und sich selbst. Die Stadt empfing sie mit offenen Armen. Ehe sie sich in den Palast begaben, gingen sie in den Tempel, um Amun zu huldigen, und als Hatschepsut durch die große Säulenhalle schritt, sah sie Senmut mit Benja und Useramun neben einer der Säulen stehen. Ihre Blicke flogen zu ihm, und er begann zu lächeln, ein Lächeln, das von seinem vollen Mund in seine dunklen Augen stieg, ein Lächeln voller Anerkennung und stiller Freude, und sie erwiderte es, während eine Welle der Erleichterung und Qual in ihrem Innern aufstieg. Als sie, in Weihrauch gehüllt, neben Thutmosis auf dem Boden von

Amuns Tempel lag, dachte sie immer wieder daran, wie sie und Thutmosis, eng umschlungen, im Gebüsch gelegen hatten, und dann wieder sah sie Senmuts freimütiges Lächeln vor sich. Sie sprach ihre Gebete wie im Fieber und flehte ihren Vater um seinen Schutz an – wovor, das wußte sie selber nicht.

Danach saßen sie auf Thronsesseln vor dem goldenen Gott. Der Nubier lag langgestreckt auf dem Boden, und Menena schlug ihm in einer kurzen, grimmigen Zeremonie mit einer goldenen Keule den Schädel ein. Es war lange her, seit man dem Gott ein solches Opfer dargebracht hatte, und Thutmosis fühlte sich sichtlich unbehaglich. Aber Hatschepsut und die Generale blieben ungerührt, denn sie sahen im Geist den verkohlten Leichnam Wadjmoses und die neuen Grabhügel, an denen vermutlich gerade jetzt die Wüstenschakale scharrten.

Nachdem der schwarze Körper aufgehört hatte zu zucken, stieg Hatschepsut zu ihm hinunter und sah ihn an. «Ägypten wird ewig leben!» rief sie, und die Anwesenden murmelten zustimmend. Sie schritt durch das Blut, das bereits unter ihren goldenen Sandalen zu gerinnen begann, und trat hinaus ins Sonnenlicht.

16

Hatschepsut bedeutete Senmut und Useramun, ihr zu folgen. In ihrem Palast ließ sie sich zufrieden in ihren silbernen Sessel sinken, bat die beiden Männer, sich neben sie zu setzen, und streckte die Hand nach ihrem Siegel aus. Senmut reichte es ihr mit einer Verbeugung. Als ihre Finger sich berührten, fühlte Hatschepsut, daß die seinen zitterten.

«Gibt es irgend etwas, das ich wissen sollte?» fragte sie, das Siegel auf den Tisch legend. «Ist alles gutgegangen?»

«Sehr gut, Majestät», erwiderte Senmut. «Der Tribut aus Rethennu ist eingetroffen, und Ineni hat ihn verteilen lassen. Ahmose, der Wesir des Südens, ist hier und hat die Steuergelder gebracht, und neben dem Tempel füllen sich die Kornkammern des Gottes.»

«Gut. Und wie steht es mit meinem Tempel, Senmut?»

Er lächelte. «Die erste Terrasse ist fertig, wie du es gewünscht hast. Sie ist schöner, als selbst ich es erwartet hatte. Jetzt wird der Boden für die zweite vorbereitet.»

Ihre Augen leuchteten auf. «Dann müssen wir sofort hingehen und sie uns ansehen. Useramun, ich danke dir für deine Hilfe. Geh jetzt zu deinem Vater, denn ich habe gehört, daß er krank ist. Falls er sich ein paar Wochen ausruhen möchte, ich bin sicher, daß du seine Pflichten übernehmen kannst. Und noch etwas: Senmut, ich habe Nehesi, den Schwarzen, zum Träger des königlichen Siegels ernannt. Übergib ihm alle Dokumente, die gestempelt werden müssen. Er wird natürlich mir und dir untergeben sein. Geh zu ihm – er ist wahrscheinlich bei den Soldaten auf dem Exerziergelände – und bring ihm das Siegel und den Gurt. Such ihm hier irgendwo eine passende Unterkunft. Und jetzt gestatte mir, ein Bad zu nehmen. Dann überqueren wir den Fluß und

sehen uns mein Tal an. Wie habe ich es vermißt in der fernen nubischen Wüste!»

Sie fuhren zusammen über den Nil, bestiegen am anderen Ufer ihre Sänften und ließen sich zum Baugelände tragen. Zwischen dem Fluß und den Felsen erstreckte sich das Dorf der Sklaven, die am Tempel arbeiteten – viele Reihen dicht aneinandergedrängter Lehmhütten. Sie umkreisten die Siedlung und kamen schließlich zu der tiefen Talschlucht, die zu der heiligen Stätte führte. Als sie aus ihren Sänften stiegen, hielt Hatschepsut den Atem an.

«Für dich, mächtiger Amun, ein Beweis meiner Liebe und Ergebenheit», sagte sie. «Noch nie zuvor ist dir eine solche Verehrung zuteil geworden!»

Ein Viertel des Wegs den Felsen hinaus hing, scheinbar frei schwebend, eine Terrasse, die wie durch Zauberkraft an der Felswand festgehalten wurde. Ihre schöne mit Säulen geschmückte Fassade schimmerte rosig im Licht der Nachmittagssonne. Zwei der Seiten schmiegten sich an die Wand des Tals, die dritte schloß sich an eine künstliche Mauer an, die Benja entworfen hatte. Der Bau war nicht quadratisch, was eine Verletzung der Proportionen des Tals bedeutet hätte, sondern ein Rechteck, das schon immer dort gewesen zu sein schien und nur einer leichten Überarbeitung durch die Hand des Menschen bedurft hatte. Hatschepsut wußte, daß hinter den zarten Säulen zwei tief in den Fels gehauene Schreine lagen, einer für Hathor und einer für Anubis. In der Mitte der Vorderseite befand sich ein riesiges, ausgezacktes Loch, und um dieses Loch herum schwärmten Tausende von Männern wie Bienen um einen Honigtopf.

«Von dort aus wird, wie wir es besprochen haben, eine Rampe zur nächsten Terrasse führen», erklärte Senmut ihr. «Diese Terrasse wird bis zum Boden des Tals reichen, und eine weitere, noch tiefer gelegene, wird den Tempel vollenden. Dein eigenes Heiligtum ist innen, zwischen denen der Götter, aber bis jetzt ist noch keines von ihnen fertig. Möchtest du näher herangehen, Majestät?»

«Nein», erwiderte Hatschepsut. «Ich werde es mir von hier aus ansehen, wie ich es immer getan habe. Erst wenn es vollendet ist, werde ich meinen Fuß auf den Stein setzen. Du hast ein Wunder

vollbracht, Priester! Es gibt viele, die sagten, daß es unmöglich sei, aber dein Genie hat meine Träume zur Wirklichkeit gemacht.»

Sie war überwältigt wie immer, wenn sie hierherkam, um bei der Arbeit zuzusehen und die Gegenwart des Gottes um sich und in sich zu spüren. Aber an diesem Tag fühlte sie sich schwach und schwindlig. Senmut bemerkte ihre Blässe unter der Sonnenbräune und war besorgt. Sie ging ohne ein Wort zu ihrer Sänfte und legte sich mit geschlossenen Augen darauf nieder.

Er wurde von Angst gepackt. War sie leidend? Hatte sie sich in dem unwirtlichen Wüstensand irgendeine Krankheit zugezogen? Er war klug genug, ihr nicht vorzuschlagen, daß sie sich zu Bett legen und einen Arzt rufen sollte, aber er unterrichtete Hapuseneb und Nehesi. Als sie am nächsten Tag wie üblich im Audienzsaal erschien, immer noch ein wenig blaß, aber lebhaft und energisch wie eh und je, kam er sich töricht vor. Doch er beobachtete sie auch weiterhin mit aufmerksamen Augen, denn die Erinnerung an Neferus Tod durch Gift war wieder in ihm wach geworden.

Er selbst war sehr müde, er wurde aufgerieben von seinen Pflichten im Tempel, im Palast und den langen Stunden, die er täglich auf der Baustelle verbrachte. Häufig war er gezwungen, Senmen Aufgaben zu übertragen, um die er sich gern selbst gekümmert hätte. Seine Arbeit im Tempel gefiel ihm nicht; oft sah er sich dort plötzlich von Angesicht zu Angesicht Menena gegenüber, und diese unvorhergesehenen Begegnungen machten ihn nervös. Aber er begrüßte den Hohepriester mit gebührender Ehrerbietung, und sein Gruß wurde stets mit einer widerwilligen Verbeugung erwidert. Senmut traute Menena nicht. Er konnte nicht vergessen, wie dieser Mann das Vertrauen des alten Pharaos getäuscht hatte, und er fragte sich, ob Thutmosis der Zweite je über den Grund für die damalige Entlassung des Hohepriesters nachgedacht hatte. Schließlich setzte er um seiner eigenen Seelenruhe willen Spitzel in Menenas Haushalt und im Tempel ein; aber er konnte sich nicht von dem Gefühl befreien, daß der ränkevolle, verschlagene Charakter dieses Mannes sie alle eines Tages ins Unglück stürzen würde. Abends, wenn er mit Tachat und der Katze zu Bett ging, fürchtete er sich schon vor den Berichten seiner Spitzel am nächsten Morgen. Aber die Tage vergingen, und die Katze witterte keine Dämonen in der Dunkelheit . . .

Zwei Monate nach Hatschepsuts Rückkehr aus Kusch gab Nofret ihre Bemühungen auf, den Gürtel des Rocks, den sie um die königliche Taille wickelte, zu schließen. Mit einem Anflug von Ungeduld ließ sie die Hände sinken. «Majestät, verzeih mir, aber diese Röcke sind alle zu eng. Vielleicht solltest du einige größere anfertigen lassen.»

«Du willst sagen, vielleicht sollte ich nicht so oft nach der Bonbonschachtel greifen», entgegnete Hatschepsut lächelnd. Aber plötzlich kam ihr eine andere Möglichkeit in den Sinn und sie betastete mit nachdenklichen Händen ihren Leib.

«Nofret, laß meinen Arzt rufen. Er soll sofort kommen. Mach dir keine Gedanken», setzte sie hinzu, als sie das besorgte Stirnrunzeln der Frau bemerkte, «ich glaube nicht, daß ich krank bin.»

Während sie auf den Arzt wartete, saß sie still auf ihrem Ruhebett, und ein Strom freudiger Erregung, vermischt mit furchtsamer Scheu, verdrängte plötzlich ihre Gedanken an die Aufgaben des Tages. Natürlich mußte es früher oder später geschehen, sagte sie sich. Warum habe ich nicht schon vorher daran gedacht? Ich war so eifrig damit beschäftigt, Krieg zu führen, daß ich nie an die Möglichkeit dachte, ein Kind zu bekommen.

Als der Arzt kam, verlangte sie eine Untersuchung und lag angespannt da, während er sie prüfend betastete. Schließlich richtete er sich auf, und sie sah ihn ungeduldig fragend an.

«Nun? Was meinst du?»

«Man kann es noch nicht mit Sicherheit sagen, Majestät . . .»

«Ja, ja, ich weiß. In deinem Beruf ist Vorsicht geboten. Aber kannst du vielleicht eine Vermutung äußern?»

«Ich glaube, daß Majestät schwanger ist.»

«Oh! Wie blind und dumm bin ich gewesen! Ägypten wird einen Erben bekommen!» Sie erhob sich mit strahlendem Lächeln von ihrem Ruhebett. «Nofret, geh und such Pharao. Er wird jetzt aus dem Tempel zurückgekehrt sein. Sag ihm, daß ich ihn dringend brauche.» Nofret warf ihr im Hinausgehen einen seltsamen, erschreckten Blick zu, aber Hatschepsut war zu sehr mit sich selbst beschäftigt, um es zu bemerken.

«Majestät sollte die Süßigkeiten aufgeben und nur ein wenig Wein trinken. Geh früh zu Bett, ruh dich aus, soviel zu kannst, und iß nicht zuviel gebratene Speisen. Du solltest außerdem darauf achten . . .»

Der Arzt folgte ihr, während sie erregt im Zimmer auf und ab ging, und gab ihr mit seiner trockenen, lehrerhaften Stimme weitere Anweisungen, aber sie hörte ihm nicht zu. Ihre Gedanken waren nach innen gerichtet, auf ihren eigenen Körper, sein Mysterium, seine Schönheit, und plötzlich erschien ihr die Zukunft kostbarer, als sie es je zuvor gewesen war.

Thutmosis stürzte zur Tür herein. Er hatte die Arbeiten an seinen neuen Pylonen im Tempel beobachtet, als Nofret ihm die Nachricht ihrer Herrin überbrachte. Die Störung kam ihm sehr ungelegen, aber das Gesicht der Frau hatte ihn mit Furcht erfüllt, und er war ihr in ungewohnter Eile gefolgt. Als er Hatschepsuts Palast erreichte, war er atemlos und rot im Gesicht.

«Was ist los?» fragte er keuchend mit einem Blick auf den Arzt.

Hatschepsut lief mit strahlendem Gesicht auf ihn zu.

Er setzte sich schwerfällig auf ihren kleinen Stuhl und wischte sich den Schweiß von der Stirn. «Es kann nicht sehr ernst sein. Du hast nie gesünder ausgesehen.»

Sie streckte ihm die Hände hin und wartete darauf, umarmt zu werden. «Thutmosis, Ägypten soll einen Erben bekommen, und ich werde ihm das Leben schenken!»

Von ihrer freudigen Erregung angesteckt, stand er auf und nahm sie kurz in die Arme. Dann ließ er sie los und setzte sich wieder.

Sie sah auf seinem Gesicht einen Ausdruck von Unbehagen, den sie nicht verstand.

«Bist du nicht glücklich?» fragte sie. «Hast du dich nie gefragt, ob wir je einen Erben haben würden? Und freust du dich nicht, daß jetzt, da ich im Begriff bin, Ägypten das größte Geschenk von allen zu machen, kein fremder Prinz den Horusthron besteigen wird?»

«Das hängt vom Geschlecht des Kindes ab», brummte er. «Wenn es ein Mädchen ist, werden wir trotzdem nach einem königlichen Prinzen Ausschau halten müssen.»

«Oh, mir scheint, daß du dich überhaupt nicht freust! Trotz all unserer Meinungsverschiedenheiten könntest du zumindest für Ägypten glücklich sein!»

«Das bin ich, das bin ich!» erwiderte er hastig. «Natürlich bin ich es. Aber du weißt, daß ich recht habe, Hatschepsut. Wenn das Kind kein Junge ist, werden wir noch einmal von vorn anfangen müssen.»

«Was natürlich sehr schlimm für dich wäre», spottete sie. «Wahrhaftig, Thutmosis, du enttäuschst mich.»

«Es tut mir leid.» Er wand sich verlegen auf dem kleinen Stuhl, der kaum genügend Platz für seinen massigen Körper bot. «Nur habe ich –»

«Nun? Was?» Ihre freudige Stimmung war verflogen, und sie stand, die Hände auf die Hüften gestemmt, vor ihm. «Oh, warum sind die Thutmosiden nur so schwer zu verstehen?»

«Du bist selber eine», entgegnete er gereizt. «Kein Mensch auf der Welt ist so schwer zu ergründen wie du, Hatschepsut. Wisse denn, daß ich gestern die gleiche Art von Nachricht erhalten habe. Aset erwartet ebenfalls ein Kind.»

«Was hat das mit mir zu tun?» fragte sie überrascht. «Es wimmelt im Palast von königlichen Bastarden! Einer mehr braucht uns doch nicht zu beunruhigen. Mein Kind wird legitim sein.»

Er rutschte nervös hin und her und senkte den Blick auf seine Knie. «Asets Kind wird ebenfalls legitim sein. Ich habe beschlossen, sie zur zweiten Frau zu machen.»

Ihr Unterkiefer sank herab, und Nofret und der Arzt standen regungslos da, die Augen auf den steifen Rücken ihrer Herrin geheftet. Hatschepsut starrte Thutmosis an, bis er vor Verlegenheit errötete, dann ließ sie sich mit einer Gebärde ungläubigen Staunens auf ihr Ruhebett sinken.

«Laß mich versuchen . . . *versuchen*, das zu verstehen», sagte sie mit erstickter Stimme. «Du willst diese . . . gewöhnliche Tänzerin tatsächlich heiraten?»

«Ja», erwiderte er trotzig, den Blick immer noch auf die Knie gesenkt. «Ich habe sie sehr gern. Sie ist klug und zärtlich und imstande, alle anderen Frauen im Zaum zu halten. Sie macht mich glücklich.»

«Woran erkennst du Intelligenz?» wollte sie wissen. «Ist die Frau mit den längsten Beinen im Harem intelligent? Oder wie sonst hast du dich darin geübt, das zu beurteilen, Thutmosis?»

Blitzartig wurde ihr klar, worin Asets Macht bestand. Sie flößte Pharao Selbstvertrauen ein. Und da sie klüger war als die anderen einfältig lächelnden, hohlköpfigen Sklavinnen, fühlte sich Thutmosis geschmeichelt. Er richtete sich auf, schob rebellisch die Unterlippe vor

und runzelte die Stirn. Hatschepsut erkannte die Anzeichen seines sturen Willens, der nur selten in Erscheinung trat, aber wenn er einmal erwachte, unmöglich zu beeinflussen war.

Sie hob ergeben die Hände. «Gut. Du hast das Recht zu heiraten, wen du willst. Aber es tut mir leid, daß du es nicht vorgezogen hast, eine adelige Frau zu wählen, eine Tochter Inenis zum Beispiel oder eine von Useramuns schönen Schwestern. Diese Aset ist eines Pharaos nicht würdig, Thutmosis. Sie ist eine Intrigantin, eine kleinliche Unruhstifterin, und du wirst es vielleicht noch bereuen, dir eine solche Frau in den Palast geholt zu haben.»

«Ich höre nicht auf dich!» entgegnete er mit dem aufbrausenden Temperament seines Vaters. «Seit wann ist deine Intuition unfehlbar? Du irrst dich manchmal, genau wie ich, und diesmal hast du unrecht!»

«Ich irre mich selten, Thutmosis», sagte sie.

Plötzlich kamen ihr die rätselhaften Worte ihres Ka wieder in den Sinn. «Er wird dich in seiner Eigenschaft als Vater vernichten.» Sie sah im Geist den goldenen Jüngling, sah das spöttische Lächeln seiner Lippen, als er zu ihr sprach. Es war, als löse der Raum, in dem sie saß, sich auf, als wäre sie abermals in der kalten Nacht im Tempel und stünde müde, aber tapfer, dem Gott und dem seltsamen Besucher gegenüber. Sie rieb sich die Augen und fühlte, wie ihr Kopf zu schmerzen begann.

«Als Herrscherin über dieses Land kann ich es mir nicht leisten, Menschen töricht oder leichtfertig zu beurteilen, und ich sage dir, daß Aset kleinlich und niederträchtig ist.»

«Worte!» spottete er, überwältigt von dem Zorn, den sie so oft in ihm weckte, wenn er sich mit einem Gefühl der Ohnmacht ihrer Überlegenheit bewußt wurde. «Du bist eifersüchtig. Du fürchtest, daß ich mit Aset und ihrem Kind dich aus dem Weg schaffen könnte.»

Er überlegte sich nicht, was er sagte, und sie lachte herzhaft über seine Worte, denn sie wußte, ebenso wie er, daß so etwas niemals geschehen konnte.

«Nun, wie dem auch sei», brummte er, «ich verstehe nicht, weshalb du dich meinem Plan so heftig widersetzt. Ich liebe Aset, und sie ist zumindest stets dort, wo ich sie haben will, wenn ich sie haben will.»

«Ich weiß, ich weiß», sagte sie ein wenig sanfter, denn sie fühlte, daß sie ihm unmöglich begreiflich machen konnte, warum sie mit ihrem

durch die Jahre der Regierung gesteigerten Scharfblick erkannte, daß Aset gefährlich war. «Heirate sie denn, und mach das Kind in ihrem Schoß zu einem königlichen Kind. Glaubst du, daß es ein Junge wird? Oder ein Mädchen?»

«Es würde dir zweifellos Vergnügen bereiten, wenn ihr beide Mädchen zur Welt brächtet», sagte er verdrießlich. «Dann gäbe es zwei königliche Töchter und immer noch keinen Sohn für den Horusthron.»

«In dem Fall», erklärte sie ihm lächelnd, «würde meine Tochter als die einzige voll königliche Erbin den heiligen Thron besteigen.»

«Sei nicht albern! Keine Frau hat je die Doppelkrone getragen.»

«Ich habe es getan.»

«Das war etwas anderes. Du hast sie als Regentin, nicht als Pharao getragen.»

«Laß uns nicht wieder mit dem gleichen alten Hader beginnen», sagte sie sanft. «Es bleibt uns noch Zeit genug, uns um die Thronbesteigung zu streiten.»

Er stand schwerfällig auf. «Es wird keinen Streit geben», berichtigte er sie. «Als Pharao wähle ich meinen Nachfolger nach freiem Belieben.»

«Vorausgesetzt, dein Erbe heiratet eine Frau von königlichem Geblüt.»

«Natürlich. Jetzt muß ich gehen. Ich bin glücklich für uns, Hatschepsut, und für Ägypten.» Huldvoll nahm er die Ehrfurchtsbezeigungen von Nofret und dem Arzt entgegen und wandte sich zur Tür, blieb stehen, um noch etwas zu sagen, besann sich jedoch eines Besseren und stolzierte hinaus.

Hatschepsut war zu sehr in ihre Gedanken vertieft, um über ihn zu lachen. «Eine gewöhnliche Tänzerin. Ich kann es nicht glauben!» murmelte sie. Sie schickte den Arzt fort und legte sich nieder, während Nofret ihr die Stirn mit feuchten Tüchern kühlte.

Noch ehe eine Woche vergangen war, wußte es die ganze Stadt: Erstens, daß Ägypten einen Erben erhalten würde, und zweitens, daß Thutmosis vorhatte, sich eine weitere Frau zu nehmen. Nach einem Monat war die Nachricht vom Delta zu den Katarakten gedrungen. Ganz Ägypten seufzte erleichtert auf. Thutmosis war ein großer

Pharao und Hatschepsut eine mächtige Königin, und im ganzen Land herrschte Ruhe und Ordnung. Aber noch war der Schatten der Fremdherrschaft zu lebendig in der Erinnerung der Ägypter, als daß sie sich mit dem Gedanken an einen Prinzen von fremdem Geblüt hätten abfinden können. Die Geburt eines königlichen Erben würde das Problem lösen.

Eines Abends lud Ineni Senmut, Senmen, Hapuseneb, Nehesi und andere Offiziere zu einer Feier ein, einer nächtlichen Bootsfahrt auf dem Fluß, und sie waren alle sehr vergnügt. Ineni war besonders erleichtert über die Nachricht. Er, der seit vielen Jahren dicht am Sitz der Macht lebte, hatte gefürchtet, daß Hatschepsut eines Tages aus enttäuschtem Ehrgeiz die Doppelkrone von ihrem Bruder fordern könnte. Aber jetzt, da sie schwanger war, konnte sie mit Ruhe der Zeit entgegenblicken, wo ihr Kind regieren würde. Sie zweifelte nicht daran, daß es ein zweiter Thutmosis der Erste werden würde, und sie schien zufrieden zu sein.

Senmut hatte die Nachricht ohne Kommentar entgegengenommen. Hatschepsut hatte es ihm selbst gesagt und besorgt auf seine Reaktion gewartet, und er hatte sich schließlich tief verneigt und ihr gratuliert.

Aber sie hatte eine Traurigkeit an ihm wahrgenommen, die ihr weh tat, und sie hatte ihn fortgeschickt. Für sie bedeutete das Kind eine neue Sicherheit für Ägypten, einen weiteren Gott, der ihr Werk fortführen würde, wenn sie des Lebens müde wurde und zur himmlischen Barke aufstieg, um neben ihrem Vater zu sitzen. Doch manchmal lehnte sie sich wütend gegen den Gedanken auf, daß ihr Kind erhalten sollte, was ihr versagt blieb, und ihre Stimmung wurde unberechenbar.

Sie ließ eine Granitfigur von Taurt, der Göttin des Kindbetts, meißeln und stellte sie in eine Ecke ihres Zimmers neben Amuns Schrein. Oft stand sie lange Zeit in Gedanken vertieft vor dem wohlwollend lächelnden Nilpferd, das seine fetten Hände über dem absurd geschwollenen Leib faltete. Sie ging jetzt häufiger in ihr Tal. Sie ließ sich in ihrer Sänfte den steinigen Pfad hinauftragen, während der taube Nubier mit ihrem scharlachroten Fächer neben ihr herlief, und nahm mit gierigen Blicken die harmonischen Linien ihres Monuments in sich auf. Aber sie näherte sich ihm immer noch nicht. Unter den weich fallenden Frauengewändern, die sie widerwillig während

ihrer Schwangerschaft zu tragen beschlossen hatte, veränderte sich ihre geschmeidige Figur, wurde voller, und die Zeit des Wartens näherte sich dem Ende.

Ihre Kundschafter brachten ihr die Nachricht, daß bei den Schasu im Nordosten Unruhe herrschte und daß sie einen Aufstand planten. Sie bereitete energisch einen neuen Feldzug vor. Doch diesmal weigerten sich ihre Offiziere, sie mit ins Feld ziehen zu lassen, und sie räumte zögernd ein, daß es töricht wäre, dieses Wagnis einzugehen. Aber sie erklärte ihnen, daß sie nur in Theben bleiben würde, wenn Pharao statt ihrer ginge, und nach vielen verstohlenen Blicken auf die sich um den Tisch drängenden Ratgeber, erklärte sich Thutmosis schließlich dazu bereit. Hatschepsut war hocherfreut. Sie sah im Geist, wie er sich abmühte, in der Sonne schwitzte und vor Angst zitterte, aber sie war glücklich bei dem Gedanken an die Freude, die es den Truppen bereiten würde, von Pharao selbst angeführt zu werden. Es war nur ein kleines, unbedeutendes Unternehmen, mehr eine notwendige Zurschaustellung von Ägyptens Stärke als ein notwendiger Kampf, und sie winkte ihm zerstreut einen Abschiedsgruß zu und kehrte zu ihrem Stuhl im Schatten der Platanen zurück, um mit Nofret Dame zu spielen oder mit Senmut zu würfeln.

Hapuseneb zog in seiner Eigenschaft als Kriegsminister mit dem Heer aus, aber Hatschepsut behielt Nehesi bei sich, ohne genau zu wissen warum. Seine schweigende Gegenwart, seine physische Kraft, die viele erschreckte, vermittelten ihr ein Gefühl von Sicherheit und Frieden, und wenn er als ihr oberster Leibwächter hinter ihrem Stuhl stand oder sich neben ihr vorbeugte, um das königliche Siegel auf ein Dokument zu drücken, wußte sie, daß sie unverwundbar war.

Ein Schleier schien sich zwischen sie und Senmut gesenkt zu haben. Nie hatte sie ihrem Land und Thutmosis mehr gehört als jetzt, da sie schwanger war; und obgleich es ihn schmerzte, zog er sich taktvoll von ihr zurück. Er sah sie auch weiterhin jeden Tag, las ihr während der langen Nachmittage auf ihre Bitte etwas vor oder erzählte ihr Geschichten. Er wußte, daß sie Trost aus seiner Gegenwart schöpfte, aber sie verkehrten so gelassen kameradschaftlich miteinander wie Vetter und Kusine und behelligten sich gegenseitig nicht mit ausgesprochenen oder unausgesprochenen Gemütsbewegungen.

Hin und wieder schickte Hatschepsut ihren Oberhofmeister in

Asets Gemächer, um sich nach ihrem Befinden zu erkundigen, und manchmal sah sie Aset abends im Garten der Frauen, der durch eine hohe, von Fenstern durchbrochene Mauer von den Palastgärten getrennt war. Aset bewegte sich trotz ihres entstellten Körpers immer noch mit der Geschmeidigkeit eines jagenden Leoparden, und Hatschepsut hörte ihr hohes, schrilles Gelächter und beobachtete mit einem Gemisch aus Nachdenklichkeit und Abneigung, das sich unter einer Maske von Gleichgültigkeit verbarg, wie Aset ihre Sklavinnen herumkommandierte.

Sie hatte Senmut gebeten, dafür zu sorgen, daß Aset ständig überwacht wurde, und Senmut tat, wie ihm geheißen, obwohl er wußte, daß die neue königliche Gemahlin sich der Spitzel bewußt war und sich nichts daraus machte. Ihre unbekümmerte Geringschätzung erschreckte ihn, aber Hatschepsut lachte nur, als er versuchte, seiner Besorgnis Ausdruck zu geben.

«Laß sie sich spreizen wie der Pfau, der sie ist», sagte sie. «Eines Tages wird sie über ihre eigenen Federn stolpern.» Er war sich dessen nicht so sicher, und im Grunde war sie es auch nicht, obwohl sie ihm befahl, mit der Lektüre fortzufahren, sich lässig in ihrem Stuhl zurücklehnte und die Augen schloß. Aset war leichtfertig, aber sie war verschlagen und alles andere als dumm. In Augenblicken der Niedergeschlagenheit zweifelte Senmut nicht, daß sie dem armen Thutmosis weit überlegen war.

17

Nach fünf Monaten kehrte das Heer zurück. Es brachte reiche Beute aus dem wohlhabenden Deltaland mit, und Thutmosis hielt, sehr zufrieden mit sich selbst, einen feierlichem Empfang ab, um Belohnungen zu verteilen. Er befahl seinen Frauen, zugegen zu sein, und Hatschepsut nahm ihren rechtmäßigen Platz auf dem Thron an seiner Seite ein, während Aset, ostentativ an ihn gelehnt, auf einem goldenen Schemel zu seinen Füßen saß. Sie trug die grellen Farben, die sie liebte: ein leuchtend gelbes Kleid mit einem breiten, mit Türkisen besetzten Kragen; einen scharlachroten, reichverzierten Gürtel; goldene Sandalen; und ein scharlachrotes, von Gold funkelndes Stirnband. Ihre Arme waren mit klirrenden goldenen Armreifen beladen, und ihr schmales Gesicht war stark geschminkt. Mutnofret war ebenfalls zugegen, lächelnd und wohlbeleibt; nach dem Tod ihres königlichen Liebhabers hatte sie es aufgegeben, ihren Appetit zu zügeln, und war jetzt so rund wie eine Kugel. Keinem der Anwesenden entging die Ähnlichkeit zwischen der Mutter Pharaos und seiner neuen Frau, denn beide hatten eine Vorliebe für Juwelen und bunte Farben. Trotz der offen zur Schau gestellten zärtlichen Gefühle Pharaos für Aset – er lächelte liebevoll auf sie hinunter und legte wiederholt seine fleischige, beringte Hand auf ihren Kopf – spürten die versammelten Generale und Höflinge deutlich den großen Unterschied von Herkunft und Rang zwischen den zwei auffällig herausgeputzten Frauen und der ruhigen, unaufdringlichen Würde Hatschepsuts. Sie trug Weiß und Silber und saß, die Hände im Schoß gefaltet, still und gelassen da, während die Schätze ausgeteilt wurden. Keiner der Anwesenden zweifelte daran, daß die unsichtbaren Fäden der Macht immer noch in dem

stolzen, mit einer kleinen Krone geschmückten Kopf vereinigt waren, der so anmutig auf dem schmalen Hals ruhte.

Als die Zeremonie vorüber war, schwatzten Mutnofret und Aset zwitschernd wie Spatzen am frühen Morgen, und Thutmosis lächelte ihnen zu; aber es war Hatschepsut, die er in den Bankettsaal geleitete, wo er sie behutsam wie eine kostbare Porzellanfigur auf ihre Kissen setzte und ihr eigenhändig den Becher füllte. Er hatte während der Monate seiner Abwesenheit Asets straffen, geschmeidigen Körper vermißt, aber in seinen Träumen war ihm Hatschepsut erschienen, schöner und zeitloser als der Gott selbst, und ihre Stimme hatte sich in den ersten Augenblicken des Erwachens mit dem Schmettern der frühmorgendlichen Hörner vermischt.

Aset kam als erste nieder, laut und triumphierend, mit viel Wehklagen und Geschrei.

Thutmosis, der sich über das noch feuchte, schreiende Kind beugte, klatschte begeistert in die Hände. «Ein Junge! Bei Amun! Und so gesund und kräftig! Hört nur, wie er brüllt!» Er nahm seinen Sohn ungeschickt in die Arme, und das Kind verzog krampfhaft das rote, runzlige Gesicht und schrie noch lauter.

«Gib ihn seiner Amme», sagte Aset, und Thutmosis übergab ihn der schweigend wartenden Frau. Er wurde, immer noch brüllend, hinausgetragen, und Thutmosis setzte sich auf den Rand von Asets Ruhebett und nahm ihre beiden Hände in die seinen. Hohläugig vor Erschöpfung lächelte sie ihm zu.

«Bist du zufrieden mit deinem Sohn, mächtiger Horus?»

«Sehr zufrieden. Du hast deine Sache gut gemacht, Aset. Gibt es irgend etwas, was du haben möchtest? Etwas, was dir guttun würde?»

Aset war schlau. Sie senkte den Blick und zog ihre Hände zurück. «Zu wissen, daß du mich auch weiterhin lieben wirst, großer Pharao. Das ist alles, was ich mir wünsche. Unter deinem Schutz zu stehen gibt mir Mut und Kraft.»

Thutmosis fühlte sich geschmeichelt. Er zog sie lächelnd an sich und ließ ihren Kopf mit dem dichten schwarzen Haar an seiner Schulter ruhen, während sie schwach und vertrauensvoll wie eine kleines Kätzchen an seine Brust sank. «Ganz Ägypten segnet dich an diesem Tag», sagte er. «Dein Sohn wird ein mächtiger Prinz werden.»

«Vielleicht sogar Pharao?»

Ihre Stimme drang gedämpft zu ihm, aber der Ton war unverkennbar scharf. Er fühlte sich plötzlich ein wenig müde und enttäuscht, denn die Freude an seinem Erstgeborenen wurde durch die nackte Habsucht in Asets Worten getrübt. «Vielleicht», erwiderte er. «Aber du weißt so gut wie ich, daß seine Erhebung zum großen Teil vom Kind der Königin abhängt.»

«Aber du bist Pharao, allmächtig in Worten und Taten. Wenn du wünschst, daß mein Sohn dein Nachfolger wird, brauchst du es nur zu sagen, und alle werden gehorchen.»

«So einfach ist das nicht, und das weißt du sehr wohl», wies er sie liebevoll zurecht. Sie setzte sich auf und griff nach seinen Händen. «Sei nicht zu gierig, Aset. Schon mancher edle Prinz und stattliche Edelmann hat sich zu Tode gegessen.»

Sie errötete bei seinen Worten, erstaunt über den Scharfblick, den sie nie bei ihm vermutet hätte, denn sie neigte ebenfalls dazu, ihn geringzuschätzen. Sie hatte nie die Anwandlung von Halsstarrigkeit gesehen, die Hatschepsut oft heraufbeschwor, und sie hatte ihn auch nicht in den Jahren gekannt, als er nur ein Prinz war und mit offenen Augen und Ohren, aber fest geschlossenem Mund im Palast umherwanderte. Sie sagte nichts mehr, aber ihre Entschlossenheit wuchs, und sie schwor, daß sie durch sanfte Überredungskunst erlangen würde, was sie nicht direkt erreichen konnte. Im Kinderzimmer nebenan schrie ihr Sohn immer noch, dann war er endlich still. Sie wandte sich finster von Thutmosis ab, legte den Kopf aufs Kissen und schloß die Augen. Ihr Sohn würde Pharao werden. Und damit war die Sache erledigt.

Thutmosis fragte die Astrologen und Priester um Rat, welchen Namen er dem Jungen geben sollte, und sie erklärten ihm einstimmig, daß er Thutmosis heißen sollte. Thutmosis hatte auf diese Antwort gehofft, und er ging stolz wie ein junger Hahn zu Hatschepsut. Sie war gerade von ihrem täglichen Nachmittagsschlaf aufgestanden und im Begriff, sich anzuziehen. Ihr Zimmer war noch verdunkelt und heiß und stickig. Sie ließ Thutmosis herein, und während er sprach, zog Nofret ihr das Kleid über den Kopf und fing an, ihre Haare zu kämmen.

«Ich habe dich noch nicht zur Geburt deines Sohnes beglückwünscht», sagte sie, «und das tut mir leid, Thutmosis. Aber ich war während der letzten zwei Tage sehr in Anspruch genommen. Es scheint Diskussionen über die Menge und die Art des Tributs zu geben, der auf deinen Befehl von den unglücklichen Schasu gefordert werden soll. Der Nomarch und meine Steuereinnehmer haben gefeilscht wie alte Weiber auf dem Markt. Wie geht es dem Kind?»

Thutmosis zog einen Stuhl heran, setzte sich neben sie und sah zu, wie der Kamm mit langsamen, gleichmäßigen Bewegungen durch die seidig schimmernde Mähne gezogen wurde. «Du hast dein Haar kürzer schneiden lassen», bemerkte er.

«Ja. Ich habe es lieber, wenn es mir nicht bis zu den Schultern reicht. Es ist nicht so heiß. Erzähl mir von deinem Kind.»

«Es ist gesund und kräftig, trinkt mit großem Appetit, und es ähnelt in jeder Hinsicht unserem Vater. Ein echter Thutmoside!»

Sie lächelte ein wenig spöttisch. «Dann mußt du ihn mir bringen lassen, damit ich mich selbst davon überzeugen kann, wieviel von ihm tatsächlich Osiris-Thutmosis ist und wieviel die Einbildung des stolzgeblähten Vaters.»

«Hatschepsut», entgegnete er in gekränktem Ton, «selbst die Diener staunen über die Ähnlichkeit. Aset ist auch sehr erfreut darüber.»

Das hätte er nicht sagen dürfen. Hatschepsut stand brüsk auf und wandte sich mit einer heftigen Bewegung von ihm ab. «Dessen bin ich sicher! Ein Glück für sie, daß dein Sohn den Stempel königlichen Blutes trägt und nicht das unreine Gepräge ihrer Familie von niedriger Geburt.»

Er öffnete den Mund zu einer zornigen Erwiderung, aber sie blieb plötzlich an ihrem Tisch stehen, schenkte Wein ein und befahl Nofret, die Matten an den Fenstern hochzuziehen. Als das helle Sonnenlicht das Zimmer durchflutete und das Zwitschern der Vögel hörbar wurde, reichte sie ihm einen Becher und setzte sich wieder an ihren Toilettentisch. Nofret öffnete den Topf mit dem Rouge. «Wie steht es mit der Namengebung?» fragte Hatschepsut.

Er neigte sich vornüber, und sein Zorn war verflogen. «Die Priester sagen, daß er Thutmosis genannt werden soll und daß es ein Name voll Stärke und magischer Kraft sein wird. Aset –»

«Ich weiß!» unterbrach sie ihn ungeduldig. «Aset ist sehr erfreut.»

«Nein», sagte er, «Aset ist nicht erfreut. Sie wollte ihn Sechenenre nennen.»

Hatschepsut brach in schallendes Gelächter aus und schnappte keuchend nach Luft, als der Wein ihr vor lauter Lachen in die falsche Kehle lief. Als sie endlich wieder sprechen konnte, sah sie, daß Thutmosis, von ihrer Heiterkeit mitgerissen, wider Willen lächelte. «Oh, Thutmosis, stell dir vor! Sechenenre! Sieht Aset ihren Sohn seine Feinde niederwerfen, sieht sie ihn als einen mächtigen Krieger, einen Soldaten, der in Legenden und Liedern besungen wird? Der Name des großen und tapferen Sechenenre, meines göttlichen Vorfahren, ist in der Tat ein bedeutender Name, aber ist die arme kleine Aset sich klar darüber, daß der Name befleckt ist und der gute Sechenenre, von den Hyksos besiegt, jämmerlich zugrunde gegangen ist? Ich glaube nicht!»

«Vielleicht nicht. Aber es ist nichtsdestoweniger ein guter und geheiligter Name.»

«Gewiß», pflichtete sie ihm bei, nachdem sie sich ein wenig beruhigt hatte. «Aber Thutmosis eignet sich besser für den Sohn des jetzigen Pharaos.» Sie hätte ihn nach seinen Träumen für den Jungen fragen mögen, nach den Hoffnungen und Ängsten, die jeder Vater hegt, aber sie waren einander zu fern für vertrauliche Gespräche. Sie wußte, ohne zu fragen, wie Aset die Zukunft des Kindes sah, denn sie kannte den kleinlichen Ehrgeiz und die Eitelkeit dieser Frau.

Und doch ist es eigentlich gar kein so kleinlicher Ehrgeiz, dachte sie, mit plötzlicher Besorgnis in die Zukunft blickend. Thutmosis. Der Name meines verweichlichten und gutartigen Bruders? Oder der Name eines energischen und tatkräftigen Königs? Aber warum sollte ich mir Gedanken über diese Dinge machen, bevor mein eigenes Kind das Licht der Welt erblickt hat?

«Komm heute abend mit mir ins Sumpfland», sagte Thutmosis plötzlich. «Ich will Wildgänse jagen. Es ist eine friedliche kleine Vergnügungsfahrt nach Luxor und zurück, und die kühle Brise des Flusses wird dir guttun.»

«Ja, ich komme mit.» Sie nickte. «Ich habe heute wenig Ruhe gehabt, und mein Rücken schmerzt mich unaufhörlich. Ich bin glücklich für dich, Thutmosis, und für Ägypten», sagte sie, dicht an ihn herantretend. «Ganz gleich, was ich sage, es ist keine Kleinigkeit, einen königlichen Sohn zu zeugen.» Sie küßte ihn sanft auf die Lippen,

dann gingen sie Arm in Arm gemächlich durch den Garten zu den Wasserstufen, wo sie eine Weile auf dem warmen Stein saßen und zusahen, wie ihr Boot langsam zu seinem Liegeplatz an dem goldenen Muringpfosten glitt. Nachdem es festgemacht worden war, gingen sie an Bord, saßen zusammen am Bug und beobachteten einen Kranich, der sich mit herabhängenden Beinen und kräftigen Flügelschlägen in die Luft erhob. Dann stießen die Ruderer das Boot ab, und sie glitten still im schrägen Licht der Abendsonne durch das Wasser.

Drei Wochen später wurden die Adeligen und Würdenträger von Theben kurz nach Mitternacht in den Audienzraum der Königin gerufen, wo Pharao zitternd vor Ungeduld auf sie wartete.

«Ihre Majestät steht kurz vor der Entbindung», verkündete er. «Als Prinzen von Ägypten seid ihr berechtigt, mit mir im Schlafgemach anwesend zu sein.» Mit diesen Worten verschwand er durch die Tür, von der ein sanfter gelber Lichtstreifen herüberdrang.

Die Männer folgten ihm, nur Senmut blieb zurück und wollte in die Dunkelheit entwischen. Da packte ihn Hapuseneb beim Arm und drehte ihn energisch zu sich. Senmut riß sich mit einer heftigen Bewegung los, und Hapuseneb sah das zornige Funkeln in seinen schwarzen Augen.

«Wohin gehst du, Verwalter Amuns?»

Senmut ballte unter dem Schutz seines Umhangs die Fäuste und biß die Zähne zusammen. «Ich gehe hinaus, Wesir», erwiderte er. «Ich gehe nach Hause, um die Nachricht zu erwarten. Glaubst du, ich kann dort hineingehen?»

Hapusenebs Gesicht wurde weich. «Ich glaube, du mußt es. Du bist vor allem Iripat, und als Erbprinz von Ägypten mußt du zugegen sein und als Zeugnis einer so wichtigen Geburt dein Siegel neben das der anderen setzen.»

«Du kannst mich nicht überreden», erwiderte Senmut barsch. «Ich war Bauer und Sohn eines Bauern lange – bevor die Königin mir irgendwelche Titel verlieh, und ich habe den unnachgiebigen Starrsinn eines Bauern.»

«Wann wirst du aufhören, eine Tochter des Gottes und eine unsterbliche Königin zu beleidigen, indem du sie im Geist wie die schwächste und einfältigste aller Frauen behandelst? Glaubst du, sie

wird dort drinnen Notiz von dir nehmen oder ein Wort, einen Schrei von sich geben? Glaubst du, eine Königin gebärt wie eine wehklagende Frau im Harem? Besinne dich, schwankendes Rohr, besinne dich. An Ehren und Rang hast du gewonnen, und auch an Statur. Aber hier –» er klopfte sich an den Kopf – «hier gibt es noch viele Nester von Torheit und Stolz. Willst du dich über die Königin, über Pharao und das Gesetz erheben?»

«Hör auf!» fuhr Senmut ihn an. «Ich bin kein unerfahrener Junge und auch kein begriffsstutziger Schüler. Ich brauche deine Lektionen nicht, denn ich kenne die geheimen Pfade meines eigenen Geistes weit besser als du. Ich denke nie, *niemals* daran, mich über sie oder Pharao zu erheben, und ich weiß genau, wer und was das Gesetz ist. Quäl mich nicht, Hapuseneb. Die Tage sind voll von immer neuen Lasten, die wie Getreidesäcke auf meinen Rücken geladen werden, so daß ich oft nicht mehr weiß, ob ich das Ende des Weges noch aufrecht gehend erreichen werde oder kriechend wie ein Blinder auf einem gefährlichen Pfad. Ich bin ein Prinz, gewiß, ebenso wie du, aber ich bin gleichzeitig auch ein Lasttier!»

«Du sprichst zu einem Mann, der bereits mit dem Gewicht der Macht gekämpft hat, als du noch mit Scheuerlappen und Seife auf dem Boden des Tempels knietest», erinnerte Hapuseneb ihn sanft. «Warum mühen wir uns tagaus, tagein von neuem ab, Senmut? Weil es uns Spaß macht zu arbeiten? Nein, mein Freund –» er legte die Hand fest auf Senmuts Schulter – «weil wir beide wissen, wo Ägyptens Rettung liegt, und weil die Königin all das ist, was sie sagt, daß sie ist. Komm mit mir hinein. Es ist ein wundervolles Ereignis.»

Senmut gab plötzlich nach und ließ sich von Hapuseneb in das vollgestopfte, mit Weihrauch angefüllte Gemach führen. Aber während sein Begleiter den ihm gebührenden Platz neben dem Ruhebett einnahm, setzte er sich hinten auf den Boden, wo er nichts sehen konnte.

Hatschepsut lag mit geschlossenen Augen da, die Hände kraftlos auf der weißen Leinendecke. Hätte sie nicht hin und wieder die Finger verkrampft oder kurz den Kopf bewegt, hätte man annehmen können, daß sie schlief. Die Wehen hatten um die Mittagszeit des vorhergehenden Tages begonnen, und bis zum Sonnenuntergang war sie bereits völlig erschöpft gewesen. Ihr Arzt hatte ihr einen Trank aus Mohnsa-

men gegeben, und sie war in einen von Ausbrüchen brennenden Schmerzes unterbrochenen Dämmerschlaf gesunken. Aber zwischen ihren Träumen hatte sie klare Momente, in denen sie die Augen öffnete und über sich das besorgte Gesicht von Thutmosis sah und weiter hinten, an der Wand, die Schatten von vielen Männern. Schließlich kam sie wieder zu vollem Bewußtsein, und sie hörte die Hebamme sagen: «Die Geburt steht unmittelbar bevor!» Sie wurde von einem reißenden Schmerz gepackt und drehte mit zusammengepreßten Lippen den Kopf hin und her, verzweifelt bemüht, nicht aufzuschreien.

Als der Schmerz nachließ, beugte sich der Arzt zu ihr hinunter und legte den Mund an ihr Ohr. «Ich kann dir keinen Mohn mehr geben, Majestät, und er würde dir auch ohnedies nichts nützen, denn das Baby kommt.»

Sie nickte schwach, wandte sich von ihm ab und nahm ihre ganze Kraft zusammen, als die letzte Welle der Wehen über sie hereinbrach. Schweißperlen standen auf ihrer Stirn, aber sie wimmerte nur leise, und dann löschte ein Ruf der Hebamme schlagartig den Schmerz aus.

«Ein Mädchen! Edle von Ägypten, ein Mädchen!»

Die Männer drängten sich nach vorn, um einen Blick auf die Prinzessin zu werfen, die einen schwachen Schrei ausstieß. Senmut sah, wie Hatschepsut sich auf den Ellbogen stützte; ihre Pupillen waren von der Droge geweitet, und ihre Haut war blaß und seltsam dünn wie das Leinen, das zerknittert um sie herumlag.

«Setzt mich auf!» befahl sie, und der Arzt setzte sie behutsam auf. Sie streckte die Hände nach dem Kind aus und nahm es zärtlich in die Arme. Thutmosis ließ sich auf die Knie sinken, und sie lächelte ihm, noch vom Nebel der Mohnsamen umfangen, benommen zu. «Ein Mädchen, Thutmosis. Eine schöne, zarte Tochter Amuns! Sieh, wie ihre winzigen Finger sich um die meinen schließen!»

«Zart in der Tat, und schön wie du, Hatschepsut», erwiderte er lächelnd. «Knospe der Blume Ägyptens!» Er küßte sie auf die Wange und stand auf, aber sie sah ihn nicht mehr an. Ihre Augen hatten sich auf den mit schwarzem Flaum bedeckten kleinen Kopf gesenkt, der weich und wohlig in ihrer Armbeuge lag, und sie achtete nicht auf die Kinderfrau, die schweigend am Kopfende des Ruhebetts stand.

Thutmosis wandte sich an die erleichtert aufatmenden Männer.

«Die Dokumente warten auf euer Siegel. Der Schreiber Anen wird euch an der Tür behilflich sein.» Sie gingen, lebhaft miteinander flüsternd, hinaus.

«Ihre Majestät hat es gut überstanden, Amun sei Dank!» sagte Useramun leise zu Hapuseneb, und der andere nickte.

«Sie ist kräftig. Es wird nicht allzu lange dauern, bis sie wieder die Zügel in die Hand nimmt», erwiderte er mit einem verständnisvollen Blick, denn er hatte die gleichen geheimen Befürchtungen gehegt wie Useramun. Sie verließen das Gemach und überreichten Anen ihre Siegel.

Auch Senmut wandte sich zur Tür, aber die Stimme vom Ruhebett ließ ihn innehalten. Hatschepsut rief ihn zu sich, und er ging zu ihr und verneigte sich. Pen Nechbet stand ebenfalls am Ruhebett, und sie warteten beide, während Hatschepsut sanft die kleinen Finger von ihrem Schlafgewand löste und das Kind in die Höhe hielt.

«Nimm meine Tochter, Senmut.» Als er zögerte, drängte sie ihn: «Nimm sie! Ich ernenne dich zum königlichen Kinderwärter. Von heute ab bist du für ihr Wohlergehen und ihre Sicherheit verantwortlich, und ich weiß, du wirst dafür sorgen, daß sie weder zu verwöhnt noch zu streng erzogen aufwächst. Das Kinderzimmer untersteht deiner Aufsicht, und die Amme hier wird deine Befehle befolgen.»

Er nahm mit grenzenloser, staunender Sanftheit das kleine Bündel behutsam zwischen seine Hände und blickte in ein Gesicht, das so sehr demjenigen, das er liebte, glich, daß sein Blick überrascht zwischen Mutter und Kind hin und her wanderte. Hatschepsut ließ sich mit einem Seufzer in die Kissen zurücksinken.

«Ich mußte sicher sein, daß sie in guten Händen ist», sagte sie. «In einem Palast von dieser Größe geht viel vor sich, und wie kann ich hoffen, alles zu erfahren? Was dich betrifft, pen Nechbet, ich vertraue dir ihre künftige Erziehung an. Ich wünsche, daß sie lernt, wie ich es getan habe, ungezwungen im Schulzimmer und ungezwungen auf dem Exerzierplatz und daß keine Tür des Wissens vor ihr verschlossen bleibt. Sie wird die Weisheit deiner vielen Jahre brauchen.» Sie schloß die Augen und schien im Begriff einzuschlafen. Doch sie öffnete sie wieder, um die beiden Männer zu entlassen.

Pen Nechbet ging nach Hause zu Bett. Senmut begab sich ins

Kinderzimmer, legte das Baby eigenhändig in die kleine goldene Wiege, deckte es sorgsam zu und vergewisserte sich, daß ein Gefolgsmann Seiner Majestät hinter der Tür und ein anderer im Garten unter dem hohen, schmalen Fenster stand. Dann ging er zu Nehesi und bat ihn, weitere Soldaten der Leibwache in der Nähe des Kinderzimmers aufzustellen, damit sie das Kind bewachten. Erst als dies zu seiner Zufriedenheit erledigt war, ging er zu seinem kleinen Palast.

Dort war alles still. Tachat hatte gesagt, sie würde auf seine Nachricht warten, aber er fand sie schlafend auf dem Teppich neben seinem Ruhebett vor, und er legte sich nieder, ohne sie zu wecken. Die Katze war nirgends zu sehen, aber als er die Hand ausstreckte, um das Nachtlicht zu löschen, sprang sie von irgendwoher zähnefletschend und mit gekrümmtem Rücken auf ihn. Augen und Ohren geöffnet und jeden Muskel angespannt, setzte er sich auf. Doch die Dunkelheit blieb stumm. Die dichte, beruhigende Dunkelheit schien keine Spur von Gefahr zu bergen. Schließlich schob er das Tier auf den Boden und legte sich wieder hin. Er war sehr müde.

Die Feierlichkeiten im Tempel, an denen Pharao und der ganze königliche Hof teilnahmen, dauerten Tage. Tachat zog ihr bestes Gewand an und mußte allein hingehen, denn Senmut verbrachte die Zeit im Kinderzimmer, wo er Stunde um Stunde den Tagesablauf der kleinen Prinzessin verfolgte. Die Amme schien reichlich Milch zu haben, und das Personal bestand aus Frauen mittleren Alters, die im Harem jahrelang ihre eigenen Kinder großgezogen hatten. Senmut rief sie zu sich, sprach mit ihnen und gab ihnen strenge Anweisungen, um sicher zu sein, daß das Kind in jedem Augenblick nur Liebe und Geduld erfuhr. Schließlich ging er zögernd hinaus, um sich die neuen Gehege für Amuns Vieh anzusehen und mit Benja zu sprechen, der mit den Maßen der dritten Säule auf der zweiten Terrasse nicht einverstanden war. Aber seine Gedanken kehrten immer wieder zu dem Baby zurück, das so lange und so oft schlief und einen so apathischen Eindruck machte. Es war nicht ungewöhnlich, daß ein Mädchen weniger fordernd und lärmend war als ein Junge, aber Senmut beschloß trotzdem, den Rat von Hatschepsuts Arzt einzuholen und sich vielleicht ein paar hilfreiche Zaubersprüche von den Magiern des Tempels zu beschaffen. Nicht daß er von der Wirk-

samkeit der Magie überzeugt gewesen wäre, aber es konnte auf jeden Fall nichts schaden.

Er hörte sich Benjas Erklärungen nur mit halber Aufmerksamkeit an.

Benjas Hand zitterte, als er ihm das Diagramm zeigte, und schließlich warf er es verärgert nieder. «Du hörst nicht zu, Senmut! Weshalb sollte ich mir Gedanken um diesen – diesen Bruchteil eines Fehlers machen, um diese Kleinigkeit, die sich in meinem Geist zu einem Berg auftürmt und mein Auge beleidigt, wenn du die Wand anstarrst und träumst?»

«Verzeih, mein Freund.» Sein Blick kehrte zu Benjas gerunzelter Stirn zurück. «Was hast du an der Säule auszusetzen?»

«Oh, ihr Götter!» Benja verdrehte die Augen und nahm wieder das Rohr und den Plan zur Hand. «Sieh doch ein, Senmut, sie kann so nicht stehen; es geht nicht. Der Winkel muß so sein –» er schlug auf das Papyrusblatt – «sonst macht die vierte uns endlos zu schaffen.»

«Dann verbreitere das Fundament.»

«Das kann ich nicht. Die Säule steht bereits.»

«Dann reiß sie nieder und stell sie wieder auf. Bei Amun, Benja, kannst du deine Arbeit nicht gleich beim erstenmal richtig machen?»

«Kann der Architekt nicht einen falschen Winkel voraussehen?»

Sie starrten sich zornig an; schließlich rollte Benja widerwillig das Blatt auf, ließ das Rohr auf den Tisch fallen und gab zu, daß er ein paar Tage der Ablenkung fern von der ewigen Hitze und dem Staub des Tals brauchte. Der angespannte Blick und die sichtliche Erschöpfung seines Freundes bereiteten ihm Sorge.

Senmut entschuldigte sich kleinlaut. «Ich hatte geglaubt, daß meine Maße stimmten», sagte er, «aber vielleicht habe ich mich geirrt.»

«Nein, es war meine Schuld. Ich habe die Arbeit zu hastig vorangetrieben, weil ich wußte, daß die Königin es eilig hat. Ich hätte nach besserem Ermessen handeln sollen. Ich werde die Säule niederreißen und wieder aufbauen, Senmut.» Er hob die Hände in mißmutiger Resignation und ging hinaus.

Von Müdigkeit übermannt, saß Senmut eine Weile in dem verlassenen Arbeitszimmer. Er legte den Kopf auf das glatte Holz, um sich ein paar Augenblicke des Friedens zu gönnen und war, von der Stille eingelullt, sofort fest eingeschlafen.

Hatschepsut erwartete mit Ungeduld die Namengebung des Kindes. Sie war schon wieder auf, und obgleich sie sich noch schwach und abgespannt fühlte, sah sie mit Befriedigung, daß ihr Leib allmählich wieder flach und fest wurde und ihr Körper seine frühere Geschmeidigkeit zurückgewann. Eines Tages schleuderte sie ihre langen Gewänder verächtlich in die Ecke und verlangte nach den kurzen Faltenröcken der Männer, die ihr die alte Freiheit wiedergaben. Als sie gerade dabei war, einen Gürtel zu wählen, und noch unentschlossen auf die bunte Reihe blickte, die Nofret auf den ausgestreckten Armen hielt, wurde ihr der zweite Hohepriester Amuns gemeldet. Sie befahl, ihn hereinzulassen, und als er vor ihr stand, verlor sie keine Zeit mit Höflichkeiten.

«Sag es mir sofort!» sagte sie barsch. «Wie soll meine Tochter heißen?»

Er lächelte. «Es war eine langwierige und schwere Entscheidung, denn als volle königliche Prinzessin muß sie einen Namen haben, der Kraft besitzt und ihr vollen Schutz gewährt.»

«Ja, ja! Natürlich!»

«Der Name, den sie tragen wird, ist Neferura, Majestät.»

Die Worte hingen in der Luft. Durch das Zimmer schien plötzlich ein kalter Wind zu wehen, eine dunkle, böse Brise aus der Vergangenheit, die Hatschepsut erbleichen ließ und Nofret ein Schaudern verursachte, so daß sie sich rasch nach der Statue des Gottes umsah. Nur der Priester hatte anscheinend nichts bemerkt.

Bestürzt winkte Hatschepsut ihn näher heran. «Wiederhole mir den Namen, Ipuemra, denn ich habe ihn nicht richtig gehört.»

«Neferura, Majestät. Neferura.»

Sie drang in ihn. «Das kann nicht sein. Gewiß, es ist ein Name voller Kraft, aber es ist keine gute Kraft, kein guter Zauber. Du mußt dich geirrt haben.»

Er war beleidigt, aber er ließ es sich nicht anmerken. «Es besteht kein Irrtum, Majestät. Die Zeichen wurden sorgfältig gedeutet. Es ist Neferura.»

«Es ist Neferura», wiederholte sie dumpf. «Nun gut. Amun hat gesprochen, und das Kind soll diesen Namen tragen. Du kannst gehen.»

Er ging mit einer tiefen Verneigung rückwärts zur Tür, die der Wächter ihm öffnete und dann wieder schloß.

Hatschepsut saß da und starrte, immer wieder den Namen murmelnd, wie betäubt ins Leere. «Schick Duauineheh zu Pharao», sagte sie schließlich zu Nofret, «und sag ihm, er soll Pharao den Namen nennen. Ich kann nicht zu ihm gehen, ich glaube, ich werde mich für den Rest des Tages niederlegen. Neferura», sagte sie wieder langsam, während Nofret die Bettdecken zurückschlug. «Ein böses Omen für meine schöne kleine Tochter. Ich sollte einen Zauberer kommen lassen, um ihre Zukunft zu ergründen.» Aber sie wußte, daß ein solches Vorgehen ihrer Natur widersprach und daß sie niemals die Priester des Seth rufen würde.

Thutmosis schickte Duauineheh mit der Botschaft zurück, daß er mit dem Namen einverstanden sei. Aber er kam nicht selbst. Sie wußte, daß er mit Aset im Kinderzimmer des kleinen Thutmosis war. Sie lag auf der Seite, den Kopf auf den Arm gebettet, blickte in das warme, wohlriechende Halbdunkel ihres Zimmers und dachte an ihre Schwester Neferu und an das kleine Kitz, die beide seit langem tot waren.

Sie stand nicht auf. Senmut brachte ihr jeden Tag das Kind, und sie spielte mit ihm, liebkoste es und lächelte ihm zu, aber sie war nicht bereit, ihr Bett zu verlassen. Eine erschreckende Mattigkeit, eine dumpfe, tödliche Apathie hatte sie befallen. Sie aß, trank und schlief nur in der Geborgenheit ihres Zimmers. In den Audienzsälen und Ministerien des Landes bemühten sich Hapuseneb, Ineni und Ahmose, Useramuns Vater, verzweifelt, einen ständig wachsenden Berg von Arbeit zu bewältigen, während Thutmosis und Aset auf die Jagd gingen, Boot fuhren und Feste feierten. Ihr Gelächter und das Kommen und Gehen ihrer Dienerschaft waren ein ständiger Hohn für die Ohren der geplagten Männer, die früh am Morgen aufstanden und noch bei Morgengrauen in ihren Arbeitsräumen weilten.

Senmut versuchte mit Hatschepsut zu sprechen, ihr klarzumachen, daß das große Räderwerk Ägypten ohne ihre leitende Hand langsam, aber sicher zum Stillstand kam. Doch sie ersuchte ihn gereizt, seiner Arbeit nachzugehen, und erinnerte ihn daran, daß Männer nicht umsonst Minister würden.

Er hatte sich an Thutmosis gewandt, war widerstrebend zu ihm gegangen, weil es sonst niemand gab, an den er sich hätte wenden können. Aber er hatte einen ungünstigen Augenblick gewählt. Thut-

mosis war im Begriff, mit Aset und dem kleinen Prinzen eine Fahrt den Fluß hinunter nach Memphis anzutreten, um Sechmet zu huldigen, und Senmut mußte mit ihm sprechen, während seine Höflinge sich auf den Wasserstufen drängten und die kaiserliche Barke mit wehenden Fahnen wartend am Fuß der Stufen schaukelte.

Thutmosis hatte ihn kaum angehört. «Ich werde mich nach meiner Rückkehr um alles kümmern», sagte er kurz angebunden, die Augen auf Aset geheftet, die schwankend die Rampe hinaufstieg und sich mit einem Lächeln nach ihm umwandte.

Senmut hatte sich in hilflosem Zorn entfernt. Und als Thutmosis zurückkehrte, geschah nichts, das muntere Leben dauerte fort.

Schließlich ging Nehesi zu Hatschepsut. An einem heißen, schwülen Abend kam er unangemeldet in ihr Schlafgemach und traf sie auf ihrem Ruhebett sitzend an, nackt bis auf ein dünnes Leinentuch über den Lenden, einen leeren Weinkrug auf dem Tisch neben ihrem Bett und einen Strauß welkender Lotosblüten in den schlaffen Händen. Er verneigte sich, trat rasch ans Ruhebett und blickte auf sie hinunter.

«Es ist Zeit aufzustehen, Majestät», sagte er energisch. «Die Tage ziehen schnell vorüber, und Ägypten braucht dich.»

Sie sah ihn mit matten Augen an. «Wie bist du hier hereingekommen, Nehesi?»

«Ich habe einfach meinem Soldaten befohlen, mich hereinzulassen.»

«Was willst du?»

Er beugte sich mit einer eindringlichen Gebärde über sie. «Ich will nichts, Majestät, aber dein Land verlangt danach, wieder deine königliche Hand zu spüren. Warum liegst du hier wie ein krankes Kind? Wo ist der Befehlshaber der Krieger des Königs? Ich würde jetzt nicht unter deinem Befehl kämpfen, nein, das würde ich nicht, selbst wenn Tausende und aber Tausende von Kuschiten die Tür aufzubrechen drohten!»

«Das ist Verrat!» sagte sie mit einem Aufflammen ihrer alten Strenge. «Wer bist du, schwarzer Nehesi, daß du es wagst, zu deiner Königin von Verrat zu sprechen?»

«Ich bin dein königlicher Siegelträger, der an seinem Gurt ein wertloses Stück Metall trägt, für das es keine Verwendung gibt. Ich bin dein General, der zusehen muß, wie deine Soldaten fett, ruhelos und unlenksam werden. Warum stehst du nicht auf?»

Sie blickte auf die kräftigen schwarzen Arme, die bittend ausgebreitet waren, die breite, muskulöse Brust, das glatte Gesicht, das eine so überwältigende Vitalität ausstrahlte, und sie bewegte sich verdrießlich unter dem kühlen Leinentuch. «Mein Kopf brennt wie Feuer», sagte sie, «und ich bin tagaus, tagein bedrückt. Seit der Priester mir den Namen meiner Tochter mitgeteilt hat, fühle ich mich schwach, erschöpft, als ob mich der Name all meiner Kraft beraubt hätte. Ich denke die ganze Zeit daran, Nehesi. Er verfolgt mich.»

«Ein Name ist nur ein Wort», entgegnete er. «Gewiß, er hat viel Kraft, aber der Mensch, der den Namen trägt, kann seinen Gebrauch zum Guten oder Bösen wenden.»

«Neferu ist tot», erwiderte sie langsam. «War es ein Zufall, der ihren Namen abermals in mein Leben kommen ließ?»

«Nein!» Er schrie es beinahe. «Das war kein Zufall! Es ist ein guter Name, ein königlicher Name, ein Name, den Amun liebt. Wird er der Tochter seiner Tochter einen Namen geben, der ihr Schaden zufügt? Ist deine Schwester wegen eines Namens gestorben? Würde sie dich jetzt bestrafen – einen Menschen, der sie geliebt und alles mit ihr geteilt hat? Majestät, du beleidigst dich selbst, deine Schwester und deinen Vater Amun!» Er wartete nicht darauf, entlassen zu werden, sondern warf ihr einen vernichtenden Blick zu und ging hinaus.

Sie lag da, die Augen auf die Tür geheftet, durch die er verschwunden war, und ihr Herz begann schneller zu pochen. Seine Worte hatten sie aufgewühlt, und sie fragte sich erschreckt, was sie hier in diesem dunklen Zimmer tat, während draußen Re strahlend über den Himmel zog und das Grün wieder aus der Erde sproß. Aber sie rührte sich immer noch nicht.

Eines Tages, als Aset sich unpäßlich fühlte – eine Erkältung und Halsschmerzen machten sie übellaunig und gereizt –, ging Thutmosis am Morgen ins Kinderzimmer, um seine Tocher zu sehen. Sie schlief, sie schien ständig zu schlafen, wogegen der kleine Thutmosis strampelte und lächelte und lautstark schrie, wenn er hungrig war. Thutmosis sah auf sie hinunter und runzelte besorgt die Stirn.

Schließlich ging er in Hatschepsuts Schlafgemach und setzte sich auf einen Stuhl neben ihrem Ruhebett. «Geht es dir heute gut?» fragte er.

Sie sah ihn von der Seite an. «Ganz gut. Was machen die Regierungsgeschäfte, Thutmosis?»

«Das weiß ich nicht. Ich überlasse sie den Ministern. Wofür sind Minister da?»

Die Worte ähnelten so sehr denjenigen, die sie selbst Senmut gegenüber geäußert hatte, daß sie sich verblüfft aufsetzte. «Willst du damit sagen, daß du nicht täglich die Depeschen liest?»

«Nein, das tue ich nicht. Ich war nie sehr gut im Lesen, und das Geleier der Schreiber langweilt mich. Aber die Jagd war in letzter Zeit ausgezeichnet!»

Mit mehr Erregung, als sie seit Wochen empfunden hatte, blickte sie in sein einfältig grinsendes Gesicht; und als sie Zorn in sich aufsteigen fühlte, glitt sie von ihrem Ruhebett, rief nach Nofret und ließ sich ihren Schlafrock bringen. «Ich hatte geglaubt, es würde dich glücklich machen, eine Zeitlang alles nach deinen Wünschen zu regeln. Ist nichts getan worden?» Sie erinnerte sich an Senmuts flehendes Gesicht und seine zornigen Lippen, aber sie wußte nicht mehr genau, worum er sie gebeten hatte. «Hast du nur gespielt, während ich mich ausgeruht habe?»

«Gespielt? Nur Kinder spielen.»

«Oh, mein liebes Ägypten», flüsterte sie, «was habe ich dir angetan?» Er drehte sich verwirrt nach ihr um, während sie in ihren Schlafrock schlüpfte und ihn fest um ihren Körper wickelte.

«Hatschepsut», begann er, aber sie bestellte Speisen und Milch, ehe sie ihn wieder ansah. «Ich wollte mit dir über Neferura sprechen», fuhr er fort.

Sie hörte den Namen mit völliger Gelassenheit und fragte sich erstaunt, warum um alles in der Welt er sie beunruhigt hatte. Der Nebel in ihrem Gehirn verschwand zusehends, obgleich ihre Beine noch zitterten. Im Geist war sie bereits in den Audienzräumen und sah sich vor den Haufen von unerledigter Korrespondenz, die auf ihr Siegel wartete. «Was ist mit ihr?»

«Hast du mit den Ärzten über sie gesprochen? Sie scheint ein wenig schwach zu sein.»

«Das hat Senmut auch gesagt, aber der Arzt meint, sie ist lediglich zart und wird mit der Zeit so kräftig und gesund werden wie der junge Stier in deinem Gehege.» Sie lächelte leise. «Sie wird einmal ein guter Pharao.»

Er sprang erregt von seinem Stuhl auf. «Das habe ich zu entscheiden!»

Nofret erschien, gefolgt von einer Reihe von Sklavinnen, die dampfende Schüsseln hereintrugen. Es war die größte Mahlzeit, die Hatschepsut seit langem zu sich nahm.

Sie setzte sich auf ihre Kissen und schnüffelte erwartungsvoll. «Fisch! Köstlicher Fisch!» Sie sah Thutmosis mit einem festen, ruhigen Blick an. «Ich glaube nicht. Wirst du, als Pharao, Neferura zu deinem Kronprinzen ernennen? Zu deiner Erbin?»

«Ganz gewiß nicht! Der Gedanke ist absurd!»

«Dein Vater hat es getan, und ohne dich wäre ich jetzt Pharao! Nennst du ihn absurd?»

Nofret hob den Deckel von einer silbernen Schüssel und legte Hatschepsut das Essen vor.

«Ja, das tue ich. Wir brauchen uns nicht weiter über die Thronfolge zu streiten. Ich werde meinen Sohn Thutmosis zu meinem Erben erklären und ihn zur gegebenen Zeit mit Neferura verheiraten, um diese Erklärung zu legitimieren.»

«Nein, das wirst du nicht tun.» Sie schob das Essen in den Mund, kaute mit Genuß und griff nach dem Wasser. «Du kannst erklären, was du willst, Thutmosis, aber ich werde Neferura nicht gestatten, Thutmosis zu heiraten. Ich habe beschlossen, eine neue Dynastie zu gründen – eine Dynastie von Königinnen. Ich werde das Gesetz ändern.»

Er starrte sie entgeistert an. «Du kannst das Gesetz nicht ändern! Pharao muß ein Mann sein!»

«Willst du sagen, daß Pharao die äußeren Attribute eines Mannes besitzen muß oder daß er mit der Entschlußkraft und Autorität eines Mannes regieren muß? Wer ist Ägypten, Thutmosis, du oder ich? Du brauchst mir nicht zu antworten, und bitte mach den Mund zu, du verdirbst mir den Appetit. Ich herrsche über Ägypten, und Neferura wird so erzogen werden, daß sie nach mir herrschen kann – als Pharao.»

«Thutmosis wird Pharao!»

«Er wird es nicht!»

Er stand auf und unterdrückte nur mit Mühe das Verlangen, seinen Fuß unter den Tisch zu stellen und ihr die wohlriechenden Schüsseln

ins Gesicht zu schleudern. «Amun ist mein Zeuge, so wahr ich Pharao von Ägypten bin, er wird regieren!» sagte er in drohendem Ton. «Du bist verrückt wie ein tollwütiger Köter.»

«Ach, geh und laß mich in Ruhe, Thutmosis.» Sie lächelte müde. «Und noch etwas. Wenn du dich nicht für Neferura entscheidest, wirst du nie wieder mein Bett teilen. Das schwöre ich.»

Er stürmte in blinder Wut zur Tür. «Das wird kein Verlust sein, du Katze! Du gemeines Biest! Ich will deine Klauen nie wieder fühlen!» Mit einer heftigen Bewegung riß er die schwere Bronzetür auf und ging hinaus. Aber während er stolpernd den Gang entlanglief, ergriff ihn bereits eine schmerzliche Sehnsucht nach den wenigen Nächten, die er versunken in ihren Armen verbracht hatte, und er verfluchte sie.

Eine Stunde später hörten die Männer im Audienzraum schnelle, entschlossene Schritte, die sich dem Zimmer näherten. Sie blickten überrascht auf. Der Soldat jenseits der Tür nahm Haltung an, sein Speer stieß zum Gruß auf den Boden, und im nächsten Augenblick stürzte Hatschepsut in den Raum. Auf ihrer Stirn glitzerte die Kobra, der kurze Faltenrock wirbelte um ihre Schenkel, und ihre goldenen Sandalen durchbrachen mit zielbewußten kleinen Schlägen die plötzliche Stille. Noch ehe sie bei den Männern angelangt war, lagen sie bereits alle ausgestreckt auf dem Boden. Eine Hand auf die schlanke Hüfte gestützt, sah Hatschepsut sie an. «Steht auf! Bei Amun, ihr steckt bis über die Ohren in Papieren. Nehesi, das Siegel! Hapuseneb, wir werden uns als erstes mit deinen Problemen befassen. Ineni, bring mir einen Stuhl. Untaugliche und faule Minister, die ihr seid, euer Arbeitszimmer sieht wahrhaftig wüst aus!»

Sie standen auf und lächelten ihr mit ungeheurer Erleichterung und Dankbarkeit zu.

Sie erwiderte ihr Lächeln. «Ägypten ist zu euch gekommen», sagte sie, als sie sich auf den Stuhl setzte, den Ineni ihr hastig hinschob, und die Hand nach der ersten Schriftrolle ausstreckte. «Meine Freunde, wir werden dieses Land großen Zeiten entgegenführen. Wir werden die Zügel straffziehen, bis es niemanden in Theben und in ganz Ägypten gibt, der sich uns zu widersetzen wagt. Die Arbeit, die wir bisher geleistet haben, wird nichts sein im Vergleich zu dem, was wir von heute ab gemeinsam vollbringen werden. Selbst Pharao wird sprachlos sein.» Sie suchte Senmuts Blick, und als sie ihn fand, war es wie eine

Herausforderung, eine Botschaft. Dann wandte sie sich der Lektüre des Briefs zu, und Anen stellte sein Tablett mit Pinseln und Tinten auf die gekreuzten Beine. «Pharao ist im Begriff, die Thronfolge zu verkünden», sagte sie, die Augen auf das Papyrusblatt geheftet, das sie in den Händen hielt. Die Männer um den Tisch tauschten vielsagende Blicke aus; dies war also der Grund für ihre plötzliche Genesung. «Er sagt», sie machte eine Pause und sah sie scharf an, «er sagt, der Falke-im-Nest wird der junge Thutmosis sein.» Sie schwiegen, und Hatschepsut klopfte sich nachdenklich mit der harten Schriftrolle gegen die Zähne. «Aber wir werden in den Tempel gehen und sehen, was Amun zu sagen hat. Ich bin sicher, daß mein Vater es nicht wünscht.»

Useramun war im Begriff einzuwenden, daß jede Diskussion über diese Frage sinnlos sei, da beide Thronanwärter ja noch in den Kinderschuhen steckten. Aber Hapuseneb warf ihm einen warnenden Blick zu, und er zog es vor zu schweigen.

«Unterdessen, an die Arbeit!» schloß Hatschepsut. «Wir müssen den Frieden fördern, Stärke gewinnen und jedes gute Geschenk des Gottes nutzen.»

Ehe das neue Jahr anbrach, war die Arbeit aufgeholt, und Hatschepsut begann, rücksichtslos die Macht, die sie besaß, seit ihr Vater sie zum Kronprinzen erklärt hatte, zu festigen. In dem Bewußtsein, daß sie und nur sie allein Ägyptens Hoffnung war, trieb sie sich und ihre Mitarbeiter unbarmherzig an. Sie wußte, wenn sie Neferura eines Tages zum König machen wollte, mußte sie alle Lücken zwischen sich und dem Horusthron schließen. Sie sprach eingehend mit Senmut und Hapuseneb darüber, und sie waren sich alle einig, daß zu Lebzeiten Thutmosis' – und damit auch zu ihren Lebzeiten – wenig getan werden konnte. Aber Hatschepsuts Entschluß stand fest, und sie suchte nach Mitteln und Wegen, die Thronbesteigung ihrer Tochter nach ihrem oder Thutmosis' Tod zu sichern.

In kluger Voraussicht begann sie, viele der Priester im Tempel, die hohe Ämter innehatten, durch eigene Leute zu ersetzen. Aber es stand nicht in ihrer Macht, sich Menenas zu entledigen, solange Thutmosis ihn haben wollte. Die Wahl des Hohepriesters war ausschließlich Sache des Pharaos, und so fungierte Menena weiterhin als Berater von

Thutmosis, während Hatschepsut ihn mit Spitzeln umgab. Sie vergewisserte sich unauffällig, daß alle Nomarchen, Vizekönige und Gouverneure der Provinzen ihr treu ergeben waren, und sie verbrachte viel Zeit bei den Soldaten in den Kasernen und auf den Besitztümern der Generale und eroberte sie alle mit ihrem Charme und ihrer Lebendigkeit. Sie tat diese Dinge nicht aus Selbstsucht. Ägypten mußte stark sein. Die Menschen mußten sehen, daß Amun als höchste Gottheit über alles Leben herrschte. Ihre Hingabe an den Gott und an das Land, das wie ein blaues, grünes und braunes Juwel vor ihren Augen leuchtete, war grenzenlos.

Sie machte Senmut zu ihrem Oberhofmeister, denn sie wußte, daß seinen scharfen, wachsamen Augen nichts, was an ihrem Hof geschah, entgehen würde. Unter seiner Obhut entwickelte sich ihre Tochter zu einem gesunden, lebhaften Kind, das, von Senmuts langen Armen beschützt, munter im Kinderzimmer umherwatschelte. Sie lud die jungen Aristokraten Jamunefer, Djehuty und Sennefer oft ein, mit ihr zu jagen oder zu speisen, denn sie stammten aus Familien, die, fast so alt wie ihre eigene, von den Sitten und Bräuchen ihrer Vorfahren durchdrungen waren. Zuerst wußte Hatschepsut nicht, wie sie einer Frau begegnen würden, die nicht Königin, sondern König war. Sie brachten ihr reiche Geschenke mit, rühmten sie und schmeichelten ihr, aber ihre dunklen Augen waren voller Geringschätzung, wenn sie Emporkömmlinge wie Senmut ansahen, obgleich sie ihm den schuldigen Respekt zollten. Er war jetzt ein großer Mann, die größte Persönlichkeit des Landes nach der Königin selbst, und das wußten sie.

Als dank Hatschepsuts fortwährender Wachsamkeit in Ägypten schließlich Ruhe und Ordnung herrschten, wandte sie ihre Aufmerksamkeit der Schule der Architekten zu, denn diese Männer waren eine Klasse für sich und wurden seit undenklicher Zeit von den Königen hoch in Ehren gehalten. Ihr achtsames Auge erkannte die Begabung des jungen, schweigsamen Puiemre. Sie übertrug ihm Arbeiten, für sie selbst und auch für Thutmosis, und er erledigte sie prompt und gewissenhaft. Aber es fiel ihr schwer, ihn zu verstehen. Er ließ sich selten im Tempel blicken und schien wenig Freunde zu haben. Hin und wieder ging er nach Bubastis und kehrte schweigend und zerstreut nach Theben zurück. Niemand wußte, wie er seiner Göttin,

Bastet, der laufenden Katze, diente, aber alle konnten es sich denken. Er war Hatschepsut auf eine ruhige, gefühlsbetonte Art ergeben, und er nahm häufig an den Besprechungen ihres vertrauten Kreises teil, saß schweigend und beobachtend dabei oder machte eine kurze, treffende Bemerkung, um sich gleich darauf wieder in seine geheimen Gedanken zurückzuziehen. Ein anderer Neuling in der Umgebung der Königin war Amunophis. Hatschepsut, die mit seinem Vater in der Wüste gekämpft hatte, machte ihn zum Unterhofmeister, und er erwies sich als sehr tüchtig. Senmut und er teilten sich in die Verantwortung für die Verwaltung des Palastes. Er war ein gewandter, gutaussehender Mann, tatkräftig und energisch, und so mühsam die Aufgaben eines jeden Tages auch sein mochten, er schien immer Zeit zu finden, eines seiner geliebten Pferde vor den Streitwagen zu spannen und ein paar Stunden zwischen Luxor und Theben hin und her zu rasen. Manchmal fuhren er und Senmut um die Wette, sie flogen im orangefarbenen Licht des Sonnenuntergangs donnernd durch die Wüste und wirbelten Wolken von rotem Staub auf. Da Senmut um diese Tageszeit meist sehr müde war, gewann Amunophis meist mühelos, und er trottete mit stolz erhobenem Kopf zu den Ställen zurück, während Senmut trübsinnig lächelnd hinter ihm herzog.

Hatschepsut brauchte solche genialen und widerstandsfähigen Männer. Ihre Konzentration und das Gefühl von Dringlichkeit wich nicht von ihr, und ihre Minister, Herolde und Schreiber beteten darum, unter der drückenden Last, die sie ihnen auferlegte, nicht zusammenzubrechen. Auch sie selbst arbeitete schwer und ersparte sich keine Mühe. Allmählich sah sie mit Befriedigung, daß das Gleichgewicht der Macht sich verlagerte. Einer nach dem anderen glitten die Zügel in ihre Hände.

An einem heißen Sommertag ging sie in Asets Gemächer, um sich den kleinen Prinzen anzusehen. Sie hatte daran gedacht, sich den Jungen bringen zu lassen, war jedoch zu dem Schluß gelangt, daß es besser wäre, einige Zeit im Haus der Frauen zu verbringen, um Aset und ihre Gefolgschaft daran zu erinnern, wer den Finger ständig am Puls des Palastes hatte.

Sie nahm Senmut und Hapuseneb mit und betrat unangemeldet Asets Empfangszimmer. Aset spielte Dame mit einer ihrer Kammer-

frauen; ihre dünnen Ellbogen ruhten nachdenklich auf dem Rand des Bretts aus Alabaster und Ebenholz, und sie war so in das Spiel vertieft, daß Hatschepsut sich ihr näherte und eine Minute wartend dastand, ehe die beiden Frauen ihre Gegenwart bemerkten. Aset sprang auf und stieß dabei mit dem Knie ans Brett, so daß die Steine klappernd zu Boden fielen, während sie und ihre Dienerin sich hastig niederwarfen.

Hatschepsut musterte das Zimmer. Es war groß und sonnig und wurde offensichtlich nicht viel benutzt, denn Aset und Thutmosis waren, wie sie wußte, unzertrennlich. Das Ruhebett, die Tische, Stühle, Schreine und Statuen waren aus Gold, und an den Friesen, die um die Wände liefen, waren die glatten, anmutigen Figuren von Menschen, Tieren und Bäumen mit Elektrum eingelegt. Überall gab es Beweise für die freigebige Hand eines Pharaos, und Hatschepsut nahm sich vor, Ineni in seiner Eigenschaft als Schatzmeister zu fragen, wieviel Schätze Thutmosis an Aset verschwendete. Sie blickte auf den dunklen Kopf hinunter, dessen dichtes Haar sich über die Fliesen ausbreitete. Schließlich sagte sie: «Steh auf, Aset. Ich bin gekommen, um deinen kleinen Sohn zu sehen.»

Aset sprang verschlagen lächelnd auf. Der Anblick der dicht zusammenstehenden Augen und des schmalen Munds erfüllte Hatschepsut erneut mit Abneigung, so daß sie das Kinn hob und ihr Lächeln verschwand. Sie hatte Aset lange nicht gesehen, und sie hatte sich bemühen wollen, das Mädchen gern zu haben. Aber wieder spürte sie die anmaßende Überlegenheit eines Emporkömmlings mit kühnen Träumen.

«Schick deine Kammerfrau nach dem Jungen», sagte sie kurz. «Wir warten darauf, eine Meinung über ihn zu äußern. Pharao beteuert beharrlich, daß er meinem Vater ähnelt.»

«Das tut er in der Tat!» erklärte Aset eifrig. Dann wandte sie sich an die Kammerfrau und befahl ihr, das Kind bringen zu lassen. Hatschepsut unterdrückte die Erwiderung, die ihr auf der Zunge lag. Wie wollte Aset, die Thutmosis den Ersten vermutlich nie gesehen hatte, diese Ähnlichkeit erkennen? Sie konnte sich nicht vorstellen, daß ihr Vater jemals einen Blick an dieses schnippische junge Ding verschwendet hätte, das wie eine halbverhungerte Katze aussah. Sie staunte abermals über Thutmosis' ungeheuren Mangel an Urteilskraft.

Vielleicht war Aset schon vor Pharaos Aufenthalt in Assuan so von Ehrgeiz erfüllt gewesen, daß sie ihn mit einem Zauberbann belegt hatte.

Während Hatschepsut über diese Dinge nachsann, befragte sie Aset eingehend nach dem täglichen Leben des kleinen Thutmosis: wie er aß, wie er schlief, wer seine Spielgefährten waren. Aset antwortete schnell, aber mit Respekt, und ihr Blick flog oft zu den beiden hochgewachsenen, schweigsamen Männern, die neben der Königin standen und den Blick mit kühler Herausforderung erwiderten. Schließlich öffnete sich die Tür am anderen Ende des Zimmers, und die Kinderfrau kam herein; sie führte einen robusten, dunkelhaarigen kleinen Jungen an der Hand, der, obwohl noch unsicher auf den Beinen, ihr unerschrocken entgegenschritt. Während Hatschepsut beobachtete, wie er über den blanken Boden auf sie zukam, fühlte sie, daß ihre Gelassenheit sie verließ. Er war in der Tat ein Thutmosis. Seine Schultern waren straff, und er hielt sich sehr gerade. Die runden schwarzen Augen sahen Hatschepsut sofort furchtlos und fragend an. Seine Züge waren ausgeprägt, und seine Vorderzähne standen unter der kleinen Nase etwas nach vorn, was ihm das raubtierhafte Aussehen seines Großvaters verlieh.

Er und die Kinderfrau verneigten sich, und als der Junge zutraulich mit dem Kopf nickte, rutschte ihm der Prinzenhelm, den er trug, über die Augen. Hatschepsut kniete nieder, als die Kinderfrau seine Hand losließ, und winkte ihn zu sich heran. Er watschelte in ihre Reichweite, ließ sich jedoch nicht umarmen und blickte von ihr zu seiner Mutter und wieder zurück, während sich ein kurzer, dicker Finger in seinen Mund schlich. Er lutschte ungestüm daran und hielt dabei den Blick fest auf Hatschepsuts Gesicht geheftet. Plötzlich äußerte er, den tröstenden Finger immer noch im Mund, ein unverständliches Wort.

Hatschepsut blickte auf. «Senmut, was meinst du?»

Senmut dachte an die Zukunft, sah das Kind im Geist als jungen Mann, als tatkräftigen, zielbewußten Thutmosis den Ersten. Er war erstaunt über die gelassene Miene und die ruhige Stimme der Königin, aber er antwortete ihr prompt. «Er trägt in der Tat den Stempel der königlichen Saat, der er entsprungen ist.»

«Und du, Hapuseneb?»

Hapuseneb nickte langsam, die Gedanken wie gewöhnlich unter

einem weltmännischen, liebenswürdigen Äußeren verborgen. «Ich sehe ohne jeden Zweifel deinen Vater», räumte er ein.

Als Hatschepsut aufstand und der Kinderfrau mit einem Wink befahl, das Kind hinauszubringen, grinste Aset befriedigt.

Hatschepsut wandte sich ihr zu, als die stämmigen kleinen Beine außer Sicht waren. «Ich will ihn nicht noch einmal mit dem Helm sehen», sagte sie. Obgleich die Worte freundlich waren und mit ruhiger Stimme geäußert wurden, hörten alle den warnenden Unterton. «Mein Mann hat ihn zum Kronprinzen erklärt, aber er ist noch ein Kind, und er wird kahl rasiert und frei herumlaufen wie andere Kinder auch. Hüte dich, ihm den kleinen Kopf mit dummen und eitlen Gedanken zu füllen, Aset, sonst werdet ihr beide, du und er, zu Schaden kommen.»

Als Aset sich verneigte, war ihr fuchsähnliches Gesicht eine mürrische Maske.

Plötzlich lächelte Hatschepsut. «Er ist ein schöner Junge, ein wahrer und würdiger Prinz von Ägypten und ein Sohn, auf den Thutmosis stolz sein kann», sagte sie. «Sieh zu, daß du ihn nicht verziehst. Und jetzt geh zu deinem Spiel zurück. Ich werde dich nicht länger stören.»

Hapuseneb bückte sich, hob die verstreuten Steine auf und stellte sie feierlich wieder auf das Brett. Aset warf sich abermals zu Boden, dann schloß sich die Tür hinter Hatschepsut und den beiden Männern.

Als sie wieder allein war, saß Aset da und starrte ins Leere. Sie runzelte nervös die Stirn und zerrte mit ihren scharfen weißen Zähnen an ihren Fingernägeln.

18

Thutmosis zog in den folgenden Jahren noch dreimal widerwillig in den Krieg, und Hatschepsut war jedesmal erleichtert, wenn er sich dazu entschloß. Er nahm nicht an den Kampfhandlungen teil, aber wenigstens führte er seine Truppen an und war stolz darauf. Seine Generale schlugen mit Leichtigkeit die hakennasigen, kriegerischen Wüstenstämme in die Flucht und erteilten den Bewohnern der östlichen Wüste heilsame Lektionen in ägyptischer Kriegsmacht. Während seiner Abwesenheiten ging die Arbeit an dem luftigen, traumähnlichen Tempel im Tal mit großen Schritten voran, und Thutmosis bestand jedesmal bei seiner Rückkehr darauf, den Tempel zu besichtigen. Er interessierte sich leidenschaftlich für alles, was die Baukunst betraf, und Senmuts Meisterwerk faszinierte und erregte ihn. Senmut empfand oft Mitleid mit dem schwerfälligen, keuchenden jungen Pharao, der mit einem Ausdruck ehrlicher Bewunderung das wimmelnde Leben vor ihm im Tal beobachtete. Thutmosis besaß die Seele eines Baumeisters, und Senmut, der sich ihm wesensnah fühlte, zeigte ihm die Pläne, hörte sich seine Kommentare und zögernden Ratschläge an und spürte seine heimlichen kleinen Anwandlungen von Eifersucht, wenn Hatschepsut mit Stolz auf die Pracht ihrer Huldigung an die Nachwelt hinwies. In ihrem Tal, Deir el-Bahari, das von majestätischen Felsen gekrönt wurde, sprachen sie und Thutmosis gelassen und ohne Sticheleien miteinander. Sie sahen beide erwartungsvoll dem Tag entgegen, an dem sie gemeinsam zum erstenmal die lange, anmutig geschwungene Rampe hinaufsteigen würden, um dem Gott zu huldigen.

Thutmosis baute selbst sehr viel, und er sprach mit Hatschepsut

auch über seine Projekte. Er wollte sich in Medinet Habu einen kleinen Totentempel errichten lassen und bat sie, ihm ihren Baumeister zu leihen. Sie neckte ihn ein Weilchen und fragte ihn, welchen ihrer Diener er haben wolle, aber am Ende erklärte sie sich großmütig bereit, ihm Senmut zu geben. Senmut fertigte nach Thutmosis' Angaben einen Entwurf an, doch er gefiel ihm nicht, und eines Abends brachte er ihn zu Hatschepsut.

Sie warf einen kurzen Blick darauf und brach in schallendes Gelächter aus. «Armer Thutmosis! Hat er das gezeichnet?»

«Ich habe es gezeichnet, Majestät, aber Pharao hat mir gesagt, was er haben wollte.»

«Armer Thutmosis», sagte sie noch einmal, und ihr Gelächter erstarb. Sie sahen sich einen Augenblick schweigend an, dann gab sie ihm die Rolle zurück.

«Laß ihn ruhig weitermachen», entschied sie. «Er kann es meinem großartigen Werk im Tal nie gleichtun, so ähnlich dieser Plan auch sein mag. Medinet Habu ist ein ganz anderes Baugelände, zu dem eine ganz andere Art von Tempel gehört. Wie töricht von Thutmosis! Er hat ein gutes Auge und könnte leicht Bauten von großer Ursprünglichkeit entwerfen, aber sein Talent wird von so vielen anderen Dingen überschattet.»

Senmut half Thutmosis auch bei seinem neuen Tempel für Hathor. «Es soll eine Danksagung an die Göttin für meine liebe Aset sein», erklärte ihm Thutmosis mit einem Seitenblick. So sah sich Senmut, ob er wollte oder nicht, im Dienst einer Frau, die er instinktiv verabscheute, und eines Pharaos, den er verzweifelt zu achten versuchte. Aber irgendwie fand er die Kraft, Thutmosis' Forderungen mit den vielen Aufgaben zu verbinden, die er täglich bewältigen mußte.

Er liebte die kleine Prinzessin Neferura. Sie war hübsch und zart wie eine Blume, und wenn er mit ihr auf dem Boden des Kinderzimmers spielte oder ihr zusah, wie sie auf unsicheren Beinen durch den Garten torkelte, fühlte er, wie der Druck seiner Ämter nachließ. Ich habe alles erreicht, was ich erreichen wollte, sagte er sich, und die Sorge für dieses Kind ist die Summe und der Beweis all meiner Bemühungen. Aber irgend etwas in seinem Innern sagte ihm, daß es noch mehr gab, viel mehr, und daß er gerade erst begonnen hatte, seine Grenzen zu erproben. Erinnerungen an die Vergangenheit fin-

gen an, ihn zu quälen, und er dachte an seinen Vater und seine Mutter, die noch auf den Feldern waren, wo er als Junge gearbeitet hatte. Schließlich bat er um Erlaubnis, sie zu besuchen. Hatschepsut warf einen Blick auf sein müdes Gesicht und willigte ein. Er und Senmen verließen Theben auf seiner vergoldeten Barke und erreichten ihr Ziel in der Hälfte der Zeit, die er und sein Vater gebraucht hatten, um den Weg zu Fuß zurückzulegen. Seine Eltern erschienen ihm alt und fremd. Sie waren sichtlich bestürzt über die beiden parfümierten, geschminkten Männer, die in einer kultivierten Sprache über Dinge redeten, die sie, die beiden Alten, nur unklar verstanden, und deren weiße Zelte auf dem Gelände vor der Lehmhütte mit hochmütigen, spärlich bekleideten Sklaven und kostbaren Gegenständen angefüllt waren. Hatnefer, seine Mutter, und Tachat faßten sofort Zuneigung zueinander, und Tachat verbrachte einen großen Teil der Zeit auf einem hölzernen Schemel in der kleinen, düsteren Küche und füllte sie mit ihrem lieblichen Duft, während sie Hatnefer von ihrem Leben erzählte und der schweigsamen alten Frau damit auch ein Bild vom Leben ihres Sohnes gab. Aber wenn Senmut abends mit seinem Vater am Rand des Flusses saß, gab es zwischen ihnen oft ein langes, peinliches Schweigen, ein Schweigen, das weh tat, aber nicht durchbrochen werden konnte.

Beim Abschied von seinen Eltern erfüllte Senmut das Versprechen, das er sich selbst vor vielen Jahren gegeben hatte, und endlich konnten er und Kames lachen, als er ihnen von dem großartigen Grab erzählte, das er für sie vorbereitete, damit die Götter sie nicht vergaßen. Aber als er ihnen Geld anbot und Sklaven für die Arbeit auf den Feldern, schüttelte Kames den Kopf. «Ich bin Bauer und Sohn eines Bauern», sagte er, «und wenn Sklaven mein Land bebauten, was sollte ich mit meiner Zeit anfangen? Ich würde sehr schnell alt werden und sterben, ehe mein feines Grab fertig wäre.»

Die beiden Männer lächelten einander zu und umarmten sich. Dann machten sich Senmut und Senmen wieder auf den Weg nach Theben, Senmut ausgeruht und mit erleichtertem Gewissen, Senmen nur zu froh, die dürre, armselige Farm zu verlassen und zu dem üppigen Leben des Palastes zurückzukehren.

Als sich alles in Ägypten allmählich nur noch um Hatschepsut drehte

und sie mehr und mehr davon überzeugt war, daß es niemanden mehr gab, der sich ihrem Willen widersetzte, fing sie an, das Land mit ihren Monumenten zu bedecken – mit Stelen, Obelisken, Pylonen, Stein auf Stein von jeder Art, Marmor, Granit, grauer und rosa Sandstein. Überall erinnerte sie das Volk daran, wer es war, der das Land unter seinen heiligen Füßen hielt, während Thutmosis, blind gegen ihre zunehmende Popularität und Macht, weiterhin unbekümmert seinen Vergnügungen nachging. Die Feste des Gottes kamen und gingen. Hatschepsut ging an Thutmosis' Seite durch Theben, neben dem goldenen Idol, und sie priesen Amun und huldigten ihm, wann immer der Brauch es verlangte. Der kleine Thutmosis trat unter dem wachsamen Auge von Menena als Tempelgehilfe in den Dienst Amuns, und Hatschepsut sah ihn jetzt oft, wenn sie in den Tempel ging. Er war ein aggressiver, stämmiger kleiner Junge mit derben Zügen, der sie aufmerksam beobachtete, während seine Finger das goldene Weihrauchgefäß umklammert hielten, und sie konnte oft nicht beten, so eindringlich war sein Blick. Auch Neferura gedieh. Sie wurde zu einem anmutigen kleinen Mädchen mit der freundlichen Gelassenheit ihrer Großmutter Ahmose, und Hatschepsut sorgte dafür, daß sie bei allen öffentlichen Veranstaltungen in der prunkvollen Kleidung einer Prinzessin vor dem Volk erschien.

Es waren keine Worte der Liebe mehr zwischen Hatschepsut und Senmut gewechselt worden, aber die Tiefe ihres Gefühls füreinander, das sie sorgsam verbergen mußten, nahm ständig zu. Sie beauftragte ihren persönlichen Bildhauer, eine große Statue von ihm mit der kleinen Prinzessin zu machen. Senmut saß monatelang für die Arbeit, und der Bildhauer kannte sein Modell gut, denn als das Standbild fertig war und vor Hatschepsuts Augen enthüllt wurde, versetzte es sie und alle übrigen Anwesenden in Staunen. Der Künstler hatte schwarzen Granit gewählt. Über dem gebieterischen kleinen Kopf von Neferura sah das gelassene, kraftvolle Gesicht des Oberhofmeisters dem Betrachter wachsam und mit ruhiger Unberührbarkeit entgegen. Die Statue war aus einem einzigen riesigen, schwer zu bearbeitenden Block gehauen, so daß nur die beiden Köpfe, einer über dem anderen, aus dem langen Gewand hervorschauten, das Senmut schützend um die kleine Prinzessin breitete. Hatschepsut war sehr zufrieden und ließ das Standbild vor der Tür des Kinderzimmers aufstellen, um

alle, die dort ein und aus gingen, daran zu erinnern, daß Neferura einen starken und entschlossenen Beschützer hatte und daß es gefährlich war, ihr etwas anzutun.

Thutmosis bestellte ebenfalls eine Arbeit, eine Statue aus Ebenholz von seiner Mutter Mutnofret. Als sie fertig war, stellte er sie in die Mitte seines Gartens. Mutnofret saß da, die Hände auf den Knien und die Augen starr in die Ferne gerichtet. Der Künstler hatte taktvollerweise ihr Gewicht verringert und sie schöner dargestellt, als sie je gewesen war. Aber Thutmosis war begeistert von dem Standbild und ließ es in Mutnofrets Gegenwart von Menena segnen. Auf das Piedestal setzte er die Inschrift: «Gemahlin eines Königs, Mutter eines Königs». Mutnofret schwebte auf einer Wolke von Stolz in ihre Gemächer zurück. Hatschepsut hingegen fand es ein wenig lächerlich, und das umfangreiche Gebilde verleidete ihr ihre Spaziergänge, denn es zwang sie zu der Überlegung, ob der junge Thutmosis vielleicht eines Tages eine andere Statue errichten und sie mit den gleichen Worten versehen würde. Oft bildete sie sich im Zwielicht der Abenddämmerung ein, daß es nicht Mutnofrets lächelnde, ausdruckslose Miene war, an der sie vorbeiging, sondern das magere, verschlagene Gesicht der zweiten Frau Aset.

So verging die Zeit. Hatschepsut näherte sich ihrem fünfundzwanzigsten Geburtstag mit Gelassenheit, denn sie sah keine Veränderung in dem Gesicht, das ihr allmorgendlich aus ihrem Spiegel entgegenblickte. Der Tag ging ebenso ruhig vorüber wie all die Tage, die mit dem gewohnten Lauf der Regierungsgeschäfte ausgefüllt waren.

Sie fuhr mit Neferura über den Fluß zum Schrein ihrer Namensschwester. Und als sie in dem kleinen, stillen Tempel mit Ani, dem Priester, vor der Statue von Neferu standen, erzählte sie ihrer Tochter von der Tante, die vor mehr als einem Jahrzehnt gestorben war. Das Kind hörte ihr aufmerksam zu, dann ließ es sich zu Boden sinken und verrichtete, die leicht gebogene, gebieterische Nase an die kalten steinernen Füße gepreßt, seine Gebete.

Hatschepsut betrachtete das vollkommene, ovale Gesicht mit den dunklen Augen und dem gut geformten Mund, das so sehr ihrem eigenen glich, und eine Flut von Erinnerungen überkam sie. Sie wurde von einem Gefühl der Ausweglosigkeit ergriffen, das sie nicht mehr verließ.

Ein paar Wochen lang versuchte sie, sich von ihrer Niedergeschlagenheit zu befreien, indem sie sich in ihre Arbeit vergrub. Dann schien sie eines Nachts einen Entschluß zu fassen. Sie zog sich an, schminkte sich sorgfältig und ging, von zwei Gefolgsleuten seiner Majestät begleitet, in Thutmosis' Gemächer. Während sie vor der Tür zu seinem Schlafzimmer ungeduldig darauf wartete, angemeldet zu werden, hörte sie drinnen Stimmen; und als sie hereingelassen wurde, sah sie, daß die Tür hinter dem königlichen Ruhebett sich leise schloß. Zweifellos würde Aset in dieser Nacht allein zu Bett gehen müssen.

Thutmosis lag, wie üblich einen Becher mit Wein in der Hand, auf dem Ruhebett. Das Zimmer war voll von Asets starkem Parfum, das sich jetzt mit Hatschepsuts eigener Myrrhe vermischte, als sie auf ihn zuschritt und sich verneigte. Er setzte sich kerzengerade auf und sah sie scharf an. Als sie sich aufrichtete, aber nichts sagte, war er gezwungen, sich zu räuspern und sie zu fragen, was sie wollte. Er traute ihr nicht. Dieses ungewohnte Bild einer schönen, demütigen Frau, die, in Gelb gekleidet, mit niedergeschlagenen Augen und gesenktem Kopf dastand, machte ihn mißtrauisch. Er schwang die Beine über den Rand seines Ruhebetts. «Was tust du hier?» brummte er unfreundlich, während er den Becher geräuschvoll auf den Tisch stellte und die Arme kreuzte.

Sie bewegte sich leicht, hob jedoch nicht den Kopf. «Ich brauche Trost, Thutmosis. Ich bin einsam.»

Er grunzte überrascht, aber Hatschepsuts Parfum und ihre Worte übten bereits ihre Wirkung aus, und er fühlte, wie das alte Verlangen in ihm erwachte.

«Ich glaube dir nicht», sagte er schroff. «Seit wann brauchst du meinen Trost? Und wenn du einsam bist, was ich bezweifle, was ist denn mit deiner Schar von verliebten Eseln?»

«Vor langer Zeit haben wir beide, du und ich, einander getröstet, Thutmosis», erwiderte sie leise, «und ich gestehe, daß ich angefangen habe, von deinem Körper zu träumen. Ich wache nachts auf, mir ist heiß, und ich finde keine Ruhe, weil ich ständig an dich denken muß.»

Jetzt hob sie den Kopf, und unter dem flehenden Zittern ihres sinnlichen Mundes und den schönen, beredten Gebärden ihrer rotbemalten Hände sah er es – das kurze, rasch unterdrückte Aufblitzen von Spott. Er glitt von seinem Ruhebett und rief: «Du lügst! Du lügst!

Du sehnst dich überhaupt nicht nach mir! Du bist zu einem ganz anderen Zweck hier, das weiß ich genau. Du hast mich aus deinem Bett verbannt, und ich habe noch nie erlebt, daß du dein Wort zurückgenommen hast.»

Sie trat auf ihn zu, legte die Hände auf seine Schultern und knetete sie langsam, dann wanderten ihre Finger zu seinem weichen Leib. «Aber ich habe nicht beim Gott geschworen», erwiderte sie.

«Doch, das hast du! Laß mich in Ruhe!» Aber er stieß sie nicht fort.

Sie kam näher und legte die Lippen an seinen Hals. «Ich habe damals in der Hitze des Zorns gesprochen», flüsterte sie. «Laß mich jetzt von einem anderen Feuer sprechen.»

Mit einem letzten Rest von Beherrschung packte er sie grob an den Armen und zog sie mit sich hinunter auf das Ruhebett. An der Tür hinter ihnen ertönte ein Klopfen, und er rief, wer auch immer es sei, er solle fortgehen. Dann sah er Hatschepsut an. Sie lächelte ihm zu, ihre Haare waren zerzaust, ihre Wangen gerötet, und sie atmete schwer.

«Ich lasse mich nicht gern zum Narren halten», sagte er drohend. «Ich werde dich mit einem Fußtritt hinausbefördern, wenn du mir nicht offen sagst, was du willst.» Ihr Lächeln vertiefte sich, denn sie wußte, daß er noch nie in seinem Leben irgend jemandem einen Fußtritt versetzt hatte. «Sag es mir!» forderte er, in der heimlichen Hoffnung, daß sie es tun würde, damit er sie endlich rückwärts aufs Ruhebett werfen konnte.

«Nun gut, aber ich habe dich vorhin nicht belogen, Thutmosis. Ich möchte wirklich heute nacht dein Bett mit dir teilen.»

«Warum?»

«Wie schlau du bist, mein lieber Bruder! Kannst du es dir nicht denken?»

«Nein. Und ich mag keine Spiele mit dir spielen, Hatschepsut, denn ich verliere jedesmal.»

«Und du wirst auch jetzt wieder verlieren, denn du kannst es ja schon kaum erwarten, mich in dein Bett zu nehmen. Nun, ich habe beschlossen, daß ich noch ein Kind haben will.»

«Ist das alles?»

«Alles! Es ist viel, sehr viel. Aber um deine Frage zu beantworten, ja, das ist alles.»

Er musterte sie scharf, um zu sehen, ob sie sich über ihn lustig machte. Aber sie sah ihn immer noch mit großen, unschuldigen Augen an, und schließlich ließ er die Schultern sinken. «Warum willst du noch ein Kind? Mit Thutmosis und Neferura ist der Horusthron doch gesichert.»

«Für dich vielleicht, aber nicht für mich. Ich mag meine Meinung geändert und beschlossen haben, dich wieder in mein Bett zu lassen, aber ich verbiete dir nach wie vor, Neferura mit Thutmosis zu verheiraten.»

«Im Namen aller Götter, Hatschepsut, warum denn? Warum? Was für ein Dämon ist in dich gefahren? Was geht in deinem unvergleichlichen Kopf nur vor? Thutmosis hat das Zeug dazu, ein mächtiger Pharao zu werden, und Neferura ist schön und wird eine gute Gemahlin abgeben. Was hast du daran auszusetzen?»

«Thutmosis mag das Zeug dazu haben, aber er ist nicht mein Sohn», sagte sie leise. «Und meine Neferura wird mehr haben als Schönheit und die Bereitwilligkeit, tagaus, tagein hinter Pharao herzugehen. Ich will einen Pharao von meinem Blut, und nur den meinen, auf dem Thron von Ägypten sehen.»

Er sah sie bewundernd an. «Du bist behext», sagte er. «Du willst also einen Sohn mit mir machen, der Neferura heiraten und Pharao werden soll.»

«Genau. Mein Sohn und meine Tochter, zwei Götter zusammen.»

«Es könnte ein Mädchen werden.»

«Ich muß es darauf ankommen lassen. Es muß geschehen, Thutmosis. Kein Gezücht von Aset wird die Doppelkrone tragen, solange ich es verhindern kann.»

«Du schmeichelst mir», sagte er sarkastisch.

Sie legte mit einem leisen Ausruf die Hand auf seinen Schenkel. «Das sollte keine Beleidigung für dich sein. Du und ich, wir sind den gleichen königlichen Lenden entsprungen.»

Er zuckte mit den Schultern. «Ich bin Pharao, und es ist mir ziemlich egal, was du sagst, denn du kannst mich nicht meiner Rechte berauben.» Er schob trotzig die Unterlippe vor.

«Lieber Thutmosis!» sagte sie sanft. «Habe ich dir nicht stets den Respekt gezollt, der einem Pharao gebührt?»

«Nein, das hast du nicht, aber das ist nicht wichtig. Du liegst mir im

Blut, Hatschepsut, wie ein böses Gift. In den Jahren, die wir getrennt waren, ist es mir nicht gelungen, mich von dem Verlangen nach dir zu befreien.»

«Dann schenk mir Wein ein und schließ die Türen zu. Wir werden alles nachholen, was wir durch meine Torheit versäumt haben.»

Er nahm den mit Gold eingelegten Krug zur Hand und tat, wie ihm geheißen. In seiner Eitelkeit wunderte er sich nicht einmal über ihre Ungeduld. Sie verschränkten ihre Arme und tranken langsam. Als Hatschepsut fühlte, wie die Wärme des Weins durch ihre Adern strömte und ihr Kopf sich zu drehen begann, schloß sie die Augen und hob ihren Mund dem seinen entgegen in der Gewißheit, daß ihr Abscheu vor seinem Körper bald von den dunklen Fluten ihrer eigenen Leidenschaft verdrängt werden würde.

Mit qualvoller Ungeduld wartete sie auf die Anzeichen einer Schwangerschaft. Sie bedrängte ihren Arzt und beobachtete sich gespannt; und als sie endlich Gewißheit hatte, daß sie Thutmosis und Ägypten wieder ein Kind schenken würde, ging sie in den Tempel, um Amun zu bitten, die Saat in ihrem Schoß männlich zu machen. Das Land jubelte. Aber Aset empfing die Nachricht mit Schweigen. Sie nahm den kleinen Thutmosis in die Arme und drückte ihn so ungestüm an sich, daß das Kind erschrak. Sie erwähnte die bevorstehende Geburt ihrem königlichen Liebhaber gegenüber mit keinem Wort. Thutmosis selbst zeigte sich weder erfreut noch verärgert. Er war entschlossen, Hatschepsut nicht wieder zu kränken, damit er auch weiterhin die Freuden ihres schönen, kräftigen Körpers genießen konnte. Sie empfing ihn bereitwillig und bediente sich seiner dankbar, als ihre Niedergeschlagenheit sich legte und schließlich schwand.

Aber als die Zeit voranschritt, fing sie wieder an, sich besorgt zu fragen, was sie tun würde, wenn das Kind ein Mädchen wäre. Amun hatte nichts versprochen, und selbst in der Stille ihres eigenen Zimmers, wo sie Nacht für Nacht vor seinem Schrein kniete, fühlte sie keine Gewißheit als Antwort auf ihre Gebete. Sie befahl, daß man ihm mehr Opfer darbringen sollte, und sie ließ Pahu neue Türen für den Tempel anfertigen, aus Kupfer und Bronze, mit Elektrum eingelegt, um den Gott von ihrer Liebe zu ihm zu überzeugen.

Als ihre Zeit näher rückte, übertrug sich ihre Besorgnis auf die

Menschen, die sie umgaben, und von ihnen auf ganz Theben, so daß überall – in der Stadt, im Palast und im Tempel – gespannte Erwartung herrschte. Senmut tat sein möglichstes, sie mit Berichten über die täglichen Ereignisse abzulenken, aber selbst in seiner Gesellschaft fand sie keine Ruhe. Sie fühlte schmerzlich, daß dies ihre letzte Chance war und daß sie den Gedanken, ihre Allmacht für den Rest ihres Lebens hinter Thutmosis verstecken zu müssen, nur ertragen konnte, wenn sie Ägypten einen Pharao gab, der sowohl männlich als auch voll königlich war.

Endlich war der Zeitpunkt gekommen, und wieder wurden die Prinzen des Landes ans königliche Bett gerufen. Die Geburt war diesmal schneller. Hatschepsut, die zwischen den Wehen mit fieberhafter Ungeduld im Zimmer auf und ab ging, hatte kaum Zeit, sich niederzulegen, ehe das Baby schreiend und strampelnd zur Welt kam.

Es herrschte einen Augenblick atemlose Spannung, während der Arzt seine Drogen wegzupacken begann. Dann wandte sich die Hebamme lächelnd um: «Noch ein Mädchen! Und was für ein schönes!»

Hatschepsut stieß einen langen Schrei des Protests aus und vergrub das Gesicht in den Kissen. Die Männer gingen schweigend hinaus, erfreut über die neue Prinzessin und verblüfft über die Reaktion der Königin. Schließlich war die Existenz eines zweiten Mädchens eine Garantie dafür, daß der Kronprinz selbst im Falle eines plötzlichen Todes von Neferura zu gegebener Zeit legitimiert werden würde.

Senmut blieb zögernd an der Tür stehen. Er sehnte sich danach, ins Zimmer zurückzugehen und die Frau zu trösten, deren Schluchzen gedämpft zu ihm herüberdrang. Aber er hielt es für klüger, sie in Ruhe zu lassen, und so setzte er sein Siegel neben das der anderen auf das Papier, das Anen ihm hinhielt, und ging durch die leise rauschende Nacht zu seinem Palast.

Thutmosis war nicht so weise. Er stand neben dem Bett, beugte sich in stummem Mitgefühl hinunter und streichelte die zuckenden Schultern. Aber als er versuchte, Hatschepsut aufzurichten, entwand sie sich zornig seinem Griff, und nach einem Augenblick der hilflosen Unschlüssigkeit verließ er sie. Es tat ihm weh zu wissen, daß sie eine Niederlage erlitten hatte, und es tat ihm weh zu wissen, daß er sie niemals verstehen würde. Denn schließlich, sagte er sich schuldbewußt, während er zu seinen eigenen Gemächern zurückkehrte, ist sie

wahrhaftig das Kind Amuns, seine wahre Gestalt in Ägypten, und es muß schwer sein für einen Gott zu sterben, ohne einen anderen Gott als Herrscher zurückzulassen. Die schwierig zu begreifenden Aspekte der Situation ermüdeten ihn, und so ging er zu Bett und schlief sofort fest ein.

Im Kinderzimmer blickte Neferura mit zögernder Scheu auf ihre neue Schwester, und ihre Mutter fiel schließlich in einen unruhigen Schlaf der Erschöpfung.

Aset hatte Thutmosis das Versprechen abgenommen, daß er ihr Bescheid zukommen lassen werde, sobald das Kind geboren war, und ehe er sich mit einem Seufzer auf sein Ruhebett legte, befahl er seinem Herold, ihr die Nachricht zu überbringen. Er konnte sich ihre Reaktion vorstellen, und er wünschte insgeheim, daß sie nicht ganz so gehässig und so habgierig wäre. Aber selbst ein Pharao kann nicht alles haben, sagte er sich, während sein Sklave ihn zudeckte und mit einer tiefen Verbeugung hinausging.

Asets Reaktion war in der Tat voraussehbar. Der Herold traf sie im Garten an, wo sie ihrem Sohn einen Ball zuwarf, während er zwischen den Bäumen hin und her lief und über die Blumenbeete zu springen versuchte. Beim Anblick des hochgewachsenen Mannes, der, von zwei Leibwächtern flankiert, über den Rasen auf sie zukam, sprang sie mit klopfendem Herzen auf, und der Ball glitt ihr aus den plötzlich kalt gewordenen Fingern. Der Herold und die zwei Gefolgsleute seiner Majestät verneigten sich, und Aset beschattete mit zitternder Hand ihre Augen. «Nun?» fragte sie ungeduldig. «Ist die Königin von einem Jungen oder von einem Mädchen entbunden worden?»

Der Herold lächelte schwach. «Die göttliche Gemahlin, die Geliebte der zwei Länder, hat heute – ein Mädchen zur Welt gebracht, Hoheit.»

Asets Augen wurden schmal und begannen zu leuchten, und plötzlich fing sie an zu lachen. Sie lachte, bis ihr die Tränen über die mageren Wangen liefen, sie lachte, bis sie nicht mehr aufrecht stehen konnte. Die drei Männer sahen sie ungläubig an, starr vor Staunen über diese Zurschaustellung von Respektlosigkeit. Thutmosis kam herbeigelaufen, hob den Ball auf und starrte seine Mutter mit großen, runden Augen an. Sie lachte immer noch, sie lachte, bis ihr der Bauch weh tat und sie nicht mehr lachen konnte. Schließlich richtete sie sich keuchend auf und wischte sich die Augen an ihrem Leinenrock ab.

Der Herold wartete gelassen, mit undurchdringlicher Miene. «Soll ich Pharao eine Botschaft überbringen?» fragte er schließlich.

Als sie die Kälte in seinem Ton wahrnahm, warf sie den Kopf in den Nacken und sah ihn herausfordernd an. «Nein. Sag ihm nur, daß ich mich heute gut fühle – und sehr glücklich.»

Er verneigte sich steif, drehte sich auf der Ferse herum und ging davon.

Aset ließ sich vor dem kleinen Thutmosis auf die Knie sinken und streichelte beglückt seinen kahlrasierten Kopf. «Hast du gehört, kleiner Prinz? Hast du das gehört? Du wirst König! Pharao Thutmosis der Dritte! Wie erhaben wirst du sein mit deiner funkelnden Doppelkrone, und wie mächtig! Ich, eine bescheidene Tänzerin aus Assuan, bin die Mutter eines Pharaos!»

Aber ihr Gesichtsausdruck war alles andere als bescheiden, als sie ihm den Ball abnahm und ihn mit voller Kraft in die Höhe warf. Er flog hoch hinauf, verschwand in der Sonne und ging wunschgemäß hinter der Mauer nieder, die ihren Bereich von dem Hatschepsuts trennte. Frohlockend über das Zeichen, lachte sie abermals; dann griff sie nach der Hand ihres Sohnes und ging mit ihm hinein.

Die Nachricht verbreitete sich wie ein Lauffeuer durch den ganzen Palast, und schon am nächsten Tag wußten alle, daß die zweite Frau Aset in lautes Gelächter ausgebrochen war, als sie von der Geburt der Prinzessin hörte, und sogar die Frechheit besessen hatte, Pharao selbst eine Botschaft zu schicken und ihm sagen zu lassen, daß sie sehr glücklich sei.

Jamunefer sprach mit seinem Freund Djehuty darüber, als sie wenige Tage später zusammen zu Abend aßen. «Was kann man anderes von so einem vulgären kleinen Ding erwarten, das sich einbildet, Königin zu sein?« bemerkte er spöttisch, während er mit Sorgfalt ein Stück Kuchen wählte und daran zu knabbern begann. «Ich habe noch nie ein so schlechtes Betragen erlebt.»

Djehuty pflichtete ihm lächelnd bei. «Wenn Pharao seinem gesegneten, ruhmreichen Vater mehr ähnelte, hätte er das Frauenzimmer keinen Tag länger in seiner Nähe geduldet. Aber da wir einen schwachen, unentschlossenen Herrscher haben, passieren solche Verstöße gegen die guten Sitten leider nur allzuoft.»

«Ich bin überrascht, daß sie sich so lange gehalten hat.» Jamunefer aß seinen Kuchen auf und tauchte seine Finger in die parfümierte Wasserschale. «Thutmosis hat keinen Geschmack, was Frauen betrifft.»

«Du sprichst von Pharao!» warnte ihn Djehuty mit einem Blick auf den Diener, der gerade ihre Weingläser füllte. Sie schwiegen einen Augenblick. Dann fuhr Djehuty fort: «Wie dem auch sei, mein Freund, Aset hat einen Sohn von Pharao, der auf Grund des Gesetzes seinerseits einmal Pharao werden wird. Es liegt der Blume von Ägypten im Magen, aber sie weiß, daß es unvermeidlich ist.»

«Es würde mir auch im Magen liegen, wenn der Sohn seinem Vater nachschlüge.» Jamunefer schlürfte genüßlich seinen Wein. «Aber ich muß dir sagen, Djehuty, mir gefällt der Junge. Er fürchtet sich vor nichts.»

«Er wäre nicht der erste Pharao, der von einer nichtadeligen Mutter stammt und große Taten vollbringt, aber das will die Königin nicht einsehen.»

«Die Königin will Pharao werden», sagte Jamunefer leise. «Und es besteht kein Zweifel, wenn Thutmosis etwas geschieht, wird Aset ihren kleinen Prinzen mit ihrem Leben beschützen müssen.»

Sie wechselten über den Rand der Gläser hinweg einen vielsagenden Blick.

Djehuty zuckte die Achseln. «Es ist keine Kleinigkeit, die Tochter des Gottes zu sein», sagte er. «Du und ich, Nefrusi, wir müssen uns einfach mit unseren eigenen Angelegenheiten befassen und unsere Pflicht erfüllen, so gut wir können.»

Schließlich sickerte die Nachricht von Asets Verhalten bis zu Hatschepsut durch. Ihre Friseuse hinterbrachte sie ihr eines Morgens, und trotz ihres wachsenden Zorns wahrte Hatschepsut die Maske der Gleichgültigkeit, bis die geschwätzige Frau fort war. Dann fegte sie mit einer einzigen heftigen Bewegung ihre Schminktöpfe und Flakons vom Toilettentisch, stürmte zum Audienzsaal von Thutmosis und stieß den Wächter an der Tür mit solchem Ungestüm beiseite, daß der Mann gegen die Wand taumelte und seinen Speer fallen ließ. Obgleich ihr Körper noch wund und schwach war, ging sie mit langen Schritten zu Pharaos Thron, wo Aset inmitten der ver-

sammelten Höflinge zu seinen Füßen saß. Sie befahl allen, den Saal zu verlassen.

«Du auch, du freches Frauenzimmer!» schrie sie Aset an, und auf ihrem Gesicht lag ein Ausdruck von so animalischer Wildheit, daß Aset ihre übliche kecke Selbstsicherheit verlor und hastig an ihr vorbeihuschte.

Thutmosis erhob sich verblüfft von seinem Thron, und Hatschepsut sah ihn mit blitzenden Augen an. «Deine täppischen Spielereien kann ich ertragen!» rief sie. «Auch deine himmelschreiende Dummheit und deine alberne Wichtigtuerei. Aber in meinem eigenen Palast, in Gegenwart eines hohen Hofbeamten, von einem als Prinzessin verkleideten Bauernmädchen beleidigt zu werden, das dulde ich nicht!» Sie hielt ihm drohend die Faust vors Gesicht und spuckte auf den Boden, dann drehte sie sich um und ging mit zornigen Schritten auf und ab.

«Ich habe mich mit ihr abgefunden, Thutmosis, um deinetwillen. Pharao handelt in Übereinstimmung mit dem Gesetz, habe ich mir gesagt. Er kann sich eine zweite Frau nehmen, das ist sein Privileg, selbst wenn seine Wahl auf ein Mädchen fällt, dessen Herkunft und Beruf schon allein die Luft beleidigen, die ich atme! Aset ist dumm und vulgär, Thutmosis, sie wird nie die guten Sitten lernen, die sie nicht durch ihre Geburt erworben hat. Aber der ärgste Schlag, das, womit du meine Geduld auf die härteste Probe stellst, ist die Tatsache, daß du eine solche Unverschämtheit, eine solche Blasphemie ungestraft läßt und damit der ganzen Stadt sagst: ‹Seht her! Meine Frau lacht über meine Frau, und ich lache ebenfalls!›» Ihr Atem stockte, und sie blieb blaß und mit geballten Fäusten vor Thutmosis stehen.

Aber sie war noch nicht fertig. «Im übrigen», sagte sie ein wenig ruhiger, «wenn du sie nicht in ihre Gemächer verbannst, bis mein Zorn sich gelegt hat, werde ich sie auspeitschen lassen. Ich kann es tun, Thutmosis, und du kannst mich nicht daran hindern. Aset muß in ihre Schranken verwiesen werden, und es muß jetzt geschehen, ehe ihre grenzenlose Habgier und ihr Ehrgeiz sie dem Henker ausliefern.»

Thutmosis spielte nervös mit den Ringen an seinen Fingern. Ihr Zorn beeindruckte ihn nicht, denn er wußte, daß er meist ebenso schnell schwand, wie er entflammte. Aber er mußte zugeben, daß ihre

Worte gerechtfertigt waren und daß er die Verletzung von Protokoll und Anstand aus Feigheit hatte durchgehen lassen.

«Es tut mir aufrichtig leid, Hatschepsut, und du hast recht», sagte er zerknirscht, als er ihr blasses Gesicht sah. «Natürlich werde ich Aset bestrafen, aber du mußt bedenken, daß sie keine gute Erziehung genossen hat wie du und ich. Sie hat ein hartes und schweres Leben gehabt.»

«Wie viele Menschen werden mit nichts geboren und bringen es trotzdem fertig, bescheiden und rechtschaffen im Dienst des Gottes und ihrer Mitmenschen zu leben», sagte sie müde. «Keine andere Frau in Theben würde, selbst ihrer schlimmsten Feindin gegenüber, eine solche Herzenskälte zeigen, und ich bin nicht Asets Feindin, das müßte sie wissen, wenn sie sich nur einmal die Mühe machen würde, darüber nachzudenken. Ich hätte ihre Freundin sein können.»

«Sie fürchtet dich», erklärte Thutmosis. «Sie fühlt sich nicht sicher; sie blickt ständig über ihre Schulter. Und die Königin ist für sie eine furchteinflößende Rivalin.»

Hatschepsut lachte auf. «Wie kann sie es wagen, an mich als ihre Rivalin zu denken? Ich bin der Gott, und was ist sie? Es nützt ihr nichts, über die Schulter zu blicken, denn sie ist sich selbst ihr größter Feind.»

«Es tut mir leid», wiederholte Thutmosis. «Soll ich sie züchtigen lassen?»

Hatschepsut blickte mit Verachtung und Mitleid auf das besorgte, düstere Gesicht. «Das ist nicht nötig. Jedenfalls nicht dieses Mal. Aber wenn sie sich weiter so töricht benimmt, könnte es sich als notwendig erweisen. Nein, Thutmosis, sperr sie lediglich in ihre Gemächer ein und verbiete ihr, in den Garten zu gehen. Ich will sie auf lange Zeit hinaus nicht sehen, weder beim Essen noch bei meinen Spaziergängen, noch bei irgendwelchen öffentlichen Veranstaltungen. Ich lege mich wieder hin.» Sie verneigte sich kurz, geistesabwesend, und ging zur Tür. Plötzlich drehte sie sich mit einem schiefen Lächeln nach ihm um. «Was hältst du von deiner neuen Tochter?»

Er trat verlegen von einem Fuß auf den anderen. «Offengestanden, Hatschepsut, ich weiß es nicht. Sie ist zweifellos kräftiger als Neferura, aber ihre Züge sind undefinierbar. Ich kann keine Ähnlichkeit mit einem von uns oder ihren Großeltern entdecken.»

Hatschepsut schnitt eine Grimasse. «Ich auch nicht», sagte sie leichthin. «Nun gut, es war nicht der Wille Amuns, mir einen König zu schenken!» Mit diesen Worten ging sie hinaus und schloß leise die Tür. Draußen blieb sie stehen. «Habe ich dir weh getan?» fragte sie den Wächter.

Überrascht und erfreut schüttelte der Mann den Kopf. «Nein, Majestät», erwiderte er. «Ich bedaure nur, daß ich dir im Weg gestanden habe.»

«Du warst tapfer», sagte sie. «Nicht viele wagen es, mir im Weg zu stehen.» Sie berührte leicht seine Stirn, dann ging sie schnell den Gang entlang.

Das Kind wurde Meritre-Hatschepset genannt und Hatschepsut nahm den Namen widerspruchslos hin. Es war ein guter, sicherer Name, ein Name, der für sie keine Erinnerung oder Vorahnungen barg, und das Baby wurde ordnungsgemäß in den Tempel gebracht und dem Gott geweiht. Senmut hatte keine Angst um diese Tochter. Sie war robust und schien von Tag zu Tag zu wachsen, aber er konnte sich nicht so für sie erwärmen wie für die zarte Neferura, und er war froh, daß er nicht auch für sie zum königlichen Kinderwärter ernannt worden war. Er sah mit Erleichterung, daß Hatschepsut sich rasch von der Geburt erholte und schon nach wenigen Wochen ihre Arbeit wiederaufnahm, so daß es im Palast abermals wie in einem großen Bienenstock zu summen begann und Kundschafter, Arbeiter und Boten ausgesandt wurden, die in Sachen der Königin kreuz und quer durch Ägypten reisten.

Hatschepsut unterdrückte ihre Enttäuschung. Aber wie Senmut konnte auch sie sich nicht recht für ihre zweite Tochter erwärmen. Sie fragte sich, ob es vielleicht daran lag, daß sie sich so verzweifelt einen Sohn gewünscht hatte, oder daran, daß sie sich geweigert hatte, das Kind während der ersten Stunden seines Lebens in den Armen zu halten. Was auch immer der Grund sein mochte, das kleine rote Gesicht mit seinen verschwommenen Zügen weckte, so leid ihr das tat, keinerlei Gefühl in ihr. Als Meritre-Hatschepset etwa ein Jahr alt war, entdeckte Hatschepsut eine erschreckende Ähnlichkeit zwischen ihr und Aset – weniger in ihrem Äußeren als in ihrer Veranlagung. Das kleine Mädchen war quengelig. Sie brach oft in Tränen aus, die

echt hätten sein können, aber meist nur herausgepreßt wurden, um irgendein Ziel zu erreichen. Die Geduld ihrer Kinderfrauen wurde auf eine harte Probe gestellt. Im Kinderzimmer ging es jetzt meist sehr lärmend zu, und schließlich bat Senmut, daß man Neferura eine eigene kleine Zimmerflucht geben möge. Hatschepsut war einverstanden, und die Prinzessin wurde neben den Gemächern ihrer Mutter in Dienerschaftskammern untergebracht, die für sie neu hergerichtet wurden. So war es unvermeidlich, daß die Königin und die künftige Königsgemahlin vertrauter miteinander wurden, während das verdrießliche Baby, das fortwährend schrie, der Obhut von Angestellten überlassen blieb.

Hatschepsut hatte nicht die Absicht, Meritre zu vernachlässigen. Sie ging oft ins Kinderzimmer, um mit ihr zu spielen und sie zu trösten, aber sie war eine vielbeschäftigte Frau, die eine schwere Last zu tragen hatte. Sie ließ sich lieber von Neferura begleiten, wenn sie ihren regelmäßigen Rundgang vom Tempel zu ihrem Arbeitskabinett und von dort zum Speisesaal machte, und unterhielt sich mit ihr. Die Kleinere pflegte in ohnmächtigem Zorn mit dem Fuß aufzustampfen, wenn sie ihre Mutter und die Schwester zusammen fortgehen sah, während sie selbst bei den Kinderfrauen bleiben mußte. Schon sehr früh in ihrem Leben lernte Meritre-Hatschepset die Eifersucht kennen.

19

In den ersten Tagen des Monats des Thoth, als der Fluß zu steigen begann und die Fellachen Tag und Nacht arbeiteten, um die Ernte einzubringen, bevor das Wasser sich über die Felder ergoß, zog Thutmosis sich eine Erkältung zu. Er hatte schon seit Tagen nichts essen wollen und über Kopfschmerzen geklagt. Als ihm die Nase zu laufen begann und seine Temperatur stieg, legte er sich sofort zu Bett. Sein Arzt verschrieb ihm heißen Zitronensaft mit Honig, mit Kassiamark vermischt, und Thutmosis trank gehorsam seine Medizin und umgab sich mit Amuletten und anderen Zaubermitteln. Nach drei Tagen waren die Symptome seiner Erkältung verschwunden, aber das Fieber sank nicht. Voller Besorgnis ging der Arzt zu Hatschepsut. Ineni war bei ihr, sie sahen die Einnahmen und Ausgaben des Tempels vom letzten Monat durch, und Neferura spielte in der Ecke mit ihren Puppen.

«Wie geht es Thutmosis heute?» fragte Hatschepsut, den Blick noch auf der Schriftrolle vor sich, die Gedanken bei Inenis Zahlen.

Der Arzt stand verlegen da, eine Hand um den goldenen Skarabäus gelegt, der an seiner mageren Brust hing. «Dem mächtigen Horus geht es nicht gut», begann er, und als Hatschepsut seinen besorgten Ton wahrnahm, drehte sie sich zu ihm und schenkte ihm ihre volle Aufmerksamkeit.

«Die Erkältung ist weg, aber das Fieber geht nicht herunter. Die Kräfte seiner Majestät lassen nach.»

«Dann ruf sofort die Magier! Fieber ist etwas für Zaubersprüche. Was hast du für ihn getan?»

«Ich habe den Husten und den Schnupfen behandelt, Majestät, und

sie sind abgeklungen. Mehr kann ich nicht tun. Pharao bittet, daß du ihn besuchst, aber ich würde es dir nicht raten.»

«Warum nicht?»

«Sein Atem ist voller fauliger Gerüche. Verzeih mir, wenn ich es dir sage, Majestät, aber ich meine, du solltest dich ihm nicht nähern.»

«Unsinn! Seit wann habe ich Angst vor einem üblen Geruch? Ineni, wir sind fertig für heute. Du kannst die Schriftrollen dem Schreiber zurückbringen.»

«Ist mein Vater sehr krank?» Neferura hatte ihre Puppen im Stich gelassen und stand neben ihnen, die dunklen Augen fragend auf das Gesicht von Pharaos Arzt geheftet. Der Mann sah Hatschepsut hilflos an.

Sie kniete rasch nieder, glättete die widerspenstige Jugendlocke und küßte die blasse Wange. «Er ist krank, aber ich glaube, du brauchst dich nicht um ihn zu sorgen», sagte sie sanft. «Ist Pharao nicht unsterblich?»

Das Kind nickte ernst. «Gehst du jetzt zu ihm? Darf ich mitkommen?»

«Nein, du mußt deine Puppen nehmen und zu Senmut gehen. Wenn du willst, kannst du dir mit ihm die Tiere ansehen, während ich beschäftigt bin. Möchtest du das?»

Neferura nickte abermals, aber sie rührte sich nicht vom Fleck. Hatschepsut ließ sie stehen und ging mit dem Arzt hinaus.

In Thutmosis' Schlafgemach war die Luft stickig und übelriechend. Thutmosis lag leise stöhnend auf dem Rücken. Als Hatschepsut sich niederbeugte, um ihn zu küssen, fühlte sie, wie seine Haut unter ihren Lippen glühte. Sie wich erschrocken zurück.

«Hatschepsut», flüsterte er. Sein Kopf rollte zu ihr herum. «Sag diesen Dummköpfen, sie sollen mir Wasser bringen. Sie wollen mich nicht trinken lassen.»

Sie sah überrascht den Arzt an, bereit, ihn zornig zur Rede zu stellen.

Doch der alte Mann kam ihr zuvor. «Seine Majestät darf nur schlückchenweise trinken», sagte er. «Aber seine Majestät besteht auf einem vollen Becher Wasser. Ich habe ihm gesagt, soviel auf einmal zu trinken wird ihm starke Schmerzen verursachen.»

«Zu Seth mit eurem Gemurmel!» Thutmosis bewegte sich ruhelos

unter dem dünnen Leinentuch, und der Gestank seines Atems stieg Hatschepsut in die Nase.

«Aber er kann doch wenigstens erfrischt werden!» sagte sie schroff. «Bringt warmes Wasser und Tücher, damit ich ihn waschen kann. Und nehmt die Vorhänge von den Fenstern! Wie soll er bei dieser Hitze schlafen?» Die Sklaven, die zusammengedrängt in einer Ecke kauerten, sprangen auf, um ihrem Befehl zu folgen. Hatschepsut setzte sich auf Thutmosis' Toilettenschemel. «Bring den Fächer hierher!» befahl sie einem von ihnen.

Thutmosis schloß die Augen, als er den leichten Luftzug auf seinem Körper spürte. «Ich verbrenne», flüsterte er. Wenige Sekunden später fing er an zu frösteln, klapperte mit den Zähnen und hielt mit zitternden Fingern krampfhaft die Decke umklammert.

Hatschepsut sah ihn besorgt an, während sie sein Kissen glättete. «Mach dir keine Gedanken, Thutmosis», sagte sie. «Ich habe die Zauberer bestellt, und sie werden das Fieber sehr schnell aus deinem Körper vertreiben.»

Er warf sich ächzend hin und her, ohne etwas zu erwidern.

Ein Sklave brachte eine Schüssel heißes Wasser. Hatschepsut befahl ihm, sie neben das Bett zu stellen, und nahm ihre Ringe ab. Sie goß ein wenig Wein ins Wasser, tauchte das Tuch hinein und fing an, Thutmosis' Gesicht zu waschen. Er lächelte schwach und griff nach ihrer Hand. Dann entfernte sie behutsam das Laken und wusch ihn von oben bis unten. Sein Körper hatte einen ungesunden Glanz, der nicht von Schweiß stammte. Er wirkte aufgedunsen, und Hatschepsut spitzte nachdenklich die Lippen, während sie ihre Arbeit beendete. Was auch immer es war, sie glaubte nicht, daß Zaubersprüche etwas nützen würden.

Als sie fertig war, wusch sie ihre Hände in sauberem Wasser und steckte bedächtig, einen nach dem anderen, ihre Ringe wieder an. Wenige Augenblicke später wurden die Zauberer gemeldet. Hatschepsut beugte sich über Thutmosis und sagte leise: «Thutmosis, die Zauberer sind da. Ich muß jetzt gehen. Ich werde woanders erwartet, aber ich komme sobald ich kann zurück und wasche dich dann wieder. Möchtest du das?»

Thutmosis roch ihr Parfum, eine leichte, angenehme Wolke. Er wollte sich umdrehen und die Augen öffnen, aber die Anstrengung überstieg seine Kräfte, und er nickte nur schwach.

Hatschepsut stand auf. «Fangt sofort an», befahl sie den schweigenden, in lange Umhänge gekleideten Männern. «Und hört nicht auf, bis Pharao vom Bett aufsteht, um jagen zu gehen!» Sie lächelte ihnen kurz zu, und noch ehe sich die Tür hinter ihr schloß, begann der tiefe, leiernde Singsang.

Sie schickte eine Botschaft an Aset und ließ ihr sagen, daß es ihr gestattet sei, Thutmosis zu besuchen, daß sie jedoch auf keinen Fall ihren Sohn mitnehmen dürfe. Der Leibwächter, der die Botschaft überbrachte, erhielt den strengen Befehl zu warten und sich zu überzeugen, daß sie befolgt wurde.

Hatschepsut ging in die Werkstatt von Pahu und sprach mit ihm über seine Arbeit an den Fußböden ihres Tempels. Sie sollten alle aus Gold und Silber sein, und Pahu war verantwortlich für das Hämmern und Legen der Platten. Ehe sie fortging, zeigte er ihr einige Kupfertruhen, die er für den Mysterienmeister angefertigt hatte. Hatschepsut war beeindruckt von der kunstvollen, sorgfältigen Arbeit und nahm sich vor, mit Ineni über den begabten jungen Mann zu sprechen.

Als sie in Thutmosis' Schlafgemach zurückkehrte, kam der Arzt ihr an der Tür entgegen. Er sah besorgt aus. «Majestät, du darfst nicht hineingehen», sagte er. «Pharao schläft, aber es ist nicht der Schlaf der Genesung. Auf seiner Haut haben sich Pusteln gebildet.»

«Wo ist die zweite Frau Aset?» fragte Hatschepsut.

«Sie war hier, aber ich habe ihr gesagt, sie soll in ihre Gemächer zurückkehren», erwiderte der Arzt.

Trotz seines Widerspruchs bahnte sich Hatschepsut einen Weg ins Zimmer. «Hört auf!» sagte sie zu den Zauberern, und ihr Geleier verstummte. Sie ging zu Thutmosis.

Er schlief. Sein Mund war geöffnet, und er atmete schwer. Das Leinentuch war bis zu seiner Taille hinuntergerutscht, und Hatschepsut sah, daß sein ganzer Oberkörper jetzt mit kleinen weißlichen Schwellungen bedeckt war.

«Ist es die Pest?» fragte sie flüsternd den Arzt, der ihr gefolgt war.

Er zog die Schultern hoch und hob die Hände in einer Gebärde von Ratlosigkeit und Resignation. «Eine von ihnen», erwiderte er kurz.

Sie schwiegen beide und beobachteten, jeder in seine eigenen Gedanken versunken, den schlafenden König.

«Bleib bei ihm», befahl Hatschepsut, «und benachrichtige mich,

falls irgendeine Veränderung eintritt.» Dann ging sie hinaus und begab sich mit ihren schweigenden Frauen und ihrem Leibwächter in den Tempel. Sie ging allein zum Gott hinein, aber das Heiligtum war verschlossen. Sie legte sich mit dem Gesicht nach unten vor die Tür, streckte die Arme aus, um sie zu berühren, und schloß die Augen. Oh, mein Vater, betete sie erschöpft, nur noch von dem Wunsch beseelt, in den goldenen Armen des Gottes zu liegen. Wird Thutmosis sterben? Wenn er stirbt . . . . Sie glaubte, das spöttische Echo ihres eigenen Gedankens zu hören, das flüsternd durch die Säulengänge und die Leere des inneren Hofes zog und mit dem Weihrauch emporstieg.

Wenn er stirbt, wenn er stirbt, wenn er stirbt . . .

Sie kniff die Augen noch fester zu und preßte ihre Stirn auf den goldenen Boden. Aber sie konnte nicht um ihn weinen.

Am Abend ging sie wieder in sein Zimmer und setzte sich neben ihn. Die Pusteln schieden einen farblosen Schleim aus, der an seinem Laken klebte und ihm Schmerzen verursachte. Er rief fortwährend nach ihr, während sein schwerer Körper, schlaff und kraftlos wie der eines toten Tiers, sich von einer Seite zur anderen warf. Sie beugte sich mehrmals über ihn, aber sie sah, daß er nicht bei Bewußtsein war und nur in seinen Fieberträumen nach ihr verlangte. Er schien bei lebendigem Leibe zu verwesen. Der Gestank seiner Fäulnis war kaum zu ertragen. Aber Hatschepsut rührte sich nicht. Stunde um Stunde saß sie geduldig da, und ihr Gesicht war eine ausdruckslose Maske.

Einmal schlich sich Aset ins Zimmer und sah Hatschepsut unschlüssig an. Da die Königin keinen Ton von sich gab, näherte sie sich, sich die Nase zuhaltend, zögernd dem Ruhebett. Mit einem leisen Ausruf der Bestürzung blickte sie auf den aufgedunsenen, sich unruhig hin und her wälzenden Körper hinunter. Es war Nacht, und die Lampen brannten, aber selbst ihr sanfter goldener Schein konnte die Fäulnis nicht verbergen. Sie wandte sich rasch ab und sah, daß Hatschepsut sie aufmerksam beobachtete.

«Liebst du ihn jetzt, Aset?» fragte sie leise. «Hast du deinen königlichen Gemahl schon lange genug angesehen? Möchtest du jetzt in deine sicheren und wohlriechenden Gemächer zurückkehren?» Sie drehte sich um und rief Thutmosis' Haushofmeister zu: «Bring einen Stuhl für die zweite Frau! Stell ihn auf die andere Seite des Ruhebetts. Nun, Aset, setz dich! Setz dich!» Aset sank auf den Stuhl, hielt jedoch

das Gesicht abgewandt, bis Hatschepsut ihr in strengem Ton befahl: «Sieh ihn an! Er hat dich erhoben und dir mehr Schätze und Liebe gegeben, als irgendeine Frau in ihrem ganzen Leben erhoffen kann. Und trotzdem wendest du den Kopf von ihm ab, als wäre er ein armseliger Bettler an den Toren des Tempels! Wenn er aufwacht, soll er deine Augen in Liebe auf sich ruhen sehen, du treuloses Ding!»

Aset, die leichenblaß geworden war, gehorchte.

Aber Thutmosis wachte nicht auf. Kurz vor Mitternacht begann er wie ein verwundeter Hund zu wimmern, und Tränen liefen ihm über das Gesicht. Hatschepsut nahm seine zuckenden Hände fest in die ihren, und er seufzte. Aber er atmete auch weiterhin in kurzen, keuchenden Stößen, und seine Augenlider flatterten. Als die Hörner Mitternacht bliesen, starb er, immer noch weinend und Hatschepsuts Finger mit seinen Tränen benetzend.

Als das Röcheln in seiner Kehle schon längst verstummt war, saß sie immer noch da und starrte ihn an, den fetten Jungen, den sie so gern geneckt hatte, den mürrischen Jüngling, den sie leichtherzig verachtet hatte, den Pharao, der ihr weniger gewesen war als ihre eigenen Minister. Jetzt, nach seinem Tod, empfand sie das Mitleid mit ihm, das sie zu seinen Lebzeiten nie empfunden hatte. Denn was war er, dieser Thutmosis der Zweite? Was hatte er je getan, abgesehen davon, daß er Kinder gezeugt hatte, wie jeder Mann es konnte? Sie weinte ein wenig um ihn, um den Mann, der in seiner freundlichen, unbeholfenen Art nie mehr bedeutet hatte als der erkaltende, übelriechende Leichnam, auf dessen runden Wangen noch die Tränen glitzerten. Sie öffnete seine Finger und zog ihre Hand zurück. Es schien unglaubhaft, daß Pharao tot war. Erst letzte Woche hatte er dreißig Wildgänse zur Strecke gebracht, und jetzt lagen die leblosen Hände, die so freudig nach dem Wurfholz gegriffen hatten, wie Klauen gekrümmt auf seiner stillen Brust.

Sie stand auf und wandte sich an die erschütterte Dienerschaft. «Schickt nach den Sem-Priestern», befahl sie. «Und wenn sie ihn fortgebracht haben, sorgt dafür, daß seine Leinentücher und auch sein Ruhebett gründlich gereinigt werden.»

Aset saß immer noch zusammengekauert auf ihrem Stuhl; ein Ausdruck von stumpfer Ungläubigkeit lag auf ihrem blassen Gesicht. Hatschepsut ging zu ihr und hob sie sanft auf. «Geh zu deinem Sohn»,

sagte sie freundlich. «Er hat euch beide geliebt, und dein Hausarrest ist vorläufig aufgehoben. Du kannst gehen, wohin du willst.» Leicht wankend und benommen verließ Aset das Zimmer.

Endlich ging auch Hatschepsut hinaus. Thutmosis' Tod erschien ihr unwirklich, und ihr war, als ob am nächsten Tag alles den gleichen Lauf nehmen müßte wie zuvor – sie würde früh mit ihrer Arbeit beginnen, während er auf die Jagd ging, und am Abend würden sie wie üblich zusammen speisen und sich gegenseitig hänseln. Es war fast eine Beleidigung zu sehen, daß sich außerhalb des übelriechenden vergoldeten Gemachs nichts geändert hatte.

Ganz Ägypten war wie benommen. Es war eine schlechte Jahreszeit für den Tod eines Pharaos, besonders eines so jungen und gesunden wie Thutmosis. Die Erntezeit ging zu Ende, und die Menschen hatten nichts anderes zu tun als herumzusitzen, zu klatschen und zu beobachten, wie der Fluß anstieg. Es war unvermeidlich, daß viele einander widersprechende Gerüchte die Runde zu machen begannen.

Hatschepsut kannte sie alle. Eines Tages gegen Ende der Trauerzeit ließ sie Thutmosis' Arzt zu sich kommen und befahl ihren Richtern, Aset und dem kleinen Thutmosis, bei der Unterredung zugegen zu sein. Als sich alle eingefunden hatten, verlor sie keine Zeit.

«Es ist mir zu Ohren gekommen», sagte sie sofort, «daß gewisse niederträchtige und verleumderische Gerüchte in Umlauf gesetzt worden sind. Da wir alle sie gehört haben, brauche ich sie nicht zu wiederholen. Leibarzt des Pharaos, woran ist mein Bruder gestorben?»

Der Mann zögerte keinen Augenblick. «Er starb an einer Pest, Majestät. Daran ist nicht zu zweifeln.»

«Ist es möglich, ein Gift zu verabreichen, das die gleichen Symptome hervorrufen würde?»

Der Arzt schüttelte den Kopf. «Ich habe viele Jahre lang Krankheiten aller Art behandelt, Majestät, und ich kenne kein solches Gift.»

«Du siehst vor dir eine Reihe von Dokumenten. Bist du bereit, bei Amun, bei Osiris und auf den Namen deiner Vorfahren zu schwören, daß Pharao eines natürlichen Todes gestorben ist?» Hatschepsut warf einen durchdringenden Blick auf Aset, die schweigend dastand, die Augen gespannt auf das Gesicht des Mannes geheftet.

Er nickte selbstgewiß. «Ich werde es beschwören.»

«Fürchtest du mich, Edler?»

Er lächelte sie an. «Majestät, ich bin ein alter Mann, und ich fürchte nichts und niemanden mehr außer Anubis und seinen Urteilsspruch. Meine Worte sind wahr. Horus ist an der Pest gestorben. Das ist alles.»

«Dann setz dich und drücke dein Siegel auf all diese Papiere. Meine Herolde werden sie im ganzen Land verteilen. Und von diesem Tag an wird jeder, der etwas Gegenteiliges behauptet, mit dem Tode bestraft.» Sie warf einen bedeutungsvollen Blick auf Aset, die nervös auf ihrem Stuhl hin und her rutschte und Thutmosis dichter an sich zog. Die Richter nickten und sprachen leise miteinander. Hatschepsut fragte sie, ob sie befriedigt seien. Sie bejahten es einstimmig, verneigten sich tief vor ihr und gingen hinaus. Aset erhob sich wortlos und verließ ebenfalls den Raum.

Das Begräbnis war eine fast nebensächliche Angelegenheit. Thutmosis der Zweite wurde zu seinem Grab unweit von Hatschepsuts Tempel getragen, ohne daß das Leben in Ägypten irgendeine wesentliche Veränderung erfuhr. Schon lange bevor der Leichenzug den Wüstensand durchquerte, war es, als wäre er nie gewesen, und nur seine Kinder, die feierlich hinter dem Sarg einhergingen, waren Zeugen seiner Existenz. Neferura und ihre Mutter, in das Blau der Trauer gekleidet, kamen als erste; Aset und Thutmosis waren ans Ende des Zugs verbannt, wo die Haremsfrauen unter lautem Wehklagen ihre Gewänder zerrissen. Mutnofret durfte neben Hatschepsut gehen; sie weinte bitterlich während des ganzen Weges, und es war herzzerreißend, ihren Schmerz mitanzusehen. Hatschepsut sagte sich wehmütig, daß Mutnofret die einzige war, die dem Sarg mit aufrichtigem Kummer zu der Höhlung im Felsen und dem schönen Totentempel folgte, wo das Standbild von Thutmosis bereits auf die Opfer und Gebete seines Volkes wartete. Mutnofret brachte einen großen Armvoll Blumen mit, um sie ins Grab zu legen. Auch Neferura hielt einen Strauß in den Händen; ihre Züge waren ausdruckslos und ihre Gedanken vor der Frau verborgen, die sie an der Hand hielt und so still neben ihr ging. Als sie das Grab erreicht hatten und wartend dastanden, während der Sarg aufgerichtet wurde und Menena mit dem heiligen Messer herbeikam, um mit der Zeremonie der Mundöffnung zu beginnen, dachte Hatschepsut über alle die Begräbnisse nach, an denen sie teilgenommen hatte: das ihrer Schwester, ihrer Mutter, ihres Vaters und jetzt das ihres Bruders. Ihr schien, daß sie, und nur sie allein

weiterleben würde, jung und stark und unverwundbar, bis in alle Ewigkeit.

Nach den vier vorgeschriebenen Tagen der Riten und Mysterien kniete sie in der Grabkammer nieder, um sich von Thutmosis zu verabschieden. Sie ließ den Blick über seine Habseligkeiten schweifen, aber sie fühlte nicht die Kraft von ihnen ausströmen, die sie bei Neferus Bestattung und bei der ihres Vaters gefühlt hatte. Es gab nichts, worauf ihre Augen in Erinnerung oder Trauer ruhen konnten. Thutmosis war im Tod ebenso wirkungslos und schwach, wie er es im Leben gewesen war. Als sie sah, wie Aset sich tränenüberströmt auf seinen Sarg warf, fragte sie sich, ob diese Gefühlsaufwallung auf wirkliche Liebe zurückzuführen war oder nur auf ihre Angst, was die Jahre ohne den wohlwollenden Schutz Pharaos ihrem Sohn wohl bringen würden.

Während der nächsten Wochen wartete ganz Ägypten darauf, daß die Königin den Anspruch Thutmosis' des Dritten auf den Thron bestätigte und sich selbst bis zur Großjährigkeit des Kindes zur Regentin erklärte. Alle, die ihr nahestanden, waren nicht überrascht, als nichts Derartiges geschah. Die Räder der Regierung drehten sich wie immer. Die Königin hielt Audienzen ab und empfing Botschafter. Sie betete und ging auf die Jagd, tanzte und vergnügte sich, als ob Aset und ihr Sohn nicht existierten.

Aset selbst hatte die Tage nach dem Begräbnis in Unruhe und Angst verbracht. Sie hatte jeden Augenblick zu hören erwartet, daß man sie und den kleinen Thutmosis in die Verbannung schickte. Als die Zeit verging und ihre Besorgnis nachließ, fing sie an, ihre Fühler auszustrecken, und versuchte die Absichten der Königin zu ergründen. Doch man versperrte ihr überall höflich, aber energisch den Weg. Verwirrt und beunruhigt zog sie sich in ihre Gemächer zurück. Hatschepsut hatte sie nicht wieder unter Hausarrest gestellt, und so wanderte sie ruhelos in ihrem Garten umher. Ihre Angst wich allmählich, dafür wuchs der Zorn. Die Königin schien nicht bereit, ihren, Asets, Sohn zum König zu erklären. Aset beschloß, die Dinge selbst in die Hand zu nehmen.

Eines Morgens, als Hatschepsut im Begriff war, mit Senmut, Ineni und Hapuseneb die Korrespondenz für den Tag zu erledigen, kam

Duauineheh, der oberste Herold, hereingestürmt. Er war außer Atem, und seine Augen blitzten vor Erregung. Kaum hatte er die ersten Worte gestammelt, als ihm Ipuemra folgte, der zweite Prophet Amuns. Hinter ihm kam Menena, die Hände über dem Bauch gefaltet und einen Ausdruck frommer Verzückung auf dem katzenfreundlichen Gesicht.

«Nieder mit euch!» brüllte Senmut. «Ihr seid hier nicht in einer Schänke!» Alle sanken zu Boden.

«Steht auf», sagte Hatschepsut ruhig. Sie blickte aufmerksam von einem zum anderen und versuchte den Grund für die Störung herauszufinden, aber die Männer standen nur stumm da. «Ipuemra, mein Freund, du scheinst der gelassenste zu sein», sagte sie. «Und da ich geschworen habe, nie wieder ein Gespräch mit dem ersten Propheten Amuns zu führen, erteile ich dir das Wort.»

Er verbeugte sich, und als er zu reden begann, sah Hatschepsut, daß seine Hände zitterten. «Der Gott hat heute morgen im Tempel ein bedeutungsvolles Zeichen gegeben, Majestät. Als der Kronprinz zusammen mit den anderen Jungen und dem Hohepriester seine Arbeit als Akoluth verrichtete, hat der mächtige Amun das Haupt vor ihm geneigt!»

Hapuseneb zog hörbar die Luft ein. Ineni ließ seine Schriftrolle fallen, und das leichte Rascheln hallte durch die Stille. Obwohl Senmut sein Herz stocken fühlte, rührte er sich nicht. Aber seine brennenden Augen waren starr auf Menenas Gesicht gerichtet. Der Hohepriester selbst zeigte, abgesehen von einem leisen Zucken seiner Lippen, keine Gemütsbewegung.

Hatschepsut stand ebenfalls still da; ihre Hände hielten das Siegel umklammert, und ihr goldener Halsschmuck funkelte in der Sonne, während ihre Brust sich hob und senkte. Dann entspannte sie sich und lächelte spöttisch. «Ach, wirklich?» fragte sie liebenswürdig. «Und welche Schlüsse ziehst du aus diesem . . . diesem Zeichen?»

«Nun, daß Amun mit dem Prinzen zufrieden ist», stammelte der Mann.

Ihr Lächeln vertiefte sich. «Mein lieber Ipuemra, du bist pflichttreu und loyal, aber du hast übermäßige Angst vor mir, was natürlich auch richtig ist. Duauineheh! Ich danke dir, daß du so eilig gekommen bist, und nun erzähl mir bitte genau, was geschehen ist.»

Der Herold klemmte seinen Stab unter den Arm und verneigte sich. Seine Lippen waren zusammengepreßt und seine Augen hart. «Der Prinz hat gebetet und Amun gefragt, ob er tatsächlich Pharao werden soll, wie sein Vater es gewünscht hat.»

«Und dann?» Irgend etwas schien ihr insgeheim Vergnügen zu bereiten. Um ihre Lippen lag ein Lächeln, und ihre Augen blitzten, aber Senmut spürte hinter alldem ihre gespannte Erregung.

«Dann, nach einem Augenblick, neigte Amun sein goldenes Haupt.» Duauineheh sprach kühl und sachlich. Er hätte die Speisen beschreiben können, die er an diesem Morgen zu sich genommen hatte. Er und Hapuseneb sahen sich an und lächelten.

«Amun neigte sein goldenes Haupt», wiederholte Hatschepsut, die Finger pyramidenförmig an die Lippen gelegt, als ob sie nachdächte. «Duauineheh, such den Prinzen und seine Mutter und bring sie sofort hierher. Menena, geh hinaus und warte in der Halle. Ipuemra, du kannst hierbleiben.»

Als der Herold und der Hohepriester fort waren, wandte sich sich an ihre Vertrauten. «Nun?» fragte sie mit hochgezogenen Brauen.

Ineni sprach als erster. «Es stimmt natürlich», sagte er. «Das Zeichen ist tatsächlich gegeben worden, sonst würden Menena und die Priester nicht so offen darüber sprechen. Aber –»

«Es ist ein Trick!» erklärte Nehesi ungestüm. «Der Gott neigt das Haupt vor niemandem außer vor dir, mächtige Königin!»

«Ich weiß», sagte sie, «denn viele verneigen sich vor dem Gott nur mit dem Kopf, nicht aber mit dem Herzen.»

«Ich glaube auch, daß es ein Trick ist», sagte Hapuseneb. «Wer war bei dem Jungen, als es geschah?»

«Menena natürlich», erwiderte Senmut prompt.

«Und die anderen Jungen», erinnerte Ipuemra ihn.

«Wenn es so ist», sagte Hatschepsut leise, «gibt es mehr ehrgeizige Priester im Tempel, als wir geglaubt hatten; denn wenn Menena bei dem Jungen war, wer war dann hinter Amun im Allerheiligsten?»

Sie sahen alle Ipuemra an, aber der schüttelte den Kopf. «Ich weiß es nicht», sagte er hilflos. «Ich war draußen, im Innenhof, bei den heiligen Tänzern, und ich habe den Jungen und den Gott nur aus der Ferne gesehen.»

Duauineheh kehrte mit Aset und Thutmosis zurück. Aset war

sichtlich erregt; unter der Schminke brannten zwei rote Flecken auf ihren Wangen, und ihr Körper wirkte straffer und katzenähnlicher denn je. Thutmosis war ernst. Er ging auf seine Tante und Stiefmutter zu und verneigte sich vor ihr.

«Ich begrüße dich, Thutmosis», sagte sie. «Ich habe von dem Gunstbeweis gehört, den der Gott dir gewährt hat, und ich möchte gern mehr darüber wissen. Erzähl mir davon.»

Die klaren Augen des Jungen begegneten den ihren. Seine Mutter hatte ihm gesagt, daß die Königin ihn nicht mochte, daß sie ihn am liebsten aus dem Palast verbannen würde, um allein regieren zu können. Aber es fiel ihm schwer, diese hochgewachsene, schöne Frau zu hassen, deren Gesicht so vollkommen war, daß er es stundenlang hätte ansehen mögen.

«Ich habe gebetet. Ich bete nämlich oft», setzte er stolz hinzu.

Sie nickte. «Natürlich tust du das. Es ist gut und richtig zu beten.» Sie machte ihm mit einem sanften Lächeln Mut.

«Ich beschloß, Amun um Rat zu fragen», sagte er mit piepsender Stimme, und plötzlich hatten die Männer, die ihm zuhörten, den Eindruck, daß er angefangen hatte, eine gut gelernte Lektion nachzuplappern. «Ich hielt den Weihrauch hoch und bat ihn, mir zu sagen, ob ich Pharao werden soll.»

«Ach, wirklich? Und was hat er gesagt?»

«Er lächelte mir zu, und dann neigte er huldvoll den Kopf. Er neigte ihn sehr tief, bis sein Kinn auf seine unsterbliche Brust fiel. Alle, die in meiner Nähe standen, haben es gesehen.»

«Hm. Sag mir, Thutmosis, wer bin ich?»

Er blickte sie verwundert an und kräuselte die Lippen. «Du bist die Königin von Ägypten.»

«Und was bin ich sonst noch?»

«Das . . . das weiß ich nicht.»

«Dann werde ich es dir sagen, da deine Mutter es offenbar nicht für notwendig gehalten hat, es zu tun. Ich bin außerdem die Tochter Amuns, seine Inkarnation auf Erden, Frucht seiner heiligen Lenden, seine Geliebte, die er geliebt hat, noch ehe sie geboren wurde. Seine Gedanken sind meine Gedanken, und sein Wille ist mein Wille. Glaubst du, er würde dir ohne mein Wissen sagen, daß du Pharao werden kannst?»

Aset stieß einen halberstickten Ruf aus und trat vor.

Thutmosis schüttelte verwirrt den Kopf. «N-nein, sicher nicht. Aber was hat er dann sagen wollen?»

«Er wollte sagen, daß er mit dir zufrieden ist. Er will, daß du fleißig für ihn und für Ägypten arbeitest; dann wirst du vielleicht eines Tages Pharao werden. Aber noch nicht.»

«Noch nicht?» Er biß sich zornig auf die zitternden Lippen. «Aber ich bin Kronprinz. Das bedeutet, daß ich jetzt Pharao werden muß!»

«Wenn Amun mich wissen läßt, daß er dich als Pharao zu sehen wünscht, werde ich es dir sagen, aber das wird noch lange nicht der Fall sein. Vorläufig bist du noch ein kleiner Prinz, und du hast noch viel zu lernen, ehe der Horusthron dir gehören kann. Verstehst du das?»

«Ja!» erwiderte er kurz. «Aber, Majestät, ich lerne sehr schnell!»

Sie blickte in das rebellische kleine Gesicht. «Das bezweifle ich nicht, denn du ähnelst in jeder Hinsicht deinem mächtigen Großvater, meinem Vater, Thutmosis dem Ersten. Jetzt geh wieder in dein Zimmer. Ich will noch mit deiner Mutter sprechen.»

Die Schultern zurückgeworfen und den kahlgeschorenen Kopf stolz erhoben, ging er hinaus.

Hatschepsut befahl, Menena wieder hereinzulassen. Der plumpe Versuch, mit Hilfe des kleinen Prinzen die Macht an sich zu reißen, hatte sie zutiefst empört, und als Menena sich nun neben Aset stellte, gelang es ihr nur mit Mühe, die Ruhe zu wahren. «Der Gott neigt seinen Kopf vor niemandem außer mir», sagte sie. «Das weiß ganz Ägypten seit dem Tag, an dem ich geboren bin. Du hast einen kleinen Jungen, der an seinen Gott glaubt, mit einem niederträchtigen, verachtenswerten Trick zu täuschen versucht. Du hast Amun entehrt. Aber du hast nichts damit erreicht, du hast lediglich eine vorübergehende Verwirrung unter denjenigen gestiftet, die nichts anderes zu tun haben, als sich von Klatsch zu nähren. Wenn du geglaubt hast, einen Druck auf mich ausüben zu können, dann bist du töricht und naiv. Hast du dir tatsächlich eingebildet, daß ich Thutmosis eiligst die Krone aufs Haupt setzen und die Führung meines Landes Menschen wie dir überlassen würde?» Sie lächelte geringschätzig. «Du bist nicht einmal meiner Verachtung wert.»

Aset hatte mit steigender Erregung zugehört. Plötzlich platzte sie

heraus: «Mein Sohn ist Kronprinz und der rechtmäßige Thronerbe! Sein Vater hat es so gewollt!»

«Sein Vater ist tot!» erwiderte Hatschepsut rasch. «Als er noch lebte, war ich Ägypten, und ich bin immer noch Ägypten! Der kleine Thutmosis wäre wie weiches Silber in euren Händen, und ihr zwei, ihr würdet gemeinsam mein geliebtes Land aussaugen. Habt ihr wirklich geglaubt, daß die Priester und Soldaten eurem Befehl folgen würden? Seid ihr während der letzten sieben Jahre denn völlig blind gewesen?» Sie warf die Hände in die Höhe. «Dies war eure letzte Chance. Meine Geduld ist erschöpft. Ich wünsche keine weiteren Intrigen. Sollte mir noch einmal etwas Derartiges zu Ohren kommen, werde ich nicht zögern, euch des Verrats anzuklagen und euch beide hinrichten zu lassen. Ihr seid eine Gefahr für das Land, das ihr zu lieben behauptet. Jetzt macht, daß ihr hinauskommt!»

Aset wollte noch etwas sagen. Ihr Mund bewegte sich, und ihre Augen funkelten Hatschepsut gehässig an. Aber Nehesi trat vor, und sie verneigten sich hastig und gingen hinaus.

«Du bist zu nachsichtig, Majestät», sagte Senmut. «Schlangen sollten zertreten werden.»

«Vielleicht», erwiderte sie müde. «Aber ich will meinen Neffen und Stiefsohn nicht so bald nach dem Tod seines Vaters seiner leiblichen Mutter berauben. Ich glaube nicht, daß Menena ohne Thutmosis' Unterstützung viel Schaden anrichten kann. Nehesi, sorge dafür, daß die Gefolgsleute seiner Majestät die beiden scharf bewachen. Senmut, ich brauche die Namen sämtlicher Priester im Tempel, vom kleinsten Gehilfen bis zu Menena selbst, und die Einstellung jedes einzelnen. Ich habe mich noch nicht entschlossen, was ich tun werde, aber ich bin nicht gewillt, Thutmosis jetzt schon die Krone zu geben.»

IV

20

Sie brauchte zwei Jahre, um sich zu entschließen. In dieser Zeit prüfte sie unaufhörlich ihre Gewalt über Ägypten. Sie zog hier sanft an einem Zügel, griff dort nach einem losen Strang oder straffte einen nachschleifenden Riemen. Dann kam Mechir, die Zeit, wo die Erde zwischen den Palmen und Akazien mit einem üppigen Teppich von grünen Feldfrüchten bedeckt war und die jungen Vögel in den Nestern längs des Flußufers ihre ersten zaghaften Flugversuche unternahmen. Kanäle, neue und alte, liefen kreuz und quer durch die wogenden Felder, und in ihrem stillen Wasser spiegelte sich der zartblaue Frühlingshimmel. Die Nilpferde und ihre Jungen lagen träge im Schlamm und gähnten hin und wieder vor Wohlbehagen.

Der Tempel im Tal war fertig. Die letzten der Zwangsarbeiter waren in ihre Dörfer zurückgekehrt. Der Schutt war weggeschafft und die jetzt unnützen Lehmhütten niedergerissen worden. Das schöne, zarte Bauwerk leuchtete und schimmerte in seiner heißen, steinernen Mulde und wartete darauf, daß die Füße der heiligen Einen zum erstenmal über seine goldenen und silbernen Fußböden schritten. Hatschepsut hatte Pahu beauftragt, innerhalb der Mauern des Tempels noch einen Schrein aus dunklem Ebenholz zur Erinnerung an ihren Sieg in Nubien zu errichten. Pahu hatte auch die inneren Türen aus Zedernholz und Bronze entworfen, aber es waren vor allem die großen äußeren Türen, an denen er seine ganze Kunstfertigkeit entfaltet hatte. Sie waren aus schwarzem Kupfer, massiv und ein wenig drohend, um jeden einzuschüchtern, der sich dem Tempel nicht mit Liebe im Herzen nähern würde. Sie waren kunstvoll mit Elektrum eingelegt, jener Mischung von Gold und Silber, die Hatschepsut so

sehr liebte. Jetzt standen sie offen, fingen das Sonnenlicht auf und verwandelten es in breite Streifen stumpfen Goldes.

Die Priester hatten den neunundzwanzigsten Tag des Monats als den glückverheißenden Tag für die Einweihung gewählt. Hatschepsut stand am Morgen dieses Tages auf ihrem Balkon und blickte über den Garten, während sie ihre Gebete sprach. Hinter ihr, in ihrem Schlafgemach, legten ihre Dienerinnen den kurzen, mit Gold besetzten Faltenrock, die festliche Perücke aus goldenen und blauen Zöpfen und den golddurchwirkten, mit kleinen Henkelkreuzen aus Karneol verzierten Gürtel zurecht. Sie beobachtete, wie die weißgekleideten Priester sich im Hof vor dem ersten hohen Pylon versammelten, und obwohl sie unter ihnen auch Menena in seinem Leopardenfell erblickte, stockte sie nicht in ihrem Gebet an den Gott.

Ein Gefühl von Schicksalhaftigkeit lag an diesem Morgen über ihr, eine seltsame Gewißheit, daß sich ihr Geschick heute abermals wandeln würde. Sie fühlte, wie Kraft in sie eindrang und sich mit dem Blut vermischte, das durch ihre Adern floß. Und wie sie dort stand, hoch über der Welt, nackt und gesegnet von der Sonne, die ihre honigfarbene Haut liebkoste, wurde ihr erneut bewußt, daß sie unsterblich war. Die Wipfel der Bäume schienen sich ehrfurchtsvoll vor ihr zu neigen, während ihre Gebete vom Wind davongetragen wurden. Schließlich kam sie zum Ende. Mit einem letzten Blick über die Gärten, den Fluß und, jenseits davon, die Nekropolis, die auf den Hitzewellen tanzte, ging sie in das kühle Halbdunkel, wo die Frauen darauf warteten, sie anzukleiden.

Sie stand still da, während sie ihr den Rock um die Taille wickelten und ihr den Gürtel sowie den schweren, juwelenbesetzten Halsschmuck anlegten, der bis zu ihren Brüsten reichte. Sie streckte die Arme aus, um sich die Armbänder und Reifen überstreifen zu lassen, und ihre Gedanken wanderten zurück zu den Jahren des Wartens, zu den Tagen, an denen die Steine und Säulen behauen, poliert und errichtet worden waren, als sie mit Senmut und mit Thutmosis dagestanden und zugesehen hatte, wie die Terrassen allmählich Form annahmen. Sie dachte mit Stolz an die Wunderwerke der Baukunst, die sie mit ihrem Vater besichtigt hatte. So habe ich euch geantwortet, Götter der Ebenen. Ich übergebe euch mein Monument, ein Bauwerk, weit großartiger als irgendeines, das ich bisher gesehen habe. Ich bin zufrieden.

Sie setzte sich auf ihren Schemel und hielt die Hände mit den Handflächen nach oben, damit sie mit Henna bemalt werden konnten. Während sie trockneten, hob sie die Füße, und ihre Fußsohlen und Nägel wurden ebenfalls bemalt. Dann zog man ihr die goldenen Sandalen an, deren Riemen mit blutrot funkelndem Jaspis besetzt waren. Ihr Gesicht wurde geschminkt und mit Goldstaub bepudert, der an ihren Lippen und Wimpern und den dicken Kohlestrichen um ihre Augen haftenblieb. Als sie ihr glitzerndes Spiegelbild betrachtete, mußte sie an ihren arroganten Ka denken. Sie lächelte und sah im Geist, wie er sich lässig über ihre Schulter beugte, während ihr die Perücke und das Kobra-Diadem auf den Kopf gesetzt wurden. Sie hatte sich in eine Göttin verwandelt, in das goldene, strahlende Symbol eines goldenen, strahlenden Landes.

Senmut und die anderen warteten an den Wasserstufen auf sie. Hundert Boote, mit Bändern und Fahnen geschmückt, schaukelten auf dem Wasser, bereit, den Hofstaat und die Priester über den Fluß zu bringen. Senmut war fürstlich gekleidet, wie es seinem Rang entsprach. Sein Helm war aus weißem Leder mit goldenen Ornamenten. Seine Armreifen und die Insignien seiner Ämter hoben sich leuchtend von seiner dunkelbraunen Haut ab, und ein Pektoral aus goldenen Ketten mit Skarabäen aus Türkis bedeckte seine Schultern, seinen Hals und seinen Rücken. Auf der glatten, breiten Brust lag das Emblem des Iripat, des Erbprinzen von Ägypten. Vor ihm wartete sein Stabträger, einen weißen Stock mit goldener Spitze in der Hand. Tachat stand bei den Frauen. Sie trug ein dünnes blaues Leinengewand. Senmut bemerkte es erst, als er im Begriff war, an Bord zu gehen, und fragte sich erstaunt, warum sie wohl an diesem Freudentag die Farbe der Trauer trug.

Eines nach dem anderen wurden die Boote durch das klare, schnell dahinfließende Wasser des Nils gestakt, der noch im Sinken begriffen war und seinen Tiefstand erst im Hochsommer erreichen würde. Am gegenüberliegenden Ufer formierte sich die Menge auf der Straße, die einst nur ein Trampelpfad gewesen war, lachend und schwatzend zu einem Zug. Hatschepsut stellte sich an die Spitze. Sie hatte beschlossen, zu Fuß zu gehen, und so hatten alle ihre Sänften zurückgelassen. Als sie sah, daß Senmut im Begriff war, sich neben Hapuseneb, Menech und ihren übrigen Ministern einzu-

ordnen, winkte sie ihn herbei. Er kam mit einem fragenden Blick auf sie zu.

«Wo ist Neferura?»

«Sie geht mit den Frauen, Majestät, und Nehesi geht neben ihr. Ihre kleine Schwester sitzt auf einer Sänfte. Ich hielt es für besser, sie tragen zu lassen.»

Sie nickte. «Gut.» Meritre-Hatschepset war erst drei, und ein Fußmarsch, so langsam er auch sein mochte, würde sie ermüden. Hatschepsut trat lächelnd einen Schritt zur Seite. «Dies ist dein Tag ebenso wie der meine, edler Freund. Ich habe beschlossen, meinen Glanz mit dir zu teilen. Du darfst neben mir gehen.» Ein wenig verlegen stellte er sich neben sie. Sie gab das Signal, und die Hörner begannen zu blasen. «Ohne Zweifel», fuhr sie fort, als der Zug sich in Bewegung setzte, «ist der Tempel ebenso dein Werk wie das meine. Ich habe darüber nachgedacht, Senmut, und ich möchte, daß du deinen Namen innerhalb der heiligen Mauern einträgst, damit die Menschen wissen, welch hohen Rang ich dir verliehen habe und wie sehr ich dich achte.»

Er wandte sich ihr zu und verneigte sich. Sie gingen langsam weiter, aber Senmut war zutiefst erregt. Eine Auszeichnung dieser Art war etwas außerordentlich Ungewöhnliches. Er konnte sich nur an einen einzigen anderen Fall erinnern, das war die Ebene von Sakkara, wo König Djoser dem Baumeister und späteren Gott Imhotep gestattet hatte, seinen eigenen Namen unter seine großartigen Werke zu setzen. Es war ein Geschenk, das über diese Welt hinausging, denn die Götter würden den Namen an einer Stelle sehen, wo sonst nur königliche Namen eingemeißelt waren. Sie würden ihn als König betrachten. Er wußte schon, wohin er seinen Namen und die Geschichte seines Lebens und seine Titel setzen wollte: hinter die Tür des inneren Heiligtums, wo niemand sie sehen konnte außer den Göttern und den Angehörigen der Königsfamilie, die als einzige das Heiligtum betreten und die Tür schließen durften – ein Privileg, das nicht einmal die Priester genossen. «Du ehrst mich in der Tat, Majestät», sagte er leise.

Sie lächelte und drehte ihren goldenen Kopf, um ihm in die Augen zu sehen. «Ich bin noch nicht fertig mit dir, stolzer und mächtiger Prinz!» Sie kamen zu ihrem ersten und einzigen Pylon und gingen scherzend und lachend unter ihm hindurch. Hatschepsut blieb stehen, um mit glücklichen, anbetenden Blicken ihr Meisterwerk in sich

aufzunehmen, und der Zug hinter ihr kam zum Stillstand. Etwa hundert Schritte vor ihnen stieg die erste Rampe in sanftem Schwung zum Dach der ersten Terrasse empor, die getragen wurde von Reihen von Säulen, zwischen denen das Licht in die hallende Weite der ersten Halle strömte. Nach weiteren fünfzig Schritten stieg die zweite Rampe empor, wiederum zum Dach einer Halle, deren weiße Säulen im Licht der Sonne glänzten. Wie von selbst wanderte das Auge von dort aus zu den Säulen der Schreine und weiter zur Spitze des Hügels, als ob Tempel, Tal und Fels eins wären, eine starke und liebliche Harmonie von natürlichem Gestein und künstlicher Melodie.

Es waren noch keine Gärten angelegt. Die Allee, die Hatschepsut geplant hatte und die bis zum Rand des Flusses führen sollte, existierte vorläufig nur in ihrem Geist. Aber der Fels und das Gestein des Tempels waren so schön in ihrer schmucklosen Einfachheit, daß sie keines Zusatzes zu ihren kräftigen, sanft geschwungenen Linien bedurften. Hatschepsut seufzte tief, es war ein Seufzer der Befriedigung. Sie hatte ein goldenes Standbild des Amun anfertigen lassen, das neben ihrem eigenen im mittleren Heiligtum stehen sollte, und sie gab jetzt den Befehl, die Sänfte mit dem Gott vor ihr herzutragen. Die Priester näherten sich mit ihrer schweren Last. Der junge Thutmosis war dazu auserwählt worden, mit dem Weihrauch neben Amun zu gehen. Sie setzten ihren Weg fort und erreichten nach kurzer Zeit die erste Rampe, wo sie haltmachten, um zu beten. Dann gingen sie weiter zur zweiten Rampe und wiederholten die Gebete. Hatschepsut betrat das Halbdunkel ihres Schreins in nachdenklicher Stimmung, denn sie erinnerte sich, wie sie und ihr Bruder geplant hatten, diesen Tag gemeinsam zu begehen. Sicher beobachtete er sie jetzt durch die magischen Augen seines Sargs, und sie fragte sich, was er wohl von diesem schönsten Bauwerk, das Ägypten je gesehen hatte, halten mochte.

Amun wurde auf den erhöhten Thron neben der riesigen vergoldeten Statue von Hatschepsut gesetzt, deren Augen selbst die entferntesten Winkel des Tempels zu durchdringen schienen. Der junge Thutmosis stellte das Weihrauchgefäß in das dafür vorgesehene hohe Kupfergestell, und ein anderer Akoluth tat das gleiche auf der gegenüberliegenden Seite des Schreins. Dann warfen sich alle, die in das Allerheiligste hereingelassen worden waren, der Länge nach auf den

neuen silbernen Fußboden und huldigten den zwei Göttern, die ihr Leben beherrschten. Menena schritt zwischen den ausgestreckten Körpern hindurch, um sich neben Amun zu stellen, und dann begannen die Riten der Weihung. Die Priester, die auf dem Dach der ersten Terrasse versammelt waren, lauschten den Gesängen und dem Rasseln der Sistren und füllten ihre eigenen Räuchervasen. Unter ihnen, auf der ersten Rampe, standen die Angehörigen des Hofstaates und reckten sich den Hals aus, um zu sehen, wie der Rauch in der geschützten Mulde spiralförmig zur Spitze des Felsens emporstieg.

Nachdem die Zeremonie beendet war und Hatschepsut feierlich jeden Zoll ihres lebendigen Traums durchschritten hatte, kniete sie noch einmal vor Amun neider und sprach ihre letzten Gebete. Sie hatte das Gefühl, daß noch nicht alles vorüber war. Die Sonne neigte sich, und ihre langen, seidigen Finger glitten über den Boden des Heiligtums, bis sie die zwei Statuen erreichten. Die hinter Hatschepsut Stehenden sahen sie, wie sie sie noch nie gesehen hatten: ihr goldener Kopf, ihre mit Gold bepuderte Haut, ihre goldgeschmückten, ausgestreckten Arme waren mit einem feurigen Lichtschein umgeben, der ihrer Gestalt ein überirdisches Aussehen verlieh. Es wurde still. Thutmosis verneigte sich vor Amun und füllte wieder das Weihrauchgefäß. Menena hob seinen Stab auf, und die Adeligen, deren Kehle trocken vom Singen war, traten unruhig von einem Fuß auf den anderen und dachten an das Festmahl, das der Zeremonie folgen sollte. Aber Hatschepsut fuhr fort zu beten und zu warten, denn sie wußte, daß noch irgend etwas geschehen würde. Als sie zum letztenmal zu Boden sank, kam von den Lippen des Idols eine klare, schallende Stimme, und die Anwesenden erstarrten.

«Erhebe dich und gehe, geliebter König Ägyptens», sagte sie.

In der betäubten Stille fuhr Hatschepsuts Kopf hoch. All ihre ehrgeizigen Wünsche, die Enttäuschungen und Träume der vergangenen Jahre kehrten zurück und entluden sich in einem lauten Schrei des Triumphs. Sie stand auf und drehte sich, die Arme über dem Kopf, blitzartig herum. «Er hat gesprochen!» rief sie zitternd vor Siegesfreude. Die Menschen unten im Hof hörten den Lärm und sahen sich besorgt an. «Ich erkläre mich zum Pharao!»

«Das kann sie nicht!» flüsterte Jamunefer, aus seiner üblichen kühlen Trägheit aufgerüttelt, seinem Freund zu.

Plötzlich begannen die Adeligen zu applaudieren. Sie hatten sich erhoben, jubelten und riefen nach ihr. Die Arme immer noch ausgestreckt und ein strahlendes Lächeln auf dem Gesicht, bahnte sie sich, von Senmut und Nehesi begleitet, einen Weg zwischen ihnen hindurch. Sie traten ins Freie, und der Jubel wurde zu einem Gebrüll, als die Menschen draußen sich ihm anschlossen und ihr entgegendrängten. Der Tempel wurde zu einer brodelnden Masse von weißgekleideten Gestalten.

«Ich erkläre mich zum Pharao!» rief Hatschepsut abermals.

Die schicksalsschweren Worte hallten wider und vermehrten sich hundertfach, als die Menge sie aufnahm und «Pharao! Pharao! Pharao!» schrie.

Neferura beobachtete mit großen Augen, wie ihre Mutter die Sänfte des Gottes bestieg und hoch über die ihr zugewandten Gesichter gehoben wurde. Aset und Thutmosis, die ein wenig abseits standen, wurden vom Ansturm der erregten Menge nach vorn gedrängt und sahen sich plötzlich, von Gefolgsleuten seiner Majestät umgeben, unmittelbar hinter der Sänfte. Der Tumult um sie herum wurde immer lauter, während Hatschepsut zum Fluß zurückgetragen wurde. Sie riß sich die kleine Kobra vom Kopf, hielt sie in die Höhe und beugte sich dann mit einer schnellen Bewegung nach unten und legte sie in Neferuras ausgestreckte Hände. Sie saß während des ganzen Weges aufrecht und lächelnd da, und man brachte sie an Bord der königlichen Barke und zurück zum Palast, zu einem neuen Anfang.

Als sie am Vorabend der Krönung allein in der Dunkelheit auf ihrem Balkon stand, dachte sie: Die Jahre der Arbeit, der Sorgen und des Wartens haben Früchte getragen. Jetzt endlich bin ich das, wofür mein Vater mich ausersehen hatte. Es gibt niemanden in Ägypten, der sich mir widersetzen kann. Thutmosis ist tot. Aset und Menena haben den Kampf verloren. Mein Schicksal hat sich erfüllt. Ich bin stärker denn je, schöner und mächtiger denn je, die erste Frau, die es wert ist, Pharao zu sein. Sie dachte an Neferura, die, immer noch das Kobra-Diadem in den Händen, auf ihrem kleinen Ruhebett schlief, und an den jungen Thutmosis, dessen Träume von der Krone jetzt durch ihre strahlende Gegenwart, ihre beispiellose Kraft und ihre alles beherrschende Gewalt ausgelöscht waren. In dieser Nacht war sie allein mit

ihrem Gott. Sie sprachen miteinander in der Dunkelheit und blickten zurück auf die Ereignisse, die zu diesem Tage geführt hatten. Sie war nicht müde. Sie hatte noch genug reiche, ungenutzte Quellen der Kraft in sich, die darauf warteten, nach ihrer Krönung sprudeln zu können. Sie fühlte sich so unsterblich wie die Sterne, die oben am Himmel leuchteten, und das Land, das unter ihr träumte. Sie blieb fast die ganze Nacht auf ihrem Balkon, trank kühlen Wein und beobachtete die Wächter, die die Runde durch ihre Gärten machten. Als es zu dämmern begann, legte sie sich auf ihr Ruhebett, blickte zu der blausilbernen, mit Sternen besprenkelten Decke empor und dachte an all die Dinge, die sie nach ihrer Krönung tun wollte.

Am Morgen kam der Barbier mit seinen scharfen Messern. Während ihr schönes schwarzes Haar abgeschnitten wurde und wie ein weicher Teppich um ihren Stuhl fiel, saß sie regungslos da. Nofret sammelte sorgsam jede Strähne auf, und Hatschepsut betrachtete sich nachdenklich im Spiegel. Der Mann schärfte sein Rasiermesser und begann ihren Kopf zu scheren. Sie beobachtete, wie ihr Gesicht sich unter seinen Händen verwandelte. Mit dem jetzt kahlgeschorenen Schädel sah sie geschlechtslos aus; die starken Knochen ihres Gesichts traten schärfer hervor, ihre Augen wirkten noch größer und leuchtender, der Mund hochmütiger, weniger fähig zu lächeln. Als der Barbier weg war, setzte Nofret ihr den Lederhelm auf, den sie tragen würde, bis die Doppelkrone an seine Stelle trat. Seine Flügel berührten ihre Schultern, und sein Rand lief quer über ihre Stirn, was ihrem Gesicht einen ungewohnten Ausdruck der Strenge verlieh. Nofret legte ihr das königliche Horusauge um den Hals; es reichte weit hinunter und verbarg ihre Brüste. Ihr Leibwächter öffnete die Tür und ließ Senmut herein, der auch jetzt wieder die Kleidung eines Prinzen trug. Er hielt Neferura an der Hand. Sie war in Gold und Azurblau gekleidet und hatte das Kobra-Diadem auf ihren kahlgeschorenen Kopf gesetzt; aber ihre Jugendlocke war ihm im Weg, und als sie und Senmut sich zu Boden warfen, wackelte das Diadem bedrohlich.

Hatschepsut befahl ihnen lächelnd, sich zu erheben. «Nein, mein Liebes», sagte sie sanft zu Neferura. «Du bist noch keine Königin. Ich hoffe zwar, dich eines Tages zum König zu machen, aber trotzdem kannst du die Kobra jetzt noch nicht tragen.»

«Aber darf ich sie in meinem Zimmer behalten und manchmal ansehen?» fragte Neferura, während sie das Diadem abnahm.

«Nur wenn du versprichst, sie nicht mit nach draußen zu nehmen oder Meritre damit spielen zu lassen. Nun, Priester, sind wir bereit?»

Senmut blickte den hochgewachsenen, strahlenden Jüngling an, der vor ihm stand, er sah den männlichen Helm, das Horusauge und die königlichen Ringe. Er verneigte sich tief. «Jawohl, Majestät. Deine Standarten sind draußen, und die Fahnen fliegen hoch. Tausende von Menschen säumen den Weg.»

«Und mein Streitwagen?»

Er lächelte. «Er steht im Hof, Majestät, und Menech ist ungeduldig.»

«Er ist immer ungeduldig! Gehen wir.»

Draußen brannte die Sonne. Hatschepsut sprang auf den Wagen, stellte sich breitbeinig hinter Menech und hielt sich an den goldenen Seitenwänden fest, während die Menge zu jubeln begann. Menech schwang seine Peitsche, und die Pferde fingen an zu traben. Aber sie gingen nicht sehr schnell, denn Hatschepsut hatte beschlossen, langsam durch die Stadt zu fahren, damit alle sie sehen konnten. Der glitzernde Zug zog durch die Straßen. Kinder warfen Blumen, und ihre Eltern küßten die Pflastersteine vor der Göttin, die die Weichheit ihres Frauentums abgelegt zu haben schien und so hochgewachsen und schlank wie ein Jüngling auf ihrem Wagen stand.

Im Tempel nahm sie sich, als der Augenblick gekommen war, selbst den Helm vom Kopf und streckte die Hände nach der Krone aus. Senmut erschrak beim Anblick ihres nackten Schädels. Er brachte ihm zum erstenmal deutlich zum Bewußtsein, daß sie in der Tat geschlechtslos und zeitlos in sich selbst war. Als sie sich langsam die hohe rote und weiße Doppelkrone aufs Haupt setzte und Krummstab und Wedel aus Menenas Hand empfing, erhob sich die feurige Uräus, die Schlange des Königtums, endlich wieder über einem Antlitz, das unbezähmbar und eindeutig dasjenige eines Pharaos war. Dann wurde ihr das schwere, mit Juwelen besetzte Gewand umgelegt.

Nachdem Menena sie noch einmal durch das Heiligtum geführt hatte, wandte sie sich der Menge zu. «Ich übernehme alle Titel meines Vaters», sagte sie. «Herold!»

Duauineheh trat vor und zählte sie auf: «Horus, geliebt von Maat,

der erscheint als königliche Schlange, groß an Macht, schön an Jahren, der die Herzen belebt, Hatschepset.»

Senmut bemerkte, daß Duauineheh den Titel «mächtiger Stier» ausgelassen hatte, und er lächelte verstohlen.

Hatschepsut hob stolz den Kopf und fuhr fort: «Ich übernehme auch den Titel, den mir Amun bei meiner ersten Krönung verliehen hat. Ich bin Maat-Ka-Re, Sohn der Sonne, Kind des Morgens. Usertkau ist mein Thronname. Künftig nenne ich mich Hatschepsu, erster unter den Mächtigen und ehrenwerten Edelleuten des Königreichs.»

Senmut lächelte abermals über diese weibliche Eitelkeit. Sein König war doch nicht ganz männlich geworden.

Man band ihr den Pharaonenbart ans Kinn, aber statt sie lächerlich zu machen, unterstrich er ihre Autorität auf eine Art, wie er es nie am Kinn eines Mannes gekonnt hätte. Hatschepsu die Erste, König von Ägypten, verließ den Tempel und ging langsam in die Frühlingssonne hinaus. Ihr schönes Gesicht war kühl und unergründlich wie Marmor. Sie nahm mit ausdrucksloser Miene die Huldigung der Soldaten entgegen, die im äußeren Hof gewartet hatten, um auf ihre Art die Kriegerin zu ehren, die sie nach Kusch und wieder nach Hause geführt hatte. Dann bestieg sie ihren Streitwagen und fuhr zurück zum Palast.

Ehe das Festessen begann, setzte sie sich, Krummstab und Wedel vor der Brust gekreuzt, auf den Horusthron, und ihre Minister versammelten sich vor ihr. In einem Anflug von Mutwilligkeit rief sie Thutmosis zu sich und gebot ihm, sich auf die Stufen zu ihren Füßen zu setzen. Er gehorchte, aber sie sah sehr wohl, daß er mit steifem Rücken und finster dreinblickendem Gesicht dort saß.

«Nun», sagte sie lächelnd, «fangen wir an. Wie könnte ich euch, meine Getreuen, an diesem, meinem heiligsten Tag vergessen? Senmut, tritt vor!»

Er bewegte sich kriechend über den goldenen Boden auf ihre Füße zu, und sie stand auf und half ihm, sich zu erheben. So verlangte es die Form, aber unter der jahrhundertealten Etikette leuchtete ihre Liebe zu ihm hervor.

«Für dich, Liebling des Königs, Hüter der Tür, habe ich neue Titel. Ich mache dich zum Aufseher aller Arbeiten im Hause des Silbers, zum Oberhaupt der Propheten des Montu, zum Diener des Nechen, zum

Propheten der Maat und endlich zum Smer, dem geehrten Edlen von Ägypten.»

Eine nach der anderen legten sich die Hüllen der Macht um seine Schultern. Die Männer, die zusahen und lauschten, wußten jetzt genau, wer der einflußreichste Mann Ägyptens war. Sie musterten Senmuts stolzes, verschlossenes Gesicht mit wachsamen Augen und fühlten sich von ihm abgeschnitten. Er verneigte sich und trat an Hatschepsuts Seite.

Sie winkte Hapuseneb herbei. «Du mit dem Geheimnis», sagte sie zu ihm, «erinnerst du dich an den Tag, an dem ich dich zum Oberhaupt der Propheten des Südens und Nordens gemacht habe?»

«Ich erinnere mich gut daran, Majestät. Das war bevor du die Bewohner von Kusch in die Flucht geschlagen hast.»

Sie nickte. «Nehesi, laß Menena vor mich bringen.»

Hapuseneb wußte, was kommen würde. Die anderen warteten atemlos, bis der alternde Hohepriester vor den Thron getreten war und seine Huldigung dargebracht hatte.

Hatschepsut sprach freundlich, aber ihre Augen unter der hohen Doppelkrone blickten ihn eiskalt an. «Menena, ein Hohepriester kann nur auf Befehl des Pharaos selbst ernannt werden. Stimmt das?»

Er wurde blaß, aber er verneigte sich. «Es stimmt», sagte er leise.

«Und jetzt bin ich Pharao. Ich ernenne hiermit den Wesir Hapuseneb zum Hohepriester des Amun und ermächtige ihn, den Stab aufzunehmen, den ich ihm vor Jahren übergeben habe, und damit jetzt seine Autorität geltend zu machen. Dir, Menena, zolle ich den Dank des Falken-der-zur-Sonne-emporgestiegen-Ist und befehle dir, Theben bis zum Ende des Monats Phamenoth zu verlassen.»

Sie war fertig mit ihm. Er verneigte sich abermals und ging ruhig und beherrscht wie immer hinaus. Hatschepsut sah ihm nach; sie erinnerte sich an den unerklärlichen Haß ihres Vaters gegen Menena, und ihre Augen fingen den Blick auf, den Senmut dem alten Mann zuwarf, als dieser an ihm vorbeiging. Sie bemerkte überrascht den Ausdruck von Abscheu und Angst auf seinem Gesicht und nahm sich vor, ihn bei einer späteren Gelegenheit danach zu fragen. Senmut wußte etwas, was sie nicht wußte und eines Tages erfahren mußte.

Sie machte Nehesi zu ihrem Kanzler, eine Ernennung, die alle erwartet hatten und die sich aus seinem Amt als Träger des königlichen

lichen Siegels ergab. In Pahus Hände legte sie die Verteilung sämtlicher Tribute. Puiemre, den Wanderer, machte sie zum Inspektor der Monumente. Dann kam Useramun an die Reihe. Hatschepsut rief ihn, und er näherte sich ihr mit einem Lächeln. Aber nachdem sie ihm geholfen hatte, sich zu erheben, befahl sie ihm, sich wieder auf den Boden zu legen. «Vor vielen, vielen Jahren», sagte sie, «hast du, unbezähmbarer Freund, dich im Scherz so vor mir verneigt, und ich habe geschworen, daß du deine Worte eines Tages im Ernst wiederholen würdest. Erinnerst du dich, welches diese Worte waren?»

Ein leises Lachen lief durch den Raum, als Useramun, die Nase am Boden, mühsam den Kopf schüttelte. «Offengestanden, großer Horus, meine Torheit ist mir entfallen. Darf ich dich demütigst um Verzeihung bitten?»

«Anen!» Sie lachte. «Lies die Worte vor, die ich dich habe niederschreiben lassen.»

Der Schreiber erhob sich von seinem Sitz neben ihrem linken Fuß und deklamierte feierlich: «Heil, Majestät. Deine Schönheit ist verwirrender als die Schönheit der Sterne. Oh! Meine Augen versagen, ich bin wie geblendet!»

«Wiederhole das!» befahl sie mit mühsam unterdrücktem Lachen, und Useramun gehorchte; seine Stimme drang erstickt vom Boden herauf. «So, jetzt kannst du wieder aufstehen», sagte sie schließlich, und er sprang breit lächelnd auf.

«Majestät haben ein unfehlbares Erinnerungsvermögen», bemerkte er.

Sie nickte kühl. «Natürlich. Und für dich, schlauer Vogel, habe ich eine Rundreise durch das Gebiet deines Vaters im Süden vorgesehen, das du letzthin sehr vernachlässigt hast, da du es vorzogst, Jagd auf meine Hofdamen zu machen.»

Die Verleihung von Privilegien und Belohnungen wurde fortgesetzt. Schließlich ging die Sonne unter, und die Hörner bliesen zum Abendessen. Hatschepsut stand auf, sichtlich ermüdet von dem fast unerträglichen Gewicht des Krönungsmantels. «Laßt uns zusammen zu Abend essen», sagte sie und blickte jedem von ihnen ernst in die Augen, «und dann wollen wir die Arbeit fortführen, die wir in Ägypten begonnen haben. Niemand soll in künftigen Zeiten sagen, daß dieses Land unter unserer Herrschaft gelitten hat!»

Sie gingen zusammen in den Bankettsaal und drängten sich alle aufs Podium, um auf Hatschepsuts Gesundheit zu trinken. Mit Ausnahme des wachsamen Senmut bemerkte keiner von ihnen, daß Jamunefer, Djehuty und Sennefer dicht zusammengedrängt hinter einer schützenden Lotossäule in einer Ecke saßen. Sie lachten nicht. Nicht weit von ihnen starrten der kleine Thutmosis und seine Mutter mit harten, erbitterten Augen auf die muntere Gesellschaft auf das Podium.

Gegen Mitternacht ließ Hatschepsut den schweren Umhang von den Schultern gleiten. Sie klatschte in die Hände, und die Vorführungen begannen. Sie wollte vor allem die Truppe von Tänzern sehen, die Hapuseneb in einer der Küstenstädte des Nordens gekauft hatte. Die Männer waren sowohl Akrobaten als auch Tänzer, und sie faszinierten Hatschepsut mit ihren Sprüngen, Saltos und Drehungen zu den Trommeln und Harfen, die den Takt angaben. Als sie ihre Tänze beendet hatten, machte Hapuseneb sie Hatschepsut zum Geschenk. Dann kam ein gezähmter Leopard, der Kunststücke ausführen konnte. Auch er wurde ihr geschenkt. Bis in die frühen Morgenstunden löste eine Vorführung die andere ab, während der Wein in Strömen floß und die Sklaven das Öl in den Parfumkegeln auf den Köpfen der Gäste nachfüllten. Die Blumen in den Töpfen und Vasen welkten unter der Hitze der Lampen. Menech, immer zu Späßen aufgelegt, zog das dünne Leinengewand einer Tänzerin an, setzte ihre Perücke auf und tänzelte und hüpfte vor Hatschepsut herum. Sie lachte, erklärte ihm jedoch, daß er ihr als ihr verwegener Wagenlenker besser gefiele. Niedergeschmettert kehrte er zu seinen grinsenden Kameraden zurück.

Hatschepsut erhob sich, und es wurde still im Saal. «Es ist Zeit, schlafen zu gehen», sagte sie. «Aber ehe wir aufbrechen, möchte ich ein Lied von dem großen Ipuky, dem gesegneten Sänger der Götter, hören. Hilf ihm, Useramun.»

Der alte Mann kam, auf Useramuns Schulter gestützt, zum Fuß des Podiums. Er ging jetzt tief gebeugt, war altersgrau und häufig krank, aber seine Stimme hatte nichts von ihrem Zauber verloren. Hatschepsut hatte ihm ein Heim gegeben und seinen eigenen kleinen Kräutergarten, einen Platz, wo er das Ende seines Lebens in Frieden verbringen und das Grün riechen konnte, das seine blinden Augen nicht mehr sahen. Er ließ sich dankbar nieder und legte die Laute über

seine knochigen Knie. Es herrschte absolute Stille, und alle saßen erwartungsvoll da, während seine Finger die Saiten suchten. Schließlich begann er zu spielen.

Bei den ersten Worten wandte Senmut sich zornig an Hapuseneb. «Es ist das Lied, das Imhotep gewidmet ist!» flüsterte er erregt. «Warum hat er gerade das gewählt?» Hatschepsut brachte ihn ärgerlich zum Schweigen, und Senmut zog sich zurück und hörte verwirrt zu, wie die ehrfurchtgebietende Musik den großen Saal durchflutete.

> Die Leiber vergehen, und andere treten an ihre Stelle, seit ewigen Zeiten.
> Die Götter, die vormals waren, ruhen in ihren Pyramiden, und desgleichen die Edlen und die Verherrlichten,
> In ihren Pyramiden begraben.
> Sie, die Häuser errichteten, ihre Wohnungen sind nicht mehr.
> Was ist mit ihnen geschehen?
> Ich habe die Lehren des Imhotep und des Hardjedef gehört, deren Worte auf aller Lippen sind.
> Was sind jetzt ihre Wohnungen?
> Ihre Mauern sind zerstört, ihre Wohnungen sind nicht mehr, als wären sie nie gewesen.
> Keiner kommt von dort, daß er uns sage, wie es ihnen ergeht, daß er uns sage, was sie brauchen.
> Daß er unser Herz beruhige, bis daß auch wir dorthin gehen, wohin sie gegangen sind.
> Freue dich, daß du dein Ohr vergessen lassen kannst, daß die Menschen dich eines Tages verherrlichen werden.
> Folge deinen Wünschen, solange du lebst.
> Tu Myrrhe auf deinen Kopf, kleide dich in feines Leinen und öle dich ein mit den Wunderdingen des Gottes.
> Vermehre die Freuden, die du hast, und laß dein Herz nicht verzagen.
> Folge deinen Wünschen, und tue dir Gutes.
> Tue, wonach dich auf Erden verlangt, und quäle nicht dein Herz, bis daß der Tag der Klage
> Zu dir kommt.

Doch Er mit dem stillen Herzen hört nicht ihre Klagen, und
Schreie erlösen niemanden
Aus der Unterwelt.

Die letzten traurigen Töne klangen in den Köpfen der betrunkenen Gesellschaft nach, und es gab keinen Applaus. Ipuky hatte ihn auch nicht erwartet.

Hatschepsut ging auf ihn zu. «Ich danke dir für die Lektion, weiser Freund», sagte sie. «Es ist gut für einen König, sich am Tag seines Triumphs an diese Dinge zu erinnern.»

Ipuky senkte einen Augenblick schweigend den Kopf, dann nahm er seine Laute in die Arme und stand auf. Useramun half ihm, sich vom Podium zu entfernen, und er verschwand in der Dunkelheit.

Hatschepsut, die tiefe Schatten der Ermüdung unter ihren Augen hatte, verabschiedete sich von ihren Freunden und ging rasch hinaus. Sie folgten ihr und bahnten sich erschöpft ihren Weg durch das Wirrwarr von Kissen, umgeworfenen Weinbechern und sich rekelnden Zechern, hinaus in den stillen, mit Fackeln beleuchteten Garten.

21

Erschöpft von den Anstrengungen des vorangegangenen Tages schlief Hatschepsut ein paar Stunden tief und traumlos. Sie erwachte kurz vor Sonnenaufgang, richtete sich auf und wartete begierig auf den Augenblick, der den Höhepunkt all ihres Strebens bedeuten würde. Sie befahl Nofret, ihren Stuhl so zu stellen, daß sie durch das Fenster auf den östlichen Himmel blicken konnte, und als sie von ihrem Ruhebett aufstand und zum Fenster ging, hörte sie, wie sich der Hohepriester, der zweite Hohepriester und die Akoluthen draußen auf dem Gang versammelten. Auf ihren Befehl öffnete Nofret die Tür, und Hapuseneb, Ipuemra, der junge Thutmosis und die anderen verneigten sich ehrfurchtsvoll. Den Blick nach Osten gewandt, saß sie regungslos da, während der Rand von Re rot am Horizont erschien, und als seine Strahlen ihr Gesicht berührten, stimmten die Priester den Lobgesang an: «Heil, mächtige Inkarnation, die als Re im Osten aufsteigt! Heil, Emanation des heiligen Einen!»

Voller Stolz und besitzergreifend leidenschaftlich nahm Hatschepsut ihre Huldigung entgegen. Dies war ihr Geburtsrecht, nicht mehr und nicht weniger: der Thron, das Land, der Gott. Als der Gesang beendet war, löste sich Re aus den ihn umklammernden Händen der Nacht und begann seine tägliche Reise. Die Türen schlossen sich wieder, und die Priester kehrten in den Tempel zurück, um dort zu warten, bis Hatschepsut kam und ihre Morgenandacht verrichtete.

Nofret befahl den Sklavinnen, das Becken zu füllen. Die Wächter ließen die Prinzen und Adeligen herein, deren Vorrecht es war, beim Bad Pharaos zugegen zu sein. Hatschepsut schlüpfte aus ihrem Schlafrock, ging an ihnen vorbei und stieg ins Wasser; sie begrüßte jeden

einzelnen und nutzte die Gelegenheit, mit ihnen über die Arbeit des Tages zu sprechen, während ihre Sklavinnen sie wuschen. Als die Männer fort waren, legte sie sich auf ihr Zedernbrett, um sich einölen und massieren zu lassen. Dann zog sie ihren kurzen Faltenrock an, setzte den Helm mit der Uräusschlange auf den Kopf und ging in den Tempel, um zum erstenmal als Pharao die Riten zu vollziehen.

Im Heiligtum öffnete sie, von Horus und Thot unterstützt, den Schrein, ließ sich von Thutmosis den Weihrauch reichen und beweihräucherte den Gott. Sie benetzte ihn mit Wasser aus seinem heiligen See und legte ihm seine Krone, seine Insignien und Speisen zu Füßen. Sie lauschte auf die Gebete der Priester für die Gesundheit und Sicherheit von Pharao. Während sie all das tat, spürte sie, wie Glückseligkeit sie erfüllte. Sie hatte immer daran geglaubt, daß dieser Tag kommen würde. Sie hatte es wie ein Kind geglaubt – unklar, mit einer verschwommenen Gewißheit. Sie hatte sich während der Jahre des geheimen, mühsamen Strebens an diesen Glauben geklammert und sich oft gefragt, zu welchem Zweck sie ihre Gaben vergeudete, während ihr Mann wie ein Schmetterling lebte. Aber als sie jetzt den Schrein verschloß und in das Sonnenlicht hinaustrat, wußte sie es.

Ineni saß im Audienzraum, wo die Depeschen säuberlich auf Hatschepsuts Tisch aufgestapelt waren und Anen und die anderen Schreiber darauf warteten, ihre Befehle für den Tag entgegenzunehmen. Er sah abgespannt aus, und die Linien um seine Adlernase und den geraden, schmalen Mund waren tief gefurcht. Als Hatschepsut hereinkam, verneigte er sich steif. Er wurde von Schmerzen in den Gelenken geplagt und konnte kaum seine Finger bewegen; er reichte ihr nicht wie sonst das erste Dokument.

«Was ist los, mein Freund?» fragte sie.

Ein wenig verlegen verneigte er sich abermals. «Majestät, ich weiß nicht recht, wie ich es sagen soll. Ich möchte mein Amt als Schatzmeister niederlegen.»

Sie blickte in das erschöpfte Gesicht und sah seine graue Blässe. «Bist du unzufrieden mit mir, Ineni? Mißbilligst du meine Politik?»

Er lächelte. «Nein. Nichts dergleichen. Aber ich werde alt, und meine Kräfte lassen nach. Ich werde auch weiterhin für dich bauen, doch ohne festen Zeitplan, wenn du es gestattest. Als Bürgermeister von Theben bin ich bereits mehr belastet, als meine Jahre es zulassen.

Ich möchte mehr Zeit zu Hause mit meiner Familie verbringen und an meinem Grab arbeiten.»

«Du hast lange gedient», gab sie zu. «Meinem Vater warst du unentbehrlich, und ich muß gestehen, daß ich dich hier sehr vermissen werde, denn deine Erfahrung ist groß. Nun», sagte sie seufzend, «es sei denn. Du hast meinen Segen; setz dich zur Ruhe. Wirst du noch manchmal mit mir zu Abend essen?»

«Sooft du willst!»

«Wer wird dich ersetzen? Kannst du mir einen anderen Schatzmeister empfehlen?»

Er hatte die Frage erwartet. «Ich schlage Pahu vor. Er ist ehrlich und gewissenhaft, und wenn er auch vielleicht keine genialen Geistesblitze hat, so arbeitet er doch sehr fleißig. Nichts wird seiner Aufmerksamkeit entgehen.»

«Einverstanden. Also Pahu. Duauineheh, such ihn und bring ihn hierher. Er soll sofort beginnen. Ineni, bleibe noch ein oder zwei Monate, um ihn in seine Arbeit einzuweisen, dann lasse ich dich gehen. Wahrhaftig, die alte Ordnung ändert sich!» Sie seufzte. «Gut, fangen wir an. Was haben wir heute morgen?»

Ineni wählte eine Schriftrolle. «Hier ist ein Brief aus Nubien, von Inebny, deinem Vizekönig. Er klagt, daß seine Minen voll ausgelastet seien und er nicht mehr Gold schicken könne als er bisher geschickt habe. Er sagt, er habe die Sache Eurer Majestät gegenüber schon vor einiger Zeit erwähnt.»

Sie runzelte die Stirn. «Ja, das hat er. Vor Jahren. Ich frage mich, wie es ihm seither ergangen sein mag. Anen, setz eine Antwort auf. Sag ihm, ich danke ihm für seinen Eifer und bitte ihn, meine Vergeßlichkeit zu entschuldigen. Sag ihm auch, er soll die Minen nicht ausplündern; er kann die Produktion vorläufig einschränken. Bereite das Schreiben vor, dann wird Nehesi es mit dem Siegel versehen. Senmut, beauftrage jemanden, die alten Minen in der Sinai-Wüste zu untersuchen. Vielleicht gibt es dort noch Gold, obwohl sie schon seit langem stillgelegt sind. Halte binnen sechs Monaten einen Bericht für mich bereit. Und besorge mir einen Techniker, der Vorschläge für die Erschließung von neuen Minen machen kann. Was ist das nächste?»

Am Mittag war die Arbeit beendet, und Hatschepsut aß allein in ihren Gemächern, ehe sie sich zum Mittagsschlaf niederlegte. Sie

fühlte sich ein wenig einsam und war sich zum erstenmal der Isolation bewußt, die die totale Macht mit sich brachte, aber sie hätte die Doppekrone nicht gegen einen Palast voller Freunde eintauschen wollen. Sie legte in dem stillen Halbdunkel ihres Schlafgemachs den Nacken auf die Kopfstütze und schloß, ein Gebet zu Amun auf den Lippen, lächelnd die Augen.

Noch ehe ihr erstes Jahr als Pharao vorüber war, hatte Hatschepsut die königlichen Gemächer umgebaut, hatte Wände niederreißen, Zimmerdecken heben und Fenstertüren durchbrechen lassen. Nach Beendigung der Bauarbeiten zog sie in Räume, die größer, höher und reicher geschmückt waren als zuvor. Die Fußböden hatte sie unangetastet gelassen, denn sie waren mit Goldplatten belegt und ohne jeden Schmuck. Aber sie hatte die Wände mit massivem Silber überzogen, in das Pahu riesige Reliefs gehämmert hatte, die von den blaugestrichenen Decken bis zu den goldenen Fußböden reichten. Wenn sie, das Bildnis Amuns hinter ihrem Kopf, auf dem großen Ruhebett lag, konnte sie ihr eigenes Antlitz sehen, das ihr von allen drei Wänden entgegensah, das stolze Kinn mit dem Bart der Königswürde geschmückt, ein Ausdruck von Ruhe und kühler Überlegenheit in den Augen, die Stirn breit und klar unter der Doppelkrone, die die Kobra und den Geier trug. Die Türen waren ebenfalls aus gehämmertem Silber, jede von ihnen eine massive Platte, aus der das Horusauge blickte. Mit der Zeit war sie, wo auch immer sie sich befand, von dem matten weißen Glanz dieses seltensten aller Metalle umgeben. Das blanke Silber ihres Audienzsaals zeigte andere Szenen. Die Bilder an den Wänden waren voller Leben und Bewegung, und hoch von ihrem Thron aus sah sie sich selbst, wie sie, Krummstab und Wedel in der Hand, über den nackten Boden lief, während ihre Feinde vor ihrem heiligen Zorn flohen, oder wie sie mit erhobener Axt in ihrem Streitwagen stand, während die Bewohner von Kusch unter den Hufen der Pferde in den Staub getreten wurden. Die Säulen in all ihren Gemächern waren mit blauen und rosa Lotosblüten bemalt, deren Stengel sich bis zum Dach emporwanden, und mit Vögeln, die auf roten und gelben Schwingen gen Himmel flogen. Sie ließ noch mehr Bäume an die Mauern jener Gemächer pflanzen, die direkt in den Garten führten, so daß sie stets die Kühle und Frische von wachsenden Dingen wahrnehmen konnte.

Am Anfang des breiten Gangs, der vom Bankettsaal zu ihren Gemächern führte, und vor jeder ihrer Türen stellte sie granitene Statuen von sich auf – sitzend, die Hände auf den steinernen Knien, den Blick in die Ferne gerichtet, oder stehend, einen Fuß vor dem anderen in einer Haltung von erstarrter Bewegung. Sie ließ den Stein absichtlich unbemalt, um den Eindruck von Kraft und Göttlichkeit zu verstärken, den jeder empfing, der im Palast ein und aus ging.

Sie vernachlässigte auch Amun nicht. Sein Bildnis strahlte in jedem Raum, und überall lagen Speisen, Wein und Blumen zu seinen Füßen. Weihrauch brannte Tag und Nacht vor ihm und füllte den Palast mit einem Schleier von grauem Rauch und dem Duft von Myrrhen.

Sie hielt ihre Baumeister, Steinmetze und Techniker in Atem. Die Allee, die nach ihrem Plan vom Pylon ihres Tempels zum Fluß führen sollte, wurde angelegt. Sie befahl, diese Allee mit Sphingen, den heiligen Löwenkörpern des Sonnengottes, zu säumen, und die leidenschaftslosen Gesichter, die das Kommen und Gehen der Andächtigen beobachteten, entsprachen alle ihrem eigenen Antlitz, schön, majestätisch und unnahbar, und trugen die wallende Mähne und die kleinen, abgerundeten Ohren eines Löwen. Teiche und Gärten entstanden rund um den Tempel, und bald ließen sich dort Vögel nieder, Schmetterlinge, Nachtfalter und summende Bienen erfreuten sich an den Blumen. Aber bei ihren häufigen Fahrten über den Fluß hatte Hatschepsut stets das Gefühl, daß noch irgend etwas fehlte, daß Amun nicht restlos zufrieden war mit den Bemühungen seiner Tochter, seinen Tempel schöner zu gestalten als jedes andere Monument Ägyptens. Er hatte ihr noch nicht gesagt warum, und sie wartete geduldig ab, überzeugt, daß sie es bald wissen würde.

Pahu fertigte weitere Tore für sie an. Eines stellte sie am westlichen Ufer auf, an dem sandigen und irgendwie trostlosen Eingang zur Nekropole, ein anderes, eine riesige Kupferplatte, die geweiht und «der Schrecken Amuns» genannt worden war, brachte sie im Tempel von Karnak an. Am ganzen Nil entlang wurden die von den Hyksos zerstörten Bauwerke liebevoll wiederhergestellt. Sie besuchte abermals den schönen Tempel der Hathor in Cusae, schritt durch die neuen Tore in einen Außenhof mit Bäumen, Blumen und gepflasterten Pfaden und weiter in das Heiligtum, wo die Priester der lächelnden, sanften Göttin jetzt wieder die Weihrauchfässer entgegenhoben.

Hathor selbst grüßte sie, neu bemalt und wieder an ihrem rechtmäßigen Platz, vor den weißen Säulen ihres Heiligtums.

Puiemre entwarf für sie einen neuen Tempel in Oberägypten, der zu Ehren der löwengestaltigen Göttin Pachet errichtet wurde. Und er war stolz, als man ihm sagte, daß dieses Bauwerk der Schönheit ihres geliebten Tempels im Tal gleichkam. Auf seinen Mauern wurde der Welt berichtet, was sie alles getan hatte, um wiederaufzubauen, was in Ägypten darniedergelegen hatte.

Sie begann auf den langen, sonnenbesprenkelten Mauern der Terrassen im Tal ihr Leben aufzeichnen zu lassen. Unter Senmuts wachsamen Blicken arbeiteten die Maler tagaus, tagein, um von ihrer wundersamen Zeugung, ihrer königlichen Geburt, ihrer Krönung als Thronerbin zu Lebzeiten ihres Vaters und den bedeutenden Taten ihres Lebens zu künden.

Senmut verbrachte auch viele Stunden und Tage in dem in den Fels gehauenen Heiligtum, wo seine eigenen Künstler eifrig damit beschäftigt waren, seine Titel und seinen Aufstieg zu einem der mächtigsten Männer des Landes für die Nachwelt festzuhalten. Senmut hatte sich durch seinen Erfolg nicht blenden lassen. Er wies die Stukkateure an, seinen Namen unter die weißen Gipsschichten zu schreiben, die der Farbe vorangingen, damit die Götter ihn auch finden konnten, falls ein Unglück geschah und seine Königin das Rennen verlor, das nach seiner Überzeugung gerade erst begonnen hatte. Und er sah mit stiller Befriedigung zu, wie die Männer seine Anordnungen befolgten.

In ganz Ägypten und bis weit hinaus in die Wüste errichtete Hatschepsut Monumente. Wohin auch immer ihre Untertanen blickten, sie sahen überall ihre träumende, königliche Gestalt, die sie daran gemahnte, daß Pharao niemals sterben würde; und alle Welt bewunderte und verehrte sie, die Tochter der Sonne.

In ihrem reichgeschmückten, parfümierten Palast, in dem hoch aufragenden Tempel, auf den Feldern, in den Dörfern und Städten machte Hatschepsut ihren Willen geltend. Mit der Ernennung Hapusenebs zum Hohepriester hatte sie geschickt Religion und Regierung verknüpft und war jetzt sicher, daß ihr von keiner der beiden Widerstand drohte.

Fünf Jahre nach ihrer Krönung gab Hapuseneb sein Wesirat auf, um sich voll seinen Aufgaben in Theben zu widmen. Er hatte immer

noch nicht geheiratet. Viele von Hatschepsuts Hofdamen begehrten ihn, und viele hatten sich lächerlich gemacht, indem sie sich vergebens um seine Gunst bemühten. Hapuseneb behandelte sie alle mit der gleichen höflichen Freundlichkeit, aber sein säulengeschmücktes Haus mit den breiten Alleen, die sich zum Fluß hinunterzogen, blieb ohne Ehefrauen. Er hatte Konkubinen und auch fünf oder sechs Kinder, doch sie bekamen ihn nur selten zu sehen. Er wanderte still zwischen dem Tempel und dem Palast hin und her, und wenn er nach Hause ging, so tat er es, um sich zu erholen, zu schlafen und zu lesen.

Im selben Jahr, als Hapuseneb sein Wesirat aufgab, starb Useramuns Vater, und Useramun wurde Wesir des Südens. Unter der großen Menge von Arbeit, die sein leidender Vater zurückgelassen hatte, wurde er sehr schnell ruhig und vernünftig, aber er verlor nie seinen spitzbübischen Witz und seine charmante Art, mit Frauen umzugehen. Er war ein Schrecken und eine Freude für die Bewohner des Palastes, und Hatschepsut liebte ihn.

An einem kalten Wintermorgen brachte ein Diener Hatschepsut die Nachricht, daß Mutnofret gestorben war. Sie war sprachlos vor Überraschung. Sie hatte die fette, einsame alte Frau, die den Tod ihres Sohnes nie verwunden und sich während der letzten Jahre ihres Lebens in ihren drei Räumen eingeschlossen hatte, vollständig vergessen. Mutnofret hatte nie aufgehört, um Thutmosis zu trauern. Ihre Tränen und ihre Klagen hatten ihre gequälten Kammerfrauen wochenlang aus der Fassung gebracht, aber allmählich waren die lauten Schmerzensschreie einer trägen, schweigenden Gleichgültigkeit gegen alles außer der Erinnerung an Thutmosis und den Gebeten an die Toten gewichen. Sie aß kaum mehr. Ihre Juwelen lagen ungetragen und unbeachtet in ihren Schatullen; in ihren Gemächern wurde nicht mehr geschwatzt und gelacht, und niemand besuchte sie. Nur Neferura war hin und wieder zu ihr gegangen, um still neben ihrem Ruhebett zu sitzen und sich die Geschichten von längst vergangenen Zeiten anzuhören, den Zeiten, da ihr Vater ein Prinz gewesen war und ihre Mutter noch ein Kind. Mutnofret hatte Aset stets mißtraut und ihrem Sohn oft Vorwürfe gemacht, daß er eine solche Frau in den Palast gebracht hatte. Sie hatte nie den Wunsch geäußert, ihren Enkel zu sehen, aber Neferura hatte sie so geliebt, wie sie am Abend ihres

Lebens überhaupt noch jemanden lieben konnte, und das Schweigen zwischen ihnen war für sie ein Trost gewesen.

Neferura weinte nicht, als ihre Mutter ihr von Mutnofrets Tod erzählte. Sie nickte nur. «Meine Großmutter war innerlich schon lange gestorben – schon seit mein königlicher Vater starb», bemerkte sie gelassen. «Jetzt ist sie glücklich, denn ihr Herz ist durch seine Gegenwart getröstet. Ich werde nicht um sie trauern. Sie wäre ärgerlich, wenn ich es täte.»

So wurde Mutnofret in das prächtige Grab gelegt, das ihr Gemahl, Thutmosis der Erste, vor langer Zeit für sie vorbereitet hatte. Hatschepsut nahm an dem Begräbnis teil, immer noch erstaunt, daß Mutnofret noch so lange mit ihr unter demselben Dach gelebt hatte und dennoch vergessen worden war.

Im sechsten Jahr von Hatschepsuts Regierung wurden Räuber dabei überrascht, wie sie versuchten, in das Grab ihres Vaters einzudringen. Hatschepsut war außer sich vor Zorn. Bleich und wütend saß sie im Gerichtshof, während die Männer verhört wurden. Ihre Gedanken flogen zu Benja, dem einzigen Überlebenden der Arbeiter in dem Tal, wo ihre Mutter, ihr Vater und ihr Bruder lagen. Sie ließ ihn und Senmut rufen, aber sie sprach mit ihnen vertraulich in ihren persönlichen Gemächern.

«Sechs unglückliche Männer warten jetzt auf den Henker», erklärte sie ihnen kurz angebunden. «Sie beteuern beharrlich, daß niemand außer ihnen in die Entweihung des Gottes, meines Vaters, verstrickt ist, aber wie kann ich dessen sicher sein?» Sie warf einen finsteren Blick auf Benja, der blaß und angespannt zwischen seinen zwei Wächtern stand, aber seine Augen begegneten den ihren ruhig. Er hatte sich zu einem gutaussehenden Mann und einem hervorragenden Techniker entwickelt, und Hatschepsut wußte, daß es keinen besseren in Ägypten gab. Sie wandte sich an Senmut. «Es ist viele Jahre her, daß mein Vater deinen Freund vor dem Tod gerettet hat. Wie ist es ihm seither ergangen?»

Senmut antwortete ihr zornig, denn obwohl er erkannte, daß sie erschreckt und unsicher war, enttäuschte ihn ihr Mangel an Vertrauen. «Majestät, Benja hat all die Jahre hindurch mit niemandem über diese Angelegenheit gesprochen. Anderenfalls wäre der Gott Thutmosis

schon vor langer Zeit gestört worden. Und wie es ihm seither ergangen ist – das solltest du lieber ihn selbst fragen.»

«Ich habe dich gefragt. Gibst du deinem König eine impertinente Antwort?» Aber es tat Hatschepsut bereits leid, sie gerufen zu haben, und sie schüttelte verwirrt den Kopf. «Benjas Mund ist der einzige, der noch imstande ist, die Worte zu äußern, die diese Männer veranlaßt haben könnten, sich wie hungrige Schakale über das Grab herzumachen. Was gibt es sonst für eine Erklärung?»

Benja hatte seinen Scharfsinn nicht verloren, und er antwortete ihr ruhig: «Wie steht es mit denen, die dem Gott zu seinem Grab gefolgt sind, Majestät? Wie steht es mit den Priestern, den Frauen und all den anderen? Glaubst du, ich würde mich dazu erniedrigen, den Gott zu berauben, der mich vor dem Tod bewahrt hat?»

«Ach, es ist schon gut!» sagte sie mit einer ungeduldigen Handbewegung. «Ich habe nicht wirklich geglaubt, daß du es warst, Benja, und es tut mir leid, daß ich dich habe verhaften lassen. Laßt ihn frei!»

Die Wächter ließen ihn los und verließen den Raum. Benja rieb sich die Handgelenke.

«Majestät», sagte Senmut. «Ich rate dir, den Leichnam deines Vaters und all seine Habe an einen sichereren Ort zu bringen.»

Benja grinste. «Ich werde ein gutes und angemessenes Grab für ihn finden», erbot er sich mit blitzenden Augen. «Überlaß es mir.» Verblüfft über seine Verwegenheit starrte Hatschepsut ihn einen Augenblick schweigend an, aber dann fingen sie alle an zu lachen.

«Es ist trotzdem eine ernste Angelegenheit», sagte Hatschepsut warnend. «Da du so gern arbeitest, Benja, kannst du dich tatsächlich darum kümmern. Vielleicht wären die Felsen hinter meinem Tempel der geeignete Platz. Dort herrscht viel Leben, selbst bei Nacht, und niemand wird es wagen, in ein Grab einzudringen, das in Hörweite meiner Priester liegt.»

«Eine gute Idee, Majestät», pflichtete Benja ihr bei.

«Und da du dich heute als so scharfsinnig erwiesen hast», fuhr sie mit einem leicht mutwilligen Lächeln fort, «habe ich noch eine Aufgabe für dich. Ich wünsche nicht mehr, in dem Grab zu liegen, das Hapuseneb für mich gebaut hat. Grabe einen unterirdischen Gang von meinem Schrein im Tempel, nach hinten, bis tief in den Fels hinein, Benja. Dort werde ich in der Nähe all derer liegen, die mir huldigen.

Ich werde ein Standbild meines Vaters errichten, das in dem Schrein neben Amuns und meinem eigenen stehen soll. Dann können die Leute zu uns allen beten, denn es gibt gewiß keinen mächtigeren Gott als Amun, keinen größeren Pharao als Thutmosis und keine schönere oder vortrefflichere Inkarnation des Gottes als mich.»

So schwitzte Benja abermals in dem Tal, das, wie ihm schien, den größten Teil seines Lebens in Anspruch nahm. Er legte die neuen Gräber an, und bald standen die drei Statuen, majestätisch und ehrfurchtgebietend, Seite an Seite im Schrein.

Die königlichen Kinder gediehen wie gesunde Pflanzen. Thutmosis wurde Priester und diente immer noch tagaus, tagein im Tempel. Aber alle, die ihn sahen, waren überzeugt, daß er nicht mehr lange dort bleiben würde. Er war so stämmig und kräftig wie eine junge Sykomore und verbrachte bereits die Nachmittage in den Kasernen oder sah, die Hände vor Ungeduld zu Fäusten geballt, vom Rand des Paradeplatzes aus dem Drill der Soldaten zu.

Seine Mutter wartete geduldig den rechten Augenblick ab. Mit zunehmender Reife hörte Aset auf, sich offen um die Bevorzugung ihres Sohnes zu bemühen; aber ihr verstohlenes Geflüster, ihre versteckten Anspielungen, ihre Andeutungen, daß der junge Thutmosis ein ebenso guter Pharao wie sein Großvater sein würde, wurden sanft und beharrlich den Ohren aller zugeleitet, die den jungen Prinzen umgaben. Und obwohl diese gleichgültig mit den Schultern zuckten, brachte die Saat Früchte hervor, die langsam und leise zu schwellen begannen.

Hatschepsut tat alle Gerüchte über Asets giftige Intrigen mit einem Lachen ab. Sie saß als Pharao so fest im Sattel, daß sie sich für unverwundbar hielt. Aber Senmut, dessen Aufgaben als Oberhofmeister ihn in viele dunkle Winkel führten, war besorgt; und Nehesi sprach offen aus, was er dachte.

«Majestät», sagte er eines Tages, als er und Hatschepsut zusammen den Audienzsaal verließen, um das Mittagsmahl auf dem Rasen am Ufer des heiligen Sees einzunehmen, «es ist Zeit, sich den jungen Thutmosis nochmals anzusehen.»

«Ihn nochmals anzusehen?» neckte sie ihn. «Warum nochmals? Ich sehe ihn überall: im Tempel, jeden Abend im Bankettsaal, und wenn

er, ungeduldig mit den Füßen scharrend, dasteht und mir zusieht, wie ich in meinem Streitwagen hinausfahre. Was gibt es sonst noch zu sehen?» Sie lachte, und Nehesi sah, wie die goldenen Ornamente ihres Helms in der Sonne funkelten, als sie den Kopf zur Seite drehte.

«Er wächst heran», erwiderte er kurz und bündig. «Er wird des ewigen frommen Gesangs seiner Gefährten und der Dunkelheit des Heiligtums überdrüssig. Er ist ruhelos und blickt sehnsüchtig auf die Soldaten, die in der Sonne marschieren.»

«Ach was! Er ist erst zwölf. Und du, Nehesi, scheinst zu lange untätig gewesen zu sein. Soll ich einen Krieg führen, damit du wieder kämpfen kannst?»

«Ich weiß, was ich sehe», entgegnete er beharrlich. «Darf ich dir meine Ansicht sagen, göttliche Herrin?»

Sie blieb mitten auf dem Weg stehen und wandte sich ihm mit ungeduldig gespitzten Lippen zu. «Wenn es unbedingt sein muß – und ich sehe, daß es sein muß.»

«Im Palast reift eine neue Generation von jungen Männern heran. Thutmosis und seine Freunde, Jamunedjeh, Mencheperrasoneb, Minmose, Mai, Nacht und die übrigen. Ihr Blut ist jung und heiß, und sie haben wenig anderes zu tun als in der Schule herumzuzappeln und auf dem Gelände umherzurasen. Steck Thutmosis ins Heer, Majestät, und vielleicht einige seiner Gefährten auch. Laß ihn als Gefolgsmann anfangen und laß ihn schwer arbeiten. Gestatte ihm nicht, untätig zu sein.»

Hatschepsut musterte erstaunt sein dunkles Gesicht. Sie hatte sich oft gesagt, daß seine Züge sich wegen ihrer völligen Ausdruckslosigkeit besser als die jedes anderen dazu eigneten, in Stein gemeißelt zu werden, aber jetzt sahen seine Augen sie bittend an, und seine straffen Lippen waren verzerrt. «Würdest du das tun, wenn du es zu bestimmen hättest?»

Sein Blick glitt von ihr fort. «Nein.»

«Warum gibst du mir einen Rat, den du selbst nicht befolgen würdest? Was würdest du mit meinem hitzigen kleinen Neffen und Stiefsohn machen?»

Er wandte sich abrupt zur Seite. «Frag mich nicht, Majestät.»

«Aber ich muß es wissen! Sag es mir, Nehesi. Bist du nicht mein Leibwächter und der Hüter meiner Tür?»

«Nun gut, aber vergiß nicht, heilige Herrin, daß du mich gefragt hast», sagte er verzweifelt. «Wenn ich du wäre, würde ich die nötigen Maßnahmen treffen, um dafür zu sorgen, daß der Prinz mir nie mehr ein Dorn im Auge sein könnte, und ich würde seine Mutter aus Ägypten verbannen.»

Hatschepsuts Gesicht nahm einen Ausdruck gespannter Aufmerksamkeit an, und ihre Augen musterten Nehesi scharf. «Das würdest du tun?» sagte sie leise. «Und glaubst du nicht, General, daß mir diese Möglichkeit schon oft durch den Kopf gegangen ist, wenn ich sehe, wie er sich entwickelt, stark und ungestüm wie sein Großvater, und schon fast ein Mann, obwohl er erst zwölf ist? Aber sag mir, was der Gott zu einer solchen Tat, wie du sie vorschlägst, sagen würde?»

«Er würde sagen, daß seine Tochter das Gesetz und die Wahrheit in sich trägt, weil sie er ist.»

Sie schüttelte den Kopf. «Nein, das würde er nicht. Er würde sagen: ‹Wo ist mein Sohn Thutmosis, das Blut von meinem Blut? Ich sehe ihn nicht, weder bei der Arbeit noch beim Spiel.› Und er würde strafen.»

«Majestät», sagte Nehesi, die Füße fest auf den Boden setzend und ihr in die Augen blickend, «du irrst dich.»

«Nehesi», erwiderte sie streng, «ich irre mich nie, niemals.»

Sie gingen schweigend weiter, aber ehe eine Woche vergangen war, wurde Thutmosis, zusammen mit Nacht, Mencheperrasoneb und Jamunedjeh, als Juniormitglied der Division des Seth zugeteilt. Er widmete sich seiner Ausbildung mit einem Eifer, als wäre er zum Soldaten geboren.

Auch Neferura wuchs heran. Sie war ebenfalls zwölf, ein gertenschlankes, blasses, zartes Spiegelbild ihrer leidenschaftlichen, lebensprühenden Mutter, eine gute Schülerin, aber eine Grüblerin, die, meist mit einem Armvoll Katzen, jungen Hunden oder Blumen, auf leisen Füßen durch die Räume des Palastes schlich. Sie trug nicht mehr die Jugendlocke, aber irgendwie war sie trotzdem immer noch ein Kind, und ihre Unschuld mischte sich mit kühler Arroganz, die es schwermachte, sie zu durchschauen. Alle tiefen, verborgenen Regungen in ihrem Innern, die dunkel dahinfließenden Ströme der Liebe, galten ihrer königlichen Mutter und dem stattlichen Prinzen, der ihr Kinderwärter war. Aber sie ging jetzt immer häufiger zum Truppenübungsplatz, wo sie in der Hitze und dem Staub unter ihrem Sonnen-

schirm stand, um dem jungen Thutmosis beim Bogenschießen und Speerwerfen zuzusehen, sein Lachen zu hören, wenn er mit seinen Freunden scherzte, und das Spiel seiner straffen jungen Muskeln unter der sonnengebräunten Haut zu beobachten.

Neferura kümmerte sich nicht mehr um ihre Schwester, als sie unbedingt mußte. Meritre-Hatschepset war mit ihren sechs Jahren ein Zankteufel, ein forderndes, aufbrausendes, gewöhnliches Kind. Das Gesicht rot vor Eifersucht und Zorn, war sie eines Tages zu ihrer Mutter gestürmt und hatte sie beschuldigt, Neferura vorzuziehen. Hatschepsut hatte es nicht bestritten, hatte ihre Tochter aber trotzdem energisch bestrafen lassen, und Meritre war mit brennendem Gesäß und dunklen, erbitterten Racheschwüren zu Bett gegangen.

22

Hatschepsut erreichte den Höhepunkt der Herrlichkeit und schien, strahlend vor Gesundheit, Lebenskraft und Schönheit, dort zu verweilen. Es war, als wäre sie in ihrer Göttlichkeit tatsächlich unsterblich, erfüllt mit der Macht und dem Mysterium Amuns und imstande, jeden, der mit ihr in Berührung kam, an sich zu fesseln, wie sie es schon von jeher getan hatte. Oft wußten ihre Diener lange bevor ihre Standartenträger in Sicht kamen, daß sie sich näherte. Die Atmosphäre um sie herum veränderte sich, als ob ihr ein Hauch von Allmacht vorausginge; vielleicht war es aber auch nur ihr Parfum, der schwere Duft von Myrrhen, den der Wind ihr vorantrug. Immer mehr betrachtete man sie mit abergläubischer Ehrfurcht, und die Menge der Pilger, die ihren Schrein aufsuchten, nahm im Laufe der Monate beständig zu.

Aber innerlich fühlte sie sich ruhelos. Wenn sie während der drückendheißen Sommernächte auf ihrem Ruhebett lag, dachte sie an Senmut, dessen tägliche Gegenwart sie stets von neuem daran erinnerte, daß hier ein Mann war, der ihre Sehnsucht befriedigen konnte, wenn sie nur den Wunsch äußern würde. Jahrelang hatte sie sich geweigert, das zu tun, zuerst weil sie Thutmosis' Gemahlin war und später im Bewußtsein ihrer Stellung als Pharao, ohne ihresgleichen und dazu bestimmt, allein zu sein. Aber sie wurde ihrer Witwenschaft überdrüssig, und ihre schlaflosen Nächte und fieberhaften Träume sagten ihr, daß es an der Zeit war, sich ganz dem Mann hinzugeben, den sie über alles liebte.

An einem heißen Abend, als die purpurfarbenen Streifen der Barke des Re langsam hinter dem Horizont verschwanden, ließ sie sich mit

parfümiertem Öl einsalben und in durchsichtiges Leinen kleiden. Dann schickte sie nach Senmut. Sie hatte für diesen Abend ihren Helm beiseite gelegt. Nach ihrer Krönung hatte sie ihre Haare wieder wachsen lassen, wenn auch nicht so lang wie zuvor, denn die Sitte verlangte, daß sie als Pharao ihren Kopf ständig bedeckt hielt. So schmiegte sich jetzt das dunkle Haar an ihre Wangen und umrahmte ihr Gesicht, das mit seinen schönen, schwarz umrandeten Augen und den tiefroten Lippen bezaubernd weiblich wirkte. Sie legte ein einfaches weißsilbernes Stirnband an, dessen Enden auf ihre nackten Schultern fielen. Sie ließ Obst und Wein zurechtstellen, und ihre schönsten Alabasterlampen, die so fein geschliffen waren, daß das Muster von Schmetterlingsflügeln durch den weißen Stein hindurchschimmerte, hüllten den Raum in ein sanftes Licht. Sie schickte Nofret und ihre Sklavinnen fort, damit er sie, ebenso wie bei ihrer ersten Begegnung, völlig allein antraf. Während sie auf ihn wartete, stellte sie sich neben den Windtrichter, um die Sommerbrise zu fühlen, die vom Norden herüberwehte.

Der Wächter meldete, daß Senmut da sei, und sie deutete mit einem Kopfnicken an, daß man ihn hereinlassen solle. Als die Silbertüren sich leise hinter ihm schlossen, verneigte er sich und ging mit langen Schritten auf sie zu; ein Funke der Überraschung blitzte in seinen Augen auf, um ebenso schnell wieder zu erlöschen. Er trug nur einen schlichten weißen Faltenrock. Sein Kopf und seine Füßen waren bloß, denn er war im Begriff gewesen, mit Tachat im Fluß zu baden. Öl und Schweiß glänzten auf seiner Brust, als er sich abermals verneigte. Sein Gesicht verriet nichts von seinen wirren Gedanken. Aber er erfaßte rasch das neue Bild, das sich ihm bot: das hauchdünne, fließende Gewand; das wundervolle, glänzende Haar; den etwas matten, leicht aufreizenden Blick ihrer halbgeschlossenen Augen. Unzählige Male hatte er sich danach gesehnt, sie zu berühren, wenn er im Audienzraum dicht an ihr vorbeiging, wenn er im Bankettsaal ihr Parfum roch und ihre Wärme spürte, wenn er ihre Gliedmaßen sich straffen sah, ehe sie das Wurfholz schleuderte. Immer wieder hatte er seine blasphemischen Gedanken zurückgedrängt, wie Hapuseneb es ihm geraten hatte, so daß sein Gesicht im Laufe der Jahre verschlossen und ein wenig hart geworden war, sein Blick durchdringend, sein Gebaren stolz und abweisend für alle, die den großen Iripat nicht gut kannten.

Hatschepsut sah, wie seine Augenbrauen sich hoben, als sie ihm lächelnd die Hand hinstreckte. «Es ist lange her, seit wir allein zusammengegessen und getrunken und von etwas anderem als von Geschäften gesprochen haben», bemerkte sie, während er ihre Handfläche küßte. «Komm und setz dich, Senmut. Sag mir, wie geht es Tachat?»

Sie führte ihn zu dem niedrigen Tisch, und er ließ sich mit einer geschmeidigen Bewegung auf die Kissen sinken. Als sie sich neben ihn setzte, sah er sich nach der Sklavin um, die ihnen das Essen servieren würde. «Tachat geht es gut», erwiderte er. «Wir leben sehr ruhig, wenn Eure Majestät mich nicht braucht, und ich glaube, das stört sie ein wenig. Sie hat gern Unterhaltung.»

Hatschepsut begann ihn zu bedienen, schenkte ihm Wein ein und bot ihm in Honig getauchte Feigen und mit Wein durchtränkte Melonen an. «Ach, wirklich? Dann solltest du für Musiker und andere Vergnügungen sorgen.»

«Das habe ich getan, aber Tachat ist launenhaft. Sie sagt, daß kein Musiker sie so gut unterhält wie ich!»

Sie lächelten sich zu, und die seltsame Förmlichkeit dieser Begegnung begann von ihnen abzufallen.

«Natürlich hat sie recht damit», sagte Hatschepsut; sie hob ihren Becher und sah ihn über den Rand hinweg an. «Ich habe dir schon oft gesagt, daß du sie heiraten und zur Prinzessin machen solltest. Das ist es, was sie sich wünscht.»

«Ich weiß.»

«Warum tust du es dann nicht? Sie wird eine gute Mitgift von mir bekommen. Ich weiß, wie arm ihr Prinzen seid!»

«Mir scheint, wir haben schon einmal eine ähnliche Unterhaltung geführt», bemerkte er leichthin. «Ist das Gedächtnis der Königin so schlecht, daß sie sich nicht erinnern kann?»

«Vielleicht», sagte sie leise, «denn es sind inzwischen viele Jahre vergangen, großer Prinz, und die Gefühle der Menschen ändern sich.»

«Das mag auf die Gefühle mancher Menschen zutreffen», erwiderte er gelassen, «aber nicht auf die meinen.»

«Würde es dich langweilen, mir abermals zu sagen, warum Tachat immer noch nicht mehr für dich ist als eine Sklavin?»

Er stellte seinen goldenen Becher nieder und starrte ihn eine Weile schweigend an. Es herrschte eine gespannte Stille im Raum. Hat-

schepsut seufzte leise und bewegte sich unruhig auf ihren Kissen hin und her.

Schließlich hob Senmut den Kopf und sah sie an. «Nein, das würde mich nicht langweilen. Aber, Majestät, du bist jetzt König. Ich meine, du bist diejenige, die darüber sprechen sollte, und nicht ich, denn obwohl ich keine Angst mehr davor habe, ausgelacht zu werden, fürchte ich, daß meine Worte an Ohren schlagen könnten, die durch die Jahre, von denen du sprachst, taub geworden sind.»

«Oh, Senmut», erwiderte sie leise, «warum schieben wir einander Worte zu, als wollten wir etwas anderes abwenden? Weißt du nicht, daß es während meines ganzen Lebens nur einen einzigen Mann gegeben hat, dem meine Liebe gehört und den ich bis zum Ende meiner Tage lieben werde?» Sie griff impulsiv nach seinen Händen und hob sie hoch, um ihr Gesicht in ihnen zu vergraben und sie zu küssen.

Er neigte sich ihr zu. «Jetzt ist es an mir zuzuhören», murmelte er. «Sag es, Hatschepsu, sag es!»

Sie stöhnte und ließ seine Hände in ihren Schoß fallen, dann langte sie, fast blind, nach seinem Gesicht. «Ich liebe dich, Senmut, ich liebe dich! Ich kann nicht länger darauf warten, von dir besessen zu werden. Mein Körper verlangt nach dir; meine Seele schreit nach dir. Ich demütige mich vor dir und erbitte deine Liebe oder deinen Zorn oder deine stolze Gleichgültigkeit – nur irgend etwas. Halte mich fest!» Ihre Finger zitterten auf seinen Augen, seinen Wangen, und sie fing an zu weinen.

Er nahm sie in die Arme, preßte sie ungestüm an seine Brust, und von seinen Lippen strömten all die Worte der Liebe, die er so lange hatte zurückhalten müssen. «Hatschepsu! Meine Geliebte, meine Schwester.» Er legte die Hände um ihr Gesicht, und sie klammerte sich wie eine Ertrinkende an ihn. Als sie sich küßten, bebten ihre Lippen in schmerzhafter Zärtlichkeit, und er fühlte, wie ihre Tränen durch seine Finger rannen. «Bist du sicher?» fragte er sanft. «Dies ist keine Kleinigkeit für einen Pharao.»

Sie nickte eindringlich. «Ich bin schon seit langem sicher», erwiderte sie leise, während sie seinen Hals, sein Kinn und seine Augen küßte. «Laß uns lieben, solange wir es können, mein lieber Bruder, denn es ist traurig, älter zu werden und sehen zu müssen, wie die Liebe aus Mangel an Sonne welkt und vergeht.»

Sie kniete still da, während seine kräftigen, sanften Hände sie berührten, an ihr herabglitten und die makellosen Rundungen ihres jungen Körpers erforschten, wie sie es Nacht für Nacht in ihren Träumen taten. Dann umschlang er sie mit einem lauten, glücklichen Lachen, das die Schatten erzittern ließ und bis zum Dach emporschallte, und sie lachte ebenfalls. Sie standen auf und hielten sich umklammert. Er hatte seine Arme fest um ihre Taille gelegt, und sie die ihren um seinen Nacken geschlungen, und sie küßten sich wieder und wieder mit hungrigen, bereitwilligen Lippen, um endlich alle Freude voneinander in sich aufzunehmen.

Senmuts Beziehung zu Tachat war eine Sache des physischen Bedürfnisses, in das sich Zuneigung mischte – zwei Menschen, die zusammen lebten, einander manchmal brauchten und freundschaftlich Tisch und Bett teilten. Aber diese brennende, alles umfassende Leidenschaft, dieses überwältigende Verlangen, eins zu werden mit der Frau, die er Tag für Tag und Jahr für Jahr verehrt und geliebt hatte, überstieg alles, was er sich je hätte erträumen können. Er ließ sie sanft auf die Kissen nieder, berührte den willfährigen, weichen Körper mit einem Glücksgefühl, das schmerzhaft und beseligend zugleich war, vergaß ihre Göttlichkeit, vergaß ihre Königswürde und wußte nur noch, daß sie seine wahre Ehefrau war, die Gefährtin seines Lebens, diejenige, die all seine Gedanken erriet, die sich nach ihm sehnte und für alle Zeiten nur ihm gehören wollte. Er nahm sie langsam, geduldig, die Augen auf ihr Gesicht geheftet, und sah, wie die schönen Züge sich allmählich in Ekstase lockerten. Hinterher lagen sie eng umschlungen da, während der warme Wind den Schweiß auf ihrem Körper kühlte, und dachten beide an die kommenden Tage und Nächte, die in einem neuen Glanz erstrahlen würden.

«Ich kann mir nicht erklären, weshalb ich so lange auf diesen Augenblick gewartet habe», sagte sie.

Er lachte, zufrieden und träge. «Der rechte Zeitpunkt war noch nicht gekommen, Majestät», erwiderte er.

Sie tippte mit ihrem spitzen Fingernagel auf seine Brust. «Ich bitte dich, Senmut, mein Leibster, nenne mich, wenn wir allein sind, nicht Majestät, und auch nicht Hatschepsu. Nenne mich Hatschepsut, denn in deinen Armen bin ich nicht mehr die erste unter den Mächtigen und

ehrbaren Edlen des Königreichs, sondern nur noch die erste der edlen Frauen.»

Er brummte. «Die einzige Frau», sagte er. «Du warst immer die einzige Frau.»

«Und wie steht es mit Tachat?»

Er hob den Kopf, aber er konnte nicht sehen, ob sie lächelte oder es ernst meinte, denn ihr Gesicht war unter dem zerzausten Haar verborgen. «Tachat ist wie der sanfte gelbe Erntemond, und ich komme ruhig zu ihr», sagte er. «Aber du bist die heiße, feurige Sonne eines Sommermittags. Wie kann ich zu den Umarmungen Tachats zurückkehren, nachdem ich so schwer verbrannt worden bin?»

«Aber du wirst sie doch nicht fortschicken?» In ihrem eigenen Glück wünschte Hatschepsut, daß auch Tachat zufrieden sei.

«Nein. Das wäre grausam. Aber ich werde sie nicht heiraten, niemals. Auch das wäre grausam gegen sie.»

Sie war jetzt schläfrig, und eine wohlige Mattigkeit überkam sie. «Dann wirst du nie heiraten», murmelte sie. «Ich kann dich mit einer Sklavin teilen, aber wehe der Frau, die du Gemahlin nennst!»

«Du bist meine Gemahlin, Liebste», sagte er, und seine Arme schlossen sich fester um ihren Körper. «Niemand wird mich je von dir trennen, nur der Tod.»

Bei Tagesanbruch kamen Hapuseneb und die anderen Priester – wie allmorgendlich, und sangen vor der Silbertür die Lobeshymne. Aber die beiden Liebenden hörten sie nicht. Sie schliefen.

Obwohl keine formellen Erklärungen abgegeben wurden, wußten bald alle im Palast, daß der mächtige Iripat der Liebhaber der Königin geworden war. Tachat fand sich ohne Murren mit der neuen Situation ab. Aber sie sah Senmut jetzt seltener, und das schmerzte sie. Sie liebte ihn auf ihre Art und Weise, und sie fand Vergnügen an seinem Körper. Er war nach wie vor freundlich zu ihr, saß oft nachmittags bei ihr und sprach mit ihr über alltägliche Dinge; doch er schickte nicht mehr nach ihr, um sie in sein Bett kommen zu lassen, und sie war ein wenig einsam. Wenn sie ihm ein Kind hätte schenken können, hätte sie sich sicherer gefühlt; aber sie war unfruchtbar, eine Schmach für jeden Mann. Er sagte ihr, daß es ihm nichts ausmache, daß er nie aufhören werde, ihr Achtung und Freundschaft entgegenzubringen, aber es war

ihr unerklärlich, wie ein Mann ohne Söhne leben konnte. Es entsprach jedoch nicht ihrer Natur, lange zu grübeln, und sie fand bald eine Menge zu tun: seinen Haushalt zu führen, seiner Dienerschaft Befehle zu erteilen, seine Arbeiter anzustellen und zu entlassen. Trotzdem war es nicht das gleiche, ganz und gar nicht, und sie bedauerte es.

Während der Stunden des Tages, die so voll von Verantwortung und Sorgen waren, verkehrten Hatschepsut und Senmut stets in dem formellen Ton miteinander, der für den Audienzraum oder das Arbeitszimmer angemessen war. Ihre Gespräche waren nüchtern und sachlich. Niemand konnte genau auf die veränderte Atmosphäre hinweisen und sagen: «Da, das ist der Unterschied.» Aber es gab einen Unterschied, und niemand spürte ihn stärker als Hapuseneb. Lange ehe es allgemein bekannt war, sagte ihm sein sicherer Instinkt, daß sich die Beziehung zwischen seiner Königin und ihrem Oberhofmeister geändert hatte. Er hatte es erwartet, aber dennoch konnte er es nicht verhindern, daß er Senmut mit einer bisher ungewohnten Kühle begegnete. Senmut war feinfühlig genug, das sofort zu spüren. Er sprach Hapuseneb eines Morgens im Tempel darauf an. Als der Hohepriester seine Ablutionen beendet hatte und im Begriff war, zum Mittagessen zu gehen, trat Senmut hinter einer Säule hervor und versperrte ihm den Weg. Hapuseneb verneigte sich mit ausdruckslosem Blick. Er wollte weitergehen, aber Senmut streckte den Arm aus, und Hapuseneb mußte stehenbleiben. Seine Akoluthen standen wartend neben ihm; er schickte sie fort und wandte sich Senmut zu.

Senmut kam sofort zur Sache. «Was habe ich dir getan, Hapuseneb, daß du mir neuerdings nicht mehr offen in die Augen siehst? Es ist nicht deine Art, so unhöflich zu sein. Nachdem wir so lange zusammengearbeitet haben, sollte man annehmen, daß es keine solchen Torheiten mehr zwischen uns gibt.»

Hapuseneb blickte in die zornigen schwarzen Augen unter den geraden Brauen und verneigte sich kurz. «Was du sagst ist wahr, Senmut, aber ich entschuldige mich nicht», erwiderte er ruhig. «Ich bin in der Tat unhöflich, und ich muß gestehen, daß es mich selbst erstaunt, denn ich hatte mich immer gerühmt, ein unvoreingenommener Mensch zu sein, der über alle kleinlichen Zwistigkeiten erhaben ist und nur Ägypten und dem Gott dient.»

«Das war bisher auch so, und ich habe dich deiner Weisheit wegen

immer geachtet. Aber jetzt sehe ich, daß ich einen Freund verliere, den ich langsam und mit großer Mühe gewonnen hatte; und ich bin nicht bereit, schweigend zuzusehen, wie wir uns entzweien, Hapuseneb, ohne daß ich weiß warum. Du schuldest mir eine Erklärung.»

«Ich schulde dir nichts!» Senmut sah zum erstenmal, wie die grauen Augen ihre Ruhe verloren und hart wurden. «Muß ich dir mein Herz offenbaren, um dir zu beweisen, daß ich dir nichts schulde? Laß mich in Ruhe!»

«Was hat dein Herz damit zu tun?» fragte Senmut barsch.

Hapuseneb lächelte freudlos. «Wenn du das wirklich nicht weißt, muß ich mich entschuldigen und zugeben, daß ich dich falsch eingeschätzt habe, Senmut. Aber mehr kann ich nicht sagen. Du und ich, wir sind immer noch Freunde und Verbündete, aber du mußt mir Zeit lassen, meine Selbstachtung wiederzufinden.» Mit diesen Worten wandte er sich ab und ging zwischen den Säulen hindurch davon.

Senmut sah ihm zornig und verwirrt nach. Als er an diesem Abend neben Hatschepsut auf dem Ruhebett lag, erzählte er ihr von dem Zwischenfall.

Sie schwieg eine Weile, dann sagte sie: «Hapuseneb hat ein Geheimnis, aber es ist eine persönliche Angelegenheit zwischen ihm und mir. Obwohl ich dich liebe, Senmut, darf ich sein Vertrauen nicht täuschen.»

«Dieses Geheimnis hat früher nie zwischen uns gestanden, und es beunruhigt mich. Wie soll ich jetzt mit ihm zusammenarbeiten? Er hat mich unter seine Fittiche genommen, als ich noch der Lehrling von Ineni war, und hat mir sein Vertrauen geschenkt, lange ehe er wußte, wieweit ich dir ergeben bin. Warum dieser plötzliche Sinneswechsel?»

«Er ist sehr scharfsinnig, mein Hapuseneb, und für mich von unschätzbarem Wert als guter Menschenkenner. Aber vergiß nicht, Senmut – wir sind zusammen aufgewachsen, haben alles miteinander geteilt, und ich kannte ihn schon lange vor dir.»

Plötzlich wurde Senmut alles klar, und er rief: «Das wußte ich nicht! Ich hatte keine Ahnung! Warum hat er sich mir nicht anvertraut?»

«Weil er zu stolz dazu ist. Hab keine Angst; es wird alles so sein, wie es war. Er ist ehrlich und gerecht und will sich nicht mit dir verfeinden, aber er leidet. Er braucht Zeit, um wieder Herr über sich selbst zu werden. Ich liebe auch ihn, Senmut – als meinen ältesten und besten Freund. Und wenn er bekümmert ist, bin ich es auch.»

Sie sprachen nichts mehr. Sie lagen beide still da und starrten in die Dunkelheit, genauso wie Hapuseneb selbst es in jener Nacht tat – jeder in seine eigenen Gedanken versunken.

Die Feier ihrer «Myriade von Jahren» rückte näher, und Hatschepsut begann sich Gedanken zu machen, wie sie dieses Fest begehen sollte, das etwas so Besonderes war, weil es nur einmal in ihrer Regierungszeit gefeiert wurde. Sie erinnerte sich an das Jubiläum ihres Vaters und an die ausgelassene Freude, die im Palast und in der Stadt geherrscht hatte. Mit Rücksicht auf den heranwachsenden Thutmosis und auf ihre zahlreichen eigenen Leistungen beschloß sie, den Tag früher zu feiern, als der Brauch es vorschrieb. Sie wollte dadurch allen die Vorteile vor Augen führen, die ihre Regierung ihnen gebracht hatte, um ihren Thron zu festigen. Nicht daß sie sich unsicher fühlte, aber der Name des jungen Prinzen tauchte jetzt häufiger auf, als ihr lieb war. Seine Meisterschaft im Bogenschießen, seine Zielsicherheit mit dem Speer, seine bewundernswerte Geschicklichkeit beim Lenken des Streitwagens – all diese Dinge wurden ihr zu freimütig erörtert. Sie fragte sich, ob Nehesi vielleicht doch recht gehabt hatte. Sie stellte sich den Palast ohne Thutmosis vor: Sie sah sich selbst fest im Sattel, ohne jeden Widerstand, und Neferura als ihre Erbin. Und keine Wolke am Himmel. Aber nach der ersten Erleichterung, die diese Vorstellung ihr brachte, verschwand ihr Glücksgefühl, und sie sah sich vor Amun allein, schweigend, schuldig. Sie verwarf den Gedanken, Thutmosis zu vergiften. Endgültig. Gift war grausam. Es war die Waffe der Schwäche, und sie war nicht schwach. Noch nicht. Sie würde mit Thutmosis auf ihre eigene Art und Weise fertig werden.

Wenn sie ihre Truppenschau abhielt, beobachtete sie den kräftigen, unduldsamen Jüngling, wie er seine Pferde peitschte und mit den anderen Soldaten donnernd an ihr vorbeischoß. Er war jetzt in seinem vierzehnten Lebensjahr und wurde zusehends anmaßender. Er stolzierte mit seiner kleinen Schar von Altersgenossen umher und forderte von jedem Gehorsam, ob er ihm zustand oder nicht. Hatschepsut war beunruhigt. Angesichts der verstohlenen, sehnsüchtigen Blicke Neferuras beschloß sie, mit ihren Ministern über eine mögliche Verlobung zu sprechen und damit für den Augenblick jeden aufrührerischen Gedanken, den Thutmosis haben mochte, zu unterbinden. Mit einer

Verlobung konnte man vieles versprechen, ohne etwas zu geben. Bis er sich der Tatsache bewußt wurde, daß sie nicht ihn, sondern Neferura für die Thronfolge vorgesehen hatte, würde es zu spät sein. Neferura würde das starke Kabinett erben, das sie, Hatschepsut, gebildet hatte, und Thutmosis würde trotz seiner Großtuerei und seiner Drohungen außerstande sein, etwas dagegen zu unternehmen.

Aber ihre Myriade von Jahren und das Jahresfest ihres Erscheinens rückten näher, und sie war sich immer noch nicht im klaren, wie sie den Tag in angemessener Form begehen sollte. Aber als sie eines Abends, in ein Gebet zu Amun vertieft, auf ihrem Balkon saß, kam ihr plötzlich ein Gedanke. Sie stand eilig auf, ging hinein und ließ Senmut rufen.

Als er kam, verlor sie keine Zeit. «Du mußt sofort nach Assuan», sagte sie. «Nimm Benja mit, und wen du sonst noch brauchst. Haue zwei Obelisken für mich und bring sie vor meinem Fest nach Theben.»

«Aber Majestät», wandte er ein, «du gibst mir nur sieben Monate! Das ist in dieser kurzen Zeit nicht zu schaffen!»

«Du kannst und wirst es schaffen. Mach dich so bald wie möglich auf den Weg. Und noch etwas: Laß die Arbeiter das Zederndach in Amuns Tempel, das noch aus der Zeit meines Vaters stammt, herausreißen. Du hast mir neulich gesagt, daß das Holz ohnehin morsch ist, also deck es ab. Ich werde statt dessen meine Obelisken dort aufstellen. Wenn ein Teil des Dachs zu retten ist, kann es um sie herum wiederaufgebaut werden.»

«Du hast mir eine sehr schwierige Aufgabe gestellt», bemerkte er ruhig. «Wenn irgend jemand sie bewältigen kann, bin ich es, aber diesmal kann ich nichts versprechen.»

«Du wirst sie bewältigen», sagte sie. «Ich werde alle Arbeiten in Karnak einstellen lassen, und du kannst so viele Leute von dort mitnehmen, wie du willst. Während du fort bist, kann sich Hapuseneb um das Dach kümmern. Senmut, ich habe oft in vergangenen Zeiten viel von dir verlangt, aber dies ist das größte. Wirst du es für mich versuchen?»

Er verneigte sich vor dem lächelnden Gesicht. «Ich bin, wie immer, bereit, das Unmögliche für dich zu versuchen, Majestät.»

«Gut. Dann gibt es nichts mehr dazu zu sagen.»

Sie entließ ihn lächelnd. Er hastete davon, als ob die Zeit bereits

jetzt wie ein schlechtgelaunter Hund nach seinen Fersen schnappte. Es könnte ihm mit knapper Mühe und Not gelingen, die Arbeit durchzuführen, vorausgesetzt, daß es keine unvorhergesehenen Zwischenfälle gab. Seufzend schüttelte er den Kopf und sandte ein schnelles Gebet zu jeglichem Gott, der bereit war, ihm zuzuhören. Dann ließ er Benja rufen und befahl Tachat, seine Sachen packen zu lassen. Es war nicht gerade die beste Jahreszeit, um unter der brennenden Sonne in den heißen Steinbrüchen von Assuan zu stehen, und Senmut fragte sich, ob wohl einer der Männer unter Benjas Peitsche sterben würde, ehe die Steine auf dem Floß festgebunden waren. Aber es war nicht nur das, die Königin hatte auch eindeutig zu verstehen gegeben, daß ihre Obelisken die höchsten der Welt sein sollten. Senmuts Geist arbeitete fieberhaft, während er auf seine Schreiber wartete. Bald würden die Überschwemmungen einsetzen, und wenn Amun die Monumente seiner Tochter wünschte, würde er dafür sorgen müssen, daß das Wasser zur rechten Zeit stieg, um die riesigen Flöße zu tragen, die Senmut bauen mußte. Es hatte keinen Sinn, Zeit mit dem Bau von Arbeiterhäusern auf dem Gelände zu vergeuden, er befahl den Schreibern, Zelte zu beschaffen, die in wenigen Minuten aufgeschlagen und abgebrochen werden konnten. Seine Gedanken flogen zu Werkzeugen, Vorräten, Nahrung, und noch ehe die Schreiber ihre Tafeln aufhoben und hinauseilten, war er bereits auf dem Weg zu seiner Sänfte und zur Schiffswerft und fragte sich besorgt, wo er genügend hartes Holz auftreiben konnte, um ein Floß zu bauen, das widerstandsfähig genug war, das schwere Gewicht solcher massiven Steine zu tragen.

Er, Benja und die Hunderte von Arbeitern verließen Theben noch vor Ende der Woche. Es fehlte vieles von den Listen, die Senmut eilig zusammengestellt hatte, aber das konnte alles nachgeschickt werden. Er und Benja standen am Bug, während sich die Ruderer über die Riemen beugten, und Weihrauch stieg vom Ufer empor, als die kleine Flotte die Strommitte erreichte und sich gegen die Strömung stemmte. Hatschepsut beobachtete sie, bis sie außer Sicht war, und Senmut hielt die Augen auf seine Königin gerichtet, bis eine Biegung des Flusses sie seinen Blicken entzog. Er hörte, wie Benja stillvergnügt in sich hineinlachte.

«Also läßt sie dich zuweilen doch arbeiten, mein Freund! Ich hatte gehört, daß sie jetzt außer deiner Gesellschaft wenig von dir verlangt.»

«Nun, dann hast du falsch gehört!» erwiderte Senmut, dessen Gedanken bereits bei der Aufgabe waren, die vor ihm lag. «Seit mein Vater mich an der Tür des Phylarchen im Tempel abgeliefert hat, habe ich unermüdlich für sie gearbeitet, und das weißt du sehr wohl. Geh weg, alter Freund. Ich bin nicht zu Späßen aufgelegt.»

Benja zuckte die Schultern und ging, aber bald war er wieder da und schwatzte wie immer munter drauflos. Sie tranken zusammen bei Sonnenuntergang, während die Ruderer sich weiter abmühten und der Fluß langsam die letzten Reste des Tageslichts schluckte.

Nach zwei Tagen hatten sie ihr Ziel erreicht und gingen an Land. Obwohl es schon spät war – kurz nach der Mittagszeit –, gönnte Senmut sich und den anderen keine Ruhepause. Er schickte die Männer los, ihre Zelte aufzubauen, wo immer sie ein bißchen Schatten fanden, und wies sie warnend darauf hin, daß die Tore der Stadt für sie geschlossen seien. Während die Vorräte ausgeladen wurden, wanderten er und Benja in der glühenden Sonne durch den Steinbruch.

«Bei Amun!» fluchte Benja. «Diese Hitze wird unser aller Tod sein! Nun, ich glaube, ich muß meine Lehrjungen zusammenrufen und anfangen, das Gestein zu untersuchen. Zwei Obelisken. Zwei Henker, könnte man sagen. Verflucht sei der Tag, an dem ich dir begegnet bin, du Menschenschinder!»

«Wähle mit Umsicht, aber beeil dich», sagte Senmut. «Wir haben wenig Zeit. Die Männer können in Schichten arbeiten. Wenn die Sonne untergeht, zünden wir die Lampen an, die ich mitgebracht habe.»

Benja wischte sich ächzend den Schweiß von der Stirn. «Gut! Geh du an deine Arbeit und ich an die meine! Den Göttern sei Dank, daß mein Grab fertig ist.»

Aber das meine ist noch nicht fertig, dachte Senmut, und ich bin auch noch nicht bereit, darin zu liegen. Er sah Benja davontraben und kehrte eilig zu den Booten zurück, um die Männer, die den Proviant ausluden, zur Eile anzutreiben.

Mit den klugen Augen und zarten Händen eines erfahrenen Arztes untersuchte Benja den sich neigenden Fels und wählte seine Adern. Seine Lehrlinge umrissen die zwei langen, sich verjüngenden Formen. Senmut befahl sofort, die schweren Brechhämmer herauszuholen, und die Männer schlugen so heftig auf den Fels ein, daß der Staub in einer

riesigen Wolke aufstieg, die ihre Haut weiß färbte und ihnen Husten verursachte. Auch Senmut nahm an der Arbeit teil und schwang grimmig den Hammer, während sich sein Schweiß mit dem der Arbeiter vermischte. Benja schritt unentwegt die Reihen der schweißglänzenden, muskulösen Rücken ab, er schrie und fluchte, hob jedoch nicht ein einziges Mal die Peitsche, die wie eine dünne Schlange an seinem Handgelenk hing.

Nach einem Monat kamen die Obelisken allmählich zum Vorschein, obwohl sie noch fest in den Fels eingebettet waren. Senmut ordnete eine Ruhepause von vierundzwanzig Stunden an. Er schickte Boten mit formellen Grüßen und Berichten vom Fortschritt der Arbeit nach Theben. Während die Männer schliefen und schwammen, schritt er ein ums andere Mal mit wachsamen Blicken die langgestreckten, starren Gebilde ab, um sich zu vergewissern, daß sich nirgendwo ein Riß oder eine Andeutung von Brüchigkeit zeigte.

Bald waren sie wieder bei der Arbeit, gerädert, erschöpft und niedergeschlagen. Fast unmerklich begann der Fluß zu steigen, und die Feuchtigkeit nahm zu. Die Luft war voll von beißenden, stechenden Insekten. Senmut nahm sechs Männer von den Hämmern fort und gab ihnen Wedel. Sie gingen umher und schlugen nach den Fliegen, während ihre Kameraden arbeiteten.

Nach drei Monaten wurden die Hämmer beiseite gelegt und durch Meißel ersetzt. Das Tempo war jetzt langsamer, die Arbeit wurde schwieriger. Benja hörte auf zu fluchen und blickte den Männern nur noch ermahnend und Ratschläge erteilend über die Schultern. Er bat Senmut, die Arbeit bei Nacht einzustellen, weil die Lampen nicht genügend Licht spendeten und er fürchtete, daß das falsche Ansetzen eines Meißels einen Riß verursachen könnte. Aber Senmut schüttelte den Kopf. Wenn sie nachts ruhten, würden sie nicht rechtzeitig fertig werden. So zog Benja sich murrend zurück, und die Arbeit ging weiter.

Schließlich war der erste Stein so weit, daß man ihn loslösen konnte. Die Steinmetze warteten am Ufer, um die Unebenheiten abzustemmen und die sanft abfallenden Hänge zu glätten. Klopfenden Herzens befahl Senmut, die Seile um die Spitze und den Sockel zu schlingen. Benja prüfte die Knoten und regulierte selbst die Spannung. Nachdem

er sich überzeugt hatte, daß alles in Ordnung war, trat er zur Seite und musterte die Reihe der Baumstämme, über die der Obelisk zum Fluß hinuntergleiten würde. Dann hob er den Arm und richtete den Blick starr auf den Stein, als dieser sich langsam, sehr langsam, zu bewegen begann. «Haltet ihn zurück!» rief er. «Jetzt mehr an der Spitze – noch mehr – nicht so schnell, sonst verschiebt er sich! Zieht alle zusammen!» Senmut hockte nervös auf den Felsen über dem Platz und sah zu, wie sich der Koloß knirschend auf die Stämme zu bewegte.

Plötzlich ertönte ein zorniger Aufschrei. Senmut verließ seinen Beobachtungsposten und rannte hinunter. Benja fluchte, schrie und schüttelte die Fäuste; und die Arbeiter ließen niedergeschmettert die Seile sinken. Senmut blickte auf den Stein und zog keuchend die Luft ein: An seinem unteren Ende war ein riesiger, zackiger Sprung, und während Senmut noch hinsah, brach ein Stück heraus und fiel polternd in den Sand zu seinen Füßen. Benommen bückte er sich und hob es auf.

Benja stand zitternd vor Enttäuschung da. «O Gott, o Gott», flüsterte er. «Das ist meine Schuld.»

Senmut legte ihm die Hand auf die Schulter. «Nein, Benja, das stimmt nicht. Du weißt, daß das Gestein dich liebt und du mit ihm tun kannst, was du willst. Nein. Wir haben oft ohne ausreichendes Licht bei Nacht gearbeitet. Wahrscheinlich haben wir in der Dunkelheit an der falschen Stelle geschlagen.» Er richtete sich auf und schleuderte das Stück fort. «Wir fangen noch einmal von vorn an!» rief er. «Jetzt! Sofort! Benja, hör auf zu lästern und geh in den Steinbruch hinauf. Versuch es dort.» Er deutete nach oben. «Such eine andere passende Ader, und wir holen unterdessen die Hämmer wieder heraus. An die Arbeit! Die Königin hat zwei Obelisken für ihr Fest gefordert, und sie wird zwei Obelisken bekommen, selbst wenn wir alle unter der Sonne sterben!»

Die Männer wandten sich mürrisch ab, aber sie respektierten ihn, weil er Seite an Seite mit ihnen arbeitete. Als er den ersten Hammer aufnahm und mit langen Schritten zu der heißen Felswand ging, folgten sie ihm. Benja übergab die Peitsche einem seiner Lehrlinge und zog sich verdrossen auf einen kleinen Sandhügel zurück, aber der Anblick eines Prinzen von Ägypten, der nackt und schweißbedeckt neben den Fellachen den Hammer schwang, gab ihm seine gute Laune wieder, und er gesellte sich bald wieder zu Senmut.

Vier Tage vor Ablauf der Frist waren sie fertig. Als die großen Obelisken schließlich Sockel an Sockel auf dem Floß lagen, ließ Senmut für alle Wein ausschenken und trank Benja beglückt zu. Sie brachten einen Toast auf sich und ihre Männer aus. Auf dem Fluß umkreisten die Techniker mit ihren Booten aufmerksam das Floß, um sich zu vergewissern, daß die Obelisken nicht verrutschten. Nicht alle waren heil davongekommen. Drei Männer waren der Hitze erlegen. Sechs andere waren von einem der riesigen Steine zermalmt worden, der herabgeglitten war, als sie sich zusammen mit den anderen bemühten, den Sand unter ihm herauszuschaufeln. Senmut ließ sie ehrenvoll begraben, wandte sich aber danach gelassen von den Gräbern ab und verschwendete kaum einen Gedanken an die Männer, die gewesen waren, was er einmal war: Bauern im Dienste Pharaos. Er fand, daß alles in allem ein Wunder stattgefunden habe, ein auch durch seine eigene Tüchtigkeit herbeigeführtes Wunder.

Sie brauchten zweiunddreißig Boote, um die Monolithen nach Theben zu schleppen, obwohl Amun den Fluß so stark hatte anschwellen lassen, daß die Wassermassen bereits über die Ufer traten und das Land zu überfluten begannen. Senmut, der in seiner kleinen Kajüte hoch über dem Floß saß, beobachtete ängstlich, wie die Taue sich strafften und die Boote, als sie von der Strömung erfaßt wurden, sich langsam zu bewegen begannen.

Sie gönnten sich keine Ruhepause. Sie hielten nirgends an, machten nirgends über Nacht fest, und ihre Nerven waren zum Zerreißen gespannt. Selbst Benja schwieg stundenlang, die Hände um den Bug geklammert und die Augen starr auf das Floß geheftet, das so bedrohlich tief im Wasser lag. Lange ehe Theben in Sicht kam, schlossen sich ihnen Fischerboote, kleine Schiffe, und die reichgeschmückten Galaboote der Adeligen an. Erregte, erwartungsvolle Gesichter beobachteten das Unternehmen. Früh am Morgen sah Hatschepsut sie kommen – eine schwarze Woge, die langsam den Fluß herunterschwamm. Sie hatte die Soldaten der Leibwache zu den Wasserstufen des Tempels beordert, und sie standen dicht gedrängt hinter ihr. Die Tempelgärten waren voll von Menschen aus der Stadt, die herbeigeströmt waren, um zu sehen, wie die steinernen Kolosse in den Außenhof des Tempels gezogen wurden. Als das Floß sich den Stufen näherte, die Matrosen hinuntersprangen und mit den Schlepptauen an Land wate-

ten, lief Hatschepsut auf sie zu, um zu helfen. Hapuseneb, in sein Leopardenfell gehüllt, begann mit den Gebeten. Senmut verließ seinen Ausguck in der hohen kleinen Kajüte und bahnte sich einen Weg zum Ufer. Auf seinen Befehl sprangen die Soldaten von der Uferböschung ins schlammige Wasser, um die Steine auf die bereitgelegten Rollklötze zu ziehen. Zoll um Zoll näherten sich die Obelisken, von der erregten, schreienden Menge umringt, dem ersten Pylon. Senmut ging neben Hatschepsut und verfolgte mit zusammengekniffenen Augen jeden mühsamen Schritt. Wo einst das Zederndach gewesen war, sah er jetzt einen breiten Streifen Lichts, das sich in den Tempel ergoß und auf die beiden Sandhügel fiel, zu denen die Obelisken gezogen werden sollten. Man würde sie mit dem Sockel voran hinaufziehen und sie dann in die viereckigen, gekerbten Bettungen auf der anderen Seite gleiten lassen, die in den Boden des Innenhofs gegraben worden waren. Senmut ging rasch weiter, und Puiemre, der junge Baumeister, schloß sich ihm an. Sie prüften gemeinsam jede Einzelheit der Vorbereitungen. Laut polternd wurden die Steine durch den Außenhof geschleift. Hatschepsut trat zu Senmut und Puiemre, und sie beobachteten schweigend, wie die mächtigen Säulen langsam den Aufstieg begannen, und Schwärme von Sklaven die Sandhügel hinaufeilten, um sie zu lenken.

«Den Göttern sei Dank», murmelte Hatschepsut. «Du hast deine Sache gut gemacht, Senmut. Habe ich dir nicht gesagt, daß wir alles vollbringen können?»

Er verneigte sich geistesabwesend vor ihr, denn seine ganze Aufmerksamkeit war auf die kaum wahrnehmbare Bewegung der grauen Kolosse gerichtet. Er sah Benja erregt vor- und zurückgehen und hörte ihn Befehle rufen, während sich die Seile von den Spitzen her spannten und Hunderte von Männern sich zurücklehnten, um der Spannung zu widerstehen. Senmut bedeutete Puiemre mit einer Kopfbewegung, ihm zu folgen, als er auf die andere Seite der Sandhügel ging und sich im Schatten der schwankenden Sockel neben die Gruben stellte. Aus dem Winkel seiner Augen sah er Thutmosis und zwei seiner jungen Freunde – Minmose, den Technikerlehrling, und Mencheperrasoneb, seinen Freund und Baumeister –, die mit gespanntem Gesichtsausdruck, die Hände auf die Hüften gestützt, schweigend dastanden. Neferura näherte sich ihrer Mutter, flüsterte ihr etwas zu

und deutete auf Thutmosis, aber Hatschepsut war völlig von dem Drama ihres großen Augenblicks in Anspruch genommen und nickte nur kurz.

Es gab eine kleine Ruhepause, während derer sich die Männer die schmerzenden Arme und Beine rieben oder sich erschöpft auf den goldenen Boden hockten. Benja, der mit erhobenem Arm neben Senmut stand, spornte sie zur letzten Anstrengung an. «Fangt an, sie herunterzulassen! Langsam, ihr Dummköpfe! Haltet sie zurück – sachte – sachte – laßt sie nicht schwingen!» Er schoß wild gestikulierend nach vorn. Mit einem hallenden Aufprall sank der erste Obelisk in sein Bett; sein Sockel rastete in den tiefen Kerben ein, die Sklaven zogen an den Seilen, die die Spitze im Gleichgewicht hielten, und liefen auf die andere Seite, um ihn senkrecht aufzurichten. Hatschepsut schrie auf, und Minmose beugte sich lächelnd zu Thutmosis hinüber und flüsterte ihm etwas ins Ohr.

Der zweite Sockel bewegte sich auf seine Bettung zu, glitt am Rand der Grube vorbei und sank langsam hinunter. Als er sich setzte und die Spitze sich zu heben begann, fing er an zu schwanken.

«Die Kerbe!» rief Senmut. «Er ist nicht in der ersten Kerbe eingerastet!»

Benja schrie etwas Unverständliches. Hatschepsut trat vor, aber Puiemra versperrte ihr den Weg. «Zurück, Majestät! Er kann noch umfallen!»

Thutmosis und Mencheperrasoneb waren näher herangekommen, und Senmut sah gerade noch das freudige Grinsen auf Mencheperrasonebs Gesicht, ehe er erregt nach vorn stürzte.

Mit lautem Knirschen richtete sich der Obelisk auf und kam zur Ruhe, während alle, den Blick nach oben gerichtet, gespannt die Luft anhielten. Er blieb stolz aufgerichtet stehen. Benja brach zitternd zusammen, und die Aufseher begannen die Sklaven aus dem Hof zu treiben.

«Laß den Sand da», befahl Hatschepsut, an Puiemre gewandt. «Die Spitzen müssen noch mit Metall überzogen und die Inschriften angebracht werden.» Sie hatte beide Obelisken von oben bis unten mit Elektrum überziehen wollen, aber Pahu war entsetzt vor dem Vorschlag zurückgewichen.

«Majestät», hatte er steif erwidert, «du bist sehr reich, aber selbst

deine große Schatzkammer wäre sehr bald leer, wenn du ihr soviel Gold und Silber entnehmen würdest.»

Hatschepsut hatte über seine Reaktion gelacht, sich jedoch seinen Vorhaltungen gefügt. Sie hatte sich damit zufriedengegeben, die Edelmetalle für die Spitzen selbst auszuwiegen, und hatte die nackten Arme bis zu den Ellbogen in die Wiegegefäße getaucht, so daß der Goldstaub in einer schimmernden Wolke aufgesteigen war und sich auf ihre Schultern und Brüste legte.

Thutmosis schlenderte zur ihr und Neferura und Senmut herüber. Ein impertinentes Lächeln lag in seinen dunklen Augen, als er sich lässig vor ihr verneigte. «Meinen Glückwunsch, Blume Ägyptens», sagte er mit der tiefen Stimme eines Jünglings, der sich dem Mannesalter nähert. «Wahrhaftig, deine Monumente zeugen von einer ewig währenden Herrschaft!»

Hatschepsut blickte kühl in das derbe, arrogante Gesicht, ohne auf den spöttischen Unterton zu achten. «Ich grüße dich, Neffe und Sohn. Es freut mich, daß du sie gutheißt. Wo ist deine Mutter an diesem bedeutungsvollen Tag?»

Er zuckte die Schultern. «Sie fühlt sich ein wenig unpäßlich.»

«Sie sollte zusehen, daß sie sich bis zu meiner Feier wieder erholt. Soll ich ihr meinen Arzt schicken?»

«Das wird nicht nötig sein, liebe Tante und Mutter. Ihr Leiden ist nicht so schwer, daß es die Hände eines Arztes verdient, der über Pharaos Gesundheit wacht.»

Sie spielten miteinander, und ihre Lippen lächelten, während ihre Augen sich abschätzend maßen. Senmut hörte besorgt zu und spürte, wie die Luft zu knistern begann, als die beiden starken Willen aufeinanderprallten. Thutmosis war bereits ein Mann, mit dem man rechnen mußte, und Senmut fragte sich beunruhigt, warum Hatschepsut darauf beharrte, ihn als unreifen Jüngling zu sehen. Er sah, daß Neferuras Augen ernst auf das Gesicht ihres Bruders geheftet waren, aber die Königin und der Prinz schienen ihre Anwesenheit nicht zu bemerken.

Thutmosis deutete in die Richtung, wo Minmose und Mencheperrasoneb standen. «Dein schöner Obelisk wäre um ein Haar zu Schaden gekommen», bemerkte er. «Vielleicht brauchst du die Hilfe meines Technikers und meines Architekten. Es hat den Anschein, Majestät, daß deine Experten allmählich zu alt für derlei Aufgaben werden.»

«Meinst du? Dann zeig mir die Empfehlungen für deine Leute, Thutmosis. Was für große Werke haben sie geschaffen? Wo kann ich mich von ihren Fähigkeiten überzeugen?»

Er errötete und biß sich auf die Lippen. «Bis jetzt haben sie wenig getan», brummte er. «Aber eines Tages werden ihre Werke für mich alles übertreffen, was ich hier sehe!»

«Dann schlage ich vor, daß du sie wieder in die Schule schickst, Prinz, damit sie sich eines Tages . . .» sie dehnte die Worte lächelnd, «. . . eines Tages an irgendeinem kleinen Werk versuchen können.»

Thutmosis schwankte zwischen Zorn und Bewunderung, und die Bewunderung gewann die Oberhand. Er schüttelte den Kopf. «Oh, du bist hart, Tante und Mutter. Wie gut dir die Doppelkrone steht!»

«Dir würde sie weniger gut stehen, Thutmosis», erwiderte sie, während sie sich auf den Weg zum Außenhof machten. «Sie ist noch zu groß für deinen Kopf.»

«Die Größe meines Kopfes hat wenig damit zu tun», entgegnete er schroff. «Was *in* meinem Kopf ist, darauf kommt es an.»

«Tatsächlich? Ist das so? Dann komm mit deinem übergroßen Kopf zu meiner Myriade von Jahren. Ich befehle es, Thutmosis. Du warst in letzter Zeit recht nachlässig, du hast dich weder im Tempel noch bei meinen Banketts blicken lassen. Ich dulde keine Unbotmäßigkeit. Und außerdem verbiete ich dir, meine Minister zu kritisieren. Wo sind deine eigenen? Können sie es mit der selbstlosen Hingabe und den Fähigkeiten der ihnen Überlegenen aufnehmen?»

Er antwortete nicht, sondern verneigte sich mit einem finsteren Blick und kehrte zu Mencheperrasoneb und Minmose zurück.

Neferura legte schüchtern die Hand auf den Arm ihrer Mutter. «Warum bist du so unfreundlich zu Thutmosis?» fragte sie. «Magst du ihn nicht?»

«Ich mag ihn sehr gern», erwiderte Hatschepsut. «Er hat die elementare Kraft deines Großvaters. Aber er ist ungeduldig, Neferura, und manchmal recht ungezogen. Er muß gezügelt werden wie ein unlenksames Pferd.»

Neferura sagte nichts, aber Senmut fühlte, wie sich ihre warme Hand in die seine stahl. Er drückte sie, und sie gingen zusammen zwischen den trockenen Sommerbäumen hindurch zum Palast.

23

Die Myriade von Jahren war ein außergewöhnliches Ereignis, prunkvoll und feierlich. Hatschepsut versammelte am Nachmittag alle ihre Ratgeber um sich. Sie saß auf dem Horusthron, die Doppelkrone auf dem Kopf, Krummstab und Wedel fest zwischen den Händen. In einer kurzen, pointierten Rede erinnerte sie sie an alles, was sie als Herrscherin, auch schon vor dem Tode ihres Mannes, vollbracht hatte, und sie ließ ihren Schreiber die Inschriften vorlesen, die die Steinmetzen in die Seitenwände ihrer Obelisken meißelten. Während Anen die Worte las, schweifte ihr Blick über die anwesenden Männer.

Thutmosis saß unter ihnen, die Arme über der breiten Brust gekreuzt, das Gesicht stolz und herausfordernd dem ihren zugewandt. Er hörte aufmerksam zu, aber erst als Anen die letzten Sätze sprach, wurde er unruhig.

«Der Gott erkannte sich in mir, Amun-Re, dem Herrn von Theben. Er hat veranlaßt, daß ich zur Belohnung über das Schwarze Land und das Rote Land herrschen soll. Ich habe keine Feinde in irgendeinem Land; alle Länder sind mir untertan. Er hat meine Grenze bis ans Ende des Himmels ausgedehnt; der Kreislauf der Sonne hat für mich gearbeitet. Gott hat mir, die bei ihm weilt, all diese Dinge geschenkt, denn er wußte, daß ich sie ihm darbringen würde. Ich bin wahrhaftig seine Tochter, die ihn verherrlicht. Leben, Beständigkeit und Erfüllung seien dem Horusthron beschieden, ihr, die wie Re ewig lebt.»

Sie begegnete Thutmosis' Blick und erwiderte ihn spöttisch, aber zugleich ein wenig traurig. Er sah Zuneigung in den schönen Augen. Er lächelte ihr leise zu und senkte den Blick.

Erst an diesem Morgen war er vor ihrer Lebensbeschreibung im Tal auf- und abgegangen. Erstaunt und zornig hatte er vor den ruhigen, präzisen Worten gestanden, denn seit seinem letzten Besuch waren neue Inschriften hinzugefügt worden. «Ich bin Gott, der Anfang des Lebens», hatte er gelesen, und er hätte einen Hammer nehmen und auf den Gips einschlagen mögen, bis die ärgerniserregende Zeile als kleiner Haufen weißen Staubs zu seinen Füßen lag. Er wußte, daß die Eindeutigkeit ihrer Worte einer Gewißheit entsprang, die tief in ihrem Innern wurzelte und für alle, die ihr nahestanden, klar ersichtlich war; und er hatte dort im Heiligtum gestanden und hatte in einem Anfall von wilder Eifersucht und von noch etwas anderem, etwas, das dem Gefühl der Liebe gefährlich nahe kam, ihrem Bildnis mit der Faust gedroht.

Er sah sie an, wie sie hoch über ihm saß, in Gold gekleidet, faszinierend, rätselhaft, die Frau, die seiner Mutter ein Dorn im Auge war, die Königin, die ihm sein Geburtsrecht geraubt hatte. Aber in ihren Augen, die die seinen so ruhig beherrschten, lagen Wärme und Gleichgesinntheit und eine Art Verständnis. Er wandte den Blick ab, erzürnt über sich selbst, weil er sich von ihrem Charme betören ließ und sogar hier, in ihrem Audienzsaal, mit den Symbolen ihrer Göttlichkeit rings um sie herum, vergaß, was sie ihm angetan hatte.

Die Männer krochen mit Geschenken zu ihrem Thron, und als die Sonne unterging, lag ein ganzer Berg von Fächern, kunstvoll gearbeiteten Schatullen, Miniaturen und anderen kostbaren Kleinigkeiten vor ihr. Als letzter war Senmut an der Reihe, das weltkluge, zynische Gesicht von der wuchtigen schwarzen Perücke eingerahmt; Pairi, sein Leibdiener, folgte ihm, einen großen, schweren Pelz auf den Armen. Senmut nahm ihm das Fell ab und legte es Hatschepsut zu Füßen. Mit einem Freudenschrei beugte sie sich hinunter und streichelte das dichte, glänzende Haar. Sie hatte noch nie etwas Ähnliches gesehen.

«Es kommt aus den kalten Bergen von Rethennu und ist sehr selten», sagte er. «Ich konnte nichts anderes finden, das wert wäre, den Körper Pharaos zu berühren.» Er zog sich gelassen zurück, ohne auf das überraschte Gemurmel zu achten, das durch den Raum lief. Hatschepsut spürte unter ihren Füßen die wohlige Wärme des Pelzes; sie sah Senmut lächelnd an und dachte an die Winternächte, in denen sie zusammen auf dem weichen blauschwarzen Fell liegen und sich lieben würden.

«Ich habe gehört», sagte sie, «daß es in Rethennu sehr kalt ist und daß die Berge dort mit einer weißen Substanz bedeckt sind, die wie Regen vom Himmel fällt. Stimmt das?»

Er lächelte. «Wahrhaftig, Majestät, du kennst dein eigenes Land so gut wie die Götter das Herz der Menschen kennen, aber es ist schade, daß du nie weiter nach Norden gefahren bist. Es gibt Länder jenseits des Horizonts, die voller Wunder sind. Die weiße Substanz wird Schnee genannt, und wenn man sie aufhebt, schmilzt sie dahin und läßt nur eine Handvoll Wasser zurück.» Er wandte sich ihr zu und sah ihr, abermals lächelnd, in die Augen.

Thutmosis bemerkte den vertraulichen, vielsagenden Blick, der zwischen ihnen gewechselt wurde, und eine neue Art von Zorn erwachte in ihm, aber er war mit fünfzehn noch zu jung, um seine Ursache zu erfassen. Als Hatschepsut aufstand, um zum Bankett zu gehen, stürmte er hinaus und lief durch die Gänge. Nicht einmal der eintönige, respektvolle Gruß der Wachtposten konnte den Schmerz lindern, der in seinem Innern brannte.

Als Senmut an diesem Abend zwischen den offenen Doppeltüren des Bankettsaals stand, während seine zahlreichen Titel ausgerufen wurden und alle darauf warteten, sich auf seinem Weg zum Podium vor ihm zu verneigen, waren seine Gedanken so düster wie der Abendhimmel, den er am Ende des langgestreckten, hellerleuchteten Raums sah. An diesem Tag, an dem Hatschepsut ihre absolute Gewalt über Ägypten feierte, hatte er zum erstenmal das deutliche Gefühl, daß sich nun schnell der Zeitpunkt näherte, wo er über Thutmosis und Aset und ihre Machenschaften die Gewalt verlieren würde. Es war ihm bisher stets gelungen, durch eigene Spitzel an Thutmosis' Diener und Freunde heranzukommen. Er hatte gewarnt und gedroht, hatte ohne Bedenken Leute verbannt und unerwünschte Elemente aus dem Palast entfernt – solange Thutmosis noch ein Kind war. Aber jetzt waren Thutmosis' Freunde die Söhne seiner eigenen Freunde, und Thutmosis selbst war unantastbar und gewann ständig an Macht. Während Senmut langsam zum Podium ging, sich setzte und sich lächelnd vor der Königin verneigte, sah er, noch verschwommen in der Zukunft, aber schnell herannahend, eine Zeit, wo sie, umringt und verfolgt, verzweifelt um ihren Thron würde kämpfen müssen. Ein Pharao

konnte nicht eine Krone verlieren, die er nie besessen hatte, wie sie auch die Anwartschaft auf den Thron verloren hatte, die ihr von ihrem Vater zugesagt und dann von ihrem Mann entrissen worden war. Ein König konnte nur seine Königswürde verlieren, indem er sein Leben verlor.

Der Lärm der Freudenfeier dauerte bis tief in die Nacht. Die Schreie und das Gelächter der Gesellschaft hallten wider in den Straßen der Stadt, wo die Menschen ebenfalls Pharaos Jubelfest feierten. Aber Senmut fand keine Ruhe. Auch Aset war zugegen, mit Juwelen bedeckt, das magere Gesicht eine teilnahmslose Maske. Thutmosis saß inmitten seiner Freunde und aß und trank in einer Stimmung von verdrießlicher Wachsamkeit.

Schließlich legte sich das Getöse, und die Fröhlichkeit ließ nach. Als der Tag zu dämmern begann, nahm Hatschepsut den Kegel von ihrem Kopf, stand auf und entließ sie alle. In einer Stunde würde die Lobeshymne gesungen werden, und die Geschäfte des Tages würden beginnen. Sie wollte noch baden und frische Kleidung anziehen, ehe sie zur Morgenandacht in den Tempel ging.

Senmut wußte, daß sie ihn nicht brauchen würde, bis sie ihn in den Audienzsaal rief, und als sie, von ihrem Fächerträger zur Rechten, ihrem Siegelträger und ihren Leibwachen geführt, hinausging, trat er auf Hapuseneb zu und zupfte ihn leicht am Rock. Der Hohepriester wandte sich um.

«Komm mit mir in den Garten», sagte Senmut leise. «Ich brauche deinen Rat.»

Hapuseneb nickte, und sie bahnten sich zusammen einen Weg durch die Menge. Sie gingen unter den Arkaden hindurch in den Garten, wo ein paar erhitzte Nachtschwärmer zu zweit oder zu dritt in der kühlen Brise umherspazierten und sich leise unterhielten, während ihre Läufer ihnen mit Lampen den Weg leuchteten und ihre Sklaven ihnen folgten. Senmut und Hapuseneb entfernten sich von ihnen und gingen zwischen den Bäumen hindurch auf die nördliche Mauer des Tempels zu. Dort blieben sie stehen. Es war alles still, nur der kalte, bleiche Glanz des untergehenden Mondes zeigte ihnen die schwarzen Umrisse der Mauer, die über den Wipfeln der Bäume emporragte. Senmut bedeutete Hapuseneb, sich zu setzen, und sie ließen sich zusammen auf dem beschatteten Rasen nieder.

Hapuseneb legte den langen Faltenrock um seine Füße und wartete schweigend, während Senmut die Beine kreuzte und lange auf seine roten Fußsohlen blickte, um den Lärm des Festes und den warmen Dunst des Weins, den er getrunken hatte, ein wenig abklingen zu lassen. Dann begann er.

Er warf noch einen schnellen Blick über den verlassenen Garten. «Ich bitte dich, Hapuseneb, laß um Pharaos willen alle unsere Differenzen beiseite und hör mich in Ruhe an und sag mir deine Meinung.» Der andere nickte kurz, und Senmut wählte behutsam seine Worte. «Ich bin Oberhofmeister und weiß als solcher über alles Bescheid, was im Palast geschieht. Außerdem bin ich Verwalter Amuns, und nichts im Tempel entgeht meiner Aufmerksamkeit. Ich habe lange Zeit unter der Oberaufsicht der Königin die absolute Kontrolle über die Angelegenheiten der Depeschen und über alle Audienzen gehabt; und ich kann, ebenso wie du, mit gutem Gewissen sagen, daß Ägypten unter meinen Händen wie ein Teppich ist, in dem jeder Faden mit meiner Kenntnis geknüpft wurde. Aber ich habe das Gefühl, daß ich die Gewalt über die Dinge verliere, Hapuseneb. Irgendwie tauchen an jeder Ecke meines Kontrollsystems Risse auf, und ich bin machtlos dagegen, denn die Keile werden vom Kronprinzen selbst hineingetrieben. Ich fürchte, daß die Tage Pharaos gezählt sind.» Hapuseneb bewegte sich, sagte jedoch nichts, und Senmut fuhr zögernd fort. «Es ist Zeit, daß wir aufhören, im Dunkeln herumzuschleichen und mit Hilfe von Spitzeln über den Horusthron zu wachen, mit Augen, die niemals schlafen, Augen, die angesichts einer keimenden Kraft allmählich müde werden.» Er fuhr sich mit der Hand über das Gesicht. «Laß mich dir klipp und klar sagen: Wenn wir Thutmosis nicht sofort aus dem Weg räumen, wird es zu spät sein. Dann ist Pharao und alles, was sie geschaffen hat, verloren.»

«Es ist bereits zu spät.» Hapusenebs tiefe Stimme durchbrach die Stille, die Senmuts Worten gefolgt war. «Auch ich habe die Saat in den Gemächern der Frauen und auf dem Exerzierplatz aufgehen sehen. Ich habe nach einer Möglichkeit gesucht, sie zu vernichten, aber es ist zu spät. Hätten wir Thutmosis ermordet, als er noch im frühen Kindesalter war, wäre die Tat unbemerkt geblieben, denn Kinder sterben häufig und an vielerlei Krankheiten. Aber jetzt nicht mehr, wo er gesund und kräftig ist wie ein junger Stier.»

«Nehesi hat es Pharao und mir vorgeschlagen, aber sie hat es verboten.»

«Sie würde es auch jetzt verbieten, wenn sie hier wäre. Sie ist kein gieriger, skrupelloser Emporkömmling wie die Mutter des Prinzen. Sie ist eine edle Frau, die mit dem Segen des Gottes herrscht, die aber auch darauf besteht, das Gesetz des Gottes zu achten. Thutmosis ist ihr eigen Fleisch und Blut. Ganz gleich, was geschieht, sie wird ihn am Leben lassen.»

«Sie wird zugrunde gehen.»

Hapuseneb nickte ruhig. «Das glaube ich auch. Aber sie würde lieber umkommen, als sich gegen den Gott, ihren Vater, zu vergehen; und Mord ist ein Verbrechen, das ihm zuwider wäre.»

«Wie steht es mit dir und mir, Hapuseneb? Es macht mir nichts aus zu sterben, wenn ich ihr damit dienen kann. Könnten wir dies nicht im geheimen erledigen?»

«Es würde nicht lange geheim bleiben. Wie willst du einen kräftigen, lebensvollen Jungen umbringen, ohne daß sich ein anklagender Finger erhebt? Und der Finger würde geradewegs auf die Eine deuten, und *sie* würde darunter leiden, nicht wir.»

«Wir hätten ihn ungeachtet ihrer Befehle schon vor Jahren vergiften sollen!»

«Dann wäre sie erleichtert und vielleicht sogar dankbar gewesen; aber sie hätte das Vertrauen zu uns verloren und früher oder später wären wir entlassen worden. Nein, sie weiß, daß sie sich zugrunde richtet, wenn sie nichts unternimmt, und trotzdem weigert sie sich. Sie ist eine große, große Königin.»

«Können wir wirklich nichts tun, mein Freund?» Senmut sprach leise, mit erloschener Stimme. «Müssen wir Ägypten am Ende doch in den Händen von Thutmosis sehen? Und wie steht es mit Neferura?»

«Neferura ist nicht gefährdet. Thutmosis muß sie heiraten, um sich den Thron zu sichern, und das wird er zweifellos tun. Du weißt, daß die Eine vorhat, sie zu verloben.»

«Um die Stunde ihrer Niederlage hinauszuzögern! Aber Thutmosis läßt sich nicht zum Narren halten. Er ist nicht so erfüllt von Prinzipien und Barmherzigkeit wie sie. Sobald er Neferura hat . . .»

«Vielleicht.» Hapuseneb breitete die Hände aus. «Ich weiß es nicht.

Wir können nur dienen, wie wir es bisher getan haben, und unser möglichstes tun, ihre Zeit zu verlängern. Sie hat Ägypten gelenkt, als zöge sie ein geliebtes Kind auf. Selbst Thutmosis muß ihre Geschicklichkeit anerkennen. Abgesehen davon . . .»

«Aber wenn die Sache erledigt und Thutmosis tot wäre, würde sie vielleicht im ersten Augenblick erzürnt sein, doch hinterher – hinterher . . .»

«Sie würde sich schuldig fühlen, und der tote Thutmosis würde sie ebenso sicher vernichten wie der lebende. Sieh den Tatsachen ins Auge, Senmut. Sie wünscht nicht, daß ihr Neffe und Sohn sterben soll. Hätte sie es gewünscht, wäre es schon vor langer, langer Zeit geschehen – durch dich, durch mich, durch Nehesi, durch Menech, durch irgendeinen von uns, die wir ihr dienen.»

Er war erregt, und seine Worte drangen laut an Senmuts Ohr, aber Senmut hob plötzlich die Hand und brachte ihn zum Schweigen. Sie saßen regungslos da und lauschten angespannt in die Dunkelheit. Zu ihrer Rechten ertönte ein leises Rascheln unter den Bäumen. Senmut legte den Finger an die Lippen und richtete sich langsam auf; dann streckte er den Arm aus und sprang mit einem ungestümen Satz ins Gebüsch. Als Hapuseneb aufstand, sah er Senmut eine kleine, magere Gestalt hervorzerren. Es war ein junger We'eb-Priester, einen kurzen weißen Leinenrock um die dünne Taille geschlungen, das Gesicht vor Angst verzerrt. Er hielt mit einer Hand eine halbe Gans umklammert und fuchtelte mit der anderen wild in der Luft, während Senmut ihn mit eisernem Griff festhielt.

«Sieh mal einer an, wen haben wir da?» fragte Hapuseneb grimmig. Senmut ließ den unglücklichen Jungen los, und er sank zitternd zu Boden. «Einen meiner We'eb-Priester, soviel ich sehe. Steh auf, du Narr, und sage mir, was du hier draußen zu suchen hast – so weit fort von deiner Zelle entfernt?»

Senmut spürte, wie sich ein Nebel über seine Augen legte. Es war nicht Hapuseneb, der so ruhig, mit sanft-drohender Stimme sprach, sondern der zungenfertige, verräterische Menena. Er empfand die gleiche panische Angst wie damals, als er hinter der Platane gekauert und das leise Gespräch der Verschwörer mitangehört hatte.

Der Junge stand auf, drückte die Gans an seine magere Brust und blickte ängstlich die beiden großen Männer an, deren Ringe so be-

drohlich im Mondlicht funkelten und deren kalte Augen hart und zornig waren.

«Ich weiß, was er hier tut», erklärte Senmut; seine Stimme klang dumpf, und ihm wirbelte der Kopf. «Er war in der Küche des Gottes, denn ein We'eb arbeitet von früh bis spät, und sein Magen ist immer leer.»

«Er muß alles gehört haben», sagte Hapuseneb langsam. «Was sollen wir mit ihm machen, Senmut?»

Der Junge zuckte zusammen und gab einen gedämpften, unverständlichen Ton von sich, machte jedoch keine Anstalten fortzulaufen.

Senmut trat an seine Seite; sein Herz sehnte sich plötzlich nach der Vergangenheit, nach den sonnigen Tagen voller Hoffnung und Verheißung, nach den Träumen von Ruhm und Größe, nach dem Kind, das er gewesen war. «Es stimmt, nicht wahr?» fragte er ruhig. «Du hast unser Gespräch mitangehört?»

Der Junge nickte.

«Was wirst du tun?»

«Ich weiß es nicht, mächtiger Herr.» Die Stimme war rauh und nervös, aber die glänzenden Augen hielten Senmuts Blick gelassen stand.

«Du hast Mut! Sag mir, wem dienst du?»

«Ich diene Amun, dem König der Götter, und Pharao.»

«Und wie steht es mit dem Prinzen?»

«Ihm diene ich auch. Aber ich diene nicht Männern mit Mord im Herzen.» Das kleine Kinn hob sich trotzig, aber die Hände, die die Gans umklammert hielten, zitterten.

Hapuseneb zog zischend die Luft ein. «Er hat sich selbst sein Todesurteil gesprochen! Wenn Thutmosis von dieser Sache erfährt, sind wir verloren!»

«Das glaube ich nicht», sagte Senmut, während er sich niederhockte und dem Jungen fest in die Augen sah. «Willst du mit deinem Bericht zu Pharao gehen, We'eb?»

«Ich sollte es, aber vielleicht weiß Pharao von eurem Plan und würde mich töten.»

«Pharao weiß in der Tat von unserem Plan, denn es ist ein sehr alter Plan, der nie vollendet wurde. Aber Pharao läßt uns nicht tun, was wir

tun möchten, und so wird sie dir keinen Schaden zufügen, wenn du zu ihr gehst. Glaubst du mir?»

«Nein.»

Senmut stand auf, immer noch in der Erinnerung an den Jüngling gefangen, der wieder zu Bett gegangen war, statt an die Türen des Palastes zu klopfen. Erst jetzt wurde ihm klar, daß dieser eine Fehler ihn sein ganzes Leben lang verfolgt hatte. Er kam schnell zu einem Entschluß. «Hapuseneb, ich stimme dir bei. Wir werden jeden Gedanken an eine Verschwörung fallenlassen. Ich muß verrückt gewesen sein! Laß alles kommen, wie es kommen muß, und Amuns Wille geschehe.» Er wandte sich dem We'eb-Priester zu und nahm ihn fest beim Arm. «Du und ich, mein kleiner Bursche, wir gehen jetzt sofort zu Pharao, und du sagst ihr alles, was du gehört hast.»

Hapuseneb saß regungslos da, aber der Junge wich erschreckt zurück. «Du wirst mich zum Fluß bringen und mir die Kehle durchschneiden!»

«Ich schwöre beim Namen Pharaos, daß du nicht sterben wirst», erwiderte Senmut. «Hapuseneb, ich danke dir, daß du mich angehört hast. Die Morgendämmerung zieht herauf, und die Königin erwartet ihre Hymne. Sing sie mit reinem Gewissen!» Er lachte grimmig und zog den sich windenden Jungen mit sich über den Rasen, während die Dunkelheit bereits dem bleichen Tageslicht wich.

Hapuseneb zögerte nicht. Er wandte sich um und ging schnell zu seinem eigenen Eingang unter dem finster blickenden Bildnis des Gottes Thutmosis des Ersten, des Rächers Ägyptens.

«Es ist zu früh, um Pharao zu stören», sagte Senmut zu dem kleinen Priester. «Wir müssen warten, bis der Hohepriester Re in den Himmel gesungen hat. Komm in meinen Palast und frühstücke mit mir. Was möchtest du essen? Wie heißt du?»

«Sementaui, großer Herr.» Er war verwirrt und immer noch mißtrauisch. Senmut hielt ihn fest, als sie die breite Allee überquerten, die zu den Wasserstufen des Palastes führte, und dann zwischen den Bäumen hindurch zu seinen eigenen Gärten und seiner eigenen vergoldeten Tür gingen.

«Wie lange dienst du schon im Tempel?»

«Seit zwei Jahren. Mein Bruder ist Mysterienmeister.»

«Tatsächlich? Und was willst du werden?»

Sie gingen an den Wachtposten vorbei und betraten die dunkle Halle. Senmut führte den Jungen durch den Audienzraum in sein Schlafzimmer und rief nach Pairi.

Sementaui sah sich um, und seine Neugier verdrängte die Angst. Er hatte von der Pracht von Pharaos Günstling und seiner großen Macht gehört. Er hatte ihn manchmal gesehen, wenn er, ganz in Gold und Weiß gekleidet, mit Pharao in den Tempel ging. Jetzt wurde er von scheuer Ehrfurcht gepackt.

«Ich weiß es nicht, mächtiger Haushofmeister. Ich würde gern eines Tages Hohepriester werden.»

«Du hast also auch Ehrgeiz!» Senmut ließ ihn los und schickte Pairi nach Speisen und Milch. Er deutete auf den kleinen geschnitzten Zedernstuhl, und der Junge hockte sich nervös auf die Kante und sah zu, wie Senmut seine Perücke abnahm. Als Tachat, noch im Nachtgewand, schläfrig ins Zimmer kam, sah sie ihren Herrn in angeregter Unterhaltung mit einem armseligen kleinen Priester, der aussah, als hätte er noch nie in seinem Leben eine gute Mahlzeit zu sich genommen. Sie stopften sich beide heißes Brot und Gänsebraten in den Mund und schwatzten vergnügt miteinander.

Hatschepsut empfing sie eine Stunde später. Sie war angezogen und bereit, in den Tempel zu gehen, aber sie saß geduldig und liebenswürdig lächelnd da, während der Junge verlegen zu stottern begann. Er wollte dem Oberhofmeister, einem Mann, der ihm zu essen gegeben und sanft und verständnisvoll mit ihm gesprochen hatte, keine Ungelegenheiten bereiten; aber Senmut runzelte die Stirn, schob ihn energisch vorwärts und flüsterte ihm zu, daß er seine Pflicht tun müsse. Der Junge warf sich zu Boden und erzählte seine Geschichte, wagte aber nicht, die Augen zu der hochgewachsenen, anmutigen Frau zu erheben, die die Kobra und den Geier auf ihrem goldenen Helm trug.

Als er geendet hatte, lächelte Hatschepsut nicht mehr. Sie befahl ihm, sich zu erheben, und sah Senmut über seinen Kopf hinweg fragend an. Er nickte, und sie wandte sich wieder dem kleinen Priester zu.

«Sementaui, du hast richtig gehandelt», sagte sie. «Wir freuen uns, daß du ein treuer Diener bist und uns vertraut hast. Ich werde diese Sache untersuchen, denn es ist eine schwere Beschuldigung, aber ich

brauche dein Versprechen, daß du zu niemandem über das sprichst, was du gehört hast. Ich werde die Schuldigen bestrafen, aber auf meine Art, und wenn ich es für richtig halte.»

«Ja, Majestät», murmelte der Junge.

«Und jetzt sag mir, was kann ich für dich tun? Möchtest du heute morgen meinen Weihrauch tragen und mit mir zusammen dem Gott huldigen?»

Er starrte sie mit strahlendem Gesicht an, und sie befahl ihm, draußen auf sie zu warten. Als sie und Senmut allein waren, fiel sie zornig über ihn her. «Du warst unvorsichtig, und auch Hapuseneb hat sich töricht benommen. Ich weiß sehr wohl, was ihr denkt, Senmut, du und Hapuseneb und Nehesi und all die anderen. Ich kenne Thutmosis ebensogut wie ihr, ich kenne seine drängende Ungeduld und seinen Entschluß, mich rücksichtslos zu Fall zu bringen. Aber ich dulde keinen Mord!» Sie stand vor ihm und schlug mit der Faust gegen ihren mit Fayence eingelegten Halsschmuck, um ihren Worten Nachdruck zu verleihen. «Ich sage es nicht noch einmal. Und wenn ich dich wieder in irgend etwas Derartiges verwickelt sehe, lasse ich dich wie einen gewöhnlichen Verbrecher bestrafen.» Ihre Augen blitzten ihn an, und sie wandte sich zornig ab. «Thutmosis ist mein eigen Fleisch und Blut. Ich wünsche nicht, daß ihm etwas widerfährt.»

«Dann schick ihn wenigstens fort.»

«Damit er hinter meinem Rücken intrigiert? Nein! Warum hast du den Jungen zu mir gebracht? Warum hast du dich nicht selbst mit ihm befaßt?»

«Majestät, darf ich mich setzen?» Sie nickte überrascht, und er ließ sich auf einen Stuhl sinken.

«Ich habe ihn zu dir gebracht, weil Amun heute endlich Vergeltung an einem verängstigten, feigen We'eb-Priester übt, der seine Pflicht versäumt hat.»

«Das verstehe ich nicht.»

Er lächelte müde. «Auch ich war einmal ein hungriger junger Priester, der mitten in der Nacht Speisen aus der Küche des Gottes gestohlen hat. Und ebenso wie dieser kleine Bursche habe ich etwas gehört, was ich besser nicht hätte hören sollen.» Hatschepsut wurde plötzlich still, und jeder Muskel ihres Körpers straffte sich. Er bemerkte es, fuhr jedoch fort. «Deine Schwester, Ihre Hoheit Osiris-

Neferu, ist nicht an einer Krankheit gestorben. Menena hat sie vergiften lassen.»

Die Last fiel von ihm ab, und in der Stille, die nur von Hatschepsuts flachen Atemzügen durchbrochen wurde, stand er erleichtert auf und ging zu ihr.

Sie wurde blaß, und aus den düsteren Tiefen längst vergangener Nächte stieg, undeutlich und verworren, eine Erinnerung auf. Der Überrest eines Traums. Neferu mit dem Körper des armen gefangenen Kitzes, und Nebamun, der mit dem Schlüssel in der Hand dastand. Aber war es Nebamun gewesen?

«Ich wollte zu deinem Vater gehen und ihm alles erzählen, wie dieser kleine Priester dir alles erzählt hat, aber ich hatte Angst, denn ich glaubte, daß der Einzig-Eine wünschte, daß es geschähe. Während ich noch mit mir kämpfte und mich quälte, wurde der Trunk zubereitet, und Neferu starb.»

Hatschepsut ließ plötzlich die Schultern sinken, seufzte und tastete unwillkürlich nach ihrem Amulett. «Endlich, endlich. Ich habe dich Menena hassen sehen, und ich wollte schon lange den Grund für deine Angst wissen. Die ganzen Jahre hindurch habe ich immer wieder über Neferus Tod nachgedacht und mich gefürchtet, ohne zu wissen warum. Aber jetzt ist alles klar. Und du glaubst, daß mein Vater den Tod seiner Tochter wünschte?»

Die Erinnerung kam herauf und brach blitzartig hervor. Nicht Nebamun. Natürlich nicht. Die mörderischen roten Augen des mächtigen Stiers durchbohrten sie schmerzlich.

«Ich weiß es immer noch nicht, Majestät, aber ich glaube, ja.»

«Warum? Warum sollte er ihr etwas antun? Sie wollte nur in Ruhe gelassen werden!»

«Weil er schon damals die Doppelkrone auf deinem Haupt sah, und wenn Neferu am Leben geblieben wäre, wer trüge sie jetzt? Thutmosis, dein Gemahl, hätte Neferu geheiratet und wäre gestorben, und sein Sohn würde dich heute nicht Pharao nennen.»

Sie legte die Hand auf seine Brust, und er sah, daß ihr Tränen in die Augen stiegen. «Es ist wahr. Ich weiß es. Ich habe es geahnt. Tatsächlich hat mir diese Ahnung schon als Kind böse Träume verursacht, aber die Gewißheit ist schwer zu ertragen – selbst heute noch.» Sie kämpfte tapfer gegen die Tränen. «Geh, Senmut. Ich bin froh über

dein Vertrauen – und zornig. Ich habe nur den einen Wunsch, in den Tempel zu gehen und mit diesem Jungen meine Gebete zu sprechen. Er hat wahrhaftig Glück gehabt; du hättest ihm, wie er sagte, wirklich die Kehle durchschneiden und ihn in den Fluß werfen können.» Sie lächelte ihm zu, aber es war nur eine kleine, verzerrte Grimasse.

Er küßte ihr die Hand und verließ sie, ein freier Mann, der mit langen Schritten zu den Ministern ging, die ihn im Audienzraum erwarteten.

Ehe der Winter vorüber war, verlobte Hatschepsut Thutmosis mit Neferura, und dann schickte sie ihn und seine Truppen sofort zu Manövern in den Norden. Aber sie hatte ihm deutlich zu verstehen gegeben, daß dies keine Heirat, sondern nur ein Versprechen war.

Er hatte spöttisch gelächelt, als er, die Arme über der Brust gekreuzt, im Thronsaal vor ihr stand. «Du hast dich festgelegt, Majestät», hatte er gesagt. «Du kannst mich nach Belieben hierhin und dorthin schicken, aber früher oder später mußt du Neferura in den Tempel bringen und mir zur Frau geben, denn ich bin kein dummer Junge mehr.»

«Ich habe Augen im Kopf!» erwiderte sie. «Oh, Thutmosis, warum bist du immer so widerborstig, wenn wir miteinander zu tun haben? Habe ich dir nicht versprochen, daß du eines Tages diesen Thron bekommen wirst?»

«Ja, aber ich glaube jetzt nicht mehr, daß du tatsächlich die Absicht hast, ihn mir jemals zu geben. Als Kind hatte ich einen gewaltigen Respekt vor dir. Doch jetzt bin ich beinahe erwachsen, und du gewährst mir immer noch keinen Zutritt zum Audienzsaal – zu meinem eigenen Saal, zu dem Platz, wo ich als Pharao zu sitzen berechtigt bin. Ich glaube, du hast den Thron in Wirklichkeit für Neferura bestimmt.»

«Es wäre töricht von dir, wenn du das wirklich glaubtest und deinen Argwohn im ganzen Palast ausposauntest! Was sollte mich daran hindern, dich aus dem Weg zu schaffen? Dann könnte Neferura tatsächlich die Doppelkrone tragen und irgendeinen General heiraten, um Ägypten einen Erben zu geben.»

«Weil du ebensogut wie ich weißt, daß Neferura lieb und sanft und freundlich ist, und völlig ungeeignet, Pharao zu sein.»

«Und wie stünde es mit Meritre?» Hatschepsut war nicht belustigt. Sie wußte, daß er recht hatte. Neferura besaß nicht den brennenden, verzehrenden Ehrgeiz, den sie in diesem Alter gehabt hatte. Obgleich Hatschepsut sie liebte und nichts sehnlicher wünschte, als ihr die Krone zu geben, wußte sie sehr wohl, daß Neferura niemals imstande sein würde, Thutmosis oder irgendeinen anderen skrupellosen jungen Edelmann, der nach dem Thron verlangte, im Zaum zu halten.

Thutmosis lachte verächtlich. «Meritre! Sie ist voller Temperament und Leidenschaft und wirft schon jetzt ein Auge auf deine jüngeren Ratgeber. Aber als Pharao? Sie ist seicht wie der Fluß im Sommer. Sie macht sich nichts aus dir oder aus Ägypten.» Er zuckte die Schultern und trat dicht an sie heran. «Ich akzeptiere die Verlobung, vorausgesetzt, daß eine Heirat folgt. Ich bin bereit, als Soldat zu dienen, denn ich liebe den Bogen, den Speer und das Schwert; und, wie du so oft betonst, ich bin noch jung. Aber warte nicht zu lange!»

«Du vergißt dich! Ich bin Ägypten, und wenn ich dir einen Befehl erteile, hast du zu gehorchen! Stelle meine Geduld nicht auf eine allzu harte Probe, Thutmosis. Du bist anmaßend und töricht, aber da deine Lehrzeit noch nicht vorüber ist, will ich dir verzeihen. Hätte deine erbärmliche Mutter dir nicht lauter dummes Zeug in den Kopf gesetzt, als du noch unter ihrer Obhut warst, hätten wir gut zusammenarbeiten können. Aber noch ehe du sprechen konntest, hat sie dir Haß gegen mich eingeflößt, und du kannst nicht über ihre boshaften Worte hinaussehen.»

Er stieg die Stufen hinauf und blieb, den einen Fuß über dem anderen, die Hände auf das Knie gestützt, vor ihr stehen. «Du hast mir meine Krone weggenommen und somit das Gesetz gebrochen. Meine Mutter hat nichts damit zu tun. Und arbeiten wir etwa nicht zusammen? Bin ich nicht jetzt Hauptmann der Gefolgsleute, und werde ich nicht auf deine Anordnung hin im Heer aufrücken? Mühe ich mich nicht auf dem Exerziergelände für dich ab, so wie alle im Land sich auf deinen Befehl abmühen?»

Als er fort war, stützte sie das Kinn in die Hand und blickte nachdenklich in die Ferne. Ihre silbernen Wände glitzerten im Schein der untergehenden Sonne, und die Brise, die durch die Fenstertüren hereindrang, duftete nach den Blumen ihrer Gärten. Rings um sie herum lief ein Fries mit ihrem eigenen Bildnis, unbezwingbar, all-

mächtig, und ihre Feinde waren in einer Haltung von immerwährender Niederlage erstarrt. Trotzdem saß sie da und grübelte beklommen.

«Oh, Thutmosis», hauchte sie in den ungewohnten Augenblick der Stille hinein, «ich wünschte, du wärest mein Sohn!»

24

An diesem Abend fühlte Hatschepsut zum erstenmal das Gewicht der Jahre. Während sie im Halbdunkel ihres Zimmers auf Senmut wartete, hielt sie den Spiegel dicht vor ihr Gesicht, um zu sehen, ob irgendwo eine Runzel, die Andeutung einer Falte zu entdecken war, und sagte sich, daß sie mit dreißig nicht erwarten konnte, die gleichen Züge zu haben, die sie mit fünfzehn gehabt hatte. Aber die Frau, die ihr aus dem Spiegel entgegenblickte, hatte die glänzenden, klaren Augen ihrer Jugend und eine Haut, so straff und makellos wie eh und je. Sie blickte auf ihren nackten Körper hinunter und sah die gutgeformten, geschmeidigen Gliedmaßen, den schlanken Leib, die runden, festen Brüste.

All die Anzeichen von Alter liegen in mir selbst, sagte sie sich, während sie den Spiegel niederlegte und zum Ruhebett ging. Mein Kopf ist angefüllt mit endlosen Problemen und Entscheidungen. Meine Gedanken sind starr und verkrampft wie die einer alten Frau.

Sie hörte, wie Senmut an die Tür kam und stehenblieb. Der Wächter ließ ihn herein, und sie sah auch ihn mit neuen Augen: hochgewachsen, mager, der Körper straff und muskulös, das Gesicht stolz und allwissend, die dunklen Augen schwarz umrandet, die sinnlichen Lippen halb geöffnet und lächelnd, als er sich jetzt vor ihr verneigte. Er war ein Mann, war schon seit langem ein Mann, und sie liebte ihn schon seit langem. Warum dann das plötzliche Suchen nach Runzeln um die Augen, nach einer Falte über dem juwelenbesetzten Gürtel?

Er spürte sofort, in welcher Stimmung sie war. Er sagte nichts, sondern ging zum Kopfende ihres Ruhebetts, streichelte ihre heiße Stirn und strich ihr die Sorgen des Tages fort.

Hatschepsut lächelte und fühlte, wie ihr Körper sich entspannte; doch ihr Geist kam auch unter den geschickten Händen nicht zur Ruhe. Sie zog ihn zu sich hinunter, und ihre Lippen suchten begierig nach den seinen; aber an diesem Abend konnte die Befriedigung ihrer Leidenschaft sie nicht den Ausdruck vergessen lassen, der auf Thutmosis' Gesicht gelegen hatte, als er sie im Thronsaal verspottete. Körperlich und seelisch zutiefst erschöpft, schlief sie schließlich in Senmuts Armen ein.

Als Thutmosis im Frühling, zum Hauptmann von Fünfzig befördert, aus dem Norden zurückkehrte, schickte Hatschepsut ihn sofort wieder weg, diesmal zu einer Inspektion der Garnisonen in der Wüste. Sie wußte, daß sie Neferura damit weh tat, die sich mit Tränen in den Augen von Thutmosis verabschiedete; aber sie fühlte auch die kleinen Veränderungen in der Atmosphäre, im Bankettsaal und in den Augen der Männer. Sie wies Thutmosis' Kommandanten an, gründliche Arbeit zu leisten und den Prinzen sechs Monate lang in Atem zu halten. Sie wünschte sich, daß auch sie selbst fortgehen könnte, ganz gleich wohin. Der Palast war für sie zu einem bedrückenden, sinnlosen Gebäude geworden, voll von lächelnden, sich verneigenden Schlangen. Immer häufiger ging sie in den Tempel, wo Amun in der Dunkelheit auf sie wartete, um mit ihr die Geheimnisse seines unsterblichen Geistes zu teilen. Sie ging auch täglich in ihren eigenen Tempel und kniete vor ihrem eigenen Bildnis, dem ihres Vaters und dem des Gottes, als könne sie den Abbildern mehr Macht, mehr Zeit abringen. Oh, mehr Zeit! In den dunklen Tiefen der Schreine und auf den Dächern der Terrassen sangen die Priester von ihrer Schönheit und ihrer Allmacht, und die Musik fiel wie goldener Regen auf sie nieder. Sie stand auf der zweiten Rampe, blickte auf die Allee zum Fluß hinunter und dachte an Mentuhotep, dessen Tempel man zum Teil niedergerissen hatte, um Platz für ihren eigenen zu schaffen. Er hatte, ebenso wie sie, das Mysterium und die Erhabenheit des Tals und des Landes geliebt. Er hatte zum Paradies, zum Sitz der Götter, selbst gegriffen, um sich und Ägypten zu schmücken.

Hastig lief sie zu ihrer Sänfte, denn jetzt wußte sie, warum Amun noch nicht zufrieden war mit dem, was sie ihm gegeben hatte. Bei ihrer

Rückkehr in den Palast eilte sie in die Bibliothek, wo die Schriftrollen, neue und alte, kostbare und wertlose, säuberlich in riesigen Truhen aufgestapelt waren. Der Bibliothekar verließ seinen bequemen Sitz und warf sich erstaunt vor ihr nieder.

«Punt!» stieß sie atemlos hervor, während sich Nofret und ihre Dienerinnen hinter ihr in den Raum drängten.

«Majestät?»

«Punt! Such mir die Karten und Schriften von Osiris-Mentuhotep-hapet-Re heraus, dem König, der nach Ta-Neter, dem heiligen Land der Götter, gezogen ist, und bring sie mir in den Audienzsaal. Beeile dich! Duauineheh, ruf Senmut – und Nehesi.»

«Nehesi drillt die tapferen Krieger des Königs, Majestät.»

«Dann schick ihn zu mir, wenn er fertig ist.»

Sie lief hinaus und stürmte, von ihren Dienerinnen gefolgt, durch die Gänge. Sie befahl, den Schreibtisch im Audienzraum abzuräumen. Sie brauchte Ineni, und sie sandte Amunhotep aus, ihn aus Karnak zu holen, wo er sein jüngstes Werk – die Säulenhallen aus Sandstein, von ihren Standbildern gesäumt – überwachte.

Ineni und der Bibliothekar trafen zusammen ein; Ineni hatte noch Staub vom Bau an den Händen und am Rock. Kurz darauf kam Senmut herein, und sie setzten sich um den Tisch. Es mutete an wie ein Kriegsrat.

Hatschepsut legte die Hände auf den Tisch. «Gut, fangen wir an», sagte sie. «Bibliothekar, was hast du für mich?»

«Sehr wenig, Majestät», gestand er. «Dein erlauchter Vorfahre hat nur einen Bericht über seine Reise zurückgelassen und ein Verzeichnis der Wunderdinge, die er für den Gott mitgebracht hat.»

«Eine Landkarte?»

«Keine sehr gute. Zur Zeit deines Vorfahren brauchte man keine Landkarten, denn Ägypten und Ta-Neter trieben häufig Handel miteinander.»

«Das behaupten die Legenden», erinnerte Ineni ihn. «Viele, viele Jahrhunderte lang war der Name Punt nur eine Sage, die man den Kindern erzählte.»

«Aber sind unsere Schiffe nicht vor der Invasion der Hyksos zu den Küsten von Ta-Neter gefahren?» warf Senmut ein. «Die alten Monumente sind voll von Bildern solcher Reisen.»

«Das stimmt.» Hatschepsut nickte. «Bibliothekar, was war das Wichtigste, was man in Punt gefunden hat?»

Er lächelte. «Natürlich Myrrhe, Majestät.»

Sie nickte abermals. «Myrrhe. Das heiligste aller Parfums. Ich habe noch eine Vision, Senmut. Ich sehe die Gärten meines Tempels als ein Meer von herrlichen grünen Balsambäumen. Ihr Duft wird zu meinem Vater Amun dringen, und dann wird er zufrieden sein.»

Senmut beugte sich vor. «Laß mich dich verstehen, Majestät», sagte er behutsam. «Hast du vor, eine Expedition auszurüsten, die das heilige Land suchen soll?»

«Ja, das habe ich vor, und du verstehst mich sehr gut. Die Hyksos sind nicht mehr da, und es ist Zeit, die alte Route zwischen Ägypten und Ta-Neter wieder zu eröffnen.» Sie sahen sich an.

«Ich weiß es nicht mit Sicherheit», sagte Ineni langsam, «aber ich habe gehört, daß es ein sehr, sehr weiter Weg ist. Es könnte sein, daß die Schiffe nicht zurückkehren.»

«Sie werden fahren, und sie werden wiederkommen», sagte sie entschlossen. «Mein Vater hat gesprochen. Er soll Myrrhe haben, und die Menschen werden sich in künftigen Zeiten erinnern, wer es gewesen ist, der Ta-Neter Ägypten zurückgegeben hat.»

Nehesi kam herein, noch heiß und verschwitzt von der Sonne auf dem Exerziergelände. Er reichte dem Wächter an der Tür seinen Bogen und seinen Speer, verneigte sich und nahm seinen rechtmäßigen Platz neben Hatschepsut ein. «Ich bitte um Verzeihung, daß ich so spät komme», sagte er. «Wird das Siegel gebraucht, Majestät?»

Sie erklärte ihm kurz, was sie vorhatte, ließ sich vom Bibliothekar die verblichene Landkarte geben und öffnete die Schriftrolle, so daß sie alle die spinnenähnlichen Markierungen darauf sehen konnten.

Nehesi schüttelte den Kopf. «Meine Mutter hat mir von diesem legendären Land erzählt, aber ich weiß von niemandem, der dort gewesen und zurückgekehrt ist. Sie sagte, es sei ein Himmelland, aus dem die Götter herabsteigen.»

«Die Götter kommen wahrhaftig dorther», sagte Hatschepsut. «Aber es ist kein Land in den Wolken. Mentuhotep hat es erreicht, und wir werden es ebenfalls erreichen.»

Sie starrten wie hypnotisiert auf die Karte. «Es würde viele Monate in Anspruch nehmen», sagte Ineni. Er dachte bei sich, daß es undurch-

führbar war. Er warf einen Blick auf Senmut, aber Senmut verfolgte grübelnd mit dem Zeigefinger die Linien auf der Schriftrolle. Nehesis Augen strahlten.

Hatschepsut wartete, bis sie ein wenig über die Sache nachgedacht hatten. «Senmut, ich muß dich von deinen Pflichten im Palast befreien», sagte sie. «Du wirst die Expedition in meinem Namen befehligen. Nehesi, du gehst ebenfalls mit. Pahu kann vorübergehend das königliche Siegel tragen. Nehmt die Karte und studiert sie. Sprecht mit dem Bibliothekar, und dann kommt mit einem Plan zu mir. Ich kann so viele Schiffe aufbringen, wie ihr wollt, und wenn sie eigens gebaut werden müssen. Ich stelle euch meine Werft zur Verfügung. Gibt es sonst noch etwas zu besprechen?»

Etwas erstaunt über die so plötzliche Veränderung in ihrem täglichen Leben schüttelten sie unschlüssig den Kopf. Hatschepsut entließ sie gebieterisch – alle, außer Senmut.

Als sie allein waren, wandte sie sich ihm zu. Er saß immer noch am Tisch, die Arme auf der Platte gekreuzt, das Gesicht bewußt kühl und ausdruckslos.

«Nun?» sagte sie. «Du bist nicht einverstanden; das sehe ich dir an. Was ist los?»

«Es ist ein großartiges Unternehmen und wird dir zweifellos viel Ehre einbringen, aber ich will nicht fortgehen. Wer wird während meiner Abwesenheit deinen Haushalt beaufsichtigen? Und wenn Nehesi auch fort ist, wer wird deine Leibwachen leiten? Majestät, ich flehe dich an, schicke andere. Es gibt viele tüchtige Seeleute in Theben.»

«Du willst sagen, daß du mich nicht schutzlos zurücklassen willst. Stimmt das?» Sie lächelte schwach. «In gewisser Hinsicht hast du recht. Du und Nehesi, ihr seid meine rechte und linke Hand. Aber ich habe noch andere Hände, Senmut, eine ganze Menge, und diese Reise ist mir sehr wichtig. Ich will, daß sie ein Erfolg wird, und das kann ich nur erreichen, indem ich die Besten aussende, die Ägypten besitzt.»

«Was ist mit Thutmosis und seinen Freunden? Fürchtest du nicht, daß sie dich bedrängen werden, wenn Nehesi und ich so lange fort sind?»

«Ich weiß es nicht, aber dies ist die beste Gelegenheit, es herauszufinden. Ich kann überall im Land ausreichend Arbeit für Thutmosis

finden. Du warst zu lange mit meinen Angelegenheiten belastet, Senmut. Wann hast du dir zum letztenmal einen freien Tag genommen, um spazierenzugehen, zu angeln oder einfach müßig in deinem Boot zu liegen?»

«Ich mache mir nichts aus Muße», erwiderte er schroff. «Erlaube mir, dir zu sagen, Majestät, daß es Wahnsinn wäre, dich zu einem Zeitpunkt, wo dein Schicksal in der Schwebe ist, des Schutzes deiner Getreuen zu berauben.»

«So siehst du es also?»

«Und nicht nur ich. Thutmosis wird von Tag zu Tag stärker und dreister in seiner Überheblichkeit. Laß mich bleiben, Hatschepsut! Du brauchst mich!»

«Ich wäre wahrhaftig ein armseliger Pharao, wenn ich mich ewig hinter dem breiten Rücken meiner Minister verstecken müßte», entgegnete sie ruhig. «Und wenn dieser Zeitpunkt, wie du meinst, tatsächlich gekommen ist, wäre es besser für mich zu sterben. Ich werde niemals eine Marionette sein, Senmut, die leere, hübsche Hülle einer einst absoluten Macht. Geh, wie ich es dir befehle, und hab keine Angst. Wenn du zurückkehrst, werde ich immer noch hier sein.»

Er unterdrückte eine zornige Erwiderung und stand auf. «Verfüge über mich», sagte er kurz. «Ich werde gehen. Ich werde mich mit Nehesi beraten, und wir werden dir binnen weniger Tage einen Plan vorlegen.»

«Gut. Ich bin zufrieden.»

Er verneigte sich, ging rasch hinaus, und Hatschepsut hörte, wie sich seine Schritte durch die äußere Halle und dem dahinter liegenden Gang entfernten. Sie rief nach ihrem Fächerträger und nach Nofret, und während sie auf sie wartete, überlegte sie sich, wie das Leben ohne ihn sein würde. Sie wußte, er hatte recht, wenn er sagte, daß es töricht war, ihn und Nehesi zum selben Zeitpunkt fortzuschicken, gerade in dem Augenblick, wo ihre Gewalt über Krummstab und Wedel nachließ. Einen Augenblick war sie in Versuchung, ihren Entschluß zu ändern und ihn zurückzurufen, aber sie tat es nicht. Sie wollte ihre eigenen Worte auf die Probe stellen. War sie es noch, die Ägypten beherrschte, oder war es Senmut? Die Warnung ihres Ka kam ihr wieder in den Sinn: «Er ist sehr ehrgeizig . . . du mußt ihm Bewegungsfreiheit lassen, sonst richtet er sich selbst und dich zugrunde!»

Sie trommelte geistesabwesend und stirnrunzelnd mit den Fingern auf den Tisch.

Wenn er bliebe, würde sie sich, von seiner stürmischen Liebe angefeuert, noch jahrelang mit brüchigen Handgelenken und müden Armen an die Krone klammern. Und Thutmosis würde ebenfalls nach der Krone greifen, er würde ziehen und zerren, bis sie vielleicht in zwei Teile gespalten wurde, wie sie es einmal gewesen war, eine geteilte Krone, ein geteiltes Königreich.

Nofret kam herein, verneigte sich und wartete. Hatschepsut stand seufzend auf. Er würde fortgehen und würde alles Lachen, alle Freude und alle Sicherheit mit sich nehmen. Aber sie mußte sich der letzten Probe allein stellen. Würde er zurückkehren und alles so vorfinden, wie es gewesen war ... oder würde er zurückkehren und sie nicht mehr vorfinden ...

Sie warf den Kopf zurück und verließ mit stolz erhobenem Kinn den Raum.

25

Es dauerte vier Monate, bis die Schiffe – fünf an der Zahl – gebaut und die Expedition ausgerüstet war. Senmen hatte die Versorgung mit Lebensmitteln organisiert. Hatschepsut hatte ihn beauftragt, Leinen, Waffen und andere Güter für den Tauschhandel zu beschaffen, und er hatte tagaus, tagein Listen aufgestellt, Waren angehäuft und alles gewissenhaft überprüft. Menech hatte Hatschepsut gebeten, ihn mitfahren zu lassen. Doch sie hatte sich geweigert und ihn für die Zeit von Nehesis Abwesenheit zu ihrem Leibwächter ernannt. Sie waren oft zusammen zum Anlegeplatz gegangen, um bei der Verladung zuzusehen. Hatschepsut, Nehesi und Senmut hatten lange Abende damit verbracht, die alte Landkarte zu studieren, die ihnen vielleicht den Weg zu dem geheimnisvollen Land zeigen konnte, und schließlich hatte Senmut die Schriftrolle an sich genommen und in seinen Gürtel gesteckt. Sie würden mit der Strömung nach Norden zum Delta segeln und dann den Weg nach Osten einschlagen, durch den Kanal, den Hatschepsuts Vorfahren gebaut hatten, und hinaus ins Rote Meer. Nach Norden zu war nichts, nur ein riesiger Ozean; so beschlossen sie, dicht an der Ostküste entlang nach Süden zu fahren. Von dem Augenblick an, wo die Schiffe den Kanal verließen, würden sie sich selbst überlassen sein, würden sich, nur auf Legenden und Überlieferungen gestützt, allein ihren Weg suchen müssen. Nehesi saß stundenlang geduldig bei dem alten Bibliothekar, hörte sich ein ums andere Mal die Geschichten von Ta-Neter an und versuchte, sich jede Einzelheit einzuprägen, die ihnen nützlich sein konnte. Senmut und Hapuseneb gingen viel in den Tempelgärten auf und ab. Sie sprachen über die Politik, die Hapuseneb verfolgen mußte, und bemühten sich, die

Zukunft zu ergründen, zu erkennen, was die kommenden Monate bringen würden. Sie ersannen finstere Intrigen, die erforderlich oder auch nicht erforderlich sein mochten.

Der Sommer war vorüber, und hoch oben in den südlichen Bergen vergoß Isis die Träne, die anschwellen und sich vermehren würde, um zu einer guten Überschwemmung zu werden, die die Schiffe von Theben fort ins Unbekannte tragen sollte.

Am Vorabend seiner Abfahrt verabschiedete sich Senmut von Tachat. Er war ehrlich betrübt, denn er würde sie vermissen und oft an sie denken. Sie klammerte sich weinend an ihn und flehte ihn an, nicht fortzugehen. Er beauftragte Senmen, über sie zu wachen, und übergab ihm die Schriftrolle, auf der er verfügt hatte, daß Tachat frei sein und daß sein Besitz auf sie übergehen sollte, falls er nicht zurückkehrte. Als er sich durch die Gänge seines Palastes entfernte, folgte ihm ihr Schluchzen. Er blickte sich nicht um. Er war entschlossen zurückzukommen, selbst wenn er jeden Zoll des Weges auf den Knien kriechen mußte. Er wußte, daß er wieder unter den Platanen sitzen und mit Tachat plaudern würde. Aber er war nicht so sicher, daß Pharao auf ihn warten würde.

In der letzten Nacht lag Senmut still neben Hatschepsut im Halbdunkel ihres Schlafgemachs. Sie hatten sich sanft, wortlos geliebt, als würden sie einander nie wieder in den Armen halten. Keine Intuition, kein Vorgefühl gab ihm Hoffnung. In der lautlosen, schnell dahineilenden Dunkelheit hielt er sie in tiefer Seelenqual umschlungen und fühlte dabei das gleiche, was ihr Ehemann Thutmosis gefühlt hatte. Ihre Eingebungen und ihre Wunschbilder, ihre klarsichtige, friedliche Politik, ihre tiefe Liebe zu Ägypten – das alles mischte sich miteinander und war von keinem zu begreifen, außer von ihrem Gott.

Als es zu dämmern begann und die Dunkelheit mit plötzlicher, gefühlloser Unbeständigkeit davonlief, standen sie auf, und Hatschepsut kniete vor ihm nieder und küßte seine Füße. Als sie sich erhob, umarmte sie ihn und flüsterte: «Mögen die Sohlen deiner Füße stark sein.» Es waren die einzigen Worte, die in dieser Nacht gesprochen wurden, Worte des Abschieds. Er küßte sie sanft und ließ sie los.

Am Landeplatz verstauten die Seeleute, Soldaten, Techniker und Diplomaten, die ihn begleiten würden, bereits ihr Gepäck. Die Bewohner von Theben zogen in Scharen zum Fluß hinunter, um die

Schiffe ablegen zu sehen. Senmut ging in Menechs Gemächer, wo er ein Bad nahm, den Rock und die Sandalen wechselte und einen schlichten braunen Lederhelm auf den kahlrasierten Kopf setzte. Er ermahnte seinen enttäuschten Freund und gab ihm Ratschläge, während er zwischen Schlafraum und Badezimmer hin und her ging, und sprach fieberhaft, bis es Zeit war, sich auf den Weg zu machen.

Von seinem Stabträger und seinen Läufern angeführt und von Tachat und seinen Sklaven gefolgt, ging er langsam durch die Stadt zum Anlegeplatz, wo Nehesi schon an Bord des ersten Schiffs war. Hatschepsut stand blaß und mit tiefen Schatten unter den Augen auf der Rampe. Sie hatte für diese feierliche Gelegenheit ihre Krönungsgewänder angelegt. Neben ihr saß Amun in seiner goldenen Barke; die Priester hatten seinen Schlitten bis an den Rand des Wassers gezogen. Hapuseneb stand, vom Weihrauch umwölkt, in der Nähe des Gottes und der übrigen Priester. Thutmosis hatte sich neben Hatschepsut gestellt und blickte teilnahmslos über die Menge und den Fluß hin. Senmut und sein Gefolge verneigten sich vor ihnen allen, dann ging Senmut die Rampe hinauf an Bord des Schiffs. Er war bestürzt zu sehen, daß Thutmosis bereits aus den Garnisonen des Südens zurückgekehrt war, und als er Nehesi kurz und kühl begrüßte, blieben seine Augen auf Thutmosis' grübelndes Gesicht gerichtet. Während Senmen mit Papieren in der Hand und von seinem Schreiber gefolgt von einem Schiff zum anderen ging, um noch ein letztes Mal alles sorgsam zu überprüfen, begannen die Opferungen für Amun und Hathor, die Göttin der Winde. Die Segel füllten sich, und die schwerbeladenen Schiffe bewegten sich langsam auf die Mitte des Stroms zu.

Die Menschenmenge fing an zu jubeln, aber Senmut achtete nicht auf das Getöse. Eine plötzliche, unheilvolle Vorahnung ließ ihn erzittern, und seine Augen begegneten Hatschepsuts Blick in einem Ausbruch von Schmerz. Ihr Gesicht unter der rot-weißen Krone war ruhig, aber mit ihren großen, dunklen Augen sprach sie zu ihm von ihrer Liebe und ihrer Seelenqual, und er konnte den Blick nicht abwenden. Die Rufe wurden schwächer, und der Wind, das Knirschen der Taue und das Flattern der Segel übertönten alle anderen Geräusche. Noch lange nachdem Theben aus seinem Blickfeld verschwunden war, sah er sie aufrecht und stolz dastehen, während der Wind ihr

den Rock um die Schenkel peitschte und an dem schweren Umhang zerrte, der auf ihren zarten Schultern lag.

«Sie sehen sehr schön aus – fünf weiße Vögel, die zu unbekannten Orten fliegen», sagte Thutmosis, sich näher an ihren Ellbogen drängend. «Ich frage mich, ob sie wohl jemals wieder nach Hause geflogen kommen?»

Hatschepsut zuckte zusammen und wandte sich ihm langsam zu, als erwache sie aus einem tiefen Traum. Sie suchte nach dem Sarkasmus, der für gewöhnlich seine Worte begleitete, aber er sprach ruhig, mit einem freundlichen Lächeln. Wahrscheinlich glaubt er, dachte sie, daß er sein Vorhaben jetzt, da er mich allen Beistands beraubt sieht, mit Zuneigung bemänteln kann. «Natürlich werden sie zurückkehren», erwiderte sie. «Amun hat sie ausgesandt, und er wird über sie wachen und sie zu mir zurückbringen.»

«Oh!» säuselte er. «Aber wann? Sie werden fast ein Jahr brauchen, um Punt zu erreichen.»

«Ich weiß. Falls es Punt überhaupt gibt.»

«Bezweifelst du es?»

«Nicht wirklich. Aber ich habe, ebenso wie du, Thutmosis, Augenblicke der Unschlüssigkeit.»

Er zog die Brauen hoch und lächelte spöttisch. «Ich fürchte, du wirst dir künftig keine derartigen Fehler mehr erlauben können», sagte er mit einem Anflug seiner üblichen Feindseligkeit.

Sie lachte. «Oh, Thutmosis! Glaubst du wirklich, ich werde meine Zeit damit verbringen, in düsterer Abgeschiedenheit um Senmut zu trauern, während die Monate vergehen? Ich bin Pharao, und es gibt viel zu tun!»

Die heilige Barke bewegte sich wieder langsam auf den Tempel zu, und sie verließen den Anlegeplatz, um ihr zu folgen.

«Viel für dich vielleicht, aber was ist mit mir? Ich habe exerziert und gedrillt und inspiziert, und ich habe es gründlich satt. Meine Lehrzeit ist vorüber. Sieh mich an, Hatschepsut. Ich bin fast siebzehn. Gib mir einen Posten am Hof.»

Sie schüttelte energisch den Kopf. «Hältst du mich für verrückt oder für einfältig? Willst du meine Gutmütigkeit ausnutzen, Thutmosis? Ich habe die Generale befragt, und sie alle drängen mich, dich zum Kommandanten zu machen. Du scheinst ein hervorragender Taktiker zu sein. Du bist also von heute ab Kommandant.»

Er rümpfte die Nase. «Und was tut ein Kommandant in Friedenszeiten? Sein Zaumzeug flicken? Seine Waffen putzen?»

«Tu, was du willst. Das Heer untersteht dir in deiner Eigenschaft als Kronprinz. Ich wüßte vieles, was du tun kannst – Karawanen geleiten, Steuerhinterzieher bestrafen und natürlich weitere Inspektionen durchführen!»

«Großartig! Ein sanftmütiger Kommandant, der ein sanftmütiges Heer anführt für einen sanftmütigen Pharao, der kein Pharao ist!»

Sie blieb mitten auf dem Pfad stehen, wandte sich ihm zu und packte ihn so heftig am Arm, daß sich ihre Fingernägel in sein Fleisch gruben. «Ich warne dich, Thutmosis», sagte sie leise, «unterwirf dich mir, sonst wirst du es bereuen. Ich hätte dich tausendmal töten können, vergiß das nicht. Und da wir schon einmal dabei sind, laß mich dir eindeutig erklären, daß du Kommandant unter meiner Befehlsgewalt bist. Ich zumindest habe an Kämpfen teilgenommen. Du nicht. Wenn ich erfahre, daß du deine Truppen über die Grenzen Ägyptens hinausgeführt hast, lasse ich dich gefangennehmen, und deine Einheiten werden aufgelöst und unter den anderen Divisionen verteilt. Ist das klar?»

Er machte keine Anstalten, sich zu befreien, und sie sahen sich durchdringend an. «Ja, das ist klar», sagte er. «Mir ist vieles klar, was dir nicht klar ist, Pharao, der ewig lebt. Öffne die Augen!» Sie ließ ihn los, und er ging zornig davon.

Zwei Monate später kam die Nachricht, daß die Flotte das Delta erreicht hatte und sich anschickte, in den alten Kanal einzufahren. Hatschepsut befahl weitere Gebete und Opfer und hörte aufmerksam zu, als Anen die Depesche vorlas. Sie sah sie im Geiste ruhig dahingleiten und quer durch das stille, brennende Ödland zum großen Meer ziehen. Unter dem Blick von Thutmosis nahm sie den persönlichen Brief von Senmut an sich und ging in ihre Gemächer, wo sie sein Siegel brach und mit schmerzlicher Sehnsucht gierig die Worte in sich aufnahm. Es ging ihm gut, und alles verlief, wie sie es gewünscht hatte. Der Kanal war schlecht erhalten, und sie mußten die Ruder auslegen und sich behutsam einen Weg bahnen. Er schlug vor, daß man während der Zeit der Überschwemmung, wenn die Bauern nichts zu tun hätten, einen Arbeitertrupp nach Norden senden solle, um die zerbröckelnden Mauern verstärken zu lassen. Er sprach von der Tier-

welt und der Schönheit der Sonnenuntergänge in der Wüste. Am Ende des Briefs wurde er von seinen Gefühlen übermannt und sagte ihr, daß er sich nach ihr sehne, wie seine Seeleute sich in der Mittagsglut nach Wasser sehnten, und daß seine Seele nach ihr schrie. Sie legte den Brief in die Elfenbeinkassette, in der sie kleine Dinge und Andenken ihres Lebens aufbewahrte, und ging in den Tempel. Dort lag sie lange vor dem Gott und bat ihn, ihr die Kraft zu geben, die kommenden Monate unversehrt zu überstehen. Sie bat ihn um seinen Segen für die Schiffe, bat ihn, Thutmosis im Zaum zu halten, und als sie sich schließlich erhob, zwang sie sich, alle inneren Zweifel zu verdrängen, und ging in den Audienzraum, wo Menech, Pahu und Useramun im grellen Glanz des Nachmittags auf sie warteten.

Eines Abends zu später Stunde, als sie gerade im Begriff war, sich schlafen zu legen, wurde ihr Neferura gemeldet. Der Leibwächter ließ sie herein, und sie ging rasch über den goldenen Fußboden auf ihre Mutter zu. Hatschepsut bedeutete Nofret, das Nachtgewand und den Kamm beiseite zu legen, bestellte ihren Abendwein und entließ sie. Neferura blieb vor ihr stehen und verneigte sich. Sie trug ein durchsichtiges weißes Gewand, das ihre schmalen Hüften und knospenden Brüste erkennen ließ, und einen Halsschmuck aus quadratischen Amethysten, die wie winzige Kacheln in Gold eingelegt waren. Ein geflochtenes weißgoldenes Band umschloß ihre Stirn, aber ihr Gesicht war ungeschminkt, und ihre schwarzen Augen begegneten denen ihrer Mutter mit einem unsicheren Ausdruck. Hatschepsut lächelte und bot ihr einen Stuhl, doch Neferura blieb stehen und senkte den Blick, während sie nervös die Hände unter den kleinen Brüsten faltete.

«Das ist eine angenehme Überraschung!» sagte Hatschepsut. Sie war so sehr mit den Plänen für die Expedition beschäftigt gewesen, daß sie ihre Tochter in der letzten Zeit kaum gesehen hatte. Aber natürlich hatte sie Neferuras Erzieher zu sich kommen lassen, wie sie es jede Woche tat, um sich nach ihren Fortschritten zu erkundigen. Der alte pen Nechbet war vor einigen Monaten kurzatmig auf zittrigen Beinen zu ihr gekommen, um ihr zu sagen, daß er von einer militärischen Ausbildung für Neferura abriet; sie sei zu zart. Hatschepsut war tief enttäuscht gewesen, hatte jedoch zugestimmt, daß nichts die Gesundheit der Thronerbin gefährden dürfe. Besorgt beob-

achtete sie das Spiel der Lampen auf der kleinen Gestalt mit den langen, dünnen Beinen und den mageren Schultern, deren Zerbrechlichkeit durch das Flackern des Lichts noch unterstrichen wurde. Neferura machte sie in letzter Zeit immer etwas nervös.

«Wie hast du den Tag verbracht? Warst du auf dem Exerzierplatz und hast in der Sonne gestanden, während die Truppen den Paradeschritt übten?» fragte sie in neckendem Ton, aber Neferura lächelte nicht.

«Mutter, ich möchte mit dir über Thutmosis sprechen.»

Hatschepsut seufzte. Jeder wollte über Thutmosis sprechen. Sie saß ruhig auf ihrem Stuhl, während Nofret zurückkehrte und den Wein in den Becher auf dem Tisch neben ihr goß. Neferura stand mit hängenden Armen vor ihr. «Dann sprich. Du weißt, daß du mir immer sagen kannst, was du auf dem Herzen hast.»

«Er und ich, wir sind einander jetzt schon lange versprochen, aber du machst immer noch keine Anstalten, uns in den Tempel zu bringen. Warum zögerst du? Hast du dich anders besonnen?»

Hatschepsut blickte in die besorgten, bittenden Augen. «Hat Thutmosis dich zu mir geschickt, damit du für ihn sprichst?»

«Nein! Ich habe heute Mittag beim Essen mit ihm gesprochen, aber er hatte mir nicht viel zu sagen.» Sie errötete und blickte zu Boden. «Er redet nie viel mit mir.»

«Liebst du ihn wirklich, Neferura?»

Sie nickte ungestüm. «Ja! Ich liebe ihn schon so lange, wie ich denken kann! Ich möchte ihn heiraten, und du hast ihn mir versprochen. Aber die Zeit vergeht, und ich warte und warte.»

«Ihr seid beide noch sehr jung. Erst siebzehn. Kannst du nicht noch ein Weilchen warten?»

«Warum sollte ich? Wie alt warst du, als der Haushofmeister Senmut zum erstenmal deine Aufmerksamkeit auf sich zog? Oh, Mutter, ich bin es leid, eine Marionette zu sein, die nach deiner Pfeife tanzen und für deine Zwecke herhalten muß. Kann ich nicht ich selber sein und Thutmosis heiraten?»

Hatschepsut hob schnell den Becher an die Lippen, um sich nicht anmerken zu lassen, wie sehr Neferuras Worte sie erschüttert hatten. Bin ich wirklich so hart? fragte sie sich bestürzt. Muß ich alles verlieren, selbst die Liebe meiner kleinen Neferura? Sie nippte an dem Wein

und stellte den Becher wieder auf den Tisch. Dann stand sie auf und legte den Arm um die mageren Schultern, die sich bei ihrer Berührung abweisend strafften.

«Ist das der Eindruck, den du von mir hast, Neferura? Weißt du, was es bedeutet, einen Kronprinzen zu heiraten, und noch dazu einen wie Thutmosis?»

Neferura schüttelte trotzig den Arm ab. «Natürlich weiß ich es! Und du schiebst meine Heirat hinaus, weil Thutmosis dadurch sofort legitimiert würde und du Angst hast, daß er dich vom Horusthron stürzen könnte!»

«Richtig. Und er würde es tun. Du glaubst ihn zu kennen, Neferura, weil du ihn liebst, aber ich sehe ihn mit nüchternen Augen. Ich kenne ihn seit seiner frühesten Kindheit und habe gesehen, wie er von seiner intriganten Mutter beeinflußt wurde. Ich sage dir, wenn du ihn heiratest, verurteilst du mich zum Tode. Es tut mir leid, aber so ist es.»

«Das glaube ich nicht! Thutmosis ist wild, aber er ist nicht grausam!»

Hatschepsut setzte sich wieder auf ihren Stuhl und strich sich mit einer müden Bewegung das Haar aus der Stirn. «Es ist wahr, ich kann es nicht darauf ankommen lassen. So leid es mir tut, Neferura, du wirst Thutmosis nie heiraten.»

«Dann gehe ich selbst mit ihm in den Tempel!» In ihren Augen loderte ein Feuer, das von Hatschepsut selbst geboren war. Dann schlug sie die Hände vors Gesicht und wandte sich zum Gehen. «Nein, das werde ich nicht tun. Ich würde ihm nie gestatten, dir so etwas anzutun, Mutter.» Sie kam zögernd zurück und blieb neben dem Tisch stehen, auf dem die kleine Kobrakrone lag. «Du weißt, daß ich nicht Pharao werden will. Das ist es doch, was du dir für mich wünschst, nicht wahr? Ich würde lieber mein Leben lang Prinzessin bleiben. Ich würde lieber sterben und meinen Frieden haben wie Osiris-Neferu. Meinst du nicht», schlug sie kleinlaut vor, «daß du uns heiraten lassen und dann Thutmosis zu einem Wesir oder Nomarchen machen könntest? Wir könnten fern von Theben und von dir leben. Dann bestünde keine Gefahr.»

«Meine arme Neferura», sagte Hatschepsut leise. «Was glaubst du, wie lange sich Thutmosis damit zufriedengeben würde, eine kleine Provinz zu regieren, wenn er über ein Königreich herrschen könnte?

Laß mir noch ein Jahr Zeit, nur ein Jahr, dann werde ich euch in den Tempel bringen. Das verspreche ich dir.»

«Nein! Ich will nicht schuld an deinem Tod sein!»

«Vielleicht wird es nicht dazu kommen. In einem Jahr wird Thutmosis einsehen, daß ich keine Gefahr für ihn bin und wird mich in Frieden leben lassen.»

Neferura lachte und beugte sich hinunter, um Hatschepsut auf die Wange zu küssen. «Oh, Mutter, du gibst niemals auf, nicht wahr? Du lebst nur für die Macht. Für die Macht und für Ägypten. Sie sind oft ein und dasselbe für dich. Was wirst du mir sagen, wenn das Jahr vorüber ist? Wirst du dann eine Provinz regieren und Thutmosis Ägypten überlassen? Das glaube ich nicht! Und er auch nicht. Ich weiß, daß er mich nicht liebt, aber das macht nichts. Ich werde ihm eine gute Frau sein.»

«Davon bin ich überzeugt. In einem Jahr.»

«Bis dahin wird Senmut auf dem Heimweg sein.» Sie lachte abermals, aber in ihren Augen standen Tränen. «Ich hasse es, erste Tochter zu sein, Mutter. Ich hasse dies», sagte sie, die kleine Krone in die Höhe haltend. «Ich hasse deine Pläne für mich, und ich hasse die Staatsinteressen, die mich von Thutmosis fernhalten. Laß Meritre erste Tochter sein!»

«Neferura, Meritres Habgier würde dieses Land in Stücke reißen, wenn sie je Pharao würde, das weißt du sehr wohl!» Sie war im Begriff gewesen, Neferura zu sagen, daß Thutmosis sie nie eines Blickes gewürdigt hätte, wenn sie nicht erste Tochter wäre, aber als sie Neferuras unglückliches Gesicht sah, verschluckte sie die Worte.

Oh, Amun, sagte sie zu ihrem Gott, warum hast du mir nicht eine charakterstarke, lebensfrohe Tochter und einen stolzen und fähigen Sohn geschenkt! Was wird mit meinem Leben, meinem Blut, meinem Ägypten geschehen, nachdem ich die Erde verlassen habe, um in der heiligen Barke zu fahren?

«Ja, das weiß ich», gestand Neferura. «Ich möchte lieber, daß Thutmosis die Doppelkrone trüge, als daß Meritre jemals Aussicht auf den Thron hätte.»

«Ich auch», sagte Hatschepsut. «Ich hasse ihn nicht, Neferura. Er ist von meinem eigenen königlichen Geblüt, und ich bin ihm stets mit Zuneigung begegnet. Aber er wird mir die Krone nicht wegnehmen,

solange ich lebe, das schwöre ich! Sie gehört ihm nicht! Sie hat ihm nie gehört! Ich bin die Inkarnation Amuns, und die Krone gehört mir und wird mir immer gehören», endete sie grimmig.

«Aber nach dir, Mutter, was wird dann?»

Um nicht dem nachdenklichen Blick ihrer Tochter begegnen zu müssen, hob Hatschepsut abermals den Becher. «Dann muß sie, wenn du sie nicht willst, an Thutmosis übergehen.»

«Ich will sie nicht.»

«Das tut mir leid.» Hatschepsut sah Neferura an, als diese sich verneigte und hinausging. Dann setzte sie mit einem Seufzer den Becher an die Lippen und leerte ihn bis zur Neige.

Es kam keine weitere Nachricht von der Expedition, und Hatschepsut fand sich damit ab, daß sie Geduld haben mußte. Ihre Gedanken weilten oft bei Senmut und Nehesi, die jetzt, nur von Überlieferungen und Legenden geleitet, durch unbekannte Gewässer zogen. Sie sah sie im Geiste, sonnenverbrannt und abgehärtet, unermüdlich ihrem Ziel zustreben. Aber das Bild beunruhigte sie irgendwie, und sie stürzte sich in ihre Arbeit. Die Feste des Gottes und ihr Jahrestag des Erscheinens kamen und gingen mit den üblichen Feiern, und sie begann ihr fünfunddreißigstes Lebensjahr mit der gleichen Vitalität, mit der sie ihr zwanzigstes begonnen hatte. Aber Thutmosis und seine Hunde schnappten aus immer größerer Nähe nach ihren Fersen, und sie brauchte jeden Funken ihrer Selbstbeherrschung, um nicht den Mut zu verlieren und vor ihnen davonzulaufen, um Ägypten nicht aufzugeben und sich zu verstecken.

Thutmosis schien jetzt von einem Dämon besessen, von demselben Dämon, der seinen Großvater angetrieben hatte, und der aus Hatschepsut selbst hervorgebrochen war. Obwohl er peinlich darauf bedacht war, seine Truppen innerhalb der Grenzen zu halten, ruhte er keinen Augenblick. Er stürmte mit seinen Soldaten von einer Provinz zur anderen und peitschte auf die Pferde ein, die seinen Streitwagen zogen, wenn er mit Mencheperrasoneb und seinen anderen wilden Freunden, dem jungen Nacht, Minmose, Mai und Jamunedjeh, donnernd durch die Straßen von Theben fuhr oder den Sand der Wüste zu roten Staubwolken aufwirbelte.

Hatschepsut beobachtete dies alles gelassen, während ihre Hände

beharrlich Krummstab und Wedel umklammerten. Gemeinsam mit Menech und Useramun ging sie den Regierungsgeschäften nach und achtete nicht auf das ständige Kommen und Gehen in den Kasernen, auf dem Exerzierplatz und sogar in den Sälen des Palastes selbst, wo Thutmosis, herausfordernd lachend, umherstolzierte. Sie ließ ihm jenseits ihrer Gärten einen Palast bauen und bestand darauf, daß er dort wohnte. Verärgert, weil die Prinzen und Adeligen es auch weiterhin vorzogen, die Abende, deren tausend Lichter auf dem Wasser und den Rasenflächen spielten, bei Pharao zu verbringen, zogen sich Thutmosis und seine Freunde in die neuen Säulenhallen und Gemächer zurück. Dann zog er wieder los, stürmte nach Süden zur nubischen Grenze oder nach Westen um die Nekropole herum in die Wüste. Eine wahnwitzige Unrast lag über ihm, und Hatschepsut wußte, daß ihre Tage als Pharao gezählt waren.

An einem Wintertag gingen sie und Menech zum Truppenübungsplatz, um mit ihrem Streitwagen die Runde zu machen. Sie fuhr immer noch gern und so oft sie konnte, manchmal allein, froh, eine Weile von ihren Sorgen befreit zu sein und sich nur auf die Riemen des Geschirrs und den Wind zu konzentrieren, der ihr um die Ohren pfiff. Als sie und Menech näher kamen, sahen sie eine Gruppe Soldaten am Rand der Kampfbahn stehen. Hatschepsuts Standartenträger lief voraus, um den Weg für sie frei zu machen, und die Soldaten gingen auseinander und fielen schweigend zu Boden. Sie schritt langsam durch die Menge, bis sie zum Platz kam. Eine Zielscheibe war mit der Vorderseite zur Bahn aufgestellt worden, und hundert Schritt zu ihrer Rechten war eine weiße Linie auf den Boden gemalt. Thutmosis und Nacht standen, eifrig redend und gestikulierend, hinter Thutmosis' bronzenem Streitwagen, und neben ihnen stand ein junger Gefolgsmann, der zwei Speere in der Hand hielt. Hatschepsut ging, von Menech gefolgt, neugierig auf sie zu.

«Sei gegrüßt, Thutmosis. Was tust du?»

Sie blickten auf und verneigten sich. Thutmosis setzte seinen Helm auf und griff nach seinen Reithandschuhen. «Sei gegrüßt, Pharao. Es ist ein neues Spiel, das ich erfunden habe.»

«Erkläre es mir!»

Sein Diener reichte ihm einen Speer, und er wog ihn sachverständig in der Hand, während seine Augen Hatschepsut musterten. Sie trug

ihren üblichen weißen Jungenrock und weiße Ledersandalen, ihren weißen Helm mit der Uräusschlange und einen kupfernen, mit Jaspissen eingelegten Halsschmuck.

«Wie du willst», sagte er. «Ich steige in meinen Streitwagen und fahre von der Zielscheibe aus mit zunehmender Geschwindigkeit rund um den Platz. Wenn ich in die Zielgerade einbiege, bin ich in voller Attacke. Ehe ich über die weiße Linie fahre, muß ich den Speer werfen und die Zielscheibe treffen.»

«Hast du es schon versucht?»

«Noch nicht, aber ich bin im Begriff, es zu tun. Was machst du hier?»

Sie deutete auf den goldenen Streitwagen, der, von einem ihrer tapferen Krieger gelenkt, langsam auf sie zukam. «Ich bin gekommen, um mir ein wenig Bewegung zu machen.»

«Soll ich die Zielscheibe wegnehmen und warten, bis du deine Runde gefahren bist?»

«Nein.» Ihr kam ein Gedanke, und ihr Ehrgeiz erwachte, als sie in sein grinsendes Gesicht sah. «Laß die Zielscheibe stehen. Ich möchte dein neues Spiel auch versuchen.»

Sein Lächeln vertiefte sich. «Tatsächlich? Wollen wir beide, du und ich, einen Wettkampf veranstalten?»

Ihr Streitwagen hielt neben Thutmosis; der Soldat sprang herunter und warf Menech die Zügel zu. Hatschepsut ließ die Augen nachdenklich über das schimmernde, brünierte Vorderteil des Wagens schweifen. «Gut. Gib mir einen Speer. Da das Spiel deine Idee war, kannst du als erster fahren.»

Er schüttelte listig den Kopf. «O nein. Als Pharao gebührt dir der Vorrang. Aber ein Wettkampf ohne Einsatz ist langweilig. Worum wollen wir wetten?»

«Ich habe so viel Gold, daß ich nicht weiß, was ich damit anfangen soll. Nenne deinen Preis, Thutmosis.» Sobald die Worte ausgesprochen waren, erkannte sie, daß sie einen Fehler begangen hatte, denn er schwieg plötzlich und leckte sich bedächtig die Lippen.

Ein Lächeln breitete sich über sein Gesicht. «Wenn mein Speer die Mitte trifft und deiner nicht, wirst du mir noch vor Ende dieses Monats Neferura im Tempel zur Frau geben.»

Ein beifälliges Gemurmel erhob sich unter den Soldaten, die ihnen

zuhörten. Menech flüsterte ihr zu: «Majestät, willige nicht ein. Es ist eine zu ernste Sache, um sie zum Gegenstand einer Wette zu machen.»

Obgleich sie wußte, was er meinte, beachtete sie ihn nicht, sondern blickte ruhig in Thutmosis' spöttische Augen. Sie nickte entschlossen. «Einverstanden. Und wenn mein Speer die Mitte trifft, gibst du sie für immer auf.»

Die kleine Gruppe war jetzt still und beobachtete gespannt das königliche Paar.

Thutmosis nickte mit zusammengepreßten Lippen. «Verstehen wir uns?»

«Ja. Fangen wir an. Es macht mir nichts aus, als erste zu fahren. Menech, meine Reithandschuhe.» Er verneigte sich und reichte sie ihr. Sie zog sie an und blinzelte zum Himmel empor, um zu sehen, wie die Sonne stand. Dann ging sie rasch zu ihrem Streitwagen, schwang sich hinauf, nahm Menech die Zügel ab und zog sie straff an. Die kleinen Pferde scharrten nervös und warfen die Köpfe hoch. Hatschepsut schnalzte mit der Zunge, und als die Räder sich zu drehen begannen, wichen die Soldaten zurück. Sie trabte langsam einmal um den Platz, die Augen auf das kleine, runde Stück Holz geheftet, das blendend weiß gestrichen war. An ihrem Ausgangspunkt angelangt, blieb sie stehen und sprang hinunter, um das Zaumzeug zu prüfen. Sie streckte die Hand nach dem Speer aus, und der Gefolgsmann reichte ihn ihr. Sie nahm beide Zügel in eine Hand und wickelte sie fest um ihr Handgelenk. Mit einem lauten Ruf spornte sie die Pferde an, schwenkte zur Mitte der Bahn und schoß davon.

Thutmosis stand breitbeinig da, die Fäuste in die Hüften gestemmt, die Augen zusammengekniffen, während er sie mit den Blicken verfolgte. Die Soldaten begannen zu rufen, als sie sich, schon halb um den Platz herum, tief niederbeugte. Auf ihr gellendes Kommando fielen die Pferde mit fliegenden Mähnen und einem donnernden Trommeln ihrer Hufe in einen gestreckten Galopp. Wie flackerndes Feuer funkelte die Sonne auf den Rädern ihres Wagens. Sie kam herum und bog, den glitzernden Speer erhoben, in die Zielgerade ein. Die Männer bekamen flüchtig ihr Gesicht zu sehen; ihr Mund war offen und in äußerster Konzentration gestrafft, ihre Augen fest auf die Zielscheibe gerichtet. Sie schoß an ihnen vorbei, und sie sahen, wie der Speer ihre Hand verließ und hoch in die Luft flog – ein schwarzer Strich gegen

den blauen Himmel. Mit einem dumpfen Aufschlag grub er sich zitternd in das harte Holz, und Hatschepsut stieß einen triumphierenden Schrei aus, als sie sich zurücklehnte, um die Pferde zu zügeln. Mit lauten Rufen stürmten die Männer nach vorn und drängten sich um die Zielscheibe. Während Hatschepsut einen Halbkreis beschrieb und im Trab herankam, ging Thutmosis mit langen Schritten zu dem schräg im Holz steckenden Speer. Seine Spitze hatte genau die Mitte getroffen.

Sie sprang herunter, warf Menech die Zügel zu und lief hinüber, um sich die Zielscheibe anzusehen. Beim Anblick von Thutmosis' finsterer Miene lachte sie beglückt. «Du hast nicht geglaubt, daß ich es fertigbringen würde, nicht wahr?» sagte sie. «Du hättest meine Generale befragen sollen, ehe du so leichtfertig der Wette zustimmtest! Sie kannten meine Geschicklichkeit schon lange, ehe du geboren warst, Kronprinz!»

«Entfernt den Speer», befahl er, und der Gefolgsmann zog ihn heraus. «Ich bin noch nicht gefahren, Hatschepsut, also juble nicht zu laut. Du kannst immer noch verlieren.»

«Wie könnte ich? Meiner war genau in der Mitte!»

Sie gingen zum Rand des Platzes, und Thutmosis stieg rasch auf, nahm die Zügel zur Hand und griff nach dem Speer, den der Soldat ihm reichte. Hatschepsut zog ihre Handschuhe aus und gab sie Menech. Sie beschattete ihre Augen mit der Hand, während Thutmosis in leichtem Galopp in die Kampfbahn einbog und schneller zu fahren begann. Offensichtlich wollte er nicht zuerst im Schritt die Runde machen. Sie hörten ihn rufen, und seine Pferde griffen aus. Alle spornten ihn mit wilden Schreien an, sogar Hatschepsut, die angesichts des hin- und herschwankenden Wagens und der geschmeidigen, vornübergebeugten Gestalt von der allgemeinen Erregung mitgerissen wurde. Sein Speer senkte sich. Er hatte die Zielgerade erreicht und schlug mit den Zügeln, die er fest in der nackten Hand hielt, auf die Pferde ein. Plötzlich tauchte undeutlich die weiße Linie auf, und die Zielscheibe verschwamm vor seinen Augen. Mit einem keuchenden Fluch warf er den Speer. Hatschepsut rannte, von den Soldaten gefolgt, auf die Zielscheibe zu. Thutmosis sprang vom fahrenden Streitwagen, stürmte über die lockere Erde und kam atemlos heran.

Hatschepsut bog sich vor Lachen. «Umarme mich, Thutmosis! Die

Götter haben deinen Speer gelenkt! Sieh her! Wo ist das Loch von meinem Speer? Von der Spitze des deinen zugestopft! Ein perfekter Wurf. Zwei perfekte Würfe!»

Mencheperrasoneb zog den Speer heraus, und tatsächlich gab es nur das eine Loch, etwas größer jetzt, als es zuvor gewesen war.

Sie brach wieder in Gelächter aus.

«Wer gewinnt?» fragte er abrupt.

Sie hörte auf zu lachen und sah ihn mit gespielter Überraschung an. «Ich natürlich! Ich habe zuerst geworfen.»

«Aber wenn ich zuerst geworfen hätte, wäre ich der Gewinner!»

«Vielleicht, aber du hast es nicht getan. Deshalb gewinne ich.»

«Das tust du nicht! Wir haben beide die Mitte getroffen, und gemäß der Wette müssen wir beide gewinnen!»

«Aber mein lieber Thutmosis, das ist unmöglich.» Plötzlich war alle Heiterkeit verschwunden, sie sahen sich an, und keiner von beiden dachte mehr an das Spiel. «Wir können nicht beide gewinnen, und wir können nicht beide verlieren. Einer von uns muß das Feld räumen, und ich habe nicht die Absicht, es zu tun.»

«Ich auch nicht.»

«Wollen wir also noch einmal werfen?»

«Nein. Dieses Spiel kann nur einmal gespielt werden, und es gibt kein Zurück. Keine zweite Chance.»

«Ich weiß. Deshalb werde ich jetzt meinen Wagen nehmen und am Fluß entlangfahren. Du kannst hierbleiben und weiter üben!» Noch ehe er etwas erwidern konnte, stand sie neben Menech in ihrem Streitwagen, und im nächsten Augenblick hatte sie ihn in ihrem Staub zurückgelassen.

Thutmosis folgte ihr mit den Blicken, als sie in Richtung des Flusses davonstürmte; dann stieg er in seinen Streitwagen und hob die Peitsche. «Wir machen weiter! Meinen Speer! Nacht, stell eine neue Zielscheibe auf!» Nacht lief fort, um zu tun, wie ihm geheißen, aber die Soldaten, die sich neugierig um Thutmosis geschart hatten, achteten nicht auf seine Worte. Sie blickten zu der sich rasch entfernenden kleinen Staubwolke hinüber.

Thutmosis verbrachte den Rest des Tages in ohnmächtigem Zorn, einem Zorn, der nichts mit dem Ergebnis des Wettkampfes zu tun

hatte. Er haßte sie, haßte sie! Er tobte, als er mit Minmose rang und ihn warf. Er fluchte, als er im Fluß schwamm, und er war immer noch wütend, als er in seinem eigenen Bankettsaal mit seinen Freunden zu Abend aß. Ihr hübsches, sonnendurchtränktes Gesicht stand ihm vor Augen, und ihre leise, hänselnde Stimme klang ihm in den Ohren. Als er seinen Teller fortschob und in den Garten hinausging, sah er sie auch dort. Ihr Standbild ragte mit spöttischem Lächeln, schmaler Taille und schlanken Schenkeln vor ihm auf. Er spuckte es an, wandte sich von dem teilnahmslosen, undurchdringlichen Gesicht ab und ging in das Dunkel der Bäume. Der blinde Haß, der in seinem Innern brannte, verwandelte sich in leidenschaftliches Verlangen nach der Frau, die ihren Streitwagen fuhr wie ein Mann und das Leben eines jeden nach Belieben lenken konnte. Er ließ sich neben den nickenden roten Mohnblumen nieder, riß eine mit der Wurzel aus der Erde und zupfte geistesabwesend daran. Er sah Hatschepsut in ihren absurden kleinen Faltenröcken durch die Säulenhallen gehen, sah ihre straffen, vollen Brüste unter dem goldenen Halsschmuck, den sie immer trug, sah ihre Augen, die ihn beobachteten, ihn unentwegt beobachteten. Er war siebzehn. Sein ganzes Leben lang hatte er sie gehaßt und bewundert. Jetzt gab es noch etwas anderes, etwas, das aus seiner ruhelosen, zunehmenden Unzufriedenheit geboren war, einen inneren Aufruhr, der sein Blut in Wallung brachte und sich mit dem Fieber vermischte, das auch seinen Vater gepackt hatte, und dem Senmut, Hapuseneb und hundert andere erlegen waren, die am Sitz der Macht ein und aus gingen. Er warf die zerfetzte Mohnblume fort, zog die Beine an und preßte ungestüm die Knie an seine Brust. Er war erzürnt und verwirrt über die ruhigen, sich sanft wiegenden Gräser, das langsame Schwanken der dunklen Bäume, empört, daß die Welt so still und friedlich war, während er selbst von Leidenschaft verzehrt wurde. Er stöhnte bei der Erinnerung, wie ihr geschmeidiger Körper sich straffte, wenn sie in den Streitwagen sprang. Er sah, wie sie mit langen, ausdrucksvollen Fingern ihre Reithandschuhe anzog. Er sah, wie ihre schwellenden Lippen sich öffneten, um zu lachen, zu lachen – über ihn zu lachen.

Er stand auf, ging zum Fluß hinunter und schlug den Pfad ein, der an den königlichen Besitztümern am Ufer entlanglief. Er kam an seinen eigenen Toren vorbei und zu den Gärten seiner Mutter. Aber er ging entschlossen weiter, vorbei an den Wasserstufen, zu den Toren

des Palastes. Dort stieß er auf eine Gruppe von Wächtern. Sie befragten ihn kurz und ließen ihn passieren. Seine Schritte wurden schneller, und er begann zu rennen. Zu seiner Linken sah er weit hinten Hatschepsuts Lichter funkeln, und er bog in die breite Allee ein und lief zwischen den hohen Bäumen hindurch auf diese Lichter zu. Beim Palast angelangt, betrat er nicht den Bankettsaal, sondern ging weiter nach links, bis er zu Hatschepsuts eigenem Eingang kam.

Ein Gefolgsmann seiner Majestät hielt ihn an. «Sei gegrüßt, Kronprinz. Ein schöner Abend. Willst du Pharao aufsuchen?»

Thutmosis nickte und blickte an dem Mann vorbei auf die silbernen Wände der Säulenhalle und auf das Licht der Fackeln. «Ist die Eine drinnen?»

«Ja. Du kannst hineingehen.» Er trat beiseite, und Thutmosis ging leise, aber lächelnd und leidenschaftlich erregt durch die verlassenen Gänge. An den großen Doppeltüren neben Hatschepsuts grobbehauenen Statuen wurde er abermals aufgehalten. Zwei ihrer Gefolgsleute versperrten ihm den Weg.

Ihr Herold erhob sich von seinem Sitz und verneigte sich. «Sei gegrüßt, Kronprinz.»

«Sei gegrüßt, Duauineheh. Hat sich Pharao bereits zur Ruhe begeben?»

«Ich glaube nicht, aber sie ist im Begriff, es zu tun.»

«Ich möchte sie sprechen. Melde mich.»

Duauineheh ging leise ins Zimmer und zog die Tür hinter sich zu. Er schloß sie jedoch nicht ganz. Ein sanfter gelber Lichtstrahl drang heraus und legte sich über Thutmosis' Füße. Er hörte eine leise Unterhaltung und dann ihr helles Lachen. Duauineheh kam heraus und nickte den Wächtern zu. Sie hoben die Speere und standen stramm. «Du kannst hineingehen», sagte der Herold, und Thutmosis ging an ihm vorbei ins Zimmer.

Er war schon früher in ihren Gemächern gewesen, aber nicht oft. Jetzt hatte er in seiner sinnlichen Erregung plötzlich den Eindruck, in ihr Parfum eingehüllt zu sein; der Myrrhenduft drang von ihrem Körper, ihrem Ruhebett, ihren Vorhängen und sogar ihren silbernen Wänden zu ihm herüber. Hinten kämpfte die Dunkelheit mit dem Licht der Lampen, und er sah flüchtig die schwarzen Baumwipfel jenseits des Balkons. Er stand an der Türschwelle und sah Hatschepsut

an. Sie war in ein langes, wallendes Schlafgewand aus durchsichtigem Leinen gehüllt und stand neben ihrem Ruhebett. Ihr Kopf war unbedeckt, das blauschwarze Haar umrahmte ihr Gesicht, und das Licht spielte in ihm, als sie sich ihm zuwandte. Er warf einen Blick auf den Tisch neben dem Ruhebett, wo ihr Helm und ihre Armreifen lagen, und sah hinter ihnen die mit Türkisen besetzte und mit kostbarem Stoff ausgeschlagene goldene Kassette, in der die königlichen Insignien, der Geier Nechbets und die Schlange von Buto, aufbewahrt wurden. Sie funkelten und verhöhnten ihn von ihrem blauen Nest aus. Er wandte den Blick ab und verbeugte sich.

Sie neigte leicht den Kopf. «Guten Abend, Thutmosis! Eine ungewöhnliche Zeit für einen Besuch! Möchtest du, daß ich mich anziehe und zum Truppenübungsplatz komme, damit wir unseren Wettkampf beenden können? Hast du dich für einen anderen Einsatz entschieden?» Sein Aussehen gefiel ihr nicht. Er schien benommen, und seine Augen waren starr auf sie gerichtet. Tief in ihnen flammte ein seltsames Licht, als ob er im Tempel von Bast gewesen wäre und Mohnsaft getrunken hätte.

Er kam mit unsicheren Schritten auf sie zu. «Majestät, ich möchte mit dir unter vier Augen sprechen. Hab die Güte, Nofret zu entlassen.»

Hatschepsut schüttelte leise den Kopf. «Thutmosis, ich möchte lieber nicht mit dir allein sein. Ich will dich nicht kränken, aber ich traue dir nicht. Nofret bleibt.»

Er breitete die Hände aus. «Ich tu dir nichts, Hatschepsut. Ich will nur reden. Wenn du dich bedroht fühlst, kannst du ja jederzeit deine Leibwächter rufen. Duauineheh sitzt vor deiner Tür, um Hilfe herbeizuholen, falls du sie brauchst.» Ein schwaches Lächeln spielte um seine Lippen. «Hast du Angst vor mir?»

«Nein. Aber um meines Landes willen darf ich dir nicht trauen. Doch wie dem auch sei, ich bin kein törichtes kleines Mädchen.» Sie schwieg einen Augenblick und dachte nach. «Nun gut, Nofret, du kannst gehen. Warte in deinem Zimmer, bis ich dich rufe.» Sie schwiegen, während Nofret sich verneigte, rückwärts zur Tür ging und lautlos verschwand. «Nun, was willst du?» Sie wartete mit sichtlicher Ungeduld darauf, ihn anzuhören, damit sie ihn schnell verabschieden und zu Bett gehen konnte.

Er stand eine Weile unschlüssig da und kämpfte mit dem Verlangen, sich auf sie zu stürzen und sie in die Arme zu nehmen. Einen kurzen Augenblick fragte er sich, was um alles in der Welt er hier tat, aber sie lächelte ihm mit hochgezogenen Brauen ermutigend zu. Er trat näher. «Können wir nicht Wein trinken, während wir reden?» fragte er. «Willst du mich die ganze Zeit stehen lassen?»

Sie neigte den Kopf. «Zu deiner Rechten steht Wein, und neben dem Wein ein Stuhl. Bist du gekommen, um zu plaudern, Thutmosis?»

«Vielleicht. Ich will dir einen Vorschlag machen.» Er drehte sich um und schenkte sich einen Becher Wein ein, leerte ihn auf einen Zug und füllte ihn abermals. Er spürte ihre Belustigung.

«So? Ich bin neugierig. Laß hören.»

Thutmosis setzte sich und schlug die Beine übereinander. Er wünschte, daß sie sich ebenfalls setzen würde. «Ich werde ohne Umschweife zur Sache kommen, Majestät, und dich nicht lange von deinem Bett fernhalten. Also gut. Wir sind uns einig, daß du versprochen hast, mir Neferura eines Tages zur Frau zu geben, damit ich herrschen kann.»

«Ja.»

«Aber du wirst sie mir nie geben, das weiß ich.»

«Nun, ich weiß es nicht. Hör auf, meine Gedanken zu lesen, Thutmosis.»

«Wir beide wissen auch, daß ich fast erwachsen bin. Wenn ich mündig bin, bald, kann ich mir in aller Ruhe nehmen, was mir gehört, und du wirst mich nicht daran hindern können.»

«Das weißt du vielleicht, aber ich nicht. Im Namen Amuns, Thutmosis, worauf willst du hinaus?»

«Warum können wir, du und ich, nicht zusammen regieren?»

Sie setzte sich auf ihr Ruhebett; ihre Augen waren plötzlich wachsam. «Ich kann deinem Gedankengang noch nicht ganz folgen. Sprich.»

Er kreuzte die Arme über der Brust. «Es ist sehr einfach. Wir können mit einem Schlag unseren Streit beilegen und beide zufrieden sein. Wir werden heiraten. Geh du selbst mit mir in den Tempel, Hatschepsut, dann habe ich die Doppelkrone und bin legitimiert.»

Sie sah ihn eine Weile ausdruckslos an. Er erwiderte ihren Blick,

seine Augen jetzt voller Feuer, das kurz zuvor noch ein winziges gelbes Licht gewesen war. Seine Kinnbacken waren gestrafft, und die Muskeln bewegten sich ohne sein Zutun.

«Ist das ein schlechter Scherz?» Sie hob ihren eigenen Becher auf und hielt ihn Thutmosis hin. Er füllte ihn mit Wein und setzte sich wieder. Es war sehr still im Raum.

«Keineswegs. Dann brauchte ich nicht ewig auf Neferura zu warten. Und du wärst von der Last der Verantwortung und von aller Angst vor mir befreit.»

«So einfach ist das nicht», sagte sie. «Nein, keineswegs. Dein Vater kam mit fast den gleichen Worten, mit denen jetzt auch du mich zu gewinnen suchst, zu mir. Da ich jung und unerfahren war, ging ich mit ihm in den Tempel, aber ich gab ihm eine wertlose Krone und eine Herrschaft, die keine war. Ich bin nicht so töricht zu glauben, Thutmosis, daß du so schwach und fügsam bist, wie er es war. Ich könnte nie regieren, ohne deine ständige Einmischung. Wenn ich dich heiraten würde, wäre ich nicht mehr Pharao, sondern nur noch göttliche Gemahlin ohne jeden Einfluß auf die Regierung. Du hättest Ägypten – und mich – völlig in der Hand.» Sie trank einen großen Schluck Wein, stand, den Becher in den Händen haltend, auf und sah ihn mit kalten Augen an. «Hast du Angst, selbst nach der Krone zu greifen? Hältst du den Bereich meiner Macht für grenzenlos? Sinkt dir der Mut? Kannst du nicht noch ein paar Jahre warten und dann den Thron unter mir fortreißen?» Sie neigte sich plötzlich vor. «Du machst diesen Vorschlag, weil du die Krone jetzt schon haben willst, aber immer noch Angst vor mir hast! Du fürchtest mich und wagst nicht, etwas zu unternehmen!»

Er erhob sich rasch und ließ den Becher fallen, so daß der rote Wein sich über den Boden ergoß. Mit zwei langen Schritten war er bei ihr. «Es hat nichts mit der Krone zu tun!» stieß er zwischen zusammengebissenen Zähnen hervor. «Wenn ich sie haben wollte, könnte ich sie mir morgen nehmen!»

«Du lügst», sagte sie ruhig. «Du bist noch nicht bereit, einen derartigen Schritt zu tun, das weißt du ganz genau! Warum bist du gekommen, Thutmosis? Was willst du wirklich?»

Er riß ihr den leeren Becher aus den Händen und schleuderte ihn in die Ecke. Dann griff er nach ihren Armen, bog sie nach hinten und zog

Hatschepsut an sich. «Dich», sagte er grimmig. «Dich will ich, stolzer Pharao.» Er suchte nach ihrem Mund, aber sie wand sich verzweifelt. Er ließ ihren einen Arm los, packte sie brutal bei den Haaren und riß ihren Kopf zurück.

«Sieh mich an, Hatschepsut», schrie er. «Ich bin ein Mann, und dein Liebhaber ist weit fort. Ich lasse mich nicht länger von dir zum Narren halten. Ich werde dich besitzen, und du wirst nicht schreien, denn wenn du es tust, breche ich dir den Arm wie einen morschen Zweig, noch ehe deine Wächter dir zu Hilfe kommen können.» Um seinen Worten Nachdruck zu verleihen, drehte er ihr den Arm herum, und sie stieß einen gellenden Schrei aus. Er küßte sie, bohrte seine Lippen tief in ihren Mund und preßte sich an sie, bis sie glaubte, daß ihr Rückgrat brechen würde.

Plötzlich schmeckte sie Blut, ob ihr eigenes oder das seine, wußte sie nicht. In blinder Wut schlug sie mit ihrer freien Hand nach ihm, zerkratzte ihm die Wange, suchte nach seiner Nase, und er mußte den Kopf heben, um ihre Hand abzuschütteln. Mit einer blitzartigen Bewegung grub sie ihm die Zähne in die Schulter. Heulend vor Schmerz stieß er sie fort. Sie lief zu ihrem Schrein, hob einen schweren kupfernen Weihrauchständer auf und hielt ihn drohend in die Höhe. Sie betastete behutsam ihren Mund und fühlte die warme Feuchtigkeit von Blut auf ihren Lippen.

«Du verrücktes Frauenzimmer!» keuchte er, sich die Schulter reibend, bereit, sich wieder auf sie zu stürzen.

Sie nahm den Ständer in beide Hände und schwang ihn über ihrem Kopf. «Wenn du es wagst, mich noch einmal zu berühren, schlag ich dir den Schädel ein!» rief sie. «Bleib mir vom Leibe, du Feigling! Mich anzugreifen, wenn ich unbewaffnet bin! Jetzt weiß ich, was du im Schilde führst! Aber dir den Thron durch eine so plumpe Verführung zu sichern liegt nicht in deiner Macht, du Grünschnabel!»

Zitternd vor Zorn und Erschöpfung starrten sie sich über das Zimmer hinweg an. Thutmosis griff nach dem Weinkrug, hielt ihn an die Lippen und trank, bis er leer war. Er wischte sich mit einer langsamen Bewegung den Mund ab, stand mit herabhängenden Armen da und sah Hatschepsut an. Sie hielt immer noch den Ständer über der Schulter, und ihre Augen verfolgten jede seiner Bewegungen.

«Es tut mir leid», sagte er steif. «Ich weiß nicht, was über mich

gekommen ist. Aber du irrst dich, wenn du glaubst, daß ich mir auf diese plumpe Art den Thron aneignen will. Als ich heute abend dein Zimmer betrat, hatte ich nicht die Absicht, mich dir aufzudrängen. Ich wollte dich nur heiraten.»

«Nur?» Sie atmete schwer. «Das ist wohl kaum das richtige Wort.»

«Ich liebe dich», sagte er, ihrem Blick ausweichend. «Ich hasse dich mehr als jeder andere, und ich liebe dich mehr als jeder andere. Aber ich glaube, von jetzt ab werde ich es aufgeben, dich zu lieben und dich um so mehr hassen. Du bist eine heimtückische Schlange – das hat schon mein Vater zu seinem Unglück erkennen müssen.»

«Du weißt nicht, was du sagst. Dein Vater und ich, wir liebten uns auf unsere Art, und er war glücklich. Es würde ihn sehr bedrücken, dich jetzt dort stehen zu sehen, mit blutigem Mund und der wahnwitzigen Wollust, die immer noch in deinen Augen brennt. Du sprichst von Liebe, aber du weißt nichts davon. Mit siebzehn ist Liebe nur ein verzehrendes Feuer im Körper, aber das Herz ist noch verschlossen. Aus diesem Grund verzeihe ich dir auch, daß du versucht hast, mir Gewalt anzutun. Aus diesem Grund lasse ich dich nicht in den Kerker werfen. Liebe? Interessierst du dich für meine Gedanken, meine Pläne oder meine Träume? Geh mir aus den Augen! Du bist im Grunde doch nur ein verrückter Thutmoside.»

Er grinste. «Trotzdem, ich möchte wetten, daß es wunderbar sein muß, mit dir zu schlafen.»

«Das wirst du nie erfahren. Selbst wenn ich mich entschließen würde, dich in mein Bett zu lassen, würde ich dir doch nie, niemals mein Königreich geben. Ich würde eher Senmut heiraten, denn er hat Erfahrung und ist ein kluger, fähiger Politiker. Ich würde viel eher ihm die Doppelkrone geben.» Sie drehte sich um und stellte den Weihrauchständer wieder neben Amun. «Ich kann immer noch Kinder gebären, Thutmosis. Soll ich Senmut heiraten und Ägypten einen Sohn schenken?»

Sein Atem stockte, und er begann zu würgen. An ihrem Ausdruck war nicht zu erkennen, ob sie es ernst meinte oder nicht.

«Haßt du mich so sehr, Hatschepsut?» fragte er leise.

Sie ging zu ihm, legte den Arm um seine Schultern und streichelte ihn sanft. «Ich hasse dich überhaupt nicht. Wie oft muß ich das noch sagen, bis man es mir glaubt? Aber du ziehst dir mit deinem ungestü-

men Betragen und deinen Drohungen meinen Zorn zu. Habe ich dir nicht versprochen, daß du Ägypten eines Tages bekommen wirst?»

«Ja, wenn du tot bist!»

«Wenn dein Vater noch am Leben wäre, würdest du dann auch gegen ihn intrigieren und Pläne schmieden, um ihm seine Göttlichkeit zu nehmen?»

«Natürlich nicht. Er wäre durch das Gesetz befugt, Pharao zu sein.»

«Das bin ich auch, denn ich bin das Gesetz. Wenn ... wenn du einmal Pharao bist, wirst du verstehen, was das bedeutet. Es ist nicht die Freiheit zu tun, was einem beliebt; es ist eine Verpflichtung.»

«Du und deine schönen Worte! Du hast eine glatte Zunge, Tante und Mutter. Nun, ich werde mich schuldbewußt davonschleichen.»

Sie umarmte ihn plötzlich, und er hielt sie einen Augenblick fest, ehe sie sich trennten. «Ich wünschte, daß wir keine Feinde wären», sagte sie traurig.

Überwältigt und beschämt verneigte er sich linkisch und ging, ohne sie anzusehen, hinaus. Sie sah ihm nach, dann wandte sie sich mit einem Seufzer der Erleichterung um. Ihr Mund brannte, und ihr Rücken schmerzte. Sie wusch ihr Gesicht, ehe sie nach Nofret rief. Ein schleichender Kummer und eine neue Angst keimten in ihr, die noch vertieft wurden durch die Stille, die sie umgab. Sie wußte, daß Thutmosis nie wieder von Liebe, Vertrauen oder familiärer Zuneigung zu ihr sprechen würde. Von jetzt ab würde sie aufpassen und nachts die Wachtposten an ihrer Tür verstärken müssen. Als Nofret kam, legte sich Hatschepsut auf ihr Ruhebett und griff nach dem Pelz, den Senmut ihr geschenkt hatte. Nachdem ihr Nachtlicht angezündet und die anderen Lampen gelöscht worden waren, lag sie da und hielt den Pelz fest an sich gepreßt, während die Tränen ihr langsam über die Wangen liefen.

In einer kalten, stillen Nacht im Monat Chojak kam Neferura in Hatschepsuts Schlafgemach. Sie stand vor ihrer Mutter, das Gesicht bleich und schmerzverzerrt. Hatschepsut schreckte aus dem Schlaf auf und sah, wie sich eine schattenhafte, schwankende Gestalt über sie beugte.

Als Neferura sah, daß ihre Mutter wach war, sank sie auf das Ruhebett und begann zu weinen. «Ich habe Schmerzen, Mutter,

schreckliche Schmerzen, hier.» Sie rieb sich die rechte Seite ihres Bauchs. «Ich kann nicht schlafen.»

Hatschepsut schickte Nofret eilig nach dem Arzt, stand auf und steckte Neferura unter ihre eigenen Decken. Das Mädchen stöhnte und krümmte sich, und kalter Schweiß brach auf ihrer Stirn hervor. Hatschepsut befahl ihren Dienerinnen, die Lampen anzuzünden und das Feuer in der Kohlenpfanne zu schüren. Sie sah auf die Wasseruhr. Erst drei Stunden waren vergangen, seit sie sich schlafen gelegt hatte. Nofret kehrte mit dem Arzt zurück, und während er Neferura untersuchte, ließ sich Hatschepsut von Nofret ankleiden. Sie setzte sich auf den kleinen Stuhl neben dem Ruhebett, und Neferura griff verzweifelt nach ihrer Hand und zog unter den tastenden Händen des Arztes vor Schmerz die Knie hoch. Der Arzt richtete sich auf und deckte den schmalen Körper wieder zu.

Hatschepsut sah ihn fragend an. «Nun?»

Er schüttelte den Kopf. «Sie hat eine starke Schwellung in der Leistengegend, und die Haut fühlt sich heiß an.»

«Was wirst du tun?»

«Ich werde ihr eine Arsen- und Mohntinktur gegen die Schmerzen geben, aber abgesehen davon kann ich wenig tun.»

«Magie?»

«Ein Zauberspruch könnte helfen. Ich habe dies schon oft erlebt. Manchmal geht die Schwellung zurück, aber sie kommt wieder.»

«Ist Gift im Spiel?»

«Kein von außen verabreichtes Gift verursacht eine örtliche Schwellung, wie Ihre Hoheit sie hat. In dieser Hinsicht kannst du beruhigt sein, Majestät.»

Sie nickte, aber sie glaubte ihm nicht. «Dann gib ihr die Droge. Nofret, sag Duauineheh, er soll die Zauberer holen. Und Hapuseneb soll sofort kommen.»

Nofret eilte hinaus. Der Arzt maß die Dosis ab und flößte sie Neferura behutsam aus seinem kleinen Alabasterbecher ein. Das Mädchen trank sie mühsam in kleinen Schlucken, dann sank sie auf das Kissen zurück und schloß die Augen. Hatschepsut hoffte, daß sie schlafen würde, aber sie tat es nicht. Als Hapuseneb und die Zauberer hereinkamen, wälzte sich Neferura immer noch wimmernd von einer Seite zur anderen. Sie waren zutiefst bestürzt.

Hatschepsut stand auf. «Sie ist krank», sagte sie. «Sie hat eine geschwollene Leiste und große Schmerzen. Bereitet eine Beschwörungsformel vor, um sie von diesem Dämon zu befreien.» Während die Zauberer sich berieten, ließ sie einen Stuhl für Hapuseneb bringen.

Er setzte sich neben Hatschepsut und blickte auf Neferura, die leise stöhnte. «Ist das Thutmosis' Werk?» fragte er flüsternd.

«Ich glaube nicht. Der Arzt sagt nein. Warum sollte Thutmosis sein williges Werkzeug vernichten? Neferura bedeutet für ihn ja immer noch den Horusthron.»

Die Zauberer stellten sich im Halbkreis um das Ruhebett und füllten den Raum mit ihrem leiernden Gesang. Hatschepsut hörte mutlos zu und dachte an Thutmosis' Tod. Hapuseneb saß regungslos da, die grauen Augen fest auf die Prinzessin geheftet. Neferura schlief ein, als die Droge zu wirken begann, aber ihr Schlaf war unruhig. Sie lallte und weinte und bewegte sich ständig auf dem goldenen Ruhebett hin und her. Die Hand, die immer noch die ihrer Mutter umklammert hielt, war heiß und trocken, ihre Stirn feucht und kalt.

Irgend jemand verneigte sich, und Hatschepsut blickte auf, überrascht, Thutmosis vor sich zu sehen. Er trug noch seinen kurzen Nachtrock, und sein kahlrasierter Kopf war unbedeckt, was seine Augen noch dunkler erscheinen ließ und mehr denn je seine Ähnlichkeit mit ihrem Vater hervorhob.

«Ist sie sehr krank?» fragte er.

Sie murmelte hilflos: «Ich weiß es nicht.»

«Darf ich bleiben?»

Hatschepsut musterte aufmerksam sein Gesicht, sah jedoch nur den höflichen Ausdruck einer Frage. Sie ließ einen weiteren Stuhl bringen. Er setzte sich, stützte die Ellbogen auf die Knie und neigte sich mit herabhängenden Armen vornüber.

Der leiernde Singsang dauerte an, ein eintöniges Wiegenlied. Von Zeit zu Zeit zog der Arzt behutsam die Decken fort und befühlte die geschwollene Haut. Die Nacht ging langsam zu Ende, und Neferura schien ruhiger zu werden.

Als der Tag zu dämmern begann, öffnete sie die Augen und lächelte ihnen schwach zu. «Thutmosis?» flüsterte sie, und ihr Gesicht erhellte sich.

Er kniete neben dem Ruhebett nieder und strich ihr das Haar aus der Stirn. «Ich bin es, Kleines. Sei ganz ruhig. Ich werde dich nicht verlassen.»

«Ich fühle mich jetzt ein wenig besser. Die Schmerzen sind weg.»

Der Arzt ging sofort zu ihr. Als er sich erhob, war sein Gesicht sehr ernst. «Die Schwellung ist plötzlich verschwunden», sagte er. Hatschepsut befahl den Zauberern aufzuhören. In der einsetzenden Stille konnten sie alle Neferuras kurze, schnelle Atemzüge hören, und Hapuseneb sah den Arzt fragend an. Der Mann schüttelte unmerklich den Kopf, und Hapuseneb richtete den Blick wieder auf Neferura, die lächelnd zu Thutmosis aufsah. Sie legte ihre Hände in die seinen, und seine Finger schlossen sich fest um sie.

«Bin ich sehr krank? Wenn Mutter Angst um mich hat, wird sie uns vielleicht heiraten lassen», flüsterte Neferura.

Sie wandte den Kopf zur Seite und sah Hatschepsut lächelnd an, aber Hatschepsut sah etwas Schreckliches in ihren fieberglänzenden Augen – einen flackernden Schatten der Halle des göttlichen Gerichts. Als sie mit einem Schrei aufsprang und sich über ihre Tochter beugte, gab Neferura ein leises, glucksendes Geräusch wie von einem Schluckauf von sich und seufzte. Sie war tot. Die Augen wurden schnell glasig; das Lächeln wurde zu einer leblosen Grimasse.

Thutmosis zog sanft seine Hände zurück und stand auf. Niemand bewegte sich, niemand sprach. Sonnenstrahlen krochen über den Boden, und die Glut in der Kohlenpfanne erlosch, und die Menschen waren wie gelähmt über die Schnelligkeit von Neferuras Ende. Schließlich verneigte Thutmosis sich und ging wortlos hinaus.

Hatschepsut wandte sich, die Hände flehend ausgestreckt, Hapuseneb zu. «Sie ist tot. Tot!» murmelte sie ungläubig.

Er nahm die kalten Hände und wärmte sie zwischen den seinen. «Solche Dinge geschehen, Majestät», sagte er leise. «Nur die Götter wissen warum.»

Sie sah ihn starr an, aber ihre Augen blickten durch ihn hindurch. «Alle tot. Alle!» Sie wandte sich wieder dem Ruhebett zu, kniete nieder und legte die Arme um die schlaffe Gestalt. «Komm nach Hause, Senmut», flüsterte sie in das feuchte Haar, das wirr auf dem Kissen lag. «Ich brauche dich.»

Sie saß noch lange da, hielt den leblosen Körper in den Armen und

wiegte ihn sanft hin und her. Hapuseneb ging leise hinaus und eilte zum Haus der Toten, um die Sem-Priester zu rufen. Mehr konnte er nicht für sie tun.

Hatschepsut verbrachte die Tage der Trauer in kalter, dumpfer Apathie, und Thutmosis ließ sie in Ruhe. All ihre Hoffnungen auf eine neue Linie von weiblichen Königen hatte Neferuras Tod zunichte gemacht. Ihr schien, daß der Gott sie verlassen hatte und daß die Jahre, die hinter ihr lagen, angefüllt waren mit Kämpfen und Todesfällen und vielen, vielen Niederlagen. Sie vergaß die goldenen Zeiten: Senmut, ihre Krönung und ihre enge, liebevolle Beziehung zu einem Gott, der ihr ihren Herzenswunsch erfüllt hatte. Sie sah nur Amun, den treulosen Vater, den grausamen Räuber, der ihr alles nahm, was ihr lieb und teuer war. Sie ging nach Karnak, schritt vor ihm auf und ab und erinnerte ihn an all die Gebete, die er nicht erhört hatte. Doch er sprach nicht zu ihr, wie er es früher so oft getan hatte. Sie fuhr über den Fluß zu Osiris-Neferu, aber auch dort fand sie keinen Trost. Neferu lächelte sie nur stumm und traurig mit einem mitleidsvollen, verständnislosen Blick an. Enttäuscht kehrte sie in den Palast zurück, um auf das Begräbnis zu warten; sie hatte das Gefühl, von Göttern und Menschen verlassen zu sein.

Der ganze Hof wohnte dem Leichenbegängnis bei: Ineni und Pahu, Menech, Useramun, Amunhotpe, Puiemre, Hapuseneb und selbst Anen, der königliche Schreiber. Die Männer waren erschöpft und mutlos, zermürbt von den Jahren der schweren Verantwortung. Hatschepsut schritt vor ihnen her, den Kopf gesenkt, die Augen auf den kleinen Sarg geheftet. Sie fühlte sich so ausgehöhlt und leblos wie der Leichnam ihrer Tochter. Thutmosis ging mit schwungvollen Schritten neben ihr, schweigend. Irgendwie lag ein Trost in seiner unbekümmerten Vitalität, den kraftvollen Bewegungen seines jungen, geschmeidigen Körpers. Die Abwesenheit von Senmut und Nehesi empfand sie wie den scharfen Stich einer Lanze. Sie sehnte sich verzweifelt nach ihnen, besonders, als sie die dunklen Gänge des Grabs betrat und regungslos beobachtete, wie Neferura in ihre anderen Särge hinuntergelassen wurde. Bei den anderen Begräbnissen – dem ihres Vaters, ihrer Mutter, ihrer Schwester und dem von Thutmosis – hatte sie den Schmerz der Trennung empfunden, und der Anblick des Mobiliars und

der persönlichen Besitztümer, die ringsum aufgestapelt waren, hatte sie mit Kummer erfüllt. Die hübschen Sachen von Neferura hingegen machten ihr ihre Fehler deutlich, die Versäumnisse, die vergeudeten Jahre, die sie mit fortwährenden Kämpfen verbracht hatte. Wofür? Für einen Augenblick der illusionären Macht? Sie stand neben Hapuseneb und blickte um sich. Dort waren Neferuras Puppen, dort die kurzen Faltenröcke ihrer Kindheit, säuberlich aufgestapelt in ihrer kleinen Truhe, dort ihre silbernen Kronen, dort ihre hübschen blauen Sandalen; selbst ihre Lieblingstiere lagen mit ihr in der Dunkelheit.

Und hier bin ich, dachte Hatschepsut schwermütig, immer noch nicht bereit aufzugeben, obwohl ich so müde bin, so überdrüssig – meiner selbst, Thutmosis und aller anderen. Soll ich, Sohn der Sonne, Ebenbild und Inkarnation Amuns, denn niemals sterben?

Während die Priester zurückblieben, um die letzten Flüche über jeden auszusprechen, der in späteren Jahren versuchen würde, in das Grab einzudringen, und während die Arbeiter begannen, die Grabkammer zuzumauern, kehrte sie langsam zum Palast zurück. Sie ging am Eingang zu ihrem Tal vorbei, ohne einen Blick hineinzuwerfen, denn sie wußte, daß die breite, von Sphingen gesäumte Allee an diesem Tag verlassen unter der Sonne schlummerte. Sie bestieg die königliche Barke, saß mit gesenktem Kopf da und fragte sich zum erstenmal in ihrem Leben, was sie mit dem Rest des Tages und dem Tag danach und dem danach anfangen würde.

Ein Jahr war vergangen, seit die fünf schwerbeladenen Schiffe Theben verlassen hatte, und dieses großartige, beglückende Ereignis schien einer längst vergangenen Epoche anzugehören, einer Zeit der Hoffnungen und Erwartungen inmitten des Aufruhrs. Jener Morgen leuchtete in ihrer Erinnerung wie der letzte freundliche Schimmer erlöschenden Feuers in einer kalten Wüstennacht.

Noch ehe Hatschepsut die Wasserstufen hinaufgestiegen war, sah sie, daß Thutmosis und Meritre bereits an Land gegangen waren und sich zwischen den Bäumen hindurch entfernten. Sie blieb einen Augenblick stehen, um zu beobachten, wie sie, die Köpfe zusammengesteckt und in ein angeregtes Gespräch vertieft, gemächlich dahinschlenderten. Das war es also, woher der Wind blies. Natürlich.

Sie ging in ihr Schlafgemach, legte sich auf ihr Ruhebett und ließ Ipuky rufen. Den Rest des Nachmittags lag sie dort, den Arm über

dem Gesicht, die Augen geschlossen, und lauschte auf die alten Lieder, die Lieder von Eroberung und Glück, die Lieder, die aus anderen weniger komplizierten Zeiten stammten. Die tiefe, melancholische Stimme des blinden Mannes füllte ihr Gemach wie das sanfte Rauschen eines Bachs und vermischte sich mit ihren eigenen lauten Gedanken.

Zwei Tage nach dem Begräbnis machten sich Jamunefer, Sennefer und Djehuty mit ihren Streitwagen, ihren Zelten und ihren Dienern auf den Weg in die Wüste, um Löwen zu jagen. Sie zogen drei Tage umher, bekamen zwei Tiere zu Gesicht und erlegten ein drittes. Abends kehrten sie zu ihrem Lager im Schutz der thebanischen Felsen zurück, saßen vor ihren Zelten am Lagerfeuer und beobachteten den großartigen Sonnenuntergang. Keiner von ihnen fühlte sich behaglich. Obwohl sie schon seit ihrer Schulzeit befreundet waren, obwohl sie zusammen gekämpft und gezecht hatten, schien ein Schleier von Zurückhaltung über ihnen zu liegen, der es ihnen unmöglich machte, ungezwungen miteinander zu verkehren.

Erst an ihrem letzten Lagerabend schickte Jamunefer die Diener in ihr Zelt, schenkte sich Wein ein und setzte sich, den Becher in den langen, manikürten Fingern haltend und geflissentlich dem Blick seiner Freunde ausweichend, mit gekreuzten Beinen auf seinen Umhang. Er räusperte sich leise. «Wir haben keine sehr fröhliche Jagd gehabt», sagte er zu niemandem im besonderen. «Könnte es sein, daß wir an etwas anderes gedacht haben als an Löwen?»

«Sag lieber, wir haben nur an einen Löwen gedacht», brummte Sennefer. «Ich glaube, es ist an der Zeit, offen zu sprechen.»

Die anderen nickten. Jamunefer nippte an seinem Wein und beobachtete sie aufmerksam über den Rand seines juwelenbesetzten Bechers hinweg.

Djehuty sprach leise, die Augen auf den orangefarbenen Himmel geheftet. «Der Löwe kämpft ungestüm in seiner Falle und sucht nach Mitteln, sich zu befreien. Seine Fesseln lockern sich. Bald wird er aus eigener Kraft ausbrechen. Und wehe denen, die ihm nicht geholfen haben!»

«Wir haben keine Angst vor seinem Zorn», bemerkte Sennefer. «Es ist nicht das, was wir bedenken müssen. Wir müssen uns überlegen,

wo unsere Pflicht liegt. Wir können nicht mehr ehrlichen Herzens zwei Herren dienen, und uns wird Ehrlichkeit, meine Freunde, auch bald nicht mehr dienen.»

«Hör auf mit diesen ausweichenden Reden», sagte Jamunefer kurz. «Ich zumindest werde jetzt offen sprechen. Der Tod der Prinzessin Neferura hat Pharaos Träume zunichte gemacht. Sie hat Ägypten lange Zeit mit fester Hand regiert, aber jetzt wird sie von einem energisch fordernden Nachfolger bedrängt. Seit dem Tag, an dem sein Vater starb, macht Thutmosis seinen Anspruch auf den Thron geltend. Ist er im Recht?»

«Dem Gesetz nach ja», erwiderte Djehuty. «Das wissen wir alle. Aber wir haben Hatschepsut lange gedient. Wir haben an ihrer Seite gekämpft, haben unsere Besitztümer unter ihrer Herrschaft verwaltet, und sie hat uns stets großzügig und gütig behandelt. Sie war außerordentlich erfolgreich als Pharao. Ihr Frieden hat Ägypten Wohlstand und Sicherheit beschert, und wenn wir sie im Stich lassen, bereiten wir diesem Frieden ein Ende.»

«Er nimmt auf jeden Fall ein Ende», sagte Sennefer brüsk. «Thutmosis hat vor, sich den Thron in Kürze anzueignen, mit oder ohne ihre Einwilligung. Wenn er es ohne ihre Einwilligung tut, könnt ihr sicher sein, daß Blut fließen wird. Wenn wir sie dann immer noch unterstützen, verlängern wir den Kampf, denn wir haben, ebenso wie Thutmosis, viele Soldaten unter unserem Befehl. Wenn wir aber zu Thutmosis gehen und ihm unsere Hilfe anbieten, wird sie geschwächt und ihr Krieg wird nicht lange dauern. Ihre Niederlage wird fast schmerzlos sein.»

«Schmerzlos für Thutmosis!» entgegnete Jamunefer. «Sie wird jeden Aufstand als offenen Verrat ansehen. Und das ist verständlich, denn es besteht kein Zweifel, daß sie tatsächlich der Gott ist. Ich glaube nicht, daß sie kämpfen wird. Sie war ihr Leben lang darauf bedacht, ihre Landsleute zu schützen. Wenn sie glaubt, daß Thutmosis vorhat zu kämpfen und Ägypten zu zerreißen, wird sie lieber nachgeben als ägyptisches Blut vergießen.»

«Das stimmt.» Djehuty nickte. «Und in diesem Fall wird Thutmosis bald Pharao sein. Ich bin für ihn. Er ist tüchtig und stark und wird ein guter Falke-im-Nest werden. Hatschepsut verliert an Boden. Wenn sie zurückweicht, wird ihre Macht geschwächt, und Ägypten leidet. Ich

will lieber mich und meine Truppen Thutmosis zur Verfügung stellen als eine verworrene Regierung sehen.»

Sie tranken eine Weile schweigend und dachten über Djehutys Worte nach.

Schließlich sagte Sennefer bedrückt: «Ich schließe mich dir an, aber ich tue es schweren Herzens. Sie ist eine sehr mutige und kluge Frau. Es wird ein grausamer Schlag für sie sein zu sehen, daß wir fahnenflüchtig werden.»

«Es ist keine Fahnenflucht», wandte Jamunefer ein. «Wir dienen Ägypten, und Thutmosis wird bald Ägypten sein. Es ist leicht, diese Dinge in ihrer Abwesenheit zu erörtern. Aber können wir sie, vor ihr im Audienzsaal stehend, wiederholen?»

«Ist das denn nötig? Können wir nicht zu Thutmosis gehen und uns dann für eine Weile vom Hof zurückziehen?» Sennefer war sichtlich bestürzt.

«Wir sind keine Feiglinge», sagte Jamunefer verächtlich. «Wenn wir uns auf Gedeih und Verderb mit Thutmosis verbinden, muß sie es von uns selbst erfahren, sonst bin ich nicht bereit, es zu tun.»

Die Sonne war untergegangen; der Himmel über ihnen verwandelte sich von flammendem Gold in blasses Blau, und die wechselnde Farbe enthüllte einen runden, hellen Mond und den silbernen Fleck des Abendsterns.

Djehuty drehte langsam den Kopf und überblickte flüchtig den weiten Horizont. Er sah Jamunefer an. «Wir alle lieben sie, die Tochter des Gottes», sagte er, «aber es ist Zeit für einen neuen Horus, einen männlichen Horus, und eine neue Regierung. Es muß nicht morgen sein. Tatsächlich ist es noch zu früh, denn Senmuts und Nehesis Rückkehr aus Punt wird ihr neuen Ruhm einbringen, und Thutmosis wird abermals auf den Beifall des Volkes warten müssen. Ich sage, haltet euch zurück, aber seid entschlossen zu handeln, wenn der Augenblick gekommen ist.»

Jamunefer stellte seinen Becher behutsam in den Sand und wischte sich bedächtig die Hände ab. «Es hängt alles davon ab, ob Senmut die Flotte zurückbringt oder nicht», sagte er ruhig. «Vielleicht tut er es, vielleicht auch nicht.»

Sennefer war anderer Meinung. «Sie ist auf jeden Fall erledigt», sagte er brutal.

Sie starrten beklommen ins Feuer, während sich der Abendhimmel zu einem satten Königsblau verdunkelte und die glitzernden Wüstensterne über ihnen hingen wie die klugen, alles wahrnehmenden Augen Hatschepsuts.

Senmut und Nehesi saßen ebenfalls im Sand, aber vor ihnen erstreckte sich der Ozean, eine dunkle, wogende Wasserwüste, mit Streifen grauen Schaums besetzt, so weit das Auge reichte. Hinter ihnen lag der Dschungel, ein dichtes, feuchtes Gewirr von Fruchtbarkeit, durchbohrt von den kleinen, leuchtenden Punkten der Lichter Parahus. Die Stimmen ihrer Seeleute und der Untertanen Parahus drangen durch die feuchte, heiße Luft zu ihnen herüber.

Nehesi seufzte. «Dieses Ta-Neter ist wahrhaftig ein wunderbares Land», sagte er, «aber es ist Zeit heimzukehren.»

Senmut lehnte sich zurück, bis die zitternden Palmwedel den Himmel über ihm verdeckten. «Mehr als Zeit», erwiderte er. «Die feuchte Hitze nimmt mir alle Kraft, und mir ist, als würden jeden Augenblick Kletterpflanzen aus meinem Körper sprießen. Was für ein Genuß wird es sein, wieder den trockenen Wüstenwind zu spüren.»

«Die Eine wird erfreut sein. Sie wird sehr erfreut sein», sagte Nehesi.

Sie saßen schweigend da und dachten an die anmutigen Säulenhallen und die süß duftenden Gärten von Theben und an die Frau, die geduldig auf sie wartete, über die Brüstung ihres Balkons gelehnt, mit müden Augen zum südlichen Himmel blickend . . .

Im Frühling brachte Hatschepsuts Wüstenpolizei ihr die Nachricht, daß in Rethennu wieder Unruhen ausgebrochen waren. Sie berief widerstrebend einen Kriegsrat ein, denn diesmal war sie nicht mit dem Herzen dabei. Pen Nechbet war gestorben, Nehesi weilte in der Ferne, und irgendwie fehlte der alte Gemeinschaftsgeist unter den Männern, die ihr im Audienzraum gegenübersaßen.

Aber Thutmosis beherrschte die Runde: den gelben Helm auf dem Kopf, die Schultern gestrafft und den rechten Fuß auf einen Stuhl gestützt, stand er mit blitzenden Augen vor ihnen. «Rethennu besitzt Gaza», sagte er, «und Gaza ist eine mächtige Stadt und außerdem ein Seehafen. Gebt mir die Erlaubnis, Prinzen von Ägypten, Gaza zu

erobern und damit nicht nur den Aufstand dieser ewig meuternden Ungläubigen niederzuschlagen, sondern auch einen Zugang zum großen Meer für uns zu gewinnen.»

«Ich bin diejenige, die die Erlaubnis erteilt oder verweigert!» erinnerte Hatschepsut ihn halsstarrig. «Sprich zu mir, Thutmosis, nicht zu meinen Ratgebern. Rethennu gehört uns seit Jahrhunderten, es ist ein Teil von Ägypten. Warum sollten wir mehr tun, als ihnen eine kleine Lektion erteilen?»

Thutmosis richtete den Blick in eine Zukunft, die ihr verborgen war. «Weil Gaza das Tor zu anderen Ländern, zu anderen Verbündeten, zu Eroberungen und Reichtümern ist. Es stimmt, Rethennu gehört uns, aber wir haben es nicht fest genug im Griff. Es ist an der Zeit, Gaza mit ägyptischen Handwerkern, ägyptischen Kaufleuten, ägyptischen Schiffen zu bevölkern.»

«Aber warum? Warum sollen wir das Wagnis eingehen, eine Stadt zu erobern, die befestigt ist und uns schwere Verluste kosten kann, wenn wir sie nur daran zu erinnern brauchen, wem sie Tribut schuldet? Das könnten wir auch mit einer kleinen Strafexpedition erreichen.»

Er sah sie ungläubig an.

Die Minister schwiegen, sogar Menech, der sonst immer etwas zu sagen hatte; sie alle wußten, daß ihre Meinung in dieser Sache nicht von Bedeutung war, daß sie wieder einmal Zeuge eines Familienstreits waren.

«Warum? Weil Gaza ein gutes Prüffeld wäre.»

«Wofür?»

«Für mich. Für das Heer, das die Scheinkämpfe und die ziellosen Märsche allmählich satt hat. Für Ägypten, das die Möglichkeit hat, von Gaza aus seine Grenzen zu erweitern.»

«Unsere Grenzen sind bereits so weit wie der Lauf der Sonne.» Sie hantierte gereizt mit den Depeschen herum und dachte dabei nicht an das stolze und mächtige Gaza, sondern an den stolzen und mächtigen Thutmosis, der so ungeduldig von seinem Palast zu ihrem, zu den Kasernen hinaus und wieder zurück stampfte und mit seinen Soldaten kreuz und quer durchs Land zog. Schließlich rieb sie sich den Nacken unter dem schwarz-weiß gestreiften Helm, denn sie fühlte, daß ihr Kopf zu schmerzen begann. «Gut. Nimm drei oder vier Divisionen und erobere Gaza.»

Thutmosis sah sie verblüfft an. «Einfach so?»

«Einfach so. Gaza ist uns schon seit langem ein Dorn im Auge, aber wie du weißt, habe ich es bis jetzt einigermaßen in Schach halten können. Wenn du glaubst, daß Rethennu zur Ruhe kommen wird, nachdem Gaza gefallen ist, dann nimm es auf alle Fälle. Aber komm nicht dabei um, Thutmosis, was auch immer sonst du tust!»

Sie sahen sich lächelnd an, immer noch imstande, sich zu distanzieren und ihren Kampf vom Blickwinkel einer vorübergehenden Familienfehde aus zu sehen.

Er verneigte sich tief. «Ich danke dir, mächtiger Pharao. Gaza wird fallen, und ich werde ohne Zweifel heimkehren.»

«Ohne Zweifel.» Ein zynisches Lächeln zog über ihr Gesicht. «Aber vergiß nicht, daß die Siegesbeute mir zufällt.»

Er lachte. «Ich werde sie dir zu Füßen legen.» Sie entließ ihn und wandte sich mit einem freudlosen Lächeln den besorgt dreinblickenden Männern zu. Sie erwiderten ihr Lächeln mit einem Ausdruck des Mitgefühls und hörten, wie Thutmosis draußen mit dröhnender Stimme den Herolden befahl, seine Generale zu rufen.

Sie verließen Theben und zogen nach Norden: Thutmosis mit seinem goldenen Helm und den silbernen Armreifen eines Kommandeurs, Minmose, Nacht, Mencheperrasoneb, Jamunedjeh, Mai, Jamunefer, Djehuty, Sennefer und fünfzehntausend Mann, die Divisionen von Horus, Set und Anubis. Hatschepsut sah den ganzen Morgen zu, wie die glitzernde Kavalkade die Flußstraße entlangzog. Als der letzte Gepäckkarren außer Sicht war, verließ sie ihren Balkon und ging in den stillen, leeren Palast. Nach dem Tumult der letzten Tage und Wochen wirkte die plötzliche Ruhe bedrückend auf sie, und sie erinnerte sich, wie sie selbst einmal beglückt ausgezogen war und ihren Mann tatenlos in seinem Palast in Assuan zurückgelassen hatte. Jetzt war Thutmosis derjenige, der an der Spitze ihrer Truppen stand, während sie zurückgelassen wurde, um wie ein altes Pferd zu grasen und friedlich in der Sonne umherzuwandern. Aber es war schön aufzuwachen und Hapuseneb die Hymne singen zu hören, sich gemächlich anzukleiden und in Frieden in den Tempel zu gehen, ohne sich über die endlosen, zermürbenden Streitigkeiten des Tages und über Thutmosis' spitzfindige Bosheiten beunruhigen zu müssen.

Zwar durfte sie nicht völlig in ihrer Wachsamkeit nachlassen, denn sie wußte, daß er zweifellos zahlreiche Spitzel zurückgelassen hatte. Ihre Wächter machten auch weiterhin Tag und Nacht die Runde durch die Säle des Palastes, aber sie glaubte nicht, daß Thutmosis etwas gegen sie unternehmen würde, solange er nicht selbst in der Stadt war, um Krummstab und Wedel zu ergreifen. So gönnte sie sich letztlich doch ein wenig Ruhe.

Sie fing an, sich Sorgen um die Expedition zu machen, und postierte in allen Städten längs des Nils Kuriere, die ihr Nachricht bringen sollten, wenn die Schiffe gesichtet wurden. Aber die Tage vergingen und es kam keine Nachricht. Sie verbrachte jetzt mehr Zeit mit Meritre und versuchte, sich für den ständigen albernen und boshaften Klatsch des Mädchens zu interessieren. Aber sie schreckte immer wieder vor dem vulgären, minderwertigen Zug im Wesen ihrer Tochter zurück. Hatschepsut wußte, daß Thutmosis und Meritre sehr vertraut miteinander geworden waren. Sie wußte auch, daß Meritre, wenn die Zeit gekommen war, freudigen Herzens mit ihm in den Tempel gehen und gelassen das Ende ihrer Mutter mitansehen würde. Hatschepsut dachte mit Trauer an die ernste, schweigsame Neferura, die ihr zumindest alle Hilfe gegeben hätte, die sie ihr hätte geben können.

Meritre hielt Hatschepsut für kühl und überheblich und zog offensichtlich die Gesellschaft von Thutmosis' Mutter vor. Hatschepsut sah sie oft schwatzend und lachend Arm in Arm im Garten spazierengehen, beide glitzernd von Juwelen, beide dünn und auf eine raubtierhafte, verwirrende Art schön. Sie beobachtete sie mit ausdruckslosem Gesicht und gab sich selbst die Schuld an Meritres Treulosigkeit. Es war sicher nicht leicht gewesen, im Schatten einer Mutter aufzuwachsen, die gleichzeitig Pharao eines großen Reiches war.

Der Frühling wurde heiß und machte dem Sommer Platz. Der Tag, an dem Senmut vor zwei Jahren abgefahren war, kam und ging vorüber ohne eine Nachricht über den Verbleib der Flotte. Hatschepsut erhielt regelmäßig Depeschen vom Heer, das jetzt auf der Ebene außerhalb von Gaza kampierte und sich für den Kampf rüstete. Manchmal schickte Thutmosis ihr selbst einen Gruß, zusammen mit Briefen an Aset und Meritre. Hatschepsut ließ diese Briefe ohne Bedenken öffnen

und las sie. Doch sie enthielten nie etwas über seine Pläne, nichts, was sie betraf. Sie hatte es auch nicht erwartet, aber sie war sich bewußt, daß die Zeit ihres Sturzes immer näher rückte, und sie wollte nichts riskieren. Thutmosis' Briefe an Meritre waren liebevoll, aber vorsichtig. Hatschepsut lächelte jedesmal grimmig, wenn sie einen von ihnen las. Sie wußte, daß Thutmosis nicht so töricht sein würde, Meritre zu gefährden, indem er etwas schrieb, was als Verrat ausgelegt werden konnte. Während Anen die Schriftrollen behutsam versiegelte, sagte sie sich immer wieder, daß Thutmosis trotz seines Ungestüms scharfsinnig und gewitzt war. Er sorgte dafür, daß nichts niedergeschrieben war, was gegen ihn verwendet werden konnte, falls sein Glück ihn wider Erwarten plötzlich verließ. Sie war zufrieden. Ägypten würde einen klugen und umsichtigen Pharao bekommen.

26

Die Zeit der Überschwemmung rückte näher, und endlich erhielt Hatschepsut die Nachricht, auf die sie schon kaum mehr zu hoffen gewagt hatte. Duauineheh kam über den Rasen auf sie zugelaufen, als sie zu ihrem See ging, um zu baden. Sein Gesicht strahlte, und sie stand da und wartete mit Spannung auf ihn, die Hände vor Erregung zu Fäusten geballt. Er blieb keuchend vor ihr stehen und verneigte sich. Sie konnte sich nur mit Mühe davon zurückhalten, ihn bei den Schultern zu packen und zu schütteln.

«Sie sind gesichtet worden!» rief er. «Als sie vom Kanal in den Fluß einfuhren! Der Bote ist im Palast!»

Sie drehte sich um und stürmte, von ihren Dienerinnen gefolgt, den Weg zurück, den sie gekommen war. Im Audienzraum warf sich der Medjay zu Boden.

«Steh auf! Erzähl mir alles! Sind es noch fünf Schiffe? Wie sahen sie aus?»

«Wie fünf beschmutzte Schwäne, Majestät», erwiderte der Mann lächelnd. «Aber die Boote, die sich gegen die Anfänge des Hochwassers stemmen müssen, fuhren sie sehr schnell.»

«Wie lange wird es noch dauern?»

«Ich möchte annehmen, noch etwa fünf Wochen, vielleicht auch sechs. Sie scheinen schwer beladen zu sein und werden angesichts des steigenden Wassers bald ihre Fahrt verlangsamen müssen.»

Hatschepsut wandte sich dem Schrein in der Ecke zu; eine Welle neuen Lebens stieg in ihr auf, doch sie brachte kein Wort des Dankes hervor. Amun lächelte zufrieden, aber es war Senmuts Name, den sie halb benommen, in ekstatischem Glück, immer wieder flüsterte. Sie entließ den Boten und schickte nach Hapuseneb.

Er kam schnell und sah mit Erleichterung ihr strahlendes Gesicht. Als sie ihm sagte, daß die Schiffe gesichtet worden seien, war ihm, als ob eine große Last von seinen Schultern fiele.

«Amun sei Dank! Gibt es Briefe, Majestät?»

«Nein, nur die Botschaft. Es wird bald Nachricht von Senmut selbst kommen. Triff du unterdessen Vorbereitungen für einen Festtag, Hapuseneb. Wir werden ihn empfangen, wie noch kein Pharao jemals von seinem Volk empfangen worden ist!»

«Das verstehe ich nicht.» Er stand wie versteinert, und seine grauen Augen suchten fragend die ihren.

«Ich auch nicht, aber es könnte sein, daß Thutmosis trotz all seiner Stärke am Ende doch noch um den Thron betrogen wird.»

Plötzlich begriff Hapuseneb. Er trat erschreckt auf sie zu. «Majestät, ich bitte dich, ich flehe dich an, als meine göttliche Herrscherin und meinen Gott, tu das nicht!»

«Warum nicht? Warum sollte ich ihn nicht heiraten? Er wäre ein mächtiger Pharao.»

«Ja, aber zu mächtig. Glaubst du, *er* würde sich damit zufriedengeben, die Titel zu tragen, während du die Macht behieltest, wie der Gott Thutmosis es getan hat? Als deine rechte Hand ist er gewaltig in seiner Stärke, aber als dein Kopf würde er dich deiner Kraft berauben. Und wie lange würde es dauern, bis Thutmosis ein Heer aufstellen und sich zum Kampf rüsten würde, um von Senmut zu fordern, was er für sein Recht hält? Dann wäre nichts gewonnen, außer Zeit.»

«Zeit», murmelte sie, sich in dem großen, hallenden Saal umsehend. «Zeit. Es tut mir leid, Hapuseneb. Ich habe in einem Augenblick der Schwäche nur versucht abzuwenden, was kommen muß.»

«Es ist nicht abzuwenden, Majestät. Es kann nur hinausgezögert werden. Verzeih mir, aber es ist deiner göttlichen Vollkommenheit nicht würdig, die Agonie auf diese billige Art verlängern zu wollen.»

«Du beleidigst mich», sagte sie leise, «aber du hast recht. Du hast immer recht, alter Freund. Es wird eine Agonie geben, nicht wahr? Werde ich je dafür bereit sein? Aber laß uns jetzt die Zukunft vergessen und solange wie wir können bei der Gegenwart verweilen. Sorge dafür, daß Amun wie bei der Abfahrt auf seiner goldenen Barke in die Stadt gebracht wird. Wir werden die Schiffe zusammen begrüßen. Es wird nicht mehr lange dauern.»

Hapuseneb fragte sich, ob der Plan, Senmut zu heiraten, schon lange in ihren Gedanken Gestalt angenommen und sich unter Thutmosis' Sticheleien gefestigt hatte oder ob er einer momentanen Auflehnung entsprang. Er wollte seine letzten Jahre nicht mit Töten verbringen, und er zweifelte nicht daran, daß genau das sein Los sein würde, wenn sie ihr Vorhaben ausführte. Sie wandte sich nachdenklich von ihm ab, und er wagte nicht, mehr dazu zu sagen. «Es ist eine großartige Leistung», bemerkte er. «Kein Pharao wird sie übertreffen können.»

Sie stand still da und sagte kühl, ohne sich umzusehen: «Thutmosis wird es können.»

Jeder Tag brachte neue Berichte von den Beobachtungsposten. Die fünf Schiffe kamen, gegen den braunen, schlammigen Zorn von Isis' Tränen ankämpfend, langsam den Fluß herauf. Schließlich brachte ein müder Seemann Hatschepsut eine Schriftrolle mit Senmuts Siegel. Zitternd vor Ungeduld brach sie es auf. Sie hatte vergessen, daß Senmut nicht wußte, was sich seit seiner Abfahrt ereignet hatte, und annehmen mußte, daß sie gefangen und daß Thutmosis König war. Die Worte waren höflich, voller Hochachtung, Worte eines Untertanen an seinen Herrn. Keine Andeutung von Liebe färbte die blassen Seiten. Es ging ihnen gut, und sie hatten keinen einzigen Mann verloren. Sie hatten Ta-Neter erreicht und hatten viel von seinem Reichtum und seiner Barbarei zu erzählen. Nehesi sandte ebenfalls seine respektvollen Grüße. Den Tränen nahe, überwältigt von der Zeit, die verflossen war, legte Hatschepsut den Brief beiseite. Sie hatte ihn kaum zu Ende gelesen, da traf eine weitere Depesche ein, diesmal aus Gaza. Während sie ihren Inhalt überflog, begann sie zu lächeln und dann hysterisch zu lachen. Das Schreiben war von Thutmosis. Er hatte Gaza erobert und befand sich auf dem Heimweg.

Am letzten Abend, als die Flotte zwanzig Meilen flußabwärts für kurze Zeit vor Anker gegangen war, um am nächsten Morgen einzutreffen, legte sich Hatschepsut nieder, überzeugt, daß sie außerstande sein würde zu schlafen. Aber sie schlief, tief und traumlos wie in ihrer Jugend. Sie wurde von den ersten Strahlen der Morgensonne und den hohen Stimmen der Priester geweckt und fühlte sich lebendiger und

ausgeruhter als seit vielen Monaten. Sie bat Hapuseneb, die Andacht für sie zu verrichten, damit sie sich in Ruhe darauf vorbereiten konnte, die Männer zu begrüßen, die so weit gereist und nun zurückgekehrt waren – fast wie aus dem Reich der Toten. Sie wurde gebadet und sorgfältig angekleidet. Sie wählte einen kurzen Faltenrock, einen goldenen Helm und goldene, mit Perlen besetzte Sandalen sowie Amethysten, Karneolen, Türkise, Gold und Jaspisse als Schmuck für ihren Hals und ihre Arme, ihre Finger und ihre Fesseln. Der Palast erwachte ebenfalls zu neuer Lebenskraft. Die Bewohner der Stadt kamen in Scharen herbei und drängten sich rufend und lachend um die Anlegestelle. Die Straßen vom Landeplatz zum Palast waren mit Girlanden geschmückt. Fahnen wehten an den hohen, hölzernen Fahnenmasten, und unter ihnen standen die tapferen Krieger des Königs mit funkelnden Schilden und Lanzen. Ihre Gesichter waren ernst und unergründlich, während sie mit wachsamen Augen das Kommen und Gehen beobachteten.

Amun wurde vom Tempel herbeigebracht, und ein tiefes, ehrfurchtsvolles Schweigen legte sich über die Menge, als die Sonne auf seinen heißen goldenen Körper fiel. Pharao schritt neben ihm, die Symbole ihrer Herrschaft über der juwelengeschmückten Brust gekreuzt, den Kopf erhoben und ein leises Lächeln um den roten Mund. Hinter ihr kamen die Edlen von Ägypten, und das Schweigen vertiefte sich, denn viele von diesen Männern waren bereits legendär und ihre Namen seit fast zwanzig Jahren auf aller Menschen Lippen. Neugierige Augen nahmen jede Einzelheit ihrer ernsten Gesichter in sich auf. Aber es lag auch noch etwas anderes in der Luft, ein Anflug von Traurigkeit, der sich in die Freude über das Ereignis mischte, das Gefühl, als ob mit dieser letzten Prachtentfaltung etwas zu Ende ginge. Aber dann war der Bann gebrochen, und die Leute brachen in Jubelrufe aus. Hatschepsut und ihre Adeligen erreichten, von dem tosenden Applaus der Menge begleitet, den Fluß.

Sie setzte sich, und der Hof versammelte sich um sie. Regungslos, schweigend blickte sie flußabwärts auf die Biegung, die jetzt noch verlassen dalag, ein großer Teich braunen Wassers zwischen den noch brauneren Feldern, die sich bis zu den fernen, hoch aufragenden Hügeln erstreckten. Nach und nach erstarben die Geräusche und wurden von einer gespannten, erwartungsvollen Stille abgelöst. Alle

Köpfe waren dem Fluß zugewandt. Alle Augen blickten nach Norden. Eine Stunde lang standen sie wie gebannt da, eine Ansammlung von zeitlosen Bildsäulen.

Da stieß jemand einen erregten, halberstickten Schrei aus und deutete in die Ferne. Hatschepsut sprang auf. Sie war schwindlig und schwach von der plötzlichen Woge von Angst und freudiger Erregung, die über sie hereinbrach. Sie kamen in Sicht. Sie fuhren mit gewichtiger Langsamkeit um die Biegung, die Segel gesetzt, um den leichten Nordwind aufzufangen, während die Ruder sich rhythmisch hoben und senkten. Die Decks waren voller kleiner schwarzer Figuren, die zu winken und zu rufen begannen. Hatschepsut hielt mit den Händen Krummstab und Wedel umklammert und preßte die Arme ungeduldig an die Brust. Die Schiffe näherten sich. Jetzt erkannte man zwei Menschen hoch oben am Bug des Leitschiffs. Hatschepsuts Augen flogen zu ihnen und blieben an ihnen haften. Das Kielwasser schäumte zurück, und die Ruder tauchten unter. Sie konnte die Rufe der Seeleute nicht mehr hören, denn rings um sie herum brach ein donnernder Beifallssturm aus.

Nach einem Augenblick des Wartens und Spähens, der eine Ewigkeit zu dauern schien, fand sie sein Gesicht. Sie sahen sich über die sich rasch verkleinernde Wasserstrecke hinweg an, rührten sich nicht, sprachen nicht, nahmen nur einer das Bild des anderen in sich auf. Dann begannen sie zu lächeln, und Hatschepsut breitete die Arme aus und lachte glückstrahlend, während der Weihrauch aufstieg und die Priester sangen und die Leute die Männer willkommen hießen.

«Theben und ganz Ägypten grüßt euch, Krieger und Prinzen», rief Hatschepsut, als das Leitschiff behutsam zu seinem Liegeplatz vorstieß. Die Rampe wurde herausgerückt. Auch die anderen Schiffe manövrierten, um festzumachen. Die Decks waren angefüllt mit seltsamen, verlockenden Dingen aller Art. Die Leute musterten alles begierig, aber Hatschepsut sah nur Senmut. Er kam, von Nehesi begleitet, auf sie zu; sie stiegen mit schwungvollen Bewegungen die Rampe hinunter, dann lagen sie vor ihr auf dem steinernen Pflaster des Anlegeplatzes. Sie erhoben sich und warteten schweigend, während Hatschepsut sie ansah.

Er hatte sich nicht verändert. Er sah höchstens jünger und gesünder aus als bei seiner Abfahrt. Seine Augen waren klar und nicht mehr

umschattet. Die Sorgenfalten, die sich um seine Nase und seinen Mund zu bilden begonnen hatten, waren verschwunden; seine Muskeln waren wieder straff wie in seinen jungen Jahren. Auch Nehesi hatte sich wenig verändert. Seine Gesichtszüge waren vielleicht ein wenig strenger, sein großer, kräftiger Körper schlanker und geschmeidiger. Er begrüßte sie mit der gleichen ruhigen Hochachtung wie eh und je, ohne die brüllende Menge und die sich herandrängenden Höflinge auch nur eines Blickes zu würdigen. Hatschepsut reichte Useramun Krummstab und Wedel und umarmte die beiden Männer mit Freudentränen in den Augen.

Senmut wandte sich den Schiffen zu und deutete auf ihre beladenen Decks. «Geschenke für Amun und für dich, Majestät», sagte er. Ehe sie zu den Booten hinüberblickte, sah sie ihn an und lächelte abermals, denn seine Stimme klang wie Musik in ihren Ohren. Jedes der Decks war mit einem Baldachin ausgestattet, und unter jedem Baldachin standen Balsambäume, kleine, biegsame Stämme mit zarten, schwankenden Zweigen. Ihre Wurzeln steckten in der Erde, aus der sie ausgegraben worden waren, und sie waren lose mit feuchtem Sackleinen umwickelt. Rings um sie herum waren Säcke aufgestapelt. «Balsambäume für die Gärten im heiligen Tal», sagte Senmut, «und Säcke mit Myrrhe für Parfum und Weihrauch.»

«Bäume für Amun, wie er es gewünscht hat», erwiderte sie. Ihre Augen strahlten, und ihre Arme schmerzten vor Verlangen, sich ihm entgegenzustrecken. «Oh, Senmut, wie wunderbar! Sag den Seeleuten, sie sollen sie sofort ausladen und über den Fluß bringen, damit die Gärtner anfangen können, sie zu pflanzen. Sie werden viel Wasser brauchen. Wie viele sind es?» Sie konnte es nicht erkennen, denn sie kamen ihr vor wie ein grüner Wald, der aus den Decks der Schiffe selbst hervorwuchs.

«Einunddreißig. Wir haben auch Vieh mitgebracht und eine Menge Gold und andere Kostbarkeiten.»

Sie standen eine Weile da und sahen zu, wie die Bäume behutsam ausgeladen wurden. Amun wurde in sein Heiligtum zurückgebracht, und Hatschepsut und ihr Hofstaat kehrten erregt schwatzend in den Palast zurück. Sie bestieg den Thron im Audienzsaal, und die Adeligen ließen sich um sie herum nieder. Senmut und Nehesi standen jeder auf einer Seite des goldenen Throns und sahen zu, wie die Geschenke,

dem feierlichen Brauch gemäß, eines nach dem anderen hereingebracht und Hatschepsut zu Füßen gelegt wurden. Die Säcke mit Myrrhe kamen zuerst. Sie füllten den Raum mit ihrem betäubenden, süßlichen Duft. Pahu und seine Schreiber begannen, sie zu wiegen und ihren Wert zu notieren.

Aset und Meritre standen mit ihrem Gefolge am hinteren Ende des Saals, wider Willen beeindruckt von dem Kommen und Gehen der beladenen Diener. Sie hatten insgeheim gehofft, daß Senmut nicht zurückkehren und Hatschepsut damit ein für allemal der Lächerlichkeit preisgegeben sein würde.

Punt war so voll von Gold wie Ägypten selbst, und Pahu beobachtete gelassen, wie die Klumpen, der Goldstaub und zahllose Reifen gewogen und geteilt wurden, eine Hälfte für Amun und eine für die königliche Schatzkammer.

Nehesi beugte sich zu Hatschepsut hinunter und sagte: «Viele von den Reifen sind dicker als gewöhnlich, Majestät, weil die Bewohner von Punt sie an den Beinen tragen. Du wirst es gleich sehen, denn sieben von den Häuptlingen haben den Wunsch geäußert, uns mitsamt ihrer Familien zu begleiten. Sie wollen Eurer Majestät versichern, wie froh sie sind, wieder mit Ägypten vereinigt zu sein, und geloben, den Frieden zwischen den beiden Ländern zu wahren.» Er lächelte ein wenig zynisch, und Hatschepsut lachte leise, denn sie glaubte nicht einen Augenblick daran, daß die Häuptlinge von Punt aus freiem Willen mitgekommen waren.

Das Gold wurde zu ihrer Rechten angehäuft. Und weitere Diener kamen herein und legten große Stoßzähne aus Elfenbein nieder und ächzten unter der Last von dicken schwarzen Ebenholzplatten. Hinter ihnen warteten andere, die riesige Haufen von Fellen auf den Armen trugen: Panther, Leoparden für die Priester und andere. Es dauerte eine Weile, ehe Hatschepsut erkannte, daß nicht alle der Felle zu toten Tieren gehörten, denn zwölf ihrer Zoowärter hatten Mühe, die Hunde und Affen aller Art und Größe zu bändigen, die mit ihrem Bellen, Winseln und Schreien ein derartiges Konzert veranstalteten, daß sie laut lachen mußte. Auch ein Gepard wurde hereingeführt, ein mageres, geflecktes, majestätisches Tier, das sie alle mit kaltem, starrem Blick ansah. Es setzte sich auf die Hinterbeine und begann sich mit den Vorderpfoten das Gesicht zu säubern. Senmut erklärte Hatschepsut,

daß dieses Tier ein besonderes Geschenk sei, das Parahu, der größte aller Häuptlinge, für ihren ausschließlichen Gebrauch gesandt habe. Es sei ein Jagdgepard, sehr schnell und mörderisch. Sie nahm die schwere goldene Kette, die an seinem Halsband befestigt war, in die Hand, und wie auf ein Signal stand das Tier auf, stellte sich auf die Stufen neben ihr und schmiegte seinen geschmeidigen, warmen Körper an Senmuts nackte Beine.

Weitere Geschenke wurden hereingebracht. Es gab viele verschiedene Arten von Holz, dunkel und hart, hell und schön gemasert, süß duftendes Holz, Holz, das wie geschaffen für den Meißel eines Schnitzers war. Es gab Straußenfedern, Augenschminke und Myrrhenöl. Und Nehesi hatte ihr eine Auswahl der Blumen und seltsamen Pflanzen von Punt für ihren eigenen Garten mitgebracht.

Als die feierliche Übergabe beendet war, ging Hatschepsut zwischen den Geschenken umher und half, den Tribut zu verteilen, während die Priester Amuns auf ihren Anteil warteten, begeisterte Rufe ausstießen und alles mit kindlicher Freude in Empfang nahmen. Nachdem der Saal geräumt war, setzte sich Hatschepsut wieder auf ihren Thron, und die sieben Häuptlinge wurden hereingeführt. Sie war überrascht, daß sie ihren eigenen Landsleuten ähnelten, denn sie hatten eine helle Haut, langes schwarzes Haar und waren schmächtig gebaut. Wie Nehesi gesagt hatte, trugen sie alle an einem Bein vom Knöchel bis zur Hüfte schwere goldene Ringe. Sie krochen über den goldenen Fußboden auf sie zu, und sie gebot ihnen aufzustehen. Die Männer waren bärtig, hatten schmale, strenge Gesichter und forschende Augen; ihre Frauen und Kinder trugen, ebenso wie sie, kurze Faltenröcke, ähnlich denjenigen, die Hatschepsut selbst trug. Sie hieß sie willkommen, sprach von ihrer Hochachtung vor den Bewohnern eines Landes, aus dem die Götter gekommen waren, und sagte ihnen, daß sie sich nur Frieden und einen guten Tauschhandel zwischen ihren beiden Ländern wünschte, wie in früheren Zeiten. Sie hörten teilnahmslos zu, die großen Augen auf ihr geschminktes Gesicht geheftet. Einer der Männer trat vor und pries sie mit stockender, brüchiger Stimme. Die Kinder drängten sich schweigend und mit weit aufgerissenen Augen an die Beine ihrer Mütter.

Plötzlich wußte Hatschepsut, was sie bedrückte. Sie hob die Hand, und der Mann hörte auf zu sprechen. «Ich habe euch willkommen

geheißen», sagte sie, «und ein großes Festessen ist für euch vorbereitet worden. Wir werden zusammen speisen. Aber ihr fühlt euch nicht wohl. Ihr fürchtet, daß man euch nicht in eure Heimat zurückkehren lassen wird. Aber ich verspreche euch: Bleibt in Ägypten, solange ihr wollt, und wenn ihr bereit seid, werde ich euch mit einer Eskorte von Soldaten und vielen Geschenken nach Ta-Neter zurückschicken. Das schwöre ich, König und Pharao von Ägypten, bei meinem eigenen Namen.»

Die Leute aus Punt atmeten auf und begannen, in ihrer eigenen Sprache miteinander zu schwatzen. Hatschepsut erhob sich. «Wir gehen jetzt in den Tempel, um Amun zu danken und ihm seinen Tribut zu zeigen.» Von Hapuseneb angeführt, verließ sie an Senmuts Seite den Audienzsaal. Ihre Baldachinträger traten vor, um sie vor dem grellen Glanz der heißen Mittagssonne zu schützen, während sie mit gemessenen Schritten nach Karnak gingen. Vor den offenen Türen des Heiligtums konnte Hatschepsut jetzt endlich die Gebete sprechen, die ihr während der zwei langen Jahre des Wartens nicht über die Lippen gekommen waren. Thutmosis war weit weg von Theben, und rings um sie herum waren die Anzeichen ihrer ewigen Schönheit und Macht. Sie betete inbrünstig, zuerst auf dem Boden liegend, dann stolz und aufrecht, um sich vor aller Ohren an den Gott zu wenden.

«Ich werde euch wissen lassen, was mir befohlen wurde. Ich habe auf meinen Vater Amun gehört, der mich geheißen hat, in seinem Namen ein Punt in Ägypten zu schaffen und die Bäume aus dem Land des Gottes in seinem Garten neben seinem Tempel zu pflanzen. Ich habe seine Wünsche nicht außer acht gelassen.» Die klare Stimme schwoll an, eindringlich, trotzig. «Er hat mich als seine geliebte Tochter gebeten, und ich weiß, was er wünscht. Ich habe für ihn ein Punt in seinem Garten geschaffen, wie er es mir befohlen hat.» Sie zählte all die Geschenke auf, die sie ihm, ihrem mächtigen Vater, darbrachte, und bat ihn im stillen um Verzeihung wegen ihres Mangels an Vertrauen, ihrer bitteren Zweifel und ihrer zornigen Worte an ihn. «Du sollst vollbringen, was ich verlangt habe», erinnerte sie ihn, und nur Senmut hörte die flehentliche Bitte hinter den anmaßenden Worten. «Dein Leben ist das Leben meines Mundes. Ich, in meiner Majestät, habe befohlen, daß die Opfergaben für ihn, der mich gezeugt hat, großartig sein sollen.» Sie kniete nieder und betete abermals.

Von irgendwo hinter dem Gott ertönte die Stimme des Orakels. «Der Gott dankt dir, Tochter seines Körpers und König von Ägypten. Geh in Frieden. Punt ist nach Ägypten gekommen, und Amun ist froh.»

Die Riten waren beendet. Die Anwesenden begaben sich zum Nachmittagsschlaf in ihre Gemächer. Hatschepsut ging mit Senmut in den Garten, und sie setzten sich in den kühlen Schatten einer Platane. Nach der langen Zeit der Trennung lag eine gewisse Zurückhaltung über ihnen, und obwohl sie sich eng umschlungen hielten, während sie die schläfrigen Insekten beobachteten, die schwankend über das Gras krochen, fiel es ihnen schwer, einander ins Gesicht zu sehen.

«Erzähl mir von Punt», sagte Hatschepsut schließlich. «Wie oft habe ich in den vergangenen Monaten geträumt, daß ich neben dir auf dem Schiff stand und mit dir die Entfaltung von Horizonten beobachtete, die ich niemals sehen werde!»

Hapuseneb hatte Senmut auf dem Weg zum Audienzsaal beiseite genommen und ihm eilig vom Tod seines jungen Schützlings und von Thutmosis' ständigem Drängen erzählt. Er war immer noch erschüttert. Und als er den traurigen Klang von Hatschepsuts Stimme hörte und einen ungewohnten Fatalismus an ihr wahrnahm, eine Teilnahmslosigkeit, die sie früher nie gezeigt hatte, wurde ihm klar, wie das Schicksal ihr in den letzten zwei Jahren mitgespielt haben mußte, während für ihn das Leben stillzustehen schien. Er sprach nicht von Neferura, und sie war froh darüber.

«Nachdem wir den Kanal hinter uns gelassen hatten, wandten wir uns nach Süden», sagte er. «Aber das weißt du ja, Majestät. Wir hielten uns monatelang dicht an der Küste, immer auf der Suche nach dem Ort, von dem der Bibliothekar und seine Vorfahren gesprochen hatten. Wir hatten schon fast die Hoffnung aufgegeben, ihn jemals zu finden, als wir eines Nachts vor Anker gingen und von Parahu, dem Häuptling, von dem Nehesi dir erzählt hat, begrüßt wurden. Er hatte Angst vor uns, denn er sah unsere Bogen und Äxte; aber wir sprachen von Frieden, und als wir die Gesichtszüge der Menschen dort sahen, wußten wir, daß wir in der Tat die Bewohner des geheiligten Landes gefunden hatten. Parahu war erstaunt, wie gut wir Bescheid wußten, und glaubte, wir seien vom Himmel gefallen!»

Sie lachte kaum hörbar, denn ihre Kehle war wie zugeschnürt vor

Schmerz und Freude über seine Stimme, seinen warmen Arm um ihre Schulter. «Was für ein Augenblick! Was für ein gesegneter Augenblick!» sagte sie und fing, von nachträglicher Angst und Erleichterung überwältigt, zu weinen an.

Senmut konnte sich nicht erinnern, daß Pharao jemals auf diese Art geweint hatte, so still und ohne Grund, und er fragte sich, wie es Menech, Useramun und Pahu in seiner Abwesenheit angesichts einer schwankenden Regierung und einer nervlich zerrütteten Frau ergangen sein mochte. Er drückte sie fester an sich, tat als ob er ihre Tränen nicht bemerkte, und streckte nur von Zeit zu Zeit die Hand aus, um sie sanft fortzuwischen. «Parahus Frau, Ati», fuhr er fort, «ist die unförmigste Frau, die ich je in meinem Leben gesehen habe. Und sie ritt auf dem kleinsten Esel, den ich je in meinem Leben gesehen habe, zum Strand. Nehesi hätte durch seine verzweifelten Anstrengungen, nicht zu lachen, um ein Haar die ganze Expedition zunichte gemacht. Anscheinend ist solche Fettleibigkeit für die Leute von Punt ein Zeichen großer Schönheit, und unter diesem Gesichtspunkt ist Ati in der Tat eine sehr schöne Königin! Sie leben in Palmhütten, die auf Pfählen hoch über dem Fluß stehen, und rings um sie herum ist dichter Dschungel . . .» Er sprach leise weiter, streichelte ihr Haar, redete und redete, während die Mittagshitze zunahm und eine schwere Stille sich über die Gärten legte, und versuchte, mit seinen Erzählungen die bösen Ahnungen zu verdrängen, die an ihren Gedanken nagten. Er fühlte, wie ihre Glieder sich entspannten und ihr Atem ruhiger wurde. Als er schließlich nichts mehr zu sagen wußte, legte sie ihren Kopf an seine Schulter und seufzte. Senmut blickte hinunter und sah, daß sie eingeschlafen war. Er lächelte leise vor sich hin und lehnte sich gegen den Baumstamm, aber er blieb wach. Den Blick auf die in der Hitze flimmernden Gärten geheftet, ließ er mit einem wehmütigen Gefühl des Verlustes die Ereignisse seines kurzen Lebens an sich vorüberziehen, als ahne er, daß dies alles bald ein Ende nehmen sollte.

Hatschepsut schlief, an Senmut geschmiegt, bis das Schmettern der Hörner auf den Tempelmauern sie bei Einbruch der Dunkelheit weckte. Im Bankettsaal liefen die Sklaven geschäftig hin und her und legten letzte Hand an die vergoldeten, mit Blumen bestreuten Tische für das Festessen zu Ehren der Häuptlinge von Ta-Neter.

Sie fuhr erschreckt hoch und blickte um sich, um zu sehen, wo sie

war. Senmut streichelte ihren Arm, und sie wandte sich ihm zu, sah in das Gesicht, das sie so liebte, berührte einen Traum, der Wirklichkeit war. Er war endlich wieder bei ihr.

Es war ein besonderer Abend. Irgend etwas von dem Zauber vergangener Tage durchdrang die großen, hellerleuchteten Säle und Säulenhallen, etwas von der Zeit, da Thutmosis noch ein Kind gewesen war und Hatschepsuts Feste bis zur Morgendämmerung gedauert hatten. Aber es lag auch eine gewisse Wehmut in der Luft, ein Gefühl, daß ein schönes Schauspiel sich seinem Ende näherte. Die Gäste und Diener drängten sich in den Sälen, und ihr Gelächter und Geschwätz war weithin zu hören. Der kühle Nachtwind, noch ohne die schneidende Schärfe eines Winters, der gerade begonnen hatte, strich leise durch den Bankettsaal und trug den Duft von reichgewürzten, heißen Speisen und parfümierten Ölen durch die geöffneten Fenstertüren in die Gärten hinaus.

Eine fast hysterische Fröhlichkeit lag über der Gesellschaft auf dem Podium. Hatschepsut, in dem sicheren Gefühl, daß dies das letzte ihrer großen Feste sein würde, hatte sich so kostbar und sorgfältig gekleidet, als ob sie zu ihrer Hinrichtung ginge. Sie trug die Doppelkrone und fragte sich, ob Nofret sie ihr wohl jemals wieder aufs Haupt setzen würde. Sie hatte den königlichen Halsschmuck aus Gold angelegt und das schwere Pektoral ihrer Krönung, das Auge des Horus. Die Henkelkreuze, Symbole des Lebens, umschlossen ihre Arme, und an ihren Fingern funkelten große goldene Ringe mit blauen, purpurnen und grünen Steinen. Um ihre Fesseln lagen schmale Silberreifen, die mit kleinen Figuren der Hathor verziert waren. Ihre Sandalen waren aus rotem Leder, mit rotgoldenen Lotusblüten geschmückt, und ihr Rock war mit kleinen goldenen Kügelchen besetzt, die wie Regentropfen an dem weichen Leinen hingen.

Sie saß zwischen den Männern, die während der letzten zwanzig Jahre, fest verbunden und unangreifbar, die Macht Ägyptens verkörpert hatten: Senmut, ihr Geliebter, dessen Augen über die Blumen hinweg die ihren suchten; Nehesi, der Schwarze, der wieder das große Siegel an seinem schlichten Ledergürtel trug und mit undurchdringlichem Gesicht auf die Wächter an den Wänden blickte; Hapuseneb mit den kühlen grauen Augen, den langen Priesterrock unter sich geschlagen und die Finger in die Wasserschüssel getaucht; Pahu,

immer noch stirnrunzelnd und in Gedanken bei den langen Listen der Tribute; Useramun mit blitzenden Augen und wild gestikulierenden Händen, ein Grinsen auf dem kecken Gesicht, während Menech sich zu ihm hinüberbeugte, um das Ende des Witzes zu hören; Puiemre, der mit ernstem Gesicht in seinem Essen stocherte, während seine Katzen steifbeinig um ihn herumstolzierten; Inebny, der Gerechte, in ernster Unterhaltung mit dem Vizekönig von Ägypten, beide mit gesenktem Kopf in irgendeine diplomatische Angelegenheit vertieft, ohne auf den Lärm im Saal zu achten; Duauineheh, auf der untersten Stufe des Podiums, das Gesicht wachsam und lebendig, während er aß und die nackten Tänzerinnen beobachtete; der arme, höfliche Ipuemra, ihr zweiter Prophet, schüchtern, wortkarg, aber treu ergeben; der gesetzte Amunhotpe; Senmen der Mächtige; Amunophis, ihr Hofmeister. Namen, Gesichter – jetzt Geschichte, lebende Geschichte –, Stimmen, die bald zum Schweigen gebracht werden sollten, kluge Köpfe, frühzeitig erschöpft, Männer, deren Tage gekommen und gegangen waren wie welke Blätter auf der Oberfläche des Flusses. So dachte sie bei sich, als sie von einem zum anderen blickte, während ihr Becher gefüllt wurde und sie wieder trank. Die Häuptlinge von Punt aßen schweigend, die forschenden Augen auf sie geheftet. Sie vermißte Jamunefer, seine näselnde Stimme und seine gezierten, matten Gesten; und sie vermißte Djehuty und Sennefer; sie hatten ihr immer ein Gefühl von Zeitlosigkeit vermittelt, denn ihre Familien reichten, ebenso wie die ihre, bis in die Dunkelheit der frühen Zeit Ägyptens zurück – ein Band, das Vergangenheit, Gegenwart und Zukunft verknüpfte.

Tachat saß zwischen den Prinzessinnen und Frauen der Adeligen; die graue Katze lag zusammengerollt auf ihrem grünen Schoß, und ihr kastanienbraunes Haar leuchtete zwischen den vielen schwarzen, mit Adelskronen geschmückten Köpfen. Sie hatte ihre Mahlzeit beendet und beobachtete Senmut mit starrem Blick. Er war in der Abenddämmerung zu ihr gegangen, ehe er sich für das Fest angekleidet hatte. Sie hatte sich ihm in die Arme geworfen und geweint. Er hatte ihr Geschenke mitgebracht, er hatte sie nicht vergessen. Sie hatten eine Weile in seinem stillen Arbeitszimmer gesessen, hatten Bier getrunken und geplaudert, aber sie wußte, daß sie in dieser Nacht allein schlafen würde, wie sie es jetzt schon so lange tat. Doch sie beklagte sich nicht,

nicht einmal im stillen. Er war zurückgekehrt, er war zu Hause, und sie würden an den langen Nachmittagen wieder unter den Platanen neben seinem Teich sitzen und Brettspiele miteinander spielen. Geistesabwesend streichelte sie die Katze. Das Tier schnurrte im Schlaf, aber Tachats Blick wich nicht von dem Gesicht ihres Herrn, der lächelnd den Kopf neigte und leise mit Pharao sprach.

Es gab Musik und Wein und die Geschichte der Reise, von Ipukys Sohn erzählt, Wein und Tänze und wieder Wein. Der Lärm und das Geschrei nahmen zu, während der Mond verblaßte. Die Säle, die Gärten und selbst der Tempel waren angefüllt mit Feiernden, und ihr Lachen und Rufen drang über den Fluß zu den nächtlichen Fischern, die erstaunt die Köpfe hoben und das Gesicht dem Lichterglanz der königlichen Gärten und Gebäude zuwandten.

Auch Hatschepsut lachte und trank. Die Jahre wurden zu Monaten, zu Wochen, zu Tagen, und die Tage schrumpften zu Minuten und die Minuten zu Sekunden, kostbaren, kostbaren Sekunden, die wesentlicher, schöner, dauerhafter waren als all das Gold in ihren Schatzkammern. Schließlich sah sie Senmut an, und er erwiderte ihren Blick. Sie verließen das Getümmel des Saals, schlängelten sich durch die Gruppen im Garten, gingen schnell die Alleen entlang und ließen allen Lärm hinter sich, bis nur noch das Mondlicht da war, das Hatschepsuts Schlafgemach durchflutete, und das leise Tappen der Wächter hinter der Tür. Sie stieß einen Seufzer der Erleichterung aus, nahm die Doppelkrone ab und legte sie ehrfurchtsvoll und ein wenig unsicher in ihre Schatulle. Senmut wollte das Nachtlicht anzünden, aber sie hielt ihn zurück, griff nach seinem Arm und legte ihn um ihren Hals. Sie küßten sich, und die Jahre der Trennung versanken, als ob sie nie gewesen wären. In Dunkelheit und Stille begannen sie, einander zu erforschen, entdeckten neu, was sie aneinander liebten, versuchten, jede unausgesprochene Gemütsbewegung, die sie vom Tag ihrer ersten Begegnung an gespeichert und gehegt hatten, in diesen einen Augenblick zu legen, versuchten, auch die letzte unsichtbare Schranke niederzureißen. Sie brauchten keine Worte. Mit ihren Händen, ihren Lippen und ihren Gliedmaßen sprachen sie von Liebe und Tod, von Königreichen, die gewonnen und verloren worden waren, von Sonnenschein und Gottesverehrung und Kindern und von der bloßen Freude, am Leben zu sein. Als es vorüber war und sie Seite an

Seite auf dem warmen Fell lagen, wußten sie beide, daß ihnen ein solches Erlebnis nie wieder beschert sein würde. Es war eine letzte Gnade. Vor ihnen lag nur noch die Dunkelheit.

Sie hörten aus weiter Ferne den Aufbruch der Gäste, ein undeutliches Gemurmel, ein paar Kommandorufe, das Tappen der Füße eines herbeieilenden Sklaven. Dann wurde es still.

Hatschepsut hob den Kopf, stützte sich auf den Ellbogen und streichelte seine Brust, während ihr Haar über sein Gesicht fiel. «Senmut, hast du alles erreicht, was du dir damals gewünscht hast, als ich dich zum erstenmal zum See kommen ließ? Gibt es noch irgend etwas vor . . . vor . . .» Sie konnte es nicht sagen, dieses «vor dem Ende».

Er strich sich ihr Haar aus den Augen und lächelte ihr zu. «Nichts, Hatschepsut. Ich habe viel mehr erreicht und getan, als ich mir damals erträumt hatte.»

Ihre Finger blieben still auf seiner Brust liegen. «Wenn ich dich jetzt bäte, mich zu heiraten, würdest du mich abweisen?»

Er richtete sich jäh auf und sah sie an. Sie warf trotzig den Kopf zurück. «Was hast du im Sinn?» fragte er.

Hatschepsut sprang auf und lief zum Tisch. «Dies hier», sagte sie, die Doppelkrone in die Höhe haltend. «Dies. Für dich.»

Er sah sie eine Weile mit starren Augen an, dann schweifte sein Blick zu der hohen rot-weißen Krone, die sie in den Händen hielt. Sein anderes Ich, so gelassen, so gefaßt, so kühl überlegend, flüsterte ihm zu: Nimm sie. Hast du sie nicht verdient, Sohn der Erde? Aber andere Gedanken folgten, traurige und grimmige Gedanken, und er schüttelte langsam den Kopf, während er gleichzeitig fühlte, wie sein Glück ihn verließ und leise zur Tür hinausglitt. «Nein, meine liebste Schwester, nein», sagte er. «Ich kenne mich, und ich kenne auch dich ein wenig, obgleich du nur schwer zu ergründen bist. Wenn Thutmosis dir nicht so dicht auf den Fersen wäre, würdest du sie mir dann auch anbieten? Angenommen, ich nehme sie und setze sie mir aufs Haupt. Angenommen, ich werde Pharao Senmut der Erste. Thutmosis würde kämpfen, und ich würde gezwungen sein, ein Ägypten zu verteidigen, das nicht bereit ist, mich als seinen Herrscher anzuerkennen. Hoffst du, die Stunde deines Triumphs auf meine Kosten zu verlängern? Willst du dich auch meiner bedienen, selbst jetzt?»

Sie warf die Krone auf den Tisch und vergrub den Kopf in den

Händen. «Ich liebe dich, ich liebe dich. Das ist alles, was ich weiß!» sagte sie schluchzend. «Ich will nicht sterben, nicht jetzt, niemals. Ich will dich nicht verlassen, und die schönen Felder Ägyptens und all diejenigen, die mir das Leben zur Freude gemacht haben! Oh, mein Liebster, hilf mir!»

Er ging wortlos zu ihr und versuchte mit der ganzen Kraft seiner Arme, die düsteren, flatternden Schatten der Ewigkeit abzuwehren.

Λ

27

Einen Monat später kehrte Thutmosis triumphierend und mit Beute beladen an der Spitze seiner Truppen nach Theben zurück. Hatschepsut hatte den Eindruck, daß er gewachsen, voller geworden war, und sie empfing ihn mit zusammengepreßten Lippen und einem kalten Gruß. Er schien es nicht zu bemerken. Er stand neben ihr, als die Schätze aus Gaza zu ihren Füßen aufgehäuft wurden, und berichtete mit seiner tiefen Stimme von den Höhepunkten des Feldzugs und der Belagerung. Sie ging mit ihm in den Tempel, wo er Amun huldigte und dankte. Er machte bereits Pläne für eine riesige Erweiterung des Tempels, und Mencheperrasoneb, sein Baumeister, und Minmose, sein Techniker, begleiteten ihn, während er jeden Zoll der Tempelhöfe inspizierte. Hatschepsut verabschiedete sich mit einem kurzen Kopfnicken von ihm und machte sich auf die Suche nach Senmut, um sich nach der Stimmung des Volkes zu erkundigen. Sie fand ihn bei Hapuseneb.

«Wie hat Theben den Kronprinzen empfangen?» fragte sie.

Senmuts Augen geboten ihr, stark zu bleiben und nicht zu schwanken, als er es ihr sagte. «Vom Delta bis hierher nach Theben wurde das Heer von Scharen von Fellachen und Bewohnern der Stadt begleitet, die ihn umjubelten», erklärte er bitter. «Sie riefen nach ihm, und als er seinen Streitwagen verließ und sich unter sie mischte, nannten sie ihn Pharao und küßten seine Füße. Sie lieben dich, Majestät, und werden es immer tun, aber sie haben deinen Frieden und Wohlstand vergessen. Sie denken nur noch an Eroberungen.»

«Die Masse ist stets wankelmütig», murmelte sie, «und die Menschen wollen, was nicht gut für sie ist. Wenn sie Krieg wünschen,

werden sie ihn von Thutmosis bekommen. Es macht mich zornig», sagte sie, «daß alles, was ich getan habe, um die Schatztruhen des Tempels und der Regierung zu füllen und meinen Untertanen ein wenig Ruhe und Frieden zu geben, jetzt nichts mehr bedeutet, weil die Fanfaren des Krieges ihr einfältiges Gemüt verwirren!» Sie biß sich auf die Lippen und entfernte sich rasch. Senmut war klug genug, ihr nicht zu folgen. Mit der endgültigen Erkenntnis ihrer Niederlage, dem letzten schweren Verzicht mußte sie sich allein auseinandersetzen; dabei konnte selbst er ihr nicht helfen.

Zwei Monate später weckte Hapusenebs erschreckter Akoluth den Hohepriester mitten in der Nacht und flüsterte ihm atemlos ins Ohr, daß der Kronprinz draußen sei. Hapuseneb schüttelte seine Träume ab, stand schlaftrunken von seinem Ruhebett auf, dankte dem Jungen und sagte ihm, er solle sofort Nehesi und die Gefolgsleute seiner Majestät rufen. Er ließ ihn durch die kleine Tür hinaus, die direkt in Amuns Heiligtum führte, und verschloß sie hinter ihm. Dann zog er eilig einen warmen Morgenmantel an und bespritzte sich das Gesicht mit kaltem Wasser. Er wünschte, daß er in sein eigenes Haus flußabwärts zurückgekehrt wäre, statt in den Gemächern des Tempels zu schlafen, aber er verlor keine Zeit mit müßigem Bedauern. Als seine Tür aufgerissen wurde, saß er auf seinem Stuhl, die Hände im Schoß gefaltet. Seine kalten grauen Augen begrüßten Thutmosis durch das Halbdunkel hindurch.

Thutmosis war allein, aber am Ende des Gangs standen zwei seiner Soldaten Wache. Hapuseneb hatte keine Ahnung, wo seine eigenen Tempelwachen geblieben waren, aber er konnte es sich denken; Gold war ein starker Magnet. Er erhob sich nicht, um sich zu verbeugen, sondern neigte nur leicht den Kopf. Thutmosis kam näher, bis er auf den Hohepriester hinuntersah. Da, erst da erhob sich Hapuseneb, und die beiden Männer standen sich von Angesicht zu Angesicht gegenüber. Hapuseneb wartete, wie es sich geziemte, daß der Prinz zuerst sprach. Thutmosis hatte getrunken, aber er war nicht betrunken. Sein Atem roch nach Bier, als er den Mund öffnete, und seine Ohrgehänge schwangen hin und her, als er das Gewicht verlagerte, die Füße fest auf den Boden setzte und die Fäuste in gewohnter Art in die Hüften stemmte, während seine Augen Hapusenebs Blick einzufangen suchten.

«Ich werde keine Zeit verlieren», sagte Thutmosis. «Ich möchte ebenso gern schlafen wie du, Hoherpriester. Ich habe dir einen Vorschlag zu machen.» Er wartete, daß Hapuseneb etwas erwiderte, aber die grauen Augen sahen ihn nur leise lächelnd an, und so fuhr er mit herausfordernd vorgeschobenem Kinn fort: «Meine Tante und Mutter ist als Pharao am Ende. Sie weiß es, und ich weiß es, aber sie rührt sich nicht. Ich habe es satt, noch länger zu warten. Es wird sich manches im Palast verändern, und ich brauche dir nicht zu sagen, wie diese Veränderungen aussehen werden. Ich bin sicher, daß du es weißt.»

«Ich weiß es», sagte Hapuseneb, während sein Herz zu klopfen begann. «Wir alle wissen es.»

«Natürlich wißt ihr es.» Thutmosis trat plötzlich zur Seite und ging mit langen Schritten im Zimmer auf und ab. Eine Aura von Ungeduld umgab ihn, eine fühlbare, ruhelose, rohe Gewalt. Hapuseneb schauderte leicht und verbarg seine Hände unter dem wollenen Gewand. Er sah im Geist Thutmosis den Ersten, den mächtigen Stier der Maat, wie er im schwachen gelben Schein der Nachtlampe in seinem Zimmer umherschritt. «Du hast ihr lange und treu gedient, Hoherpriester. Dein Vater, der Wesir, hat mit der gleichen lobenswerten Ergebenheit meinem Großvater gedient, und das ist der Grund, weshalb ich persönlich zu dir komme und dich nicht zu einer öffentlichen Audienz rufen lasse.» Er drehte sich rasch um und sah Hapuseneb an. «Dienst du Ägypten oder Hatschepsut?»

Hapuseneb antwortete ihm ruhig, obwohl sein Mund trocken war: «Du weißt bereits, was ich dir antworten werde, Prinz. Ich diene Ägypten, das vom Pharao verkörpert wird.»

«Du weichst mir aus, und ich bin müde; daher werde ich es deutlicher sagen. Wirst du mir als Hoherpriester dienen oder wirst du dich auch weiterhin einem Pharao anschließen, der niemals Pharao gewesen ist?»

«Ich diene Pharao», sagte Hapuseneb halsstarrig, «und Pharao ist Hatschepsut. Deshalb werde ich fortfahren, ihr zu dienen, solange sie lebt.»

«Ich biete dir mehr als deine Freiheit. Ich gebe dir die Möglichkeit, mit deiner Tätigkeit im Tempel und bei Gericht fortzufahren und wie bisher Pharaos Vertrauter und Ratgeber zu sein. Ich brauche dich, Hapuseneb.»

Hapuseneb lächelte schwach. «Ich kann sie nicht im Stich lassen, solange sie über Ägypten herrscht.»

«Und danach?»

Ihre Augen trafen sich, und Hapuseneb kämpfte gegen Thutmosis' überwältigende Willenskraft. «Ich gehöre ihr. Klarer kann ich es nicht sagen.»

Thutmosis trat stirnrunzelnd auf ihn zu. «Überlege es dir gut, Hapuseneb. Du bist kein simpler Emporkömmling wie Senmut. Du stammst aus einer alten, aristokratischen Familie. Halt es mit mir und lebe in Glück und Frieden.»

Hapusenebs Hände zitterten unter dem Gewand, aber er schüttelte nachdrücklich den Kopf. «Ich werde sie, die mich seit unserer gemeinsamen Jugend mit Zuneigung und Wohltaten überhäuft hat, niemals verraten, selbst wenn es meinen Tod bedeutet. Sie ist Pharao, Prinz, und war es, seit ihr Vater zu Re aufgestiegen ist. Wenn es irgendeinen Verrat gibt, so ist er bei denjenigen zu finden, die deinen Anspruch unterstützen.»

Thutmosis kniff die Augen zusammen und trat zurück; sein Backenmuskel zuckte vor Zorn. «Du bist ein Narr. Ich frage dich ein letztes Mal. Wenn du glaubst, mir nicht dienen zu können, bist du bereit, in die Verbannung zu gehen und nie wieder nach Ägypten zurückzukehren?»

«Ich werde nicht davonlaufen. Ich werde sie nicht wehrlos und ohne Freunde zurücklassen. Lieber würde ich sterben.» Eine Sekunde lang blickten die grauen Augen unschlüssig drein, dann wandten sie sich ab. Hapuseneb setzte sich. Seine Beine versagten.

Thutmosis lächelte spöttisch und ging rasch zur Tür. Der Soldat, der ihn kommen hörte, öffnete sie und stand stramm. «Es könnte dazu kommen», sagte Thutmosis laut. «Ja, wahrhaftig. Denk über deine Worte nach, und wenn du bis zum Morgen deine Meinung geändert hast, laß es mich wissen.» Er hielt die Tür in der Hand.

Hapuseneb sah ihn nachsichtig an. «Bedaure, Prinz, aber meine Meinung wird nicht von jedem guten oder bösen Wind ins Wanken gebracht. Sie wird sich niemals ändern.»

«Dann stirb!» stieß Thutmosis hervor und schlug krachend die Tür hinter sich zu.

Hapuseneb stand mühsam auf und ging zur Kohlenpfanne, um

das Feuer zu schüren. Er zitterte, und ihm war sehr kalt. Kaum hatte er frische Holzkohle auf die glühende Asche geworfen, da sprang seine Tür wieder auf, und Nehesi kam, ein kurzes Schwert in der Hand, mit langen Schritten herein. Hinter ihm drängten vier Gefolgsleute seiner Majestät in den Raum, verteilten sich und blickten prüfend in jeden Winkel. Hapuseneb lächelte nervös und hielt die Hände über die Flammen. «Ich danke dir, daß du gekommen bist, Nehesi.»

«Ich habe keine Zeit verloren.» Nehesi steckte das Schwert in die Scheide und ging zu Hapuseneb. Auf sein Kopfnicken zogen sich die Wächter zurück. «Ich hatte befürchtet, dich verwundet oder tot vorzufinden. Ich sah Thutmosis und seine Leute den äußeren Hof überqueren, alle bis an die Zähne bewaffnet.»

«Er kam nur, um mit mir zu reden. Wir haben geredet, und er ist gegangen.»

Nehesi sah den Hohepriester an. «Du bist bleich.»

In Wirklichkeit schwitzte Hapuseneb am ganzen Körper. Er zitterte immer noch, gewann jedoch allmählich seine Gelassenheit wieder. Er führte Nehesi zum Tisch, schenkte Wein ein und trank gierig. «Das wundert mich nicht. Thutmosis bereitet sich zum Angriff vor. Ich nehme an, in ein, zwei Tagen wird es soweit sein. Er kam, um mir ein Angebot zu machen.»

Nehesi lachte grimmig. «Ach, wirklich? Ich kann mir denken, welches der Preis war – und was du ihm geantwortet hast. Wo waren deine Wächter?»

«Fortgelockt, vermute ich. Ich bezweifle, daß ich sie je wiedersehen werde. Wir müssen sofort zu Senmut gehen und ihn warnen. Er ist wahrscheinlich in den königlichen Gemächern.» Er zuckte hilflos die Schultern. «Was können wir tun?»

«Nichts, außer wie Männer sterben», sagte Nehesi gelassen. «Zumindest können wir sagen, daß wir wie Männer gelebt haben. Wir werden vor den Göttern bestehen können. Unser Ende wird schnell sein, aber wie steht es mit Pharao?»

Sie sahen einander, immer noch den Becher in der Hand, niedergeschlagen an, zornig, daß sie jetzt, am Ende, so hilflos wie neugeborene Babies waren. Sie verließen zusammen Hapusenebs Gemächer und schlichen mit gezogenen Schwertern lautlos durch die Nacht, hinter

ihnen die Gefolgsleute seiner Majestät, die mit wachsamen Augen die Dunkelheit durchforschten.

Senmut und Hatschepsut schliefen, als Nehesi Duauineheh bat, sie zu ihnen zu lassen. Aber noch ehe der Herold an die Tür klopfte, waren sie wach und horchten auf das eindringliche Flüstern draußen auf dem Gang. Als Duauineheh eintrat, waren sie schon aufgestanden und in ihre Morgenmäntel gehüllt.

«Der Hohepriester und der Kanzler bitten, empfangen zu werden», sagte Duauineheh mit einer Verbeugung. Als Hatschepsut sein Gesicht sah, durchzuckte sie ein panischer Schrecken. Der Augenblick war gekommen. Und so schnell, so schnell!

Sie nickte und sah Senmut an, der ihr ermutigend zulächelte. «Laß sie herein. Und bleibe bei uns, Duauineheh. Ich glaube, was sie zu sagen haben, betrifft auch dich.»

Er öffnete die Tür, und Hapuseneb und Nehesi traten ein. Duauineheh schloß leise die Tür hinter ihnen, nachdem er sich vergewissert hatte, daß die Gefolgsleute seiner Majestät ihre Posten draußen und an beiden Enden des langen, schwach erleuchteten Gangs bezogen hatten.

«Sprecht», sagte Hatschepsut kurz, «und versucht nicht, mich zu schonen. Es ist soweit, nicht wahr?»

Nehesi durchquerte den Raum und setzte sich an den Tisch unter dem kleinen Fenster. Hapuseneb kam näher und berichtete ihr so schonend wie möglich von Thutmosis' Vorschlag. Sie hörte ihn wortlos an. Als er geendet hatte, trat sie auf ihn zu und legte ihm die Hand auf die Schulter.

«Um deiner selbst willen, liebster Freund, mußt du Theben noch heute nacht verlassen und nach Norden fliehen. Ich will nicht dein Blut auf dem Gewissen haben.»

«Ich gehe nicht. Mein Platz ist hier, und hier bleibe ich. Nehesi, Senmut und deine übrigen Minister werden das gleiche sagen.»

«Ich habe dir alles genommen, Hapuseneb, sogar dein Herz. Muß ich dir auch noch das Leben nehmen?» Ihre Stimme war ein vertrauliches, leises Murmeln, und die anderen hörten nur ihren bittenden, flehenden Ton. «Ich werde dir Gold und Soldaten geben. Du kannst leicht Frieden in Rethennu oder Hurria finden. Bitte, Hapuseneb, geh fort von mir!»

Er betastete sein Amtszeichen, schüttelte langsam den Kopf und lächelte ihr zu, während sie sprach. «Nein, nein und abermals nein», sagte er. «Wie könnte ich ruhig leben in dem Bewußtsein, dich deinem Schicksal überlassen zu haben?»

«Du Narr! Du Narr!» sagte sie zornig. «Was kannst du, was kann irgendeiner von euch tun, wenn ihr bleibt? Das Glück ist gegen mich, und nichts, was ihr tun könnt, wird etwas am Lauf der Dinge ändern!»

«Wir können sterben.» Nehesis Stimme drang von der anderen Seite des Zimmers zu ihnen herüber. «Wir können sterben.» Sie stieß einen Schrei der ohnmächtigen Erbitterung aus und ließ sich auf den Rand des Ruhebetts sinken. «Wir können Thutmosis zeigen, was wirkliche Treue ist, und wir können das höchste Opfer unserer Ergebenheit darbringen. Kein Soldat kann mehr verlangen», fuhr er fort, und sein Ton war so gelassen, als ob er über den Inhalt der Depeschen aus den Provinzen spräche.

Hatschepsut preßte die Lippen zusammen und dachte angestrengt nach. «Wieviel Zeit haben wir?» fragte sie.

Nehesi verließ seinen Platz am Fenster und trat in den Schein des Lampenlichts. «Überhaupt keine Zeit», sagte er. «Jetzt, da Thutmosis seine Karten aufgedeckt hat, wird er schnell handeln. Er wird dich, Senmut, als den mächtigsten Prinzen Ägyptens zuerst töten. Dann wird er Hapuseneb als den höchsten Würdenträger des Tempels beseitigen und dann mich als Pharaos Leibwächter.»

«Ich glaube, er wird versuchen, alle auf einmal zu erledigen», sagte Senmut. Das Gespräch hatte für ihn etwas von einem schweren, unangenehmen Traum: das gedämpfte gelbe Licht; die starren Gestalten; der Nachtwind, der leise in den geschlossenen Windfängen ächzte; und über ihnen allen der düstere, schnell herabsinkende Schatten, der sich nie wieder heben würde. Seine Stimme war so leblos und schwer wie seine Glieder. «Er wird rasch und endgültig zuschlagen, von einem Tag zum anderen, weil er fürchtet, daß du, Majestät, wenn er dir Zeit läßt, noch im letzten Augenblick eine Streitmacht aufstellen und ihn besiegen könntest.»

«Wie schlecht er mich kennt», erwiderte sie. «Wenn er an meiner Stelle wäre, würde er nicht zögern, das Blut des Heeres zu vergießen, um einen Versuch zu wagen. Aber ich werde es nicht tun. Ich werde nicht töten.»

Dumpfes Schweigen legte sich über sie, eine fast apathische Stimmung der Niederlage. Nach einer Weile löste sich Hatschepsut aus ihrer Erstarrung und befahl Duauineheh, Nofret und ihre Sklavinnen zu rufen. «Wir werden zusammen essen und trinken, während Re sich erhebt», sagte sie. «Und wir wollen nicht mehr über diese Dinge sprechen. Ihr wißt, was ich für euch alle empfinde. Sollte ich nichts mehr für euch tun können, als mich bei den Göttern für eure Rechtfertigung einzusetzen, so werde ich das tun. In späteren Zeiten, wenn wir, die Ewigkeit vor uns, über die grünen Felder des Paradieses wandern, werden wir zusammen lachen und uns an dies alles wie an ein Spiel erinnern.»

Sie rührten sich nicht und sahen Hatschepsut nicht an, denn jeder von ihnen kämpfte mit Gemütsbewegungen, die zu tief für Worte waren. Nofret kam herein und wurde nach Speisen, Wein und Lichtern geschickt. Nachdem alles gebracht worden war, saßen sie auf Kissen auf dem Boden, aßen, tranken einander zu und sprachen leise von alldem, was sie seit den fernen, leuchtenden Tagen ihrer ersten Ämter zusammen getan hatten, sie hoben jeden Augenblick ins Licht der Erinnerung und entsannen sich seiner Schönheit, seines Schreckens oder seiner Komik und lächelten sich zu, mit einem Ausdruck von Resignation und Liebe in den Augen. Dann dämmerte der Morgen, und während Hatschepsut vor ihnen kniete, sangen sie, einer die Arme um den anderen gelegt, die Lobeshymne. Ihre Stimmen brachen fast und ungebetene Tränen traten in ihre Augen, als Re sie durch das hohe Fenster ansah und mit seinem hellen Glanz umgab.

Hatschepsut stand auf und umarmte sie, hielt jeden von ihnen einen Augenblick fest an sich gepreßt und weinte mit ihnen in der Stille der Morgendämmerung. Einer nach dem anderen warf sich vor ihr nieder und küßte ihre nackten Füße. Dann entfernten sie sich, um nie mehr zurückzukehren, sie nahmen die Zeit der Kraft und des Glücks mit sich, die sie ihr gegeben hatten, und verloren sich wie kleine, vom Wind geschlagene Wellen auf stillem Wasser.

Hatschepsut wandte sich Senmut zu, das Gesicht blaß und erschöpft und doch irgendwie jünger in dem sich langsam ausbreitenden Tageslicht. «Laß uns aufs Dach gehen», sagte sie, ihn bei der Hand nehmend. Sie verließen das Schlafgemach, stiegen die Treppen an der Palastmauer hinauf und kamen schließlich zu dem flachen Dach über

dem Audienzsaal. Sich immer noch bei den Händen haltend, saßen sie da, und Senmut wußte, daß er zum letztenmal auf die majestätischen Pylone und Obelisken von Theben blickte. Weit hinten im Westen hing noch ein dunkler Streifen von Nacht, eine graue Wolke, die über den Spitzen der Felsen lag. Das breite Band des Nils glänzte im neuen Tag, sein Wasser gekräuselt und funkelnd, das Schilf und die hohen Palmen an seinen Ufern eine Oase von kühlem Grün. Zwischen dem Fluß und dem Palast lagen die Gärten und Rasenflächen, die Statuen, die breiten Alleen und die gewundenen Pfade, auf denen er umhergegangen war und geträumt und gelacht und geweint hatte. Jetzt lagen sie verlassen da in der Stille, die dem Lärm des Tages vorausging, das Gras glitzerte von Tau, und die kaiserlichen Fahnen flatterten im Morgenwind. In der Ferne sah er den Glanz der Sonne auf dem goldenen Bug der königlichen Barke, die neben den Wasserstufen vor Anker lag. Er atmete tief und sog den Geruch von ganz Ägypten in sich ein, von schlammigem Wasser und süß duftenden Lotusblüten, die Frische von lebenden Bäumen und einen Hauch von Myrrhe.

Langsam wandte er sich ihr zu. «Ich danke dir, schöner Gott», sagte er leise. «Ich danke dir, göttliche Inkarnation, die ewig lebt. Ich werde nicht vergessen». Er nahm sie sanft in die Arme und küßte sie, während die winterlichen Nebel sich hoben und Res Finger ihre müden Gesichter wärmten.

28

Senmut kehrte in seinen Palast zurück und verbrachte den Tag damit, unauffällig seine Angelegenheiten zu ordnen. Noch ehe die Mittagszeit vorüber war, brachte er Tachat und die meisten seiner Diener auf sein Boot und befahl dem Kapitän, sie nach Norden zur Farm seiner Eltern zu bringen. Tachat protestierte laut, denn sie witterte Gefahr. Er küßte sie leicht auf die Wange.

«Widersprich nicht!» sagte er energisch. «Geh zu meinem Vater und bleibe dort, bis ich dich holen lasse. Es wird nicht lange dauern. Schau! Ich habe sogar meinen Musikern befohlen, dich zu begleiten. Bitte, Tachat, mach keine Geschichten, sonst lasse ich meinen Haushofmeister kommen, und er wird dich verprügeln!»

Sie blickte in das gütig lächelnde Gesicht und hörte auf zu jammern. «Gut, Senmut, ich gehe. Aber wenn du mich nicht vor Ende des Winters holen läßt, komme ich von allein zurück! Was wirst du tun?»

«Etwas sehr Schweres», erwiderte er. Plötzlich sprang die Katze von Tachats Armen und zischte ihn mit schreckensstarren Augen an. Sie schlug mit den Krallen nach seinem Knöchel, sprang in großen Sätzen die Rampe hinauf und verschwand im Innern des Schiffs.

«Du hast sie erschreckt», sagte Tachat vorwurfsvoll, während er sie auf die Rampe drängte und seinem Kapitän zunickte.

«Nicht ich», sagte er und küßte sie abermals. Dann wandte er sich ab und blieb auf dem kleinen Landeplatz stehen, während das rotweiße Boot abstieß und die Ruder ausgelegt wurden. Sie winkte kurz und ging, immer noch ärgerlich, in die Kajüte, aber er rührte sich nicht vom Fleck, bis das Heck des Schiffs hinter einer Biegung verschwunden war. Dann ging er langsam die Wasserstufen hinauf und die

verlassenen Alleen entlang. Die Sonne war heiß, aber ohne die drückende Schwüle des Sommers. Er ging zu seinem Teich, setzte sich mit gekreuzten Beinen ins Gras und beobachtete die Fische in den braunen Tiefen, ängstlich darum bemüht, nicht nachzudenken. Aber obwohl er es versuchte, konnte er das Geräusch seines eigenen, schnellen Atems und das Klopfen seines kraftvollen Herzens nicht unterdrücken. Eine große, unbezähmbare Liebe zum Leben stieg in ihm auf. Er stöhnte und vergrub das Gesicht in den Händen.

Sein Haushofmeister berührte leicht seine Schulter. «Herr, wie viele werden heute zu Abend essen?»

Senmut blickte überrascht auf. Er lachte. «Niemand, mein Freund. Ich habe heute abend keine Gäste; du kannst dich also zurückziehen, sobald du willst. Schick die Diener vor Einbruch der Dunkelheit fort und sorge dafür, daß die Sklaven fern von meinen Gemächern sind. Ich werde wohl bis zum Morgen niemanden brauchen.»

Der Mann verneigte sich verblüfft und ging fort. Senmut beobachtete weiter die schnellen blauen, grünen und violetten Fische, aber er fühlte sich jetzt leicht, leicht und frei, und erst als die Schatten der Bäume seinen Rücken erreichten, stand er auf und ging rasch unter den Arkaden hindurch in seinen Palast.

Sie kamen kurz nachdem die Tempelhörner Mitternacht geblasen hatten. Senmut saß, im Schein seines Nachtlichts lesend, neben seinem Ruhebett und wartete auf sie. Er hörte ihre verstohlenen, leisen Schritte, als sie aus der Dunkelheit seines Empfangssaals in den verlassenen Gang einbogen. Sie hielten einen Augenblick inne, dann kamen sie langsam näher. Er lächelte über ihr Zögern, legte die Schriftrolle beiseite und stand auf. Zweifellos hatten sie eine Schar von Wächtern, einen hellerleuchteten Palast und wachsame Soldaten erwartet. Irgend jemand versuchte leise, die Tür zu öffnen. Senmut vernahm eine eilige, geflüsterte Frage, der ein schroffer Befehl folgte. Er stand regungslos da, bemüht, die Ruhe zu bewahren, während die weißglühenden Finger des Grauens nach ihm griffen. Die hohen, mit Gold eingelegten Zederntüren begannen sich langsam zu öffnen. Senmut rührte sich immer noch nicht. Im Schrein hinter ihm zitterte die Weihrauchfahne in dem frischen Luftzug, und die Schriftrolle auf dem Ruhebett raschelte, aber seine Augen waren starr auf die dunkle

Öffnung geheftet, die sich in der Wand erweiterte. Eine innere Stimme schrie ihm zu: Fliehe! Fort von hier! Bleib am Leben! Bleib am Leben! Eine braune, beringte Hand erschien und befühlte tastend den Rand der Tür. Senmut schloß für den Bruchteil einer Sekunde die Augen und schluckte; Angstschweiß lief über seinen nackten Rücken. Mit einem dumpfen Knall krachten die Türflügel plötzlich gegen die Wand, und zwei Männer stürzten auf ihn zu; ihre erhobenen Dolche funkelten gelb und kalt in dem freundlichen, sanften Licht. Er sah in ihre Gesichter, wilde Gesichter unter blauen Helmen, die Augen grimmig, die Zähne entblößt. Einen Augenblick, einen langen, erstarrten Augenblick, während sie mit quälender Langsamkeit auf ihn zuschlichen und die Zeit mit der Ewigkeit zu verschmelzen schien, blickte er zu den Wänden empor und sah Hatschepsuts Gesicht, grübelnd und unberührbar unter der Doppelkrone, die goldenen Augen mit sanfter Strenge auf ihn geheftet. Er lächelte ihr zu. Und dann waren sie über ihm, und in der Qual seines Sterbens schrie er auf, stürzte nieder, der Ton seiner eigenen Angst klang ihm in den Ohren, und sein eigenes Blut strömte in seinen Mund. Die blaue Zimmerdecke über ihm, mit silbernen Sternen bestreut, wankte und löste sich auf in tiefe Schwärze, in einen eisigen Schlund, der sich auftat und ihn verschlang.

Sie schlugen Hapuseneb nieder, als er allein in der mondhellen Stille seines Gartens umherwanderte. Von ihren Dolchen durchbohrt, starb er Minuten später auf dem feuchten Gras.

Sie fielen über Nehesi her, als er vom Palast zu seiner Wohnung ging, überwältigten seine zwei Leibwächter und stießen ihm den Dolch in den Hals, während er sich grimmig wehrte und versuchte, sie abzuschütteln und zum Palast zurückzulaufen. Er wankte noch drei Schritte weiter, dann fiel er mit dem Gesicht nach unten auf den kalten, steinernen Pfad. Es fehlten noch vier Stunden bis zum Morgengrauen.

Hatschepsut war noch auf, als Pairi in ihr Schlafgemach stürmte. Nofret lag in einem ruhelosen Halbschlaf auf ihrer Matte vor der Tür, aber Hatschepsut ging im Zimmer auf und ab, die Arme unter der Brust gekreuzt, den Kopf gesenkt, unfähig, sich zu entspannen, sich niederzulegen. Der kleine Diener kam wankend durch ihren privaten

Eingang, und hinter ihm ein Gefolgsmann seiner Majestät. Sie drehte sich um und lief, von panischem Schrecken gepackt, auf ihn zu. Er zitterte, stammelte und weinte. Seine Hände, sein Gesicht und das Vorderteil seines Rocks waren mit Blut beschmiert. Er versuchte zu sprechen und schwenkte völlig verzweifelt irgend etwas vor sich hin und her. Auf einen halb erstickten Befehl von Hatschepsut hob der Soldat den Wasserkrug in der Ecke hoch und schüttete das Wasser über Pairis Kopf. Er schauderte und rang nach Luft. Plötzlich sank er kraftlos auf den Stuhl neben dem Ruhebett und begann, immer noch dieses Etwas mit blutigen Händen umklammernd, hemmungslos zu schluchzen.

«Sie haben ihn getötet! Sie haben ihn ermordet!» rief er stammelnd.

Hatschepsut trat mit zitternden Knien auf ihn zu und riß ihm das Ding aus der Hand. Es war eine Schriftrolle, klebrig von Blut. Sie trug Hatschepsuts eigenes Siegel, vor langer Zeit erbrochen. Während Hatschepsut sie langsam und beinahe mechanisch wieder aufrollte, wurde die andere Tür aufgerissen, und Duauineheh stürzte herein.

«Majestät, Hapuseneb! Nehesi! Beide tot! So plötzlich! Was soll ich . . .?»

Sie beachtete ihn nicht, sie starrte nur mit einem Ausdruck des Entsetzens auf Pairi. Die Schriftrolle gehörte Senmut, es war der allererste Plan für den Tempel im Tal, den er ihr vorgelegt hatte. Quer über die säuberlichen, anmutigen Linien hatte sie mit eigener Hand geschrieben: «Für den Baumeister Senmut, von mir genehmigt und gebilligt. Leben, Wohlstand und Glück!»

Nach einer schlaflosen, schrecklichen Nacht, in der sie versucht hatte, Pairi zu trösten und vernünftig mit Duauineheh zu sprechen, obwohl sie die ganze Zeit nur den einen Wunsch hatte, auf das Dach des Tempels zu steigen und sich hinunterzustürzen, ließ sie sich am Morgen von Nofret in Weiß und Silber kleiden und die Doppelkrone aufs Haupt setzen. Die Spuren der vergangenen Stunden waren kaum zu beseitigen, aber Nofret tat ihr möglichstes, legte eine dicke Schicht Rouge auf die blassen Wangen und umrahmte die geschwollenen Augen mit dem tiefsten Schwarz. Hatschepsut ging, von Duauineheh begleitet, in den Audienzsaal. Sie schritt zum Thron, stieg die Stufen hinauf und setzte sich auf das glatte, eisige Gold. Ihr stolzes Gesicht ließ nichts von ihrem Zorn und ihrem Kummer erkennen.

Die Leichen von Hapuseneb und Nehesi waren schnell ins Haus der Toten gebracht worden, aber niemand wußte, wo Senmut lag. Sein Zimmer war auf ihren Befehl versiegelt worden, bis ihre Polizei eine Untersuchung einleiten konnte, aber als die Stunden vergingen und ein Diener nach dem anderen mit negativem Bescheid zu ihr kam, begann sie zu fürchten, daß sie ihn niemals finden würde. Sie kannte Thutmosis gut genug, um zu vermuten, daß er sich nicht damit zufriedengeben würde, den lebendigen Leib zu töten. Er würde ihn zerreißen, zerteilen und tief vergraben, damit die Götter ihn nicht finden und im Paradies willkommen heißen konnten. Sie verstand Thutmosis' rasende Eifersucht, verstand auch seinen Haß auf Senmut als ihre rechte Hand; aber dieses sinnlose, dämonische Wüten war ihr unbegreiflich. Die Angst vor ihm begann in ihr zu wachsen. Hapuseneb. Nehesi. Senmut . . . Es gab niemanden mehr, der für sie sprechen und handeln konnte. Sie war allein.

Ruhig und aufrecht saß sie auf dem Thron, die Arme auf die Löwenrücken gestützt, die Füße dicht nebeneinander auf dem Fußschemel aus Elfenbein, in den die Gesichter ihrer toten Feinde geschnitzt waren, und wartete geduldig, daß er kam. Duauineheh stand regungslos, ihre Standarte in der Hand, neben ihr, während im Palast ein neuer Tag begann.

Endlich erschien er. Er kam mit langen Schritten und einem lauten, rhythmischen Klopfen seiner Sandalen durch den großen Saal. Es kostete sie Mühe, ruhig zu bleiben, als er sich ihr näherte, denn sie sah nur seine Hände, die befleckt waren mit dem Blut ihrer Getreuen. Sie bemerkte ein trotziges Schuldbewußtsein und ein neues Machtgefühl in seinen Augen. Sie haßte ihn – und sie fürchtete ihn.

Sie sah Jamunefer, Djehuty und Sennefer hinter ihm. Ungläubig sprang sie auf, als das unerträgliche Gewicht dieses neuen Schmerzes über sie hereinbrach. Sie zog keuchend die Luft ein, und die drei kamen auf sie zu und verneigten sich vor ihr. Thutmosis hob den Blick zu ihr, und sie sahen sich eine Zeitlang mit starren Augen an. Irgendwo blies ein Horn. Ein Falke flog am Fenster vorbei. Draußen im Garten ging ein Diener singend den Pfad entlang. Sie standen einander in tödlichem und grimmigem Schweigen gegenüber, bis Hatschepsut sich wieder langsam auf den Thron sinken ließ.

«Du hast sie getötet.»

«Natürlich habe ich sie getötet! Was hast du anderes erwartet? Hast du geglaubt, ich würde Monate und Jahre vergehen lassen, ohne etwas zu tun?»

«Nein.»

«Ich hatte keine andere Möglichkeit. Das wirst du sicher verstehen.»

«Es gibt immer eine andere Möglichkeit. Du hast den Weg des Feiglings gewählt.»

«Es war der einzig mögliche Weg!» Er rief es so laut, daß seine Stimme von der silbernen Decke widerhallte.

Sie sah ihn eine Weile unbewegt an, dann wandte sie ihren Blick den drei Männern zu, die hinter ihm standen. «Tretet näher, Jamunefer, Djehuty, Sennefer.» Sie sprach ihre Namen langsam und bedächtig.

Die drei lösten sich von Thutmosis und verneigten sich am Fuß des Throns. Ihre Gesichter waren höflich, ausdruckslos, und ihre offensichtliche Gleichgültigkeit schmerzte Hatschepsut unerträglich.

«Hattet ihr irgend etwas mit diesen schändlichen Morden zu tun?»

Jamunefer streckte entrüstet die Hand vor. «Nein, Majestät, das schwöre ich bei deinem Namen! Wir haben erst heute morgen erfahren, daß Senmut und die anderen nicht mehr sind!»

Sie sah ihm forschend in die Augen und nickte befriedigt. «Ihr könnt den Göttern dafür danken. Ich hätte euch sonst eigenhändig dafür bestraft. Habt ihr mir noch etwas zu sagen?» Sie konnte nicht glauben, daß sie sich wortlos auf die andere Seite geschlagen hatten.

Sie wechselten einen Blick, und Jamunefer sprach abermals. «Wir haben dich geliebt, Blume Ägyptens, und wir haben dir unter Einsatz unseres Lebens gedient. Wir haben an deiner Seite gekämpft und rechtschaffen unter deinen Augen und den Augen des Gottes unsere Pflicht getan. Aber jetzt macht der Kronprinz seinen Anspruch geltend, und wir müssen ihn nach dem Gesetz berücksichtigen. Wir handeln nicht aus Angst.»

«Das weiß ich.»

«Wir handeln in dem Glauben, daß Thutmosis tatsächlich der Falke-im-Nest, der wahre Erbe der Doppelkrone ist.»

«Nach welchem Gesetz?»

«Nach dem Gesetz, das bestimmt, daß Pharao männlich sein muß.»

Sie fuhr sich mit der Hand über die vor Erschöpfung brennenden

Augen und entließ sie mit einer Handbewegung. «Schon gut! Schon gut! Ich verstehe eure Schlußfolgerung und eure seltsame, berechnende Aufrichtigkeit. Ich habe auch euch geliebt. Geht jetzt! Oder wollt ihr zusehen, wie euer Pharao die Krone verliert?»

Thutmosis nickte, und sie entfernten sich.

Als ihre Schritte verklungen waren, sagte Thutmosis: «Sie wollen ein Blutvergießen verhindern, das ist alles. Auch ich kenne ihre Gedanken nicht.»

«Du hingegen hast nichts gegen ein Blutvergießen!»

Er trat näher, und Duauineheh erstarrte. «Ich bin nicht gekommen, um alte Geschichten aufzurühren. Gestern ist gestern gewesen, und das Morgen gehört mir. Komm vom Thron herunter.»

«Nein.»

«Komm herunter, Hatschepsut, sonst rufe ich meine Soldaten und lasse dich mit Gewalt herunterholen!»

Sie hätte ihn anschreien mögen: Tu es doch! Tu es! Aber das war eine sinnlose Herausforderung, eine törichte kleine Geste. Sie zuckte mit den Schultern und stieg langsam die Stufen hinunter. «Da! Der Thron gehört dir!»

«Nimm die Krone ab!»

Einen Augenblick versagte ihre Willenskraft, und sie erbleichte.

Als Thutmosis in die großen schwarzen Augen blickte, sah er ein Bitten, eine hoffnungslose Verzweiflung, die plötzlich an ihm zerrte, ihn mit Mitleid erfüllte. Er sah ein Sterben in diesen Augen, ein erschreckendes Auseinanderfallen. Um ein Haar hätte er die Arme ausgestreckt, aber dann gewann sein Starrsinn die Oberhand, und sein Mitleid verschwand.

«Nimm sie ab!»

«Du wirst kommen und sie dir selber holen müssen. Tu das Schwert weg, Duauineheh. Es ist genug Blut geflossen.»

Der oberste Herold steckte mit unglücklichem Gesicht das kurze Schwert in die Scheide und wandte den Blick ab. Thutmosis trat auf sie zu und hob mit einer schnellen, mühelosen Bewegung die schwere Krone von ihrem Kopf. Ihr Haar, von seinen Fesseln befreit, fiel locker um ihr Gesicht. Plötzlich war sie wieder Hatschepsut, eine Frau, eine Königin. Er wandte sich zornig ab, als er sie mit dem vertrauten, spöttischen Ton lachen hörte.

«Sieh an! Wir haben einen neuen Pharao! Aber wie steht es mit deiner Legitimierung, Thutmosis? Meritre brennt darauf, mit dir in den Tempel zu gehen und Königin zu werden.»

«Ich will nicht Meritre», sagte er schroff. «Ich will dich.»

Sie starrte ihn verblüfft an. «Mich? Du willst mich als deine Königin?»

«Natürlich. Meritre wird als Gemahlin nutzlos sein, aber du könntest aktiv mit mir regieren. Wir wären unbesiegbar, du und ich.»

«Hast du tatsächlich den Mut, vor mir zu stehen, die Hände noch feucht vom Blut meiner liebsten Gefährten, und mir die Ehe anzubieten?» Es war mehr, als sie ertragen konnte, und sie sank auf die Stufen. «Und wenn ich sterbe, kannst du Meritre heiraten und in aller Ruhe fortfahren, Ägypten zu regieren. Oh, du bist schlau, Thutmosis, schlau und skrupellos!»

«So ist es nicht», erwiderte er kurz. «Ich brauche dich nicht, denn, wie du ganz richtig sagst, ich habe ja Meritre. Aber ich möchte dich haben.»

«Warum?» fragte sie. «Im Namen des Gottes, warum? Ich bin beinahe vierzig, und du bist noch nicht einmal mündig. Ein schönes Paar, Thutmosis!»

«Nun, was soll ich sonst mit dir machen?» stieß er gereizt hervor. «Ich kann es nicht zulassen, daß du einfach nach Belieben herumwanderst und Unruhe stiftest!»

«Das, Pharao», sagte sie mit einem leisen Lächeln, «ist dein Problem.» Sie gab Duauineheh ein Zeichen mit den Augen und verließ den Audienzsaal, um sich in ihre eigenen stillen, verlassenen Gemächer zu begeben, während Thutmosis stirnrunzelnd mit der Krone zwischen den Händen zurückblieb.

Hatschepsut war körperlich und seelisch völlig erschöpft, aber sie konnte keine Ruhe finden. Jedesmal wenn sie sich niederlegte und ihr Körper sich entspannte, tauchten grauenvolle Bilder vor ihr auf: Senmut, in seinem eigenen Blut liegend, Hapuseneb tot im Mondschein auf dem Rasen, Nehesi auf den feuchten Pflastersteinen der Allee, einen Dolch in der Kehle, die Augen ins Leere starrend. Schließlich verließ sie ihr Schlafgemach und machte sich, von Nofret begleitet, auf den Weg zu Meritres Gemächern. Während sie durch die Gänge und Säle ihres Palastes ging, wurde ihr klar, wie sehr sich die

Atmosphäre fast von einem Tag zum anderen verändert hatte. Die Soldaten, Sklaven und Höflinge verneigten sich zwar vor ihr mit der gleichen Hochachtung, aber ihre Augen sahen sie forschend und verängstigt an. Rings um sie herum hörte sie ein Flüstern. Vor den Türen der Minister hatten sich kleine Gruppen von Menschen versammelt, die leise und erregt miteinander sprachen. Sie spürte die Verwirrung der unteren Regierungsbeamten, die von einem Raum in den anderen liefen, ohne zu wissen, an wen sie sich mit ihren Fragen wenden sollten, oder ratlos mit Bündeln von Papieren in der Hand dastanden. Hatschepsut kam an Senmuts Arbeitszimmer vorbei und warf einen flüchtigen Blick durch die offene Tür. Sein Schreibtisch war leergeräumt, der große Stuhl stand dahinter, als ob Senmut jeden Augenblick, mit Schriftrollen beladen, auf ihn zugehen und nach seinem Schreiber rufen würde. Hatschepsut wandte schnell den Kopf ab und ging weiter.

Meritre stand mit ausgestreckten Armen auf einer Schilfmatte, als Hatschepsut hereinkam. Eine Sklavin wickelte ein Stück triefendes Leinen um ihren Körper. Wasser tropfte auf den Boden und bespritzte auch Hatschepsut, als sie näher kam. Die Worte der Begrüßung erstarben ihr auf den Lippen.

«Meritre, was um alles in der Welt tust du?»

Meritre-Hatschepset sah ihre Mutter mit vorsichtigen, unfreundlichen Blicken an. «Ich bekomme ein neues Kleid angepaßt. Wenn das Leinen naß um mich gewickelt wird, paßt es sich beim Trocknen genau meiner Figur an. Das sieht sehr gut aus, wenn es fertig ist. Und es ist die neueste Mode.»

«Die neueste . . . Weißt du, was im Palast geschehen ist? Weißt du, was mir geschehen ist?»

Meritres Sklavin steckte das nasse Leinen mit einer großen Bronzenadel unter dem Arm der Prinzessin zusammen. Meritre trat behutsam von der Matte herunter und streckte die Füße aus, um sich die Sandalen anziehen zu lassen. «Natürlich weiß ich es, und es tut mir leid, Mutter, aber es ist deine eigene Schuld. Wenn du dich Thutmosis eher gebeugt hättest, wäre das alles nicht geschehen. Du hast es dir selbst zuzuschreiben.»

Hatschepsut blickte in die kalten, mürrischen Augen ihrer Tochter, machte wortlos kehrt und ging hinaus. Meritre rief ihr nach und fragte,

was sie gewollt hatte, aber Hatschepsut ging weiter. Am Ende des Korridors blieb sie stehen und drehte sich um. Meritre stand vor ihrer Tür und sah ihr nach. Hatschepsut rief ihr zu: «Du bist Thutmosis' würdig, und er deiner! Ich hoffe, ihr habt viel Freude aneinander!» Noch ehe Meritre etwas erwidern konnte, lief sie in den Garten hinaus, lief, blind vor Tränen, stolpernd über den Rasen, ohne zu wissen wohin.

Thutmosis ordnete die üblichen siebzig Tage der Trauer für Hapuseneb und Nehesi an. Tagelang umwickelten die geschickten Hände der Sem-Priester die steifen Gliedmaßen und den Rumpf der Leichen mit Leinenbinden und bereiteten sie für ihre letzte Reise vor. Aber von Senmut sagte Thutmosis kein Wort. «Er verdient keine Trauer», erklärte er Hatschepsut verächtlich, «und kein Begräbnis. Er war ein Verräter.» So mußte sie allein um ihn trauern. Sie lag vor Amuns Bildnis in ihrem einsamen Zimmer, verrichtete die Gebete für ihn ohne Priester und Akoluthen, die sonst den Weihrauch hielten und die Antwort sprachen. Sie litt. Der Schmerz in ihrem Inneren wuchs und wuchs, bis sie glaubte, ihn nicht mehr ertragen zu können. Sie weigerte sich, am Begräbnis teilzunehmen, um durch ihre Abwesenheit ihren Abscheu kundzutun, aber sie stand auf dem Dach und sah zu, wie der Trauerzug sich in Bewegung setzte, sah die blaue Trauerkleidung der Haremsfrauen in der Morgensonne leuchten, sah neben dem Fluß die goldenen Bahren, die alles forttrugen, was noch von ihrem Leben übrig war. Sie flüsterte Gebete für sie, während die Barken über den Fluß gestakt wurden, aber sie weinte nicht. Sie hatte keine Tränen mehr. Alles, was ihr blieb, war eine große, endlose Müdigkeit und eine unbeschreibliche Einsamkeit, die die riesigen Säle ihres Palastes mit dem Echo der Vergangenheit füllte.

Zwei Tage später gingen Thutmosis und Meritre in den Tempel, und die Krone wurde offiziell auf Thutmosis' Haupt gesetzt. Meritre nahm mit triumphierendem Lächeln die kleine Kobrakrone in Empfang. Das Festmahl in jener Nacht dauerte bis zum frühen Morgen, und der an- und abschwellende Lärm des Gelages drang zu Hatschepsut hinüber, die schlaflos auf ihrem Ruhebett lag. Sie war auch nicht im Tempel gewesen. Thutmosis hatte zwar gedroht, geschmeichelt und zuletzt geschrien, aber sie hatte ihn nur schweigend angesehen und den Kopf geschüttelt.

«Wirst du mir wenigstens bei den Problemen des Regierens helfen?» hatte er gebeten.

Sie hatte sich achselzuckend abgewandt. «Wenn du willst», hatte sie gleichgültig gesagt. «Meritre wird dir nicht von Nutzen sein, und mir gibt es etwas zu tun.» Sie wollte ihre Zeit mit irgend etwas ausfüllen, aber nach zwei Monaten erklärte Thutmosis ihr, daß er jetzt ohne sie zurechtkommen könne, und sie zog sich mit der gleichen kühlen Gelassenheit in ihre Gemächer zurück.

Es schmerzte sie, die Führung der tapferen Krieger des Königs Thutmosis überlassen zu müssen. Er hatte auch die silbernen Armreifen des Befehlshabers gefordert und hatte ihren eigenen stellvertretenden Kommandeur zu ihr geschickt, um sie zu holen. Es erzürnte sie, wie kleinlich er in der Wunde ihrer Niederlage wühlte, und dieser Zorn verdrängte ein wenig ihren Schmerz, als sie dem verlegenen, ernst blickenden jungen Offizier die Reifen aushändigte. Sie umarmte ihn, dankte ihm für seinen Dienst und schickte ihn fort.

Thutmosis hatte Mencheperrasoneb, seinen Baumeister, zum Hohepriester Amuns ernannt. Hatschepsut konnte sich nie an den Anblick gewöhnen, wie er im Leopardenfell vor dem Heiligtum des Gottes stand, wenn sie sich zur Andacht in den Tempel begab. Sie mußte sich täglich wieder neu darauf einstellen, ständig seinem Blick zu begegnen, und mehr als einmal, wenn sie, tief in Gedanken versunken, zum Tempel ging und erwartete, in Hapusenebs lächelndes Gesicht zu sehen, wurde sie vom Anblick Mencheperrasonebs erschreckt.

Aber das war nur eine von vielen, vielen Veränderungen. Eines Tages schickte sie nach Duauineheh, um ihm eine Botschaft für ihren neuen Haushofmeister zu übergeben, aber es war Jamunedjeh, der ihr Gemach betrat und sich vor ihr verneigte.

«Ich habe meinen obersten Herold rufen lassen, nicht dich», sagte sie schroff. «Wo ist Duauineheh?»

Jamunedjeh lächelte nicht. «Der edle Duauineheh ist zu seinen Besitztümern im Süden gerufen worden», sagte er mit betont ausdrucksloser Miene. «Pharao hat mich für die Zeit seiner Abwesenheit zum obersten Herold ernannt.»

Hatschepsut blickte traurig auf den hochgewachsenen jungen Mann mit den dichten, geradlinigen Augenbrauen und den breiten

Schultern. Sie konnte nichts erwidern. Es hatte keinen Sinn zu kämpfen, zu schreien und den Rückruf von Duauineheh zu fordern. Er würde doch nie wieder zurückkehren. Sie schickte Jamunedjeh fort, und Nofret überbrachte statt seiner die Botschaft.

Als die Wochen vergingen und jeder neue Tag ihr neue schmerzliche Beweise brachte, daß ihre Herrschaft ein für allemal beendet war, reagierte sie ihre Tatkraft mit ungestümer körperlicher Bewegung ab. Sie jagte mit einer Unbarmherzigkeit, die völlig neu an ihr war, und brachte täglich Wagenladungen von erlegtem Wild und Vögeln mit – Jagdbeute, von der sie sich am Ende des Tages gleichgültig abwandte, ohne einen einzigen Blick darauf zu werfen. Sie verbrachte viele Stunden auf dem Truppenübungsplatz, und eine Zielscheibe nach der anderen wurde von ihren Pfeilen durchbohrt. Aber obwohl sie sich morgens mit steifen Muskeln und schmerzenden Schultern erhob, wich der ohnmächtige Zorn nicht, wie sie gehofft hatte, von ihr.

Menech begleitete sie. Er hielt ihren Köcher und lief mit den Hunden hinter ihrer verwundeten Beute her. Er schien sich nicht verändert zu haben, schwatzte unaufhörlich, lachte und unterhielt sie mit seinen Possen, wie er es sein Leben lang getan hatte. Er achtete nicht auf die allgegenwärtigen Soldaten, die von Thutmosis den Befehl erhalten hatten, sie streng zu bewachen und ihnen auf Schritt und Tritt zu folgen. Aber wenn Hatschepsut seinem Blick begegnete, sah sie eine blutende Wunde, so tief wie ihre eigene, einen Schmerz, den er nicht unterdrücken konnte. In seinem ganzen munteren und scheinbar unbekümmerten Geschwätz gab es keinerlei Anspielung auf die Vergangenheit oder die Zukunft, als ob er es nicht ertragen könnte, an all die Jahre zu denken, die hinter ihm lagen. Sein einziger Schutzwall war der äußere Glanz des sprühenden Witzes eines Höflings, verbunden mit seiner eigenen Lebensfreude, ein Wall, der letztlich irgendwann niederbrechen und das kalte, grelle Licht der Wirklichkeit hereinlassen mußte.

Thutmosis hatte ihre täglichen Jagdausflüge bemerkt, so wie er alles bemerkte. Er überlegte, beschloß zu handeln und löste ihre verzweifelte Partnerschaft mit brutaler Schnelligkeit auf.

Menech erwartete sie unter den Bäumen unweit der Kaserne, nicht für die Jagd, sondern für eine Reise gekleidet. Sein Pack lag auf der

Erde neben ihm, und er hatte einen Umhang über dem Arm. Als Hatschepsut auf ihn zutrat, verneigte er sich; aber als er sich aufrichtete, sah sie in ein gequältes Gesicht. Die Lachfalten um seine Augen waren über Nacht zu einer grausamen Mahnung des herannahenden Alters geworden. Sie warf einen Blick auf die Soldaten hinter ihm, dann wandten sich ihre Augen wieder ihm zu.

Er wartete nicht darauf, daß sie ihn begrüßte. «Ich bitte ergebenst, mich zu entschuldigen, göttliche Eine, aber ich kann heute nicht mit dir jagen – und auch nicht morgen. Ich muß fort.»

«Du?» fragte sie bestürzt.

Sein Gesicht zuckte; Schmerz und Zorn und noch etwas anderes, etwas Fremdes und Erschreckendes, kämpften um die Oberhand. «Pharao braucht einen Wagenlenker für eine neue Schwadron, die er aufgestellt hat. Er errichtet eine weitere Garnison innerhalb der Grenzen von Nubien, dort muß ich hin.» Er lächelte verbittert. «Es ist ein weiter, weiter Weg.»

«Wie weit?» Sie war wie erstarrt. Wie konnte Thutmosis, selbst bei all seinem Mißtrauen und seinen düsteren Grübeleien, Menech für fähig halten, Verschwörungen mit ihr auszuhecken, wo doch sein sonniges Gemüt, ebenso wie das von Useramun, für alle Welt sichtbar war?

«So weit, daß ich nicht hoffen kann, jemals zurückzukehren. Diese Garnison liegt, von Kuschiten umgeben, weit draußen in der Wüste. Aber die Jahre sind länger als die Meilen. Mit einem Wort, Majestät», schloß er barsch, «ich bin verbannt.»

Hatschepsut konnte es nicht fassen. Nicht du, Menech! dachte sie verzweifelt. Mein letzter Freund, meine letzte lebende Erinnerung! Wenn du fortgehst, wer wird mir dann von meiner Kindheit sprechen, jetzt, wo mir nichts anderes geblieben ist? Thutmosis weiß das, und genau das will er. Wie unbarmherzig von ihm, wie gehässig! Genügt es nicht, daß er meinen Thron hat?

«Was ist mit Ineni?» stieß sie hervor. «Auf ihn wird Thutmosis doch sicher hören.»

Menech zuckte die Schultern. «Mein Vater ist zu Pharao gegangen. Thutmosis hat ihn mit aller Hochachtung und Ehrerbietung empfangen, aber es hat nichts genützt. Vater ist alt, und seine Hände zittern. Seine früher so redegewandte Zunge besitzt keine Überzeugungskraft

mehr. Thutmosis sagte ihm, wenn sein Sohn es vorzieht, sich mit einer Verräterin zu verbünden, dann muß er die Konsequenzen tragen.»

Sie kniff die Augen zusammen. «Und wenn ich zu ihm gehe?»

«Was würde das nützen? Verzeih mir, Majestät, aber es würde nur seinen Haß schüren.»

«Und du müßtest darunter leiden. Ich kenne ihn! Aber welches größere Leid als dies könnte dir noch widerfahren, liebster Freund meiner Jugend?»

Er blickte langsam um sich, kostete den Tag aus und blinzelte in die Sonne. Über ihren Köpfen raschelten die Bäume, und das schrille Pfeifen der Vögel war wie eine unmelodische Musik. «Ich habe mein ganzes Leben im Paradies verbracht», sagte er. Er lachte. «Jetzt muß ich die Unterwelt durchschreiten. Es wird ein heißer Marsch werden, ein Marsch ohne Hoffnung. Trotzdem, Majestät, werde ich nicht aufhören zu hoffen.» Er sprach in unbeschwertem Ton, bemüht, sie aufzumuntern, aber sie ließ sich nicht täuschen.

Irgend etwas in ihr zog sich zusammen und zerbrach. «Amun, Amun», rief sie. «Habe ich nicht meine Pflicht getan? War ich nicht deine treue Tochter? Warum auch dieses noch?»

Ihre Stimme hallte von der anderen Seite des Truppenübungsplatzes zu ihr zurück, aber sie brachte ihr andere Worte als die, die sie gesprochen hatte. Und habe ich dir nicht deinen Herzenswunsch erfüllt? Hast du geglaubt, daß der Preis gering sein würde?

Sie biß sich auf die Lippen. «Hoffe, wenn du willst, mein Lieber, aber ich fürchte, du wirst daran zugrunde gehen. Ich für meinen Teil bin fertig mit allen Hoffnungen und aller Freude.»

Er trat näher an sie heran. «Leb wohl, Hatschepsut, Pharao, die ewig lebt. Wir haben viel zusammen getan. Wieviel mehr wäre möglich gewesen, hätte das Schicksal es nicht anders bestimmt.» Er sprach nicht als Diener zum Herrn, sondern als Freund zum Freund.

Sie sah ihm forschend in die Augen, aber sie konnte keine Spur mehr von dem Jüngling entdecken, der einst auf ihren Festen getanzt, der so fröhlich seine Peitsche über den Köpfen ihrer Pferde gewirbelt, der auf dem Schlachtfeld über sie gelacht hatte, weil sie verschwitzt und schmutzig und zornerfüllt gewesen war, sie, die Blume Ägyptens. Sie sagte dem Lachen, der Leichtigkeit und der Narretei, die sie beide während all der Jahre so froh gemacht hatte, im stillen Lebwohl. Der

Mann, der so eindringlich ihren Blick erwiderte, war nicht mehr Menech. Es war ein tiefernster Fremder; alle Leichtfertigkeit war von ihm geschwunden, und an ihre Stelle war eine Ruhe getreten, die weder gesund noch natürlich war. Hatschepsut hatte das sichere Gefühl, daß die Götter ihn zu Fall bringen würden, noch ehe die Bewohner von Kusch ihre Bogen heben konnten.

Sie beugte sich ein wenig vor und küßte ihn auf den Mund. «Sprich nicht mehr von Schicksal», sagte sie schroff. «Denk an mich, Menech, wenn die Wüstennächte lang sind, so wie ich an dich denken werde.»

Er verneigte sich, hob sein Pack auf und hängte es über seine nackte Schulter, während die Soldaten ihn umringten und sich zum Aufbruch rüsteten. «So sei es denn», sagte er. «Vielleicht findest du einen anderen Wagenlenker, Majestät, aber keinen mit meinem Charme, das schwöre ich!» Das Lächeln war gespenstisch, ein Zerrbild seines einstigen ungezwungenen Grinsens.

Sie antwortete nicht, sondern stand still da und sah ihm nach, bis er und seine Wächter zwischen den großen Bäumen neben dem Fluß verschwunden waren.

Sie ging nie wieder auf die Jagd.

Thutmosis' erbarmungslose Neuordnung ging weiter. Pahu blieb seiner Kenntnisse wegen verschont, aber er wurde auf den Posten eines Unterschatzmeisters verbannt, und der stürmische Minmose mit seinem lauten Lachen und dem unbekümmerten Gebaren wurde zum Schatzmeister ernannt. Mai wurde königlicher Fächerträger zur Rechten des Königs. Hatschepsuts eigene Fächerträger wurden entlassen, und sie vermißte schmerzlich die Männer, deren scharlachrote Fächer sich so viele Jahre über ihrem gekrönten Haupt hin und her bewegt hatten. Statt dessen mußten jetzt ihre Dienerinnen ihre Fächer tragen, aber sie schritt stolz und verachtungsvoll dahin, trotz dieses neuen Symbols der Demütigung, denn der Posten des Fächerträgers wurde stets Männern zugewiesen. Nacht, der Wagenlenker, der noch nie ein Wettrennen verloren hatte, wurde Thutmosis' königlicher Bote, und seine bronzenen Räder flitzten kreuz und quer durch das Land, ständig unterwegs für einen Pharao, dessen starrer Blick nach Norden gerichtet war, nach Rethennu und den Gebieten jenseits davon. Plötzlich wimmelte es in den Räumen der Regierung von kriegerischen

Männern, den Gefährten aus Thutmosis' Militärzeit; ihre Ideen waren anmaßend und kühn und erfüllten Theben mit stürmischem Kriegsgeschrei.

Hatschepsut ging ruhig unter ihnen umher und erntete durch ihre stille, geschmeidige Anmut und die Klugheit ihrer wenigen Worte widerwillige Bewunderung. Aber oft floh sie vor ihnen, denn der Palast war nicht mehr so friedlich und wohlgeordnet wie einst, und selbst ihre eigene Dienerschaft sprach von nichts anderem als von Thutmosis' Macht und der erregenden Aussicht auf Krieg. Sie überquerte meist schon am frühen Morgen den Fluß und ging allein unter den starren, verständnislosen Augen ihrer Sphingen die Tempelallee entlang. Im strahlenden Glanz der Sonne stieg sie die Rampen empor und wanderte, von ihren Priestern gefolgt, durch ihre Schreine, um in der unberührten Ruhe und Schönheit der Säulenhallen Trost zu finden.

Nie blieb sie stehen, um ihre eigene oder Senmuts Lebensbeschreibung zu lesen. Die Worte waren in flammenden Hieroglyphen in ihre Seele eingegraben. Sie brauchte keine Schriftzeichen, um sich zu erinnern, wer sie war und woher sie kam. Mochte Thutmosis sein, was er wollte, sie war immer noch Gott und würde es für alle Zeiten bleiben. Während sie in dem grünen Schatten ihrer Balsambäume langsam dahinschritt und die Finger in das Wasser der heiligen Teiche tauchte, war ihr, als ob Senmut neben ihr ginge und seine kräftigen Arme darauf warteten, sie zu umfassen.

Wie schnell ist die Zeit vergangen, dachte sie, während sie über die Terrassen hinweg auf das silbern schimmernde Band des Flusses blickte. Mir ist, als hätte ich ihn erst gestern in seinem groben Leinenrock dort unten im Schilfrohr stehen sehen, den Kopf entblößt und mein Wurfholz in der Hand. Kleiner We'eb-Priester! Morgen werde ich ihn sehen, wie er mit Ineni, in irgendein Problem vertieft, durch die Säulenhallen geht. Und am Tage darauf wird er kommen und mit mir speisen, wird mir Wein einschenken und die süß duftenden blauen Lotusblüten an meine Wangen pressen. Großer Iripat, Prinz von Ägypten für alle Zeiten!

Ich erinnere mich, daß ich früher einmal glaubte, nur zwei Dinge seien wirklich von Bedeutung für mich – das Volk und die Macht. Aber ich habe mich geirrt. Neben dem Volk und der Macht gibt es zwei weit größere Mysterien. Den Gott. Und die Liebe Senmuts.

Epilog

Sie hatte zwanzig Jahre gekämpft – um die Macht zu erringen, um sich zu behaupten, um zu bewahren, was ihr gehörte. Jetzt war es nicht einmal mehr notwendig, auch nur nachzudenken. Das Grau der Nutzlosigkeit drohte Hatschepsut zu erdrücken. Weit besser wäre es gewesen, dachte sie, wenn sie lauschend in der Stille saß, wenn mein Leben gleichzeitig mit dem von Senmut unter dem Dolch des Meuchelmörders in einem Strom von Blut und jäher Angst geendet hätte.

Während sie im sanften Schein des Nachtlichts grübelnd auf ihrem Ruhebett lag, wurde die Tür aufgerissen und ihr Stiefsohn kam mit langen Schritten herein. Hinter ihm stotterte der Wächter unterwürfig ein paar Laute des Protests. Aber Thutmosis warf ihm die Tür vor der Nase zu und trat näher. Sein Körper glänzte von dem parfümierten Öl des Festmahls, und seine Augen waren mit Schwärze umrandet. Das Henkelkreuz auf seiner Brust sandte goldene Blitze in das Halbdunkel des Gemachs, und auf seinem Kopf prangten die Symbole der Königswürde, die Kobra und der Geier. Er blieb, die Hände auf die schmalen Hüften gestützt, neben dem Ruhebett stehen.

«Das Zimmer ist kalt», sagte er. «Wo sind deine Dienerinnen?»

«Wie du sehr wohl weißt, habe ich nur noch eine für die Nacht und zwei für den Tag. Selbst meine Schreiber und meine treue Nofret sind entlassen worden. Was willst du?»

«Mit dir über Kadesch sprechen. Hast du geschlafen?»

«Beinahe. Ich schlafe in letzter Zeit sehr schlecht. Was ist mit Kadesch? Suchst du Rat bei mir?» Ihr Ton war sarkastisch. Es war lange her, seit er sich um Rat an sie gewandt hatte.

«Nein. Aber der Gesandte und eine Begleitung haben soeben be-

schlossen, morgen abzureisen – in bitterem Groll. Ich werde ihnen bald folgen müssen.»

«Krieg?»

«Krieg.»

«Das ist sehr töricht von dir. Genügt es dir nicht, daß unsere Grenzen gesichert sind und Frieden in unserem Lande herrscht? Kannst du dich nicht mit gelegentlichen Ausfällen zur Erbeutung von Sklaven zufriedengeben, und hin und wieder einer heilsamen Warnung?»

«Nein. Es ist an der Zeit, unsere Feinde zu lehren, daß Ägypten der Mittelpunkt der Welt ist. Ich werde ein Reich errichten, von dem die Menschen bis zum Ende aller Zeiten sprechen werden. Schließlich bin ich Soldat. Du selbst hast mich dazu gemacht.»

«Ja, das habe ich. Damit du unter meinem Befehl das Kommando führst, damit du meinen Wünschen folgst. Ganz gleich, was du tust, stolzer Thutmosis, du wirst nie verhehlen können, daß du mir den Thron entrissen hast.»

Er beugte sich mit zornig funkelnden Augen über sie. «Sprich du mir nicht von Verrat, du Thronräuberin! Zwanzig lange Jahre hast du meine Krone auf deinem hübschen Kopf getragen. Aber jetzt bin ich endlich der Stärkere, und ich habe mir genommen, was seit dem Tod meines Vaters mir zusteht. Ich habe für dich in Rethennu und in Nubien gekämpft. Ich bin auf deinen Befehl mit meiner Heeresmacht in Gaza eingefallen und habe es erobert. Jetzt kämpfe ich für mich selbst. Ich bin Pharao. Ich!»

Sie starrten sich erbittert an, bereit, das Wortgefecht fortzuführen. Aber da streckte Hatschepsut den Arm aus und legte die Hand an Thutmosis' Wange. Er lächelte und setzte sich neben sie aufs Ruhebett.

«Wie oft haben wir schon über all das gesprochen», sagte sie, «und wir kehren immer wieder zum Anfang zurück. Ich werde allmählich zu alt für derlei Streitigkeiten. Heute abend habe ich den Bankettsaal verlassen, weil meine Tochter, deine oberflächliche, einfältig grinsende Frau, sich geweigert hat, mit mir zu sprechen. Mit mir! Der Göttin der beiden Länder! Ich wünschte, Neferura wäre noch am Leben!»

«Nun, sie ist es nicht!» erwiderte er schroff. Sie schwiegen eine

Weile. «Was Kadesch betrifft», begann er wieder, «ich werde sehr bald einen Feldzug führen, in voller Stärke, und ich werde einige Monate fern von Ägypten sein –»

Als er zögerte, fuhr sie dazwischen. «Und wer wird regieren, während du fort bist? Deine leichtfertige Frau?»

«Theben ist voll von fähigen und loyalen Ratgebern und Verwaltern», sagte er langsam. «Aber eines weiß ich genau. Du, liebe Tante und Mutter, wirst die Finger von der Regierung lassen. Hast du mich verstanden?»

«Natürlich habe ich dich verstanden. Aber wer, lieber Neffe und Sohn, kann das Land besser regieren als ich?»

«Du machst es mir sehr schwer. Ich kann dich nicht mitnehmen, und ich kann dich nicht hierlassen, denn ich weiß so sicher, wie Re jeden Morgen am Himmel aufsteigt, daß ich bei meiner Rückkehr meine Wesire ihres Amtes enthoben und dich wieder fest auf dem Thron sitzend vorfinden würde. Mach ein Ende, Hatschepsut, mach ein Ende.» Seine Finger schlossen sich um ihren Arm, und er beugte sich noch weiter zu ihr hinunter. «Du hast gelebt wie keine Königin je zuvor. Du hast die Früchte der Macht voll ausgekostet. Du hast die Freuden der Götter genossen, und du bist immer noch nicht satt. Ich habe es in deinen Augen gesehen. Und ich sehe es jetzt – die Hoffnung, daß ich fortgehen werde und alles wieder sein wird, wie du es wünschst. Aber es kann nie wieder so sein. Der Verräter Senmut ist tot. Es ist niemand mehr da, um deine Hände mit goldenen Ketten an die Königswürde zu binden, die dir nie zugestanden hat. Keine Intrigen mehr, Hatschepsut, kein heimliches Geflüster und Ränkeschmieden.»

Sie riß ihren Arm los und schlug ihm mit der flachen Hand auf den Mund. «Ich hätte deinem Leben ein Ende machen sollen, als ich die Möglichkeit dazu hatte», sagte sie kühl, «aber ich wollte es nicht. Es wäre so leicht gewesen, als du noch ein Kind warst und von meinem guten Willen abhängig. Die Priester und alle meine Minister hätten sich abgewandt und vorgegeben, nichts zu bemerken. Aber nein! Ich habe dich verschont! Der gute Senmut hat dich verschont! Sieh dich vor, Thutmosis. Die alte Bienenkönigin kann immer noch stechen!»

Der Herr allen Lebens erhob sich und legte die Hand an den Mundwinkel. «Droh mir nicht», entgegnete er ihr mit heiserer

Stimme. «Du kannst es dir nicht leisten, so zu sprechen. Deine Verwegenheit kann dir nur den Tod bringen. Ich sage dir klipp und klar: Du bist in meiner Hand, und der Ruhm Ägyptens ist wichtiger als alles andere, einschließlich deiner Person. Wenn du für das Wohl dieses Landes sterben mußt, dann – täusch dich nicht – wirst du sterben. Du machst es mir sehr schwer, Hatschepsut. Ich kann den Entschluß nicht fassen, und das sieht mir gar nicht ähnlich. Ich will dir offen sagen, daß du vier Jahre lang am Rande des Todes gelebt hast, aber ich habe mich zurückgehalten. Warum, das weiß ich nicht.»

«Ich weiß es», sagte sie leise. «Es ist eine Schuld. Du hast mich einmal geliebt, so wie ein junger Mann zum erstenmal in seinem Leben liebt, blind, leidenschaftlich, mit großer Aufrichtigkeit. Das Feuer ist schnell erloschen, wie immer bei der ersten Liebe eines jungen Mannes, aber die Erinnerung ist wach geblieben.» Sie zuckte die Schultern. «Vergiß es, Thutmosis. Tu, was du tun mußt. Ich bin bereit.»

Hoch oben in der Wand drang ein schwacher grauer Lichtschimmer durch das Fenster, und sie konnte ihn jetzt deutlicher sehen. Auch er hatte in dieser Nacht nicht geschlafen, er sah müde aus, und seine Augen waren verschleiert. Das Lampenlicht verblaßte zu einem schwachen gelben Schimmer, und die kalte Stille des frühen Morgens hüllte sie beide ein, während sie dort saßen und beobachteten, wie sich ein neuer Tag im Zimmer auszubreiten begann.

Hatschepsut sprach ruhig, ohne Gemütsbewegung, die Hände schlaff und regungslos unter dem schönen Pelz. «Der Morgen ist da», sagte sie. «Bald wird der Hohepriester kommen. Vielleicht ist er bereits unterwegs mit dem zweiten Hohepriester, den Weihrauchfässern und den Akoluthen. Sie werden sich alle vor deinem Gemach versammeln, auch der königliche Fächerträger und der Bewahrer des königlichen Siegels, der Sandalenträger des Königs, der oberste Herold und – es sind so viele, nicht wahr? Sie werden die Lobeshymne anstimmen. ‹Heil, unsterbliche Inkarnation, die als Re im Osten aufsteigt! Heil, Lebensspender, der ewig lebt!› Was für ein Gefühl ist es, stolzer Thutmosis, zu wissen, daß du ihres Lobes nicht würdig bist? Was für ein Gefühl ist es zu wissen, daß ich, nicht du, die wahre Inkarnation des Gottes bin, von ihm auserwählt, ehe ich geboren wurde, benannt, ehe ich geboren wurde, von meinem irdischen Vater gekrönt, lange ehe du in den Frauengemächern als Sohn einer ge-

wöhnlichen Tänzerin die Augen geöffnet hast? Das ist es, was wirklich zählt, nicht wahr? Du hast Senmut brutal niedergemetzelt, und du kannst mich stillschweigend vergiften, aber das – das kannst du nicht ändern! Niemals! Du kannst meinen Namen auslöschen, du kannst die Aufzeichnung meiner Taten verbieten, aber deine eigene Unwürdigkeit kannst du nicht mit der Axt des Steinmetzes beseitigen. Geh jetzt. Geh und nimm die Verehrung der Priester entgegen. Geh und führe deine Kriege. Ich bin todmüde. Geh!»

Er hatte sie schweigend bis zum Ende angehört, während der Zorn sich hinter seinen Augen sammelte und sein Gesicht sich straffte. Als sie geendet hatte, ging er zur Tür und riß sie so heftig auf, daß sie gegen die Wand krachte. «Du bist eine außergewöhnliche Frau, Hatschepsut, außergewöhnlich!» rief er. «Und immer noch schön – und grausam. Immer noch so grausam. Sieh, wie ich mich wiederhole. Du hast mich wütend gemacht!» Seine Brust hob und senkte sich, während er mit gespreizten Beinen im Türrahmen stand. «Hast du denn vor nichts Angst?» Er machte auf dem Absatz kehrt und war verschwunden.

«Vor dem mächtigen Stier der Maat?» rief sie ihm nach. «Pah!» Und sie begann zu lachen.

Sie blieb unter dem Pelz liegen und lächelte leise, während das Licht im Zimmer sich golden färbte und sie seine Wärme auf ihrem Gesicht spürte. Als Merire an die Tür klopfte, lag sie immer noch regungslos da, das weiche, dicke Fell unter dem Kinn zusammengebündelt. Sie gebot der Frau hereinzukommen und betrachtete das fette Gesicht und die kleinen, stechenden Augen mit der gleichen Woge des Abscheus, den sie jeden Morgen empfand, wenn die rundliche kleine Schnüfflerin sich vor ihr verneigte und auf ihre Befehle wartete. Wie lange noch? fragte sie sich in einer plötzlichen, ungestümen Auflehnung gegen die unnützen, sinnlosen Stunden, die sich vor ihr dehnten. Wie lange ist es her, seit Nofret mich mit ihrem Lächeln begrüßte und meine Fragen beantwortete, während sie mein Nachtlicht löschte und mir in mein Bad half? Wie viele tote Jahre?

«Ich werde heute morgen im Bett frühstücken», sagte sie kurz. «Schick Sklavinnen mit Früchten und Milch, aber kein Brot. Und komm in einer Stunde wieder, um mein Bad zu füllen.» Die schweigsame Frau verneigte sich abermals und watschelte hinaus. Hatschepsut

stieß einen Seufzer des Widerwillens aus und schloß die Augen. Mit diesem Gesicht neben sich sterben zu müssen!

Als sie gerade ein wenig eingeschlummert war, klopfte Thutmosis' Unterhofmeister an die Tür. Sie setzte sich auf, um seine Huldigung entgegenzunehmen, und gleich darauf kamen die Sklavinnen mit ihrem Frühstück herein. Sie stellten es auf den Tisch neben dem Ruhebett und gingen hinaus.

«Wie geht es Pharao heute morgen?» fragte sie den Mann.

Er stand teilnahmslos am Fuß des Ruhebetts und antwortete ohne zu lächeln: «Es geht Pharao gut. Er hat sich in den Audienzsaal begeben, um die Depeschen durchzusehen.»

Warum lächelt er nicht? fragte sie sich, während sie die Milch trank und eine Orange zu schälen begann. Sonst lächelt er jeden Morgen, aber heute nicht. Warum nicht heute? Warum? «Ist es ein schöner Tag?»

«Ja.»

«Wie geht es meinem Enkel?»

«Dem Prinzen Amunhotep geht es ebenfalls gut. Er hat gestern zum erstenmal am Schulunterricht teilgenommen.»

«So?» Ihr munterer Ton ließ nichts von dem Schmerz und der Freude erkennen, die seine Worte in ihr auslösten. Sie hatte das Kind seit seiner Geburt nicht mehr in den Armen gehalten, denn Thutmosis hielt sie ängstlich von ihm fern, aus Furcht, daß es Zuneigung zu ihr fassen könnte. Der kleine Prinz war jetzt vier Jahre alt, und sie hatte ihn in der ganzen Zeit nur dreimal gesehen. «Dann wird er es weit bringen», fügte sie hinzu, «denn er ist noch sehr jung zum Lernen.»

Der Haushofmeister stand immer noch verlegen da, die Augen gesenkt, die Hände hinter dem Rücken.

Hatschepsut seufzte und entließ ihn. «Willst du mich nicht fragen, ob ich heute irgend etwas brauche?» rief sie ihm nach.

Er kam zurück, errötend vor Verwirrung und noch etwas anderem, etwas, das sie sich nicht erklären konnte.

«Verzeih mir, Majestät. Ich werde vergeßlich.»

«Ein schlechtes Omen für meinen Tag», sagte sie leichthin.

Der Mann erstarrte und warf ihr einen gequälten Blick zu. «Ich bitte um Entschuldigung, daß ich dir den Tag verdorben habe, Majestät.»

Sie biß in die Orange und trank durstig ihren Saft. «Du wirst mir

den Tag nicht verderben, mein Freund, aber Pharao wird es tun. Stimmt es?» Sie sah ihn ernst und durchdringend an.

Der Mann verlor die Beherrschung. Er verneigte sich ungeschickt, ließ sich neben dem Ruhebett niedersinken, um ihr die Hand zu küssen, dann stürzte er hinaus.

Hatschepsut wurde plötzlich still, die Orange fiel ihr aus den Fingern, und ihr Appetit verschwand.

So würde es also jetzt sein, heute, würde ohne eine Warnung über sie hereinbrechen. Obwohl sie sich Nacht für Nacht für das Ende gerüstet hatte, das sie möglicherweise überraschen würde, ehe ein weiterer Sonnenuntergang ihre Wände überflutete, erkannte sie jetzt, daß sie nicht bereit war. Sie würde nie bereit sein. Entschlossen erhob sie sich vom Ruhebett und ging ins Vorzimmer, um ihre kleine Elfenbeinkassette zu holen. Sie trug sie in ihr Schlafgemach, setzte sich auf ihren Stuhl, öffnete den Deckel und untersuchte mit zärtlichen, wehmütigen Fingern ihren Inhalt. Hier war der kleine Straußenfächer, den Neferura ihr an einem längst vergangenen Neujahrstag geschenkt hatte; sie streichelte bedächtig die zarten Federn. Hier ein Brief von Senmut, derjenige, den er ihr durch einen Boten geschickt hatte, als seine Schiffe das Delta verließen und auf ihrem Weg nach Punt in den Kanal einfuhren. Sie begann ihn aufzurollen, aber dann verließ sie der Mut, und sie ließ ihn mit einem leisen Seufzer sinken. Und hier, ganz am Boden, unter den glitzernden Juwelen vergangener Zeiten, den Schriftrollen und den gepreßten Blumen, den Bändern und den kleinen Kostbarkeiten, die ihr den süßen Hauch ihrer Jugend wiederbrachten, lag der breite goldene Ring, den Wadjmose in der Nacht getragen hatte, als er starb. Er war noch schwarz von dem Feuer, das seinen Körper verzehrt hatte. Sie zog ihn hervor, drehte ihn lange zwischen den Fingern und sah im Geiste Nehesis Gesicht, als er ihn auf ihre zitternde Handfläche legte. Sie steckte ihn an ihren Daumen. Wadjmose. Ein Bruder, dem sie nie begegnet war. Wie viele Gesichter hatte sie nie gesehen, wie viele Orte bargen Freuden, die sie niemals kennenlernen würde! Bedrückt nahm sie den Ring ab und legte ihn wieder in die Kassette, machte rasch den Deckel zu und verschloß sie, denn Merire klopfte an die Tür, und es war Zeit zum Anziehen.

Es war lange her, seit sie zum letztenmal einen kurzen Faltenrock

getragen hatte. Merire sah sie verblüfft an, als sie das weiche, enge Gewand beiseite schob und ihr befahl, eines ihrer alten Kleidungsstücke herauszuholen. Sie lagen, säuberlich gefaltet, in einer Truhe hinter der Tür, genau wie Nofret sie zurückgelassen hatte. Hatschepsut zog einen Rock heraus, und die immer noch staunende Merire wickelte ihn um ihre Taille. Er paßte so genau, als ob sie ihn erst am Tag zuvor ausgezogen hätte, und sie legte einen mit Juwelen besetzten Gürtel an und setzte einen gelben Helm auf. Merire brachte ihren Halsschmuck aus Elektrum mit den Blumen aus Amethysten und Jaspissen und hängte ihn ihr um den Hals. Während sie die weißen Lederstiefel anzog, befahl sie Merire, Perhor zu suchen und ihm zu sagen, er solle den Streitwagen einspannen.

Merire entfernte sich, aber ehe sie zu den Stallungen ging, suchte sie Thutmosis' Oberhofmeister auf. Hatschepsut fuhr sonst nie am Morgen mit ihrem Streitwagen aus, und Pharao würde das sicher wissen wollen. Der Mann schickte sie wieder fort und ließ seinen Schreiber eine Botschaft für Thutmosis aufsetzen.

Thutmosis saß, von seinen Generalen umringt, in seinem Zelt am Rand von Theben. Sein Heer lagerte auf der Ebene. Als er die Nachricht seines Oberhofmeisters las, wurde er seltsam still. «Sie weiß es», murmelte er.

«Wie bitte, Majestät?»

Aber Thutmosis schüttelte den Kopf und bestellte neuen Wein. Es würde jetzt nicht mehr lange dauern, und er mußte warten. Am Morgen konnten sie abrücken. Am Morgen ...

Die Rennstrecke lag flimmernd in der Sonne, ein blendendes Band von heißer Erde. Perhor wartete in dem goldenen Streitwagen auf Hatschepsut, während die Pferde unruhig hin und her tänzelten. Als er sie kommen sah, sprang er herunter und reichte ihr die Zügel.

Sie begrüßte ihn lächelnd, stieg hinauf und zog ihre Reithandschuhe an. «Stell dich hinter mich, Perhor», rief sie. Er sprang gehorsam auf seinen Platz. «Wir werden heute keine Runden machen», sagte sie, die Zügel straffend. «Wir fahren diesmal ein Stück in die Wüste hinaus.»

Die Pferde schnaubten und begannen zu traben. Perhor stand mit gespreizten Beinen hinter ihr, das Gesicht dem Wind zugewandt.

«Pharao wird nicht damit einverstanden sein, Majestät», rief er Hatschepsut ins Ohr.

Sie wandte sich kurz um, lächelte verschmitzt und trieb die Pferde mit der Peitsche an. «Pharao kann mir gestohlen bleiben!» rief sie zurück, und der Wind riß ihr die Worte vom Mund. Sie rasten donnernd die Straße am Fluß entlang, wandten sich dann nach Osten und fuhren zwischen den Felsen hindurch auf das flache Land hinaus.

Den ganzen Morgen trieb Hatschepsut die Pferde mit der Peitsche an und flog im Galopp über den heißen Sand, der ihnen ins Gesicht flog und in Mund und Nasenlöcher drang. Als die Sonne gegen Mittag hoch am Himmel stand, verstärkte sich der Wind und brannte den Schweiß von ihrem Körper und trocknete ihre Haut. Perhor umklammerte die Seitenwände des Streitwagens und hielt sich grimmig fest, erstaunt über ihr plötzliches Ungestüm, denn in den kurzen drei Jahren, die er sie kannte, war sie stets ruhig und fast kalt gewesen, ein stilles, rätselhaftes Wesen. Sie rasten hin und her, wirbelten den Wüstensand auf und fuhren durch ihre eigenen roten, erstickenden Staubwolken zurück. Als er sich gerade verzweifelt fragte, ob er ihr vielleicht in die Zügel fallen und diesem Wahnsinn ein Ende machen sollte, riß sie den Wagen herum und lenkte ihn zu der Lücke zwischen den Felsen und der Sicherheit des Flusses. Er schloß die Augen und hauchte ein Gebet der Erleichterung. Die Pferde trotteten wankend zur Kaserne und blieben schwitzend mit hängenden Köpfen stehen. Perhor stieg steifbeinig aus dem Wagen und streckte ihr die Hand hin, um ihr zu helfen. Aber sie blieb eine Weile regungslos stehen und ließ den Blick langsam von den flachen Gebäuden zu der Baumgruppe neben dem Exerziergelände und weiter zum Ufer des Flusses schweifen. Als sie schließlich ihre Hand auf die seine legte und heruntersprang, sah er, daß sie geweint hatte; die Tränen liefen ihr über die Wangen und bildeten kleine Rinnsale in dem Sand, der ihr Gesicht überzog.

«Wasch dich und zieh dich um, Perhor», befahl sie ihm. «Und dann melde dich sofort bei mir in meinen Gemächern.» Er verneigte sich, und sie wandte sich ab und ging mit müden Schritten durchs Tor und die Allee entlang zu ihrer Tür. Er fragte sich, was sie wohl vorhatte, denn sie ließ ihn selten vor Sonnenuntergang zu sich kommen.

Ihre Gemächer waren verlassen und still, kühl trotz der Nachmit-

tagshitze, die auf den dicken Mauern lastete. Ohne nach Merire zu rufen, legte Hatschepsut den Helm, den Rock und die sandigen Juwelen ab und warf sie nachlässig auf ihr Ruhebett. Sie ging ins Badezimmer und wusch sich mit kaltem Wasser und kehrte in ihr Schlafgemach zurück, während die Tropfen noch in kleinen Bächen an ihrem braunen Körper herabliefen. Sie öffnete alle ihre Truhen und wählte mit äußerster Sorgfalt ihre Kleidungsstücke: den kurzen blauen Faltenrock, mit Goldfäden durchwirkt, den sie zur Feier von Neferuras Reinigung getragen hatte; einen Gürtel mit silbernen und goldenen Gliedern, schlichte goldene Armreifen, goldene Sandalen, eine kleine goldene Krone mit den Federn Amuns, die hinten in die Höhe ragten; und einen breiten goldenen Halsschmuck, eine einzige große Platte, mit Türkisen besetzt. Dann ging sie zu ihrem Schrein und sprach still ihre Gebete, die Augen fest geschlossen und bewußt an nichts anderes denkend als an die Gegenwart ihres göttlichen Vaters.

Schließlich stand sie auf, rief nach Merire und saß wartend vor ihrem Kupferspiegel, während die Frau die Töpfe und Gläser bereitstellte. «Schminke mich sorgfältig», sagte sie. «Nimm die blaue Augenfarbe, bestreu sie mit etwas Goldstaub und vergiß nicht, den Umriß der Schwärze gleichmäßig bis zu den Schläfen verlaufen zu lassen.» Merire hatte eine leichte Hand, und Hatschepsut sah gelassen zu, wie die kühle Farbe auf ihr Gesicht aufgetragen wurde.

Wenn doch nur mein Körper sich verändert hätte. Wenn doch nur mein Gesicht faltig und schlaff geworden wäre. Wenn doch nur mein Blut nicht immer noch in meinen Adern sänge wie Wasser, das lachend und sprudelnd über blanke Steine fließt. Wenn doch nur . . . ja, wenn doch nur . . .

Als Merire den Kamm zur Hand nahm und damit durch das dichte schwarze Haar fuhr, hob Hatschepsut die kleine Krone auf, setzte sie sich auf die Stirn und warf einen letzten, langen Blick auf das stumpfglänzende Spiegelbild ihres unvergleichlichen Gesichts. Dann legte sie den Spiegel entschlossen nieder. «Es genügt», sagte sie. «Geh und sag dem Oberhofmeister, daß ich bereit bin.»

Merire zögerte. «Majestät, das verstehe ich nicht.»

«Nein, aber er wird es verstehen. Geh schnell, denn ich bin ungeduldig.» Die Dienerin nickte und verschwand.

Hatschepsut verließ ihren Toilettentisch und ging auf den sonnenbeschienenen Balkon. Sie hörte Perhor leise ins Zimmer kommen und rief ihm zu: «Bring mir einen Stuhl.»

Als er ihn gebracht hatte, saß sie lange schweigend da und blickte über die Gärten und Bäume auf den Fluß und die hinter ihm liegenden kupferfarbenen Hügel. «Re senkt sich nach Westen», sagte sie schließlich.

Er nickte, ohne etwas zu erwidern, und lehnte sich über die Brüstung. Sein Gesicht war ausdruckslos. So verweilten sie in tiefem, kameradschaftlichem Schweigen, jeder in seine eigenen Gedanken versunken. Er fragte sich, wann sie ihm wohl sagen würde, weshalb sie ihn gerufen hatte, und sie trank gierig die farbige, sonnenflimmernde Pracht des Bildes in sich hinein, das sich vor ihr ausbreitete, die Bande zum Leben eines nach dem anderen fahren lassend und fühlend, während ihr Griff sich lockerte, wie sie ihr entglitten und in der Vergangenheit versanken.

Als der Oberhofmeister an die Tür des Zimmers klopfte und mit leisen Schritten, ein Silbertablett in der Hand, auf den Balkon trat, sah sie ihn überrascht an, als ob sie ihn noch nie gesehen hätte. «Dein Nachmittagswein», sagte er sich verneigend und stellte das Tablett auf den grauen Stein neben ihrem Stuhl.

Perhor fuhr erschreckt in die Höhe und lief mit einem Aufschrei über den Balkon. «Aber du trinkst doch nie Wein vor dem Abendessen, Majestät. Das weiß ich genau!» sagte er hastig, während seine Augen von dem Silberpokal zu dem ausdruckslosen Gesicht des Oberhofmeisters wanderten. Aber als er in Hatschepsuts lächelnde Augen blickte, wußte er Bescheid.

«Heute tue ich es, Perhor», erwiderte sie ruhig. «Oberhofmeister, du kannst gehen.»

«Es tut mir leid, Majestät», sagte der Mann verlegen, «aber der Eine selbst hat mir den Befehl gegeben, nicht von deiner Seite zu weichen.»

Perhor richtete sich zornig auf und ging auf ihn zu, aber Hatschepsut nickte nur kurz, als hätte sie keine andere Antwort erwartet. «Thutmosis fürchtet selbst jetzt noch, daß ich mich aus seinem Griff befreien und ihn irgendwie zu Fall bringen könnte», sagte sie lachend. «Armer Thutmosis! Armer, armer, unsicherer Thutmosis! Aber ich bitte dich, Oberhofmeister, dich zurückzuziehen und draußen im

Gang zu warten. Ich werde nicht vom Balkon springen und fortlaufen. Wenn du willst, kannst du einen Gefolgsmann seiner Majestät zu mir hereinschicken, denn ich möchte lieber in Gesellschaft eines ehrlichen Leibwächters dahingehen als in der eines der feilen Diener meines Neffen und Sohnes!»

Der Oberhofmeister erbleichte. «Das wird nicht nötig sein, Majestät», sagte er steif. Er wandte sich um, ging hinaus, schloß die Tür hinter sich und verriegelte sie.

Perhor kniete vor Hatschepsut nieder, und sie nahm seine Hände in die ihren. «Trink es nicht, Majestät», bat er. «Warte. Das Blatt kann sich noch wenden!»

Sie schüttelte wehmütig den Kopf und beugte sich zu ihm, um ihn auf die Stirn zu küssen. «Es ist zu spät», sagte sie. «Das Glück ist mir lange treu geblieben, es hat mich auf Wogen des Triumphs getragen, aber das ist nun vorbei. Es hat mich verlassen und sich Thutmosis zugewandt. Jetzt steh auf und hol mir meine Laute.»

Er tat, wie ihm geheißen, kehrte mit der Laute in den Armen zurück und reichte sie ihr.

Hatschepsut strich nachdenklich über die straffen Saiten. «Erinnerst du dich an das Lied, das er für mich zu singen pflegte, wenn wir zusammen auf dem Rasen saßen und zusahen, wie das Wasser des Sees sich kräuselte und die Vögel über unseren Köpfen dahinjagten und ihr Kreisen sich mit seinem Gesang vermischte?» Er schüttelte stumm den Kopf, und sie lächelte. «Nein, natürlich erinnerst du dich nicht. Wie könntest du?» Ihre Finger griffen in die Saiten; die Augen in die Ferne gerichtet, wo die Sonne unterging, begann sie leise zu singen.

> Gestern waren es sieben Tage, seit ich meine Liebste nicht gesehen habe,
> Und Krankheit hat mich beschlichen,
> Und meine Glieder sind schwer geworden,
> Und ich bin mir meines eignen Körpers nicht bewußt.
> Selbst wenn die größten Ärzte zu mir kämen,
> Brächten ihre Arzneien meinem Herzen keinen Trost,
> Und die Magier, auch sie können mir nicht helfen.
> Meine Krankheit hat keinen Namen.
> Besser als alle Arzneien ist meine Liebste für mich,

Sie ist wichtiger für mich als die ganze Weisheit der Medizin.
Meine Heilung ist, wenn sie von draußen hereinkommt.
Wenn ich sie sehe, bin ich gesund;
Öffnet sie die Augen, sind meine Gliedmaßen wieder jung;
Spricht sie, dann bin ich stark;
Und wenn ich sie umarme . . . wenn ich sie umarme . . .

Ihre Stimme stockte und brach. Sie konnte das Lied nicht beenden. Behutsam legte sie die Laute nieder, griff nach dem Pokal und blickte starr in seine roten Tiefen. Perhor saß regungslos zu ihren Füßen, die Arme um die Knie gelegt, das Gesicht abgewandt. Sie trank ruhig und ohne abzusetzen. Sie schmeckte die süße Kühle und ein wenig von etwas anderem, etwas Bitterem. Dann stellte sie den Pokal mit einem leisen Seufzer auf das silberne Tablett. «Halte meine Hand, Perhor», sagte sie, «und laß sie nicht los.»

Er griff erschüttert nach ihrer Hand und umklammerte ihre Finger.

Sie lehnte sich im Stuhl zurück. «Ich segne dich, Sohn Ägyptens», flüsterte sie. «Senmut, Senmut, bist du da? Wartest du?»

Perhor fühlte, wie die schmale Hand zu zittern begann, aber sein Griff lockerte sich nicht. Noch einmal hörte er sie murmeln, müde, erschöpft. Er saß lange regungslos da, während Re langsam zum schwarzen Rand der Felsen sank und sein Licht den Balkon und ihr Schlafgemach in einen roten Schimmer tauchte. Als der Abendwind aufsprang, das Haar von seiner Stirn hob und den goldenen Saum ihres Rocks bewegte, so daß er seinen Arm streifte, versuchte er aufzustehen, aber seine Knie versagten ihm den Dienst. Er blieb sitzen und preßte ihre erkaltete Hand an sein Gesicht, während die letzten Strahlen des leuchtenden Gewands ihres göttlichen Vaters die Juwelen an ihren Füßen aufblitzen ließen.

Danksagung

Ich bin den Mitarbeitern der Extension Library der University of Alberta in Edmonton für ihre großartige Hilfe zu größter Dankbarkeit verpflichtet. Ebenso gilt mein Dank den Autoren der Werke, die ich zu Rate gezogen habe. Ihren lebenslangen, hingebungsvollen Bemühungen, der Gewissenhaftigkeit, mit der sie Tatsachen und Fakten aus dem alten Ägypten zusammengetragen haben, verdanke ich es, daß ich, als Anfängerin in diesem Bereich, dieses Buch habe schreiben können. Ich bedaure sehr, sie nicht alle namentlich erwähnen zu können, aber die Liste wäre zu lang.

C. W. CERAM

Das Buch der Pyramiden
Mit Schwarzweiß-Fotos und -Abbildungen und 16 Vierfarbtafeln
rororo sachbuch Band 7411

Götter, Gräber und Gelehrte
Roman der Archäologie
448 Seiten mit 54 Abbildungen im Text
und 51 Bildern auf 9 mehrfarb. und 32 einfarb. Tafeln · Geb.
Taschenbuchausgabe: Mit 51 Abb. u. 4 Karten
rororo sachbuch Band 6790

Götter, Gräber und Gelehrte im Bild
Mit 310 Abbildungen, Zeittafeln und Index
rororo sachbuch Band 6725

Ruhmestaten der Archäologie
Götter, Gräber und Gelehrte in Dokumenten
rororo sachbuch Band 6902

Enge Schlucht und Schwarzer Berg
Entdeckung des Hethiter-Reiches
Mit 55 Abbildungen auf 32 Tafeln und 47 Abbildungen im Text
und 1 Karte
rororo sachbuch Band 6627

«Forschung ist Abenteuer des Geistes, und es gibt nichts, was spannender wäre. Ceram, der sich als glänzender Stilist ausweist, verschmäht bei aller Frische seiner Darstellung jegliche Zutat gefälliger Phantasie, er hielt sich an Daten und Fakten, er gruppierte die Schilderungen der großen archäologischen Taten wie ein Dramatiker seine Szenen. Und auf diese Weise reißt Ceram Einblicke durch die Geschichte der Jahrtausende auf, und eine tiefschichtige Welt tut sich auf, Wahrheiten voller Wunder.»

Die Zeit, Hamburg

ROWOHLT